永康文獻叢書

程文德集

【明】程文德　著

程朱昌　程育全　編校

圖書在版編目(CIP)數據

程文德集／(明)程文德著;程朱昌,程育全編校.
—上海:上海古籍出版社,2022.3
(永康文獻叢書)
ISBN 978-7-5732-0227-7

Ⅰ.①程… Ⅱ.①程… ②程… ③程… Ⅲ.①程文德
—文集 Ⅳ.①C53

中國版本圖書館 CIP 數據核字(2021)第 278640 號

永康文獻叢書

程文德集

〔明〕程文德 著 程朱昌 程育全 編校

上海古籍出版社出版發行

(上海市閔行區號景路 159 弄 1-5 號 A 座 5F 郵政編碼 201101)

(1) 網址:www.guji.com.cn

(2) E-mail:guji1@guji.com.cn

(3) 易文網網址:www.ewen.co

江陰市機關印刷服務有限公司印刷

開本 710×1000 1/16 印張 33.5 插頁 8 字數 420,000

2022 年 3 月第 1 版 2022 年 3 月第 1 次印刷

印數:1—2,500

ISBN 978-7-5732-0227-7

Ⅰ·3611 定價:198.00 元

如有質量問題,請與承印公司聯繫

永康文獻叢書編纂成員名單

指導委員會

主　任　　　　　章旭升　胡勇春

副主任　　　　　程學軍　章錦水　盧　軼　胡濰偉

委　員　　　　　呂振堯　施一軍　杜奕銘　胡培新　徐啓波　舒朝建

　　　　辦公室主任　　　施一軍

　　　　副主任　　　　　徐湖兵　朱俊鋒

　　　　成　員　　　　　徐關元　陳有福　應　蕾　童奕楠

顧問委員會

主　任　　　　　胡德偉

委　員　　　　　魯　光　盧敦基　盧禮陽　朱有抗　徐小飛　應寶容

編輯委員會

主　編　　　　　李世揚

委　員　　　　　朱維安　章竟成　林　毅　麻建成　徐立斌

程文德像

程文德書《壽楊華峰先生表兄五旬》詩手迹

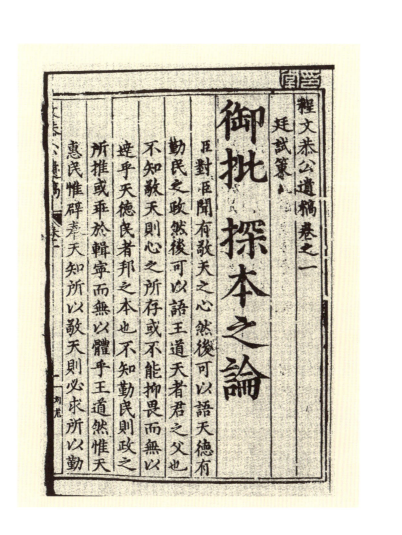

《程文恭公遺稿》書影之一（明萬曆十二年程光裕刻本）

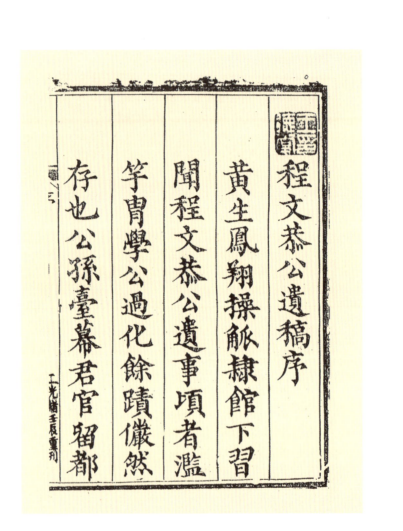

程文恭公遺稿序

黃生鳳翔操觚隸館下習

聞程文恭公遺事項者溯

竿冑學公過化餘蹟儼然

存也公孫臺幕君官留都

《程文恭公遺稿》書影之二（清光緒十八年重刊本）

總　序

永康歷史悠久,人文薈萃。

據南朝宋鄭緝之《東陽記》載,永康於三國赤烏八年(245)置縣。建縣近 1800 年來,雖經朝代更替,然縣名、治所及區域,庶無大變,風俗名物,班班可考,辭章文獻,卷帙頗豐。

魏晉南北朝至隋唐,是中國經濟重心由北向南轉移的準備階段,永康的風土人情漸次載入各類典籍。北宋以降,永康即以名賢輩出、群星璀璨而著稱婺州。名臣高士,時聞朝野;文采風流,廣播海內。本邑由宋至清,載正史列傳 20 餘人,科舉進士 200 餘名。北宋胡則首開進士科名,爲官一任,造福一方;徐無黨受業於歐陽修,深得良史筆意,嘗注《新五代史》,沾漑後學。南宋狀元陳亮創立永康學派,宣導事功,名播四海;樓炤、章服、林大中、應孟明位高權重,憂國憂民,道德文章,著稱南北。元代胡長孺安貧守志,文采斐然,名列"中南八士"。明代榜眼程文德與應典、盧可久,先後講學五峰書院,傳播陽明之學,盛極一時;朱方長期任職府縣,清廉自守,史稱一代廉吏;王崇投筆從戎,巡撫南疆,功勳卓著;徐文通宦游期間與當時文壇鉅子交往密切,吟咏多有佳作。清初才女吳絳雪保境安民,壯烈殉身,名標青史;潘樹棠博聞强記,飽讀詩書,人稱"八婺書櫥";晚清應寶時主政上海,對申城拓展、繁榮卓有貢獻;胡鳳丹、胡宗楙父子畢生搜羅鄉邦文獻,刊刻《金華叢書》,嘉惠士林。民國呂公望,早年投身辛亥革命,曾任浙江督軍兼省長,公暇與程士毅、盧士希、應均等人結社唱酬,引

1

領一代文風。抗戰期間，方巖成爲浙江省政府臨時駐地，四方賢俊，匯聚於此，文人墨客，以筆代口，爲抗日救亡而吶喊，在永康文化史上留下濃重一筆。

據粗略統計，本邑往哲先賢自北宋到民國時期，所撰經史子集各類著作及袞輯成集者，360餘家，近千種。惜年代久遠，迭經兵燹蟲蠹、水火厄害，相當部分已灰飛烟滅，蕩然無存。現國内外公私圖書館藏有本邑歷代著作僅百餘部，其中收入《四庫全書》及存目、《續修四庫全書》者20餘部。這是歷代先賢留給我們的寶貴精神財富，也是我們傳承文化基因、汲取歷史智慧的重要載體，更是一座有待開發的文化寶藏。

爲整理出版《永康文獻叢書》，多年以來，我市有識之士不懈呼籲，社會各界紛紛提議，希望開展此項工作。新時代政治清明，百業興盛，重教崇文。爲弘揚優秀傳統文化，拓展我市文化内涵，提升城市文化品位，推進永康文化建設，永康市委市政府因勢利導，決定由市委宣傳部牽頭，文廣旅體局組織實施，啟動《永康文獻叢書》出版工程。歷經一年籌備，具體工作於2021年3月正式展開。

整理出版《永康文獻叢書》，以新時代中國特色社會主義思想爲指導，以中共中央《關於整理我國古籍的指示》爲指針，認真貫徹國務院《關於進一步加強古籍保護工作的意見》，繼承與發揚永康學派的優良傳統，着眼永康文化品位、學術氛圍的營造與提升，系統梳理傳統文化資源，讓沉寂在古籍裏的文字鮮活起來，努力展示本邑傳統文化的獨特魅力，積極推進永康文化建設。現擬用八至十年時間，動員組織市内外專業人士和社會各界力量，將永康文學、歷史、哲學、法學、經濟學、社會學、教育學諸方面的重要古籍資料，分批整理完稿；遵循"精選、精編、精印"的原則，總量在50部左右，每年五至六部，分期公開出版，並向全國發行。

《永康文獻叢書》原則上只收錄永康現有行政區域内，自建縣以來至中華人民共和國成立之前的文獻遺存。注重近代檔案及其他文史資料的收集整理。在永康生活時間較長,或産生過較大影響的外邑人士的著作,酌情收入。叢書的採編,以搶救挖掘地方文獻中的刻本以及流傳稀少的稿本、抄本爲重點;優先安排影響較大、學術價值較高、原創性較強的著作;對在永康歷史上産生過重大影響的家族譜牒,也適當篩選吸收。

本次叢書整理,在注重現存古籍點校的同時,突出新編功能。一些重要歷史人物的著述已經完全散逸,但尚有大量詩文見諸他人著作或志牒之中,又屢屢被時人和後人提及,則予以輯佚新編。一些歷史人物知名度不高,但留存的詩文較多,以前從未結集,酌情編輯出版。宋元以來,我邑不少先賢,雖無著述單行,但大多有零散詩文傳世,爲免遺珠之憾,也擬彙總結集。

歷史因文化而精彩,文化因歷史而厚重。把永康發展的歷史記錄下來,把永康的文獻典籍整理出來,把優秀傳統文化傳承下去,關乎永康歷史文脉的延續,關乎永康精神的傳承,關乎五金文化名城軟實力的提升。因此,整理出版工作必須堅持政府主導、社會支援、專家負責的工作方針,遂分別建立指導委員會、顧問委員會、編輯委員會,各司其職,相互配合,以確保叢書整理出版計劃的全面落實與高品質實施。

《永康文獻叢書》整理出版的品質,在很大程度上取決於編纂人員的學識、眼光、格局,也取決於編纂人員的工作態度和敬業精神。爲此,編纂團隊將懷敬畏之心、精品意識、服務觀念、奉獻精神,抱着"爲古人行役"的理念,以"功成不必在我"的境界和"功成必定有我"的歷史擔當,甘於寂寞,堅守初心,知難而進,任勞任怨,將《永康文獻叢書》整理好、編輯好、出版好。

《永康文獻叢書》是永康建縣 1800 年來,首次對本邑古籍文獻進行系統整理,是一套"千年未曾見,百年難再有"的大型歷史文獻,是對永康蘊藏豐富的文化資源的深入挖掘、科學梳理和集中展示,是構築全國有影響的文化高地的有效途徑,對於推進永康文化的研究、開發和傳播,有着不可估量的可持續發展潛力。它是一項永康傳統文化的探源工程、搶救工程,是一項功在當代、惠及千秋的傳承工程、鑄魂工程,是一項永康優秀傳統文化的建設工程、形象工程。我們要在傳承經典中守好文化根脉,在扎根本土中豐富精神內涵,在相容並濟中打響文化品牌,爲實現永康經濟社會發展新跨越,爲打造"世界五金之都,品質活力永康",提供强大的精神動力和文化支撑。

《永康文獻叢書》編委會
2021 年 10 月

前　言

　　《程文德集》原名《程文恭公遺稿》,先祖永邑程氏八世祖文德公所作也。文德字舜敷,初號益齋,後號質庵,後又改號松谿。明嘉靖八年(1529)進士第二,官至吏部左侍郎,掌詹事府,調南京工部左侍郎。疏辭忤旨,除名歸。隆慶元年(1567),追贈禮部尚書,萬曆三年(1575)賜諡文恭。事迹具《明史·儒林傳》。《四庫全書存目》收錄《松谿集》,提要稱其"詩非所長。奏疏内如《賑濟疏》所條陳便宜諸事,頗切明季時政之弊。又所奏郊壇事例,皆《明史》各志及《明會典》、王圻《續通考》所未載","史稱文德初從章懋遊,後乃從王守仁,故與王畿輩之涉於禪悦者,差少異耳"。

　　文德公宗陽明心學而唱於婺,其文皆以載道,故爲時世所重。嘗主講五峰書院、龍岡書院、蒼梧書院,拈出"真心"二字爲治學之要,稱"大抵學問只是一真。天之生人,其理本真。有不真者,人雜之爾,非天生也。今只是全真以反初爾。日用間,視、聽、言、動,都如穿衣喫飯,要飽要暖,真心略無文飾。……若信得此過,即是致知,即是慎獨,即是求放心。不然,雖《六經》、《四書》之言,而非聖人之真心,亦不免於説影弄精矣"(《復王龍溪書》)。《四庫全書存目提要》謂:"至其論學云:學問之道,必先立志。志既立,則行有定適,格致誠正,戒懼慎獨,别其塗轍,學問思辨,自不容已。是尚知以躬行實踐爲歸。"評價可謂允當。

　　《程文恭公遺稿》,據《四庫提要》稱,"二十二卷以前皆文,二十

(一)〔三〕卷以後皆詩,較《松谿集》爲賅備,然體格則一也"。此集凡三十二卷:卷一爲策、講章,卷二、卷三爲疏,卷四爲表,卷五至卷九爲序,卷十至卷十二爲記,卷十三爲說、引、跋、銘、贊,卷十四、十五爲書,卷十六、十七爲祭文,卷十八爲行狀,卷十九爲墓誌銘,卷二十爲墓表、墓碣,卷二十一爲傳,卷二十二爲雜著,卷二十三爲賦、頌、四言古詩、五言古詩,卷二十四爲五言古詩,卷二十五爲七言古詩、長短句、歌行類,卷二十六爲五言律詩,卷二十七、卷二十八爲七言律詩、五言排律、七言排律,卷二十九爲五言絕句,卷三十至卷三十二爲七言絕句。卷首有黃鳳翔萬曆甲申《程文恭公遺稿序》,稱"所爲詩文,皆直抒性靈,綽合古法,而時有大羹玄酒雅致"云。目錄下有其孫程光裕題識(今移集後),言其編集始末,謂"每遇通家故舊,輒求大父遺墨,積之十有餘年,今稍加編輯而併鐫之"云云,蓋先公生前無自編自錄之事,今所傳者皆裔孫所爲也。胡宗懋《金華經籍志》亦云:"《松谿集》刻於郡署,其《遺稿》由孫光裕編刊。趙志皋作《傳》,謂有集數卷行於世,足關世教云。"余目睹公之文集散佚,患不得傳,效前賢以梓行其集,庶不負祖宗之本意也。

《程文恭公遺稿》,明萬曆十二年程光裕刻本,現珍藏於浙江圖書館、上海圖書館、山東圖書館。本世紀初,上述書籍難以求得。2003年,余在金華一中圖書館喜獲《程文恭公遺稿》明清遞修本,遂進行整理,並將文德公之佚文20餘篇依類補入原集,重加釐訂,總36卷,書末附錄收入原集前姜寶《松谿程先生年譜》、黃鳳翔《序》、趙志皋《傳》、羅洪先《墓誌銘》以及詔、誥等文獻,於2005年3月由銀河出版社出版,不久重印一次,共計2000冊,未及半年而贈送已罄。次年,余復以上海圖書館藏明萬曆十二年初刊之《程文恭公遺稿》對校數過,將原所依據明清遞修本中之缺漏殘損一一補成完帙。此年又從各地的譜牒並金石碑碣內發現佚詩22首、佚文25篇,遂依類編排,裒輯成《程文德集補遺》出版,與前書《程文德集》並行於世。

孔子曰："周監於二代，郁郁乎文哉！吾從周。"以知昔賢深悟文
獻之理，而書籍乃文獻之重要載體，爲中國傳統文化最重要之客體生
存形態。方今政府宣導弘揚地方文獻，豈非爲繼承優秀之傳統文化
乎？余戰戰兢兢，欲使《程文德集》成爲足本，然挂一漏萬，在所難免。
幸有衆友熱情幫助，多賜教益。余重新整理《程文恭公遺稿》，以明萬
曆程光裕刻本爲底本，用《松谿集》十卷本和清光緒重刊本進行參校，
易名《程文德集》，凡 32 卷，將搜羅到的佚詩佚文 51 篇作爲補遺，按類
別附於各類之末，清重刊本內年譜、傳、墓誌銘、諭、誥等則附於書末，
2012 年 12 月，由上海古籍出版社出版。如今《程文德集》有幸被納入
永康市文化工程——《永康文獻叢書》內。借本書第三次付梓之機，
余將歷年來新獲佚詩 3 篇、佚文 17 篇、楹聯 4 副補入，連同上次所增，
共得 75 篇。

余耄耋之餘，精力衰頹，幸得友人之助而終成是業，乃平生之大
快事也。嗚呼，如祖宗泉下有靈，當與余同樂也夫！

時維辛丑之歲仲冬十一月廿六日

九十三叟程朱昌識

編 校 説 明

一、凡新發現的佚文依類歸入各集各卷内,以"補遺"標示;若佚文無法歸類,則另立類目,下標"新增"二字,以示非原本所有。

二、凡原本有訛誤,則予校改,( )内爲原本用字,〔 〕内爲校改字。若原本有衍字,置於( )内;有缺字,據别本或他種文獻補入者,置於〔 〕内。

目　　録

1

卷之十

記

卷之十一

記

卷之十二

記

卷之十三

說

引

跋

銘

贊

補遺

卷之十四

書

卷之十五

書

卷之十六

祭文

卷之十七

祭文

卷之二十二

雜著

補遺

卷之二十三

賦

頌

補遺

四言古詩

五言古詩

卷之二十四

五言古詩

卷之二十五

七言古詩

卷之二十六
五言律詩

卷之二十八

七言律詩

補遺

五言排律

七言排律

卷之三十

七言絕句

程文恭公遺稿序

　　黃生鳳翔操觚隸館下，習聞程文恭公遺事。頃者濫竽胄學，公過化，餘跡儼然存也。公孫臺幕君官留都，謁黃生，請曰："先大父遺稿行於世舊矣。顧刻久漫漫，復多散軼。不肖光裕詳訂正、廣搜討而重鑴之，冀永其傳。願足下一言弁諸首。"蓋《詩》有之："高山仰止，景行行止。"黃生頌公文，有景行之思矣，烏乎辭序？

　　序曰：古所稱"三不朽"，立言最後。夫言何容易哉？魏曹氏謂奏議宜雅，書論宜理，銘誄尚實，詩賦欲麗，惟通才者乃克備茲四科。自昔才士文人，嘔心鏤腸，苞牢百態，舒一時之蔚藻，希千載之榮名，所可數而稱者，良亦至尟矣。顧如唐柳子厚，崛起於貞元、元和之際，與韓昌黎氏并擅稱一代。由今覽其集者，輒執而訾之，曰：夫己氏也，附佞文徼進，而竟以謫斥終焉者也，得微以其立言貽累耶？有味哉！叔孫穆子之言，其次第軒輊可睹已。程文恭公仕肅皇帝朝，倡理學，尚氣節，士大夫景趨響答，目爲鳳麟。由史局出尉信宜，稍遷安福令，翱翔於兩都郎署間，已漸躋通顯。以少宰領宮端，端揆捧麻，可旦暮待矣。肅皇帝方禱祀西苑，命近臣撰醮詞，公獻詞多諷意。肅皇帝心銜之，會廷推公南冢宰，疑公引而自遠也，改貳南司空，旋褫職去。公獨行守道，百折不回。識者咸嘆其施之未竟焉。所爲詩文，皆直抒性靈，綽合古法，而時有大羹玄酒雅致。試一展卷頌之，出處大節可案而知也。是故誼重《伐木》，身繫羈累，夏侯之獄中授書，陳瓛之對簿不撓，則有司寇獄諸詠；栖遲嶺表，齊一窮通，懷沙陋比於屈平，道南

1

追蹝於中立,則有麗澤書院諸記;力持國是,志切先憂,擬晁錯之籌邊,卑賈生之表餌,則有滅虜、車戰諸疏。公自爲尉、爲令、爲署郎,所至如飄瓦虛舟,而毅然以斯文經濟自許。即所建竪不朽者,良自有在,詎獨與立言君子一概而例稱之也。翔不揣謬爲序述,俾他日論世者有所考焉。

公諱文德,浙婺永康人,登嘉靖己丑進士第二,隆慶萬曆間贈禮部尚書,賜今謚。

萬曆甲申季夏望日,賜進士及第朝列大夫南京國子監祭酒前春坊諭德掌南京翰林院事國史修撰管理誥敕經筵官後學晉江黃鳳翔頓首拜撰

程文德集卷之一

策　講章

廷試策 御批探本之論

臣對：臣聞有敬天之心，然後可以語天德；有勤民之政，然後可以語王道。天者，君之父也。不知敬天，則心之所存，或不能抑畏，而無以達乎天德。民者，邦之本也。不知勤民，則政之所推，或乖於輯寧，而無以體乎王道。然惟天惠民，惟辟奉天，知所以敬天，則必求所以勤民之道；求所以勤民，則又不外於用舍之宜。是則用人所以爲民也，爲民所以奉天也，此天人合一之理，上下感通之機，而人君之心與政，孰有大於是者哉？故曰有天德，便可語王道；又曰有純王之心，然後可以行純王之政，蓋以是也。於是而盡焉，唐虞三代之所以治也；於是而未盡，或盡矣而未純，漢唐宋之所以不古若也。欽惟皇帝陛下繼統當天，垂衣聽治，天命所會，人心所歸。蓋自改元下詔之初，四海之人莫不翹首跂足以望太平矣。

今八年於兹，更化善治，與日俱新。臣竊伏草茅，每聞陛下神聖超乎千古，規恢出乎百王；達孝尊親，遜志務學；不邇聲色，不殖貨利；祭祀必敬，天戒克謹，天德純矣；勵精圖治，誠心愛民；戚畹不得恃恩，近侍不得干紀，躬宵旰之勞，無逸豫之樂，王道舉矣。臣每思之，未嘗不竦動毛髮，感極興嘆，以爲有君如此，而爲之臣者，猶或負之，真萬

1

世罪人也。有懷耿耿，無由自達。今與對大廷，誠千載一時之會也。而明問復諄切，臣敢不竭其愚？

臣嘗誦《表記》孔子之言，曰"事君先資其言，拜自獻其身，以成其信，若莘野幡然"之數語，《說命》對揚之三篇，此伊傅先資之言也。言於先而信於後，無一不酬者。殷后之治，於今爲烈。今日之對，固臣先資之言也。臣雖不敢以伊傅自許，而實願以伊傅自期，惟陛下垂聽焉。夫三代而下，人主亦嘗有志於治，而卒不能致者，非世道之使然也，學之未至也。三代之前，君必學而後王；臣必學而後仕。是故上下交而德業成也。後世君學而臣不學者有之矣，臣學而君不學者有之矣，且學與古之人殊，奚惑乎其不治也？今陛下聖學默契，敬一傳心，《書》之"三要"有釋，《傳》之"五箴"有注，經筵不間於寒暑，講論必究其精微，學已至矣；二三大臣又皆講學明倫，承弼不怠，明良相遇，曠古而僅見矣。然則今日之務，莫大乎立志，莫要於責實焉已矣。

臣伏讀聖問，首曰"治天下之道"。其端不可概舉，特以大者論之：在乎知人安民而已，此皋陶告帝舜之言，而用以致有虞之治者。治道之大信，不外於斯二者矣。自今觀之，舜之詢岳咨牧，必得其人而教養，刑政各舉其職。所謂知人則哲，能官人安民則惠，黎民懷之，其道舉矣。禹謂惟帝其難，蓋期於必治者，聖人之心；有所不給者，天下之勢，是固不足以病聖人也。陛下欲盡是道，亦求之此心而已矣。武王曰："天佑下民，作之君，作之師，惟其克相上帝，寵綏四方。"蓋天不能自理天下，而付其責於君。君亦不能獨治天下，而分其任於臣。是故天有安民之心，而君當盡知人之道。知人之哲盡，則安民之惠行，而君師之責塞，而上天之心慰矣。皋陶又曰："天聰明，自我民聰明；天明畏，自我民明畏。"言天人一理，而人君當敬也。然則立君爲民者，天之心；而敬天勤民者，君之道。三代而下，知此道者鮮矣。

臣伏讀聖問，乃曰："朝夕戰兢，不遑寧處，何自即位以來，災變頻仍，旱澇相繼？"又曰："民不聊生，天垂深戒。"臣有以知陛下洞達天人之理，悚然有敬天之誠，而欲務勤民之實矣。興言及此，國之福也，願爲陛下言之。匡衡有曰："天人之際，精祲相蕩，善惡相推，事作乎下，象動乎上，陰陽之理，各應其感。"邇年以來，星變地震、雨雹白氣之妖，相繼於奏章；旱暵蘊隆、水潦彌漫之災，至接於畿甸。災變之來，誠未有無故者。昔孔子作《春秋》，書災異百二十有二，其曰"正月不雨，四月不雨"者，見僖公之憫雨而有志於民也；曰"自十有二月不雨，至於秋七月"者，見文公之不憫雨而無志於民也。他如書日食者三十有六，地震者五，星孛者三，大雨雹者九，隕霜不殺草者一。雖不書事應而事應具存，皆以明天之不可不敬也。董仲舒以爲天心仁愛，人君亦善言天者也。至胡安國傳《春秋》，又謂先王克謹天戒，則雖有變而無其應。弗克畏天，災咎之來必矣。蓋天之於君，猶父之於子也，感格之機，顧在我何如爾。是故桑穀生朝，若銅駝荆棘之漸也，大戊修德，而商祚以永；雉雊鼎耳，若野鳥入室之兆也，武丁思道，而殷道中興。感格之機，信在我爾。古之慢天虐民者莫如桀；弗敬上天，降災下民者莫如紂。是故有南巢之放，而來牧野之師，桀紂之屬不可循也明矣。然則敬天勤民之道，其爲治天下之大端也審矣。今日天變於上，民困於下，是以盜賊蜂起，戎狄內侵。往者山西青陽之寇，雲南土舍之變，至勞元戎之啓行；偏頭關有警，寧夏有寇，亦貽聖心之軫念。一方有急，四方騷動，饑寒困苦之際，加之轉徙逃亡，斯民之害亦亟矣。夫聖人在上，視民如傷，一有變異，恐懼修省，宜乎感格，而民之不聊生者猶若此，臣亦思之而未得其故也。比者竊見陛下憫念川陝荆廣諸方之民，水旱饑饉，詔有司大沛蠲恩，急行賑貸。至其委曲當處者，又曰："宜體朕意，推而行之，誠恐明年青黃不接之時，尤可爲慮。"懇惻哀矜，聞者竦動，詔下之日，都人無不感泣。即此亦可以感回天意矣，而何民困之猶未紓也？

聖問致疑於用人之道或有未當。臣愚，亦豈敢謂其必不然耶？夫張官置吏，所以爲民。以一縣言之，一令得其人，則蒼生受其福；不得其人，則蒼生受其殃。推此而上，一郡可知也，一省又可知也。使爲省、爲郡、爲縣者皆得其人，則民生安而天下治矣。若夫銓選之司，又用人之人也。銓選得其人，則天下之吏皆得其人，如繩之貫物，臂之使指，統會無遺矣。昔唐玄宗選天下縣令，欲先擇十道觀察使，姚崇難之。范祖禹譏其非宰相之體，而曰：“天子在擇一相而任之，一相擇十使而使之，十使擇刺史縣令而置之，蔑不當矣。”此用人之格言，陛下之所當念也。若夫知人之道，皋陶嘗欲察之於九德矣。曰寬而栗，柔而立，願而恭，亂而敬，擾而毅，直而温，簡而廉，剛而塞，强而義。舉之雖若迂闊，而欲務知人，實不能外是也。

臣伏讀聖問，又曰：“朕雖存保邦安民之念，求其所以，實無一得。兹欲俾災沴潛消，民生安堵，盜賊息，邊方靖，財充而食足，不知如之何可以臻此？”臣又有以仰見陛下盛德下人，虚心訪治，必欲民生無不安，以無負上天立君之意，意至篤也。誠欲致之，則臣前所謂今日之務莫大乎立志，莫要於責實者，請爲陛下悉之：陛下斷諸心曰二帝三王之治必可復也，大臣亦曰吾必欲輔吾君，以復二帝三王之治也。都俞吁咈，同寅協恭，如是而後謂之立志。陛下勵精於上，群臣明作於下，率作興事，核實課功，勞心撫字者，得以考其最也；僞增户口者，無所售其欺也。如是而後謂之責實。君臣一德，上下同心。用一人焉，必賢者進而不肖者無所容；行一政焉，必慮之審而未善者不妄動。如此則大本立矣。至於節目之所在，則臣謂今日之大弊不可不去者，又有三焉。一曰詔令不信。竊見改元初，詔興利除害，斡乾轉坤，天下相賀，以爲自此睹太平矣。既而有司奉行者日漸反之，十無三四存者。比者蠲詔之下，竊恐悉蠲停徵折徵者，皆不得其當，奉行猶前日爾。是朝廷雖有愛民之心，而民不被其澤，民何由而安乎？《易》曰：“渙汗其大號。”言詔令之當信而不可反也。今陛下誠能慎重於謀始，丁寧於播告，間或使人詢訪，有奉行不至者，則重繩之以法，勵其餘焉，則詔令無不信矣。二曰廉風不振。夫守令者，民之父母也。守令廉則約己以厚下，省費而裕人；守令不廉則浚民膏脂以自奉，剝民肌膚以自充，民何由而安乎？《記》曰："大臣法，小臣廉，國之肥也。"司銓選者，誠能簡擇任用，察其果廉者，即越次遷之，以風天下；而其以貪敗者必刑之。至探其本，又在厚其俸祿，使仰事俯育之有賴焉，則守令無不廉矣。三曰三冗不去。蘇轍曰："天下之害財者有三，曰冗吏也，冗兵也，冗費也。"今天下之吏、之兵、之費，不可謂不冗矣。夫是三者之資皆出於民，民何由而安乎？古人有言："財者民之心。"良可念也。近聞陛下慨然有划除冗官之意，令百司查革，而費用一事，尤所注意。誠能行之必究，不搖於群議；執之必堅，不泥於故常，而冗兵之清理亦推及焉，則三冗無不去矣。大本既立，三弊復去，則敬天之心不徒爲虛文，勤民之政有驗於實用，天德純備，王道大成。如是而財不充、食不足；如是而民生不安堵；如是而盜賊不息，邊方不靖；如是而災殄有不潛消者，則臣斷乎未之聞也。將見二帝三王之治，不越是矣。陛下於是復何憂乎？

抑臣拳拳之私復有獻焉。方內之治亂，在陛下所執；天下如大器，惟陛下所置，其機則本之心而已矣。此心不怠，天下雖未治，可得而治也；此心或怠，雖已治，終必至亂也。《詩》曰："靡不有初，鮮克有終。"怠心一生，未必不有始而無終矣。然心之不怠，由於不敢自足也。舜德罔愆矣，益兢兢業業，故成風動之休；禹德無間矣，尤不自滿假，故致平成之治。我太祖之聖德亦云至矣，然嘗序《昭鑒錄》，有曰："才疏德薄，不足以補過消愆。"又嘗序《資世通訓》，有曰："菲才薄德，宵晝不敢自寧。"於戲，是心即舜禹之心，而萬世聖子神孫之所當體念者也。伏願陛下遠儀舜禹，近法太祖，篤志力行，益勤無怠，則敬天勤民之道有終。而凡今日之策，臣者可不勞而舉矣。臣無任惓惓，仰望之至。臣謹對。

無逸殿講章

周公曰："嗚呼！繼自今嗣王，則其無淫于觀、于逸、于遊、于田，以萬民惟正之供。"這是《周書·無逸》篇，周公告成王無逸，并勉周家後王，如此則是法。"其"是指文王，"淫"是過，"觀"是觀覽，"逸"是逸樂，"遊"是遊豫，"田"是田獵。四者總而言之，皆逸也。周公發嘆，説道："我文王一心爲民，不敢盤于遊田，以庶邦惟正之供。"此非但今日吾王當法而已，繼自今日以後，凡爲嗣王者，皆當以文王爲法。觀、逸、遊、田，雖不能無，亦不可過，過便是荒于逸。必法文王不敢盤遊之心，兢兢業業，勤政爲民，而無過於觀、逸、遊、田，可也。蓋此四者太過，則費用無節，必至正賦之外多取於民，民便不堪。若遊觀有時，則用度亦有常，民之所以供其上者，惟正賦而自足，是能以萬民惟正之供也。此可見人君之勤逸繫取民之多寡，取民之多寡繫民心之得失，爲嗣王者，其可不以文王爲法則哉？周公忠愛無窮之心可想見矣。

臣嘗論之：周公作《無逸》之書以訓成王，先後備言無逸之道。此章則直指逸之所在而戒之，要其歸，不過欲以萬民惟正之供而已。是何也？民者國之本也，財者民之心也。人君代天理物，憂勤惕厲，凡以爲民而已。苟或不知稼穡之艱，而過取於民，未有不傷民之心者。民心傷，則國本危矣。嘗觀自古國家，其興也，皆由於損上以益下；其亡也，皆由於厲民以自養。故必惟正之供，而後可以得民心；必無逸之君，而後能使民惟正之供也。知此，則凡勞民之力，傷民之財，而有害於惟正之供者，皆不可以輕舉而易爲矣。周家以農事開基，后稷、公劉、太王、王季世德相承，至文武受命，尤孜孜稼穡。成王踐位，周公又推祖宗之意，而作《無逸》之書，述《豳風》之詩以告之。故前代惟周家得民最深，而享國最久。

我國家德懿熙仁四祖皆起於農，猶之后稷以下四君也。至我太祖、太宗，撫定天下，重農務本之訓昭布簡冊，復與周之文武一致，社稷萬年之基，端在是矣。仰惟皇上不役耳目之好，克知稼穡之艱，乃者既舉耕籍之禮於郊外，復肇土穀之壇於苑中，建無逸殿以勵憂勤，創豳風亭以課耕斂，則又不但無淫於觀、逸、遊、田，而萬民惟正之供有不足言者矣。

臣愚，尤願皇上恒持望道未見之心，益切視民如傷之念，顧名必踐其實，思艱必圖其易，則仁被天下而慶流無疆矣。伏惟聖明留意。

仁孝文皇后內訓直解
待外戚章第二十

這是仁孝文皇后的內訓第二十章。"外"是外家，"戚"是親戚。"外戚"就是皇后的父兄弟侄輩。這章説做皇后的待外家親戚的道理，故喚做"待外戚章"。

知幾者見於未萌，禁微者謹於抑末。自昔之待外戚，鮮不由於始縱而終難制也。雖曰外戚之過，亦繫乎后德之賢否耳。

這一節説待外戚當謹慎於始初。"幾"是事初動的時節。"未萌"是草木未生芽，比方事未動。"微"是小事，"抑"是遏絶的意思。"末"是毫末，至小。"鮮"是少，"始"是起初，"縱"是放肆，"終"是後來。"過"是過失。這説道：知事之幾者，不待事做出來纔見，已先見於未萌芽的時。能禁微者，不必大事纔謹，必遏絶於至小的事。蓋凡事萌芽的時，至小的去處，知道謹慎，也容易着力。到得後來，事大便難爲了。所以自古皇后待外家親戚，少有不由始初縱放，到後來驕橫，便難制他。此雖是外家之過，亦關繫於做皇后的賢與不賢。若賢的，便會謹於始初；不賢的，便不會謹，所以做后的當賢也。

觀之史籍，具有明鑒。漢明德皇后修飭內政，患外家以驕恣取敗，未嘗加以封爵。唐長孫皇后慮外家以貴富招禍，請無屬以樞柄，故能使之保全。

7

這一節説古皇后之賢的，能保全外戚，可以爲法。"史籍"是史書，"鑒"是鏡。明德皇后是漢明帝的后，姓馬氏，"明德"二字是他號；"修飭"是修理整肅的意思；"内政"是宫中的事；"患"是怕的意思；"驕恣"是驕縱。長孫皇后是唐太宗的后，姓長孫；"慮"是憂慮；"屬以樞柄"就像如今人説與他權柄。這説道：看前代史書所載，皇后賢與不賢的，都如明鏡一般可見。如漢明德皇后，只修理整肅他宫中的事，再不干預外政，常怕外家勢盛，驕縱惹禍，不肯封他兄弟馬廖等以侯爵。唐長孫皇后也憂外家以富貴生事招禍，他的兄唤做長孫無忌，唐太宗要大用他，后亦不肯，請於太宗曰："不可與他權柄。"這兩后待外家都謹慎於始初，故能使他兩家無禍，保全善終。此兩后之所以爲賢而可法也。

其餘若吕霍楊氏之流，僭逾奢靡，氣焰熏灼，無所顧忌，遂至傾覆。良由内政偏陂，養成禍根，非一日矣。《易》曰："馴致其道，至堅冰也。"

這一節説古皇后之不賢的，不能保全外戚，可以爲戒。"吕"是漢高帝的吕后家；"霍"是漢宣帝的霍后家；"楊"是唐明皇的楊貴妃家。"僭"是僭分，"逾"是過，"奢靡"是用度奢華侈靡；"氣焰"比方他氣勢光焰如火，"熏灼"是火氣熏蒸昭灼；"顧忌"是回顧懼怕的意思；"傾覆"是器皿盛物傾覆在地，比方人家敗亡一般。"偏"是不中，"陂"是不平。"馴"是漸漸的意思。這説道：吕霍楊氏這幾家都倚着他后妃的勢，僭分太過，爭相奢靡，房室車馬、服食器用都不循道理，一時氣勢如火光熏灼，略不回顧懼怕，所以都至犯法誅滅，人家傾覆。這都由吕后等宫中幹的事不中、不平。如漢吕后，封他侄吕産等爲王；霍后兄弟霍禹等，都爲大官；楊貴妃兄楊銛等都極富貴。始初不謹，縱他奢侈，養成禍根，不是一日，所以後來都成大禍。《易經》説道："馴致其道，至堅冰也。"言冰之堅厚不是一日所成，蓋天寒漸漸致其道，以至有堅冰也。以比外家招禍不是一日，都由爲后者不能謹於始初，以養成之。此不賢的后，可以爲戒也。

　　夫欲保全之者，擇師傅以教之；隆之以恩，而不使撓法；優之以禄，而不使預政；杜私謁之門，絶請求之路；謹奢侈之戒，長謙遜之風，則其患自弭。

這一節説保全外戚之道。"師傅"，古者教訓人的唤做"師"，傅人德義的唤作"傅"，總説就像如今"先生"；"隆"是加崇，"撓"是折壞的意思；"優"是有餘，"預"是干；"杜"是塞，"私謁"是私下謁見；"請求"是請託求討；"弭"是息。這説要保全外戚者，須是擇先生教訓他，使他由於道義；常加隆他以恩禮，不使其阻壞我的法度；優餘他的爵禄，不使其干預我的政事；塞其私下謁見之門，絶其請託求討之路；謹其奢華侈靡之戒，長其謙卑遜讓之風，則他必由於道義，驕縱之患自然而息矣。

　　若夫恃恩姑息，非保全之道。恃恩則侈心肆焉，姑息則禍機蓄焉。蓄禍召亂，其患無斷，盈滿招辱，守正獲福，慎之哉，慎之哉！

這一節説不能保全外戚之弊。"恃恩"是倚恃恩寵，"姑息"是姑容寬恤；"禍機"是禍的機括，"蓄"是藏；"召亂"是招亂，"無斷"是不絶；"慎"是謹慎。這説：爲外家者倚恃后妃恩寵，爲后妃者姑容寬恤外家，都不是使他保全善終之道。此是何故？蓋外家倚恃恩寵，則奢侈之心生，必放肆無已；后妃姑容寬恤，則禍的機括便藏伏其中。藏禍則必招亂，其爲患無有斷絶時。故凡做外家的，若富貴盈滿，必招羞辱，如前呂霍楊氏之傾覆；若守正循理，自然得福，如前馬氏、長孫氏之保全。可不謹哉，可不謹哉！

章聖皇太后女訓直解
節儉第十二

這是章聖皇太后的《女訓》第十二章節，是說用度當有節儉，是說用度當省約。蓋朝廷之上，宮闈之中，若會節儉，則天下之人都照樣節儉，所繫至大，所以《女訓》一書以節儉終焉。

既有戒奢之心，當推節儉之理。蓋澹素養性，奢靡敗德。《傳》曰："儉者，聖人之寶也。"又曰："儉，德之共也；侈，惡之大也。"若一縷之帛，出女工之勤，不忍棄也；一粒之食，出農夫之勞，不忍捨也。

這一節說所以當節儉之理。"奢"就如今人說浪費一般；"共"字與"恭"字同，是"敬"的意思，"侈"就是"奢"。這說人既有戒絕奢侈之心，又當推明節儉之理。節儉之理如何？蓋人之服食器用，惟是澹素，則能令人清明，可以養性。若奢華侈靡，必縱欲敗德。古書《傳》內說道："儉者，聖人守之以為寶。"又說道："儉是恭敬之德，人能恭敬自然不放肆奢侈；侈是惡之大者，敗家亡國都由於此。"可見人當儉用，不可奢侈。如一縷之帛雖少也，思他是女工之勤所出，不忍輕棄；一粒之食雖少也，思他是農夫之勞所出，不忍輕舍。必會這等纔是節儉也。

古者后妃補袞，非四海不足以供，以儉為德也；大禹菲飲食，非萬國不足以辦，以儉為聖也。用之不儉，暴殄天物也；行之不儉，奢侈相承也。

這一節説節儉之事，古人也曾行之。"衮"是衮衣，"四海"就是天下；"大禹"是古夏王的名，"菲"是"薄"的意思，"萬國"也就是天下；"暴殄"是棄壞，"天物"是天生的凡物件。這説道：古者賢后妃，自補衮衣，豈爲天下不能供此？蓋他以儉是美德，故自補衮也。大禹飲食至薄，豈爲天下不能辦此？蓋他以儉是聖人之事，故薄飲食也。若用度不節，則是棄壞天物；行不能儉，則奢侈必相繼，古人不肯如此。

故錦綉華麗，不如布帛之温也；奇羞美味，不若糲粢之飽也。況五色壞目，不必以色爲美；五味昏知，不必以味爲嘉。飲食清澹，自然少疾；用度節儉，可以延齡。

這一節説奢侈不如節儉之有益。"華麗"是彩色鮮好，"温"是暖；"奇羞"是奇異品物，"糲粢"是粗飯；"五色"是青黄赤白黑，"五味"是咸苦酸辛甘；"昏知"是使人昏濁不聰明，"疾"是病；"延"是長，"齡"是年齡，"延齡"是長命。這説道：錦綉衣服雖華麗好看，然着之不暖，倒不如着布帛之暖；奇品美味雖好食，然食之不飽，倒不如食粗飯之飽。況且五色能損人目，人何必好彩色？五味能昏人知，人何必好美味？只是飲食清澹，自然疾病也少；用度節省，不縱欲傷生，自然壽命也長。可見只當節儉，不當奢侈。

故絺綌無斁，見美於周《詩》；大練麤疏，垂光於漢史。敦廉儉之風，上以導下；絶侈麗之費，内以表外。

這一節又説古賢后也能節儉，垂名後世。"絺"是細葛布，"綌"是粗葛布；"無斁"是無厭倦的意思，"見美"是見於稱頌，"周詩"是周時人做的《詩經》。"大練"就是如今練熟絹；"麤"與"粗"字一般，"麤"是不細，"疏"是不密，"垂光"即是流好名的意思，"漢史"是漢朝記事的史書；"導下"是導引在下的人，"表外"是表率外面人。這説道：周文王后妃已富貴，能勤儉，親自織絺綌，服之不厭，所以稱頌於周《詩》；漢明帝馬后，既做后，猶着大練裙，粗疏之服，所以垂光於漢史。蓋在上的能敦廉儉之風，方能導引天下人都廉儉。宮闈之內能絶侈麗之費，方能表率外面的人都不侈麗。然這兩后所以能如此者，蓋后妃幽閑貞静，素有賢淑之行。馬后既正位中宮，愈謙謹，好讀書，所以能知節儉之理而行之也。

是故處己不可不儉，事親不可不豐。誠志不能帥氣，理不足御情者，又豈能持守其節儉者乎？

這一節説人要常節儉，在乎立志順理。"處己"是養自己，"事親"是養父母舅姑，"豐"是厚；"志"是心中所向處，"氣"是一身運動的，如手足會動，都是氣，氣便有欲，"帥"如軍中元帥，是個主；"理"是道理，"情"是欲，"御"如御馬，是制伏他的意思；"持守"是把得定。這説道：凡自奉衣服飲食之類，不可不儉薄，若養父母舅姑，又不可不豐厚。古人説"大孝以天下"，養親自不可儉，然人要把守這個節儉，常常如此，惟是會立此志與氣，做個主張，順道理，把情都制伏了，方得。若不能立志順理，憑氣與情，必窮奢極欲，無所不爲，便暫時會節儉，終久也縱欲，豈能把得定乎？

天地生物，自有限量。人所以助天，凡物撙節愛養，不可華奢侈用。衣服飲食，則在於飽暖，不在於華美肥甘。人能節儉，不特人化其德，而將神明護佑，亦必有其壽矣。

這一節説人要助天節儉，天亦佑節儉之人。"限量"是有數的意思;"撙節愛養"即是節儉。這説天地生物養人亦有限量,不得許多。人所以助天,凡物件當用時,必須撙節;未用時,必須愛養,不可盡意奢華侈用。如衣服只在暖,不可定要華美;飲食只在飽,不可定要肥甘。若在上的人會節儉,不但天下的人都化做節儉,且天地神明見他能助天地之物也,必加保佑,使他有壽,享無窮之福矣。

程文德集卷之二

疏

郊 祀 議

奏爲遵奉敕諭議郊祀事。臣惟禮莫重於祭，祭莫大於郊。昔者先王升中於天，而鳳凰降、龜龍假；饗帝于郊，而風雨節、寒暑時。凡以禮之不悖，而行之得宜也。仰惟陛下，天縱聰明，獨稟聖知，凡典禮之議，大綱細目，情文畢舉，群臣無不嘆服。邇者農桑修并隆之典，社稷正配位之非，此又聖心獨得之見，萬世不刊之規也。禮之殘缺久矣，臣何幸而得見復古之盛於今日耶？鼓舞歡欣，不能自已。兹者復奉敕諭，宣導臣等議郊祀禮，蓋欲備一代之典章，故必公天下之論議，甚盛舉也。臣伏讀聖言，惟欲盡赤心、盡己誠以答報，丁寧懇切，此豈故爲紛更者？臣雖至微，願竭其愚。

臣愚以爲聖諭之意在稽古、法祖兩端而已。夫稽之古禮，天地分祭，圜丘方丘，經有明文，聖諭已及之。他如曰"燔柴於泰壇以祭天，瘞埋於泰折以祭地"；曰"四圭有邸以祭天，兩圭有邸以祀地"；曰"祀昊天上帝，則服大裘而冕，祀四望山川則毳冕，祭社稷五祀則絺冕"；曰"樂六變以祀天神，八變以祭地示"。蓋方位既別，而燔瘞圭幣、冕服樂舞之屬亦皆不同，無非順陰陽、因高下而事天地以其類也。苟合而同之，則周禮果何爲耶？後世考禮不精，師古無定，或分合并行於一時，或暫合暫分於繼世，甲可乙否，茫無適從。苟襲而因之，是不師周禮，而師後世也，此稽古之説也。至於祖之當法，聖有謨訓，顧以分祭者，皇祖始制；而合祭者，更定之典。然行之既久，難於遽改，則聖諭亦已及之。然聖意既決，固亦有可言者。夫法祖者，率成憲之謂也。以始之分，而今欲復之，則謂之率成憲亦可也。孔子曰："夫孝者，善繼人之志，善述人之事者也。"今日之事，聖諭謂此意聞之皇祖，則皇祖在天之靈必有以佑啟陛下，而欲陛下之善於繼述者，此在陛下之自審，非臣所敢預也，此法祖之説也。

《禮運》曰："禮也者，義之實也。"協諸義而協則禮，雖先王未之有，可以義起也。《中庸》曰："非天子，不議禮。"乃今以先王之舊典而斷於陛下之淵衷，其誰曰不宜？然臣則猶欲有爲陛下言者，在乎行之得其宜爾。斟酌舉廢一也，區畫財用二也，任用得人三也。斟酌舉廢者何？《記》曰："有其廢之，莫敢舉也；有其舉之，莫敢廢也。"夫曰壇而屋之，固非制也。但今大祀之殿，神靈栖止，百有餘年。若欲一朝而廢之，於義固有不安，於心亦有不忍。臣以爲，殿宜存其舊，於殿前後另築圜丘之壇，至於方丘，亦擇便地而皆規制，不必其甚大。齋宮不必其甚宏，則既無廢舊之嫌，而又有舉新之易矣，此陛下之所當留意者也。區畫財用何？《禮器》曰："禮也者，合於天時，設於地財，合於人心者也。"即今四方多虞，邊塞有警，休養猶懼，重困何堪？今既欲定大禮，則必欲興大工，役民費財，勢所不免。昨聞先蠶壇，先以蘆席搭蓋廠房，費亦鉅萬。若諸壇并建，其費不知幾百倍。取諸帑藏則空虛，徵諸四方則危急，而可無相時區畫之道乎？臣以爲宜下廷臣，廣求濟用之策。如臣所聞，工部先年籍没之貨尚多積貯，宜發用之。他或搜之羨餘，或取之便宜，必求不至於徵發以困民召變而後可，此陛下之所當留意者也。任用得人者何？《傳》曰："廣取莫如節用，節用必在得人。"蓋任得其人，則會計必當，綜理有方，既無侵克之虞，而又有撙節之道，事易成而財不匱。不得其人，反是。今試以公家興一役與民家興一役較之,其費不啻數倍,其故可知矣。臣以爲宜擇廉謹才幹之臣,使任其事,而必不以匪人參之。責成專,而賞罰著,則百金之資可以當千金之用,而工之成也不難矣,此陛下之所當留意者也。如是則稽古法祖,既不悖於禮之經,而施行得宜,尤有合於時之權;則是禮之制,真所謂考三王而不謬,俟後聖而不惑者矣。將見天無不親,民無不懷,鬼神無不享,永有休聞於後世矣。伏惟陛下少加審擇,赦臣妄議之罪。臣愚幸甚,天下幸甚。

進靈雪頌疏

奏爲昭靈貺以裨聖德事。臣比者竊見皇上憫雪躬禱,俄頃即應,可以見天道之不遠,而人君敬天之心不可一息而或怠也。一時文學侍從之臣,咸有贊述。臣愚新蒙簡拔,方切補報,因事納忠,臣之願也,豈容無言?竊惟宋臣李沆,嘗集四方水旱災異之奏,以上其君。蓋人臣忠愛之心,常欲其君之不忘儆戒如此。今皇上遇災輒懼,不遑寧處,及靈雪降祥之後,尤敕群臣,勿恃勿怠。臣有以仰見皇上儆戒不待於人言,災祥一體乎天意,視群臣贊述之章,不啻李沆水旱之奏矣,臣復何言?然嘗思之,遇災知懼者,戒於已著;遇祥益慎者,防於未萌。已著之戒,其致力也猶易;未萌之防,其操存也甚難。臣願皇上自今伊始,恒存是心而已,爰不自揆,謹撰《靈雪頌》一篇并序上獻。伏惟垂仁采納,臣愚不勝幸甚。

進靈鵲詩疏

奏爲感靈應以獻愚悃事。今月初九日,伏睹鄭府所進白鵲,臣惟禮重羽物,昭聖人茂育之仁;《詩》詠鵲巢,著王者修齊之化。乃今四郊甫畢,適會兩儀效靈,啓羽毛之先知,彰太平於有象。性本和匹,蹌蹌有來,色尤異常,皎皎無飾。蓋珍禽奇獸,非以備閑燕之觀,而視履考祥,期勿替神明之假。凡茲臣庶罔不歡忻,況在詞林,尤思獻納。

謹撰詩一篇并序,隨本進呈。願益敬慎於將來,匪直揄揚於既往。伏惟聖明,少垂覽焉。臣不勝隕越祈望之至。

請復試庶吉士疏

奏爲陳愚見以裨盛典事。臣愚,竊見皇上念侍從缺人,於輔臣方獻夫薦舉之疏,即欣然從之。既而輔臣李時等慮薦舉或難盡信,有參以考選之奏,皇上復欣然從之。既而禮部尚書夏言召對西苑,欲復庶吉士之選,我皇上復欣然從之,且賦古詩一章,欲慎重其事。臣有以仰見皇上真至公如天地,略無偏倚之心,故從善如轉圜,不厭異同之説也。既而考選庶吉士二十二人,皇上以彌封不謹,欲令再考。蓋以此典已革而復行,故欲臣工已謹而益謹,諒無猜疑之心,不過慎重之意也。乃聞輔臣等自信其無他,遲回於再考,則是皇上有盛美,而群臣不能將順之過也,復何辭哉?然數日輒聞報罷,則皇上之心必有所不安矣。夫兹舉也,皇上注意之深,疇咨之審,不嫌於反覆,以求其至當,然後行之。皇上之心,豈徒爲侍從文具已哉?真欲得忠讜之賢,資論思之,益共圖久安長治之策,以遺宗社無疆之休,甚盛舉也。而乃奉行之際,有咈我皇上之盛心,繼之以不行焉,此臣之所以憤激徬徨,扼腕太息,而不能一日安者也。犬馬之誠,願爲皇上陳之。

夫今日侍從之缺如此,將終不補已乎?臣愚知不能也。然則不求之於考選,則求之於薦舉,舍斯二者,臣知亦不能也。故考選而公,則考選未必無其人;薦舉而公,則薦舉未必無其人,故曰"有治人,無治法",蓋言人能公也,則法皆善也。然臣以爲公之於考選也易,公之於薦舉也難;考選之法,行之於進士也易,行之於各官也難,何也?自成周鄉舉里選之制不復,而後世遂有明經進士之科,沿於今不變。我朝科、貢、薦舉三途雖曰并用,近復申明其制,而薦舉卒未聞一人焉。昨輔臣方獻夫僅薦二人,咸以爲當。若令大臣皆薦,多至十數人,則將有不免矣,何也?方獻夫之薦,彼此皆無心也。若下令而薦,則臣恐有心累之也，固非廷臣果無人也，此薦舉之所以爲難也。夫進士未授官，取考爲便，且庶吉士之制，行之已久，故與不與，彼皆安之。若各官既授職，一旦取而考焉，則必以得失爲榮辱，而行藝之士，或所不屑，何也？彼以爲既職乎此，復顧而之他，得之，將有希進之嫌；而不得，徒貽躁妄之誚，此亦人情也，此考選各官之所以爲難也。然則，庶吉士之選可遂已乎？夫國家之制，有鄉試，有會試，有廷試，以至吏部有身、言、書、判之試，皆未聞有既行復罷者。既行而復罷，是無法也。況庶吉士之召試館閣，視他試尤爲鄭重者，而可若是乎？臣愚伏願皇上不以時廢法，不以法廢人，不以人廢職，慨然復舉行之。臣於此亦有一説焉，夫庶吉士之選，皇祖始制也，因而潤色敷賁之，則在皇上也。臣謂天下貢士，朝廷求代天之工也，則試之於奉天殿前，而我皇上親策之。庶吉士，朝廷求文學之臣也，則當試之於文華殿前，而我皇上亦必親試之。蓋他日皆有視草代言之責，而唐宋亦有面試覆試之規，此亦未爲過也。況在今日覆考，亦宜飭新舊制也。但今年進士人數既少，宜令年四十以内者皆得與考，後不爲例。其彌封必謹，一如廷試之法，是日考畢，卷暫封貯東閣，令輔臣及吏、禮二部大臣亦如廷試，宿於禮部，次日赴東閣詳加校閱，及晚封進，正副卷取自上裁。如此則行之既重，而私自無所容；閲之亦周，而才必無所遺。俟作養既久，必取其器識文藝之兼長者量留之；其不知務道德而徒騁文辭者，雖科道部屬不得列焉，以崇本抑末，著爲定制，則皇祖之貽謀，皇上之修復，後先經緯，可以垂諸永久而無弊矣。臣職忝侍從，睹兹事始末，深懼咈我皇上之心，展轉竊嘆，不能自已，故敢昧死一言。伏惟留神採擇，復賜施行，儒臣幸甚，天下幸甚。

陳情疏 時升安福知縣

奏爲父病陳情事。臣年三十九歲，原籍浙江金華府永康縣人。嘉靖八年，會試中式，伏遇皇上親策御批，賜進士及第，授翰林院編修，感激奇逢，每懷報稱。嘉靖十一年十月一日，迹與心違，自取罪戾，過蒙陛下寬鈇鉞之誅，開自新之路，降廣東高州府信宜縣，添注典史。臣驚喜過望，以至感泣，即時就道赴任，迨今四年，寤寐天顏，常如一日。犬馬微忱，天日臨鑒。嘉靖十四年八月二十五日，接到吏部文憑一道，升臣今職。臣又仰見陛下量同天地，不念舊惡；明并日月，委照覆盆，益深感激，誓圖補報。除望闕稽首謝恩外，已於九月二十四日起程，前去到任。十一月十七日行至江西贛州府，忽得家書，報臣父原任四川按察司副使臣銈，現年六十七歲，於本年九月初七日忽患風疾，手足癱瘓，生死未測。臣一時方寸迷亂，涕泣殞絕，思與臣父一見，然後依限赴任。遂由陸路晝夜奔走，於十二月初五日到家，見臣父在床，口不能言，雙淚疾下。臣感觸叫號，五內崩裂，恨不能以身代之，又何忍一日離左右也？苟復忍心赴任，是不孝之子也，又豈能爲效忠之臣哉？陛下亦安用之？況今憑限已迫，懼或曠官，進退兩難，狼狽失據。伏乞陛下念侍從之舊臣，憐父子之至愛，特容臣休致，庶得調理父病，少申子情。臣非不知聖主難逢，特恩未報，且以強壯之年，非乞休之日；但係外官，雖戀闕有情，而給假無例。犬馬惓惓之私，蓋萬不得已也。伏惟陛下矜亮，臣生當隕首，死當結草，爲此具本云。

程文德集卷之三

疏

滅虜六事疏

　　奏爲奉旨陳議，乞奮天怒，激人心，以建滅虜奇功事。臣惟中國之於夷狄也，猶主之於奴也，猶首之於足也。足不可以凌首，奴不可以犯主，章然明矣。今北虜敢率醜衆犯我中原，前此猶未敢深入也。自去年始迫山西，太原罹其荼毒，野草猶腥，今年則復過太原矣。耀武揚旗，長驅直下，縱橫蹂躪，任其所之，如蹈無人之境，其藐視我中國，可謂極矣！昔我成祖嘗奮揚天威，三掃其穴，豈知今日邊至此乎？臣竊恨之。且虜騎二十八萬衆，據其凶狠之性，一虜止殺一人，即不下二十八萬人也，況何止一人乎？合其人馬五六十萬，五六人馬破一家，即不下十萬家也，況何止一家乎？我國朝一囚之決，猶屢覆奏；一財之費，尚更稽察，誠重天之靈也，國之命也。蠢兹醜虜，乃忍戕賊我生靈若刈草菅，暴殄我財物若棄糞土。舉數百年愛養培植之民物，而一旦付之豺狼犬羊之毀壞，臣竊痛之！臣聞天之立君，以爲民也；君之任臣，以代天也。是故恤民饑寒，救民疾苦，其在平時猶宜汲汲不暇，此何時也？聞太原且受困苦，若孤豕在圈，群虎咆哮而四繞之。即今雖報稍退，尚未出關，戎馬所經，亦靡有孑遺矣。士女啖爲魚肉，宮室化爲烟塵，念之傷心，書之墮淚，此誠上下汲汲遑遑，食不甘味，卧不安寢之時也。昔周禮，邦有大故則不舉，又以弔禮哀禍災，以恤禮哀寇亂，憫之至也，乃今如何？臣惟皇上意向所加而天下動，叱咤所及而風雷生。旬日以來，伏睹所上邊奏，頃刻即行，不惜調發之頻繁，重憫丁璋之死戰，聞者無不感激而隕涕潸然。臣竊恐所調遣者，皆不敢近賊；所給發者，亦徒勞費，是不過應策之常規，而非滅虜之至計也。倒懸之急，誰其解之？雖非置山西於度外，亦坐視北虜於腹中而已矣。夫人窮則呼天，疾痛則呼父。今皇上則天也，父也，山西之民日呼天而呼父者，不知其幾矣，皇上忍聞之乎？昔在文武，一怒而安天下；今茲醜虜，其罪且浮密受矣。臣願皇上赫然大怒，渙汗四方，命將出師，令文武群臣暫輟庶政，一意此舉；破常調以用人，勵焦勞以集事，真與此虜不共戴天，誓必滅此而後朝食。將見聞風而忠勇者至，智謀者集，義氣鼓而天下一心，先聲揚而百酋破膽，舉我中原之全師，圍彼數萬之小丑，是亦泰山之壓卵耳！將使全虜盡没而隻騎不返，以湔刷我己巳之恥，以發舒我華夏之氣，不亦壯哉！萬一此虜今年得志而歸，則來年猖獗當又益甚。犬羊之性，愈縱愈驕，則我中國之禍，日慘日酷，此固必然之勢，不待智者而後知也。昔人請以三尺組北繫單于頸，一丸泥西封函谷關，今誦其言，猶有生氣，堂堂天朝，寧無若人哉？臣職列兵屬，憤懣不任，況奉明旨，輒敢條陳六事，上贊廟謨；儻可採擇，即賜施行，生靈幸甚，社稷幸甚！

一曰聲虜罪以激人心。臣聞古昔帝王，將討叛而誅逆，必誓師以聲罪，征苗之誓、于甘之誓是也。我太祖之北伐也，亦羽檄先馳，義正辭嚴，人心響應，檄有助焉。今韃虜世爲邊患，邊人恨入骨髓。兹復大舉入寇，荼毒傷殘，此其罪惡滔天，神人之所共怒，天下之所共憤也。惟我皇上無迅掃誅滅之志，則吾人固飲恨以死矣。皇上誠恭行天討，大誥四方，列其罪狀，數其稔惡，必欲殄滅而廓清之，則河北、山陝諸路之官民將感激涕泣，以爲今而後得反之也，誰不荷戈響應，贏糧景從，而快其復仇之志哉！兵出無名，事故不成；説以犯難，民忘其死,三軍之士,將不戰而氣自倍矣。

二曰隆殊禮以延名將。臣聞何代不生才？何才不樂用？顧招徠鼓舞之者何如爾。燕臺築而豪傑至,伯樂生而騏驥名,誠未聞借才於異代,求良於絕域也。今之名將,誠亦罕矣,然安知無隱於邊塞,遁於江湖,沉於下僚,擯於廢棄者乎？或拘之以資格,繩之以苛刻,而不能盡其才乎？欲建非常之功,必賴非常之才；欲致非常之才,必隆非常之禮。皇上誠渙大令號召於四方,曰有能滅虜者,吾列爵而侯之,而先崇壇以授之,重權以寵之,殊賞以勞之,孚之以心腹焉,要之以明信焉。如此而將才不得,忠義不奮,臣不信也。將得而兵可強,兵強而虜可滅矣。

三曰權兵食以濟時艱。臣惟古者寓兵於農,平居則為比閭族黨州鄉之民,有事則為伍兩卒旅師軍之眾；田野倉庾之積蓄,即征行士馬之芻糧,制甚善也。自兵農之制分,而兵食之匱久矣。今日凡隸於行伍者,皆不識戰陳之兵也；運於舟車者,特僅支承平之食也。持此以禦敵,適足以劖虎牙耳,故臣竊恐調發皆無益也。夫天下之民,皆皇上之兵也；天下之財,皆皇上之糧也,患無為感激號召之耳。誠傳檄畿輔、山陝、河南諸路,示以急難之義,激以靖寇之忠,令守土之臣各倡義兵,募精銳勇悍之夫,給倉廩府庫之食,家自為戰,人自為防,而皆統於大將；事寧之日,秩勞而還,各復其故,則天下皆兵,郡縣皆食,而虜不足滅矣。

四曰明賞罰以作士氣。臣聞礪世磨鈍,非賞罰不行；勸善懲惡,非賞罰不立。故曰賞罰者,人主馭世之大權也。將領得矣,兵食足矣,而賞罰不明,欲其成功,不可得也。邊陲往事,莫可追已,議者率以為悍卒之驕橫,功罪之未孚,此人心之所以不平,而英豪之所以解體也。臣請速布詔令,與民更始。自今有功必賞,賞不以疏賤而遺；有罪必罰,罰不以豪橫而貸,較若畫一,信如四時,煦則如春陽,震則如雷霆,則願垂休光於竹帛者,孰不出萬死以策勛,臨危機於戰陳者？

其肯甘退縮以抵罪哉？是故賞罰明而士氣作，士氣作而虜可滅矣。

五曰招脅從以携賊黨。臣聞敵多則力分，與衆則兵强。今之韃虜，聚而不分，此其鋒誠未可與爭也，故當先設法携散之。聞其黨多我中國人，方其去時，不陷於搶擄，則迫於逃亡，而非其樂也。今雖同入寇也，必猶知告語焉。請亟布令，凡我中國人，皆脅從不得已也，其勿殺；有能歸降者，即復其土田，完其室廬，給之婦女，且先給帖以示其可信；又令有能誘至一人者，賞加首級一等，則人孰不樂我中國之生，而甘心沙漠之外哉？復廣募間諜之士，不惜金帛之費，使如陳平之間楚焉，則其黨必携，黨携則與不衆，然後可圖也。且或用此輩以收虜，則又事半而功倍矣。

六曰乘危懼以防未然。臣聞有備無患，事豫則立，政之理也；物極則反，勢窮則變，治之幾也。我國家邊備廢弛，至今極矣。今乃猶不反變，豈知其所終乎？《傳》謂“七年之病，求三年之艾”，自今畜之，猶或可及。臣愚，請自今日乘危懼之心，圖善後之計，九邊諸鎮，悉加綜理，以五年爲期，竭天下之財以從事，殫天下之力以有爲。自選將練兵，及繕墩葺堡，凡百區畫，得人若理家事。無弊不革，無利不興，則邊城有金湯之固，胡人絕窺伺之心。以一時之患，易百世之安，是亦多難殷憂之助也。且使後人蒙福者咸仰大聖作爲，出於尋常萬萬，豈不偉哉！若曰賊至則備，賊去則怠，因循苟安，猶今視昔，竊恐此虜之患年甚一年，噬臍之悔後將何及！伏惟皇上軫念。

禦邊四事疏

奏爲請決大幾，以定大業事。曩者臣憤北虜之逆，嘗三上疏，未獲施行。今年虜患益熾，臣計莫知所出，然實寤寐懷憂，仰屋竊嘆，而不能一日忘也。昨該本部具題，奉聖旨着各衙門，如有禦邊事宜，各另悉心具奏。於是臣復感奮而思吐其未竟之説，以畢其葵藿之誠焉。

臣聞抱憤者無舒容，膚愬者無緩辭，勢亟而情迫也，今日之勢亦甚亟矣。四年以來，虜入山西，蠶食之勢日以廣，屠掠之毒日以慘，三尺之童咸知，明年必更深入河南，畿輔將有剝膚之患也，則何以待之？夫中國夷狄，自古相爲盛衰，至趙宋而極矣。《詩》云：“殷鑒不遠，在夏后之世。”趙宋則吾之鑒也。今誠以爲鑒而懲之，圖之早，待之豫，則小懲而大戒，一統之盛可長保矣。不以爲鑒而玩之，圖之不早，待之不豫，則小玩而大遺，今日之盛或亦難恃矣。然則此數年者，實天下安危之大幾也，而可不決之於早耶？

臣愚，無他奇謀異計可上陳也，亦惟欲銳志、理財、用人、定議而已。此四者，人亦嘗言之矣，而臣則欲奮發以從事也。何也？今日之事，財用爲先，得人爲要。是故理財用人，斷乎不可易也。然非始之以銳志，繼之以定議，則雖曰理財，財不可得而理也；雖曰用人，人不可得而用也。臣請究言之：臣所謂銳志者，何也？古昔帝王建事詢謀，必曰“朕志先定”。宋儒程顥亦曰：“君志定而天下之治成。”臣伏聞皇上大內咨謀，恒先邊事，聖諭屢壼，惕若恫瘝。我皇上之志不可謂不銳矣。顧今之邊患，迥異尋常，而中外人心，望救於水火之中者甚切也。自非天威震動，綸音渙發，以明示天下之趨向，以與天下立命，則四方萬里之遙，或猶未能悉朝廷之德意也。臣愚，尤願皇上赫然斯怒，傷西藩數千里州縣殘廢，閭井丘墟，白骨載原，冤魂塞宇，若與此虜不共戴天也。下哀痛之詔，明復仇之義，特遣行人分下山西諸郡縣，以吊遺黎之疾苦，以慰冤愁於冥漠，以聲逆虜滔天之罪，以激將士雪恥之忠。尤復布告天下，戮力一心，翼戴王畿，誓清邊徼。將見生者有所矜，死者無所憾，忠義之士感奮而興，智謀之夫踴躍自效。豐財穀者，或如卜式之願助邊；懷慷慨者，或如李廣之願死戰。以守則固，以戰則克。以吾天下全盛之力，禦此窮荒有限之虜，雖窮追於狼望之北，勒銘於燕然之巔，直易易爾，又何至束手無謀，駢跪就戮，若此數年之大怯，爲逆虜之所輕眇而笑侮哉？是故臣願皇上之奮發以銳志也。

銳志以建事，則莫先於理財。臣所謂理財者何也？臣聞非常之患，非循常之所能救也。《傳》曰："視遠者不顧近，慮大者不計細。"天下安危之所繫，而不舉天下之財力以從事，臣不知其可也。譬之小民，平居無事，以財爲命，節縮奇贏，錙銖必惜；一旦有急，則雖傾貲亦不顧矣。何也？患難切身，而財猶外物也。豈以天下之謀，而反輕於一夫之計耶？今救目前之患，則兵糧爲急；爲久遠之計，則修邊爲要。此二者，財用之需，何紀極也？聞邊軍日不聊生，皆尪然而病矣，馬皆玄黃而瘠矣，弓矢戈甲皆朽敝且不堪提挈矣，而何以利用乎？人馬一枝，額稱三千，調遣征備，動曰幾枝，其實有馬者僅一千爾。遇征發則其二千皆徒行從後，走且僵踣矣，而何以禦敵乎？此胡可以不補給也？賊禦之門外猶易爲力，禦之堂奧實難爲功。今邊墻蕩然，虜騎突來，良平無所施其智，賁育無所施其勇矣。此胡可以不修築也？是故無財用是無人馬也，是無邊墻也。雖有將帥，將安爲乎？無人馬，無邊墻，無將帥，則中原實與虜共也，虜獨奚爲而不至乎？古之稱名將者，貴其謀勇；今之爲將帥者，則貴其敢死，何也？既無所恃，則暴虎馮河，而其勢不得不死也。當此時而爲將帥，不亦難乎？故曰今日之事，財用爲急。臣愚，請掄選心計忠實之臣數十輩，授以方略，親詣各邊，相度查理。某邊如何而修，該費若干，某處該補軍若干，補馬若干，糧料若干，器械之費若干。合諸邊之費，總計若干。於是視費以爲斂，量出以爲入，計戶、工二部太僕之所儲，足充幾何；計天下之鹽課之榷稅，足充幾何；計順天開納之儲，及各布政司府錢糧之蓄，足充幾何。其猶未足也，則臣謂天下之富，聚於京師，請令輸銀千兩以上者，或授以指揮，或表其門閭。其猶未足也，則請勸借天下之富民，或授官表宅，亦視京師焉。又不得已，則視殷阜之地，而量令其助役，亦不爲過，務足原擬之數，期以數年，底績之後，而復其常。將見詔令既下，人將響應。而又復諸邊屯田之舊，以盡地利；復國初鹽法之舊，以來商人，則財用無不足矣。或曰今民困甚矣，借民不以過乎？臣則曰北虜之患，天下之憂也，輸其財，孰與亡其身也？況君父之急，人心所同，《大學》所謂"未有上好仁，而下不好義者也；未有好義，其事不終者也；未有府庫財，非其財者也"，正今日之謂矣。是故臣於理財，不欲小小補塞，若污糞土之墻，隨壞而隨修；寧易以磚石之資，一勞而永逸也。

夫財既足，然後經濟有資，而人可得而用矣。臣所謂用人，亦有說也。夫天下未嘗無才也。語曰："重賞之下，必有勇夫。"激而後勸，中人之性也。一韓信也，籍視之眾人，不過為亡卒；漢高登之大將，竟蹙項而誅秦。信非前愚而後智，前怯而後勇也，御之不同耳。今誠令於天下曰，凡能滅虜者，予之十萬金，封之列侯，無愛焉，則奇傑者出矣。他日之奇傑，即今日之未嘗物色者也。而又有功必賞，有罪必刑，誰肯就刑而避賞也？然臣尤有說焉。夫今日之用人，不可獨委之本兵，猶理財不可獨委之戶部也。譬之理家，無事之日，酬酢交際，各循其常，士農工商，各執其業；一遇寇侮，則百務并廢，大小一心，咸以禦侮為事，必濟於艱而後已。今理天下，何獨不然？臣謂宜令中外百司庶府，咸乘時圖幾，秉德明恤，其中素懷經濟忠誠勤恪者，各許其長，辟舉或會薦，必得數百人，隨才器使各效其能，而又不限以類，凡善謀猷、長騎射者，許其自□聽用。若越勾踐之返國也，君臣上下，聚精會神，臥薪嘗膽，復仇之外無他圖焉，則意向專一，群策畢舉，虜不足滅矣。

夫財有所資矣，人有所恃矣，而臣尤欲定議，何也？臣聞難得而易失者，幾也；難成而易敗者，功也。事幾所會、功業垂成之際，天下人心方爾屬望，而廟堂之上，一或撓焉，則大事去矣。凡以持議之不堅也，若郭子儀之在唐，為朝恩、元振之譖，屢起屢廢，而唐難終不能平；李綱、岳飛之在宋，大敵幾就禽矣，然或罷以謝金人，或速之班師，而宋室卒蹈偏安之禍。此忠臣義士所以至今扼腕憤嘆而不平者也。然則，人才非用之難也，信之難也；謀議非行之難也，持之難也。頃者若總制大臣方設而隨罷，中外駭愕，莫知其由。及虜既入，始倉皇議復，亦已晚矣。且事必酌宜，兵難遙度，往見制撫諸臣論奏，廷臣從中或懸斷異同，此何異於瞽對病之藥，而欲更其方以爲智也？臣願自今廟謨既定，終始不移；衆志所安，順從勿逆。利害呼吸之際，無妄生異議以惑人心；成敗未睹之時，無輒肆論劾以阻士氣。隆閫外之寄，寬文法之繩。有所請也，必若拯溺救焚以應之；雖小挫也，必益兵給餉以援之。必使其伸縮進退，莫之掣肘，而後可以責其成功。三軍之寄，萬民之命，惟閫外是聽，而吾何所與於其間？吾惟期於靖寇安邊而已矣。使昔唐宋之持議者，而出於是，則彼子儀、李、岳胡爲而不成功哉？無使後之視今，猶今之視昔，則臣之所大願也。蓋銳志於始，定議於終，而理財用人，斯有成績焉。大幾於焉而決，大業於焉而定，生靈永無涂炭之憂，而宗社鞏於磐石之固，何其盛哉！然此實今日之所易致也。

思昔宋之天下，自河以北，大半非宋有也。而又契丹橫行，元昊竊據，女真繼興，敵國四面，兵力寡弱，而韓、范、張、劉諸臣，猶能折衝保障，乘勝挫賊。逮至南渡，自淮以北，又復非宋有也。區區東南，兵力愈屈矣，其臣猶銳意恢復，屢建奇功，使其上下一心，則宋鼎可以不南，而南遷可以不覆也。今我國家一統全盛，自古所無，而又遇中興之會，我皇上大有爲之君，當此財力富强之際，而臣工乃不能禦此一隅之虜，不將爲宋臣所笑耶？過此以往，虜勢日盛，屠掠日廣，吾力日弱，所謂雖有智者不能善其後也。機不可昧，時不可失，是故臣不勝感激，蹙頞拊膺，而願我皇上之大誥天下，奮發於是舉也。若臣言之所未及，欲用車以備捍禦，欲更舟以通漕運，則臣前疏已悉之，該部亦嘗看議而未之行耳。昔卞和抱璞而獻之楚王，弗售，至兩刖其足，而獻猶不已，後果得璧。夫璞無關於理亂也，和猶不忍棄，刖其足是罪之也，和且不避。今臣進言於安危之際，且未嘗獲罪，奈何遂甘心卷舌，而爲和之罪人乎？伏惟皇上鑒臣抱璞之志，敕下該部，查臣原疏，併議施行，則臣芻蕘之言，雖不敢擬於和氏之璧，而皇上之寶土地人民，則過於楚王萬萬矣。臣無任迫切，祈望戰兢待罪之至。

車 戰 事 宜 疏

奏爲乞稽古今成法以備戰守事。臣竊惟今日之事，莫大於邊防。二年之間，屢奉聖諭，憂思虜患，惻若恫瘝，聞者莫不感動。昨復奉旨，行取都督魯經軍門聽用，以爲先事之備。聞者又莫不嗟嘆，私相告曰："我皇上深居九重，而念切邊陲如此，吾屬今年可無憂矣。"然臣猶有慮焉。邇者集議邊事，凡兵食諸策，皆已詳盡，獨捍衛一事，猶未之及。臣恐兵食雖足，士馬雖强，而臨陣終不能當虜衝，亦徒勞而無功也。何也？蓋虜將接戰，必先馳騎奔衝，衝動則進，不動復退。其勁悍慓疾之狀，人見之而辟易；腥膻臊羯之氣，馬聞之而噴縮。我軍之勢既已披靡，虜然後虎翼而進，則我曾不得試一技而束手爲戮矣。則我之不利，常由於不能當虜之衝也，然則捍衛非所當先講者乎？

今之捍衛，惟恃干盾，人馬蹂踐，干盾何在乎？臣於去年正月，嘗上疏請用車爲捍，聯以鈎環，其上置器械，士馬皆擁車後，則虜不敢衝，衝亦無恐。而銃炮槍弩，且惟意可施，左右夾攻，亦相機可動。萬一不利馳歸，亦有營宅可依。夜則旋繞於外。守在是，戰在是，營亦在是，一器而三利焉，不易之制也。雖蒙看議，未竟施行，遂使古今百試百驗之法，當此邊防如焚如溺之時，而不得一試，以坐觀其敝。及其敝也，則又東西委咎，竟未如之何而已，寧不令人抱憤發狂，而欲爲邊人大慟也哉？故臣拊膺激切，不忍不言。然無徵不信，恐復無益，輒敢歷稽古今成法，以明車之必可用，虜之必可禦，誠不忍坐視車之受誣，而終以虜爲難制也。惟皇上垂察焉。

臣嘗考之三代以前，見於經傳者，如曰"戎車既安，如輊如軒"，尹吉甫之伐玁狁也；曰"方叔涖止，其車三千"，方叔之征蠻荊也；曰"四牡騤騤，君子所依，小人所腓"，亦玁狁之故也。玁狁即今北虜也。三代以後，載諸史册者，若漢衛青擊匈奴，用武剛車爲營。晋馬隆擊鮮卑，山隘爲偏厢車，地廣爲鹿角車，轉戰無前。魏太武北征柔然，車十五萬兩，遂度大漠，柔然怖畏，不復敢南向。唐馬燧爲河東節度使，爲戰車，冒以狻猊象，列戟於後，行以載兵，止則爲陣。宋宗澤嘗修戰車千二百乘，以禦金人。匈奴、柔然、金人，皆北虜也。禦虜曷嘗不用車乎？昔武王問於太公曰："車與騎步，所當幾何？"公曰："車者，軍之羽翼也，所以陷堅陣，要强敵，遮北走也。"宋陳祥道曰："古之用兵，險野人爲主，用車而主人也；易野車爲主，用人而主車也。"車之於戰，動則足以冲突，止則足以營衛。將卒有所芘，兵械衣糧有所賫。真宗時，困於契丹，吴淑請復古車戰之法，曰："匈奴所長者，騎兵也。苟非連車以制之，則何以禦其奔突哉？"故戰之用車，一陣之鎧甲也，可以行止爲營陣。賊至則斂兵拊車以拒之；賊退則乘勝出兵以擊之。出則恃此爲所向之地；入則以此爲所居之宅，故人心有依，不懼胡騎之陵突也，皆言禦敵之不可無車也。而淑之言尤爲痛快，若爲今日而發也。車曷爲而不可用乎？此往古之可稽者也。

臣載考我朝成化年間，總督宣大軍務尚書余子俊奏議內一疏，專請成造戰車，大略謂：自古命將出師，禁暴誅亂，非車不可。今承平已久，正統十四年，京師戒嚴；成化十九年，大同失利；振揚威武，正在此時。追憶天順年間，臣守西安，曾辦車料送至寧夏造車，用無不利，至今賴之。今大同宣府，地方門庭，寇至車戰爲宜。大率以萬人爲一軍，戰車五百餘輛，每輛用步軍十人駕拽，行則縱以爲陣，止則橫以爲營。營車空闕處，以鹿角柞補塞。凡戰士器械不勞馬駄，乾糧不煩自賫。別處伏兵亦以鹿角柞如車自衛。若虜對壘相持日久，則隨處伏兵，或首遏，或尾擊，取便策應，運無足之城，策不飼之馬，此係億萬年簡易守邊一策。而其開具式樣圖本於後，又有椿繩式樣，意亦爲伏兵據險而設爾。近年總制尚書劉天和，亦請用車，車柞相間，二式見存工部，見者翕然，以爲可用。今宣大猶昔也，總制猶昔也，而車之用獨不可如昔乎？此又當今之可稽者也。

由是觀之，古人凡戰皆用車也，而於虜爲急。今用車非必戰也，而於守爲要。平沙曠野，漫無憑依，絕壘孤屯，懼心生矣。虜復雄奔，誰能禦之？誠得車爲營衞，則在在皆連城，縱不能收必勝之功，亦可以爲自全之計。此事理之甚明者也。在在自全，聲援四集，虜必可滅，古今明效，不可誣已。不然雖將如孫吳，士如賁育，恐終不足以當狨虜奮勇之衝，而徒爲暴虎馮河之悔，無益也。且禦虜而可無車，則古人固當弗爲矣，奚其必出於是也？伏望皇上俯垂究度，敕下該部，議定車式，行令總制等官，凡隘口把截及平地劄營處，務要仰體聖心，先時預備，或有緊急，暫買民間小車修改，一面晝夜製造，則兵糧既裕於往日，而捍衞尤出於萬全。今年或可無長驅之患，將來遂可收掃蕩之功，何其快哉！

或謂車便曠野，不便險隘。臣則曰：兵法易野險野，易戰險戰，皆用車也，特其法少異爾。或疑車畏焚。臣則曰：夫舟豈不畏溺也？而未嘗廢舟也，在吾有以防之耳。或又疑虜之入常乘吾所不守，車將安施？臣則謂：關之外或有所不守也，關之内吾所必守也。不守而不能禦，守而必禦其入也，能得志乎？或又疑車或不足捍。臣聞前年，山西警報，虜將迫井陘，官軍莫能制。至洪善鎮，鄉民倉皇，盡砍棗枝布地，虜騎遂不能進，因而北遁。然則凡物皆可捍也，而況於車乎？其必可禦而不足疑也又明矣。臣故曰：車之禦虜也，猶對病之藥也。而古今所載，則皆經驗之方也，棄而不用，病可瘳乎？臣備員車駕，每念及此，輒復不寧，況聖諭惓惓，苟可少裨，臣何忍默？伏願聖慈，矜臣之誠，宥臣之罪，行臣之言，臣愚何幸！臣無任悚息祈望之至。

應詔自陳疏

奏爲自陳不職，乞賜罷黜以昭考察事。臣由嘉靖八年進士，欽除翰林院編修，歷升今職。於嘉靖二十四年四月十四日到任，適遇京官六年考察方畢。臣雖後至，例應自陳。臣惟太學賢士所關，祭酒師道攸繫；如臣寡昧，實非其人，學未足以潤身，教安能以成物？使不自揆，必至曠官。伏望聖明，將臣放歸，別選儒碩，以充茲任，則進退行藏之地，無往非大造曲成之恩矣。臣不勝感戴祈望悚息隕越之至。

給 假 疏

奏爲陳情乞恩，容令給假事。臣聞義不後君，孝之移也；仁不遺親，忠之基也。蓋忠孝一道也，臣子一心也。臣父先臣鉎，原任四川按察司副使，嘉靖十六年病故。臣時由南京兵部車駕司員外郎守制回籍，卜地安葬，後堪輿家往往以爲不吉當遷。臣每懷不安，徒以身縻官守，勢莫能及。既而家難頻仍，臣子連喪。臣時又以車駕郎中蒙升廣東提督學校副使，啟行在途，亦弗暇顧。積憂成疾，上疏乞休，未蒙俞允。又蒙升授今職，臣亦隨時赴任。自顧力小任重，夙夜勉勵供職。然每念及先墓未遷，諸喪不舉，老母在家，衰病侵迫，方寸即亂，寢食不寧。臣之爲子如此，復何以言孝也？臣欲陳情給假，則以謬叼正官，恐妨監事。欲乞歸田里，則念遭逢聖主，恥甘隱淪，故每拊心徬徨、躑躅中止。臣之情事，亦可悲已。今於本年　　月　　　日伏睹邸報，欽蒙聖恩，不以臣奉職無狀，改國子監祭酒。臣不勝感激，以至隕涕。竊念前任既離，後任未赴，此臣可以少遂私情之日也。失此不籲，圖歸無期，憂慚日深，必成痼疾。有臣如此，又安望其忠乎？用是敢瀝血誠，上干天聽。伏望皇上察臣俯仰之悲，憐臣荼蓼之集，容令乘便給假回籍，少申孝忱，隨當依限赴任，勉攄忠悃，則皇上天高地厚之恩，存歿均被；而臣父子銜結之報，幽明弗諼矣。臣不勝戰懼隕越待罪祈望之至。

乞太恭人恤典疏

奏爲陳情比例，懇乞天恩賜祭，以光泉壤事。臣浙江金華府永康縣人，由嘉靖八年進士，歷升今職。嘉靖二十四年四月內到任。臣父先臣銈，原任四川按察司副使，以臣先任翰林編修封中憲大夫；母趙氏，先封孺人，加封恭人。母年七十有五，不幸於嘉靖二十六年十月三十日在家病故。臣悲母以年老，不能就臣之養；而臣以守官，不能送母之終，此臣之至痛而無以自解者也。臣伏睹《大明會典》內一款："凡兩京四品文官，父母曾授本等封者，賜祭一壇，欽此。"臣不勝感泣。竊欲覬望，復查得某年某官某爲某故，乞恩賜祭，俱蒙欽允。臣與某某事體相同，伏望皇上推達孝之心，普同仁之澤，使臣母亦得與例。則臣雖不及送終，而可以自慰；臣母即無以爲葬，而可以瞑目矣。臣自今未死之年，皆感激圖報之日也。臣分當匍匐詣闕，緣遵例守制，不敢越離。瀝血陳情，無任哀切，爲此具本云。

守宣武門條陳三事疏

奏爲仰體聖心，俯效愚忱，以廣聖恩事。臣旬日以來，伏見皇上軫念軍民，真如赤子。慮城中之米貴也，發太倉以濟糴；憫軍士之饑餒也，製麵餅以充餉；憂軍士之疾病也，遣太醫以劑藥。六師萬姓感激天恩，不啻投醪挾纊，鼓舞嵩呼。人和既得，金湯益固，真不戰而氣自倍矣。顧臣殫思悉慮，猶或有聖心之所已及而未發者，復敢爲皇上對揚之。

一曰恤凋殘。臣聞東西北城外村落居民及各馬房等處，昨遭零賊屠掠焚燒，死者多未掩埋，生者或無饘粥。兵燹所經，凄涼可想。臣愚欲乞遣官分投親詣各地方勘驗，人爲葬埋賑給，其蕩無栖止者，或量助苫蓋。至於關廂居民移入城者，近日稍稍復出。但其中多貧寠，遷徙益困，米價雖賤，無錢可糴。臣愚請於所發五萬石中，改一二萬賑給，或爲煮粥兼濟，則澤及枯骨，仁覆疲氓，中外感孚，邦本益固矣。

二曰慎擒捕。臣伏見懸賞令下，地方官軍人等率乘時覬覦，多有妄捕以希升賞。臣守宣武門，時見喧嚷而入，有捕靈武關哨探軍人以爲賊者，有捕西山做工及驚伏草野以爲賊者。臣面審之，一無證據，又送巡城等官覆審無異，隨即釋放。然皆捆縛狼狽，使再稽緩，即不誅戮，終死囹圄。以臣一門推之，他門可知也。臣願下令，今後凡擒賊得實者重賞，誣妄者必罪，則人不敢貪功以害人，而我皇上惓惓恤民之仁四達而不悖矣。

三曰紓民兵。今城上守垛，盡括城中居民，已經旬日，晝夜戒嚴，頗皆疲倦。雖給行糧，亦多費用，器械旗幟、燈燭紙張，皆所不免，貧者弗堪。今幸虜勢已遏，捷音日聞，僉議官軍，尚未可解。民兵垛數，冊籍俱定，借令暫散，登時可集。臣愚欲及此時暫令上下番休，其諸器械費用，悉更官給，一無所擾，止役其身，則天恩益以浩蕩，人心益以欣悦，而赳赳之武夫，皆天朝之干城矣。如蒙乞再敕下該部詳議，倘可采納，亟賜施行，臣民幸甚。臣無任悚懼，無任願望。臣以防守，不敢擅離，爲此具本云。

議睦妃塋疏

題爲傳奉事。臣於本月二十日奉欽命，會官前詣金山，相擇睦妃何氏墳地已該，臣等會同具題復命。但臣猶有愚見，昨會本中難以悉言，今思終於不言是自欺也。臣不敢也。

臣伏見金山一帶，約長三里，中間新舊陵墓，約計二十餘處，支隴高下，封塋殆遍。昨經審擇，似更無餘。臣查得先年英廟妃墳一所共十七位，憲廟妃墳一所共十三位，當時地尚有餘，不嫌同祔。去年宜妃包氏、靜妃陳氏逝，欽奉聖諭："昨二妃相近而逝，可同一地爲墓。"我憲宗諸妃皆同處者，且省民力一分，是同藏之便，皇上已有成命矣。昨所擇地一處，切在二妃墳左。臣見本墳壙域甚廣，左右可容，見今工作未完，并祔睦妃尤便。況體魄所藏，神靈依附，懸處孤寂，亦或未安。又況去秋虜警，上軫宸衷，若使兆域仍舊，守者增新，人衆力多，亦可防禦。蓋臣反覆思之，如此則於地爲宜，於靈爲妥，於守爲易，一舉而三便焉。故臣不敢不爲皇上明言，伏望皇上鑒臣勿欺，宥臣妄瀆，特賜裁定，永示遵行，臣愚幸甚。臣無任悚懼祈望之至。

便宜賑濟疏

奏爲乞從便宜以廣賑濟事。臣惟皇上身居九重，慮周萬方，一遇水旱饑饉，即議蠲發賑貸，愛養元元，惻乎至矣。即今直隸、河南、山東、徐邳、淮鳳等處方數千里，水災異常，民不聊生，饑饉流離，盈室載道。雖屢經言官條陳賑恤，該部題覆，然未見持議歸一，未聞旦夕亟行，何也？夫方數千里，枵腹待哺，辟諸救焚拯溺，此何時也？歷今冬至明春，時尚遠也，而不亟爲之所，是故臣有憂也。臣惟今日内帑不必發也，大臣不必遣也。臣聞救荒莫便乎近其人，莫不便乎拘以常格，亦惟隨地制財，因時設法而已。臣愚，欲於兩直隸二省各遣行人，賫詔諭，宣布德意，慰拊顛連。飭令各州縣官，宣力殫慮，自爲賑給，聽其便宜處置。凡官帑公廩、贖納勸借，苟可以濟民者，一不限制。如近日戶部申明開納事例，亦暫許本地上納，依期而止。當此之時，富民之財恐亦無幾，若隨其所有粟麥黍菽之積可救饑者，皆得輸官計直，視其例之相合，官爲請部劄而授之。彼方虞人攘奪，樂從者衆，是非獨救饑，抑可止盜也。一例之應，而數千百人活焉。視輸之他用，利益孰多也？且令之於一縣易知也，四境災患輕重不同，令得以劑量其緩急而先後之，多寡之，其核實也精，而其施惠也均。視受命於撫按，行一切之法，利害相懸也，故臣以爲從便宜便。臣又惟今日兩直隸二省之民，其靜也，則百萬之性命關焉；其動也，則地方之安危繫焉，勢莫有急於此者也。宜令自撫按以下，凡諸常事，悉暫停輟，一意賑恤，督責諸守令，夙夜從事，真如父母之於赤子，救其疾苦，必求其濟，如有智慮不及者，亦隨其盡力。所謂救一分得一分，仍各造册，登記全活之數，定爲等則，以課殿最，以憑黜陟，而撫按守巡之賢否，亦是稽焉。則數千里困急之民，咸獲更生而銷未形之變，寢不測之謀，以益擴我皇上愛民之至仁，或未必無少裨矣。如蒙敕下該部，再加酌議，上請亟賜施行，蒼生幸甚，宗社幸甚。

改南辭朝疏

奏爲辭謝闕廷不勝感激瞻戀事。臣悚懼悚懼，頓首頓首。竊念臣一介書生，粗知章句，嘉靖八年，荷蒙皇上御擢，列諸侍從，歷陞今職。嘉靖三十三年七月內，復蒙皇上簡擢撰文，供奉左右。叨受聖恩，日益隆重。顧臣性愚才劣，有孤任使，以致愆謬日深，罪當誅殛。乃蒙皇上曲賜優容，不加竄斥，特調南官，俾臣猶可自新圖報將來。此皇上天高地厚之恩，父鞠母育之仁也。此臣所爲不勝感激，以至顚隕流涕，雖誓盡瘁終身，而猶不足以圖報於萬一者也。承命以來，瞻望闕廷，徬徨躑躅，欲去不忍，措躬無地。今當報名辭行，不勝戀慕涕泗之情，此如人子之於父母，平時在膝下，初不知別之爲難也，及至別離，則涕泗躊躇，莫知所云，臣今日之情，何以異於是？臣今行矣，伏願聖情日豫，聖壽日增，九重長享安静和平之福，以慰天下臣民仰戴之心，宗社幸甚，四海幸甚！

程文德集卷之四

表

賀瑞穀表

茲者西苑帝田産瑞穀一百十五本,鄭府宗人奏進穀八十本。欽蒙皇上告獻祖廟。禮成,臣等誠歡誠忭,稽首頓首。稱賀者伏以陽德登豐,匯集九重之慶;嘉禾獻瑞,駢臻萬壽之徵。昭至治之馨香,顯神明之幽贊。麻覃宇宙,喜溢臣工。仰惟皇上,玄德合天,弘仁育物。宵衣旰食,緝熙經國之心;春報秋祈,隆重爲民之典。是以二極凝和,九重申眷,御苑協嘉生之瑞,藩封呈丕應之符。玉粒金秬,資舜田而擢秀;連岐合穎,同唐國以歸禾。矧當靈誕之期,適睹瑞禎之炳。永俾戩穀,知保定之自天;廣被咸和,信栽培之有日。蓋一本三莖,合天地人而歸於一敬;百穗萬寶,聚福禄壽而會爲百祥。此神启之殊禎,聖德之明驗也。臣等叨聯侍從,無補論思。執簡書大有之年,屢編禾瑞;頌德詠《豳風》之什,三嘆麻徵。祝萬壽以無疆,戴一人之有慶。伏願堯仁益廣,綏邦域以屢豐;羲歷彌昌,奠山河於永固。臣等無任瞻天仰聖鼓舞歡忭之至。

賀長至表

伏以旭日迎長,天心見一陽之來復;玄雲紀瑞,帝德合萬物以同亨。爰修亞歲之儀，誕布先春之令。臣工胥慶，海宇均歡。恭惟皇上德妙淵微，道隆邃穆，至誠無息，精禋格于上玄；明作有功，謨烈光乎二祖。兩儀位而群生植，五氣布而四時行。茲逢周月之開天，適睹堯星之正昴。黃鍾律應，陽初動於地中；玉管灰飛，氣已升於子半。占九重之瑞靄，春至彤庭；喜一脉之微和，寒輕紫禁。將閉關而息旅，先育物以對時。發粟太倉，大賚而流移盡撫；鑄錢寶局，定制而泉府遂通。治定功成，肆升中而饗帝；禮明樂備，益熙載以惠疇。蓋真得億兆之歡心，而昭受百神之景貺也。臣等忻逢盛際，忝列清班，思宮綫之新增，愧襪才無資於補袞；念璿璣之始運，慚管見莫助於窺天。情倍切於嵩呼，心敢忘於芹獻。伏願道隨陽長，德與日新。景命歲臨，御離明而久照；聖躬天保，配乾健以同行。至治難名，九叙歌而風行萬國；太平有象，重城建而守在四夷。臣等無任欣躍祝願之至。

賀瑞雪表

嘉靖三十二年十二月初四日，欽惟皇上以雪祥應念，但尺瑞猶慳，籲帝攄誠，爲民請命。今十六日，瑞雪大降，郊圻盈積。天從聖願，人感神功。臣等不勝歡忻，謹稽首頓首。稱賀者伏以聖人體道，先天而天弗違；帝力通玄，享神而神受職。玉音初渙，同雲即興；丹誠始虔，普天咸應。六出飛霙，光映二陽亨動；三登呈瑞，潛滋萬物萌舒。慶入堯年，澤均禹甸。仰惟皇上，念切烝民，仁周品彙，默軫三冬之渗，夙祈五穀之豐。始願期於終完，初誠積而彌切。有感必應，一德誕於昭升；靡神不周，六臣祇以將事。連日醖釀，載晴載陰；一旦繽紛，既優既渥。遂見唐衢之盈尺，漸敷舜畝以浮丘。千里凝華，式慰周文如傷之視；四郊占瑞，少紓夏禹由溺之思。伏願道涵太素，瑞不以雪而以人；心徹重玄，豐不在年而在德。允惟萬方黃髮之詢，大作四海蒼生之庇。臣無任欣躍祝頌之至。

賀長至表

伏以履長納慶，忻萬壽之隆昌；亞歲迎祥，肇一元之亨復。緹室
葭飛以應律，瑤臺衡正於連星。九重捧日，同歌舜旦之光華；五色書
雲，共戴堯天之浩蕩。四方交泰，千載昌期。恭惟皇上，道高百聖，
功配兩儀。乾綱持獨斷之權，萬幾是總；離照炳至明之用，百度惟
貞。重玄感格於精禋，兆庶奠安於敷錫。對時育物，歷三紀而治久
化成；應運繼天，嗣九聖而宇寧氣協。是以三靈薦祉，百順蒙庥。
居象魏而八方咸和，豈特陽回燕谷；垂衣裳而四極丕應，詎云數會
玄明。贊陽滯於登金，布陰行於薦樂。芳雲颭馥，升聞至德之馨；
柔荔迎葽，祇翼收凉之惠。祥光永照，淑氣回新。茲啓昌辰，載逢
令節。天開於子，月當周正之初；昴見於南，時授殷冬之候。玩羲
爻而閉旅，肆樂寢兵；順月令以調元，踐長進履。敬一受神明之
佑，静專見天地之心。日行黃道，漸瞻龍馭之中；慶集紫宸，茂介
龜疇之備。臣身逢熙盛，恩戴生成，叨陪闉闍之班，願罄華封之
祝。伏願好生之德，與元化同流；體道之功，與初陽并長。自復而
臨、而泰，由三十三載而億萬斯年；兼王與帝、與皇，當五百餘年而
千聖道備。永建中和之極，彌昌光大之禧。臣無任欣躍祝願
之至。

謝賜帝社稷胙表

伏以土穀春祈，内苑肇靈壇之祀；明禋昵溥，渥恩同湛露之頒。
方切駿奔以爲榮，復饗燕私而倍感。恭惟皇上對時育物，懋敬格天，
雪瑞嘉平，已慶豐登。有兆景熙元正，更占寰宇同康。猶因東作，以
告處誕，布陽春而贊化。臣等無能爲役，有幸遭逢。伏願地平天成，
九有益沾迎和之澤；民安國泰，一人長凝永壽之禧。臣等不勝欣躍感
戴之至。

謝賜帝社稷胙表

伏以祈年占協，禁畮收稼穡之功；報祀禮稱，瑤壇溥苾芬之覜。矧當天賜穀祥之會，更值人稱聖壽之期。臣等愧駿奔之無功，感鴻休之有應。蓋一人弘即田之慶，而百辟竊受釐之榮。伏願帝廩常盈，普天下而來牟率育；皇仁丕冒，合萬姓而樂利蒙休。臣等不勝感戴祝頌之至。

程文德集卷之五

序

贈金華吉侯三載考績序 代家大人作

金華吉侯，舉正德甲戌進士，明年拜桐廬令。未逾年，政事修舉，當路者器之，謂其材大而用小也，薦之朝，改任金華。數月，政洽人和，聲聞四發，視桐廬之美益彰。於是縉紳大夫士咸謂當路之明於知人，而喜侯之不負所舉也。歲戊寅季秋，例當三載考績，侯將請於郡守以行。郡庠生某輩謁予而請曰："金華，古文獻邦也，民皆守禮畏法，承平日久，化導匪人，以致民奸而法廢，政用弗和。自吾吉侯之莅茲土也，有五美焉。願大人先生一言以道其行。"顧予初歸自蜀，未有所試也，謂兩生曰："是固將張之耶？"曰："生聞君子不虛美，非其實，詎敢請於君子乎？吾鄉舊有縣霸，私官以剝賦，殘民以肥家，侯悉誅之，籍其財以輸國用，而人服其公。邑多淫祠，縱迎泥神，聚觀劇戲，民用蠱惑，侯始至，即毀其像而辟其非，而人歸其正。里役苦官之冗費，均徭多奸之影射，侯能清理節省，而人尚其明。近邑有義冢一區，往往視以爲鬼域，漫不加意，侯能推廣此心，遍置四境，使枯骨咸有所歸，而人懷其仁。抑聞在桐江，中貴往還，需索無厭，侯裁抑之，不少假貸，一方賴以弗擾，而人畏其勇。此五者，皆人之所難能而侯獨易之，大人先生以爲何如？"予聞而異之，曰："噫嘻，如生之言，則侯之爲政豈直予之所嘉美也哉？夫職之近民，而可以施吾惠者莫如令。然察之者詳，動多掣肘，吾見令之難爲也。如生之言，則侯之政亦奚俟予之嘉美哉？”

侯名棠，字師召，今則可謂顧名思義而無愧乎《甘棠》之詠矣。方今聖天子求治如渴，茲行也，列職諫垣，獻可替否，廣二邑之美以美天下之政，不於侯是望耶？獨惜吾金華之未終其惠也。庸次第兩生之言，以爲吉侯贈。

壽黃溪應惟中五十序

客有嘉山水之遊者，松谿主人揖而問曰：“客亦遊黃溪乎？”客曰：“未也。”松谿主人曰：“嘻，其何遊哉？吾聞黃溪發源東谷，流衍汪洋，匪盈匪涸，可遊可航。環名山之窈窕，蔭喬木之滄浪。潴而爲潭，瀉而爲灘。白石齒齒，清流潺潺。烟雲雪月，風雨明晦，四時之景不同，而莫非黃溪之助也。客亦願遊之乎？”客曰：“子知黃溪之勝，而未知其所以勝也。子獨不聞古名溪乎？渭陽之磻，柳之愚，越之剡，徂徠之竹，是四溪之風物不可得而見矣。聞其名油然而慕之，亦以溪乎？吾未遊黃溪，而聞黃溪之有賢主人，舊矣。主人居訥軒之下，隱德弗仕，幼嘗遊學金臺，閱寒暑不倦，通經史，知詩，識時務，志向宏遠，視小得失不動，與人處財同患難，人卒賴之。嘗烏巾野服，遊詠溪濱，人見之悠然，真與溪而相忘者。而黃溪之名，由是始著，是溪非主人無以顯其勝矣。吾雖未識黃溪，而寤寐主人不置，固遊之以心矣。奚其遊乎？”松谿子曰：“美哉遊乎！然亦有相成者。溪鍾靈而主人生，主人賢而溪益有名，且夫主人之厚積遺慶，猶溪之源深而流長也。讀書識時，可遊而可航也；輕財急義，能瀉而能潴也。溪非主人無以顯其勝，主人非溪無以成其賢。今主人春秋五十，孟冬二十一日，初度之辰也。昔伯玉行年五十，而知四十九年之非，主人亦若是乎？自是而黃溪之名與古四溪埒矣，主人之樂，將與溪相爲悠久矣。請誦客之言,以爲主人壽。"客喜而笑曰:"然則,吾將與子溯黃溪,登訥軒而詠臺萊之詩,以爲主人祝。"

贈周大夫還安山序

程子方讀莊生之書曰:"喪己於物,失性於俗,是謂倒置之民。"喟然嘆曰:"旨哉,周之言也。冲然諧,超然悟矣。"因詠不自休,適有叩門者,聞之,其聲驕驕然,頃則幾幾然,頃則與與然,曰:"之人也,之叩也,聲應於心,其自好者流乎?"亟起迓之,則安山周先生也。見其色怡然沃然,疾若欲言。甫坐,告我行,軒然喜。予惑之,數千里服舟車勞始至,將行志也,奚其行也?

先生曰:"嗟乎,吾豈不欲行其志哉?吾少遊庠序,夙寡弱,呻佔畢,恒僕僕焉弗勝,懼違大人,罔自恤。既幸舉於鄉,計偕京師,二三往往而病。念老母在堂,亟就官慰其望,得知滇南之和曲州,涉湖湘,度關索,趨貴竹而西,往蒞焉。中間勞苦,不倍蓰茲行乎?吾豈不欲行其志哉?吾聞諸先民,直道而能行其志者有矣,未聞枉道以行志也。吾志終不可行,於今日占之。晨謁稽勳郎,省吾公移,輒齟齬,指摘間郤,欲稽焉,欲吾枉道而事之也。吾嘿然不應,拂衣起,告其旁署僚曰:'吾不欲官矣,願假節還鄉里,爾僚幸許之。'且吾爲和曲二年,地雖夷方,罔敢陋之。肇新葺頹,悉心不自顧。嘗著吏治二十條,思竟其志。寢與長吏不合,往往欲繩以非法。吾屹然不少屈,終不能有加也,然銜之者衆矣,自此已薄仕進心。無何,守制東還,今年以例起復來,猶庶幾可行吾志也,而兆已見於此,吾何求哉?吾故吾也,今之天下,惡乎往而非和曲哉?苟有甚焉,則吾病矣。《易》貴知幾,茲非吾時乎?"

予聞未畢,取酒酹地,仰天祝曰:"先生行矣,先生行矣!光吾鄉者,其茲行耶?予懷亦磊磊,見世人有溺志者,惕若浣常。慨想古人之豪傑,訇訇琤琤者,不復得見。而今乃見先生,義不毀性,介不失身，莊生之言，先生其免夫！"先生嘗構堂安山之麓，面池繞樹，幽迴可愛。今茲歸，無求於世，澹然自足，日夕坐臥，觸詠其間，不知老之將至，樂矣！因悟頃扣門聲，始驤驤然者，先生用世之志也；中幾幾然者，憶履歷之難也；終與與然者，遐想安山之樂也。志定而氣應焉，氣至而聲應焉。若先生者，其難乎？先生行矣！明年吾成進士，嘗試一二年，可爲則爲，不者亦飄然物外，求先生於安山矣。磊磊者肯自負爲？

是時祖道凝寒，驪歌悵別，遂書其事以壯行色，且以質諸安山之靈。

贈思齋曹子令繁昌序

天下之事，孰不當思，況於政之大者乎？吾聞諸夫子曰："政者，正也。"政非徒正人也。有諸己，斯求諸人；無諸己，斯非諸人，是故思不可不預也。思不預，則見弗明；見弗明，則行不一。而暫舉隨廢者有之，而以私滅公者有之，如正人何？故曰：思不可不預也，思預而天下之理得矣。吾友朝卿先生，嘗扁讀書之舍曰"思齋"，其於正己正人之道，宜罔有弗預者。今將往令繁昌，吾固爲繁昌之民慶也。何以爲贈？惟南山翁，於吾翁莫逆友，吾於思齋猶兄弟也。昔尹吉甫《烝民》之詩曰："愛莫助之，吾實有焉。"請廣"思"之義爲思齋告。

夫拘於虛者，不可以語海；束於教者，不可以語道。思齋可自足乎？夫職之親民者，莫如令；仕而可以行吾志者，莫如令；而至難爲者，亦莫如令也。畏其難，自負其志，弗共乎其職，無惑乎天下之弗治也！吾見天下人，詭道而趨時者，飾情以釣名者，豐殖以自便者，妄作以矜能者，咈民而任怨者，孰不曰："是爲令，是爲令。"有不爾者，且群咻之。於戲！令奚由良哉？國家而得若人也，民奚賴焉？弗思甚矣。令，民之興，國之祿也。趨時者毀介，釣名者不洪，自便者忘義，矜能者不知，任怨者不仁，由是道也，罔克終矣，況國與民乎？令良則政善，政善則民安。思則良，不思則罔，終思齋宜知所從矣。子產不云乎：“政如農功，日夜以思之。”斯言也，君子之言也。思齋昔日之思，譬則醫之蓄方也；今日之思，則臨病也。方有限而病無窮。繁昌之人，有暑雨而怨咨者乎？何以食之？有祁寒而怨咨者乎？何以衣之？有深顏慝志健訟者乎？何以一之？有私家而喪賦者乎？何以均之？有後行義而傷風教者乎？何以敦之？學校有趨浮者，閭里有憑弱者乎？何以化之？皆思齋之責也，可無思乎？預諸謀慮，審其機宜，思必可行，行無越思，以求善厥政，以無忝於正己正人之道，吾於思齋有望矣。吾聞太平隸邑三，當涂附郭，蕪湖大江之衝，惟繁昌僻在山中，庶幾易治，又得思齋往蒞之，吾固爲繁昌之民慶也。且夫風之必動，感之必應，令惟良之思，民將率令之思，他日且有去思也，思齋勖焉。

惟時吾邑之縉紳會於都下者，若沙泉俞先生，郡守也；安山周先生，州守也；雲窩俞先生，尹德興；雲崖李先生，尹順昌，於思齋又同選也。而麓泉王兄、方山趙兄，又與子同第，日夕相歡，忘其爲客，亦一時之盛。輒以狂菲之言，就正諸君子，皆曰“然”，遂書之。

張子梅莊序

梅莊何？莊樹梅也。莊樹梅何？主人愛梅，故樹之也。主人考槃自娛，環樹以木，然不於他樹，而必於梅，故曰主人愛梅也。主人之愛梅何？物也者，象也；情也者，感也。有物斯有象，有情斯有感。象，天也；感，人也。物有以象其情而後感生焉，感之而後愛焉，是故愛生於感，感生於情，情觸於象。情觸於象，斯其妙矣，言之靡狀也，思之靡喻也。忘思忘言，遊乎其天，契合怡愉，莫知其然，此之謂至感，此之謂至愛。我思古人靈均於蘭、淵明於菊、子猷於竹、濂溪於蓮，莫不愛焉。而和靖亦愛梅之數品者，幽閑貞逸，卉木異種也。數君子之情，得無象之乎？宜其觸而感，感而愛也。愛梅自和靖之後，未有聞矣。主人者作，緬然與偕，固重有所感耶？

夫世之愛梅者不少矣，有爲之序者，爲之記者，爲之銘贊歌詠者，至有爲之譜而系其族者，此雖好事者之爲，抑不可謂不愛矣，然皆愛其名而非感於情也。夫梅，純白静媚，其華殊也；清芬遠達，其香勝也；鼎鼐必資其實，貴也；歲寒滋榮其操，凛也。此蓋蘭竹諸品之不能相兼者，而梅獨全之。主人求志隱居，斂其華又厭其芬，貞其操益腴其實，其有感而愛者，宜莫如梅矣。倘祥山莊·因寓以號。月明雪霽，觴詠盤桓，而視顛顛，而行填填，携琴而往，侣鶴而還，混物我，忘古今，將使慕和靖之風而不得見者，見主人斯可矣；想聞主人而不得見者，見梅斯可矣。嘻！此其視世人之所愛何如？雖然，愛有辨焉：寄情則適，縱情則癖；癖則流，適則陶；陶則葆真，流則悲乘。主人之愛，爲適也，無爲癖也。主人者何？婺張君本潔也。

贈竹巖丘子遊北雍歸序

夫利仁而行，畏義而趨，章甫逢掖，穆穆愉愉，鄉之人歸焉，鄉之善士也。夫智而不炫，和而能貞；博大温良，戛玉鳴金，國之人歸焉，國之善士也。夫知微知彰，知柔知剛；險夷剥復，時行時藏，天下之人歸焉，天下之善士也。士生斯時，友天下善，斯其至矣。孟軻氏則曰："以友天下之善士爲未足。"又尚論古之人則何與夫道，一於聖教之本也，名覈其真，學之實也。學至於道，治之基也。世固有自以爲天下士，而考其歸，乃枘鑿焉。不然者，彼嘐嘐然者，踽踽然者，而曰："我中行，我中行。"其有合乎？否也。天下之士，非以名焉而已也。求之古人，某也聖，某也賢，亦既彬彬矣，章章矣。取而律之，言斯行斯，少有不詭於聖賢者，非士。非士，非學也；非學，非教也。非教非學，欲求治於天下，胡可得也？故曰"友天下之善士"。又尚論古之人，古人者，士之則也。尚論古人，而天下之士得其真矣。丘子少遊庠校，鄉之善士得而友之矣；自庠校應舉閩城，國之善士得而友之矣；又自閩城遊北雍，群六館之英相與處焉，天下之善士得而友之矣。其所謂士者,果有能不愧吾言者否也?苟有不愧於吾言者,人亦以爲天下之善士矣,丘子亦自以爲友天下之善士矣。慕其名,忘其真,將迷其趨,則於丘子何賴焉?執此以從政,而覬民之治,難矣。子今歸矣,其思所以尚論古人之道,誦其詩,讀其書,以昔所友者而參伍之,以審其從違,匪名之徇,必概於道,必求得夫實,以基乎治,則於是遊也,其幾矣。丘子蓋有志者,介吾姻友黃子瀋氏,徵言爲贈,懇懇不能釋。予固知丘之竟有成也夫。

贈蘇齋章子守衡州序

夫出處,遇也;順逆,數也,皆天也。遭焉而豫不豫,人也。是故達遇數者存乎知,安遇數者存乎仁,達而安,安而不遷者存乎勇。由是三者,無往而不豫矣。知有未澈,必至尤人;仁有未純,必至失己;勇有未强,必至遂非,皆非所以事天者也。故曰豫不豫,人也。

蘇齋章子,由大行擢司諫,八年於茲矣。論奏無慮數萬言,觸忌諱,摘奸諛,不少顧避,中外凜凜,聲名籍甚。頃以制家食,茲復拜官,朝士爭指之曰:"是昔時敢言章子,是真司諫也。"乃不浹旬,有衡州之擢,士復愕然曰:"是非章子所宜得也。"夫出諫官,補郡守,亦恒有之,奚獨於章子異焉?於戲,是政不可以例論也。昔蕭望之以諫大夫出守平原,曰朝無爭臣則不知過,而有憂末忘本之論。今日之衡陽非昔之平原耶?豈惟望之,汲黯補淮陽時,嘗願出入禁闥矣,二公之心概可知矣。章子立朝,固今之黯、望之也,宜夫人之愕而異也。然二公當時若有不豫然者,是故懇懇疏其心,如弗及焉。章子則慨然曰:"居廟堂之上則憂其民,處江湖之遠則憂其君,孰非吾職?孰不可行吾志也?吾何薄衡陽耶?"被命無何,遂束圖書,戒行李,怡然而去。於戲,出處之幾,順逆之際,章子審之矣。智焉,仁焉,而且勇矣。由是觀之,二公亦若有弗逮者。推是心以爲衡,衡不足治也。

章子於某友且戚,契誼甚殷。瀕行,且告予曰:"茲行也,何以教我?"予惟知則知人,仁則愛人,勇則能服人。知人則民不欺,愛人則民懷,能服人則奸宄無所於逞。夫民不欺而懷,奸宄無所逞,治之成也。章子得其道矣。惟持之以無倦而已。吾聞衡俗古樸,訟簡而地僻,稱易治。又以章子臨之,衡其有成哉。

贈虛谷姚公守金華序

嘉靖庚寅正月,皇帝郊祀之明日,慶成大禮,錫宴廷臣,自公卿大夫暨侍從之臣咸與焉。方入門,偶值虛谷姚公、東竹趙子相揖。東竹顧謂:"吾郡缺守,必得如公者,乃詣僉議。"私心躍如,意公亦弗能辭也。既數日命下,果爾。某嘆曰:"幾之先見有如是哉?"於是同郡之士官京師者,咸以得人為慶。又數日,相與釀餞於靈濟之宮,公至,則曰:"將濟謀濿,入境問俗,古之訓也。愛必思助,贈不忘規,友之道也。兹行也,諸君子曷以裨我?"僉避席曰:"何能裨公,《易》稱'虛以受人',我虛谷公實有之,敢不敬展所私,以酬來辱?"則有作而言者曰:"民財日屈,浚削滋豐,民力告竭,奔走作愿,率之維何? 小大弱強,咸欲有咨,臧否旌別,易眩厥施,平之維何?"公曰:"維廉維公,敢不慎諸?"則又有作而言者曰:"情偽枉直,莫訊其端。大盜若愚,奸法宄度,正之維何? 郡比圯水,民用遷止,因之饑饉,賦額靡蠲,恤之維何?"公曰:"維明維仁,敢不懋諸?"則又有作而言者曰:"暴橫陸梁,閭里弗寧,胥徒舞文,官方幾毀,警之維何?"公則曰:"予不佞,安敢縱焉? 弛度以廢厥威。"於是在座者咸起而為賀,知公之必能踐言也。蓋公服膺尊翁慎修公之訓弗怠,自癸未登進士,拜秋官,迨今凡七年。介而辨,徵其廉;守法不撓,徵其公;吏事精核而寬厚存焉,徵其明且仁;儼然以肅而人不犯,徵其威,蓋先行其言矣。夫廉以率下,公以平軌,明以正物,仁以恤民,威以警暴。下率則官勵貞,軌平則人順,物正則不欺,民恤則孚惠,暴警則君子勸而小人懲。夫君子勸而小人懲,物不欺而民孚惠,官勵貞而人順軌,其何功不樹? 於郡何有也?

是不足爲公賀，且爲金華得人慶乎？然則幾之先見，非偶然者，而且見於慶成之日，公之大成固可俟也，郡爲之兆爾。於是衆復起爲公壽。某因書以爲別。

望雲思親序

滇南閔德馨氏，以《望雲思親》求予序，言之若有弗勝者。予嘆曰：至哉，情乎！古人有停雲之思，暮雲之思，於友尚然，而況於親乎？雖然，嘗聞之，均思也，而有不同：有思焉而觸者矣，有觸焉而思者矣。思而觸者，情一而感物；觸而思者，情或未之一，而物感之。夫情之一而感物，思之至也，是故至思者難矣。昔人蓋有望雲而思其親者矣，顧瞻歔欷，不能去其思焉而觸者乎。《詩》不云乎："陟彼岵兮，瞻望父兮"，"陟彼屺兮，瞻望母兮"，猶之乎望雲之思也，非陟岵屺而後有也。如其不然，行役而登高，不爲北山之嗟，則爲漸石之怨矣，於瞻望何有焉？是故至思者難矣。善哉，樂正子春之言，曰"一舉足，一出言，不敢忘父母"也，此亦思之至也，予猶病其未盡焉。子之於親，非不敢忘，不能忘也，思生於心者也；子之於親，一體而分，心無異也，思有忘乎？思忘則心忘矣。是故不忘其親者，動靜食息，無非思也。是故雖不望雲而思，思固存也。彼有觸而後思，則雖望雲而思，猶弗思也，可以知思矣。德馨其勉之！雖然，猶未盡也。夫身也者，父母之遺體也，思其親則必愛其身矣。曷爲愛身？無忝耳矣；曷爲無忝？明道耳矣；曷以明道？疆學耳矣。疆學則道明，道明則無忝，無忝則愛其身以及其親，此之謂立身行道，揚名以顯親者也。思親至矣，德馨其勉之！維茲秉彝，極天罔墜。願因子以告南士，其共勖焉。

壽石松趙封君序

鳴和趙子舉進士，歲維己丑；里閈之士，同袍者仲德王子與某也，三人者實莫逆於心也。一日，鳴和謂二子曰："仲秋之九日，吾大人生也。維明年，實五十，欲歸爲壽，可得往乎？"仲德曰："嘻，其情之至乎！顧策名仕籍，非階任使，弗可往矣。"某曰："然。"既數日，復謂曰："吾是心萌矣，莫之能禦，瞻雲望月，罔自釋矣，曷以往乎？"某曰："都，是心其有感乎？昔人於親，誠孝所積，動天地、孚鬼神者衆矣。子之歸諒有待也。"仲德曰："然。"蓋久而未有以遂也。乃今年庚寅六月，鳴和忽被天子簡命使吾浙，竣事歸壽，適維其期，乃相顧駭嘆曰："異哉，茲行乎！若叩焉而即應也者，若預期焉而不違也者，是可以觀誠孝之道焉，可以驗感應之機焉。"鳴和於是乎喜油油然而生諸色矣。遂戒行李，謂某曰："幸甚，子言既不誣矣，願有以爲壽。"某謝曰："吾何以壽石松翁哉？翁之壽，既卜於子之心矣，吾何言哉？夫欲壽其親，人皆有是心焉，而弗能必也。子欲歸爲壽，天既順焉；子欲翁之壽，天豈違之哉？昔之附冰而鯉躍，拾椹而盜馴者，皆是心之感也。子之心純誠懇惻矣，而既得乎天矣，而翁有不眉壽者乎？"仲德復曰："然。"於是某擊節而歌之。歌曰："南山有石，岌而立永，維翁遊息。北山有松，蹇兮虬龍，惟公春秋與同。"仲德從而和之，曰："維石有髓兮，酌之可凌遐軌兮；維松有苓兮，爲醴可獻長生兮。"於是二三子更相和焉。其聲洋洋如出金石，倏焉群鶴馭空，飄飄然若將翺翔於石松之上，以鳴翁壽者。鳴和起拜曰："是可以慰吾祝矣。"乃命工圖之。某從而序之。

程文德集卷之六

序

贈壺南潘君爲南秋官序

壺南，予内兄也，與予處十有七年矣，實莫逆友也。正德己卯，予舉於鄉。後六年，嘉靖乙酉，壺南舉於鄉。又四年，己丑，同舉進士，人謂其心之莫逆，而其用世亦弗或後先焉，豈相待而然耶？庚寅夏六月，南京刑部廣東司主事員缺，冢宰以是司實統畿内，繁劇棼錯，非他司比；又勳戚貴近，往往欲干以非法，是故多齟齬，乃於進士中廉其公明果達者授之，得潘子焉。於是壺南告我行矣。予聞有不釋然者，維是十七年出入起居，罔有弗同，中間雖有離合，亦未始有經年之别也。今一旦以官守相遠，能無感乎？乃相與追論舊故而嘆焉。

維甲戌之春，竹澗翁館我於貳室，始同事於西園書屋，時年未弱冠。初不知聚之爲樂也。明年乙亥，避暑赤松宫，藏修之暇，觀山聽泉，景物可想。明年丙子，相從於潘村。丁丑於園之東北，戊寅則於王氏别業，出城西北數里許。數年相與，朋輩不常，吾二人則常與偕也。然皆同意氣，盡規勸，暇則遊息笑談而止乎禮義，可謂久而敬矣。明年己卯秋，偕自錢塘歸，及冬，予遂北上，蓋自此始有數月之别矣。自庚辰距乙酉五六年間，合而離，離則相思；離而合，合則相喜，歷歷可數也。丙戌，同舟南還，歷丁亥、戊子之春，復同侍翁北上，至今日始有遠別也。於戲，得無感乎？出處不齊，南北無定，自今以往，得常相與如昔日乎？此予之所重爲嘆也！雖然，亦有懼焉：人生不百年，即百年猶旦暮也。百年之內，其爲十七年有幾耶？甲戌之前，吾十七年也，倍之爲今日，三之則五十矣；四之五之，老且耄矣。日居月諸，忽焉逾邁，進德修業，尚奚待耶？夫子嘗曰："四十五十而無聞，斯不足畏矣。"然則今日之別，能無懼乎哉？於是某歌《淇澳》之詩以爲祝，慨然三復之。壺南子賡《鶴鳴》焉，遂矢心而別。

贈同年邵恒齋爲永康大夫序

大夫將爲永康，或者難之。時王子崇、趙子鑾、程子某，皆永康人也。三子於大夫又同袍也。乃相率而訊於大夫曰："大夫難吾邑乎？"曰："否。"於是三子遜遜然喜，知大夫之不惑也。大夫色溫而貌莊，質而愨悍，大而詳明，人之望之也，知易於理矣。大夫則退焉，若不勝也。之三子而告曰："子務我迪，我勸，務爲我規，毋以去爲長，而有邅心。《詩》不云乎？'令終有俶'，惟二三子是賴。"於是三子訶訶然大喜曰："以大夫難吾邑也，則自信也；將以易吾邑，則我謀也，匪難也，匪易也，大夫之及此也，邑之福也，盍副焉。"王子乃進曰："夫邑曷難？難於令而已矣；令曷難？難於心而已矣。弘農之虎渡河，中牟之蝗不入，異類且化矣，而謂邑有難乎？誣人也；拜井而得泉，揮戈而退日，心無不至矣，而謂令難乎？自誣也；大夫盡吾心焉耳矣。"趙子乃進曰："夫興利者救弊，夫化民者易俗，夫施愛者善威。弊也，俗也，民也，威也，愛也，大夫也。弊不救，利莫之興也；俗不易，民莫之化也；威不善，愛莫之孚也。愛莫孚，弊不與救，俗不與易也。是故救弊易俗以廣愛者，善威而已矣。夫執實以御虛，懲一以儆百，使巧言莫吾中，而毒民者無所於逞，夫是之謂善威。夫故弊可救，俗可易也。竊爲大夫願之。"程子乃進曰："二子審矣，予何言？夫令終有俶，大夫之慮也。《詩》亦有之：'靡不有初，鮮克有終。'願大夫之慮之也。"於是大夫起而拜曰："願夙夜敬慎，以求不辱誨言。"某起而賀曰："大夫兹行也，乃可以釋群疑焉，可以塞衆望焉，可以光同袍焉。"遂叙其事而歸諸大夫。

贈郭南黃子令滕序

嘗讀孟子書，至"許行、陳相之徒之歸滕"，未嘗不嘆人心易感，而王道可復也。嗟乎！王道簡矣，易矣，以語齊梁之君，齊梁之君無庸焉。而滕文公獨慨然有志於井地。今去滕君臣二千餘年矣，求其所謂振舉而潤澤之者，不可得而知矣。然而行至自楚，相至自宋，而皆願爲滕氓，以聽滕之治。風之所動颰颰乎，瀸瀸乎，若魚之於壑，獸之於壙者，於戲，滕君何修而得此哉！吾是以知王道之可復也。惜也感人不終，卒不聞其行仁政以副二子之望，而滕卒不得爲善國，則吾於文公重有慨焉爾。

今滕地即古也，自秦罷侯置守令，令滕者不知幾易矣。誦孟子之言而奮然有志者，不知幾人矣。有能斟酌損益以復興王道於滕者乎？有能因滕之故，而懼其行之不終而必行之者乎？吾是以有望於郭南子矣。夫一天下者，君也；安天下者，令也。是故令賢而後天下常安，於一令至重矣。今天子履泰保豐，志興王道，頃詔求士爲理，科貢、薦、辟三途并庸，大得賢也。乃首簡貢士之宜諫争者、宜郎署者、宜守令者，并置之。於是郭南得滕令焉。乃人始知令之爲重，而又重滕之得賢令矣。

郭南，文獻公裔孫，家承有自，負文行志，磊磊不群，殆公輔器也，何有於令？然予猶有望焉者，夫古之民不異於今也，今之政不異於古也。苟能酌古之道，通今之宜，而殫慮宣力焉，王道其有興乎？今民其即古乎？郭南嘗爲予誦"子庶民夫子子之也"，《詩》曰："樂只君子，民之父母。惟其子之，是以父母之。"郭南由是心也，而繼之以政，滕之人其無斁乎？吾是以知郭南子克副聖明簡賢之意矣。

壽徐質夫同年翁母五十序

物曷爲而壽也？吾聞之：蜉以朝夕計，菌以晦朔計，蟪蛄以春秋計，人以百年計，靈椿以千年計，天也。天者不同而同，全其天故壽。椿得其爲椿，菌得其爲菌，修短不同，而其爲壽一也。彼椿或條焉而拙，雖積之歲月，弗若菌之爲壽矣。何則？虧其天也。人者天之所異也，上古聖人稱千歲或數百歲，幽眇無徵。堯舜而下可稽矣，故曰百年，曰期天之常也。中世以後，儳生溢化，率不及焉，屬而札者相踵焉，論者率歸諸氣有淳漓，過矣。寒暑代運，古今一而已也；寒暑者，氣之爲也，聚而爲人，曷古曷今？惟生人所以全其天者，自異焉耳矣，此其故可知也。夫真而静者，天之本也，是故靈和内含，渾渾顥顥，真益畜矣。順而靡汩，不敔可誘焉，静益深矣。惟畜惟深，天斯全矣。世人昏惑，日鑿其性，芬芬焉莫之有極，利欲焚其中，靡曼攻其外，而真静之體其不虧也者，幾希矣。不見夫巖谷之叟乎？泊無他想，茹蔬飲水，竟以天年終，此亦可知也。此古今生人修短之故也。

於越之姚有東溪焉，吾同年進士徐子質夫翁母居之。今年翁八月母九月同登五秩，質夫甚喜也，而莫能歸祝，徵言於予。予嘗挹翁清標，儼雅如神仙人，樸質自遂，是固畜而深者。止京師數月，思東溪，飄然而歸，是固於世人紛靡之好甚不耆者，其無虧其天可知也。夫以翁、以質夫，母之賢，又可知也，其有弗壽者乎？五十，半百年爾，今而後徜徉東溪，封章且賁，冠珮煌煌，并榮偕老，翁母之樂天者，洵未艾也，天之所以異翁母者，又豈特耄期而止哉？質夫之喜抑有大者矣。姚文士淵林，祝以言者，奚俟予也？稱觴之日，第爲我歌《南山》之詩，以申質夫之情。

贈春巖高子令潛山序

安慶，古皖城也。領縣六，潛山最著。蓋縣有潛山，因以名。潛與皖公、天柱三峰,控壓大江,昔人嘗稱爲長淮扞蔽。蓋九江之北,三楚之南,惟三峰見焉。是故潛山最著也。

壬辰夏六月,樂清春巖高子謁選,授茲令,人爭羨之。同年,同鄉之友之在京師者,胥屬予贈言。予惟春巖子暨尊君尚書南屏翁於予父子同年也,世講之好四十餘年矣,微諸君之屬,可無言乎? 則請廣"潛"之義焉。

夫"潛"從水,水也,水行地中也。山以潛名何? 居山水原也。《易》曰:"山下出泉,方其未出,潛於山也。"聞茲山之麓有潛水焉,而以名山,兼舉之矣。龍方其未躍也,謂之"潛龍";魚方其在淵也,謂之"潛魚"。《詩》曰:"潛雖伏矣,亦孔之昭。"天下之理,未有潛而弗章者。子今筮仕,是出潛而躍淵也,通乎潛,可以知令矣。夫山也者,物之嫗也;令也者,民之乳也。山也,而水潛焉,而瀉之,而物溉矣;令也,而仁潛焉,而擴之,而民惠矣。是故水者,山之章也;仁者,令之章也。子亦思其所以潛乎? 今天下之令,不務其潛,而務其章,是故吾民之無乳也。夫不忍之心,仁之端也;與物同體,仁之量也。梏於物而端微矣,而量窒矣。夫夜氣者,仁之息也,於是乎存之,存存弗已。癢痾疾痛,與民同之,是之謂能潛。夫能潛而仁章矣,而民有弗惠乎? 今之令不恥弗仁,而患人之弗吾仁,媚上以要之,煦恩而市之,矯難以飾之,乃其於民,啚啚然而魚肉焉,是之謂不務其潛而務其章,無惑乎吾民之失乳也。

於戲,令貴若是乎? 春巖子負學行,冲夷温粹,克篤南屏翁庭訓,其能潛也久矣。予不佞,復因以爲規焉,春巖勗諸! 將使稱賢令者必曰"潛山、潛山",夫是則潛山之名著於天下矣,豈獨皖城乎哉? 春巖勗諸! 有光於潛山之靈。

贈覺山洪大夫宰吾邑序

始永康之缺令也,既數月矣。典選者難其人,或謂予盍速之? 予曰："吾邑得令，數也，能爲乎？"乃秋八月，又當選期，徵名各署，於是覺山洪子、卓峰黃子一二同志者與焉。或謂子盍得之？予曰："令得吾邑，分也，能庸乎？"既命下，果得覺山。於是言者與予驪然大喜，曰："茲所謂天聰明自我民者也，所謂心普萬物而無心者也。向使庸心焉，詎若是乎？"於戲，此可以知令道矣。

今夫天下之事，庸吾心焉，則是而可爲非也，小而可爲大也，無而可爲有也。無庸心焉，則是是而非非也，小小而大大也，有有而無無也。此何也？事無定形，而心有形焉，故眩也。心不能無，而亦不容有也；有也者，鑠也，妄也，而非其本真也。譬之鏡焉，惟其無物，故能照物也。苟先有物入焉，則其體已窒矣，而何物之能照？故曰心也者，不容有者也，通於此以爲令，令無事矣。雖然，通之，其必由覺乎？夫有無之際，人所不及知，是之謂獨也；於此而覺焉，有妄而即復焉，是之謂不遠復；常覺常復，是之謂不貳過；常存常覺，是之謂明德；以先覺覺後覺，是之謂親民。令也者，先覺之任，而親民之職也，而豈弗覺者所可與乎？

洪子志於道久矣，恂恂然，穆穆然，根心而生色矣。而以覺山自號，其有弗覺乎？夫群迷大寐，一人呼焉，則瞜然寤，醒然以起。是故令者，吾民之耳目也。令覺，則邑人皆覺矣。吾惟懼令之弗常覺也，而不患邑人之弗覺於令也。

覺山行矣，益存之誠焉，應之順焉，而首風之學校之士焉。肫肫乎，于于乎，令以赤子親民也，而民以父母事令也。使永康之政燁然爲海內光，則於同志亦有光乎！覺山行矣，是時永康士人在都下凡十人，相送於城東門，爰誦斯言爲祝。

大司馬王公桑島海市詩序 代竹澗翁作

天地間最鉅者，莫如海。《傳》稱九州之外，裨海環之；裨海之外，大瀛海環之，諒弗誣已。

登州，東海濱也。城之北，距海五里而近，潮汐吞吐，波濤激射，晦明寒暑，朝暮異狀，是故春夏之間往往見海市焉。丹碧晶熒，凌駕空明，城郭之崔嵬，車馬之衝擊，居民之絡繹，貨寶之紛紜，倏忽變幻，歷歷可睹，而卒不知其所終也。登人習之，弗以爲異。昔蘇子瞻嘗以歲晚禱於海神，蘄見之，明日即應。故其詩曰："重樓翠阜出霜曉，異事驚倒百歲翁。"蓋春夏之見，其常也，秋冬其變也，宜夫人之驚而異也。或曰機祥不法，六籍所略，故神怪誕謾，孔子不語，是何稽焉？予曰："不然。夫幽明一理也，常變同情也。故合有無者化也，齊真幻者知也，神怪機祥，聖闕云爾，非謂其妄也。遷史有云：'金寶之上皆有氣，海旁蜃氣象樓臺，廣野氣成宮闕。'夫以海之渺彌漫潒，不可測識，而蛟龍之所都，物鬼之所伏，寶藏之所聚，則其氣之渾涵鬱蓄，而上發焉以爲祥，爲異，以怵心而駴目，何足怪也？又安知非海若罔象者，恣其靈伎詭譎，以出沒變現而爲工者也？是故君子信之也。"

黃，登隸邑也，大司馬海山王公，正德中嘗以中丞居芝峰。翁喪窆之三日，海市見於塋北，桑島邑令泰和蕭君嘗紀其事。夫登之海市舊矣，而其見於黃之桑島則自今日始。然則海市不足異，而黃桑島之海市獨非異乎？蓋公慕親之孝通於神明，是故海爲見祥焉。抑聞公在先朝爲權奸所中，瀕危弗詘，聲實日崇，乃今再柄本兵，中外倚重，鴻名峻績，有開必先。矧滄桑之變，實維眉壽之徵，其視東坡歲晚之見，同一奇觀而無心之致，殆尤異焉。公之德位名壽未可涯也，其事當與蘇公而并傳矣。

某於公素歡，茲復幸從公後，稔其事。公嘗命屬司諸君播之歌詠，予固不得辭，而爲之序焉。

嶺表書院誌後序

程子曰：吾觀於嶺表書院，而知明道之易易也。始院之未立也，士蓋有飲博而嬉，肆而嘩，途而遨者矣。其始肆也，有群居而渙志者矣，有受簡而惰修者矣。其逮今日也，而嬉者惕若勵矣，嘩者誦而弗輟矣，遨者蕭而有容矣。辯志之學晰焉，遜業之風興焉。若是而嶺表有遺化乎？故曰觀於斯而知道之易明也。

夫天地之間，舍學無事矣；士而立於天地，舍學無講矣。天之覆也，地之載也，萬物之化育也，道也。而所以裁成參贊之者，學也。學之弗講，而天地之化育或幾乎息矣。百姓日用而不知，忘於裁成參贊之功也。故曰可使由也，不可使知也。而知學，非士其孰任之？嗟乎，蔽也久矣。近始賴一二先生倡明之，而曰致良知焉，曰體認天理焉，則有異乎？曰無以異也。良知即天理也，致之體之，其功一也。然其本則存乎立志焉耳，孔子所謂志學是也。志之不立，雖有良知，而弗知致也；雖有天理，而弗能體認也。其能致也，能體也，志爲之也。是故志立則知學矣，知學則道明，道明則其於裁成參贊也，舉而措之耳。故曰天地之間，學而已矣。

今二三子亦既渢渢乎興起而講於是矣，吾猶懼其卒也。夫希會者時也，難貞者志也。嶺表自秦漢而來，書院未之前聞也，繼自今作人者，常有若南川公者乎？翊而振德者，常若今日之同志乎？其或未也。二三子能離師輔而不反乎？是故志不可不貞矣。夫惟貞志則信之篤，無待於人，居之安不易乎？世一窮達，齊得喪成，已而淑人，繼往而開來，雖院有興廢，而學無湮晦，則道之明也有成，而懼可免矣。惟嶺表亦永有辭乎？誌既成，庸屬諸末簡，以爲二三子勖。

送王仲時歸婺源序

婺源王子仲時，始見予於蒼梧，而貌翼然，而色栗然，而辭沛然，予悚然異之，與之語，越三日而之五羊，則數月別焉。再見予於高凉，而貌夷然，而色温然，而辭退然，予加異焉。與之處匝月，而省侍於雷陽，則又數月別焉，曰御其嚴君。過高凉，而貌則踧然，而色則惝然，而辭則矍然，若異乎前日者。亟訊之，則曰：“鴻賓欲依大人，則違先生，誠恐學之自此廢也，是以有憂也。"乃跪白其嚴君，期止逾月而追侍焉。既得命，乃于于然而喜。予嘆曰："若是乎，仲時之好學也，自予三見仲時而三變焉。循是以往也，可量乎？"則見其志益懇，而功益密矣。期且至，同門友石生輩咸喜其留而惜其去也，請有以贈。

嗟乎，吾何以贈仲時哉？自吾得仲時而學日信，今仲時之去也，而吾之憂殆有甚於仲時也，吾何以贈仲時哉？雖然，亦惟各自信焉爾。夫信也者，心之真也，心之一也，心之恒也。真則不妄也，一則不貳也，恒則不息也。有妄、有貳、有息，皆不信也，皆見小欲速之，私累之也。是故無不信之心，則無不慎之獨，而於學也幾矣。故曰惟自信焉爾。吾觀仲時，每聞相驚惕語，必避席，拱手蹙頞，如弗勝聞。有語及陽明先生暨海內諸同志者，輒俛首愾息，泫然欲涕，思從之遊而不可得也。嗟乎！如仲時之能信者，可多得哉！吾固弗爲仲時憂也，其或猶有未信，而或妄焉，或貳焉，或息焉，則仲時自知之也，仲時自慎之耳。吾方求無愧於仲時，仲時安能負我乎哉？

時玉溪先生爲郡，學道愛人，風動高涼。仲時之遊，良多裨益。茲往也，又將之安福，見東廓先生；之姑蘇，見緒山先生，而就正焉，其益成其信矣乎！

程文德集卷之七

序

送玉溪石公移守安慶序

高凉，嶺南西鄙也，名守罕莅焉。嘉靖歲辛卯冬，山夷流劫，城弗守，我民毒痛。檄馳京師，上下軫惕，僉謂今日非得廉明惇惠之賢，弗可往也。於是玉溪石公以南吏部文選郎中受茲命。至則民庶凋殘，公私困屈，百務墜荒，岌岌乎其靡知底止也。公憫然曰："是弗可漫而理也。古之治亂，繩剌盤錯者，蓋謂是也。"於是區其急緩而先後焉，察其利害而更張焉。振之，滌之，煦之，摩之，顛顛焉日弗遑暇。顧城上連屋盡頹，慨然嘆曰："是用有辛卯之變也。舉廢莫先焉矣。"乃盡撤而鼎新之，材費工役，一弗擾民，而給諸營度焉，不數月告完。民始帖席，喜而歌曰："烝勞衛我兮，我民弗知；林有樾兮，鳥鳴依依。"郡故徭賦弗均，自官弗親，而充胥家焉。公以身勞者匝月，戶無倖困，視常數且蠲十八。民大稱便，載歌曰："碩鼠亡矣，鴻雁歸矣；我樂我土，公弗違矣。"

公性敏決，剖斷若流，犴舍常空。懲奸縱不少貸，然能恤人寒饑，卒少怨者。性尤廉介，俸入外秋毫無預。郡故屠牛納判直，歲率盈數百縞，守專若常禄然。民緣為奸，而盜竊四起。公至厲禁，歲余孳畜遍田野。載歌曰："昔我民癯，今我牛肥；我公不欲，恩沾字畜。"初，城

59

南門當西南隅，江前瀉而去，以故城中恒弗靖。公改闢南，正中剪榛棘，築廣衢，周城四達，郡盤然鞏固，城若培而高，隍若浚而深者。又惟學宮號舍多闕，肄士無所，乃建書院於學右，規構弘敞，題曰"高明"，將自臨誨諸生，作其成。於是郡經制大備，士氓胥慶，載歌曰："南門闢，民寧謐；山川同，形勝易；院維新，山孕靈。遐方永永開文明。"

蓋公之於高凉也，養之，教之；恩斯，勤斯，靡餘力矣。而殘者阜，而屈者裕，而墜者舉，而庠序範，公之道駸駸乎變矣。公至是亦安於高凉之遐，而罔有厭斁也。居二年，天子聞名，更守畿輔。諸屬州縣，自長令而下，氓隸而上，咸皇皇然若違保傅，若去慈母，爭謀借寇焉，而弗之能遂也。乃各賫咨徬徨，謀寫公德，道其私，而信宜之官屬吏士則屬某言。某曰："吾無庸言矣。古之君子，政成則民歌之，去則民思之。是故陳詩觀風以在治忽，以考諸民也。今日民之誦公者若是其亹亹也，則請摭以獻諸公，而公自考焉爾，尚何言爲?"雖然，君子之愛人也，無邇遐，無去留。高凉之人知不能一日忘公已。公由安慶而藩臬嶺南，而調爕天下，尚無忘高凉之人也哉。《南山》之雅曰："樂只君子，民之父母；樂只君子，德音不已。"敢以是爲高凉之人祝。

又送玉溪公序 爲諸生作

夫自興學之風微，敦教之猷晦，後之稱賢守者無聞焉。然若漢二子者，君子猶惜其未聞道也。玉溪先生出守高凉，其友東廓鄒子、緒山錢子、真庵王子，皆以書遺之，若曰："天相高凉，其茲行乎? 今中州士，翕然同聲。南服未暨，維子之責。慎植範模，迪民吉康，是維守之光。天之相子，亦惟茲行乎?"先生復書曰："敢不惕若，庸迪誨言。"

既下車，視郡雖更殘，然地廣，民弗蕃生，獨庠序士猶或恫如瞀如。先生曰："是吾責也。"乃懋釐庶務，而於士猶屬屬焉。掄一州五縣諸生之良者，聚而居之，時而訓勵焉。會卓峰黃子道郡，先生乃延之董教。未幾,黃子去,松谿子某以謫居繼至。先生不鄙,復屬之,蓋至是而諸生咸顒顒易趣矣。先生曰:“未暨於成,吾責未盡也。”於是南樓初落,高明閎曠,聯諸生日夕會其上。

先生美質卓識,啓迪明暢,語皆實際,聽者心融。二三子如喝之獲潤,如寐之始覺已。一日復進諸生曰:“二三子學務求乎? 夫亦惟務能舍焉爾。”諸生愕然,曰:“何謂也?”先生曰:“子不見夫剝復之運,榮悴之機,濯垢之故,澄滓之理乎? 是故不剝不復,不悴不榮,垢不濯不潔,滓不澄不清,學何爲獨不然? 是故學非能有增也,去其蠹學者而已矣。聲色貨利,名譽寵榮,凡足以爲吾之束縛而繫累者,亟舍焉已矣。《易·損》之象曰:‘君子以懲忿窒欲。’夫學以修也,而顧損焉,舍之訓也,猶未已也。孔子曰:‘無求生以害人。’孟子曰:‘舍生而取義。’舍之至也。蓋生可舍,而欲不足言矣,是故一舍決而學無餘事矣。世之學者乃日惟所舍之求,惑之甚也。”於是諸生皆渙然釋,躍然奮起而再拜,曰:“吾今乃知學之要也,乃知學之易簡如是也。”

無何,先生有安慶之命。諸生徬徨念別,有泣下者,相率而請於先生,曰:“夫誼至則暌重,感劇則思深,人情也,況於先生耶? 願留期月焉。”先生戚然曰:“嗟乎,吾之於二三子也,殆有甚也,顧無相忘焉,足矣。”諸生泫然曰:“尚忍忘哉?”先生曰:“未也,夫不忘,不惟其迹,惟其心。二三子能篤信無斁,是真不忘也;苟以去留二其心,則雖日言而訊焉,忘之至也。吾之於二三子也亦然。”諸生乃慨然矢言,曰:“忘先生者,有如此日。”於是聞者謂高涼之士真能不負先生,而先生是行,真可以復東廓、緒山、真庵諸子也,寧直賢於漢二子已耶! 別之日,諸生咸戒僕馬,具資糧,追隨遠餞,賦《菁莪》,載賦《黃華》,亂以《崧高》、《烝民》。先生遂行。

世誼叙言

虛庵周子,主客南曹,甫三月,而思州之命下矣。子於時不以家累,隨寓公署,逍遥嘉客,穆如清風。一日,乘月過予承歡之圃,謂曰:"予且戒行矣。辭緣事命,情由物感,躊躇贈遠,誰無賦言?"而旒旒然曰:"思州,思州,或譽而譸者,非所願於子也。子生同里閈,姻聯之歡,父子之交也。其爲我昭世誼,述芳猷,陳往昔,敦勸戒,庶予勗乎?將終身睹焉,寧獨思州?"某慨然曰:"諾。"

善哉!誘而中志、而可思,顧某不敏,懼有遺述焉爾。維尊翁侍御君靜窩先生,素磊軒視,人少許可,獨於家君雅期重,果如公言。既而吾翁之視虛庵,與賢父子之視愚兄弟,言皆不爽,鄉里嘖嘖以爲美談。今二氏子姓,振振相望,濟美弗替,亦世講無窮,匪交遊之光,實風化之助也。《詩》曰:"世德作求。"又曰:"君子有穀,詒孫子。"

虛庵,正德丁卯舉於鄉,甲戌薦於南宮,廷對敷陳古則,言及乘輿,無顧忌,見者悚然。擬寘首選,或言宣聞不便,尋稍抑之,然名動京師矣。授監察御史,三年凜風裁。丁丑按貴州,剿清平、芒部二寇,有奇績。己卯擢江西參議,然忌者顧借爲讒矣。嘉靖壬午,左遷漳州推官,復坐與長官論禮構釁落職。乙酉以侍御君喪宅憂,自是欲徜徉泉石矣。或曰:"官可免也,心不可不白也。"於是幡然而起,白諸閫,疏諸京師。當路者不察,既乃飄然以歸。久之,而公論定。乙未,復授安慶節推,歲三遷而拜是命。蓋自甲戌至今,凡二紀矣。亨而屯,屯而復亨,福禍之互伏矣,世路之糾紛矣,人情之閱歷矣,艱險之備嘗矣,所以動心忍性,增益不能者,不既多乎?吾見虛庵日讀《周易》,誦《老子》,以寡過,以無競於世,泊然與道俱矣。或謂其英銳之氣剉而爲遲鈍,憤世之志夷而爲和平,猶淺淺乎知虛庵者也。《易》曰:"屈信相感而利生。"《記》曰:"雖危起居,竟信其志。"今思州之往也,天子方南征,軍興所向,思得異才,是故簡公履歷而屬之,蓋非常擢也。所以調劑盈縮,隱夷荒之瘼,拯水火之災,以紓廟堂南顧之憂者,非虛庵報稱之責乎?而成敗利鈍,無逆睹焉;仕止進退,無預謀焉。時焉而已矣。

《易》曰："知幾其神。"《老子》曰："知足不辱。"然離合之私,獨有感焉。曩虛庵在京師,某方縻史職,相周旋者二年。無何,予謫嶺表,虛庵亦馳驅南北,邈不相聞矣。迨予辭安福,虛庵適自安慶貳信州,對月栗岡,喜特甚焉。既予來職方,虛庵復爲主客,鄰署咫尺,往來無時,喜益甚焉。七八年間,予二人離合真若有不偶者。而今日之離,復合何地,能無感乎? 嗟乎! 嗟乎! 淵明有曰:"雲無心以出岫,鳥倦飛而知還。"唐人亦曰:"年爭飛鳥疾,雲共此生浮。"皆託意雲鳥,良有旨矣。百年一瞬,同志良孤,華溪松溪之上,終非畏途也。願及時申自愛之約。

送少司馬蘇一峰公考績序 代作

古之君子,當大任而不動心,立大功而無矜色,享大名而無異議者,何修而致哉? 蓋必有獨立不懼之節焉,有歷試不器之才焉,有訏謨體國之忠焉。學以懋節,節以經才,才以廣忠,是故任大而不異,功成而不施,宣問於當時,流聲於後代,喬乎,顯乎,莫之與京焉。

今天子弘仁保大,慎憲蠱工,十有六年矣。薄海內外,奉職修軌、奏言試功之臣,奮袂而興,岡小大,師師焉,虁虁焉,無矯厲,無敷同,猗與盛矣。於是南京兵部右侍郎一峰蘇公,三載考績,屬司諸僚,舉故事,請予贈言,予弗能讓也。

予聞素履弗疚,行之貞也;秉德不渝,臣之則也;要以始終,考之尚也。昔在正德,公以名進士令榆次。政成,召入職方,時逆瑾於公爲同鄉,勢焰熏灼,立能福禍人。公獨恥比附,立朝九日,遂有播州之行,其節亮矣;先皇嘗事巡游,公爲驗封郎,抗疏,幾不免,竟奪俸,其忠茂矣;公由都水遷吏部,周歷四司,任逾一紀,乃貳太常,乃正太僕,乃召光祿,乃晉司空,隨試輒效,其才裕矣。夫節則義不失,夫忠則志弗欺,夫才則官弗曠。不失乎義,以守身也;不欺其志,以愛君也;不曠厥官,以成能也。體用備而德業弘,上下交而始終具矣。由是道也，豈維司馬底績已哉？自是而位公孤，參疑丞，以贊密勿，以弘寅亮，以熙鴻烈，以垂休聞者，皆公之能事已。《詩》曰："文武吉甫，萬邦爲憲。"公何讓焉。

雖然，同寅之誼，猶有願焉。夫道，谷也，惟虛斯入；學，殖也，不學則落。君子之學道也，肯以所能者自足哉？益勵其節，而險夷有定力；益恒其忠，而進退無二心；益達其才，而變通不失時。是則窮達咸宜，而才節不偏也，公無謞予言哉！公茲行矣，天子虛席待公久矣。顧予謬膺重寄，方求胥濟未終也，尚無惜惠言以教我也夫。

壽潘補齋先生七十序

昔者孔子論述往聖，而獨稱文王爲"無憂"，以父王季，而子武王也。曷以"無憂"稱聖人耶？聖人之心，未嘗一日忘天下也。前有作，後有述，天下生民立其命，聖人之憂釋矣。無憂則樂，樂則順，順則貞固而悠久，是故文王享上壽。君子論之，則曰："夫作述者，德豈必皆聖人，而功豈必有天下耶？凡爲聖人之徒，而以天下爲己任者，皆作述之善者也，處乎其間，皆可以樂而壽也。"求之當今，則婺源潘補齋先生有焉。

先生家桃溪，少有大志，博學，善屬文，謂天下國家皆吾分内也，慨然欲爲之。顧試對於有司，不合，遂考槃自淑，益勵厥修，剛毅廉恪之風，鄉閭化焉。然以澹翁爲父，以滋潢爲子。澹翁登進士，忠清耿亮，弗諧於俗，嘗貳守金華，僉憲閩臬，率多惠政，至今閩婺之人頌遺德者，必曰婺源潘公云。滋昆弟四人，咸抱碩學，負純行。長某季某未顯；滋舉鄉薦，方期大用；潢擢解，連舉進士，嘗董學閩中，今參政江西，翹然公輔之望。是父是子，發源濬流，蓋皆志於聖人，而以天下爲己任者。補齋先生處乎其間，思佑啓之美，則澹翁爲之前；念作求之懿，則諸子爲之後。先生方優遊俯仰，凡志與事，拱手而享其成焉，顧弗樂乎？是可以占先生之壽矣。

先生今年七秩，十月十有八日，其初度辰也。姻友程君瀾從子河，并業南雍，以祝言屬某。某金華人也，竊仰澹翁流風舊矣。家君憲副十峰翁、外舅尚書竹澗潘公又辱從澹翁交，而參政伯仲亦不予鄙也，通家道義之好，蓋三世矣。然則於先生之壽也，而可無一言乎？是故始而叙世德，終而叙世好，以歸先生。將使潘程之子孫，世世交相祝者，自先生始。

評史吟序

毗陵有隱君子，居太湖中之夫椒山。東望錫峰，南濱洞庭，西直銅官，北俯陽山，林谷幽清，波濤吞吐，宛然十洲三島間。雨晴雪月，異觀同勝，蓋昔人所願卜居而不可得者，隱君宅焉。寄嘯傲之懷，齊物我之致，極圖書之玩，張幽眇之情。嘗讀歷代史而進退表裏之，或裒議以折衷，或即事以究始，或原情以媺善，或誅隱以疵惡，各疏其意而繫之詩，因而名之曰《評史吟》。辭旨皆自出意見，而其用志良亦勤矣。蓋湖山之幽勝，發之乎隱君，而隱君又能發古人之蘊，以章湖山之靈，是可嘉也。

松谿程子居兵曹，方奉翁憲副十峰公於承歡之圖，隱君亦來視其子於太學，相見甚驩，坐飲映碧亭，各出所作相正。隱君復請叙一言，翁立命書此。

隱君姓朱氏，諱魯，字得之。少有聲庠校，弗利有司，棄去，恬澹樂道，人稱中湖先生云。

壽外母潘淑人六十序

嘉靖丁酉歲，冬十二月十有六日，辛酉之吉，維我外母潘淑人，春秋六十，設帨之辰也。維時子婿程某謫遷南京車駕員外郎，携其女孺人縻禄官邸，不獲旅姻戚稱觴爲壽。維吾父憲副翁於外父尚書竹澗翁、吾母恭人於外母自娠時即締緣，非他姻比也。頌禱之情，固有加焉。於是東望金華之里，瞻芙蓉之雲，再拜稽首，而遙祝曰：淑人真賢母乎，六十耆年爾。其將由耆而耋、而耄、而期乎？然以母之賢也，以子女之情也，百年猶未足爲期乎，何以言之？夫物莫壽於天地也；天地之德，健順焉已矣。"乾"言健也，"坤"言順也，故人而合德，健順者亦壽。是故剛明果亮者壽，強毅肅共者壽，寬洪貞静者壽，温慈惠和者壽，天地之常道也。夫淑人之德，其坤之順乎。始淑人在室爲季女，嫻静寡言笑，婉娩聽從。知和州前進士葉公，多子女，獨鍾愛，審擇配，口授《内則》諸篇，通大義，能書，織紝組紃咸精習，女德懋矣。既嬪於潘，時舅提學副使静虚公已謝世，姑恭人姜在堂，竹澗翁尚爲弟子員。淑人辛勤奉養，每事必親，恭人亦鍾愛焉。夜則相翁讀，葺書籍，和藥餌，寒暑靡間。又性仁慈，喜施恤，處妯娌大小罔不宜。翁既貴，偕仕南北，中外内助尤多。《葛覃》之勤儉，《采蘋》之孝敬，《樛木》之逮下，淑人咸有焉，婦道章矣。淑人子女二，視庶子亦猶己出，愛而能教。嘗課讀，旦暮與俱，卒學成行修。冢嗣徽與某同舉進士，今爲秋官員外郎。仲紹游庠校，懷抱利器。季綬十齡，嶷嶷然。撫諸孫祐祥褆裡，煦嫗備至，森森成立。顧翁先背棄，母劬家政飭飭然，其大者則付諸冢嗣，以究翁志，母儀著矣。《易》贊坤之德曰："坤道其順乎，承天而時行。"淑人女德之懋，順於父也；婦道之章，順於夫也；母儀之著，從乎子也。是故淑人之賢，父母愛之，昆弟樂之，姑嫜宜之，夫子賢之，妯娌德之，妾媵頌之，子姓訓之，姻黨稱之。是故子孫振振，順承天施也；宜家裕後，含弘光大也；終温且惠，柔順利貞也；閨範有慶，黃裳元吉也；劬家究志，無成有終也。故曰地道也，妻道也，淑人合德焉，則天之所以福之者，百年詎足以爲期乎？婿也不佞，請以是爲賢母祝。或曰："自翁之棄也，母常黯乎其思，鬱鬱乎其弗樂也，蓋有未亡之嘆焉，而子奚祝爲？"某曰："不然。夫思而弗渝，母之貞也；永言壽考，子之情也；謙而受益，天之道也。夫惟母之貞以思也，雖微祝，天固申之矣，而祝奚戾焉？"於是祝之未既，又從而歌曰："北山有萊兮，北堂有萱。象服是宜兮，遐不千年。"載歌曰："北堂有萱兮，北山有萊。福履方烝兮，日升川來。"

送邑侯梅坡甘君入覲考績序

吾觀周《雅》，稱"豈弟君子"者，蓋數數焉。《泂酌》之篇曰："豈弟君子，民之父母。"《卷阿》曰："豈弟君子，四方爲則。"《旱麓》曰："豈弟君子，神所勞矣。"夫"豈弟君子"何以爲民父母也？蓋上之於民，勢尊則睽，情親則洽。豈弟君子有樂易近民之德，宜其爲民之父母也。夫父母乎民者，民必歸之；民之所歸者，神亦聽之。故曰"四方則之"，故曰"神勞之"也。

我邑侯梅坡先生，其豈弟君子乎？其真吾民之父母乎？夫親民莫如令，是故民稱邑令必曰"父母"，令自任亦曰"吾而父母"也。然深求之，則誠父母者寡矣。侯醇樸而簡易，與人未嘗立城府，恂恂然有恩意，氣貌和厚，見者心融，是故其爲政也，質任無表暴。邑當繁衝，民事旁午，冠蓋相屬，率戴星出入，至或終夜馳驅，未嘗厭倦。其於民也，多惠愛，賦寧後，罰寧失不經焉。蓋凡今之令矯激以爲廉，矜炫以爲能，便捷以爲敏，苟可以近名而干譽者，侯咸恥不屑，而實則勝之。其諸巧吏所規避者，侯冒不顧焉。曰："吾自信而已矣。"蓋其心樂易之心，而其政平易之政也，是故四境之民咸安之。嘗因旱而雨，曰："此真甘霖也"；止社木而休，曰："此真甘棠也。"衍衍乎、洋洋乎有餘頌焉，謂侯非真吾民之父母，可乎？侯令吾邑且四期矣，未嘗言考績。茲當入覲，或請遂給由，侯之情猶若有未忍者，其不鄙吾邑可知矣。義民某某，後先相繼，瞿瞿然告予曰："嗟，嗟！我侯莫能留矣。君，史筆也，何以寫吾情乎？"某蹙然曰："吾之情殆有甚焉。夫侯豈弟之德，被予尤渥；而庠序之士有德有造者，罔非侯作人之賜也。獨若民之情乎？吾烏能悉寫哉？吾惟詩人所稱至矣。"侯茲覲於天子，天子眷之，以左右廊廟，以綱紀四方者，則侯豈弟之報也。吾邑人之祝也，由是而神之、勞之，以福其躬，以昌大其子孫者，則侯豈弟之報也。吾邑人之祝也，於是吾民相率俯伏，餞侯於公堂，詠《甘棠》，賡《南山有臺》；士相率餞侯於學宮，拜手稽首，詠《菁莪》，賡《崧高》、《烝民》；某從鄉大夫後，祖侯於道，乃執爵而歌曰："甘侯出祖，四牡彭彭。其驅其徐，猶慰我瞻望。"載歌曰："甘侯入覲，四牡駪駪。無寧私我邑，駿補袞職。"

送戴君嵩陽擢南京國子助教序

松谿程子嘗讀《周官》而有感焉，喟然嘆曰："時有古今，吾何知？治有隆汙，吾何病？然而其故也，則可睹矣。"夫司徒，掌邦教也，首頒職事十有二，以登萬民而養道舉矣。然後教以三物，中以五禮，和以六樂，糾以八刑。其教之成材也，考其德行道藝，而興其賢能者，以禮賓之，非賢能者弗與焉。是故當時之民，其從善也輕。凡士咸敦本實，崇行誼，而譸張爲幻者鮮也。世衰道降，民產亡而教本隳矣，選舉廢而名實淆矣。是故民之於禮義也，恒不暇治。士競趨於詞章，而其習也日浮以漓，治之不古也，尚奚怪焉？吾故曰："非世道之過也。"雖然，文翁入蜀，教化勃興；昌黎至潮，士人丕變。無治法，有治人也。

嵩陽戴子師中，教縉雲九載，擢爲國子助教。其行也，士皇皇若病焉，其聞二子之風而興者乎？鄉學、國學，學異而教同也。師中昔也教成於鄉矣，而今有不成教於國乎？其門人呂子琅嘗爲吾誦曰："吾師剛方雅飭，故教先士習屬風節也。"然而，吾徵於其儀矣。"有覺德行，四國順之。"《詩》不誣乎？樊子高、施子炫爲吾誦曰："吾師家學淵源，與伯兄亨、從兄亢後先峻發，咸閩譽髦也。"然而，吾徵於其文矣。予昔也謫居嶺南，師中贈之言，蓋一唱三嘆焉。吾妹丈李子民德復爲吾誦曰："先生迎親養，色恒愉愉然，夔夔然，孝友也夫。"然而，吾信於其容矣。《傳》曰："愛親者愛人，敬親者敬人，是故教道有成也。"昔大司樂掌成均之法，以樂德、樂語、樂舞教國子。今制亦爾也，助教實助之，如二三子所稱，則師中有德矣，有言矣，有容矣。以身爲教，於教國也又何有乎？師中經世士也，吾固慨世教之靡，而歸之吾人，期與師中共挽焉。雖然，今之士習則又甚矣。巧而文，僞而堅，諂而不慚，凡昔之君子以爲病者，皆今之所謂賢也。吾何趨矣，吾何趨矣！從師中遊者，庶幾其免乎？不者，吾何取於師中？師中勉哉！

吾嘗遵練溪，過仙都，放於蓬萊，還憩於暘谷。暘谷主人大方伯李翁，欣然出洞門延我坐，許我結茅同居。翁，今世介士也，子如不忘五雲，吾將與子從翁振衣千仞之岡，以爲天下士人之望。

送西虞范君出守武昌序

昌國范子之於程子，同年友也。其在兵部，又同僚寀也。一日，昌國過予車駕相葵之軒，見屏間《陳情表》，曰：“吾將效李君矣。吾有老母多疾也。”旬餘，昌國果乞終養。會銓部簡武昌守，難其人，以屬昌國。於是兩疏之命，同日而下。昌國愀然不樂，謂僚友曰：“仕進豈不樂，太守豈不貴，如老母何？”言畢泫然，乃瀝誠再乞。銓部再難之，於是昌國之友、之戚、之僚無弗贊昌國者，而武昌之人之在京師，若官、若士、若史掾，無弗願昌國者。昌國乃幡然曰：“君亦吾親也，武昌亦吾家也。惟天壽吾母，則吾豈敢忘君、薄武昌哉？”遂署名諫垣，領符篆戒行。於是昌國之僚友暨武昌之人士，又無弗賢昌國者。既自宰輔以下，郎署以上，聞者罔弗嘆慕昌國焉。先是，武昌缺守，擢南京戶部郎中喬子某，喬子尋致仕去。武昌，蓋湖南附省郡也。巡撫諸司畢萃，承謁則難；郡素凉約，餽應則難；民力日困憊，徵輸則難；承謁餽應不遑暇，職守則難。是故喬子弗果行。銓部聞之曰：“武昌可遂無守哉？匪守之難，難乎其人焉爾。”乃周掄百司之賢者，曰：“無如范子。”范子往令桐鄉，飲冰噛蘗，飭蠹興利，節用而愛人，治行卓異。入爲秋官郎，改職方，今總武庫，種種修職，殆非范子莫可使也。或曰昌國資望崇，宜晉藩臬，郡無乃抑乎？文選君慨然曰：“吾無寧抑昌國以振武昌耶?"於是,武昌之擢,又無弗榮昌國者。

　　瀕行,僚友謀贈言於程子,曰:"子知昌國,宜昌言。"某曰:"昌國既已知之矣,予何言? 夫孝所以事君,推終養之心,則可以爲武昌矣。人皆以武昌爲難,則昌國必不敢易矣。優於桐鄉,則可達於爲郡矣。自宰輔暨郎署、僚友,暨於武昌人士,咸嘆慕且贊、且願、且賢、且榮,是必能對乎衆望矣。予何言? 惟君親一原也,天人一機也,昌國不負武昌,則君不負昌國,天寧不壽昌國太夫人耶? 則自今日至百年,由郡守躋卿相,皆昌國之善養,太夫人之所樂也,又何必栖栖膝下,而後爲養哉?"昌國行矣,溯江漢之流,指洞庭之波,登黄鶴之樓,覽赤壁之勝,慨然想慕三國晋宋之豪傑,而庶幾流風餘韻之尚存,亦洗心善政之助也。暇時再種武昌之柳,飫食武昌之魚,以與昔人相從違,享武昌之樂,則樂武昌者,不自昌國始哉?

程文德集卷之八

序

送甌東項君之河間序

甌東項子嘗守撫州，更最爲廬州。撫州之人以爲無前也，而廬人又恐難其繼焉。嘻，項子何以得此哉？子質樸而守廉，道方而事實也。在居喪三年，讀禮餘，茸家訓，合族人修之家者，益崇矣。今起補河間。河間，古好禮名邦也，今爲三輔股肱，郡苦凋瘵，又當孔道。子之治之，即視廬、視撫焉，吾猶恐河間之人之不被澤也，而況可有宦成之心哉？子益懋焉，毋矜名譽，毋貳逸勞，毋介遲速，遂志殫慮是爲。亟先乎其大，察民疾苦，與民興革，豫保障，敦教化，直還獻王禮讓之風，問仲舒遺俗，不徒足民而止焉。吾於子乎有望矣，子益懋焉。

送莫堯卿之教南康序

松谿程子客蒼梧，居嶺表書院，兩廣髦士從之游者，蓋數十百人。於是鄉貢士李汝敬、劉體東、歐孟範、莫堯卿，咸同聲相應，戢戢乎至樂也。嘉靖歲辛丑，堯卿會於都下，歡然逾昔日，相就。明年二月，補南康教諭。將別，復日侍，請曰："願序次平日所教，且手書之，將携示學宫，如先生日臨焉。"松谿子慨然曰："若是乎堯卿之我信也，而忍咈諸？"

71

吾嘗語堯卿曰："凡物嗜美,世人恒情,豈其美物,不知美身? 堯卿識之,則可自愛矣。"曰："萬古一生,百年瞬息,日月逾邁,老將何及? 堯卿識之,則可及時矣。"曰："聖務修學,學貴時習,無事非學,學文其一。堯卿識之,則必好學矣。"曰："參天兩地,志爲之基。舜跖之分,始於幾微。堯卿識之,則可立志矣。"曰："無畏人知,當畏心知;人知知顯,心知知微。何微不顯,何顯不微? 堯卿識之,則能慎獨矣。"曰："愚恥賤貧,賢恥昏昧,一念或妄,自訟無地。堯卿識之,則能知恥矣。"是故知恥以慎獨,慎獨以立志,立志以好學,好學以及時,及時以自愛,學無餘事矣。非自愛也,所以愛人而愛物也。

堯卿兹往也,以教人也,吾亦以爲自學也。自學斯能教人,教人亦以自學。成己成物,一誠也;明德親民,一德也。吾踐吾言,則學矣;以語堯卿,則教矣。堯卿識吾言,則學矣;以示南康之士,則教矣。苟堯卿不吾信,亦吾學之未至;而南康之士不堯卿信,亦堯卿之學未成也。故曰"教學半",故曰"教學相長"也。吾與堯卿可不亟自勉乎? 雖然,子張書紳,爲仁終病;回也服膺三月不違紳,猶外也。堯卿兹舉也,猶之書紳爾,誠若回之服膺,則斯言猶費也。否則,書亦奚益焉? 子其勖諸。南康,吾舊遊也,山川奇秀,俯視中原,昂然霄漢之上。則是邦人士,必皆高明英邁,而有動之即變者矣。矧爲陽明先生過化之地,是固有不偶者。吾嘗徘徊慨嘆而不忍舍去,則於堯卿今日之行也,又烏能忘情乎? 因以諗夫南康之士。

送吳子幾之雷陽序

自予識子幾氏,爲正德辛巳,今垂二紀矣。始予覿其貌,粹然圭璧也;中聞其名,鏘然韶鈞也;今久與處,占其受,則淵澄汪濊,渾乎千頃波矣。竊嘆曰："士有如子幾者,而不鳳鳴鴻漸,羽儀天朝乎? 胡爲乎謁遠方之選哉?"他日以訊子幾,戚然曰："深少孤,家貧,母且老,亟欲就斗禄爲養爾。仕非所急也。"予曰："有數焉,盍俟諸?"無何,子幾得家報，母氏且趣之，於是瞿瞿然不遑朝夕矣，遂就選，得雷州經衛。同鄉士友聞之，駭相顧曰：“以子幾之才、之學，郎官不足爲也，顧爾爲耶？”爭相嘆息馳問。予未及往也，以書貽之，曰：“某始聞也，亦不免衆人之見也。既而思之，子之仕也，以爲親也，則無若雷陽也。某昔者謫居信宜，邇雷陽。雷，樂土也，面海絶瘴可居，百物阜蕃易致，甘旨易供，母夫人往，將樂之。子於是乎爲善養矣，他又何計？善爲子謀者，亦無以加此，而子適得之，抑何幸耶？”子幾報書曰：“知我心者，松谿子哉。”於是士友復交相嘆慕，以爲古徐庶之去，毛義之就，其心蓋同，而子幾蓋兼之，卓乎難矣。明日，子幾詣予謝且曰：“子何以詔之？”予答曰：“予之不薄子幾，猶子幾之不自薄也。官之不能累人，猶人之無與於官也。昔者，乘田委吏，孔子嘗爲之矣，而其道益光；分寧、上元之簿，周程二子不薄焉，而芳聞至今未泯也。子雅有志於學，則所以追前修而振遐躅者，非子誰望哉？雷陽舊有十賢書院，俎豆唐宋以來流寓名賢也。子今續之，將予二紀之見聞不爲無試，而子之不自薄者，庶幾不自負矣。豈惟一秩之崇庳，將宇宙之事業，舉不足爲重輕也，而又何累焉？”子幾曰：“諾。”於是士友咸以予爲知子幾也，請贈言。予謝曰：“某不能爲漫言也。無已，則有答問之語乎，盍書之？”

送陸子文之文昌序

予少時嘗有浮海之志，思探蛟門、窺龍淵、登扶桑、觀浴日以爲壯。及解史職，度嶺南，尉信宜，欣然而喜，謂夙願可酬矣。至乃爲督學田子所怵，卒不往，常以爲恨。聞士人有官瓊山者，輒心動，竊壯而慕之。今吾子文授瓊文昌簿，不覺復感嘆曰：“嗟乎，吾獨不得爲子文耶？”於是疾馳往賀，意氣飛動，與之劇論至中夜，亹亹不能休。

追憶正德癸酉之秋，嘗同子文投牒待試，寓杭累月，旦夕相規勸，忽忽三十年矣。尊公鶴山先生，與予先大夫弘治己酉同升鹿鳴，遂相友善逾恒輩,今五十餘年矣。感歲月之易徂,慨二翁之莫即,則又爲之憮然以悲。嗟乎,吾於子文得無言耶?夫君子之處世,非遇時之榮,而自信之爲貴;非善用之尚,而貞志之爲難。子文承鶴山先生忠節家學,敦行誼,言貌恂恂然而中,確乎有執。方朝廷録先生之忠也,子文以嫡宜蔭,乃遜之季子元氏,曰:“吾猶能自致也。”自是益淬學,蔚文譽,激昂青雲,軼駕文場者二十年,然竟不第。今謁選至京師也,人或勸之飾容以諧衆,子文呀然笑曰:“吾能爲若態耶?”或又謂宜先容,不爾必困。曰:“吾能乞憐哉?”既果得邑簿,人爲蹙然,子文無慍色,曰:“吾何敢卑是官耶?顧不能徇俗俯仰是懼爾。”既數日,復自果曰:“昔我先君令泰和,吾獲侍左右,亦竊聞爲政之緒餘矣。今佐文昌,獨不可一試哉?不得吾志,乘桴歸來,又孰禦焉。”其自信以貞志,類如此。世之所貴且難者,子文蓋甚易焉。

予聞而喜曰:“善哉,善哉,木非摧落,安表松柏?人非轗軻,孰徵豪傑?使子文而早登第,致通顯也,人將謂子文亦猶人耳矣。”嗟乎,嗟乎,人生天地,磊磊軒軒,何物浮名,能榮辱我耶?無亦從吾所好而已。如其義也,委乘奚辱;非其義也,卿相奚榮?以子文而爲文昌簿,人之視之,詎不榮於非義之卿相耶?昔明道簿鄠,文公簿同安,簿不能爲二公累也,顧二邑有遺光焉。使後之視文昌,亦如今之視二邑,則子文固亦有汲汲不暇者矣。子文勉哉!海外人文視中州或差樸,然聞其俗,既富庶,政理之暇,因而教之,以昌其文,以不負其名,固子文事也。使子之文未昌於躬,而竟昌於邑,文昌誠有遭,而子文亦豈可謂不終遇耶?子文勉哉!

子文別號後山,蓋思後鶴山也。子文自樹已卓,通政君子元又薦紳雅所敬愛,鶴山誠有後矣。某兄弟亦勉承遺訓,求寡過,不知能不辱先君子否?永言世講,無墜前修,固二翁之意哉。故於子文之贈,不敢泛有所稱述,而道往舊,原先德,示無忘也。子文往哉,他日歸來,報文昌之成,更爲我談海上之勝,以酬平生之願。

送大中丞東厓虞公開府贛州序

往予之嶺南,道贛州,見章貢二江,湯湯合流,督府中開,雄據上游,慨然嘆曰:"壯哉!處乎其四省之輻輳,百蠻之樞軸乎,而可御非其人哉!"蓋自陽明先生始請提督之命,授節鉞之權,視諸三邊兩廣,自是百度維新,群兇掃蕩,武烈丕振,文教遹興。山川不刊,風猷如在。我外舅竹澗公繼至,慨前政將湮,遺孽未殄,塞心宣力,樹績益光。二先生皆吾鄉先達也。公今往嗣其後,得無情乎?膺簡命,荷重寄,思不負天子,以光於先烈也,非公之責乎?

公嘗語人曰:"吾自遊庠校,舉於鄉,進於廷,暨爲縣令、御史,爲廷尉,動經十年,無他過人也,惟務實不自欺,循循深造,譬諸升高,拾級而進,不厭不倦而已。"予聞而嘆曰:"嘻,此公之所以過人也。"又常語人曰:"善無自足,功無自居,志無使極,人情無使逆。自足則惰,居功則爭,志極則招損,情逆則人離,四者神之所不與也。"予聞而嘆曰:"嘻,此人之所以服公也。"是故公既仕,而行日恭,度日弘,學日益進。談經析理,往往自得,不泥舊聞,聽者心浣。宦跡所至,上下交宜。凡士人來京師見公者,如樂其父兄,此非可強也。爲廷尉,日審克平,反無倦容,凡公之言,皆實際焉。是故廷推之日,太宰而下翕然交贊,一時以爲盛事。此豈偶然而得者哉?今茲往也,由公之所以過人,而人之所以服公者,恒其道,不變其志,撫牧猶縣令焉,振肅猶御史焉,慎玉石猶廷尉焉,則任重而舉勝,位高而理光,以酬簡命,以光先烈,以豫大受,胥無負矣。群公交贊之意,其在是乎?其在是乎?

公在京師,方倡鄉會,以燕以勖,庶幾古人之風。某方感斯會之難,而思紀其盛也。乃今公復別去,其能無介然於懷耶?某辱公中表之愛垂三十年,道義師資,維繫尤切,故於公之行也,始爲朝廷得人賀,而終爲吾鄉聚散惜,以交勖於公云。

夏省同聲詩卷序

夫行役徂邁,緣事而異情;送遠將歸,賦言以見志,蓋起於《崧高》、《烝民》之詠,而肆於《河梁》、《京洛》之篇,爛然侈矣。維茲夏省,實萃群英,九藩偶同,一時稱盛。駕部五川楊子,峨冠顒然,緇衣裸若,文章飾乎吏事,椿竹矜其品題,已乃握金章,戡虎旅之屏南輔,開府霸州,於是粉署動乎行色,僚寀愴其離情,舒蘭馥以颺言,矢葵心而交儆,彙之湘箋五色,題曰《夏省同聲》。松谿程子作而嘆曰:"同聲之義大矣。庶尹允諧,虞廷曠見,《卷阿》矢音,周室載鳴,惟一德以相師,斯同聲而相應。自茲以降,風流寖微。吾儕本東西南北之人,幸同官并署而處,邂逅傾蓋,猶謂因緣會合彌年,豈非夙契?乃今迹有聚散,所貴心無合離,江湖廊廟,罔或異觀,休戚升沉,將以世講,斯同聲之大也。是雖奏無弦之琴,陳無聲之詞,亦足以表其贈也。苟其中之睽異,雖累牘乎奚爲?"諸君子咸暢然和曰:"勗矣,勗矣。"遂合餞五川子於駕部之堂。明日,祖諸崇文之郊。時仲夏逢閏,新雨驅炎,芳樹澄陰,離歌促羍,抗手緬邁,含情鬱紓,載策馬於三忠,目征鴻於千里。

逸相歸雲詩序

東陽賈勉之,少日業儒,上嘉伊周,下欣韓范,常竊嘆曰:"士欲澤流生民,功被社稷,非相奚致矣。"既乃竿瑟於時,好將耕樵以終身,復慨然曰:"大鵬垂翼,豈忘扶搖;騏驥伏櫪,志在千里;吾曷能坐視民瘼乎?吾舍醫奚事矣?"於是出婺州,過錢塘,逾江淮而北指,歷齊魯之故墟,稅駕皇都,通籍春官;會宗伯安仁桂公疏舉醫政,博選名流,勉之遂脫穎行儕,名登首簡;時劑調於御藥,職保衛乎皇躬,較之澤民,功尤大矣。而卿士託之心膂,令聞矢於聲歌,樹實流光,疇云匪相。

一日詣予,謂曰:"吾聞胡馬恒嘶於北風,越鳥必巢於南枝,物返其故,性有所適也。是故隨光辭祿於王室,園綺拂衣於漢廷,元亮興思於松菊,季鷹適志於蓴鱸,誰謂古今邈不相及?懋世家蘭隰,南望兩峰,故宅喬林,原自趙宋,删定公以忠顯,迁齋子以文傳。俎豆學宫,風流間里,雲仍華麗,代不乏人,豈至於懋之身而乃遂隕厥問?天涯何意,斗禄非榮,憶田園之荒蕪,慨丘墓之荆棘,無心而出,盍歸乎來?理舊策於雲霞,奉先祠於霜露,族姻共歲時伏臘,子孫世門户詩書,斯平生志願足矣。"

予聞而壯之,嘆曰:"勉之賢乎哉!夫士能信,能詘,能行,能藏,斯心逸而無累,行義而不困也。勉之則其人焉。使昔漢賈生知此意,豈遂汩没長沙哉?"於是薦紳、大夫、士聞而咸嘉之,爭爲賦詩明志,題曰《逸相歸雲》,詞雖殊軌,義實同趨。行之日,登高送遠,對菊飛觴,揮離思於清秋,要貞心於皓首。

還金集序

武林葉母還金事,其子中翰君某播諸薦紳,爭表之,遂成卷帙。程子讀而嘆曰:美哉,備矣!是心也,皆還金之心乎?夫母之賢,尚矣,葉子所爲汲汲表焉,孝也。不曰孝子成身乎?充是心也,而許身南金以成其忠焉者,將優爲矣。夫諸學士大夫,從而汲汲表焉,仁也。不曰"仁爲己任"乎?推是心也,而暮夜却金以自信其廉者,不足多矣。要之:愛子逾於自愛也,而無弗類焉。母之視人亦猶子也,而願錫類焉,斯尤母之心哉。嗟乎!世降風移,古道奚託,希聲絶德,壹則爲昭,可以觀矣,可以觀矣!自今母子若孫與聞母之風者,咸訓其德而興焉。則母氏且儼然常存,非直表其行已也。其爲愛母,不尤至乎?吾於是編乎有感。

壽歐陽飭庵先生八十序

嘉靖乙巳之歲,泰和飭庵歐公於是年八十矣,季子崇儒時爲應天府尹,將寓祝焉,南都士大夫聞者莫不稱慶。先是都城五月不雨,至六月,京兆公禱之輒應，殷雷轟轟，天油然作雲，沛然下雨，苗浡然有秋。都民輒大喜，曰："侯誠應乎天者也。"是日，其僚友錢子爲請祝言，予顧謂曰："是即可以壽公矣，予何祝？"越月，我皇上以太廟維新，覃恩臣庶，於是飭庵公以都運貤封大京兆。民復喜曰："此侯無求於天，而自應也。"明日錢子偕陳子、龐子爲速祝言，予又曰："是復可以壽公矣，予何祝？"

夫壽，天之宰也，德之符也。君子始厚於德，而足以格天；終應於天，而益固其德；是故壽者，天人之交也。公嘗教授應城，士類丕振。歷官南北，省署崇譽。嘗守吾婺，節用愛人，民用受福，去思有碑。改漢陽，循良不改，遺愛有堤，卒爲山東都運使以歸。蓋公之持己，端嚴雅重；其居官也，廉静節愛；豐於求志，而儉於取名；其與時違，無足怪也，公之厚於樹德可徵已。厚德，公自壽也。自壽者，天斯壽之。天之應於公也，固宜數數然哉。公在婺時，嘗一乳而三子矣。未幾，崇儒復駿登甲科矣。既而五男十孫，多且賢矣，獲應未斁也，崇儒名位未艾也。公之壽寧有既乎？故曰可以壽公矣，可以壽公矣。

九月六日，公嶽降辰也，君子謂公尤有景福焉。萬物告成，時則豐矣；寒暑適均，物則夷矣。時豐則禮備，物夷則情洽。斯辰也，賓姻言集，子姓悉具，駢紫累金，旅獻更祝。公亦愉愉然起醻焉，渢渢乎可以述，可以風，將必有善鳴之士，侈其觀聽，熙盛美於無疆者，匪特祝言而已也。抑吾聞公同鄉太宰整庵羅公，今年亦且八十。一邑二老，達尊并擅，鄉有山斗，朝有蓍龜，使天下稱有德有年者，必曰整翁、飭翁。而思則象焉，國史且書之，垂休後世。然則二公之壽固作人之基乎，是且家祝而人頌之矣。所謂邦國之光，非一家之榮也。於是二三君子咸謝曰："聞公應天，且得作人，又聞同聲焉，祝之至也。"遂書之。

壽大中丞西野張公七十序

松谿程子居璧雍，業諸生暇，燕坐融然，若有契焉。客有遺《山海經》者，取而讀之，怪其汗漫窈冥，多非耳目所徵信。至稱軒轅之國，不壽者亦八百歲，意上古沕穆，人罕紛牖，完養精粹，理或宜然。會同年友太僕高君肅卿貽簡曰："中丞西野張公，予婦翁也，今年七十矣，九月三日初度辰也，丐子一言，擬山海之祝，可乎？"予蹶然而笑，曰："異哉，無心之會若是哉，斯可以祝矣。"予以恙謝言久矣，顧於茲有羨焉。蓋予生公二十年後，幸同丁，復同月日，固喜公之壽於先也。乃弗讓而復於肅卿，且謂之曰："吾聞隘宇者言或拘，大觀者述斯至，山海之祝，鄙矣，予則未之或睹也。子昔嘗使琉球，浮東海矣，歷飛潄，窺龍宮，足躡蓬壺，手挽扶桑，接洪崖之袂，引石屋之籌，具可憶也，歸而誦焉，斯不足以壽而翁乎？子今為太僕，居南滁。滁山名天下，尚矣。其最勝者，南有瑯琊，西有豐岫，醉翁之亭瞰乎其中，收靈萃異，子挹釀泉之酒，采幽谷之芝，歸而獻焉，斯不足以壽而翁乎？而予瞽而談，視管而測天，其奚庸焉？抑予聞西野公素履剛正，嘗為侍御史，按湖南，風裁凜凜，立臺且十年，則以論宰臣，而出貳臬司矣。歷藩臬長，晉中丞，撫寧夏，載撫晉陽，則復以言事不合，載貳藩司矣。不殄不隕，薦復舊秩，撫西川，則年未及耆，而抗疏懸車矣。夫乘銳而進，因詘而信，亦人情也。公則每惟恐極其意焉，而恒退以自畜，巽巽然以自居，以予揆之，其殆效法於山海乎？何也？山不畜則不高，海不畜則不深。巃嵸蜿蜒，積卑而成；溟渤汪洋，積下而盈。是故山海之所以長久者，惟其高深也；山海之所以高深者，惟其畜之卑下也。公為御史，退而畜焉，三為中丞，又退而畜焉。徜徉山林，不知歲年。德日以崇，心日以淵，山海之德，公固具體之矣。含真葆靈，長生久視，將等崇深而薄軒轅，又奚疑焉？某視公，固通家丈人也。自今歲，逢是日必舉酒為公壽。公弗替引之，某也敢自後乎？"肅卿報書，喜曰："善哉祝乎，吾將獻之公。"遂書以歸肅卿。

秋佩劉先生知遇録序

某讀先生《知遇録》，作而嘆曰："於戲，可以觀，可以風，奮乎百世之上；百世之下，聞者莫不興起也，其在斯錄乎？”

先生舉進士，於先大夫爲同年；先生守吾婺，先大夫憲蜀，又同時，乃屬情益厚。某兄弟方丱，每造郡齋，先生必留止數日，偕令子敬之、述之講誦，日侍先生言讌，不知爲郡公云。居諸奄忽三十有二年矣，先生捐館不獲臨奠，葬不獲執紼，每以爲恨，乃今述之。卒業北雍，過留都，授斯錄，俯仰今昔，泫然淚下，得無言乎？

竊惟先生風節之峻，出處之正，斯錄備矣。至其貌莊氣厚，行古心龐，了不疑人欺；高視闊步，千金一芥，齷齪者愧死。作爲文章，詞雄氣逸，如泉涌駿奔，頃刻立就。古稱長者，稱大器，實先生其人，則錄所未及焉，某能不贊一辭？ 或謂斯錄自敕諭，至銘誄，言以位殊，詞緣事異，概曰知遇，不已淆乎？ 某曰：“不然。都俞迭唱，風雅同聲，若臣之交也。先生名實加於上下，行業孚於朝野，褒薦異而媺善同焉，恤誄異而哀死同焉。其爲知遇，又奚別焉？”

於戲，先生往矣！ 聞涪山自西南來，蜿蜒萬叠，屹爲州治。岷江西注，合黔水匯城下，汪洋渟溜，是鍾先生，山川無恙，先生固常存乎？ 人謂涪在宋嘗寓伊川，在今日産先生，抑不可謂不知遇矣。某也夙有子長之願，他日尚欲溯瞿塘，過酆都，采山毛江芷，歌楚騷秋佩辭，爲先生酹，且以答先生之知遇云。

先公十峰集序

先公集既成，男某愴然出涕，曰：“嗚呼，《禮》稱‘父没而不能讀父之書，手澤存焉爾’。夫手澤猶弗忍也，而況心思之所寄乎？”是故于先公之遺稿，嘗欲裒集而屢廢焉。既復自嘆曰：“昔子長述太史之業，福時輯文中之遺，懼弗傳也。作而無述，其誰與乎？”爰復抆淚而釐校之。首五言律詩，遵先公舊錄也；次七言律，次五七言絶句；次五言古詩，次七言古詩；次和陶上下，次遊武夷及聯句，凡八卷，獨文多放失，僅存祭文二篇，尚俟蒐輯，而先以志銘哀誄附焉。

孟子曰："誦其詩,讀其書,不知其人,可乎?"是以論其世也,是將裨論世者有考也。抑禮復有之:無善而稱之,誣也;有而不傳,弗仁也。先公天資超邁,屬詩辭,率意立成,評者謂清新俊逸,不減鮑庾。自蜀憲歸後,常坐東西二樓,或累數日不下,諷古人詩,有契則和,尤愛靖節、白沙二公之作。一和十數首,興寄所到,工拙無論焉。是故間有未安,不敢僭易,以近於誣,而尤不忍使無傳也,於是乎梓之,且以終先公求正之意云。

嗚呼,先公弗可作已。繼自今子若孫,想其儀形而僾然若有見,肅然若有聞焉,必於斯集而得之;而海內之交遊,思先公而不得見者,亦將藉是以慰,則斯集也,可以存交焉,可以永思焉。某之梓之而自爲之序也,或亦先公之遺意矣。

程文德集卷之九

序

送大冢宰松泉夏公致仕歸蜀序

聖天子御寓三十年，億兆乂安，群工浚亮，天下士咸聚而頌曰：“惟皇建極，斂福錫民。”又曰：“文王壽考，遐不作人。”其惟今日乎？於是聲應氣求，川流雲集，罔不彈冠奮袂而思際明良之會矣。時維太宰夏公，與有相之道焉。士方望公正笏垂紳，表儀勿替也。公顧自惟念曰：“功成者退，天之道也；匪彭無咎，《易》之象也；出處時偕，士之全也，吾何求焉？吾何求焉？居易俟命而已矣。”一日，致臣而歸，天下士若有不釋然者，相與道公之素，咸曰：“世方雕樸飾涂，儇譸相習，甚或突中莫測，傾危利災。公惇愨而不欺，平易而和巽，其與人而成其美也，肫肫焉。公，吾之師表也。”

公自錯質，揚於王庭，迨今四十有四年，一何勞也；歷任凡二十有二，服政宅揆，外内更踐，升沉一致，一何亮也！夫勞茂則績弘，績弘則澤廣；亮嚴則守介，守介則行光。而復本之以愨，持之以平，出之以巽，其得士也固宜，而今其誰與歸？縉紳大夫聞而贊曰：“是誠知公哉！”而其不釋然也，則猶未焉。夫公勞矣，亮矣，而致位冢宰，統百官而均四海矣，乃今法天之道以藏用焉，守《易》之訓以遠危焉，履士之全以善後焉，其誰曰不然？且公無求於人，而士復有求於公，殆非公意矣,故曰知公猶未盡也。

公,蜀人也。吾先大夫嘗官蜀臬,歸來每談蜀中山川之勝以爲快,若重涪者尤稱奇偉壯特,萬山奔矗,二水合流,林巒城郭,如涵鏡中。公歸而考槃松泉之上,坐茂樹,濯清流,仰高鳥之翔雲,俯遊魚之沉碧,真不知天壤之間復有何可樂也。雖然,公志在經世,出處當無間也。今茲往也,江湖之憂,詎能已乎?其於國家大計必有謀猷入告,如裴相國之於唐,文潞公之於宋者矣。天子錫福作人,方隆未艾,公樂天憂世,異地同心,此又天下大夫士之望也,亦同寅諸君子之祝也。僉以予言爲然,遂書以續賦歸之後。

送近齋徐君恤刑西蜀序

國朝制,每六載則簡法官之明慎仁恕者,慮刑兩直隸、十三道,恩至溥也。於是嘉靖辛亥春,刑部郎中徐子拜命,得西蜀焉。予于近齋尊君同學友也,喜而榮之,且謂之曰:"茲行,奉天子璽書也。古稱欽恤之訓,尤當於今日乎?予則何以副諸?"夫簡於明慎,言欽也;於仁恕,言恤也,夫亦不負所簡而已。

粤昔有苗淫縱,帝用哀矜,乃命士師制刑之中,惟明克允,中之縣也;周家仁厚,由獄長國,迨於季年,猶訓祥刑,明清敬畏,祥之原也。是故鞙斯興而世促,鉗網號而祚傾。且夫死不復生,絕不復續,一女子猶能言之,漢文亟爲感動,彼棱焉不顧者,獨何心也?古之枉獄成於五疵,《甫刑》詳之矣。今不獨五疵也,又加以三蔽焉。或聞而讒行焉;或遷就以媚焉;或泥成牘而重違焉。繆迷積習,反復沉痼而幽於狴犴,含冤以待盡者眾矣。嗟呼,嗟呼!曾謂誦說仁義之君子,而反一女子之不若哉!豈惟於斯,其視驥虞竊脂,亦有餘愧矣!子之在秋曹,素以明慎仁恕聞也,而川之東西獄之成於五疵三蔽者,或不少也。

今茲往也,務審克以求情,簡孚以輸讞,俾其人咸自以爲不冤不幸而不蔽者,亦所謂死者復生,生者不愧也,庶幾淑問如皋陶,長國如蘇公乎？而明天子欽恤之意，斯不負矣。若王賀陰德，定國昌後，理則固然，而善非有爲也。

子行矣，峨嵋劍閣之奇，錦江涪水之勝，甲於天下，先君子十峰公舊游也。寤寐無緣，羨子行邁，上下登臨，發舒藻思，將必有品題賦咏之什，以續洗冤之録，嗣祥刑之編，不但澤被民物而已也，則於蜀之山川亦有光哉！

世 講 叙 言

改溪馮子拜廣州之命而去京師也，松溪程子有離色焉。追通家之往誼，慨歲月之易流，感時事以興嗟，戀職居而相勵，於是出祖郊陸，意氣慨然。顧謂馮子曰："夫緣餞遠而陳感，臨岐路以含情，自昔已然，乃今爲甚矣，子將無同乎？粤昔先憲副十峰翁之與尊大夫丹山公友也，始弘治之二載，歌《鹿鳴》以同升，往來婺城，計偕京國，逌然好矣。吾婺世科，爰有潘氏，時維督學仲嗣，厥後司馬當朝，岇角鳴文，金玉韞德，吾翁以結心之契，定指腹之婚，公實執柯，永以爲好。既而後先登第，南北蜚聲，吾翁執平於金陵，外舅拾遺於青瑣。公也，才高時滯，益壯彌堅，竟薦南宮，遍司冬署。而予室家甫合，遽來冰玉之稱；是年正德甲戌，予適畢姻潘氏。郎舅同袍，更侈蘇秦之譽。嘉靖己丑，與潘壺南同舉進士。子生最晚，知名實先，一飛翀天，八年守郡，繫三氏之橋梓，紛接佩於岩廊，續潘程於陳雷，聯馮戚於韋杜。而皆緬世德於百年，懼隳閥閱；思前修之三重，前輩謂道德、文章、功業，古今稱金華"三大擔"云。敢墜風流。婺州以爲美談，浙東傳乎盛事。顧風木其同感，眷北萱而獨榮；嗟少壯之忽衰，撫居諸而倍惜。逢時弗靖，哀民孔艱。羯胡飲馬於郊畿，黔庶留腥於草野。撫膺長嘆，仗劍誰憑？宵旰獨勞至尊，安危方賴時杰。青年遠識，共推駕部之英；利器盤根，欹注天曹之簡。廣南騄足，冀北空群，五馬發其軒騰，一麾揚其慷慨。登高山而望遠海，餞有餘情；將進酒而臨熏風，言不盡意。子行矣，子行矣！壯行莫如郡守，粤國豈謂遐方？彼漢四百祀之延，皆良二千石之績。匪政平而訟理，曷本固而邦寧？固將澤南海於千年，奚獨駕潁川之四長？”

改溪子作而謝曰：“吾因廣州承明德焉。夫追往誼也，則作求矣；念迅邁也，則及時矣；感時艱也，則思濟矣；勵職居也，其弗自負矣。暢今昔之懷，明作述之美，振憂世之志，茂康濟之猷，異世一心，萬里同席，世講之誼，斯其至焉。”松溪子曰：“獲我心矣。”於是乎爲三忠之別。

婺集同聲詩序

蓋聞賢哲宣朗，山川效靈，風雅承流，後先如契。是故開駿圖者，貴垂休而有託；嗣鴻響者，期景行以無慚，其趨一也。粤自吾婺，山崎東南之盡，水會錢塘之源，靈秀蔚鍾，粹精苞固。故人物生乎其間者，世恒貴而代有聞焉。秦周以前，邈哉邈矣；自漢而後，若赤松、二皇、自然者流，首凜風概，而孝標、賓王、志和之屬，遂肇詞章；歷唐及宋，則宗忠簡勳業之冠也，而鄭、胡、林、喬拓其緒矣；呂成公，道學之源也，而何、王、金、許濬其流矣；潘默成、陳龍川，文章之彥也，而蘇、胡、吳、黃接其武矣。中間名卿著相，稱右江南；學士文儒，號小鄒魯，蓋莫可殫述焉。迨我高皇渡江，婺州駐驆，延覽英傑，翕聚雲龍，一時名臣，婺實太半；而景濂之文，子充之節，尤稱偉烈，於戲盛哉！永樂而後，代不乏人，至楓山先生，尤以道自任，爲世所宗。常語同志曰：“吾婺三重擔，今在我後人也。”斯言也，我先君十峰憲副、外舅竹澗司馬，暨漁石太宰、樸庵、復齋二司空，暨予小子，實竊聞之。孟子曰：“觀於海者難爲水，遊於聖門者難爲言。”而生於吾婺者，不亦難其繼乎？則在今日重有感矣。

嘉靖庚戌之歲，天子踐祚之二十九年也。維時吾婺仕而同朝者二十餘人，或貳秩宗，或掄殿魁，或給青瑣，或侍烏臺，或分諸曹，或服觀政，匪徒濟濟衣冠之盛，實喜師師道義之同，咸自奮曰：“相彼物矣，猶貴金華。矧吾人矣，可負鄉國？山川猶昔，風氣靡殊，既有開於前修，忍自隳於後進？百年一瞬，人生幾何，苟不力善而有聞，亦徒醉生而夢死。況義命之已定，雖徼倖其何裨。修己俟時，本至簡而至易；存誠慎獨，可希聖而希天。仕則尊主而庇民，處則正家而範俗。繇是道也，其庶幾矣。”

先是，己丑之歲，某也叨與詞林。群辟視今若稀，卿佐於斯爲盛。惜焉無述，遂爾莫稽。僕幸兩際於盛時，可無珍重於今日？於是月爲一會，署曰“嫠集同聲”，胥訓告以盟心，各矢音而見志。齒以爲序，載之簡書。豈徒要諸終身，且將垂之世講。後有作者，庶其續焉。

壽李南渠相公五十序

南渠公入相之五年，年始五十。嘉靖癸丑六月初一日，岳降辰也。公，越之姚江人也。姚江謝文正公作於前矣，公繼其後，人謂一邑二相，奇矣。及考拜相之年、之官之月日，無一不合，則其人品、事業、始終，寧獨異乎？夫是之謂奇。天下士大夫莫不稱慶，其相與喜談樂道而頌祝焉者，固已充堂而盈帙矣。翰林庶吉士馬君體乾輩二十八人，未有以爲祝也，以故事來請曰：“是惟先生。”某曰：“微請，吾願也。”予惟昔者乙巳歲，承乏南雍。公時爲國子司業，乃屆是日，予嘗燕公於講院樂聚之亭，臨池而飲。時池蒔蓮，花葉甚茂，有霞觴碧筒之咏，情興甚洽。今復垂十年日月，依期而至此地，此樂可復得乎？輒有感而嘆曰：“予無以頌公也，盍相與追惜年華乎？”夫人生百年之內，爲十年者十爾。艾年以前，恒匆匆也，由茲滿百，爲十者六，因往推來，亦迅邁爾。人謂公與文正，已往既同。文正行年望九，始終全福，延及子孫甚盛，將無同乎？某曰：“未也。昔吾夫子嘗自叙平生，每越十年而自名，此人生叙十之始也。其稱伯玉也，謂行年五十，而知四十九年之非。他日又自願五十學《易》，冀無大過，蓋亦追年華而考進修也。吾請以夫子之願、伯玉之能爲頌，可乎？夫伯玉惓惓寡過,孚於家人,夫子信之,亦可以爲成人矣。夫子自謂五十而知天命,亦既無過矣,猶庶幾於無大過,此其心,天地之心也。天地之心,生生而不已,是之謂《易》。天地之心其有窮乎?是故生生而不已也,已則窮而乾坤幾乎息矣。此夫子之所謂知天而欲法天也。天命生生不已,夫子法之,亦曰老者安之,朋友信之,少者懷之,生生之意蓋如此。"

公去少司成四年而入相,其寡過也,無慚伯玉,天子賢公久矣。昔夫子不得師相之位,而汲汲焉欲行其道於天下,而曰"天下有道,丘不與易",然則時之未泰,夫子之所謂過也。今公早登師相之位,視夫子可謂大行矣。今天下生靈若何,無亦存夫子易世之心,而尤汲汲是務乎?昔周成王之命畢公曰:"三后協心,同底於道;道洽政治,澤潤生民;四夷左衽,罔不咸賴,予一人永膺多福。"此師相之能事,夫子當日之心也。蓋其所願老安少懷,而庶幾無大過者乎?常人之壽,以一身也,以一家也;聖賢君相之壽,壽以天下,壽以後世也。故夫子以老安少懷爲己之志,成王以生民澤潤、四夷咸賴爲相之協心,一人之多福。公之所爲自壽,而朝士之所以壽公者,其在是乎?其在是乎?此固某之所以追年華而頌公者焉。蓋至於是,而後不負乎天下,慶公入相之早而公之壽國也有餘裕,斯亦可以自慶也夫!

松石三壽圖序

天下之物,植之壽者莫如松,峙之壽者莫如石。合松與石,植而峙焉,則彌壽矣。吾家十峰之下,松溪之上,鬱鬱乎、磊磊乎多松石也。吾翁之謝蜀憲而歸也,以十峰自號。於溪之西建書院,業吾兄弟,日藏修焉。一日家兄堯敷氏坐尋樂堂後,正對石牛峰,見其下石如臺級,長松掩映,愛而樂之,已復詠嘆之,於是人稱之曰"松石先生"。先生喜曰:"吾方無意世用,樂與木石居,吾真松石主人也。"仲弟某蹴然曰:"有是哉,徂徠之材,清廟明堂之所需也;靈壁之岩,玉墀丹陛之所資也。先生負才美,固棟梁柱石之具也,而顧不爲世用,如之何?"薦紳士聞而論曰:"先生不屑委隨,不受變於俗,剛直凛凛,操比松矣。先生遇事果敢,如其是也,一家非之,一國非之,不顧也,介如石矣。行藏固有志也,而曷强爲?且吾聞之,松則有苓,或爲丹珀,而世方寶之,終莫能閟;石則有璞矣,和氏可刖,璞不可捫也,竟得名璧,以爲荆山光;二子若孫,顒顒卬卬,固先生之松苓石璞也,而其光顯爲世用也,誰謂非先生乎?"某曰:"士知先生哉,予固矣,予固矣!"

嘉靖癸丑嘉平十日,先生甲子初周時也。某也方圖所以爲先生壽。客有持繪圖爲贈者,披而視之,蒼松玄石上下,而三老坐其中。予欣然曰:"吾有以壽先生矣。此松石三壽圖也,松一也,石一也,先生一也。《詩》曰'三壽作朋',其是之謂乎?"客亦囅然喜曰:"信斯言也。則蒼其衣者,松之精乎?玄其衣者,石之精乎?而朱衣者,其先生乎?"某謝曰:"客啓予哉。松石託先生以爲侶,先生合松石以爲壽,函三爲一,高厚無疆之道也。長生久視,何足云乎?"是時某也方受天子命,與庶常吉士講學瀛洲亭上,樂斯事之奇也,咸同聲而相賀。於是某也自序之,而揖諸吉士咸賦之。

壽東岡屠翁八十序

東海之濱,隱君子屠翁居焉。嘉靖甲寅之歲,春秋八十矣。四月二十六日,懸弧旦也。其同里人仕於朝者侍御楊君輩相率徵言爲壽。松谿程子某曰:"翁固自壽矣,予又何祝?"

翁名佺,字壽卿,別號東岡。吾聞唐堯時有仙人偓佺者,日茹松,雙瞳方碧。翁名同而字壽,即其人矣,東岡非蓬島耶?雖然,猶有本焉。楊君稱翁賦性剛直,宅心平易,斯蓋近仁者也,固宜壽。矧事親孝,處兄弟友愛。夫孝弟,立人之本也,辟諸人身,則元氣也,元氣充盛,有弗壽乎?方翁少壯時,先業未饒,家衆爲累。翁力幹蠱,涉歷艱而思慮勞,凡可以振起門户者,承當不憚,寒暑不倦,家用日充,兄弟咸賴之。一生惟以治農教子爲務。夫孝弟力田,漢所上也,故以是科求賢，今翁實有之。使翁生漢時，將膺上舉，雖欲隱居，不可得已。翁爲人淳篤，不事矯飾，無少機械，服食器用，絕無華靡。世俗夸誕之態，聲色艷麗之習，一無所染，蓋真元不鑿，澹泊自如云。夫矯飾機械，役其智者也；華靡夸麗，蕩其性者也。智役，神斯勞矣；性蕩，神斯滑矣。神滑且勞，精氣日以漓矣，欲壽得乎？而翁不鑿以完真焉，澹泊以無爲焉，含光葆和，熙然嬰兒，今之八十，猶中壽爾，而耄而期，誰能禦之？此翁自壽之本，豈徒有羨於茹松之輩耶？且予聞諸神仙煉石化金，皆茹松類也，猶有待乎其外者也。翁惟不伐其性，不滑其神，以全其天焉已爾。蓋無求於壽而自壽焉，日以久視，日以長生。於戲！天下之至寶，惟無心於求者得之，此之謂也。翁又匪直自壽，且可以祛世人求仙之惑，而於是乎壽天下之人焉。天下之人聞之，皆曰：「吾有長生術，得之東岡翁。」則翁豈直自壽乎哉？

翁，贈刑部尚書石庵公子，今太子太保左都御史東洲公兄也，福建按察司副使致仕東涯先生則翁季弟也。某嘗辱好於二公，視翁則通家丈人也，固願申一言以爲頌。

慶大郡侯陶山李公四十序

予嘗讀《漢書・循吏傳》，述龔、黃、朱、召諸公，以爲所居民富，所去見思而已，無他奇能異政也。夫謂之循吏者，以其循循而無所異於人也。且曰居而民富者，循民生日用之常而爲之所也。傳稱黃霸令民務耕桑，節用殖財，種樹，畜養雞豚，去食穀馬、米鹽靡費；稱龔遂躬率儉約，勸民務農桑，令口種一樹，家二母彘、五母雞，秋冬課收斂，益蓄果實。勞來循行，郡中皆有蓄積。如此民烏得而不富？去之日烏得而不思耶？循吏絕響千餘載矣，吾金華一旦何幸而遇陶山公，振循良之治行，以紹數公之休烈乎！

公之治郡，條目雖多，大指歸於節用，省民靡費，即所以富之也。如公門逐遊食之役，詞訟革保家之拘，無非與民休息，誘民務本而力田也。諸凡善政，不可枚舉。一郡旄倪，歡呼踴躍，以爲從來郡公未有若此，相與歌頌，欲求公之年而祝之。乃公年纔四十，二月八日懸弧旦也。嘗考龔、黃二公爲郡時，年皆已高，其後并受上賞，一賜爵關內侯，一爲水衡都尉。公方強仕之年，膺金紫之秩，且紹數公之休，其列九卿而都三公，躋大耋而登期頤，禄位名壽高出古人，理勢之常，固可擬也。《傳》曰："天視自我民視，天聽自我民聽。"又曰："民有所欲，天必從之。"公之得民如此，天意可知。且吾郡數年遭海寇侵迫，家給軍餉，頭會箕斂，又朝殿遭災，天子下明詔，刻期修復，征輸日急。百姓皇皇待哺願拊之時，其仰望我公，若赤子之戀慈母也，若大旱之望雲霓也。幸而我公廉介之操，仁慈之德，既足以植吾民之命；而明敏之識，通達之才，又足以孚吾民之心。吾郡蒼生無慮億萬計，其依庇我公，而視公非公也，殆有甚於命與心也。其祝公之壽胡福而集洪休也，凡人間之所願可致之祥，莫不畢萃於公，且施及公後，世世罔極焉，某詎能一一道哉！

吾聞大江之南，池州開府焉。有山鬱秀，曰"九華"。敢遥想像江山之勝，而約郡人之情，頌曰："江流滔滔兮，往過來續；過續不窮兮，如公之福。"又曰："九華屹立兮，公生所鍾；擎秀罔極兮，與公始終。"予與公嚴君令尹公嘗有璧雍之雅，固通家道義骨肉也。而武義大尹何君，亦周旋其間，有兩世之好，以斯言見屬，予固願一言。

補 遺

程 氏 宗 譜 序

嗚乎，文德之受斯命也，蓋十有八年矣。廟廊出入，湖海淹留，未遑也。乃茲宅憂，得以讀禮之暇而從事焉。爰謀於伯兄堯敷，取舊譜參酌損益而彙次之。定爲凡例有十，類有八。而其大義則先太中公所指授也，鰲然備矣。顧公惓惓之意，欲有以勗後人者，文德忍弗識一言以孤先德乎？

夫三代而上，諸侯世國，大夫世家，生有宗，没有廟，昭穆辨矣，子姓序矣，其勢自相聯屬而不絶也。秦漢而下，宗法既廢，譜牒興焉，所以别本支，辨親疏，秩婚姻，表功德，崇繼述，胥譜焉賴。故曰："譜者普也"，合遠近親疏而普被之也。其意欲使人人尊祖而敦族，以聯屬於無窮也。是故得其意則譜爲有據。先正不云乎："譜其譜者，尊祖之器也；道其道者，尊祖之實也，盡其實以舉其器，則器不虛。"斯言也，可以惕然省矣。

吾公範公至大理公凡六世，世積仁厚，累功德而後發於我太中公，以至今日也。凡我子孫克念先祖，嗣德象賢，是之謂道其道，則譜牒雖無，心原不絶，尊祖之至也；不然，器雖具而實已撥，譜奚益焉？人將指其名而訾之曰：某也不孝，某也不弟；某也橫暴，某也貪鄙。則斯譜爲記惡之籍也，其辱祖也，莫有甚焉矣！斯太中公之所爲惓惓者乎？凡我子孫，其敬念之！

嗚呼，昔人有云：善亦一生，不善亦一生。夫生而不善，孰與無生也？而穢名莫洗，墓草含羞，静言思之，良可哀矣。其永懷於斯言，斯不負今日輯譜之意。

嘉靖二十八年歲次乙酉八月望日賜進士及第朝議大夫南京國子監祭酒八世孫文德頓首謹書

永康應氏重增譜叙

謂夫聖人之化天下，而以人倫爲重，以宗譜爲本，以孝爲先。夫孝者，上自天子、公卿、大夫、士，下達於庶人，無貴賤，一也。貴賤有等，孝道無殊。抑夫齊家治國平天下，概以孝弟爲本也。齊家以孝，而子孫順之；治國以孝，而庶民從之；平天下以孝，而天下歸之。爲子孫敢不遵於聖人，而盡其孝乎？夫宗譜者，皆所以明人倫，別其長幼尊卑之序也。尊卑之序明，然後知五服。九族之制何如？由己而上，父、祖、高、曾，由己而下，子、孫、曾、玄，是爲九族。知九族之分，然後知親疏之名分；知親疏之名分，然後知父祖誕忌之辰，感時思祭而報其本也。祖宗者萬世流系之源也，豈可忘乎？宗譜之不修，後世何述焉？木不培其根，枝葉何茂焉？

第八世祖諱昂，字時軒者，配王氏，生子三人，幼子曰梓，隨父於龍鳳。先始居西川，爲第一世編起，墓葬東坑神魂塘裹壁，經今盡十三世矣。今修之者，十一世孫諱賢，字有德者，庚躋八耋。憂思宗譜不修，世遠難詳，失其祖先之名分，墓葬不知其區處，昧其所出，絕其祖祀，爲不孝之罪也。由是廢寢忘食，用心蒐輯舊圖列於前，而探求其未知者而輔於後。垂示後世，一鑒而知之萬一云爾。是爲之叙。

嘉靖八年歲次己丑臘月望後四日吉旦賜進士前翰林院編修松谿程文德頓首拜撰

永嘉英橋王氏重修宗譜序

吾浙東著姓推永嘉王氏，代產聞人。八傳而爲少參東崖公、祭酒鶴山公，伯仲竟爽而世益顯。少參公孜政歸日，以敦叙鄉族爲事項，修宗譜成，爲書屬予曰："澈先世世居永嘉之英橋，故有譜。宋季經海患，元初又罹兵燹，世系無復可考。成化間，族祖夢竹公由始爲譜，以萬十一府君爲始祖，據所知也。迄先通政凡七傳。先通政嘗告澈曰：'前譜迄今七十餘年矣。族姓日繁而事亦多夥，宜重修輯，爾兄弟共圖之。'時竊祿於外，未遑也。比〔束〕〔來〕幸返初服，承先志，作始祠於墓側。乃屬兒輩取舊譜重爲編輯。首引支圖，系之列傳，系之祭田及先世遺事，而誥命則特志以昭恩榮。酌古准今，便取觀，不敢方於作者，願一言以詔來異。"

予惟古者諸侯世國,卿大夫世家,立宗祠以統之,而宗法行於天下。後世宗法廢,所謂世家者不過以貴富稱爾。而今士大夫族率有族紀,其本支實仿古宗法遺意。程子謂:管攝人心,收宗族,厚風俗,使人不忘者,此爲法甚美,亦有感於古道之可復也。少參公建祖祠將以約束其宗人,而宗譜輯取其所可信,詳其所可傳,又足爲當世法規,援附旁證者異矣。夫宗者總也,譜者補也,總斯萃,補斯信,王氏之宗得參公譜之而爲法,始備於以尊祖敬宗,敦倫崇讓,將翕然成雍睦之俗矣。裨於世風豈尠哉?

公舊官禮部,予舉子時歷事署中。及登第,又公舅氏羅山張翁所取士,尋以因楊太師論事坐謫,公慰引焉。予與公有世誼稱也。兹以言見屬,惡敢以不文辭? 是爲序。

嘉靖二十六年丁未秋七月賜進士及第朝列大夫南京國子監祭酒永康程文德拜撰

廷良厲翁八秩壽序并詞

竊以八面山高,壽域開八荒之勝;雙溪水合,慶源衍雙白之長。大張夏厲華筵,誕錦吳寧耆宿。兹惟厲氏廷良先生,簪纓望族,詩禮傳家,歷唐宋至元,千百年後,克紹箕裘,自祖父及孫三四代來,感培德祉,尚遺此老,維以永年。夙秉性乎淳厖,羌蜚聲於孝友,恂恂然與物無忤,鑿鑿乎所論有徵,解紛息然,醫國濟人。曰耕曰讀,以貽世業之謀;惟儉惟勤,一盡平生之分。徜徉林谷,啓處家庭,八十年來無禍患,三千春裏望籌齡。矧夫孫子之繩繩,善緣未艾,而又太平之世世,景遠方興者也。謂非聖代之逸民,鄉間之耆舊耶? 敬於懸弧之旦,聊陳薦福之觴,蕉詞一闋,用祝千秋。詞曰:

南極燦爛,禹甸開華宴。舞袖翻,歌聲婉。童顏鶴髮垂,海屋添籌算。歲歲年年,此日人長羨。　　蘭桂滿庭芳,鳩杖春來健。膺壽詻,榮恩薦。白髮映烏紗,齒德翁俱擅。耄耋更期頤,遐福方爲驗。

馬氏悌六十二公榮壽序

署南平縣事石峰馬公，以春秋高，謝事歸鄉里。今正月初八日，乃公懸弧之辰也。耆英碩彥，賀者履滿。余忝姻親，仰止素切，愧乏冰桃雪藕之獻，爰作賦以歌咏之。賦曰：

瞻松山之高聳兮，接南嶽之靈區。就瑞日之初升兮，喜東隅之長舒。惟嶽降神兮，壽還齊乎南嶽也。吉日生申兮，景即視乎東隅也。髮皤皤而力不愆兮，其釣渭之老也。冠峨峨而人可傳兮，其採芝之皓也。蓋天之氤氳，獨萃聚於斯人，故龜爲算而鶴爲齡，質其玉而相其金。幼嬉戲乎清渭，長遊宦乎南平。德洋施乎劍浦，澤長流乎龍津。爲柱礎兮看天柱，耀福星兮睹七星。瀨岩怪石，曾訪其人於洞府；玉華蓮華，亦謁仙客於翠雲。爾乃南極光燦，南天彩煥，桃溪之桃獻實，松石之松挺幹。於是玳席初筵，霞觴屢換。祝君壽兮黃者，舞采衣兮斑斕，紫氣來兮藹藹，瓊佩響兮珊珊。序自然之宗派，集偓佺之仙班。爰爲之歌曰："華溪清，麗水深，桃花洞裏有仙人，直與君家作壽朋。"乃賡載歌曰："松山燦，松石爛，天長地久永無算，直與君家同壽旦。"

姻婿程文德書

贈碩德古齋盧翁序

邑東五里有市，曰高川。高川盧氏有碩德，諱珍，字世用，號古齋翁者，予先公十峰憲伯莫逆友也，在予爲父執。一日，予回自京都，以翁別闊，步自邑之松谿書院謁翁，時翁年七十矣，鬢髮蒼古，步若壯年。予見之，悲感特甚。止余宿，同榻。因詢先公童時，翁道甚悉，燈前疾書，不覺累累滿幅，余復悲喜交集。翁因把酒屬余曰："子先大夫嘗欲述吾生平，今無及矣。"余泫然感激，曰："不肖孤思先公不可得見，見翁如見先公也，忍弗卒斯願乎？"

翁裔出宋進士約齋公後，世居邑之白雲山，高祖知縣溪南公徙高川，曾祖奇、祖欽有隱德。至父淵，尤有賢行，富甲於鄉。翁少日與先公憲伯及司諫徐公沂、郡守俞公敬同習舉子業。成化庚子，有司薦以儒士應試。永嘉少宗伯王公瓚、樂清郡守朱公諫、處州侍御鄭公宣，實同事焉，遂爲至交。諸公宦游往來，過翁門必止拜論舊，驩然猶昔。庚子後數年，以父罹囚，禍幾不測。奔走赴訴凡六年，事始白，舉業遂廢，徜徉詩酒，上下名卿間，而行誼益顯。性孝友忠信，與人真率和易，嘻嘻如嬰兒。鄉人無愚賢老稚咸愛慕之，稱翁必曰"儒"。翁亦以儒自律，不汩没時流也。嘗建祠以追先，合譜以敦族，崇義而秉禮。尤喜周恤，暑施茶以濟渴，寒立橋以濟涉，行旅賴焉。歲除，念獄囚無哺者飲食之，率以爲常。有貧不能贖，淹系者兩年矣，亟憐而贖之。陳氏負翁油錢，鬻其婦。或以告，翁惻然蠲之，且爲贖婚質焉。嘗游黃塘，見醉人臥雪中，挾之歸，更衣浴之，得解批，詰旦，解者追及，俯首叩地曰："公即生我也。"後復遇醉者水田間，擁之如前。晨飯而去，不問爲誰。平生憫人貧而急人之困，大率類此。居常吟飲，悠然自適，晚益任放。別業有溪心竹園、塘西梅圃、牛嶺松塢，稱爲"三益"。日乘款段，携壺逛游其間，吟詩作賦，飄然賢士君子嘉趣，而漠然無求於世。翁之懿行，真有足錄也哉！

予言畢，翁避席再拜，興曰："鄙人性樸，嗜山林，遺棄聖朝，亦奚德如子言？惶汗無當也！"予再拜曰："翁懿行，先公欲述之。予小子，承先公志，何敢佞？"翁遂長歌作禮把盞。明日送予歸松谿。

嘉靖十三年歲次甲午八月吉日賜進士及第朝議大夫國子監祭酒前翰林院編修國史通家子程文德頓首百拜書

慶曹母夏安人壽八旬序

夫婦德尚順，母道尚慈。順者非阿徇之謂也，必爲其正，是則無違夫子矣；慈者非姑息之謂也，義方以訓，是則慈愛其子矣。安人系出自夏，夏素喬室，幼嫺女訓。其相南川翁也，朝夕奉饌之敬，寒暑佩服之宜，舉中其則。至於喜怒之發，出入之度，酬酢之際，則皆有規有勉，以協於禮。故南山翁之行，見稱於鄉里而取信於姻戚者，安人內助之功不可誣矣。生二子，蚤夜屬其志行，教以詩書，期以古人事業。伯子文偉，好古力學，老且困，益不倦，人以隱君子稱焉。仲子文儒，積學待時，食采黌序，二十餘年，典學校試，輒哀然列群彥之前，人以大魁望焉。夫潛居者足以求其志，學仕者將以達其道。是雖天錫自良，而安人陰教之力，又可無耶？由是觀之，則安人之婦道、母儀，皆足以垂範於世，而盛德獲福，且將永裕後昆，而上迓期頤也，豈直今之八旬可慶而已哉！菊月八日，乃其初度之辰，安人之弟侄，咸稱觴而徵言於余。余弗容辭，因推其為婦為母之德，且占其將來之算益宏，後嗣之報益茂。《詩》之所謂“俾爾熾而昌，俾爾壽而臧”者，蓋將於安人乎萃矣！其植曹門之福而增夏氏之光也，不亦有足多哉？斯固君子之所樂道者，故序而歸之。

嘉靖戊午九月朔旦賜進士及第前通議大夫吏部左侍郎兼翰林院學士掌詹事府事眷生松谿程文德拜書

東山行樂圖序并贊

東山行樂，繪圖屬予言，夙有同心斷金之好，且敦里戚世講之誼，不容辭。予維古婺為小鄒魯，蓋人有士君子之行，而東山有古鄒魯之風，其於五教六德六行身體之，咸稱其或無不備，故章縫善其交，縉紳高其誼，莘砛樂其道，衡泌韜其光。凡嗜用服御動定，惟意所適。殆維暇豫，詔蒼童，鞭玉驄，覽山川之勝，恣烟霞之樂。憩茂樹，掇芳馨，臨清流，將亦寄興剡溪，追踪安石，曠視宇宙，洞窺今古。俗尚虞周，風承鄒魯，蹈和履貞，以頤天和，以綿天慶，以永天命，而樂誠可謂至矣，抑不知何樂有逾乎此也。昔迂叟以獨樂為樂，醉翁以同樂為樂，皆此心也。擴此心也,使安石一起,其亦必如范公"後天下之樂而樂"
也歟?號東山,茲廣其號云。

贊曰:囧爾章服,晬爾德容。標姿玉潤,豐度春融。際龍興之熙
洽,獲豹隱之從容。驪從追隨,雕鞍金勒。燕游暇豫,白石蒼松。里
閈宣聲,著太丘之行誼;溪山寄傲,襲逋老之遺風。噫!其庶乎孔孟
所謂隱居求其志,善其身,而芥視乎千駟萬鍾也歟?

松谿程文德謹贊

章氏重修宗譜序

粵自封建廢而宗法亡,宗法亡而門第興,門第興而譜牒作。譜牒
者,所以別神明之胤於氓隸也,即此可以觀自愛矣。自愛者孝之始
也,漢唐屬於有司,視後世若莫可混淆者。漢劉婁項,唐李徐楊,尚可
以別宗本否耶?古者天子賜姓以別疏戚也,其後乃以自淆焉。何耶?
施諸臣子,已爲不可其末也。宋趙李夏何謂耶?嗚呼,茲其所以不淪
于夷不已也。今之君子,惟不忍以其神明之後,自儕於氓隸也。於是
乎汲汲於譜牒之修,蓋有不得已焉耳。

李溪之章,遷自浦城。浦城之望,以太傅公仔鈞,顯於五季,蓋古
之郼子後也。國降於齊,去邑爲章。郼本姜姓,出自泰嶽無疑。今譜
自及始,及實太傅祖也。世次本支,開合遷徙,歷歷可指。其間賢而
有聞者,如莊簡公粢,宣力西陲;忠恪公誼,正色朝端;鄂監軍大連,亡
身徇國;婺使君埈,捨生取義。暨我皇祖勳臣中丞公溢,翊運贊元,裨
造寰宇。景皇時恭毅公綸,倡義復仇,九死不屈,皆臣之共也。與夫
十歲童子之能白刃捍母,視死如歸,已可觀子之翼;衢州通判墾之贊
兄協義,盡瘁社稷,又可觀弟之從;而少師公棟之學術中正,不負師
友,則道學之純,又可觀焉。其爲婦女者,練夫人見幾興廢曲全,豪傑
以保庇鄉井,固非特簪珥之賢,而應氏周氏,娣姒爭死於鋒鏑,黃氏方
氏,姑嫜苦節以終身,又皆光耀百世者矣,乃悉萃於章氏之族。嗚呼,

97

爲臣則共，爲子則翼，爲弟則從，爲母則愛，爲婦則貞，爲學則純，此天地之所以立也，日月之所以明也，山川之所以流峙也，豈特一宗族有賴耶？其它身登將相，愛遺郡邑，文章武略，義概英聲，彪炳顯著於一時者，又未可以一二數，今皆列於傳志景行，叢載諸篇，皎如日星。章氏之族信乎非庶姓所可京，有不待外援而貴者，亦不容於苟遺而弗録也。爲章氏子孫者其有志於祖述乎？憲章乎？又奚俟於他求哉？家乘固爲中丞溢述繼，昆山少尹安續爲之，迄今又六十餘年矣。二十五世孫光再續焉，蓋有志於祖德而克勵永修者，非直自愛而已也。予世與姻婭，故爲之序。

　　嘉靖己亥年仲秋月吉旦賜進士及第南京工部郎中前翰林院編修後陞吏部左侍郎松谿程文德序

題夏川胡氏宗譜序

　　惟天地，萬物父母；惟人，萬物之靈。人出類耳，要非外萬物而超範圍也。故君子民胞物與，聖王爲父母，宗子賢其秀也。宗子家相賢賢之等，五爵三土，第列庶位。先世施張而天下平，親親之殺在其中矣。以享帝而言，則曰“人臣”；以享親而言，則曰“孝子”，此天下一家，譜議之所由來也。《易》其爲天地萬物之譜，《詩》、《書》、《禮》、《樂》，爲帝王之譜，譜見於經，不可尚矣。厥後君有“紀”，臣有“世家”、“列傳”，譜流而爲史，義總於朝矣。其弊也，君不君，臣不臣，賢賢親親之義闕於上，由是修譜牒以補上之闕，全譜義之道，乃一家而萃天下之規，譜之義遂散於野。今東街胡氏，始祖諱潭，行崇三三府君，係宋元祐戊辰進士諱鏊公之長子，因遭方寇兵燹之亂，避遷派分，有湯溪清洋之胡，有金華、義烏、東陽之胡，有永康散族之胡。滁村、太平，皆系宗派，前後所著聞者。迨今十三世孫諱椿，字季芳，別號允名，成化戊子科鄉貢進士，任國子監太學學録，遷任光禄署丞，歸田修茸譜牒，請序於余。余私慨曰：譜明於上，無庸修於下；譜修於下，上義有未明也。顧譜牒失傳久矣。余聞譜牒之修，慨且遠矣，喜驟發焉，不覺執筆爲胡氏之一慶云。

賜進士及第正議大夫資治尹吏部左侍郎前翰林院編修國子祭酒眷生松谿程文德拜撰

陳氏續修宗譜序

松谿距棠溪一舍而近。丁巳之春三月既望，庠生陳友恭青鞋度嶺拜謁余松谿書屋，捧宗譜丐一言弁諸首，余受而閱之。其先出漢太邱長實，由吳興徙婺永康，有兆十府君者，贅柏巖屬氏，遂居焉。龍川文毅公所紀七族之一也。由柏巖徙棠溪，又由棠溪析靈山諸處，迄今編次有倫，紀載有法，文獻有徵，斯亦足以延世澤於不墜已，奚庸余言？抑有説焉。

夫舊家右族之稱於世也，其先必有哲人焉。蹈道秉德以開其始，子孫嗣而襲之，奕世載德，傳久彌光，兹其所以可稱也。若太邱長表正鄉閭，平心率物，允以二難，德隆晷星，其植本也深矣；厥後世躋通顯而南陳成帝業，不可謂非作德之報也；及居永康，七族蕃衍而龍川經濟之略、文章之豪，卓然名世，豈偶然哉？夫氣運盛衰，常循環而相禪。龍川銘陳性之墓，曰龍山、曰墓西、曰石牛、曰西門，皆嘗有列於朝；曰柏巖、曰前黃，則富甲於鄉。此龍川微時之作，而不自意其後之狀元及第也。今諸族率微，居柏巖者，亦漂零散澹，所存無幾，惟棠川蔚焉獨茂。譬之深山巨藪蟠空拂雲之木，歲久而蠹蝕腐敗，其傍枝遠揚，猶蓊鬱而向榮也。《傳》不云乎："公侯之子孫，必復其始。"安知不有磊落奇偉如昔賢者之出乎其間邪？賢人出，國將昌，子孫才，族將大。欲大其族，固非詞章之才取世資以夸里閈者也，謂其修道迪德，足以儀家而正俗，裕後而光前者也。陳氏之彥亦有有志於斯者乎？尚勉之哉！不然，則譜之葺亦僅以備文物之觀爾。若欲以恢先德而大之，非余所敢知也。安之聞而躍然再拜，謝曰："至哉！先生之教也,恭敢不奉之以詔我宗人?"遂書以歸。

賜進士第通議大夫掌詹事府事吏部左侍郎兼翰林院學士眷姻生松谿程文德書

武平荆川派^{雙溪 隴後並卻金館} 譜序

古麗世家名閥,非一姓也,而莫盛於陳,觀諸譜系文獻可徵矣。譜,始自唐秦國公節度使暄所編纂,累葉踐修,迄今霖重輯之,濠道溪襴鵠高輩倡爲鋟梓,頒諸族派,俾歸于一,僉嘉盛舉也。一日登余門,迺出前譜示余,屬序首。

閱邃古譜序,唐翰林學士韋庠、周都點檢趙匡胤、宋荆湖安撫使馬光祖,皆爲暄公撰其事,覈其文炳也;以暨數百年,元有本系思允公,明有鴈山洪崖雲及參憲樊雲門、濟陽周克己,皆爲之序;又曠數世,則有宗子霖者,稽古訂今,纂成譜史。首序源流,例二十一、訓六,及傳芳録、系圖、誥敕、銘狀、詩文彙載并列,絲聯脉貫,瞭如也。原世系由河南陳國,歷三恪以至胡公滿,越三十餘紀。有原膺者居武昌,家聲克振,又三傳暄之子瓊,值巢賊猾夏,護駕西川,復朝加封平興侯;旋以郭從謙陷國,寇兵四起,瓊與四子遂隱居婺之東陽;長宣並子拱登,徙妃山之掬巖,幼仁政,居五雲之北門;拱登之子曰旺,致政東甌,卜居古麗之荆川,始遷祖也,追號歷山,建祠以續虞祀於不窮。至四傳諱制,析居杜溪。十五傳諱林,徙遷雲臺與夫歷山之陽,一幹三枝,視它族尤盛。辟之河,發自崑崙,出積石,滔天沃日之勢,朝宗龍門爲首,稱世襲簪纓不可枚舉。其崇德象賢,若孝瑞之經史、從龍之韜略、景淵之忠烈,正猶繁星麗天,芒寒色正,聳奪人目者,咸以五行爲鉅。至若遺逸山林,如山以文學顯,季芳以耆德旌,邦直以辭翰著,顒顒萃軼。尤若公署翁之博施濟衆,抱朴含英,聞於朝,表諸宅里,振於俗,樹厥風聲,此古所謂立言立功立德三不朽者,具於一譜中,不其盛矣哉!是宜隤休委祉,發祥流慶,裕歷山荆川之後裔,派族子姓尚克觀感奮勵，以三不朽自勗，而無遏佚前人光，則述作有人，文獻足徵。陳氏之隆，承天之休，豈啻千百世而已哉？余樂成人美，故爲霖公序而深致意焉。

嘉靖三十七年歲次戊午季冬望日賜進士及第通議大夫吏部左侍郎掌詹事府事翰林院編修擢南畿國子監祭酒眷生松谿程文德拜書

義豐花園譜序

余自告老歸田，無復有意於人間事矣。時徒步適龍山別業，謹董皇考喪事。北隣陳氏，相逢迎者已閲歲，一旦持宗譜丐余以言。余嘉其勤懇。故按譜序曰：宗系明而世次覈，本支慎而文獻彰，上下千百年而儼若序昭穆於一堂之上，蓋仁孝之道燦然備矣。嗚呼！自先王之化遠，禮教廢，子姓不淑，祖廟無在，同體夷於途人，此仁人孝子之所隱痛也。凡以氏族淆而譜牒之學不講也。余由是知清渭族之長厚矣。族屬聚而譜不忘，自此而教化行焉。舉而措之，三代可也；又舉而推之，天下亦可也。

余按，陳本姚姓，虞舜之裔也。周封其後於陳，遂以陳爲姓。周之季，敬仲奔齊，東南諸郡惟陳最夥。在漢曰寔，爲太邱長，著望潁川，厥後散處四方。分派赤城之仙居諱本者，自仙居徙吾邑清渭。余故曰其世系明矣。歷三世，曰慎者，納粟賑饑，授忠州助教。良臣者，登紹興壬子張九成榜進士；曰良能者，登紹興乙丑劉章榜進士；曰攀曰幾先曰僧祐者，咸登諸科漕試，簪纓輝映，代有顯人。胡元淪亂，士多韜光晦迹，載籍靡得而稱焉。迨我國朝，曰從善，以賢任信豐知縣；曰志曰琪者，天順間，以鄉貢任經歷，慶流澤遠，皆鑿鑿可指數也。予故曰其世次覈矣。自本公始遷清渭，蓋其以上缺焉。絕者不冒續，疑者不强附。予故曰其本支慎矣。參之以宗唐公及同甫公之所序，論上下古今，典則森羅。余故曰其文獻彰矣。

嗚呼！世遠則積深；蓄厚則發遠，匪德其誰培之？孝以承先，仁以睦族,而德彌昌矣。蓋有世德而後有世家,余於陳氏之譜可以觀德也。夫故樂爲之序。

賜進士及第通議大夫吏部左侍郎兼翰林院學士掌詹事府事前南京國子祭酒經筵講官松谿程文德撰

義門鄭氏家乘序

譜者,一家之史也。國有史,則君之明暗,臣之忠邪,政之得失,善可爲法,惡可爲戒者,昭昭於後世;家有譜,則自大宗以及小宗,其人之智愚賢否,貴賤壽夭,一覽具見,雖不若史氏之褒善貶惡,而勸懲之微意自存乎其間也。

理溪鄭氏,予聞其與予同出於浦陽義門之系久矣,而未獲觀其譜也。今年春,有校生來謁,謂予曰:“人之百行,唯孝爲首,莫大於尊祖敬宗。尊祖敬宗,莫先於明譜系,以究其本源之所自出,序昭穆,以別其支派之所由分。夫然後倫理可正,恩義可篤,而家可齊也。”因出其舊所藏鄭峰山之祖譜一帙,以乞予序,意在舉修。予觀譜之述,肇自姬姓,以迄於今,上下數千餘年,其名字、生卒,與夫官爵、里居,歷歷備載。凡當代名公巨卿之詩若文,有爲鄭氏而作者,悉類次以附其後,將以示諸來世,俾咸知所以賢賢而親親也。予深加之,而有所感焉。

竊惟族以人而榮,亦以人而長。八元八愷,世濟其美,固有光於榮陽之族;而窮奇混沌之凶,其所以玷厥宗者,不既多乎?若御史之德行,太祖妣趙夫人之陰〔德〕,馨馥譜牒,輝映古今,足以起後人瞻仰者,皆鄭氏之榮也。古之君子不忘其先者,非修其譜之難,而修其身之難也。《文王》之詩曰:“無念爾祖,聿修厥德。”《小宛》之詩曰:“夙興夜寐,無忝爾所生。”爲鄭氏之子孫者,誠以蚤夜以思,勤學勵行,去其不如先人者,就其如先人者,則庶乎念爾祖而不忝所生矣。進而上之,爲賢爲聖,法於天下,傳於後世,寧不尤爲斯譜之榮矣乎?使或身之不修,而惟譜之修,徒侈遙遙華胄,適則以穢彼家乘耳,奚足取哉!

吾故曰：譜者，一家之史也。覩斯譜者，尚冀所以亢厥宗哉！校生起而謝曰："先生吾家人也，是以言若是其詳也。敢不拜嘉，以貽我後之人？"

時大明嘉靖十一年歲在壬辰仲　　月　　吉旦，賜進士及第南京工部郎中前翰林院編修後陞吏部左侍郎贈禮部尚書諡文恭松谿程文德序

重修俞氏家乘序 嘉靖戊申

金華俞氏，宋户部尚書忠宣公之後也。六傳而豪、超、佐、奉、昌顯、昌辰、昌言、昌齡，同祖兄弟八人，俱翹傑不羣，世稱"俞氏八宅"。十四世曰垠者，徙居永康橋西，而俞氏之族愈著，世有懿德，族大且繁。其家譜一修於從水處士德輝公，再修於訓導大有公。今金華浦口曰義者，慮夫久而氏族漓也，爰承先志，以加繕修焉。然稽世者非圖則忘，纂言者非集則渙，故圖以先之，使系有所別也；集以繼之，使實有所考也。俞氏采摭遺編，參以往式，定爲家乘，凡若干卷。其爲譜例二，曰宗圖，曰年表。其爲集之例有四，曰命諭，曰牒册，曰譜序，曰傳贊。既成，予同志德周俞子持編請予叙其端。余展而讀之，俞氏兹譜之作也，其爲法亦備矣乎！揭圖以表世，則統紀明矣；分類以附，始終具矣；感恩以載詞，榮遇昭矣；述昔狀誌，歷履著矣；存叙以見譜，往事足徵矣；哀文以彰迹，立言不朽矣。

俞氏之譜，其有亢宗之志耶？夫遡而始之，爲本一也；析而分之，爲支不可既也。知其所以始，則尊祖之意生；知其所以分，則睦族之念廣。無以承之，非尊也；無以裕之，非睦也。既承且裕，惟俞氏之家乘有焉。俞氏留意於斯也，亦將以勵夫族之人焉。族之人皆知勉焉，則宗可亢矣。

吾觀三代而上，必立宗以相繼，是故有大宗，有小宗，析之而不亂也，總之而不遺也。自封建廢，而宗子之法亡；宗子之法亡，民始離矣。宗子之法，所以明本始，別嫌微，崇孝敬，敦人倫也。是故久傳而益安，相維而不壞。未有家不立宗，而可以久焉者也。讀俞氏之編，其所以爲宗者具在，振頹綱於已往，垂懿範於將來，其在斯編矣乎？

程文德集卷之十

記

遊南旺湖記

丙戌夏四月十八之日，舟過南旺，松谿子從篷窗瞰湖中，見人隱隱行菱蒨内，不知其爲舟也，心甚樂之。偶登岸，偕史初齋、陳半湖、陳近渠行，指湖旁小艇將往遊，顧棹郎未得。忽野叟從旁，赤身斗笠，欣然請登。予喜曰："是不可不遊也。"遂從二童子，携茶一壺而往。萍荇四合，一棹中分，蕩漾漣漪，渺然有瀟湘桃源之想。漁舟往來，笑談相接，頃所見而樂之者，忽焉身親之。漸入湖中，菰蒲掩映，笋箬絡繹，香風泠然，草光鬱然，遊魚戢然，鳴鳥革然。葛衣岸幘，坐溯空明，俯仰睇盼，無一物不可人意者，然後知向所見之猶未盡也。是游也，壺南子以恙不得與，初齋最長，次半湖，次予，次近渠，坐如齒。有頃，童子供茶飲如坐，勝絶情真，雖無醴饌絲竹之樂，而陶然自適。曰："是遊也，三美具矣：偶有興，野老能成之，一也；燕遊之間，不廢長幼之節，二也；清談啜茗，取適而止，三也。顧世之所謂遊者，惟供具酒食焉，是議不役志焉，則蕩且淫焉，陋矣。予聞昔郎官湖以太白名，兹湖今將不得爲四賢湖耶？"抑有感焉：是湖在天地間舊矣，不知昔之人有爲斯遊者否？又不知後之人能繼斯遊否？又不知吾四人得復同遊如今日否？懷思緬邈，付之茫然，此古人所以當歡而悲也。相與歌孟浩然之詩曰：“人事有代謝，往來成古今。”歌畢相視，慨然太息。嗟乎，可以感矣。松谿子遂爲之誌而繫以詩。<small>詩入五言古。</small>

登 快 閣 記

蜀陳子梅甫令泰和，高涼謫史過焉，請登快閣。時涼雨紛下，江色溟濛，颯無遊興。梅甫固以請，遂往。先過黃山谷祠，讀其快閣詩，意已灑然。亟登騁望，視向所經，如披黝林而俯平麓，如出深洞而升層丘，曠然昭明，曾不知江外之飛雨矣。不覺踴躍嘆曰：“是真快哉，其可無遊乎？”於是廬陵令傅子師正、泰和學博士文子希周、陳子日章、翁子良貴咸集，同聲而和之，陶然而適。序坐稱觥，楚楚然秩諸禮。予乃大喜而颺言曰：“快哉，遊乎！吾黨盍常自快矣！夫快也者，樂之謂也。人匪快則憂；憂樂之殊，而君子小人分焉。故曰君子蕩蕩，小人戚戚。簞瓢陋巷，人弗堪憂也，而顏子樂；蔬水枕肱，世咸憂也，而孔子樂，夫憂樂豈有定迹哉？存乎其人焉耳矣。不見可憂也，則無往不樂也，故孔子之自謂也，亦曰‘樂以忘憂’。是故觀於憂樂而君子小人分矣。”“然則君子終無憂乎？”曰：“有，而與小人異。小人之憂，一身也；君子之憂，天下國家也，雖憂而異於戚戚然者矣。然則謂君子無憂可也。”於是諸君子皆欣然作曰：“知快矣，顧有累焉，弗之能常，奈何？”曰：“在立志。《語》曰‘養志者忘身’，身且不憂，孰能累之？是故志立則常快矣，常快則同物。己欲立而立人，而天下國家之憂不快不止矣。《易》曰‘同人于野’，孟氏曰‘樂以天下’，快之至乎？”諸君子復欣然曰：“諾，敢弗常快是圖？”已而雨霽日暝，寒風颼颾，閣之上弗可留也。梅甫乃移席武山堂。堂前霜菊盛開，清興殊劇。梅甫謂予曰：“茲遊真快，請志之。”予遂對菊記其事。

梅甫名魁，師正頤，希周大才，日章現，良貴爵，高涼謫史，婺永康松谿程某也。歲嘉靖癸巳十月之十七日。

重建浮金亭記

藤東山浮金亭，趙宋時已有之，按知州趙宗德詩，東坡先生所建。元教諭費克忠又謂先生遷瓊時，艤舟亭下，登覽焉。惜《藤志》無傳，不可得而稽矣。然亭以先生有名，則建與不建可無論也。

某貶官信宜尉，寓蒼梧嶺表書院。十月至是，道綉江，繫纜東山下，問浮金亭，則云圮廢久矣。顧望歔欷不能釋。明日，偕學博士姚文禄、守備指揮王良輔、里人知縣霍榮，暨梧之士從遊者甘師孔、何自學、易大慶等二十餘人，尋其故址，咸莫能辨。已而犯烟露，披荊棘，見圭石出菜畦間，封苔蝕土，挐剔視之，則克忠《記》也。嗟乎，嗟乎，昔賢之遺，山川之勝，而飫其墟莽者，曾不一動心焉，其謂之何？於是某謀於衆曰："孰新是役，吾當紀之。"於是令招文選慨然請具甓簿，蕭鳳請購材，良輔請饎工，文禄請飾艤，御史曾守約觀風至，又毀淫祠助之，不逾月而亭成。故址在山麓，林樾隱翳，奧而弗曠，乃徙北百餘步山巔，俯瞰兩江，亭若飛空，而所謂浮金者，於是益大觀矣。

予重有感焉：夫兹山在唐，若李靖、李白、李德裕、宋之問，在宋，若東坡兄弟，若陳無己、秦少游、黃山谷、李光諸賢，皆嘗登臨而題品之，而藤以有聞。然則今日之新是亭者，豈徒爲山川哉？夫世固有過其故居而靦焉思避者，有其身之所藏而子孫恥認者，乃今於昔人遺迹而汲汲不暇焉，相去一何遠哉！然則登斯亭者，可以觀，可以興矣。勵景行之思，撫今古之變，任開繼之責，章山川之靈，斯於諸賢爲有光乎！雖然，亭不可得而常新也，夫自紹聖至大曆以至我明正統，迄今數百年間，亭屢興廢，自今以往，當復如何？豪傑之士不待亭而後興，斯可矣。夫風雨如晦，鷄鳴不已者，貞也，苟因物而遷，與迹俱化，此予之所重爲感也。百世之下聞兹言者，必有謂先得我心之同乎。

重建參將府記

　　曩予在京師,嘗聞方今海內稱良將者,僅僅數人,而廣西右參將紫江沈君與焉。比謫居,過蒼梧,適紫江有七山之役,邂逅灘江上,見其恢廓英毅,竊信所聞之不誣矣。歲嘉靖乙未,紫江重建參將公署成,指揮使李南寓狀高凉請記。予感而嘆曰:"沈君之賢也,弗益信乎?"夫憂患者謀不遑,外塵者內弗顧,是故武偃而慮可周也,師安而廢可舉也。廣西萬山阻絕,瑤僮淵藪,出没爲我民毒。右江控柳慶諸路,猖獗尤甚,向使制馭失宜,疆圉弗靖,是惟捍禦之恐不贍,奚暇奠厥居也。吾聞紫江之領右江也,布令肅而信,撫軍士嚴而有恩,遇群屬以禮,素性忠敢,征行必躬率先冒矢石。往者桂林之急,西山之叛,咸奮臂前驅,卒以成功。是故諸夷相戒而不敢犯,爭出獻牛酒,羅拜歃血,遵約束,居民晏然。是故得以其暇裕而成兹役焉,可不謂賢乎?予固弗辭而爲之記。

　　按狀,府故創城東南,群屬自府後遠而前,紆曲弗便。紫江改闢前東旁入,前立帥府坊,左右浚故池,環繚以墻,中築石橋,通甬道,列蔭佳木,儀門三間,左右翼室稱是,便官屬休止。又入爲重門,視儀門少殺。前堂五間,崇二丈有奇,廣五倍,輪倍崇,東西相向;室各五間,東隅爲書室三間,後堂崇廣,視前制輪殺三之一。東西室各三間,堂後神祠三間,祀古名將,爲出師受成之地。左右倉四間,儲穀以備歲凶。而參將私第,故在城西北,今亦改建府右。門堂寢室,靚深閎美,而費則多出私帑焉。公私鉅細,委備罔遺。朝而出令,時而退食,可以慮,可以休,其爲計也,蓋甚周矣。然紫江嘗兩乞歸,復蒞任,歷七年始落而其成也,亦甚勞焉。於戲,後之居是署者,思其成於偃武也,則無忘《伐檀》之歌;思其用力之勤也,則無貽棟橈之耻,庶其可居乎。

　　紫江名希儀,字某,貴縣籍。後先贊成是役者,前郡守鄧鋐、右參

議陳煥、僉事龔暹、今兵備副使劉守緒、指揮張閲、陳環,而郡守汪仲
成、通判王惟寧、推官李闢,咸樂觀厥成云。

却 雨 臺 記

　　信宜在高州城北八十里,萬山中通,二水合流,地僻雲深,遊者有
武陵桃源之想。然郡公未始有至,而謫居者亦未之前聞也。嘉靖歲
甲午冬,某解史職來尉茲邑,維時玉溪石公守郡。明年乙未夏五月,公
行部苡止,將撫瑤以偃武,興學以修文。某侍左右,公以爲同袍士也,
亟引而進之,於是邑之旄倪暨薦紳士咸踴躍快睹,以爲千載一會也。
先是淫雨且兩月矣,公如棹輒晴,甫至復雨。數日逡巡不能出。跂望
佳山咫尺,邈若丹丘蓬萊,然不可即也。

　　十五日乙亥旦,雨滋甚,卓午稍霽。公慨然過予,曰:“心一者不
貳迹,興奇者無豫盟。誠欲往也,即冒雨何傷乎?”遂命駕,偕出東門。
見東山一帶,蜿蜒秀特,昂然南趨,恨隔江不得往。沿江岸迤城北,坡
陁紆曲,叢竹蔭翳,泠然若深谷。顧見一山,勢若抱城,圓址而平巔,
訊其名,曰登高山也。亟令僕夫荷鍤除道,草樹沾衣,清興益劇。至
其上,則水之合而趨也,山之環而峙也,城郭闤闠之井聚而輻輳也,悉
在目中,而新置學宫則翼然當其中,爲形勝所萃。公喜而嘆曰:“地之
勝乎,學之美乎,風之動乎,會於今日矣。信宜之士,其蔚然而興乎?”
乃舉酒相賀。時日光穿漏,稍覺鬱蒸,而陰雲靉靆,凝結不流。衆復
恐雨且至,或曰:“茲遊也,茲山未之睹也,山靈無亦有相乎?”公曰:
“聽之,聽之,雨亦未害也。”須臾雲幂西南山際,澲然而雨興矣。衆方
怪之,俄則見其搖曳飄蕩,迤邐於西北諸山而空矣。有頃,復作於東
南,澲然加密,然亦尋飄曳於東北之龍山而空矣。蓋周山而雨,竟虛
其中。於是凡從行者莫不爭相駭顧,以爲山靈之果有相,或謂有心禳
却之而然也。某感而嘆曰:“嘻,天下事可以容心乎哉?夫高涼、信
宜,古化州、竇州也。公之守也,某之尉也,惟無容心也,故至是也,而

又何心於却雨乎？蓋不却而自來者，今日之至也；不却而自却者，今日之雨也。古之開雲衡山、反風江陵者，皆非有心也；使有心却之，是反逆之矣。雖然，今日之事，天亦孔邇矣，詎可不自重自愛而祗若天意乎？"公謝曰："諾。"乃歌曰："登高山而望遠海兮，黃鵠不可以置；吾將從吾好兮，侶麋鹿而友烟霞。"某酹酒仰天而賡曰："望遠海而登高山兮，舉一世其誰同。公從公好兮，予惟公從。"於是引酌盡醉而罷。公曰："是遊也，不可忘也，子其志之。"維時縣令謝彬、千戶王宗賜、吏目周永從行。宗賜遂欣然請築却雨臺，志諸石。

公名簡，字廉伯，台州寧海人。某字舜敷，金華永康人也。是歲五月既望日記。

遊東溪小瀛洲記

信宜南門有東溪。溪東麓，竹樹鬱薈，蔭翳清流，松谿子憩舟焉。時夕陽初斂，林薄餘輝，水光山色，澄映特異。顧見近東岸小島突兀水中，欣然移棹。至則島後僅可通舟，草樹射窗，颯沓零亂，褰衣起登，適有石磴平接船窗可喜。披草而上，橫可五尺，縱再倍，形如小舸亘南北。其趾皆石骨崚嶒，周環異卉，嘉木南垂，叢竹婆娑，遠望若獅尾。其下湍流瑩澈，魚石可數。距東岸二丈而近，見天妃廟及數屋於山椒叢林間。其三面則悠曠莫計，城居隱見，雲樹紆繆而已。時維中秋，天宇空霽，俯仰四顧，心甚異而樂之。倏焉清影寫衣，則明月已在松竹間矣。予益嘉嘆。蓋島雖小，而遊觀之勝無一不備焉。何也？夫遊，無山則漭蕩易厭，無水則拘縶；山無林則孤，林無松竹則俗；水非洄湍則不清，清而無洲嶼則不奇；遠城市則僻，無舟楫相依泊，則夜罕謳吟聲；山水佳矣，而無月則興易索，有月而風非時則炎冷弗禁。今是遊也，皆得兼而有之，蓋宇宙內凡名區勝覽之所少者，豪賢達士往往遺恨，而吾於茲島遂焉，是可謂無緣哉？於是僕夫皆喜，往來乘小筏駿奔，使令從流上下，亦助予快。已而酒至，乃起酹江靈，獨酌清謳，以酬其勝。然以其在東溪，且予嘗從翰苑，後因名之曰"小瀛洲"，而爲之記，復繫以詩，以啓邑人之好遊者。詩入五言古。

先天館閣記

天奚先乎？冲漠無朕，運行無端而已。奚先乎？先之者，人也。蓋自羲皇設卦，有畫無文，而天地萬物之象咸蘊焉，後聖後賢之作用咸出焉，是故曰"先天"云。淳沕日漓，世風滋誕，枝詞蔓説，盈穹塞壤。論者以爲使秦火復興，而斯文始廓如也。有志之士得意忘言，潛真守嘿，期遊歸根復命之境，其能無慕於先天乎？婺源余子士立則其人焉。王生仲時告予："士立履貞樂道，間萬山中，館以斯名，蓋卓有所見而不徒淪寂者，先生幸爲之記。"嗟夫，予固慕無言之教，而發憤於刊落也久矣，又何能剿爲之説。

復古書院記

書院之興，尚矣。自宋中葉，名賢逸士相與考築佳勝，麗朋講習，上復爲之賜額，立長以勸之。其最著者，若白鹿、嵩陽、嶽麓、睢陽，稱四書院，而作人亦最盛，書院之教闡矣。或曰："學宮造士足矣，書院奚庸焉？"是不然。古者家有塾，黨有庠，是故衆庶興行，比屋可封。今萬家之邑，而惟一學焉，奚惑乎人才之日靡也？夫老佛之教，視儒道何如也？然而吾儒作之不能振，老佛遏之不能熄者，何哉？老佛之言不啻百倍，習之者衆也。是故主張世教者，苟欲振吾儒之微，熄二氏之熾，亦惟廣群士之地，而使習焉，有以勝之爾。書院者，固學宮之翼，而群士之便乎。

某竄謫嶺南者三年，一日承環命，令安福。始至，理煩剔蠹，疏滯督逋，日瘁弗遑。朔望則集士於學，考德問政，顧弟子員殆六百人，而齋堂數楹，號舍無地，何以專志業，稱明詔也，恒疚心焉。居三月而且有南曹之遷矣。戒行有日，鄉大夫東廓鄒子暨諸士胥言曰："吾聞君子教思無窮，容保民無疆。今侯雖去，立鄉約以貽吾民，容保誠不匱矣。而萃士無所，教道其有終乎？”予聞之思然，遂偕相度卜，屢弗食。或曰：“南郭外東一里許，故老相傳舊學址在焉，盍訊諸？”至而諦觀，則姑須之脉蜿蜒南來，東西澗水束之以鍾於此者也。而文峰挹其前，北華嵜其後，牛嶺踞其東，獅山蹲其西。而東北水之所泄，則蒙岡蔽其虧，煥煥乎，完完乎，丕乎翼乎，四方之勝咸萃焉。數百年弦誦之地，鞠爲榛莽者，怳乎猶聞絲竹之音也。予大喜而嘆曰：“兹固天造地設，而神明之所儲者乎？又奚卜焉？”乃步兩澗中宮宅，問其地，則山頭棟背，二劉氏所有也。命之，歡然而應。丈其基，廣凡四十，輪倍之。召匠氏會之，曰：“非千金莫能室也。”顧縣無羨積，以詢父老士民，復歡然而應，旬日而集。乃立垣墉，乃定規制。前故有方池，稍加闢爲璧形。池外臨官道，拓而甃之。石澗東西故有橋，就圮，葺而樹之。坊東曰“浴沂”，西曰“登瀛”。澗合流於後橋，曰“麗澤”，而書院若涵於鑒中。臨池爲門八楹，題曰“復古書院”，蓋取諸復。門內中道爲儀門，曰“惜陰”，蓋取諸陽明子。堂六楹，曰“文明”，蓋取諸方向。翼以兩齋各八楹，左曰〔“忠信”〕，右曰〔“篤敬”〕。後堂六楹，曰“茂對”，蓋取諸无妄。翼室各四楹，堂後爲尊經閣。東西各爲號舍八座，皆南向六楹，庖湢之次附焉。東號外爲射圃，觀德亭臨之。(志)〔制〕定而某奉檄行矣，時嘉靖丙申九月也。乃冬十有二月，邑大夫士寓圖南都告成，且曰：“願子志一言爲多士規。”予復喜而嘆曰：“是何成之速耶？地美而志稱，構宏而工亟，神明之所儲者，固有相之道耶？予小子何言，亦惟申往日真心之論，願諸士之無斁焉爾。”

夫真者，天之宰也，地之維也，人之命也。是故以天則真覆，以地則真載，而以人則真聖。聖，斯人也。人而不能聖者，是自離其真也，猶天而不能覆也，地而不能載也，非常理也。是故天下之物，孰非真有也，而人獨可以不真乎？不真則無物矣。真親斯父子，真義斯君臣，真別斯夫婦，真序斯長幼，真信斯朋友，聖真而已矣。名取而實違焉,言道而行背焉,顯修而隱忽焉,甚者則章逢其服,而蹻跖其行,雖世之所謂小人者,不得而與也,尚可謂之真乎?吾黨欲爲人,則不容以不真矣。且夫真心一也,惟人所用爾,不真於善,則真於惡。真於善,是爲君子,其歸也爲聖人;真於惡,則爲小人,其究也爲蹻跖。聖跖之分,考之真心而已矣。諸士慎之哉!夫負耒耟而入於肆,則爲狂農,操斧斤而遊於野,則爲病工,所業非所趨也。是故登斯堂者而或忘真心之微,務徇名之學,是猶藝於野而耕於肆也,則人孰不以爲病狂之士耶?諸士念之哉,斯則不虛復古之意矣。

是役也,東廓鄒子守益、縣丞王鳴鳳、劉生伯寅主其畫,提學少湖徐子階翼其成,同知彭山季本、知縣三泉俞則全、鄉官御史松厓郭弘化、縣主簿茹鏊、趙振紀、典史胡鵬,皆後先相其規。而秉義戮力勞其事者,則耆民劉國容、劉營、謝資芳、吳伯朋、周參、劉國治、姚炫、朱廷弼也。於戲!後之君子尚鑒而嗣葺焉。

惠恩遺田記

方巖距松谿十里而近,松谿子少嘗讀書焉,題其樓曰"飛雲"。暇嘗眺巒壑之奇,探胡公之迹,流目振袂,超乎曠然,若升天衢,凌日觀,而忘其爲巖也。俛仰幾何,倏忽二紀。江湖廊廟,出入縈情,蓋常有卒業之志焉。

乃今宅憂,襄事龍山。浮屠惠恩扶杖踵廬,俯伏而請曰:"惠恩承鉢茲山,垂六十年,今老且病,待化而已。顧平生辛勤,買田二十畝,不忍自私,欲傳之山門,永爲香燈之助,而無以誌之,竊懼其佚而不存也。吾聞金可銷也,石可泐也,而君子之言不可泯也。願惠一言。"予聞而嘉嘆曰:"惠恩庶幾不倍其教乎。"今人一器一物,尚欲遺之子孫,況百金之產乎?惠恩無子孫矣,餘生可費也,親故可遺也,而置不念,何也?佛以常樂我净爲宗,以施捨爲用,以無勞爲功德,惠恩茲舉也,庶幾不倍其教乎?後之人苟有利之者,即爲叛佛,佛得而誅之,況胡公之靈乎？然則惠恩可以無患矣。守之以金石，不若守之以言也；守之以言，不若守之以心也。世之業孔氏者，其於學宮也，未聞有所遺。甚或假詩書以攘利，猶之他日盜惠恩之田者也，庸非惠恩之罪人乎？吾故嘉嘆而樂書之，因以爲世戒。

惠恩姓楊氏，本縣三十八都舊族。田畝公移，刻之碑陰。

程文德集卷之十一

記

洪塘郭氏祠堂記

嗟乎，祭之義微矣。《渙》之象曰："先王以享，于帝立廟。"夫渙之當聚，莫如祖考；聚之莫如廟。是故聖人制禮達乎上下，以通冥漠，以萃精英，以隆本始，以示愛敬。斯神人交圝，而民不倍，而天下順治，斯祭之義也。故曰禮莫重於祭。中世以來，廟制漸隳，殺爲祠堂，復趨苟簡。華居室，厚燕私，而忘其先者，相視弗異，而禮之廢也，亦莫甚於祭矣。

吾婺以文獻望東南，素稱秉禮。顧近代風流寢薄，祠事多亦未遑；而盡制備物者，僅見於東陽南嶺吳氏焉。今洪塘郭氏，其復鍾吕之希聲乎。祠創於伯焕氏，蓋弘治庚申歲也。後三十年，爲嘉靖己丑，厥子基介丘先生，仕於四方而歸，格於祖，慨然太息曰："斯役也，我考之未究也，誰之責與？"乃謀諸仲兄埠。埠曰："時維汝責，吾將汝翼。"載謀諸宗人，宗人曰："時子其終，吾惟子是從。"介丘先生曰："基也不德，惟祖考斯惻，曷敢弗力？"

明年庚寅，歲大稔，乃斂財程力，庀工事事，徙故堂而西，距居可百步，地逾勝。堂四楹南向，奉自會源始遷洪塘祖宋一公，莅祀於中，將百世而不遷。其造家者、顯仕者，則配其旁，猶祖有功，宗有德也。

前爲廳視堂，左右翼室各八楹，室一小宗祠，四世各宗子主焉，而親盡者則各祧於北一室。而無後者、而庶母則分祀於南二室。庶咸得以敬所尊，愛所親也。廳之前，左爲齋房，爲鐘樓；右爲神厨，爲鼓樓。祭器藏於鐘後壁樓，其下則貯積廩附焉。宗器藏於鼓後壁樓，其下則祭儲倉附焉。周繚以垣，而統之門凡八楹，中扁曰“郭氏祠堂”。左右壁之，以居守者，規制於是乎大備矣。乃置祭器，乃置祭田，自始祖而下，墓祀者出其羨，公儲者取其沃，復益之以易冢，及罰贖者諸田，而用始稱贍。蓋經始於庚寅，訖工於戊戌，凡九載。其爲費也凡數百金，締造之至艱也，禮義之至密也。君子曰：“斯舉也，三善備矣：誠孝也，可以觀仁焉；周悉也，可以觀知焉；燕翼也，可以觀慈焉。”告成之日，殷禮肇稱，尊卑咸秩，降登祼獻，洋洋若存，祝以孝告，嘏以慈告。宗人大喜，飲福于于，先生尊祖合族之心，至是亦少慰哉。而其賢於人也，不亦遠乎？

嗟乎！今之祖考，昔之子孫也。今之子孫，後之祖考也，代禪無窮，今昔一視，追報於既往，固遺訓於將來乎。繼自今郭氏子孫，思創祠之艱，體崇祭之義，則後人亦常訓之，將必有賢如先生者出而嗣焉。則斯祠也，與天地長存可也。不然，祠無賴也，子孫亦何託焉？能無懼哉，能無懼哉！

先生登弘治乙卯鄉薦，歷官揚州府通判，於先君憲副十峰公、先外父尚書竹澗潘公，皆莫逆友也。兹某居廬龍山，先生偕乃侄茂才仕肩輿冒寒而來，以斯見屬，是用感激而爲之記。其諸分建宗室之數，董役贊助之名，祭田以租計，祭器以品計，則皆先生自引其端，而刻之碑陰。

嘉 樹 軒 記

兩泉史君，刺任三年，性敏而才贍，廉而愛，州用大治。州南北衝，舟車冠蓋相屬，百需旁午，晝夜不遑暇。前守往往不終而去，君綽乎有餘裕焉。然行君之志，可施福任人不匱，而瓜期將及，於是人方以君當遷爲慮。君衙舍後槿樹二，當秋吐華碩靚，君以其託根非所也，常憐之。一日，移而樹之廳事右軒之前，映清池，倚蒼柏，娟然生色。樹畢而松谿程子適至。兩泉以告，程子喜而謂曰："君其亟遷乎？兹樹也，固君之徵哉。夫是州也，若婁夫而炫飾，外雖可觀，而中實病。君煦煦然滋之，有樹道焉。是故政，樹之實也；樹，政之象也。君之政成，而物皆樹矣，獨兹槿乎？夫槿託根非所，君憐而遷之。君嘗魁多士，侈文譽，密勿清峻，宜也；乃偃蹇州郡，則憐才而遷君者，不將旦夕乎？故曰兹樹也，君之徵也。昔甘棠蔽芾，南國興思；祠柏蕭森，蜀人嘆詠，愛其人也。矧兹槿爲君手樹，他日州人視之，奚啻棠柏耶？然則斯樹也，亦民之思歟。請名軒曰'嘉樹'，何如？"於是舉酒相祝。時大理伍塘陸君在座，亦曰然。遂書以記其事。

同 年 會 記

會若甚易也，自今視之甚難也。吾己丑同年兄弟凡三百有二十人，始會於京師海印，而弗與者則二十有奇矣。壬辰之春，再會於白塔，而弗與者則過半矣。自後某播遷江海，憂伏山廬者十年，中間之會不可知也。乃兹辛丑，赴京爲鄭氏秋泉之會，則三十有五人爾；而以事、以疾不至者復六人焉。過此以往，又當何如？嗟乎，嗟乎！能無感乎？歲方一紀，而盡簪者僅十之一，而不幸即世者且十之二矣，能無悲乎？且夫弗與於海印也，則終不獲一見者有矣；弗與於白塔也，則終不獲再見者有矣；弗與於今日也，則終不獲三見者有矣。茫茫四海，忞忞同袍，良不偶也。暌隔升沉，姑未暇論。乃或一見，再見而止焉。至有不獲一見者焉，豈不重可悲乎？方其會也，誠可樂也。既罷，而人事不齊，聚散繫之矣；而天命靡常，存亡繫之矣。即是俄頃之會，而聚散存亡交繫焉，可不重乎？

斯會也，南渠黃子、石泉曾子、山泉伊子倡之。維孟秋十有八日壬寅也。是日雨甚，咸及期而至，涼氣襲裾，堂軒灑然。環坐以齒，拜如坐，論心道故，互相勞勸，穆穆乎，雍雍乎，真兄弟焉。薄暮雨少霽，將罷，乃起再拜，更相祝曰："凡我同心，其胥勖哉！兹會也，其思其難乎；既會也，其思不辱乎；散而之四方也，其恒若會乎？萬古一生，流光瞬息，出處窮通，義命已定，吾惟安之而已矣。植私者徒勞，作僞者日拙，皆不知命者也。惟修己以俟時，一德而同，心常而共，位蹇而致，身朝而偕也，同寅恭焉；藩而相苞也，略勢分焉；途窮也，知止足焉；里居也，崇行誼焉。患悔相援，喜戚相慶。恤宦其地也，必訪其廬焉，不幸而没也，則恤其子若孫焉。以立忠順之極，以昭同升之光，以敦世講之誼，若是而同年其庶幾矣，其庶幾矣！不然，可感而悲者，吾既無如之何矣。而吾力可能者，復漫不知省焉。是雖日會無益也。嗟乎，嗟乎！凡我同心，其胥慎哉！"僉曰："諾。"乃復以齒偶而出，冒雨登騎而去，咸充充然若有得也。某嘉斯會之不可忘也，爰繪其圖，并紀其事，以爲後會率。蒙泉孫子見之，欣然曰："吾志也，吾梓之。將貽於四方，兄弟同勸焉。"

相葵軒記

松谿程子某之補車駕郎也，重有感焉。蓋先憲副十峰翁，嘗觀政職方；先外舅竹澗潘公，嘗爲部侍郎。今公署猶昔，而二翁皆不可作矣。顧瞻俯仰，能不悵然，爰即司館居焉。

一日雨過，散步正堂之左，見蜀葵無數，雜豐草間，葉沃然而無華，左右曰華落已。予不問，移三本植之軒前，數日而萌櫱，又數日而蓓蕾矣，予怪之。又數日，而華英英然盛發矣。使人閱其故處，猶寂然前日也。

予嘆曰：物理固如是耶？兹葵之不我遇，亦終焉已矣。一旦移樹此軒，培之溉之，遂欣欣向榮，吐精英，獻奇秀。霜露既降，餘蕊畢達，若恐予負而亟自效者，謂非有相之道耶？世之人才何以異於是？昔者尹之耕莘，説之築巖，望之釣渭，猶斯葵之在豐草也。及其膺聘召，被物色而興也，則升隯之師，紹辟之謨，鷹揚之烈，煌煌乎，焜焜乎，震天地焉，非葵之在今日乎？今之沉淪巖穴，晦迹下僚者，亦已矣。而寵之華階，登之清署者，猶夫葵也。而攄赤心，傾白日，以若葵者幾人乎？而或炫桃李之芳菲，滋荆棘之芒刺，以誇世而病物者，獨不有愧於茲葵乎？則吾儕可以自勖矣，無謂古今人不相及也。雖然，葵何與焉。昔元次山見嘉菊於荒垣中，感激著論，有傷時之意。予謂東籬之華，金谷之艷，其芳同也。菊不知也，遇不遇庸何傷乎？茲葵將無同耶？予方慨人世之代謝，而觀茲卉物之顯晦，有足方者。於是記之於軒，以請教於同寅諸君子。

郊南履雪記

嘉靖壬寅正月十一日，京師大雪應禱，歡聲喧闐。松谿程子方入駕部，見階墀如玉，竹樹明媚，情興躍然，謂僚友五川楊子曰：“今日可無遊乎？”楊子曰：“然，顧爲友人先邀爾。”乃各取雪烹茶相飲。程子獨坐，索然而歸。詰旦，雪未已，復告楊子，楊子遂欣然呼爐載酒，聯騎出南郊。忽見郊野盡白，宛然長江。郊外雲樹溟濛，若江村掩映，春陰阻途，商旅合逤，疑江干互市，其自南來者，若舍舟而登岸也。俛仰四顧，城樓遠近，壇殿高低，又如野寺鐘閣，散亂林莽間。相視駭愕，曰：“此江南景物也，胡然而在朔北哉？”興益兀兀然。驅馬更疾，見高阜團白，曾無人迹，亟登其上，則東西壇甬道也。於是旋馬相向，釋轡舉杯，灑然大快。楊子笑曰：“道旁過者，將以吾二人爲痴客耶？”程子曰：“奚其爲痴？顧謂清客爾。”須臾，有朱衣貂帽自西壇來，武夫前呵，從衣冠二乘。吾二人私相謂曰：“之子豈亦清流耶？”竟不顧而過。程子曰：“是真痴客也。”自是金冠朱袍，斥道不絶，照映雪野，尤爲奇觀。訊其故，蓋樂舞生將事春祠者也。久之，下馬據胡床，坐雪上。有一癯僧戴笠乞餘，左右叱之。楊子曰：“嘻，是固東郭者流耶？

亟飲食之。"既而手樏者僵，覆菜雪上，貌若懼。程子笑曰："籍用白茅無咎，況雪耶？"輒取嘗之，味尤清冽。復起，徐步入西壇門，平疇彌望，古樹如偓，天花點綴，益奇。壇户徐得全俯伏留坐，供雪二盞，欣然納之。嘆曰："頃朱衣郎乃不爾若耶？"爲嚙幾盡。緬想昔子卿或未困焉。復起，步門北小屋中，有關雲長畫像，人撝壯之。其右，土炕淒冷，相顧曰："使吾二子終身於斯，亦自可樂，奚必美居？"出而縱觀都城之壯，慨然有感曰："後之視今，猶今視昔，百年人世，何若役役耶？"因復引滿，浩歌長嘯。是時暝色侵人矣，欲去不忍。尋訂後盟，拂衣逡巡，言遵故處。乃就騎言歸，猶徘徊眺望。入城，東西揖別。楊子曰："樂哉游矣，吾當續子詩，子爲之記。"程子謂斯遊也，適而不淫，率而奇，感而則，旁觀宇宙，當無與同者，其可憶乎。是夜，乃燃藜，直書其事。

高氏小宗祠塾記

君子之孝，莫大於成身，莫難於光前而裕後。吾聞諸夫子立身行道，揚名顯親，孝之終也。是故孝子成身爲大。然世固有能成身矣，而弗得致隆於先；獲隆其先矣，而弗能垂裕於後。得爲而不爲，與欲爲而不得者，衆也。故曰光裕之難也。樂清大司寇南屏高公則兩無愧焉。

夫公之成其身，用能備福完名，而享上壽。少宰甬川張公嘗頌之，某無庸述矣。公之歸老也，一無所事，獨慨然曰："禮有大宗小宗之祠，大宗以統同也，小宗以辨異也。吾曾祖知縣公、吾祖贈尚書竹廬公、吾父贈尚書述庵公暨諸妣夫人，并受天子殊渥，而祀無專祠，不已褻乎？吾少日嘗自許曰：'我苟有成立，當買田建塾，以誨吾族人鄉人子弟。'吾今日敢背初心乎？"於是卜地於白鷺嶼之陽，距家可三里，立小宗家廟，祀自曾祖而下。即前堂左右齋爲家塾，合而垣之，規不侈而制則備焉。凡春秋之需，共事之儀，廩饌之資，樵爨之供，田賦之則,公自爲科條曰"祠塾遺訓",矢後之人世守之。於是公平生光裕之志,廓然以慰神靈妥右,君恩彰矣。後人佑啓,先志承矣。古所謂宗廟饗之,子孫保之者,其分殊而情一,事異而孝同乎。於戲,美矣,至矣!世之人都卿相而歸也,瞀惑者豐田宅,靡麗者娛聲色,佚遊者侈亭榭,其視公何如哉?公樹於鄉,凡欲饗其先而保其後者,咸式訓焉,則公之孝庸有窮哉?《詩》曰:"孝子不匱,永錫爾類。"惟公有之。

公於先大夫,同年友善也,某於長君某,又同年友善也。一日,長君由太僕寺丞擢澂江守,便歸爲公壽,濱行以兹記屬。憶昔先大夫筮仕南都,公分宅與居,時某兄弟方髫齓,與公季郎某同筆硯,公撫而愛之,含報久矣。今某已懷霜露之感,而公方優遊壽康,表儀鄉國,坐見四子諸孫衣冠全盛,能不爲公喜談而樂道耶?乃因澂江君而歸之,以寓祝焉。他日將觀東海,遵雁山以登高奧,拜公於堂下,通家至願也。然則斯祠、斯塾也,猶得以揖讓其間乎?

立 竹 軒 記

竹非凡植也,具五德焉:外直而中虛,謙也;凌寒不變,節也;體剛而用柔,析之不窮,智也;修疏秀潔,塵滓不能汙,廉也;雪月風露,觸之可象,文也。非草非木,植而出乎其類,君子哉!是故武公比德而自修,軒轅擬鳳而制律,彤管侔功於造化,簫韶協和於神人。若彼騷人處士之貴,愈病醫俗之功,其細爾。

兵部尚書退食之軒,舊有竹偃地,太子太保東塘毛公之官於是也。爲之立之,竹遂森森凌漢,當盛夏迸笋成林。公喜謂屬某曰:"竹本立也,而偃戕之也。立之斯立,其天全矣。吾猶恐其地之偪側而弗暢也,將移樹東圃之新軒,而遂以名焉。子史也,爲我志之。"

某作而嘆曰:"公真君子哉,而欲翊其類乎?夫立之義大矣,而公之意遠矣。天立而清,地立而寧,聖人立而天下正,三才之道立而已矣。立也者,立也,物各止其所焉者也。推公之意,豈不欲天下咸與立乎？饑者立之食，寒者立之衣，庶而富者立之教；君子立之於位，小人立之於野；吾民立之中國，夷狄立之窮裔；草木鳥獸而立之時。斯則百姓泰和，萬物咸若，賢俊登庸，邊鄙寧謐，而公之心慰矣。立於竹也，所見而已爾，公豈不欲天下之皆斯竹乎？抑公於竹固有契焉。公文章政事，名一時矣，然持之不驕，能下士，爲名御史至今官，知柔知剛，無施弗利，聲問皭然，世方倚公當大事，屹如山嶽。凡竹之德，公固具體而優之矣。竹或偃也，而公立之，公之所以自立而不倚者，竹能無望耶？君子之道，出處語默，闔闢動靜，與時消息，公之事也。公不負竹，竹豈負公？今日敷榮階除之上，願爲子房籌；異時當不改清陰於文水之濱，願爲尚父竿也，清風高節，庶其相成乎？”

公復喜曰：“如子之言，豈徒志竹，可以全交。”遂命鑴之石。

句容儒學田記

昔者有虞氏，始即學以藏粢，命之曰“米廩”；周人養庶老於虞庠，其制因之，學田未聞焉。蓋古者無不授田之民，八口之家凡服農畝而就庠序者，皆有所養也，則學可以無田也，而其所藏之廩，特以爲養老之資爾。後世田制廢而兼并興，世教衰而貧寠衆。學不復知養老，況其子弟乎？所謂救死猶恐不贍，又奚暇禮義也。然則學田之興，其養道之衰乎？

句容儒學故無田，蓋自縣令陳君文浩肇其端，周君仕拓其規，徐君九思翼其成，而督學侍御北江聞人子主之於始，午山馮子、裁庵楊子繼之於中，而午山子再莅，復成之於終。田以畝計，爲百四十有七；租以石計，爲九十有四而奇。籍之理之，倬乎其明，秩乎其備矣。於是午山子檄徐君曰：“夫積以待散也，利以和義也。斯田之入，亦僅僅耳。吾懼夫典之或侵，而費之無經也。斯僅僅者，猶不免焉。子盍議而籍諸？”徐君乃上其議者五，其略曰：“吾聞禄以養賢，則士而有德行者盍獎乎？古有爲貧而仕，則孤貧而好修者盍贍乎？愛其人必及其親，則孤貧好修而不能婚葬者盍賙乎？有公署必有交際，凡與於禮用者其無愛乎？有師生則有文字，凡登之公牘者其可略乎？而無行者雖孤貧不得與焉，非禮與公不得費焉。其爲議也惠而辨，撙節而中於禮。惠而辨，則可以勸；撙節而中於禮，則可久勸而且久其爲美利也，孰尚焉？"於是午山子悉是其議，且曰："是宜勒石以詔來者。"乃屬於予。

予謝文役已久，獨有感於斯舉，而嘆曰："嗟乎斯無疆，惟休亦惟艱哉。今天下文法日繁，有司即爲義，亦無所措手足，非剛果而自信者，鮮不爲動。斯舉也，凡歷三令而後成，然非諸督學主之於上，亦罔克濟。乃復重以午山子之興勸，徐令之廉勤，始克以垂之悠久也。後之君子無亦思其艱以永其休哉。思其艱以永其休，則嚴於義利之辨，肄於學者必見義而不見利也。令於邑者，必義以爲利也。見義而不見利，則必以苟得爲恥；義以爲利，則恒以長裕爲益。夫然後能相成於無疆，斯今日穀貽者之意哉。"若其事之始末，徐令之議已識之碑陰，予可略也。

雅 亭 記

古今稱名園者，必泉石之瑰奇也，亭榭之侈麗也，花木之珍異也，又恒在都會焉。是故遊者衆，而園日有名。

應天京兆尹公署後有亭一區，面方池，環蔬畦而已，其諸泉石花木無一焉，況瑰奇侈麗乎？

嘉靖乙巳秋，泰和橫溪歐陽子爲京兆，宴客於斯。松谿程子顧而喜曰："園亭之靡麗者衆矣，若斯亭者，不亦雅乎？請以雅名，何如？"橫溪子曰："得我心哉！願爲我繹之。"

松谿子乃受簡而申曰："雅之時義大矣。夫雅也者，正也，常也。惟正，斯可常也。道本正而已矣，常而已矣。政者，正也。政有大小，故《詩》有《小雅》、《大雅》焉。正斯可常，故孔子以詩書執禮爲雅言。

是故由乎正也,在詩爲雅歌焉,在音爲雅樂焉,在行爲雅德焉,在名物有《爾雅》焉,在詞章爲文雅焉。先王之道斯爲美,小大由之,不可廢也。其不正者反是,不可繼也。故曰'正,斯可常也'。斯亭也,其正而可常乎哉?彼其瑰奇者,侈麗而珍異者,遊乎其中,或有靡心焉,固已詭於正矣。矧物不可以常盛也,而墮圮傾剝必將繼之。異時虺蜴狐兔之交,灌莽荊棘之翳,孰與斯亭之泊然而常存乎?是故大雅亡而天下無善俗,君子有餘慨矣。橫溪子雅醇貞毅,其於斯亭也,固比德焉,予謂抑或猶有相也。夫菽粟布帛,民用之雅也;節用愛人,公政之雅也。政先於雅,斯民安於雅矣。民安於雅,斯吾可以正於雅矣。此先憂後樂之心也,此敬事後食之義也。而居之無倦,而綏之思成,惇大以用晦,皆於斯乎有契焉。則斯亭也,豈直燕遊之地哉?可以養性情焉,可以達政事焉,可以比物我焉。天下皆斯亭,而大雅興矣;大雅興而善俗復矣。"

橫溪子瞿然拜而謝曰:"嘻,吾將志之以風!"

重葺黃花澗記

城川十景,其一曰黃花澗。澗出華釜仙巖間,西北流過方岡,會石泉,乃折而南。南山之麓故多菊,澗遂得名云。朱氏世家茲境,代有名賢。國初時,劉伯溫、宋景濂輩咸相過從,品題藉甚。人遠迹湮,澗就淪没。

嘉靖二十一年,歲維壬寅,適齋先生以雲南參政上章請老,名羨朝端,風動海内。歸城川之日,丘壑光輝,林木震動,禽鳥鳴悦。先生亦視若故舊,應接靡暇焉。家事一不問,首葺茲澗,勒名澗石上,即"右賓"。壘石道,高二仞有奇,爲門北向,署曰"薇臺别院"。遊者至此,憑危欄,依古樹,俯清流,已心醉神怡,躊躇而不能去。入門爲"見一堂",士友以林下一人擬贈也。堂正當澗,若瀉諸懷。階前古藤附木,虬結如蓋,清陰覆幕,水氣空濛,當盛夏時,不知有暑。迆右隔垣穿竹而入，爲“寶綸堂”，尊誥敕也。堂前枕澗爲“眺遠樓”，金城諸峰盡入窗牖。其下貯圖書，列几榻。前鑿方池，植蓮二。堂後咸因山累砌，樹黃花，植以名卉。砌盡爲周垣，中通門登山，揭曰“三徑”。山顚古松數本，偃蹇蒼翠特異。其下石坳，樹皆凌寒，爲“歲寒塢”。塢左產蘭，亭其岡，曰“續蘭”。右有臺曰“風月”。臺之下，亭名“静觀”。亭下池曰“活水”。蓋地不逾數十武，而繚曲突深，藏山隱室，澗水周遭，渺然若金山焦島間，斯亦奇矣。後二年甲辰，某往拜先生，屬之記。

竊惟先生之歸也，仰則天時，俯酬山靈，遠追前哲，匪細故焉。何也？夫黃花，殿群芳而全節，先衆操以凌寒，蓋卉中之箕子、伯夷也。自元亮逝而花謝，諸賢亡而澗隱，山靈鬱如矣。先生有作，功成名遂，與時消息，不煩移文，非耻折腰。而斯澗賁然有主，增重前後，表儀後進，俾是花復吐芬菀馥，輝映乾坤。元亮而後，其惟先生乎？是固世道之幸，匪直山川之光也，是烏可以不記？某辱先生之教有年矣，往嘗與伯氏楓崖廣文、令子公遜進士、從子雲水道人約，偕從先生後，惜也楓崖不可作矣，二三子盟尚在也，可復許乎？先生曰：“諾。”遂因以爲贊。

程文德集卷之十二

記

金陵徐氏三園記

三園主人徐申之者，中山武寧王魏國六世孫也。主人衣金紫，食鼎鍾，人視之蕭然韋褐，其自視也冲然思然，又若弗能比於韋褐也，君子曰賢哉。昔者漢之宗室曰獻王者，嘗稱好禮矣；王蒼者，嘗稱好善矣；主人兼而有之，其賢於人也不尤遠乎？

留都，古金陵，我高皇所再造也。敕賜大功坊者，中山居焉。族屬蕃衍，至於主人，而賓客衆盛，車徒充斥，弗能容也。乃於居第之東西闢二園，暨鳳凰臺故址爲三，爲嘉會之所。壘石爲山，鑿土爲池，亭榭紆延，林徑窈窕。或田而禾，或畦而蔬，蓁爲林谷，匯爲滄洲，變態無窮，暄凉互候。四方論文學道之士，修寂解玄之徒，至者如歸，聯居接席，弦歌鐘磬之聲，鏗然四起，聞者心曠。於是三園之勝，名留都而冠海內矣。彼徒侈觀美而恣宴遊者無論焉。

時乎羲馭初升，暘谷明光，則適東園矣。入“遠心”之堂，陟巖峰，俯“涵虛”，過“一鑒”，上下“總春”、“萃清”諸勝，徜徉忘還。客有歌漢東園公之吟擬主人者，曰：“白雲栖栖兮，爾爲我衣。”主人曰：“得我心哉！”已而夕陽在樹，暮景澄輝，則之西園矣。開“鳳游”堂而憩焉。頃之，迤西上“德輝”館，正對諸峰。乃過“典梁”橋，探“歸雲”洞，倚“山間明月"之楹。乃躋"青霞",乃歷"種玉",放舟"滄浪亭"北,南望"嘉樹"、"來鶴"二軒。乃起而東步萬竹間,度蓮池,登"飛虹"閣,俯視萬井,鍾山可攀。僉曰:"快哉!"乃誦曹思王詩曰:"公子愛敬客,終宴不知疲。清夜游西園,飛蓋相追隨。"其殆謂今日乎?主賓歡益甚,而情未已,明日期再集於鳳園,偕止"鳳臺"書館。東過"鳳麓"軒,見小阜上綠雲蔽翳,近視乃叢竹。主人曰:"此古鳳凰臺也。"攝衣而上,徘徊四顧,野曠天青,則又相與誦太白鳳凰臺詩,而嘆"鳳去臺空,三山二水"之句之奇,其人不可復作。且曰:"今日微主人,空臺不復得矣。"然則三園者,蓋有古之思焉,獨名勝乎?

松谿子復喟然嘆曰:"嗟乎!此武寧之遺也。昔者武寧翊我高皇,南平北定,宇宙江山,皆武寧力也。武寧不受尺土之封,而僅斂之斯園,以遺後人。吾輩得以來遊來歌,而思其餘烈,以爲主人慶。主人則詔其子姓,曰'斯一木一石之微,皆吾祖汗馬之勞也',其相與嗣德象賢,而世守之,則斯園也,真與國同休矣。斯武寧之意也,其亦可爲吾君吾相祝乎?"僉曰:"休哉!"乃識之三園之石。

樂 聚 亭 記

南雍祭酒私第右,爲講院,甘泉湛先生所創也。堂名"觀光",旁翼兩齋,而其前猶蕪隘。東廓鄒子稍闢肄射,雲岡龔子鑿池蒔蓮,未有構也。嘉靖乙巳夏四月,松谿程子某承乏視雍,顧斯院而樂之,嘆曰:"世之耽山林者忘臺觀,侈園囿者儉陂池,美不可以兼得也。茲地東望鍾山,北臨諸廟,前帶清池,周列園圃,四美具矣,而可無築乎?"惜無所於資也。居三歲,積撙縮之餘,乘修葺之便,乃獲事事。爲亭四楹,基崇二尺,周檻以眺,重欄以憑,不越月而告成。向之所望崒而秀者,翼而臨者,帶而映者,紆而列者,皆若爭奇獻異,與斯亭助勝。而回視堂與齋,若裘之有領也,若綱之有紀也,而燁然增美焉。於是咸謂院不可無斯亭,而甘泉先生若猶有待也。落之日,鄭生元禮輩請名。予曰："始欲以'四美'名,未足也。凡觀光於是者,其聚亦不樂乎？盍以'樂聚'名?"諸生欣然和曰："富哉名乎,弗可易已。"舉觴而祝之者三。

予喟然嘆曰："嘻,二三子觀於斯亭,而可喻學矣。始予之至也,嘗欲興斯役矣,而以用詘寢。自是屢興屢寢,而意終不釋也,而卒成於今日。然則天下之事果有欲爲而無成者乎？今夫貧者之求富也,賤者之求貴也,皆求諸乎其外也。然求之專且力,而貧者富矣,賤者貴矣。學而求諸性分之内,其得之也不尤易乎？是故求賢而賢,求聖而聖矣。而有弗至焉者,非聖賢果不可至也,其求之也,不如富貴之專且力也。子曰:'有能一日用其力於仁矣乎,我未見力不足者。'謂欲爲而無成者,未之有也,故曰觀於斯而學可喻矣。"二三子惕然曰："命之矣。"

亭前池故淺,會恒暘久涸。或請濬爲泮形,取副璧之義。乃濬之二尺,忽得泉,泠然滿池,朝旭浮金,夜月沉璧,清涵竹樹,光動檐楹。於是觀者復嘆異,以爲亭不可無斯池。而濬池得泉,抑有相焉。予暢然作曰："斯樂聚之徵乎?"夫善聚莫如水,有本斯聚,聚斯不涸,不涸斯樂,是故"麗澤"象之以講習,"蒙泉"則之以果行。仲尼見而亟稱,老氏以擬上善,匪本之貴,何取於水也？二三子登斯亭也,觀斯池也,而志學以立本,聖賢以爲歸焉,庶幾不孤樂聚之義,而於觀光之堂斯有光哉！

亭經始於丁未八月,而落成於九月望日,某識之則閏月重九也。

信宜遷學記

聖天子御宇十有二載,史官程某以事忤,謫尉信宜。至之日,首謁學宮,門廡墟圮,文廟僅存,荆榛蕪穢,學官生徒咸外舍。蹙然嘆曰："人文不振,固宜然哉。"稽其故,蓋自正統六年,縣被瑶寇,始築城,學遂堙晦,則以山川之秀爲城蔽也。顧瞻縣治,軒然昭曠,其右爲廢倉。亟趨視，則群峰如躍，形勝畢萃。鳳山翔其東，大應屹其南，榜山揭其西，登高峙其北。左右二溪合流於前，是爲寶江。而縈廻曲折，突不見其出也，則又豁然喜曰："兹非學宮址耶？"於是圖遷而艱於費。凡有職兹土，暨學諸生，咸議捐助，而予倡焉。遂得百金，兼鬻故學地，稱是。材取諸山，甓市諸陶，工助於戍卒，不數月而廊廡堂齋煥然一新，蓋嘉靖乙未八月也。

未幾，則予有安福之命矣。千户王宗賜甃石請記，予曰："未也，通門於南，塞坎於北，諸工悉備，斯可紀乎。"自是予雖行而心不忘斯學也，凡繼至令長，必祝焉，蓋十有五年矣，乃令許君竣功介圖，及東洲李公述厥成，申甃石之請。某（締）〔諦〕覽之，恍然若遊乎其間，俯仰宮墻、泮水之勝。登降而四顧也，若挹先聖先賢於俎豆，凛乎有生氣也；若揖讓明倫，爲諸生賀，而颯颯乎其興起也。於戲！是惟艱哉，亦無疆惟休。予固願爲諸生誦焉。

夫學也者，學也。合諸學而學也，學地也，而學心也。地有隆汙，心無善惡乎？予謂遷善於地，尤當遷善於心。今學廣大高明，可謂得其地矣。使諸生之心，猶夫故也，地亦不得而爲之也。是故遷地學易，遷心學難。湯之日新，文王之緝熙，仲尼之徙義，子路之喜聞過，皆遷善於心也，諸生則焉由乎？新學而心與俱新，則心善而地應。地靈而人傑，將茂聲實於當時，垂休光於後世，不徒科名已也，諸生勖焉，無令議者有徒遷之（頟）〔嘆〕，亦吾儕之光也。

是役也，東洲記之悉矣。若其成，始則令謝彬、尉陳國、千户王宗賜、崔高；協贊於中，則署事高要、丞史載澤、令何文、倅白譜、教諭楊登玉、李鼐、訓導陳清；成終而益恢之，則令許述；而助畫於上，則前郡守石簡、今郡守歐陽烈，咸有勞績可書云。

信宜麗澤書院記

《易》曰："麗澤兑，君子以朋友講習。"麗澤奚取焉？兩澤相滋，則有朋友之象，是故君子取爾也。取以講習何？學之不講，道弗明也；講而弗習，道弗行也。是故以文會友，以友輔仁，以講習也，其兩澤相滋之義乎？

信宜城南，東西二水合流，群峰環秀，俯仰蔚藍，形勝殊絕。嘉靖甲午，某以謫居來，過而樂之，蓋有意焉，而未逮也。明年乙未，遷學宮城中，築翔鳳臺於登高山。顧滋麗澤之濱，實惟書院之址。乃謀諸千戶王君宗賜，君慨然任之。門堂垣宇不日而成，數月而圮於水，予亦以遷安福行矣。歲月一紀，夙志茫然，寤寐有懷，山川靡及。乃嘉靖乙酉，邑令許君思前政之孔良，閔後學之無肄，載度地故址，再遷稍東隙地，而鼎創焉。爲門四楹，堂視門廣，輪倍之。左右齋各八楹，厨湢咸具，周垣固密。伻來示圖，予覽而驚嘆曰："學宮美矣，書院維新，不圖許君作人之至於斯也，且使王君亦賴以不泯也。於戲，休哉！使信宜而無書院，不有負於麗澤乎？然使諸生而弗講習其中，不又有負於書院乎？請終麗澤之義，爲諸生諗焉。"

夫水，至下也，至虛也。下則順，虛則受，是故相比而相滋也。今夫朋友，囂囂自矜，則不能下人矣；侈然自是，則不虛矣。不相下則忌能，不虛心則拒善，而安能遜志於講習也？是故君子取諸麗澤焉。欿然自視，虛也；卑以自牧，下也。相觀而善，其相比也一志同聲，合流而無迹也；講習而不息焉，明誠以盡性焉，不舍晝夜，放乎四海也。斯於麗澤爲合德乎？彼甘離索而安孤陋者，雖有麗澤，不知其美也，即肆書院，奚益焉？諸生念之！雖然，書院有興廢也，而麗澤不變也。諸生則乎其不變，而不因乎其廢興，斯講習有恒，而友道可復也。《詩》曰"肆成人有德，小子有造"，吾於信宜有望焉。

許君名述，字孝卿，直隸揚州人。爲政愛人，先教化，斯可徵已。

樸亭雅集記

樸亭，右軍都事園亭也。章君子吉爲都事，愛種蔬，園中故有樸樹覆井上，即其地爲茆亭，亭因以名。予過而喜之。子吉伯兄大行景南、同僚司經周君君可適至，遂爲雅集焉。維時輕雲閣日，飛雨灑衣，從者欲張蓋廕之。甫坐，樸陰浮席，瓠葉幂亭，凉風舒徐，玄蟬斷續，不知爲城市也。於是煮酒花邊，行厨竹外，肴羞隨意，果蔬咸取諸左右，清興油油然發矣。起而撫玩，紅開籬豆，綠偏畦蔬，野卉群芳，爛然滿目。而汲井流泉，忽若山澗，蒼浪滿地，可濯可觴。凡園中之物，無一不可人意，視彼侈臺榭、窮花石以爲樂者，一何累也。已而天宇澄霽，返照穿林，忽聞空中有聲，起座四顧，則群鶴唳天，亭鶴相應，俯仰唱和，恍若《鈞天》，咸驚嘆曰："此平生所未見也。"盤旋久之始去，既而復來。如是者三，餘音裊裊，遠空猶聞。計其數，則十有七也。異哉，異哉！夫"鶴鳴于九皋，聲聞于天"，詠諸《詩》矣。"鶴鳴在陰，其子和之"，繫於《易》矣。乃今鶴鳴于天，聲聞于地；鳴鶴在空，其侶和之，一何奇乎！事未前聞，而今始得。得之難，而吾輩偶值，一何幸乎！皆噱然大喜，曰："維是樸亭，維是雅集，弗可忘也，弗可負也。"

予謂物之清遠高曠者，莫如鶴也，而鳴于空，而感其朋，而盤旋者三，若以示焉，吾黨則思式之矣。爲高明，爲同道相益，爲久要而致遠，則窮達常變，無往弗利，斯之謂弗負也。彼其自甘汙下而昵焉，而隨俗變易焉，弗可以與於斯矣。然而值於樸亭雅集者何？夫樸而雅者，士之基也。士匪樸則外飾，匪雅則弗正。飾而弗正，善弗立矣。是故樸亭雅集而值也。於是咸慨然矢曰："嘻，可以人而不如鶴乎？"頃之，新月澄空，餘興益劇，散步槐陰，瞭焉增感。

時嘉靖三十年辛亥七月八日也。松谿程子某歸而爲之記。景南名適，君可名仕，武進人，子吉名藹，大司空樸庵公冢嗣也，因號"小樸"，斯亭蓋識思云。

德州儒學樹柏記

今天下儒學文廟必樹松柏，兩京國學尤盛，或曰古之遺植也。往予嘗見濟寧州學亦多古樹云，德州學故無樹，嘉靖甲寅春，前諫議洞庵葉公始爲之樹柏三百本。夫松柏，古稱歲寒之姿，蓋卉木中之君子也。故其植也，每難於常木，而在北方尤所曠見。洞庵以木德在甲，發生在寅，於是乘茲歲而樹之。柏樹於地，日暢月茂，而干重宵、歷千歲，此其基焉。士樹於學，日新月盛，而立德、立功、立言，亦更新焉，是洞庵之意也。不然，木有君子之操，而士無君子之行，可以人而不如木乎？若夫士之登巍科、躋膴仕，特猶木之榮於春，長於夏，蔚乎其枝葉之可愛焉爾。

洞庵，予同年進士也。曩在諫垣，直氣昌言，朝廷增重。以刺權奸貶秩歸鄉里，隱居西河之上，結茅藝蔬僅給，俯仰出處，烈烈一代不數人。孟子曰："君子居是國也，其君用之，則安富尊榮；其子弟從之，則孝弟忠信。"洞庵有焉。其右學勵士，如疏增衛學貢員，并給廩餼，接引多方，不獨茲事也。於戲！洞庵之於鄉校，固身樹之，表儀久矣。

洞庵諱洪，字子源。嘉靖乙卯三月，某奉欽命南歸，舟過德州。博士王價、蔡志道、徐士奇、郭廷翰，諸生時宗夏輩謁予，請紀其事，乃艤舟記之。

督撫阮公南田將臺感應碑記

粵昔玁狁孔熾，六月飭車，而周道中興；淮陰既得，築壇拜將，而漢業遂定。六月之師，將臺之重，尚矣。

嘉靖丙辰夏六月，倭夷自閩流浙，侵台仙居，據城屠掠，遠近騷然，即玁狁之匪茹也。於是巡撫都御史函峰阮公帥師來援，皇皇然自杭溯婺，兼程而進，過蒼嶺，次南田。南田當嶺中，巍峰卓立，自巔至麓，不啻千步，蓋浙東絕險地也。公乃指顧其上，祀神求祐。神位凡十一，曰北極真武，曰東嶽聖帝，曰軍牙六纛，曰浙省城隍，曰南田山川，曰仙居城隍，曰漢壽亭侯關公，曰武穆岳王，曰英濟張侯，曰肅愍于公，曰陽明王公，各告以文，辭嚴義正，稟乎至誠之感。越三日，公至仙居。賊懼，遁城外。翼日，二十有四日，公赫怒共武，服手戈矛，跨馬追逐，賊遁斷橋。公伐鼓大呼，三軍氣倍。是日，自巳至未，凡三合戰，雷厲風驅，倭凡數百，俄頃盡殲，無一脱者，賊遂蕩平。我軍曾不傷痍，赫然諸神之應。凡臨戰者，咸若神憑，勇悍百倍，茫然不知所以也。此千古兵家慷慨奇偉之烈，而公以一身只手指揮，造次得之。於戲，何其壯哉！文武吉甫，萬邦爲憲，公實有之。於是班師振旅，奏凱書於金門，以紓天子南顧之憂。

南田，縉雲地也。處州府知府高超、通判王敫時皆從征，遂即公所定處屬縉雲主簿黃闓伐石築臺，廣周一十餘步，高視周之三有奇，上覆屋六楹，高視臺有殺，設所祝神位於其中，告文勒諸石。於是仙居餘民，鄰境縉雲、永康，咸獲奠安，罔不室家胥慶，曰：“今而後，三邑之民皆公之再造也。”聞兹役成，又皆頌曰：“南山有臺，公功與偕；南山不磨，公德同多。”

高守以某於公有舊好，屬紀其事，予聞而嘆羨。惟倭夷之爲中國患也，凡五年矣，使禦之皆若公，則倭不足平也。繼自今中國之氣伸，而醜類之迹絶矣。於戲，南田於公，亦奇會哉。

司諭徐君教思碑記

嘉靖丙辰冬十二月，永康儒學教諭徐履素先生秩將滿，遷湖廣榮府教授。先生自揆衰病，致事而歸。諸生悦服先生素教，一旦聞別，皆齎咨涕洟，謀所以留先生而不得，咸皇皇然。通邑人士，民無少長，亦皆嘆惜。既行，諸生思不釋，則謀建亭礱石，圖所以志其思者。維時某初里居，因見屬。而予兄文思、弟文謨、文訓，皆承履素愛好，故不得辭。

竊嘗怪今天下牧民之吏，其去也，往往有去思遺愛之創，播人耳目，而學校之敷教者寂然無聞焉，豈善教不如善政之多耶？既而思之，無亦勢利殷而道義薄，不免於世情耶？若履素先生之教吾邑，則諸生之思先生也，固宜然哉。先生忠信篤厚，剛方正直，表裏無間，始終如一。初任遂昌司訓，嘉靖庚戌擢掌吾邑教，於今七年。始至，修祭器，煥然一新。當祭期，夙夜綜理，務竭明禋。凡應事，敦大體，明義利，秋毫無苟。人或少干以私，則嚴詞以拒之。教諸生先德行而後文藝，不率教者，恒婉言以導之，猶不率斯撲之一，皆欣然感悟。又教諸生習射禮，歌周雅，蕭蕭雍雍，恍然鄒魯遺風。昔人謂經師易得，人師難求，先生確乎君子，真人師也。其於諸生，蓋恩義兼盡云。孟子曰："以德服人者，中心悅而誠服也。如七十子之服孔子也。"《易·臨》之象曰："君子以教思無窮。"於戲，先生以德服人，諸生之思先生也，容有窮哉？僉曰："然。"遂書之，以復諸友。

先生諱鑒，字明中，福建泉州府惠安人。

浦江許侯去思碑記

嘉靖乙卯春，侯以癸丑進士來知金華之浦江縣。越二年，丙辰秋七月，以更能，遷省城杭之屬縣仁和。浦江之人始聞而未信，既而侯將戒行，於是咸有憂色。行之日，民胥號泣，載道相與留靴，以繫其思。既而曰："此不可久也。"乃胥構亭礱石，鄉進士董君彰明率概邑士民，摭侯治略，來丐《去思碑》。

予惟《詩》曰："豈弟君子，民之父母。"《書》曰："若保赤子，惟民其康。"又嘗思之，斯言也，其義一也，蓋敷政必如保赤子，而後可以言豈弟；治民必康，又而後可以謂之父母也。然令必先潔己，而後有善政。自秦而後，此意薄矣。迨漢之中興，宣帝嘗嘆曰："吏不廉平，則治道衰。"又曰："庶民所以安其田里，而亡嘆息愁恨之聲者，政平訟理也。與我共此者，其惟良二千石乎？"天子意向如此，是故吏稱其職，民安其業，而一時號稱循良之吏，不可勝計，漢道於是中興。夫吏汙濁而不廉，則政偏頗而不平，斯民烏得安居樂業而亡嘆息愁恨之聲，治道何由而不衰乎？

侯儀狀修偉，雅晳赫然，民之具瞻。其與人也，溫良寬厚，軒豁有大度；其律己也，又皭然冰玉，每捐俸，惠濟窮民；其爲浦江也，以精敏練達之才，敷渾厚寬大之政；其於通縣里遞，但令輸辦錢糧，初不校卯酉，民無點闖之煩，得以盡力本業。至於耕耘收穫之時，一切詞訟，悉爲停免，使力本者得以自盡。侯之善政，不可枚舉，其大者曰寬民力以重農桑，重學校以正士習，重祭祀以敬神明，均糧則以收人心，明旌獎以勵薄俗，持平恕以重民命，黜奢侈以省民財，普恩施以惠困窮，謹權量以平市價，除盜賊以安地方。約之爲廉平之政，有古人之風焉。始侯莅政三月，邑事大治，人心翕然。侍御梅林胡公以侯才堪繁劇，欲調知仁和。丙辰春入覲，銓部察侯才貌，欲改知餘姚，俱以浦江人士保留中止，而豈知仁和之調竟不可已耶。昔漢史傳循吏，稱文翁之屬，皆謹身帥先，居以廉平，不至於嚴而民從化，侯政似之。又稱黄霸、朱邑、龔遂、鄭弘、召信臣等所居民富，所去見思，生有榮號，死見奉祀，凜凜庶幾德讓君子之遺風也已，侯果無愧焉。吁嗟，斯義寂寞久矣，不圖今日乃見於浦陽，於戲，休哉！我明今日盛德事尤爲希闊。今鄉里中乃聞循良之令，不勝嘆賞，庸紀其實，以備他日史册之載云。

侯名宗鎰，字應衡，號定齋，福建泉州府晋江人。

程文德集卷之十三

説

行遠登高説

言高者曰："太山岩嶢，上薄雲霄，高孰如乎？"曰："未也。"言遠者曰："瀚海茫洋，莫窮其鄉，遠孰如乎？"曰："未也。"夫有至者，有不至。聖人之道，洋洋不禦，通乎天地，靡測始終，渾涵隱費，是謂無至而無不至，如其高，如其遠哉。雖然，道則高矣，能者從之，謂道遠而歸有餘。師是，故君子大心以體乎物，一情以定其志，知效天而不虛，明周物而不遊；行而著，習而察，是故仰之彌高，如有卓爾，毅以致遠，死而後已。古之人所以既竭吾才，所以爲己任焉者也。故曰水必盈科而進，道以成章而達。行遠者自邇，登高者自卑，聖人之微言，爲學之定準也。世遠學隳，道存如縷，卓彼先覺，啓我綱維。至近而神，至卑而崇，廓然而太公，物來而順應。好惡不作，變化無窮。其於位天地、育萬物也在是矣，其惟致知乎？東白子嘗遊楓山先生之門，充然有得。兹往業南雍，南雍固先生造士地也，乃者甘泉先生復繼而倡導之，遺化彬彬然。由是求之高遠，其庶幾乎？東白行哉，吾將揖子於青冥萬里之外矣。

豸山説

有形皆物也，物專其形，形專其名，離乎異矣，乃或合而名焉者，非强傅也。有事焉，有象焉，有宜焉，有因焉。名物雖多，四者盡之矣。堪輿之内，物之大且静者，莫山若也。苟以形焉，奚其能名之？然吾聞古有鶴山、龜山、象山，諸山其象也。夫其未可泥於形矣。

婺州東陽有豸山者，盧氏世居其下，堂實對之，宛乎豸之立於前，而相爲賓主也。於戲，奇矣！盧子生而遂以爲名，曰“應豸”。有字以“子直”者，予淺之，請更字曰“子山”，而仍寓以豸山之號，人亦不知其不可矣。

夫豸，異獸也，人罕識之。説者稱其性直，善觸衰，不能回顧，是故執法者象之。今夫山崒嵂盤薄，嶙峋贔（負）〔屓〕，其體則然爾，而其盈以謙，險而夷，疾而能藏，求而無固，蓋有君子之德焉，人亦罕識之者，子山徒取以爲名號而已耶？且山峙也而不足於動，豸走也而不足於静。合豸於山，則有動静之義焉，則有相濟之道焉。《易》曰：“時行則行，時止則止，動静不失其時。”其道光明，子山能無取乎？

吾聞人以地靈，地以人顯。鶴山、龜山、象山，始未有聞也，了翁、中立、子静數君子出而遂著稱於天下。使豸山亦炳炳有聞於天下後世，上與三山并稱者，非子山之責耶？子山先人愚齋公嘗爲御史中丞，荷亭公爲侍御史，今伯兄子春爲僉憲，皆冠豸冠，服豸服，爲兹山光，勳名議論，傑然一時。子山必能世其業，而志則有大焉，吾固不得望子山止是也。或曰：“然則，名不以山川，非乎？”曰：“彼有取爾也，吾夫子不名丘而字仲尼耶？”或有爭名號於子山者，謂鈞兹山産也，義不得私。予曰：“子山性直而體厚，真豸山之應乎，人不得而奪也。”他日充其直焉以直道，充其厚焉以厚德，以無愧尼丘鶴象諸山之靈者，斯豸山之光乎？子山亦不得而諉也。遂爲之説，以歸子山。

明　　説

蓋聞虞舜之命皋陶曰：“汝作士，五刑有服，五服三就；五流有宅，五宅三居，惟明克允。”明之義大矣哉。人之生也直，直何訟焉？訟不直也。不直則情僞微曖，千蹊萬徑，察之匪明，訟益滋矣。然明未易言也。明之累有三，明之敝有三。怵威黷貨則不能明，媚上徇私則不能明，厭劇懷安則不能明，累明均矣。矜知喜察不可謂之明，鉤箝鉤距不可謂之明，吹毛求疵不可謂之明，其敝均矣。《訟》之“九五”曰：“訟，元吉以中正也。”《甫刑》云：“惟良折獄，罔非在中。”惟中惟正，志慮乃明。彼累不及敝，則過紛乎淆矣。是故衆蔽徹而明生，明然後萃衆美。故曰明之義之大，士師之職盡於明也。

宣平吳子以成，學優而行實，謁選天官，寔高等，授廣西太平節推。節推，古士師也。夫以成，殆可語於明者，故於其行也，贈之以《明說》。

引

心 漁 小 引

心漁，錢洪甫氏尊翁先生號也。嘉靖甲申，陽明先生嘗爲翁賦之。問對數言，盡心漁之義。後八年壬辰，洪甫就廷試來京師，以告甘泉先生。先生亦爲賦之。又聞諸薦紳士，嘗傳之，叙之，歌之，詠之，嗣是慕翁而有述者，當日益衆矣。

洪甫嘗爲予談翁平生，目雖廢視也，而性情之邁，而聞識之博，而吟詠之工，而著卜之神，而歌樂之諧，而步趨之恭，而論辨之超，而嗜好之奇，類非有目者所能及。磊磊乎，軒軒乎，殆非樊中人。予聞之矍然起立，悠然凝思，怳然若隨翁杖履，而與之相上下於雲門仙壑間也。然則洪甫氏之聞道，卓有自矣。於戲，吾未嘗見翁而心翁，則有翁矣；彼習見翁者而無是心，可謂之見翁乎？觀此可以知心漁矣。洪甫歸而告翁，其亦謂然乎？

醒川河濟大觀册引

次山楊子，負修能，雅自峻潔，恥世之汩没，懼將冒焉以溺，乃以"醒川"自號。若曰："物誘紛陳，靈明汶汶。臨川俯仰，心目豁如。儀監于兹，庶幾無斁。"松谿質庵子聞而嘆曰："善哉，心學之湮久矣，次山其有志於治心者哉。"未幾，次山爲都水使之濟上，於是薦紳相率贈言，弁曰：《河濟大觀》。屬予書簡端。

予覽而喜曰：夫河濟，川也；大觀則醒也。次山兹行，謂弗慊乃志哉。雖然，大觀之道無他，求諸吾心而已矣。夫天下之事，以迹者有涯，以理者無間；天下之觀，以目者有蔽，以心者無窮。河濟誠大乎哉！觀於昆侖，觀於王屋，混混焉。極所之而放諸海，是則河濟也已矣，其爲觀也足乎。子不聞之，吾心之中蓋有河濟焉。渾涵千古，周流六虚，溥博淵泉，以時而出者，吾心之河濟也。故曰小德川流，故曰有本者如是，次山於是可以反觀矣。壅焉思通，潰焉思防，淆焉思澄，蓄焉思濟。流行坎止，行所無事，不以喜盈，不以怒涸。若是而吾心之河濟治矣。心之河濟治，而天下之河濟亦若是焉已矣。是觀以心，而不觀以目者也，是通天地爲一身者也。其斯以爲大觀，其斯之謂常醒乎？若醒必以川，則其醒也有時而昏；大觀必河濟，則其觀也有時而小矣。次山行矣，知微知彰，無物無我，神化罔極，經綸自心。吾於次山有望焉。

彙　贈　引

初，義泉管子以公務自端來高，適聞玉溪公移守安慶，黯然惜別，謂某曰："吾辱與公同門，子爲同袍，心宜無不同者，子盍言之。吾將索卷於端，遲子書之爾。"比至，則公行已數日矣。高凉之官屬，之父老，之士民，方皇皇愛慕如赤子之離慈母也。某感而嘆曰："與其述吾二人者之同，孰若述衆人之同乎？"乃復彙諸贈言爲一卷，歸之公。公遺愛在高凉,高人當亦繫公、思公。覽其言,如見其人,庶亦慰公懷於萬一也。義泉子見之,無亦謂得我心之同乎?

薊門春樹圖詩卷引

我國家汎掃胡元,歸其故壘,北門鎖鑰,不鍵而堅。惟是西北宣大二鎮,當虜之衝,時或跳梁。正統以後,河套復爲虜據,而迤西以南,亦屢弗靖矣。是故國家九邊要害所在,自北而西,暨於西南。爲關凡六,鎮巡統馭,鱗次櫛比,而總督之設且至二焉。

嘉靖庚戌之秋,黠虜剗然自潮河川入,冒險梯巖,魚貫而下,腥膻東郡,震驚闕廷。自是東陲尤關要害,將領增舊,鎮巡鼎新,而總督大將東西并建矣。越辛壬癸三祀,凜凜乎虜之復突也。天子宵旰,臣工旁午,惟東方是虞,是詢是諏,是究是度,惝惝議曰:“邊牆固乎? 卒旅甲馬精强乎? 芻糧備預乎? 號令紀綱振肅乎?”而或不然,虜之不復入,幸也,幸不可屢徼也,於是議者思廢置總督矣。故事,凡邊方巡撫有才望,久勞於外者,始得入爲左右司馬。司馬贊謨於廟,運籌於內,未始出也。惟是壬子之冬,癸丑之春,左司馬虞坡楊公,夙負重望,上特簡命降手敕,使公經略諸邊,革故鼎新。公亦慨然以爲己任,視若家事,巨細綜核,首尾該貫,有知必疏,無疏不徹。各邊地方如括之目前,將卒如濯之藻盤,精神風采,所過物色,還命之日,朝野歡動。於是總督之代,宸衷默鑒,群心胥屬,快且嘆曰:“茲非常命也,故事奚爲?”於是莫不爲公榮賀,兼有大望焉。

維時右司馬夢山翁,公同年友也,以率吾輩,曰:“楊兄非常行也,昔之經略,今見諸行事也,不然,猶載之空言已耳。此可爲國家賀。吾同年六人,人宜有述,以發其壯,鳴其盛。今茲發軔隆寒,建大旆,樹崇牙,而往彌節之日,春色與公偕至矣。國事,吾輩所同也。衆逸獨勞,衆釋獨負,薊門春樹,能無思乎?”夢山於是繪吾六人之象,《薊門春樹》之圖,送之郭門,以爲餞筵之侑。五兄皆作詩,某獨爲茲引者,虞坡在職方時,籌邊甚勞,迄有成績,某在車駕所親見也。當時咸有澄清漠北之志,而今又落十餘年後,邊事更壞,虜酋加强焉,其爲憤恨不又甚乎? 夫修九邊之古墻,復九邊之屯種,集天下之芻粟,聚天下之兵力,修意外之間諜,昔所共議也。能是數者,亦足以澄清漠北矣,不獨可防秋而已也。此百執事之所大望也,而薊門暇日之所尤當圖謀者也,公得無慮乎? 秋色蕭蕭,不可人意;春樹青青,萬物并生,督府清寧。此亦夢山繪圖之祝云。

跋

陽 明 文 錄 跋

《陽明先生文錄》,舊嘗梓行,然多訛謬,間編帙有錯置者,歐陽子崇一釐正之。太學生嘉興吳子堂,蓋慕先生而私淑焉者,欣然請復梓焉。既事,同志者以告某,其識末簡。

某作而嘆曰:"夫世之讀斯録者,果以文焉而已乎? 先生之不可傳者,文弗與也,弗以文焉而已乎? 先生之文也,以載道也。夫可載者,存乎言,而不可傳者,存乎意。故曰'言不盡意'也。玩其辭,通其意焉,斯可矣。"嗟乎,聖學久湮,良知不泯,支離蔽撤,易簡功成,是先生之意也,而世以爲疑於禪。明德親民,無外無内,皇皇乎與人爲善,忘毁譽,齊得喪者,是先生之意也,而或以爲詭於俗。世未平治,時予之辜,惟此學之故,將以上沃聖明,而登之熙皞焉,是先生之意也,而天弗假之以年。嗟乎,嗟乎! 斯道之不明、不行也,豈細故哉? 先生往矣,道無存亡,吾黨其共勖焉。若曰嘗鼎而足,望洋而懼,矯俗以相矜,剗端而殖譽,殆非先生意矣,殆非先生意矣! 雖然,先生之意,先生不能盡之,而吾能言之耶? 故曰讀斯録者,通其意焉而已矣。

象山書院録跋

象山先生書院録成，遷客適歸自嶺南，道金溪，思先生故里，慨然以吁。顧問僕夫祠墓所在，瞠然莫能對也已。見棟宇一區，翼然道左，問之，曰："此象山書院也。"亟往瞻拜，則程侯所新創而亦莫可稽也。比至侯出示録，乃知建置之由焉，知叙述之備焉，知賦頌之侈焉。予嘆曰："侯政之善，占於是矣。夫政以移風易俗也，而始於學術之明。書院之崇，以明學也，學術明則道德一矣，風俗同矣，政無餘矣。"侯讓弗居，請識一言。予謝曰："美哉悉矣，予又何言矣？然竊異之：夫鵝湖書院，舊矣；今兹卜地，復得鵝墩，非跨千里而相合耶？先生遠矣，故里書院自侯始建，非曠百世而相感耶？地之合也，數也；人之感也，心也，而皆天啓之也。然則是舉也，殆非偶然之故矣。但不知金溪士人果能精思實踐，以副侯崇尚之意，以無負先生之教否？侯又能教思無窮，而使人不負否？是在侯，是在士人，而書院不與也。某服膺先生之訓有年，而又重侯之請也，敢以是識末簡，以爲書院規。"

歲貢會録跋

凡臣之有獻於君，均謂之貢，然莫有重於貢士。蓋士也者，國之楨幹，必得士，然後可以立國，故貢士莫重焉。苟士不知自愛，不能有其身，必待貴賤於人，以爲人則亦筐實海錯類爾，豈貢者與受貢者之意哉？今諸君幸際明時，充觀國之賓，庶其益奮初心，以期無負其所自獻，以爲國所賴，俾世之人知貢之果有士，斯重矣。

東山臥謝圖跋

《東山臥謝圖》，弘治庚戌間樨居杜菫寫寄篁墩程公，今五川楊子所藏也。圖太傅臥狀，甚舒展，手玩一卷，榻前雙屐；侍童子揮長箑；前列樨生、徐翊、仇潼三詩。三子皆當時京師名士也，距今五十有五年矣。五川子以示松谿程子。程子不覺撫而嘆曰："物之屬於人也，良有數哉。方斯圖之歸篁墩也，而豈知今日藏之五川哉？是殆爲五川圖與？"既復自笑曰："予何見之隘也？凡天地間圖書百物，可愛可寶者，孰非斯圖耶？《易》《書》《詩》《春秋》，河圖大訓，三代敦彝，鼎靝、弘璧、天球、兌戈、垂矢、秦璽、隋璙、琬琰，流傳至於後代者，豈一人守之耶？故曰天地，逆旅也；萬物，過客也。凡其間升沉代謝，聚散往來之迹，紛紜變幻，育乎其無定也，而況斯圖耶？予何嘆焉？淵明之辭曰'寓形宇内復幾時，曷不委心任去留'，凡宇宙百物，得不欣，喪不戚，咸爲吾適，而不爲吾病，其亦庶乎其可也。"

五川富圖書，昔之鍾繇、郄侯、元章之藏，不足多也，而博雅能文殆尤過之。予於篁墩爲同姓，五川爲同寅，見斯圖若有緣者，輒感激志其事。嗟乎，數世之後，又不知誰爲五川、松谿二子哉。

銘

崇化堂銘

南宮有堂，舊矣，而名以"崇化"，實自今日。於戲休哉！匪化曷治？匪崇曷興？某幸朝夕睹焉，謹拜手稽首而爲之銘曰：

於惟南宮，禮樂之宗。昔舜咨夷，寅直是共。爰及周典，以諧神人。幽則匪諧，曷以惇明。我明天子，叙典興禮。二三大臣，同心一體。維帝之則，維民之經。億萬斯年，焕如日星。穆穆兹堂，斯名稱情。海内以風，靡然而興。用若于倫，用化于訓。王道平平，民志以定。小臣拜稽，庸頌且規。祈兹無斁，率履不回。

南雍東廂石池銘

吁嗟石池，琢自何年？憶當會食，以瀹以齏。時不爾用，溜此清泉。幽蔭槐竹，閑寫雲天。顯晦隨時，仁智道全。吁嗟石池，君子式焉。

銓堂白硯銘

蔚彼房山，白石如玉。毀棄長安，車馬歷碌。山公一顧，曰此荆璞。琢而爲硯，載之朱櫝。光生銓堂，品逾端峪。式兹明揚，真賢夢卜。

贊

大司空樸庵章公像贊

先生，楓山公之從子也。幼承家學，夙有令名。當逆瑾盗政，公獨拂之，下詔獄。調外，聲稱翕然。竪誅牽復，久之，位六卿。以分郊乞仍舊制，不當上心，又失一二柄臣意而罷。謝事丘園，甘貧守道。薨逝訃聞，賜諭祭，營兆塋，亦異數也。贈謚之請，意者公論，久而自昭乎。公平生忠良純厚，始終如一，真屹然有古大臣風采。乃子藹出公遺像乞贊，予乃恫懷時政，欽厥令美，援筆數語，式闡孤芳。

厥狀訐訐，淳固篤實。確守先儒，厥躬謇謇。攻苦茹淡，老成耆彥。儀容峻整，器局簡正。念慮恒切於朝廷，畎畆繫心於王室。廉介自持，忠貞尤篤，修崇天爵，泥涂軒冕，絕跡權門，履道幽坦。蘊之爲德，則在藪祥麟，呈曠世之瑞；發而爲文，則朝陽威鳳，鳴治世之音。學者仰之如泰山北斗，時人比之爲大貝南金。骯髒自信，儻克幾其萬一；道不諧偶，孰知言行之骨鯁也哉！

吴 松 軒 贊

冠儒而服衆兮繫誰人，曰妍桑之迹兮陳范之心。生闔廬之故墟兮，家尉佗之遺濱。本不與世涉兮，何用浮鷗夷而變姓名。松蔭軒兮餐其苓，年七十兮顏壯齡。逍遙容與，誰繫執攖。世有媒禄於終南兮，或遁世於金門。飾情衒俗兮，寧若若翁之任其真。吁嗟嘻嘻！翁宜長生兮，爲世規箴。

補 遺

應郡博像贊

嘻嘻，此吾先大夫執友也。

貌儼而安，色和而欽。匪色貌之睟，維心之徵。侃侃遺直，信史傳神。是故思遺德而瞻遺像者，咸知爲方塘先生云。

十子侍親圖贊

憶昔有宋，文教大行；無人感召，英才挺生。維時東南，范爲特盛；奕世簪纓，後先輝映。歷世凡五，爲少保公；公生十俊，九子顯榮。一雖屢微，志在不挫；爲檜當朝，深藏高卧。閉門講道，繼聖開人；心箴淵妙，見褒楓宸。誰無後昆？惟公子傑。或以道鳴，或以政列。豐功正學，彌久彌芳；難兄難弟，楚楚冠裳。諸影誰圖，藹然慈孝；用是吾人，永瞻道貌。

賜進士奉議大夫後學永康程文德拜手謹贊。

程文德集卷之十四

書

與王龍溪同年書

丙戌之春，自隆興奉别，星霜凡六易矣。聞吾兄已有聞，邁往甚勇，近來復築室天真，爲依歸地，意氣修爲，無愧六年矣。獨慚弟猶故，脚根不定，雖時賴中離、南野諸兄相砥礪，終是未能斬釘截鐵，何志氣昏惰如此，良愧，良愧！然自度此生萬里之程，終不能自畫也，尚賴吾兄有以教之。昨見《社學録》後語曰："學問之道無他，求其放心而已。求之無他，弗動於意而已。"然則兄之教我者至矣，弟當自强不息而已。人能自强不息，則正路之行自不能已，而無岐途之患矣。凡今之惑於岐途者，皆非自强不息者也。此今之時所以不貴於辨説之多，而惟貴於不息之功也。兄以爲何如？

復王龍溪書

得手教，大有警惕，始知離索之爲患，而朋友之不可無也。本原血脉之論，直是根據。然所謂血脉者，只謂本原發來；循血脉，所以溯本原，恐非有二也。所謂多聞解悟，説影子，弄精魄者，直是痛快。若學不至聖人，即犯此數言。自大賢以下，此病可論淺深，不可論有無也。此豈非千百年之通患，而吾黨今日之所當痛除者耶？大抵學問只是一真。天之生人，其理本真。有不真者，人雜之爾，非天生也。今只是全真以反初爾。日用間，視、聽、言、動，都如穿衣喫飯，要飽要暖，真心略無文飾，但求是當，才不是説影，才不是弄精，才不是聞見，乃爲解悟合一。若信得此過，即是致知，即是慎獨，即是求放心。不然，雖《六經》、《四書》之言，而非聖人之真心，亦不免於説影弄精矣，况其他乎？是故聞兄之言而惕然懼也。

弟常思，做人自聖人外，真無立脚處。凡孔孟以後，學不至聖人者，皆其心之未真爾。只恐一真猶有未盡處，故不可强而至也。此真，《大學》所謂"自慊"，《孟子》所謂"反身而誠，樂莫大焉"。實是自家覺得，聞諸兄相會，須是忘却人己，更無門面，心心相照，言言相規，若有一毫，便是招狀，不肯放過，見人亦然，方是真會。若猶有人己，有門面，縱辨説雖明快，其得不謂之説影弄精乎？何日獲侍諸兄之末，願以自考也。

復石玉溪同年書

客歲五羊偶便，匆匆肅启，至今未奉起居，日恐獲戾。空谷足音，忽拜手翰，欣躍無已。逾及相俟，雅意所不敢當，而竊欲請教，則非一日也。留滯蒼梧，未能辭去，情如之何？此間人士頗多，與之語，初皆茫然，近始有數輩頗領會。大抵真志不立，聖學無成，吾黨千百年來通患，非特梧人也。所以且先與之理會此志，此志既真，斯可與共學。然不適道，將有差毫釐而繆千里者，故又貴適道。適道或半途而廢，是未能固執而不變也，故又貴能立。能立而不能與時偕行，是猶未達乎易也，故又貴能權。學至於權，而學之能事畢矣，而實皆基乎此志也。願與高凉士人亦共勉之，惟吾丈其惠教焉。生辭梧就高，畢竟有期，早晚未能定爾。信人遠來，過情之甚，即日遣歸，惟亮察。

復潘笠江督學書

京國邂逅，天涯更歡，感戀感戀。別後承寄冰井諸作，增重山川。

茲復幸睹南征之賦，慨直道完名之儔，而要之於知幾不辱。視古遠遊北征諸作，荒浪情性，奚啻霄壤，敬慕敬慕！某亦未敢自汨溺者，數年後當求公於雲間島上，斷此業緣已爾，幸甚，無拒。某自二月以來有腹疾，侵尋未愈，方欲辭去之高凉，未遂也。使旋立候奉復，潦草殊甚。再晤何時，臨緘惘惘，千萬益崇明德，慰此相思。

上張羅峰相公書

沛縣道中，幸接尊慈，飲食之，教誨之，心醉心感，別來緬想。台階重履，聖眷逾渥，同心一德，早興太平，生民幸甚。嘗聞相公布衣時，有詩曰：“蒼生久待山中相，白首願觀天下平。”今日果登樞輔，能勿酬斯願乎？亦使後之人以相公能成其信，而頌斯言不衰，後代幸甚。某夏五月抵家，即遭骨肉之戚。至八月，束裝入廣，九月至江西。伏聞皇嗣誕生，驚喜踴躍，莫之能喻。時老父相送在途，即同詣驛亭，焚香遙賀。蓋山谷氓吏，亦皆相慶，況在臣子，其能自勝？竊自辭闕以來，每想聖顏，泫然凝溯。侍從密邇，情固宜然，近日即不知聖體何如，想既得儲宮，倍增萬福，庸自慰爾。茲遇渭厓先生北上，謹此問安。嶺南遷客，道遠天遥，亦惟不怨不尤，無諂無瀆，庶幾未填溝壑，猶可圖報君相也。他更何言。

上李西樵相公書

某不類，嘗歷事南宮，幸在屬下。既而濫厠館末，復得周旋左右數年。天下士仰望相公者何限，而荷遭際若某者殆不一二也，恒竊自幸。壬辰之秋，始以僭言觸宰輔，繼以朋比忤聖明，竟荷嚴譴，實自作孽。萬里匍伏，誠所甘心。矧入相公之鄉，觀嶺海之奇，亦未爲不幸也。去秋，側聞台履違和，懇疏南歸，不勝馳戀。然依歸有賴，慶忭良深，常擬得便躬候，故未敢具啓。因循迄今，復困卧病，事與心違，悚久何言。即辰暑雨毒霾，伏惟台履萬福，上慰當寧之思，下副蒼生之望,更祈益加調攝,旋膺休召,以終皋夔之業,以隆唐虞之風,世道幸甚!瞻望無由,恐愈獲戾,謹力疾齋沐具狀,託年家倫侍御,代致申候,伏冀垂仁亮察。

又復石玉溪書

卓峰忽來,殊喜,更拜書儀,愛助兼至,感佩,感佩!來教超悟直截,大有警惕,敢不敬承?初至,諭多士亦嘗以此爲要領,未及録上請教。而前書云云者,慮知立志而或闊略者之爲累也,實不欲多岐而陷於支離也。然前日草率數言,亦未盡鄙意,請終言之。

竊以吾黨學問,規模貴廓大,工夫貴細密,譬如行路,一開眼便見得,却要一步一步着實行去。故曰致廣大而盡精微。學者誠有求爲聖人之志,則可與共學無疑矣。夫學固以學適道也,學能立也,學能權也,固皆基乎此志也。然使有是志而即能適道,即能立,能權,則夫子又何爲"未可與,未可與"云云也?是故工夫猶未可闊略也;是故少有不審,而差之毫釐,則適非其道矣。遵道而行,半途而廢者,則未能立矣。夷之清,尹之任,惠之和,則不可語權矣。若曰彼皆其志之未立,則夷惠伊尹,亦豈無志者乎?是故孔子"十五志學",謂之"志學",則適道矣。蓋三十而後立,蓋七十而後從心不逾矩,斯能權矣。此皆其實際也,非謙己以誨人也。來教謂木有根,則枝葉花實不假外求;人有志,則本體不虧,萬法具足,雖聖人復起,不能易也。至謂擇善固執,乃明覺之自然,而與時偕行,實大公順應之妙用,亦未嘗不是也。但學問未真切者聞之,或未免有專徇易簡,而遺落工夫之病。蓋自然明覺則良知也。擇善固執,謂之致其良知,則可也。與時偕行,固大公順應之妙用也,然非精義入神者,未足以與此也。故某懼聽之者之不審,而或有所遺也。雖然,今日學問惟患真志不立,徒託空言,故不免後之視今,猶今之視昔。誠立此志,則根本既得,彼言語文字之間苟非背馳,自不必深論也。則某今日之言,亦不自知其過矣,惟願吾丈其時策勵之。卓峰工夫大段着實可喜，而超脱不滯，則在朋友之功。大抵朋友相聚甚難，肯以過失相規，虛心相下，斯有益也。卓峰歸計已諧，某近患脾胃疾且一月餘，數日少愈，方欲圖東歸，然當過高，參承請教，慰此惓惓而後行也。未悉愚衷，伏祈垂亮。

與嶺表書院諸生書

十月周旋，一朝離索，朋友契誼，能不動情？但自抵高以來，每憶在梧時尚為應酬紛擾，不及與諸弟日夕相俱，輒以為恨。雖然，言之亦既詳矣，述之亦既備矣，能相信亦可矣。諸弟其試思之。

曩常言，人之為學，為己而已，何與於人？矧復有人作成，是猶治產業者而人助之財也，雖愚夫愚婦，有不感激而益勸乎？雖市道小人，能受人之愛助而漠然無動乎？今朝廷則育之學校矣，南川老先生復相之書院矣，區區與諸君子又更相左右之矣，所以作成之者，罔弗至矣。苟猶不知奮勵，卓然自立，是愚夫市道之所不為而乃為諸弟願也。

曩又常言，希會者時，難貞者志。今南川老先生當代，則其時矣，諸弟之心竟何如哉？吾竊為懼也。夫道不可須臾離，人不學不知道。故曰君子學道則愛人，小人學道則易使。自上及下，胡可一人不學道也？五經四書，諄諄垂訓，千古聖賢，罔敢違越。此何説也？今學校書院，道之地也；師儒之選，道之師也；章甫逢掖，學之服也；儼先聖先賢而群拜之，學之的也；而無為而為善，窮通得喪處之一焉，則學之心也。今孰不服其服也，遊其地也，親其師也，仰其的也，而獨違其心焉，此何故也？聖賢經訓，口日誦之，而心日背焉，抑何謂也？今天下之士，胡不為僧道，為雜流，而秀才也？胡不群於寺觀，於他所，而必於學也？胡不服袈裟，簪冠雜服而章甫逢掖也？胡不禮僧道、諸藝術為師，而禮吾儒也？胡不群拜釋老，而拜先聖先賢也？此是非羞惡之本心則甚明也。然皆徒徇其名而喪其實焉，則與彼僧道雜流相去無幾矣,此又何也？且彼僧道者,齋素清修,其教也,苟有腥葷淫穢者,則人得而訛之,律令得而罪之。至於秀才,徇名喪實,獨不恤人之訛乎？臥碑亦律令也,故違獨無罪乎？而人於僧道不少假借,而於秀才獨不輕訛罪者,何也？厚吾徒也。吾徒苟不知自訛自罪,無乃自薄乎？此亦不可不痛省也。故吾常謂天下有大災極異,舉世之所忽,而不出於天變地沴、人妖物怪者,何也？天下共目爲賢人君子,實乃大謬不然者是也。言念及此,毛髮俱竦,所願諸弟感動奮發,欣慕篤信,各務爲己,各自成身,不以人之作輟貳心,不以院之廢興異志。惜嶺表之名,重山川之勝；思南翁之德,體翊教之心；及難得之時,勵進修之志；崇講習之益,尚規勸之風；慎理欲之幾,嚴義利之辨。見賢必思齊,見惡必自省,聞義必勇徙,知過必速改。窮經致用,乘時達道,上以副朝廷之作興,下以慰官司之飭勵；内以酬父母之教育,外以愜姻黨之屬望；俯以遂妻孥之仰賴,賤以答童僕之勤勞。苟履困而蒙屯,亦見大而心泰。道明而德立,學成而身榮,其效有如此者,諸弟何憚而不爲也？其或仍舊習而悠悠,牽世累而齟齬,雖執鞭以求富,徒乞墦而取羞,求無益於得,獲不補其亡,爲愚夫市道之所不爲,冒僧道不修戒行之恥,重世道之災異,人己交病,身名俱泯,其害至於此,亦何苦而爲之也？

高梧相望,地遠心親。輸寫肺肝,情莫自禁。惟諸弟各自愛,以成道義之交,以光一日之雅,以無蹈陳相之失。區區幸甚,嶺表幸甚。

復周督學辭修書書

某竊聞治廬之政,讀顊侗之集,知公有德、有言,方駕古人遠矣。邇聞弭節五羊,瞻侍有日,良深慶幸。伏承文字之役,不鄙疏賤,寵之以翰札,申之以命使,豈勝榮感。但某自揆,今日不敢奉令承教於君子之側者有三,願質陳之。

某煢然久客遐方,風土不諳,疾病時作,前月染痾,至今未愈。若復冒暑跋涉，將何以堪？一也；某既落史職，則惟竄伏荒僻，寡遠交遊，不復揚眉吐氣於圖史之間，此聖明造就之意，亦犬馬待罪之私也，而復濫廁盛舉，人其謂何？二也；夫人苦不自知，如某素寡陋，自揣甚明，何足以辱茲役，矧諸名公皆宏博大雅，共成自裕，某又烏能爲有無？三也。夫以庸劣之質，處久病之鄉，復當蠖屈之日，其不敢辱公之召也決矣。公文中不敢備述，嫌於譊譊，仰承手教，輒敢披復。伏惟臺下愛人以德，原人以情，軫念俯從，使得養疴山城，視爲棄物，大幸，大幸！情迫詞煩，悚懼，悚懼！惟臺下矜察焉。

復王麓泉同年書

山城僻寄，忽承枉使書惠，真空谷足音也。奉誦感激，殊不自勝。第聞貴體違和，兼之巡歷辛苦，不能無念爾。高凉風氣易調，人士淳樸，與之言學，儘有興起。昔東坡云："日啖荔枝三百顆，不妨長作嶺南人。"況得朋友真味，又何厭高凉久客耶？即未忍言去矣。厚意倦倦，敬謝敬謝。信宜在萬山中，二水合流，孤城中起，頗有武陵風致。而人民鷄犬，亦若先秦之遺。數日，山谷中父老，龐眉皓首，褒衣幅巾，皆携持來見，以爲久徯顏色，今始獲遂，人人喜悅。而城中老稚迎視，動若堵墻，飄雲遷客，豈意如此，達官貴人聞之，或亦有羨於謫居乎？一笑。會晤未卜，臨楮茫然，伏惟戀德加餐，慰此耿耿。

復聶雙江郡伯書

昔年兩拜書惠，劇慰。平生所甚慕，又甚厚，而不得見者，雙江一人而已。比過吉水，見永豐江，想公之吟，緬然凝睇。即任以來，日不暇給，乃承先施，甚慚甚感。來教一一皆格言緒論，洞達理道，曲中人情，而又謙己以示之驗，真實際之見，有德之言也，敢不悚然銘佩。近與東廓諸兄，朔望集多士，會於學，亦雅以真心爲言。此心不真，辯說雖明，畢竟何益？自鷄鳴而起，以至晌晦宴息，無非真心，則無非實工，一話一言，一步一趨，皆受用處，此何等切實也。不然，雖日談孔孟，辨精毫釐，恐終不免爲畫餅刻桃之虛務，外爲人之歸爾。天之所以與我者何如，而乃弊弊焉以從事於人之耳目爲哉？是誠有意焉而未之能也，尚祈惠教。鄒友還，冗中附謝簡，率豐安密邇，容嗣求益，不宣。

復應南洲方伯書

漂泊蒼梧，辱教愛諄切，感刻無既。乙未春寓高凉，見論者誣罔，至及於公。憤懣累日，時與玉溪兄慨嘆。既而思之，不容何病？不容，然後見君子，蓋自古已然哉，又何以憤嘆爲也？況公所爲不朽者，固自有在，則超然肥遁，獨非公志耶？俯仰性情之間，真見天地萬物一體之妙，怡怡愉愉，樂莫大焉，不知迫迫窮年者，何以易此。桑梓山溪，童而釣遊，壯而棄去，老而歸來，如夢復寤，不知不獲所歸者，何以易此。然則毀譽是非，又何暇論也？某頗知止足，第初起流竄時，復奉老父一尋舊遊，旋當理策言旋。公不予棄，真能相從於天台、雁蕩之間也。久欲奉候，未逢良便。兹圭山丈至，訊慰之餘，敬託此奉問，不盡瞻思，千萬眠食加愛。

復梧州諸友書

遠承書問，足徵雅誼。昔云院有廢興，人有聚散，而學無明晦，今日正其時也。願常努力，無負此心，幸甚，幸甚！人還聊此奉復。僕奉老父來此，頗遂承歡，餘無足道。相愛敢并附報，不悉。

與洪覺山侍御書

執事之按嶺南也，生實切傾注佇。聞按治得體，南國歸心，廊廟江湖，休問旁達，此真實學問也，欣慰，欣慰！監察之職，不難於苛切，而難於寬厚；不難於作威，而難於廣愛。極之敷言無作，好惡盡之矣，此監察者之所當時省者也。執事既已得之，聊復一論焉。所願望者，嶺南士夫全不講學，而權貴多驕橫，執事何以易之？兩司郡縣，諛態日甚，交際之間，全不成禮，有道者或反以爲慢且辱，執事亦嘗轉移之乎？此同志之所共望者也。憲旆臨高州，幸訪信宜，視遷學，則風采所加，士人當一丕變，而山瑤亦知懾服矣。不惜半月之勞，幸甚，幸甚！書錄遠寄，感佩無任。刻文甚醇，必有出大手者，而得人之慶又可知已。臨緘有懷，千萬自愛。

與龍雲東大參書

敝邑甘令之爲人，昨嘗備告執事，孤疢中百無所預，獨於茲事猶有嘆焉。昔宋乾道間，考吏治者以修官廨多寡課殿最，是蓋欲吏之興事，而惡其因循也，初不虞吏之飾欺而緣爲弊也。此宋治猶爲渾厚也。今天下之守令率以興作爲戒，而巧於吏者，遂至居破屋，支朽腐，以爲安静不擾，視公署猶可爲者，漫不軫惜，坐待其敝，彼其視私家肯若此哉？世道爲之也，然而不得不然也。一有自信者上之，人遂從而稽之，繩之，承奉者率又以輕估爲能，甚至以十爲一，求有於無，鮮不及矣。非賢者憫世救俗，若應臺與我公者，爲一挽回之，將誰望哉？且今令簿，自其存心，以及其守，卓卓無可疑，而斯役也支分各有司存，又毫無所蔽，方應臺之未至也。士民以爲必蒙見獎，今乃不免於稽察，或又從而已甚焉，冤哉！然今之輕重取舍，實在我公，此固士民之所屬望，冀不肖孤之上達，而期我公之過聽者也。惟公亮而察之，通邑幸甚，世道幸甚！

復李衢州書

正襄事間，承華翰腆貺，深荷存念之厚。三復百年去日之訓，重有感惕。令人即欲奮飛對晤，抵掌極談。乾坤此況，甚是寥寂，故市腐甘帶，局局眼前者，滔滔皆是。吾丈當超然霄漢之上矣，輒嘆慕不任。三衢之政褒然，兩浙同志如吾丈者，真是體用具足，實知此意則所以不自負者，良有道矣。聞入覲且迫，誼當趨送。顧某情事雖獲少申，而塋域未忍遽離，咫尺瞻戀，情如之何？草草奉復，尚俟專人候送道左也，未悉。

與王仲時書

舉業累心，亦誠有之。然天理人欲，同行異情。吾友惟席珍以待聘，居易以俟命，雖有進取之迹，而無欲速之心，亦自不妨。矧父母之所望，天下無不是父母也。假使頓棄舉業，而違逆父母，得爲孝乎？但投牒隨試，猶之可也。被髮跣足，斯爲甚焉。此則在主司待士如何？孤鄉試時，幸不遇此，不者，亦不能堪也。吾友亦惟審所安焉。今當遠別，相見未期，哀戀無任。相信如吾友者絕少，千萬益自愛。風便時寄音，望望。疚中令兒代述，不盡。

復虞芝巖侍御書

新春聞執事謝政，撫嘆者累日。夫以清才利器如執事，世不多得。就使都三公位，享萬鍾祿，亦何忝於人臣也？而乃止於此，謂非命耶？得失之際，孔孟言之詳矣。執事有養者，諒弗介意。大抵功名二字，只宜以戲視之，顛倒橫斜，翻來覆去，又奚足憑據？要其終，則楚漢抔土，夷蹠亡羊，又何必屑屑也？況執事之瑰奇磊落，就至畜德立言，以垂久遠，亦足恃也。度長絜大，又何爲彼不爲此耶？敢以爲執事望。

與羅念庵同年書 四首

三十年來，得遇吾兄，自謂今而後，永可相依，求寡過矣。不意復爾作書相寄也，可嘆，可嘆！老旺之來，亦出意外，信人生晼合有數。聞老伯母年嫂相見滄州，客中病餘，其情可想。往返之勞，知不計也。老伯起居，亦幸備聞，承賜書，雖未獲見，感佩不勝。別兄後，教言甚多,敢不惕勵?日月逝矣,歲不我與,萬古此生,何忍自棄?但疏放成癖,動輒有過,非百煉之剛,恐終不成器也。是故君子貴於善反,兄將何以教之?吾兄意自真切,朋輩罕比,但恐思慮太多,所謂議論多而成功少,正學者之通患,兄亦以爲何如?願言相勉。令兄先生來顧,資性甚可愛,生尚缺禮,敢不以兄事之?老旺遠回,謹此布私,餘惟萬里相照而已。

又

別後八月,無日不念吾念庵也。八月初六日,陳嘉善行,臨時弟囑之,倘發真州,便須至杭,不知如吾言否?兄此時想發杭州矣。比得七月十二日書,知真州之難,平生機會處,雖兄見道而能,某思之自覺悚息。今喜老伯母、吾兄嫂皆平康言歸,真天相斯文也,慰忭莫可言喻。憶兄昔日曾爲弟言,某人幾危獲安,自是一意於學,殊無外慕,兄似之矣。所謂機會,蓋指此也。弟嘗誦兄"覺悟即信,放下即自棄"之言,以爲藥石,愧不長進,時未能忘情於外物,安得與兄輔車不相離耶?願時教我。南野兄處獲啟答良多,方洲兄聞以八月初二日啟行矣。在叔、至祥、子一諸君皆新選科,同年與者十八人,王仲德居首。妻兄已南選,敢報及。餘唯養德養身,慰我切望。

又

弟圖歸,再疏,且屢辭北,凡以爲老母也,而竟不及一訣,此情之苦,爲誰可言?聞訃疾奔,抵家即病作,幾於骨立,誠不自知也。春來稍愈,親友亦如吾兄之教,暫以飲食調理。然如此情何哉?領香帛之惠,及躬誄之云,感泣不勝。

又

夏間奉教札,甚慰懷想。所云哀疾疊見,不能不令人感動,爲之

慨嘆。至恐來日無多，有瞻望弗及之悲，誠泫然而不能自已也。尚願
天相道履，皓首爲期，請無慮焉。志氣純一，將血氣凝固，良可信也。
承示寄奠辭并儀，尚未拜領。弟舊夏六月已戒行矣。既得鄉里姓名，
終當索之，先此奉謝，俟他日再報。所諭"格心訏謨"，愧未能效，此須
詳悉另布，雙江丈當能及之。至於"正静俟時"，則不敢違心也。幸常
密示數字，勿以不作京書，概絶至望。雙江丈道兄造詣，參之平日素
慕，卓然上達，益嚴操持，以立標準，同志之幸。近聞波石之變，亦學
之未至，而未可全諉諸不幸也。其所爲報答者，固已爲竭力矣。弟年
來添二女，尚未得男，然此念甚輕。小孫已八歲，百凡差可恃，即與兄
皆一子，何不可也？荷念諄切，感激感激。

程文德集卷之十五

書

與翟聯峰總制書 二首

一

使人往來，每承起居萬福，國有恃賴而未嘗敢通尺牘者，懼以無益之言擾有益也，今則竊有請焉。某聞我軍不敢與虜對敵久矣。此非強弱之不倫，實以前驅之無捍也。彼以奮死之衝，而吾徒以血肉當之，誰不潰越而糜爛者，又何敵焉？則捍衛之具，所當先講者莫如用車。去年上疏垂成，竟爲誤國者以小嫌妨大計。茲復上請，乃得議行。此實古今已試之成法，亦明公昔日所謂先得我心之同然者。聞余肅敏公舊車尚存大同，但其制頗大，恐不便。劉松石公所制，則雙輪輕捷，以小鹿角作相間而安，咸謂此可用於今日也。人情難與慮始，可與樂成。愚意請公暫借民間小車列營，比度一營用車幾何，設牌於前，安器械於上，一試其法，令將士觀之。人未見其可以戰，而先見其可以自衛，將無不樂從矣。更相宜生智，隨事曲防，益盡其制，其爲利也，當尤邁於往昔焉。我公今日萬里長城也，更願弘咨善道，廣集眾思，以求萬全之策，將全活億萬生靈，鞏固中原大業，勛庸孰尚焉？區區名位，不足爲公期也。某又側聞輔弼暨諸縉紳，咸謂公今專制閫外，事無巨細，宜先發後聞，亦有不必聞者，堂堂蕭蕭，雷厲風行，中外之望也。或謂今時勢甚難，與其顧慮而不免有言，孰若奮然而無顧也。某尤願忠於公，敢具述以告。臨楮西向，無任企盼之忱。

二

曩差人還，伏承俯答撝謙，不勝感激，即辰秋暑，緬惟鈞候萬福，六師倚賴。某愚疏聞且頒式諸鎮，不勝喜幸！非喜言之行也，喜我軍之有捍也。夫先有以自捍，而後可以禦敵，竊思“軍”字之體，從“蓋”從“車”，是無蓋無車則無以爲軍也。古之制字，良有深意。古之車法不傳，故軍法不傳也。今之捍蓋，惟以防牌。防牌不可恃也，某則請仿古意，而欲以車爲立地防牌也。邇聞將士或有疑者，大率人情不可與慮始，而可與樂成。某則欲公姑試之於教場也，集民間車百餘，上加木牌，置器械，令步騎隱其後，如對壘狀，以健馬衝之，如衆心無懼，即可用矣。又聞議者謂虜見車或不衝，即亦無用。此亦過慮也。使我軍皆列車，則在在皆不可衝，皆自全矣。彼之深入，能無懼乎？《傳》曰：“卜以決疑。”不疑何卜？諸將士苟有必捍之心，則車必不疑也。即疑車之不可用，當求其所以可用；若徒有疑畏之心，而卒無求用之計，是亦終於無捍而已矣，往事則可鑒也。某聞連年我軍覆敗，皆由無捍，故無鬥志，此在今日，誠第一義也，故不勝耿耿，復茲冒議，惟公其審慮焉。

與人議戰車書

辱教捍車事，謂軍士疲憊，恐不能用；又未訓練，恐臨時誤事。弟意正謂軍士疲憊，故藉此遮蔽壯膽，庶立得住。立得住，斯可用器械矣。正欲先於教場，結數百輪演習，試人心如何。不可慮始而可樂成，人情然也，豈可不預演習，而徒挊勝負於臨時也。昨已以此意再告聯峰公，不知決意先一試否？一試則人心必樂從矣。吾兄亦預有守禦之責，慨然轉達，即請任其事，演之教場，如何？我軍見虜，如羊

見虎。虎逐來時，羊得一藩籬，亦可幸免。今舍車而不用，是又恐藩
籬爲不足恃，而欲棄之也。且車出器械，又如藩籬露鋒刃於外也，虎
之來也，能無傷乎？我軍必不能迎戰，但欲自守，今若更有可守之具，
則車誠拙計也。苟又無可恃，而徒疑車，不猶欲保羊而自撤其藩籬
乎？亦終付之無可奈何而已。曷不告軍士曰："常年不用車，必敗也；
今年用車，亦未可必也。與其不用車而必敗，孰與試用車而或不敗
乎？"則軍士亦將無辭以對，而惟我所用矣。大抵國家欲爲萬世之利，
非修邊不可也；欲爲一時之保，非用車不可也。今歲歲修邊，墻墻未
完，而虜或至，則用車以自保。迨墻完，斯爲守墩攖堡之計，而拒之於
邊外。此書生之迂談，或亦禦邊之確論也，如何？如何？

復萬五溪中丞書

　　使至，恭承翰貺，且辱惓惓愛助之意，感刻，感刻。惟公儒碩偉
望，宜端揆化原，而乃託以干城。值兹艱迫，雖大才無往不宜，而先憂
之念亦重勞矣。保此延綏，以安中夏，固惟公是賴乎？第師旅饑饉相
仍，恐外侮內寇并發，而廟堂復待之以雍容寬大之度，誠不知所終耳。
言及而氣拂膺，公將無同乎？今總制方易，百務將更，萬一可賴，總望
天祚我明，使胡人悔過，庶幾稍安耳。他恐一無所恃也。念此泫然。
使還，謹此奉復，更祈節宣自重，以副傾注之私。

復葛與川同年書

　　近儀封王尹行，曾附喜慶之私而未敢具賀也。兹乃辱先施，殊爲
感怍。方今宇內多事，士生斯時，不爲出力弘濟，良爲自負，然惟無所
累者能之，兄誠其人也。然或計始慮終，疑畏太過，亦未必有成，故
曰："再斯可矣。"本原澄澈，慷慨直前，而主之以識，拓之以才，天下之
事安往而不利哉？誠得如兄輩數君子爲之前，弟亦從而後，今日真可
以無憂而至於能容，無意外之撓，則又係於君相，關於氣運，始而存乎

其人，終實定乎其天。然天不可必，而在人者不自盡，謂之何哉？是故人定勝天，尤有望焉，吾兄以爲如何？臨楮不勝惓惓，千萬自愛。

與章介庵督學書

正月間，差人還迫，大略奉復，殊不盡懷。時以兄乞休疏將允，數日後乃寂然不見報，蓋銓部愛兄而未知兄也。雖然，君父之情，何忍遽解？兄茲長往，獨可不一辭闕廷哉？弟意請於夏間乞進表詣京，事竣即躬告銓部，面致懇惻，尤相信也。且令都城復見二疏之風，激頹靡之俗，海內交遊亦得以嘆慕。祖筵把袂言別，如弟承愛深厚者，又復追隨繾綣，寄感慨不盡之懷於嘯詠間。斯不亦全出處之義，盡人己之情哉？惟兄其亮焉，弟當下榻相俟，請教月餘，慰此契闊也。無任懸跂之至。

寄豐五谿先生書

某辱通家之愛舊矣，數年乃未嘗一問起居，非敢自外，日復一日，因循之過也。凡有一人至自閩，輒訊道履食息言動，聞之甚悉，而附郭之居，神每遊焉，輒復慰浣。老伯久客，處之殊安，此固見大心泰而然。然竊謂險夷順逆之來，若寒暑晝夜之必然，無足怪者。己不當，人必當之，孰非己也？是故君子之於憂患，不問其致之，而惟問其處之。故曰無入而不自得，苟微有介焉，非自得也，老伯必審於此。竊敢爲吾道慶。存禮兄聞亦家食，當同一意見也。偶陳節推行，敬此奉候，并謝闊疏之罪。臨緘感懷，千萬爲道自愛。

與陳海峰同年書

奉違日久，瞻溯良深。往歲兄在駕部，弟起南職方，嘗一二奉問，嗣後遂以憂歸，彼此不相聞。今弟適躡芳躅，而兄乃擢憲嶺南，同袍一離而難合如此，感嘆，感嘆！世路日棘，時事日非，吾曹行止，終當隨遇，淟涊逐時，非惟不屑，亦不能也。如何，如何？願兄教之。偶表兄赴新會亟便，謹附起居，千萬爲國自愛。

復鄒東廓司成書

今日之歸，始者不能無介，既而思之，吾兄屢以歸葬爲念，乃今始遂；且復古方新，宗盟未振，或者姑原諸山之靈，假手尊疏，以代移文耶？然則，覆用爲喜矣，均一作人也。周流之日恒多，反魯之思蓋自昔已然哉。吾兄負大任艱，一念之妄，三月之違，亦不敢爲兄願也。弟其肯甘於日月，至焉而已乎？真心之立決，須戮力定命，無令海内學者有纖芥不滿之疑，以一其趨，而示之極。此至誠必動，無爲自成之道也。吾兄請前，弟敢不從而後？弟近補車駕郎，顧邊陲告急，職未易稱，奈何？其諸彭子，當能道也。奉教未期，千萬爲道自愛。

與 黃 搏 之 書

連接翰眤，感慰殊甚，悁悁寡過之意，溢然言外，尤見進修。執此以往，豈但爲君子路上人，將優入聖賢閫奧矣。尚願振起真心，自暗室屋漏中立脚，以達於日用顯明。此之謂有本，此之謂充實，此之謂成章，其光輝流行，自有不可遏者。如此而不息，則至誠矣，大矣，聖矣，而神矣。故曰體用一原，顯微無間而已矣。彼議論雖崇，而隱微或疚，是特色莊作僞而已，是將勞拙一生，反爲人嗤笑之不暇，竟何益焉？區區數年，勉自奮勵，猶覺時有作輟，未能斬然凝定，不知終得超然天遊否？願與吾友共勖之。所寄詩翰大進，雖有一二字未妥帖，要不似他人苟且應酬者。僕所舉士，德業日新者，吾搏之二三人而已。喜而不寐，幸益力行無解，以躋大成。至望，至望。

復萬鹿園參戎書

來示前後備悉，不及細復。只貴體調養一節，人莫能與，千萬自愛。斷絕嗜欲，則精神自固，氣血自充，用世壯心自可遂。若徒資閑

161

静，服藥餌以爲調養，恐日亦不足。常若欠債人歉歉慌慌過日，亦何苦也？且能透此一關，則橫飛直上，都無障礙矣。不然，所謂一根不斷，諸根不斷，説個甚麽？千萬自愛。

與王仲時書 二首

別後得書四五，足見惓惓相信之義。吳相士程有源、汪張二友書俱到，而未能一答者，知其來而不知其往也。若惓惓之意，豈殊仲時耶，數年得友，惟仲時一人爾。吾不愛仲時，仲時不自愛，皆非也。書中所質多是，兹未能一一相答。其謂應酬間多過，過處或容隱自恕，善處又或自矜譽。仲時究其所從來，此甚易知，只是無改過之誠，有好名之私也。究極而言，只是志不篤也，果篤志，則將見過而自訟，爲善而不肯近名矣，安得有自恕自矜之失耶？學者立志不篤，千病萬痛皆起於此。志者，吾之主宰命脉也，豈有主宰定，命脉固，而酬酢舉動有不當者耶？程子謂學不進，只是責志，舍此將奈何？願更與仲時共勉焉。仲時今秋不告考，此舉即進一步矣。由此推之，所得甚多，却不逐世俗論得失也。凡世人之富貴，苟不以其道，皆貧賤之至者也。何愛焉，何愛焉。

又

屢承手劄，不減面談，殊慰懷念。凡來者皆未南歸，故未有以復，缺如也。尊翁來，知吾子省侍之勤，不覺欣然。及出書，尤見進修，可喜，可喜！謂人不能慎獨，以心體煩擾，今且遠去外事，静養不出，此誠始學工夫也。久之，内外兩忘斯可爾。昔張子苦累於外物，明道先生爲《定性書》復之，正謂是也。末歸結於制怒，此下手處也。人苟無怒，情斯和矣。日用悠然，何煩何擾而不自得耶？試詳體之。終及進取一節，欲絕意舉業，免彼此耽誤，此又超流俗數等也。且欲勸解尊翁，謂縱不能顯親揚名，亦不失爲善人之父。吾子之意，良亦苦矣。

曾與尊翁備言，翁亦非不欲吾子篤志聖賢也，恐竟無成，亦如耽誤之說，則欲子二業合一，兩不相妨，如何，如何？孝子之至，莫大乎尊親，稱舜孝者曰德爲聖人，而必繼之以尊爲天子，孔門諸弟亦往往出仕。聖人之教，順人情也。人皆欲其子顯榮，翁亦是心也。子善處之，不必棄業，不必受辱，循循守禮，待時而動，亦奚不可？不然，重違親心而曰吾守道也，道果如是乎？蓋親無是心，可也；親倦倦焉，忍若恝乎？故曰子須善處，即此是學。

與李暘谷方伯書 二首

別後嘗兩奉候，計登台鑒。令嗣姐丈至，備審起居，逸興所到，精神足副。林泉元老，誰能及也？欣羨殊甚。世事想公厭聞，然曾爲姐丈悉之，自來人情翻覆，今恐特甚。通家肺腑之親，終堪託付也，效則非所能爾。姐丈未獲補歷，此亦人情一端，或者天令歸侍養膝下，更藏修淬礪，以取捷來科，是亦未爲不得矣。某頻年失子，造物重困不肖，若遲廻郎署，傳公衣鉢，處公舊齋，俛仰寄懷，則甚幸也。而仙都暘谷之勝，李臺毛巖之幽，公日遊其間，宜亦思孺子之可教，爲諸山一移文以招之，或亦可從公善伴侶後耶？非佞，非佞，伏惟寒暄加愛，倦倦之祝。

又

某雖塵擾中，無日不馳神左右。不在忘歸，則在毛巖；不在彌高，則在暘谷，真羨翁如神仙，每誦諸薦紳以爲快，不知吾翁亦俯念否？近因丹峰琴童之便，及宅上一令親偶失姓名，各附小柬上候，蓋仰思盛德，俯念先君，自不容已，非徒喋喋也。他日得侍釣遊，上下諸名勝，則大幸，大幸。願翁益葆天和，少開築，任自然，即無累懷之事，所謂一日當兩日，不益快哉？廷介令侄孫還敬附上起居。此後伏冀親賜箋書或近述，令某珍藏，或可追和，亦一樂事也。千萬垂納，幸甚，幸甚。

復盧豸山妹丈書

惟中令侄至，承手教，備審親母以下鈞福，良慰瞻企。三復來諭，意氣慨然，究竟此志，則堯舜可也，孔顏可也，有天下而不與，無蔬水而亦樂。自天下以下，蔬水以上，奚足爲欣戚哉？韓氏謂足乎己，無待於外，名言哉！凡有待於外者，皆內之有所未足爾。譬之飽者，膏粱在前，無慕也。某日有省於斯，竊有望於同志。方今事勢可憂，災害并至，竊不自揆，再三欲竭其愚，以冀萬一之悟而未得，不知何所底止乎。江湖萬里之憂，當無間也。賤眷守凍濟上，旬日內可到，經年在路，艱難可知，仕進之心，宜少衰矣。乃昔求南，今求外，皆未遂云，如之何？顧惟平安可報骨肉爾。人便聊此奉問，諸不盡言。

與盧甥以庸書

兩得吾詢子書，喜平安外，學識兩進，真宅相之慶也。吾子榮名非所患，只涵養性情，遊心高遠，乃宜汲汲。古來登科者何啻數十萬，今炳耀後代者幾人？而回憲之貧，潛福之賤，到於今稱之，則奚適也？不謬於是，乃真宅相乎，虞公行便，臨發書此報平安。

復趙方山同年書

手教飛至，心目俱明；相憶之情，此可徵已。入京會同年故舊，詢及兄者輒稱，抑公道不明於一二人，而明於天下，如此亦復何介？來示方將窮道德之微言，律參同之奧旨，而從事於性命之學，視世之喪己於物，失性於俗者，不啻霄壤，又孰抑而孰伸也？惟人所見如何耳。願益篤信以收奇功，千萬之望。時事大非夙昔，北胡孔棘，南運爲梗，因之饑饉，中外徬徨。而京師方且晏然，誠不知所謂也。竊不勝感憤，屢發狂言，竟虛實效，若之何？其顧未能幡然舍去，而求南乞外，亦復未遂，大負初心耳。然亦決須省事，求不自失，以不負知己也。

寄宗族書

某思萬派同原，千枝同本，今日程氏數百人，皆我公範公之遺也。自數百人觀之，雖各有身，自公範公觀之，實同一氣，則奚可散而不屬，疏而不親也？是故先王制禮，尊祖而合族焉。尊祖於祠，以親幽也；合族於規，以親明也。幽明協和，祖孫各得，此之謂致一。我程氏家規，行之已久，今某叨官於此，尚望伯叔兄弟敦行不怠。至於祠堂之充擴，昔欲通族共成，爲人人欲盡其心也。既徐思之，今日公範公下，叨受祿者惟某也。分祿以建祠，某不當獨任耶？但官中俸薄口衆，以書告兄弟，以家租代祿，早完此工，不知已落成否？如其未也，某之責也。乞協心相事。兹寄去俸銀若干，未足，更助之巖石之租。尊祖於斯，合族於斯，凡我長幼，皆翕然仁讓，無少不親不遜之事，則同氣同心，祖宗雖遠而若近，子孫雖多而若一。公範公知之，寧不欣然於地下耶？惟各相成，無窮之幸。

與孔文谷督學書

富春之會，釣臺之登，鸛門之別，視松谿之訪，寶山之留，風景益奇，情興益劇。別來追想，恍若絶奇，神遊圖畫，每爲人誦，輒亦絶倒，何況當時身履之也？此真可爲平生佩憶。過武林，遂悄無况致，保叔竟孤，地以人勝，益信斯言。邇聞文轅已歸自台，赤城、雁蕩亦復如何？某承乏於兹，深慚師道，尚賴知己，願言我規，無斬無斬。偶便勒此布候。今夏溽暑殊劇，千萬善調，慰此倚仰。

復張東沙中丞書

秋間涪州劉年伯乃郎貢士行，曾附候啓，不審達否？忽承華札録曆之頒，兼拜《芝園嘉集》，燈下開函，疾讀數首，如驪珠下璧，光芒夜照，滿室生輝。吾丈所造一至是耶？驚喜無任，懸知他日可備一代人文之選，超列漢唐名班矣，豈直鄉里同袍之光哉？憶昔京師送兄南旋，登高閣，宴心曲，了了若契，相與道德功名之期，猶在耳也。兄庶幾立言矣，而能視之若無，居之以謙，遜遜於立德立功之務，使天下之士想聞風采，以爲何如人，不獨悦其言而已，則所謂周公之才也，兄可無進於是乎？古人謂無讓天下第一等事，蓋惟兄克舉之。生有意焉而未之逮，願兄之策而教之也。使旋謹此奉謝，未悉俟再請，惟垂亮焉。

復徐波石督學書

昨見督學之推，深爲貴人慶。屢承手教，大有啓發，令人警惕無已。所謂實落進步工夫，朋友其餘，即豪傑或未得其門，誠確論也。數千百年，聖賢希闊，得非坐此病耶？僕謂實落進步，亦惟慎獨而已。獨之不慎，由志之不篤也；志之不篤，由知之不真也。知之不真，故無恥也。無恥則累德，德爲我累，自昧其知，自欺其獨，且不免於作僞日拙之病矣。乃一時之士講學會友亦若汲汲然者，恐特意興所驅，而非安身立命於此也。安身立命於此，則所欲有甚於生，所惡有甚於死，是之謂知止。斯可恥不容於不恥矣；斯志不容於不篤矣；斯獨不容於不慎矣。然則學至於真，知所止而學之能事畢矣。堯舜安止，文王敬止，下學當求知止，是故《大學》以爲第一義焉。今朋友實落工夫，將無歉於是耶？此僕雖能言之而未能止也，顯微猶有間，而内省未能無疚也。安得與吾波石常會，日夕相夾持，以不負此生耶？碌碌仕途，終無下落，不知波石貴竹之行如何，僕誠得波石相侣，當決策歸山耳。有便即煩相示，寒暄加愛。

復吕沃洲侍御書

日俟郭外之約，遽兹聞别，云如之何？豈欲及凍前赴京耶？殊觖望也。所詢足見慎重，但愧未能周知。即有所知，必無出於執事者也。區區之意，惟欲吾沃洲無專信一人，無專指一事，公聽并觀，舍此取彼,則好而知惡,惡而知美,鮮不當矣。舊常州之去,亦吾沃洲之幸,或亦可爲取舍之鑒也。天下事過則有害,雨澤非不善也,過多則潦,其爲害也與旱同,或有甚焉。今有意爲善而任性自是者,皆雨澤之潦者也。潦可以爲災,斯人獨不可以爲惡乎?故《易》動曰"尚於中行",義至遠也。爲善,君子之常也;而有意而自是,則必淪於惡矣,是好名之私累之也。然則名之爲害大矣哉!吾輩了此一關,則千病萬痛皆除,而自信、信人皆不爲害矣。願與沃洲力勉焉。楮窮不縷及,千萬相亮。

與曹蘭北司諭書

昨具小束奉謝,兹聞貴學修志,輒有所告。志,邑之實録也,示懲勸焉。古聖王取善,匹夫匹婦不遺,以廣教也。舍妹婿盧子山母虞,少而孀居,耄而令終,中間苦節貞操,撫孤成家,懿行卓善,真有丈夫之所不能爲者,而虞獨優爲之,具載其從弟《東崖實録》。竊謂邑志不可遺也,執事必已及之,不敢不告。幸咨諸庠友,稽其行實,輯而録之,而廣教示勸,將有賴焉。千萬照亮。

與虞東崖中丞書

畏途遠歸,風波登岸,人生至幸也。主人或不自覺,旁觀者竊嘆羨,以爲至難,其公今日事乎?某固旁觀中一人,思歸到岸而未能也。然固不敢背馳而望洋也。君子用世之心何窮,然用舍在人,行藏在我。吾知在我者而已,人之是非吾何恤焉?公其綽然有餘裕乎?敬以賀。某自去夏抵此,日欲乞南,尚未得間,坐是裁問遲遲,窞寐之懷,非言可喻。會晤當邇,諸俟面陳。

復羅念庵書

熊子忽乘風傳雲翰,伏枕得之,尤切忮感。數年屢承手教,賤生尤荷詩扇及長幅之寄,深感至情。弟亦嘗兩奉復,其一童思道偕從者歸附也。數年渴欲躬拜，分蓮洞之愒，緣先大夫未及襄事，非敢忘情也。明年之後，當艤舟於桐江之滸矣。行甫果多才藝，可愛。改卜先塋，欲俟春暖。愚兄弟同相度，姑未往茲告還，深欲力疾親書，深夜怯寒，恃愛勿果。行甫能道兄家事之詳，甚慰。且爲令郎慶者再三。聞雙江老先生壽康，常相與，可喜。弗及奉書，幸爲拜意。

與陳紀南同年書

遠聞日來銳情初政，百廢具興，人心大快，年家之光也，然得無倦乎？幸自重自愛，爲慰爲望。前月爲吳下周年兄家廢，乃子秀才宗旦來請致書，茲復因年家子不得已奉瀆。徽州程惟光年兄誠篤坦易，清修苦節，諒兄素知，年甫四十，奄棄旅邸，歿之日，宦囊蕭然，無以爲殯。賴黃方山、胡柏泉、劉望岑年兄率諸同年同志共賻之，始得歸櫬。今年嫂繼歿，次郎亦不保，三木暴露，無抔土可掩。其長子應漸奔告，弟聞而矜憫，泫然不禁。但貧薄中，愛莫能助，無可奈何，惟吾兄當路，又適撫徽郡，此惟光之幸也。惟光昔賴方山諸年兄斂其骸，今掩其棺得無有所望乎？弟與惟光非但同年，又係同宗，盍簪相契，誼不容恝，情不自已，不能自展其念，而乃轉望於吾兄爾。伏惟兄丈惻然留意，非獨惟光存歿之感，實三百同袍之同嘆息而共感於無窮者。使他鄉聞之，亦必忻喜感動，傳爲美談，沿爲善政，而仁聲義氣，惠澤遍海內矣。伏惟慨然留意，幸甚。生偶抱恙揮涕，令小孫代述，不勝懇禱祝望之至。

補　遺

致應東白書 五首

程文德頓首：啓別久，不勝企仰，屢接令婿子重恭諗道體亨嘉,甚慰!寒門距華居不過十數里;又辱居姻婭後,乃欲奉覿一面而不可得,人生相遇之難乃如此。冗間草此布問,展侍何時?曷勝悵惘!

程文德頓首:久違且疏候,甚念,甚念!棄位東歸,不敢當省問書帕之及,愧感,愧感!謹謝。值多事,殊草率,幸亮原。八月十一日具。

程文德頓首:久別常懷。今幸歸山。因入龍蟠,過貴里,詢宅居咫尺,爲一欣然。第恐日暮,未敢奉拜,謹附寸楮,聊代一瞻。尚容約會。乙卯閏月廿一日也

甚欲奉會,承啓示,良感。但欲爲真率會,以成親友道誼之交,菜粥不辭,宰牲設筵不敢領也。如蒙相亮,當屢求會。草草奉復。

程文德頓首拜:久別幸會,不勝慰忭。且見豐神倍壯,道韻悠然。不言之教爲益多矣。雨夜動勞,得無倦乎?別來瞻念瞻念。便人還,渥此布謝。尚容專造,盡愚衷也。幸亮之。生文德再頓首

寄五峰講學諸友書 (題目爲編者所加)

昨承示,嘗讀之,驚駭不勝,無妄之災一至此耶!昔公冶困於縲紲,殆是類耳。斯文骨肉之誼,豈能恝然。意此時石門兄必已周旋其間,厘然皂白矣。否則,當爲致書新大巡處申救也。然患難厄窮,無非增益不能之地,昔皆想象,今則實際矣,真能自得否乎?試一體之,即拘繫光陰,不落空虛也。僕昔亦嘗此味,頗受益,故今敢以告,幸無以爲秦越之言。若舍侄梓所陳,則固隱然於心矣。臨書不勝愴念,願重自愛。

嘉靖壬寅四月八日都下程文德再拜具

復盧一松書（題目爲編者所加）

兩承教札，感慰感慰。今日寒雪，風景益奇，會友之興，尤不可禦。以家叔見留暫止。明午當冒雪過雙澗，入五峰，作良晤也。吾一松獨立歲寒，誠所謂"一夔足矣"，敢自負耶？楮筆草草奉復，并謝貼未悉。

寄 吳 仕 正 書

五峰會聞，閱座上溫恭雅重如執事者，寧不足爲後進陵競者一凝靜耶？奈何久爲金玉而虛人注意。切願卒爲吾道計，不辭重跰之勞，以爲諸友會上慰。

復梅軒陳公書

梅軒以公事令人代，列位者老道達，足見相體，又見愛人，此區區之意，未足爲梅軒多。乃生而出衆，不爲世用。積善行仁，蓄久必發於子孫。昌大其源，流芳千載，勝於一時顯達。吾言偶泄天機，果不謬也。幸勉教諸孫副此言。又，梅軒及此康健，請池積山相一陰宅。貴里尚有二地奇勝，僕甘讓梅軒成就，始終有光。他日僕猶能爲梅軒光揚大道於無窮，諸孫更高大門墻有望也。梅軒祇此二事當及時爲之，相愛相報在此，無忽無忽！

乙卯九月七日程文德書。

程文德集卷之十六

祭　文

初官翰林寄奉祭先祖文

某賴祖宗庇佑，今年幸遇皇上親簡，賜進士及第，授官翰林編修，此實祖宗之德，非弱孫之能也。職守所羈，未獲親拜尊靈，而俸禄之叨，不敢先享，敢用備物緘辭，恭申祭告。嗚呼！祖宗之德無窮，子孫之報罔極。佑啓我後，寧間幽明。引睇松楸，神馳千里，伏惟尊靈鑒饗之。

祭王南中文

嗚呼，警敏絶人，日誦萬言，博極搜羅，細大不捐，人謂南中之資然爾，而疇識夫南中之志？操筆構思，雄視無前，出其緒餘秦漢之先，人謂南中之文然爾；而孰識夫南中之氣？蓋論世尚友，嘐嘐然曰："古人而峻節危行，凛凛乎其自勵。"此合汙者殆未可與言，而穎脱以出者，特南中之細。吾意天厚其塞，將以澤斯人，而少舉於鄉，固遠到之可俟。嗚呼，誰謂南中一疾而遽逝耶？天固難諶，而理固有戾耶？吾以去年秋識子，首尾僅一載爾，何相見之晚而相別之亟耶？嗚呼哀哉！追思昔時，弄月吟風，雅坐高談，竟日通宵，亹亹忘倦。匪云燕僻，規過輔仁，一時同意氣者，潘子叔慎、江子舜卿、孫子志高、吾與子爲五人也。鼎鼎百年，永矢弗諼，胡南中遽先厭棄耶？嗚呼，悼死者，人之常,矧南中之云亡? 予謂知南中之存者,斯知南中之亡。其存也無怨,其亡也奚傷? 方南中之病革,予問疾以倉皇,叩意見之云何? 南中一笑而拱牀,謂浮生之勘破,又豈擇乎彭殤。已矣何言,悠悠慨慷。不數日而易簀,信南中之堂堂,還正氣於天地,與元化而徜徉。人知南中之生二十有二年,豈知其與天地而相爲久長。凝爲冰兮釋爲水,聚爲雲兮散爲太蒼。嗚呼,南中之神兮翱翔四方,驂絳螭於玄圃,駕白鶴於高岡;陋莊周之蝴蝶,信李白之渺茫。吾知南中猶恨其懸解之晚,而思脫世人之糟糠也。吾之狂言不足以弔南中,然南中嘗愛吾言之狂,意子聞吾之言,必軒然而笑,而吾南中豈真亡耶? 絮酒豆肉,平生之誠,惟南中饗之。

祭李母樓太孺人文

嗚呼,昔孟有母而軻成大儒;陶有母而侃安晋室。陵母知興,漢鼎卒定;滂母遺訓,國是用匡。子以母賢,光昭簡册,於維太母,實嗣徽音。孝養舅姑,喪祭惟禮。相夫中寡,門祚辛勤。慈婦知訓,愛子知嚴。賙貧恤病,人賴以全。人固知太母之賢,必徵於其子也。厥成吾師,駿登天朝,爲奉常以知禮鳴,擢青瑣以直諫顯。貤封光寵,照耀里閭。懿德茂修,勳名未艾,人又喜先生之賢,真不忝其母也。嗚呼,先生之賢,母德無愧。太母之顯,子道有光。矧復年登八秩,慶繁孫曾,高朗令終,芳名家世,如太母者,尚何憾耶? 某等辱在師門,更附姻戚,遽茲聞變,能不盡傷? 薄奠陳辭,庸展誠素。茲靈不昧,仿佛來歆。

祭楊太夫人文

吾聞遂寧,厥有賢母,七十六年,施於孫子。乃有實卿,異質英姿,駿登玉堂,譽髦一時。方期壽康,榮膺顯封,遽茲聞訃,遺厥孫恫。慘彼虐癘,流行不祥,染延及門,習坎伏藏。骨肉繼喪,因之寇焚。災害并至,聞者傷心。哀疏陳情,帝亦賚咨。特許歸葬,以慰爾私。嗟乎太母，此可釋矣。福禍糾紛，自古昔矣。往者難留，來無斁矣。慶澤未艾，天終一矣。文德洪先，辱好令孫。正懷麗澤，道岸同登。感茲慘愴，目極素旌。遙奠客鄉，聊以將誠。

祭唐太夫人文

嗚呼！古人有言，觀婦於夫。惟有懷公，履道充腴。粹然金玉，作守名都。人亦有言，觀母於子。惟我應德，侃侃行已。大魁南宮，多士仰止。夫人之賢，夫子徵焉。人謂夫人，食報於天。禄養方及，優遊永年。云胡方艾，遭彼數奇。將之信陽，危疾遽罹。別來期月，訃聞京師。嗚呼！天不可必，亦理之常。獨慨夫人，女中鸞凰。豈必骨肉，聞者感傷。某令子同袍，復均意氣。休戚相關，曷禁涕泗。南望毗陵，哀心遙寄。嗚呼！尚饗。

祭劉太夫人文

惟生有涯，惟德不朽；生也雲浮，德也天遊。此達人所以不較短長於百年，而恒視賢愚於千載也。嗚呼，夫人尚奚憾哉？古人有言，觀德於子。夫人令子，實我同袍，蜚聲甲科，蔚爲時彦，行將用世，義方有徵。閨閫謀猷，克襄家國，而蘋蘩助奠，《樛木》興歌，蓋夫人餘事也，可以觀德矣。人亦有言，七十者稀。夫人享年八旬有奇，亦既壽矣。有涯之生，相將耄耋，不朽之德，垂裕後昆。嗚呼！夫人尚奚憾哉？所可慨者，迎養未幾，訃音俄聞。凡在年家，盍然增感。然天地皆逆旅，而辭世若解懸，恤命有期，永光泉壤，又知夫人所自安也。靈輿載啓，丹旐悠悠。指故山以遄歸，兆佳城而永妥。某等誼重通家，分宜執紼，敬陳一奠，聊寫深悲。嗚呼尚饗！

祭張夫人文

嗚呼！圭璋溫潤，夫人之質；詩禮柔嘉，夫人之德；正位乎内，婦順明章，維族斯範，維家斯昌，此衆人所概知，而凡有識以爲賢也。若夫已貴能勤，已富能儉；菽水承歡，江沱逮賤；克相夫子，順而能規；教子義方，家學無斁，此則諸生所備聞，而在古人以爲難也。嗚呼！天雖難諶，仁則必壽。誰謂如夫人者，而天不可必乎？享年五旬，婺星俄隕，數之奇也，曾不少愆。某等於少傅公，實門下士，其視夫人，義同母氏，聞訃驚悲，不能自止。悠悠蒼天，曷其至此？惟昔膺封，鸞誥輝煌；今兹在殯，恤典彌光。上卿遣祭，王章寵隆；載申繕部，以葺幽宫；天嗇其壽，帝顯其德；豐碑深鑱，淑行炳淅，此又古今所希聞，而永流芳於簡册也。嗚呼，浮生多途，趨死一軌，乃如夫人，亦復奚悔？羅山崔嵬，甌水縈洄；清風明月，鶴馭往來，固知夫人與元化而遨遊，等浮世於塵埃耶！某等誼重心喪，聊將一奠，稽首陳辭，惟靈俯鑒。

祭年家謝方伯文

維公之德，孰厚而純；維公之才，孰達而宏；維公之福，孰培而盈。肆皆天授，匪曰人能。昔在先皇，逆豎盜權，公以正直，斂迹丘園，井渫不食，幾二十年。我皇復召，輿論翕然。始以少參，薦晋方伯。宣化承流，諸藩是式。方將内拜，雍容槐棘，梁木忽頹，聞者悼惜。某等辱在年誼，倏然三紀，感今思昔，有懷曷已。緘辭千里，聊寓一哀。知公之神，太虚往來。

祭外父潘竹澗公文

嗚呼，天乎痛哉！天涯翁婿，情猶父子。比屋而居，日見以喜。頃刻不見，而至於此。天乎痛哉！謂之何哉？痛之至者，言不能宣。傷悲扼塞，我又何言？惟公於我，弗及一訣。我度公心，如食在咽。公心我知，我能無言？收淚抆涕，告於公前。嗚呼！天命難諶，而人事靡定。德不必壽，而善不必應，一至是哉！誠若是也，吾何心浮世哉？

昔公髫年，歸自關西。咳唾珠玉，見者驚奇。既遊庠校，遂器主司。試輒首選，謂廊廟姿。乃歌《鹿鳴》，乃升南宮。乃儲翰苑，爲麟爲龍。尋拜諫議，直聲大起。卒忤逆瑬，落職鄉里。人謂弗堪，公則怡然。考槃竹澗，日將老焉。先皇聖明，誅回復正。青瑣再登，風裁益峻。奉詔南封，蠻貊獻誠。歸陟太僕，牧事克成。八載滁陽，乃遷奉常。甫南旋北，重侍明光。天子念贛，四藩重鎮。矯寇出没，曰惟爾靖。晋秩中丞，賜斧以行。爰克壯猷，奏凱明廷。策勳大賚，召貳冬卿。歸甫三月，河患方殷。皇軫漕計，曰惟爾勝。仍兼憲職，以往經略。遑恤賢勞，載勤荒度。粤瞻新河，徒費且傷。弗潰於成，盍順其常。乃分其勢，乃遏其衝。乃濬厥漕，歲運斯通。河決境山，遠近震驚。公挽狂瀾，其事甚神。天子曰都，美矣膺功，晋陟俸級，尚書是同。既懋其功，實瘁其軀。疏上乞骸，宸眷弗俞。明年仲春，薦拜司馬。力疾電趨，楓宸之下。感激遭逢，量力則違。入秋三考，言謝其幾。仙洞雲臺，夢結神馳。將以優遊，竟負心期。天乎痛哉！

哲人遐福，恒道感通。我觀哲人，疇復如公。公心純樸，弗染世習。表裏洞然，曾無矯飾。公貌粹然，古稱温恭。愚賢大小，一見心融。公器閎深，外和内毅。冲然裕然，莫窺其際。直道獨行，屢坐淹滯。公弗少貶，益堅以屬。公性仁厚，遇人惟誠。有德於人，終弗使聞。人有戇愚，靡所不容。當彼啾啾，如瞶如聾。公才遇事，屹然定志。處大如小，處難如易。方其未臨，莫肯輕試。視之如愚，一出驚世。嗚呼天乎！謂如公者，弗憖遺乎？匪我之痛，實邦國之痛。

昔家大人，辱好於公。言結婚媾，尚在腹中。既十八年，館予貳室。六載教誨，恩猶罔極。今年忽倍，兒女森森。公撫諸孫，内外惟均。歲餘同朝，晨夕相顧。公子視予，予視公父。公嘗誨我，進止安詳；急走多顛，涓流必長。公嘗誨我，勞善在己；周公驕吝，不足觀已。天乎痛哉！公言凛如，公神何之？奄忽不見，真如蜕遺。

傳臚之旦，冕服趨朝。出會同淛，迎士公曹。公獨大喜，謂兹盛舉。三十年來，再見於此。駢彩張樂，集宴戚里。日晡始歸，從容笑談。少休於寢，一夢弗還。嗚呼異乎！人以病卒，公以樂終。載辭君父，載訣鄉朋。盛服往來，開張心顏。考終若茲，振古所難。嗚呼！公可以無憾矣！修之在我，報之自天。報嗇於修，亦何歉焉。而父祖簪纓，公大其傳。子孫濟美，公振於前。令名鴻福，公享其全。

訃聞之日，舉朝盡傷。群公相率，赴弔徬徨。衣衾斂殯，幸勿有悔。贈謚祭葬，吁天請誅。天子軫哀，曰嗟我良。其具恤之，以慰爾藏。嗚呼，公可以無憾矣！

江上歸舟，載柩以行。恨縻官守，目送銘旌。倘弗會空，永隔幽冥。天乎痛哉！孰知我情。公男來奔，自南適至；公女相顧，一哭仆地。煢然居家，遙憐母弟。骨肉依依，公獨何逝？天乎痛哉，吾尚忍言？稽首三奠，淚徹重泉。嗚呼！尚饗。

祭駕鶴簡通府文

嗚呼痛哉冤乎，駕鶴之歿耶！子以清苦修，而人乃以汙濁誣耶？冤乎痛哉！吾識子雖晚，而知子則深。子好學慕古，修之家者，四十餘年。而孝弟力田，真無愧於古人。魁鄉薦而一舉，試春官而屢北。人咸委於其命，而不咎乎其文。乃怡然拜官於端倅，庶幾猶奮勵於勛名。司計督餉，廉聲矚然而四起。上乎民說，薦剡襃然而首登。人又喜其信於久屈，而將冀其道之大行。胡一蹶而至是，豈天終無意於子之生耶？慨子旬日之前，猶遺書而云云。昔鹵莽於簪盍，今悵恨於離群。方期再晤而劇論，曷不旋踵而自隕。冤乎痛哉！世之毀譽，恒肆出而莫禦；子之是非，固不辯而自明。昔公冶在縲絏之中，孔子以為非罪；文王甘羑里之辱，羲易賴以傳心。使其當時即死於未繫，天下萬世孰知蒙難而艱貞？讀子絕命之辭，紛涕泗而不禁。子蓋有志於道，惜猶講之未精。志士溝壑之念，謂殺身以成仁；全遺體而不辱，必揆一死之重輕。苟忍小以就大，庶遂志而全身；惜左右之無相，遂一訣而嗚喑。然子又謂某年五十而不能不悖於道,雖即死可也,而詩之卒章,復自咎乎見理之未真。嗚呼！誦斯言之凛凛,子固已卓乎其有聞；即脫身於涸濁,又何爲乎未平？想江蓬之慨慷,子誠飄然駕鶴而冥舉；縱後事之寂寞,奚必爲子冤痛而酸辛。聊陳賻以致奠,攄道誼之深情；聞吾言之磊磊,或用慰乎遺靈。子無寧以一時之抑,而易乎萬世之伸耶？嗚呼尚饗！

信宜祭城隍文

某以朋比忤主,謫遷茲邑。山川城郭,詎非夙緣。今茲入城,禮當祭告。非敢徼福,蓋將矢誠。惟邑多瑤,爲我民毒；惟學久晦,爲我士羞。方期上贊良牧,興士裕民,以酬天子薄罰之恩,以答邑人仰望之意。維神默相,庶幾有終。奠獻告處,恍焉昭格。尚饗！

高州祭冼夫人文

於戲！以勞定國,祀典明徵。蓋惟其勞,不惟其位。於昭夫人,昔更三代。中原板蕩,兆庶罹荼。南郡獨安,山海怙冒。翊忠戡亂,開國成家。顯號殊封,繡輿綿蓋。方行諸郡,濯濯威靈。高凉邐迤,迨今徼福。廟食有赫,雨暘惠時。存亡弗渝,追報罔極。屆茲嶽降,民歡告處。官屬齋禋,式敦彝典。颯然靈爽,陟降無方。尚饗！

信宜辭文廟告文

曰惟寶江,二水合流,萬山交峙,鍾靈萃秀,甲於高凉。是宜英才穎出,儒道興隆；而乃弦歌寂寥,鳳麟疏闊,人心湮鬱,理則謂何？某謫居茲止,展謁宮墻。顧地勢偏安,棟宇傾隘,徬徨軫惕,咎將奚歸？惟師靈之弗寧,宜士氣之不振,竊不自揆,上告撫牧,下咨長僚,戮力同心,卜遷茲吉。幸而帝鑒民和,大工速集,堂廡畢備,輪奐一新。乃者仲秋肇祀,日星明潔,靈覘昭假,士心歡愉,將日勵高明之圖,以無負山川之勝，某仰止之心亦少慰矣。茲者承乏安福，將遠摳趨。惟夫子無陋是居，庶邑人永孚明化。謹陳牲醴，恭申辭告。爰及四配十哲，兩廡諸賢。尚饗！

祭白沙先生文

嗚呼，孔顏樂晦，濂洛緒微。先生弗作，此道誰歸？先生之學，皇猷帝略；先生之識，領要根極；先生之心，包古廓今；先生之文，流水行雲。飲水飯蔬，超然自得；吟風弄月，收天下春。真并駕於數子，豈俗學之足倫。先生雖往，此道猶存。洋洋甘泉，溯流同源；崒崒陽明，一脉并尊。而某叨受王子之教，幸及湛翁之門，是於先生，義惟祖孫，飲芳栖蔭，敢忘本源？嗚呼，斯道易簡，鳶飛魚躍。百姓日用，弗著弗察。爲仁由己，忍自畏縮。先生有訓，萬金一諾。拳拳服膺，庶幾無怍。世路險巇，平心罔覺；順逆殊遭，一視皆樂。茲承環命，過先生廬。百年緬想，欣然摳趨。祠宇幽閴，山海環紆。悠悠古今，愴焉感吁。尚饗！

祭封吏科給事中雙川王公文

嗚呼，維木之良，梗梓橡樟；維玉之美，璠璵瑤琨。木則有根，玉則有琈，翕鬱磅礴，乃煥奇英。嗟公令子，良才美玉，實出自公，潛德孔淑。雙溪渟滀，孕爲文章，遂成令子，名逼奎光。青瑣貤封，矛繡同服，無然羨公，自求多福。蔗境榆鄉，將謂百年，公胡厭世，遽游於天？某等誼辱年家，悲同骨肉，金陵遥奠。雲峰極目，溪水漣漪。想見公神，乘風馭月，來往溪濱。嗚呼尚饗！

先 大 夫 告 文

嗚呼痛哉！嗚呼痛哉！男奉大人，就養留都，冀歡舊遊，愈舊疾爾，豈意有今日耶？昔以駟車來，今乃以一輿歸耶？嗚呼痛哉！吾母及兄弟兩妹俱不在旁，大人顧不肯少待一訣耶？嗚呼痛哉！尚忍言哉！前者遇七，欲寫告文，終不能成。今日舟過桐江，復當七七，勉寫數言，淚隨筆落，腸逐聲斷矣，又能把筆終言哉？徒與妻兒六七人，環柩慟哭，枯顏銷骨，乃今親遭，大人見之，亦當哽咽。天地有窮，此恨何已！顧想大人臨來時，云"萬一有事，亦在汝旁"之言，男誠不能當此愛戀，即知大人亦不甚恨也。嗚呼痛哉！詎意斯言，遂前定耶？嗚呼痛哉！大人誠無恨，撫我兒孫，當無間平日，甘旨在筵，欣然來享。嗚呼痛哉！男復何言！

祭俞雲窩大尹文

嗚呼！金堂孕秀，石室鍾靈。鬱勃旁薄，乃發先生。髫年穎異，日著文章。遂遊婺庠，鳳鳴高岡。亦有元方，人稱二俞。後先登第，芳聞蔚敷。飄飄雙舃，試宰德興。豈弟惠愛，若鄭公孫。駪駪五馬，擢刺賓州。載若張詠，不剛不柔。述職東還，方慕二疏。旻天弗弔，溘然而殂。嗚呼哀哉！先生之氣，陽休春溫，飲人以和，賢愚欣欣；先生之心，風清月霽，撝謙而恭，縝密以知；先生之文，藻思精新，出之不易，得之咸珍。學不究用，位不滿德。閭里嗟悼，縉紳咨惜。未盡之福，施及後昆。宣之伯仲，弓冶克承。

某於先生，屢焉後進，先生弗鄙，忘年投分。計偕南宮，共載同心。論文勸德，亦遂忘形。關河冰雪，夜床風雨，夷險甘辛，歷歷可數。筮仕南北，迢迢夢思。介書頻繁，皓首爲期。俛仰幾何，幽明遽隔。雲窩往來，竟負夙昔。嗚呼哀哉！昔公病亟，驚越馳省，公猶張目，訣言凜凜，曰此會難，曰不可忘。感激再拜，涕淚滂滂。

春去秋來，忽復一年。碧雲霜樹，如見公顏。公不可招，我悲不任。楚些歌殘，太空冥冥。嗚呼哀哉！尚饗！

祭胡奎山二守文

嗚呼，吾忍哭吾奎山子耶？奎山數千年孕靈，發於今日，胡爲乎遽頹以圻耶？某於奎山，非常交好也。親則郎舅也，友則同學也，鄉則同舉也。踪迹之密，意氣之孚，指不再屈也，胡爲乎一別而永隔耶？嗚呼傷哉！某方以先大夫之喪，襄事龍山，憂苦終日，一旦聞此，大驚失聲，猶意其妄也。既月餘傳果安矣，則且喜且泣，度他時相見，當如子卿歸絶域也。又月餘，則聞輤車且返室矣，嗚呼傷哉！乃真哭吾奎山耶？今日雖即靈筵，睹遺像，猶若肅乎有聞也，而能無疑於恍惚耶？傷哉，傷哉！

静言思之，誠莫喻乎仁壽之極矣。夫奎山之賦性也，樸而實矣；宅心也，平而直矣；待人也，敦而翕矣；親親也，睦而恤矣。三黨之親，同邑之友，四海之交，愛慕奎山，罔有疏昵矣。而登進士一紀，位不過貳守，而年不及耆，而行未逮志，則彼蒼者天，茫乎莫測矣，此固某之所爲深疑而痛惜者耶？傷哉，傷哉！自正德己卯逮嘉靖癸巳，十五年間，計偕往還，宦轍南北，舟車之同載，旅館之同寓，太常柏林，普照之同適。合則寢食同，分則書問同，久則夢寐同，歷歷可憶也。奎山視吾，十年以長爾，方期垂老偕歸，優游林壑復同也。而今可復得耶？奎山之石，松谿之泉，巍巍乎，洋洋乎，上下而今古也，寧復有合并之日耶？傷哉，傷哉！

奎山平生知己，蓋寥寥也。某也，或其人焉。某俯而奠，奎山坐而臨聆某之言，當無以爲戚。達修短之數，悟真妄之機，存吾順，没吾寧。雖五十三年，而吾事已畢。其瞯然而笑，肅然而揖，舉予觴，歆予食，某也亦奚戚耶？嗚呼尚饗！

祭應芝田州守文

嗚呼，昔哭雲窩，昨哭奎山，今胡爲乎復哭芝田？三年幾何，三公相繼逝者如斯，存何足恃？慨吾四人，忘年而友，二紀宦途，如足如手。忽焉孤立，念之寒心。驅羸狼狽，驚顧不任。嗟嗟芝田，今曷歸乎？追惟夙昔，重我悲乎？嗟嗟芝田，温恭豈弟，少學多岐，長乃奮勵。人一己百，一日千里。遂歌《鹿鳴》，文譽日起。乃訏經濟，乃試綏寧，視民如子，民視若親。保酉構難，湖南震驚，單騎深入，片言釋兵。嗟嗟芝田，宦譽復起，實心實政，宇內罕比。擢守宿州，宿人載庇。流寇震鄰，守城有紀。嗟嗟芝田，漢廷循良，遺愛在民。令聞無疆，晉貳思明。謂將西遊，積勞成疾，浩然林丘。嗟嗟芝田，出處乃全，幼學壯行，庶無愧顏。揆厥素履，行誼夙敦。宗族姻黨，罔有間言。始妻吾姊，奄然而隕；外氏無兒，報及妾媵。歲時追奠，垂德不讎。遺命諄諄，立祠表幽。先公憲伯，父執是視。季年臥病，問遺月至。某也於公，少廿一年。忘形投分，肝膽畢懸。計偕歷仕，舟車共載。故事可憶，誨言猶在。三載居廬，適公嬰疾。蒲伏馳省，一見兩泣。張目強語，託以腹心。訣言凜凜，敢負幽明？嗟嗟芝田，何日忘耶？道誼交期，有存亡耶？公事已畢，公願亦酬；好德考終，怡然而休。二郎珩珙，況復稱賢。未盡之福，其在斯焉？特此誄公，公當粲然。音容匪邈，降監自天。嗚呼尚饗！

祭季妹李孺人文

嗚呼痛哉！豈知今日哭吾季妹耶？吾兄弟哭吾仲妹董淑人，淚方收而恨未終也，豈知爾亦繼喪於北土耶？嗚呼痛哉！

長安羈旅，三年苦辛，束裝歸途，一疾遽殞。父殯不及哭，母病不及見，兄弟骨肉不相聞。臨清何地，舟篷何所？危亟顛沛，醫禱何人？沐浴棺衾，殯斂何具？娟娟金玉之軀，乃草草為逆旅之終耶？道亡途殯，世或不免也，爾則何辜而邁屬耶？爾則已甚矣。長甥應朝之奇睿，人咸有宅相之望也，乃以哭爾致疾，亦從爾後。而幼甥應麟，亦復不免耶。累累三木，一棹南奔，夫哭其妻，父哭其子，兄哭其母，妹哭其兄。天之降割，有如是之酷烈者耶？行道聞之，莫不流涕，況吾母兄弟姒娣家人，能不驚痛殞越，而相向大哭耶？嗚呼傷心哉！吾不言則無以泄其哀，言之恐亦徒重爾之悲而無益，然反覆思之，吾妹之早世,誠有不可知焉者。

爾性温厚,父母兄弟無少忤,甚明慧,女紅不習而精,讀書作字皆自能。嘗見畫本,欲臨之,數日又自能。世俗女治裝率求備,爾則不屑,寧清約。有女如此,而早世耶?既歸,孝舅姑,順夫子,家人咸宜。課兒誦書,咸自授。喜施予,恤婢僕寒饑,饋賓客必洗腆。有婦如此,而早世耶?吾翁憲副公,於爾舅方伯公,夙好也。賢季子欲妻之,十年乃諾。謂爾必享福,宜慎配也。而今乃早世耶?遺男女二,呱呱誰撫?姑恭人逝矣,暘谷翁誰養?季子誰相?吾母久疾,昔望女,今哭女,增劇誰慰?爾可早世耶?此皆理之不可知,數之不可窮,而吾恨之不可解者也。嗚呼痛哉!今則奈何?

吾聞人壽有期,修短終盡,賢名不朽,亡歿猶存。以爾聰慧,必達於此,其亦怡然泉宮,從爾爹遊,依爾姑處,撫兩兒為侶,以自慰而已矣。今則奈何?九泉何處?百日復臨,地久天長,此情何極?嗚呼尚饗!

祭徐母黃淑人文

於維坤德,順以承天;厥施斯普,本則靜專。於維淑人,體坤效順;承乾正位,乃終有慶。昔在中閨,婉娩姆師;既嬪于徐,家人具宜。柔順安貞,維我姑德;淑人嗣之,姑慈婦式。溫恭博大,維夫子良;淑人事之,刑于有光。始家多艱,相夫幹蠱。載學載理,維淑人是與。乃奮甲第,乃理琴堂。入侍殿中,出守吳邦,敭歷四藩,中丞振斧。暨於司空,咸淑人之助。蘭玉森森,復以燕翼。激昂青雲,箕裘是力。於維淑人,福祿乃崇,匪造物私,實栽培之。公痛維復齋,天不慭遺。方謂淑人,永樹母儀,胡當晨櫛,溘然坐逝。豈欲從夫,遂厭人世?嗚呼哀哉!其信然耶?淑人之樂,生人之嗟。翟冠霞帔,象服儼如。音容緬邈,盡傷涕濡。敬撰蘋藻,侑此芳卮。金勝悠悠,千古遐思。嗚呼哀哉,尚饗!

祭蔡鶴江尊師文

嗚呼，淮水湯湯，曲抱山陽，鍾靈自昔，豪傑焜煌。公生穎異，育秀虞庠。三魁多士，豹變龍驤。編修翰苑，贊善春芳；經筵進講，雍容廟堂。秉太史筆，綰學士章；論秀京闈，登俊會場。菁菁桃李，蔚蔚門墙。衆賢和朝，貢舉輝光。乃晋宗伯，奉瑁秉璋。堯舜在上，夔龍在旁。方期秉鈞，兆民用康。天不（憖）〔憖〕遺，星隕文昌。溘焉夢化，朝野盡傷。惟公之蔡，始仲封邦；代有聞人，由漢歷唐。邕也顯名，公與頡頏。順乎至孝，公襲其芳。賦性端直，可擬於襄。潛心理學，季通是方。仲默傳書，公爲發揚；卓哉一脉，源深流長。

某也弗類，辱公之明。叶。公在場屋，讀其文章，謂可與語，冠之本房。持示人人，欲辨驪黃。吾慚子瞻，公實歐陽。古稱知己，純鈎干將。豈爲利達，實照肝腸。驥匪伯樂，鹽車大行；璧非卞和，頑璞終藏。嗚呼公乎，其何可忘？十年淪落，再上巖廊；謂當終教，而乃覯望。鶴化江泠，天地茫茫。嗚呼公乎，曷翺以翔。舟逢桃源，月照帆檣。倉皇趨哭，涕泪滂滂。五鼓臨發，趣奠荒涼。聊陳數語，寫此哀腔。令子伯仲，箕裘未央。願篤世講，敢謂公亡。嗚呼哀哉，尚饗。

祭大司馬張公文

嗚呼，渥駒丹鳳，世以爲祥。趙璧隋珠，曰寶之良，茲産誠名，何裨於國？孰與元臣，應時而出。公生俊異，瀛海濯靈。蜚聲瞽宗，奮迹承明。乃擢諫議，青瑣翹翹，魁梧玉立，羽儀天朝；乃司納言，雍容陛階，音吐洪鐘，光照銀臺；乃貳司徒，西鄙告急，出總軍興，勞安饑食；乃貳司馬，雲中倡亂，仗鉞秉麾，卒平其反。天子曰都，爾甫爾申。錫之鏐幣，旗常載銘。遂督兩廣，大奮南征。璽書遄趣，正位本兵；望崇眷渥，荐加宮保。遂貳三公，經邦論道。時維九月，壽屆稀年。麟袍玉帶，甲第華筵；居宅都城，去天尺五；子孫全盛，依稀韋杜。人生如公,宣備全福。視履徵符,耄期未足。胡然彼天,休祲相隱。弧南方輝,箕尾遽隕。嗚呼傷哉,朝無大老,國喪元龜。世道攸繫,匪一人之悲。北虜方驕,王師未捷。公今長逝,遺恨不滅。某等誼叨僚屬,情均戚休。聞訃蒲伏,涕豈無由。公德長厚,公心易直。辱公之遇,誰不感懷。登堂一奠,淚隨言零。玄風颯至,恍聞容聲。嗚呼哀哉,尚饗!

祭封車駕司主事左峴盧公文

嗚呼,玉毀珠磷,世所共惜;欻其捐毀,誰不嗟惻?蘭蕤蕙灼,幽谷芬芳。菊老松摧,哀壑無光。東陽之峴,翁居其左。峴實毓翁,積善能播。夙稟剛毅,幼能自立。攻學砥行,墳籍載戢。維仲學成,巋多士先。翁曰:"予志將少懷老安,何以酬諸?是惟醫乎。"遂精軒岐,其道大敷。瘵者以起,困者以蘇。施不責報,閭里呴呴。厥施日普,而家日約。翁曰"予分",熙然而樂。翁不望報,乃報自天。季子登第,令聞燁然。演翁之道,將以醫國。翁惠日廣,翁志以畢。貤封晝錦,象服峨峨。視彼富者,豐約如何?嗚呼盧公,爲善之的。亦既壽考,年逾七秩。杖屨猶壯,訃音忽馳。典刑奄墜,朝著共悲。某等同官本兵,誼均休戚。緘辭寄奠,峴靈有赫。嗚呼尚饗!

祭譚青原侍御文

嗚呼青原! 曩者同志數百人,會於京師。始識青原,昂然如威鳳之出群也。既試理人,令武義,密邇予鄉,皭然如丹堊之瑩冰也。既入內臺,爲侍御,按宣大。適胡虜馮陵,運籌繫安危,抗疏震朝野,天下凜然,視公如萬里之長城也。夫同志之效,久不白於世,而青原之用,眾方快其成。謂宜出濟時艱,入定國是,以綏嘉靖之太平也,乃十日不見而遽逝耶。嗚呼傷哉! 東城之悲未已,青原之訃繼聞,豈天不欲吾黨成同心之業,而常使英雄灑不盡之淚耶? 胡不竄逐而困其躬,則方亨而迫其數耶？豈媕婀脂韋，固保身之具，而慷慨正直，乃速戾之地耶？是與非與，吾孰從而究其然哉！嗚呼青原，天實爲之，謂之何哉！某也父子，辱兄生平，道義骨肉，哀何能任。惟芳華流於簡編，庶幾譚子之不朽，而正氣還於天地，直謂青原其猶生。嗚呼尚饗！

祭胡月岡文

於維人道，孝弟爲先。嗟月岡翁，乃弘其端。四齡失恃，哀深壯年。殫貲新塋，下慰九泉。仲氏逮繫，急難顒顒。百里供餉，晝夜走奔。嗟嗟薄俗，平時棄捐。而亡而難，誰若翁存。愛敬既立，順德斯宣。中和之堂，鄉黨式焉。曰是豈弟，曰是溫恭。與人無競，御下有恩。饑者求濟，爭者質平。叶。中和之堂，里人具瞻。穎脫庠序，運邁迍邅。曰惟教子，畢此衷丹。樓名"讀書"，庭訓有嚴。卓卓子中，鶚薦鵬搏。維子中氏，碩膚鳴謙。人匪曰子中，謂翁淵源。理刑淮郡，貽米勸廉。日訓欽恤，卒徵諫垣。人匪曰子中，曰翁能其官。俄以直貶，恩命未霈。人爲翁鬱，翁方瞿然。曰："兒觸忤時，予之愆。"嗟月岡翁，仕學具全。郎官貤封，鷺服峨冠。義方昭榮，翁實弗慚。郡邑大夫，肅之賓筵。瞽宗儼臨，邑人矜賢。是宜上壽，食報於天。云胡未老，溘然登仙。鄉失蓍蔡，士喪璵璠，閭里咨嗟，縉紳永嘆。月滿舊岡，光映新阡，匪岡頭之月，胡翁之顏。

哭亡兒章甫文

嘉靖　年　月　日，蓋吾長兒章甫氏歿之十四日也，父母抱痛日切，再奠寫哀。汝妻黃氏應孌奠卮酒，汝弟章袞讀我哀辭，曰：嗚呼痛哉！屬纊幾何，忽復二七，吾忍奠吾兒哉！吾始猶恍惚未信，而今則章箬莫掩也。吾何以自解哉？吾念汝宜壽者有五，汝不可不壽者亦有五。汝幼日最壯無疾，宜壽也；狀貌修偉俊裕，秀皙如玉，見者嘆慕，宜壽也；德性溫良謙恭，雖卑賤無或慢，宜壽也；自期高遠，不啻榮

185

名,宜壽也;襟抱超曠,世網無少累,宜壽也。三族交望,待汝光榮,汝又烏可不壽?汝祖憲伯公素鍾愛,期汝必亢宗,汝烏可以不壽?汝母劬勞,慈愛百倍常人,二十二年如一日;汝父晚節賴汝貽福,百事賴汝繼承,汝烏可以不壽?吾鄉郡邑人士,海內縉紳,咸期汝遠大,汝烏可以不壽?汝舅毅齋擇婿,以賢女相屬,于歸三年,曾未孕息,汝烏可以不壽?汝宜壽,不可不壽,而乃竟不壽,方逾弱冠而遽已焉,天乎,天乎!曷爲使汝至此極哉?花方蓓蕾而未及舒,禾方孕苞而未及吐,竟萎枯於枝上,槁穫於田間,是豈發育之常理哉?痛哉,痛哉!殺南山之竹不足以書恨,汲東海之波不足以洗愁,其吾於吾兒之謂哉?仰天俯地,吾復何顏?牲體在筵,惟汝來饗。嗚呼痛哉!嗚呼痛哉!

過境山祭潘竹澗公祠

嗚呼,境山岏岏,流水潺潺。公神是宅,眷然鄉關。辛壬癸甲,四年之間,再過祠下,兩拜公顏。昔也獨行,今將婦還。女如見父,泣涕汍瀾。母也在堂,華髮斑斑。令子官陝,清譽最藩。公神足慰,容儼若歡;公功在民,豐碑完完。推公之心,尚隱民瘝。茲土老稚,尸祝告處。水旱疾疫,公必相焉。民其有祜,神以永安。某等往來,過必瞻攀。遺慶不匱,有來源源。嗚呼尚饗!

程文德集卷之十七

祭　文

祭胡南津尊師文

嗚呼，公於吾翁，生同己丑，翁歸七旬，公獨康壽。竊意公壯，期頤可躋；胡然昨夏，亦與翁期。嗚呼傷哉！粵昔弘治，歲維癸甲，翁宦留都，公遊太學，某也七齡，弟兄三四，鼓篋執經，侍公絳次。公不我齗，視若成人，匪多誦數，曰吾爾型。時維長君，暨厥仲氏，日同几硯，聿若兄弟。明年乙丑，公對大廷，遂登上第，載官南刑。秋曹棘寺，翁并出入，父子通家，歡逾疇昔。辛未之冬，吾翁憲蜀，自此遂分，浮踪轉轂。歲在丁丑，長君繼登。亦越己卯，仲氏賓興。文章科第，一門全盛。武夷之胡，于今復競。人言津翁，可比康侯。致堂五峰，惟大小洲。公望日起，累陟都臺，巡視閩浙，寇靖民懷。辱臨敝邑，翁適歸田。廿年重見，握手交歡。維時某也，濫竽詞林。公喜不辱，寓書殷勤。友朋師弟，世路涼涼，誰復如公，篤以不忘。公望益崇，晉南司寇。式敬由獄，王國以厚。世方倚毗，公則浩然。渡江歸來，道尊丘園。長君太守，亦謝郡事，日偕仲弟，優遊燕侍。歲時述作，三謝風流；二季諸孫，皆青雲儔。完名裕後，公既全福。其原維何？維公戩穀。某也往來，門墻屢登。辛丑之夏，猶奉儀刑。廷命再簡，司徒虛席。謂公復起，而遽長寂。嗚呼傷哉。公行醇如，言動有則；公政沛如，民之攸輯；公文淵奧，淮南後先。嘗寄翁詩，風雅盈篇。昔過淮陰，輒坐春風；今也升堂，莫即音容。緬懷徬徨，灑泣不禁；跽奠陳辭，匪文而情。嗚呼傷哉，尚饗！

閶門弔亡兒章袞文

嗚呼，此吾二兒歸全之地，騎鯨之所也，吾何心何顏復過此耶？溯吳江而淚先零，望胥門而腸欲斷。詎意姑蘇佳麗之地，乃爲百年痛心之所耶？哀哉，哀哉！抑吾忘責善之戒，而汝甘樂死之言耶？豈汝迷翫月之癖，而遂罹滅頂之禍耶？如其苦吾之過，獨不念母之慈，是吾悔恨無窮，而汝恝然亦已甚也。若墮於不知，則囿於命數，而吾與汝皆無憾矣。尚念遊魂或滯，精靈未歸，庶幾父母是依，無爲異鄉淪落。言有餘痛，哭不勝哀。姑仿汨羅之故事，投醪肉於深淵；效采石之遺風，沉哀辭於玄府。嗚呼，誠使汝與二子齊名，吾亦將此以釋愁；又或保汝遺腹郎長大揚顯，以不愧“光裕”之名，則汝又出二君之上，而吾與此水均不朽矣，汝靈其圖之。嗚呼尚饗！

祭倫白山公文

緊南海之浩渺兮，鬱靈怪之非常。爰有神曰應龍兮，乘雲車而飛揚。奔鯨鯢於海島兮，鼓濁浪之滄茫。信變化之不可測兮，遺五雛於羅浮之陽。備六德與九苞兮，絢采質而錦章。介歡歡以相保兮，肯刺蹙於凡羽之稻粱。儻毛翮之成就兮，逝將次第以下翔。乃一鳳之先起兮，覽德輝而自彰。盼八極而周翱兮，從百禽於南荒。贊九韶於帝所兮，結群仙於天行。北托玉宇而栖息兮，南飲璧水以徜徉。群鳳并起而和鳴兮，藹璆琳之鏘鏘。夫既兆人文之宣朗兮，謂將窮紀歷而輝煌。忽厭濁世之紛垢兮，指太虛以爲鄉。梧飄飄兮山鳥啼傷，雲慘淡兮夜月寂涼。紛冠裳而永嘆兮，異行歌之楚狂。慨虞周世既遠兮，指丹穴而徬徨。奠竹實以爲蔌兮，斟沆瀣以爲漿。託《南風》而緘辭兮，情壹結而慨慷。嗚呼尚饗！

祭應石門公文

嗚呼，麟鳳之姿，一見遽隱，而世恒彷彿於丹青；荆楚之璧，再獻弗售，而人競淆惑於贋真。先生抱經緯之文，而立朝竟不能終歲；負圭璋之望，雖屢薦而卒尼於行。蓋瑞物非世之可縶，而至寶亦天之所靳。乃甘林壑，乃謝世紛。構祠五峰，尋紫陽東萊之躅；興起多士，續濂洛洙泗之盟。人謂先生雖不得行志於天下，而庶幾斯道之復明，即麗澤之風流亦足以範俗而垂世。課隱居之事業，奚忝於尊主而庇民。胡昊天之弗弔，遽梁木之頹傾。壽山闃其無主，同志悵乎誰憑？南軒亡而吾道孤，重晦庵之痛；北山逝而斯文厄，悼魯齋之情，吁嗟乎先生！抑人所共眷者，先生之德；而吾所尤哀者，先生之心。先生謹飭端默，世稱君子；清修耿介，望重鄉評。急難周貧，身寧處乎空乏；辭坊謝饋，足不及乎公門。孝母而復既盲之視，敬兄而回久橫之情。此其行誼之昭著，雖庸夫孺子皆所飫聞者也。若其志存康濟，而竟違於時命；道裕敦睦，而乃格於馮陵。假求全以訕毀，索瑕瑕於粹白；群比周以恣睢，亦何損於高明。蓋今之世，模聖賢之步趨者，而必欲詆其一足之未似；甘下流之蹊徑者，顧自以為細行之不必矜。此其賢不肖之相縣，固莫逃乎公論，而若心之重違，終竊嘆而不平。吁嗟乎先生。先生雖往，道範猶存；名賢俎豆，雖遠可尋。某姻視先生，兄弟之分；道視先生，師友之親。初聞訃而驚，盡亟欲弔以瀝誠。忽執母喪，累然抱病。日月迅邁，奄及茲辰。奠而後時，洵有慚於封樹；告而亮志，猶可質乎英靈。嗚呼尚饗！

祭外母潘太夫人文

嗚呼，今日九日也，而豈知奉奠吾岳母耶？痛哉，痛哉！塗娥懿範，任姒徽音，世常謂不可得而復見矣，而今乃有若母者，真寶婺之鍾曜，而芙蓉之孕靈。誦母之賢，誠更僕不能悉書；母之行，雖累牘未易陳。蓋縉紳之士樂談，真無間於姻黨；而列女之傳可續，必流芳於汗青。嗚呼噫嘻，我太夫人。誰不爲女，女德難稱，惟母之德，梅澗公是承。幽閑静一，凤聞乎窈窕；而温良柔順，式禀乎坤貞。誰不爲婦，婦道難勝，惟母于歸，守敬順之箴。事姜恭人，小心翼翼；相尚書君，先意曲承。逮下興《樛木》之頌，宜家啓《桃夭》之吟。誰不爲母，母儀難能，惟母之儀展也，古之倫。愛子能勞，厥有藩伯；愛女詒穀，施及館甥。視庶子不啻己出，撫諸孫咸底於成。賑乏周貧，煦煦不厭；恤老慈幼，肫肫其仁。然此猶述其梗概也，而未足以盡母之平生。嗚呼噫嘻，我太夫人！維德既備，維福斯膺。寵命自天，燁燁恭人。當嘉靖之初祀，兩入覲於坤寧；際累朝之曠典，昭象服於雲軿。蓋紫禁巒岥，實遭乎異數；而翟冠霞帔，未足以爲榮。艾耆蔗境，日大於門。鳳章重錫，晋太夫人。子甥登仕，善養禄并。堂開頤壽，花滿慈庭。娛心顧景，月夕風晨。詠詩讀書，游藝適情。人咸謂此母厚德之報，而母方知足於持盈。日冲澹以自頤，益丹顏之精神。將耋期之可必，胡一疾而弗興？嗚呼痛哉！胡造化消息盈虚之運，而不爲母一少停耶？胡若母者，顧可使弗躋上壽，以爲世勸且歆耶？天乎，天乎！謂之何哉？獨念母之訣言，百無憾於幽明。比屬某以後事，語呐呐而猶新。曰逾稀亦既壽，矧福禄之崇增。後翁十有八載，兹相從於九京。肆夢兆之先啓，諒心神之所欣。某也亦何能爲母太戚耶？蓋棺方定，重陽復臨。嘉節增感，一哭淚傾。茰菊陳列，清酤頻斟。遺像儼肅，恍然容聲。嗚呼痛哉，尚饗！

壽山麗澤祠五先生告文 張南軒　陸象山　吕大愚
吕雲川　應子孚

　　惟兹麗澤之祀，以義起也。昔在有宋朱晦庵先生、吕東萊先生訪陳龍川先生，會於五峰，流風遺墨，迄今尚存。自三公過化，而五峰增高焉。數百年來，祠祀猶缺。乃者吾黨石門應子，景其芳躅，嘉會兹山,因而祠焉。名曰"麗澤",得無當於義乎？義當則禮協；禮協則情安已。乃諸先生以道而言,固一體也。然於茲山,則未嘗至,或至矣而於三公不相及而類祀焉,恐非諸先生之心也。爰茲奠告而請命焉,或謂有舉莫廢,無文咸秩,自古有之。竊謂此里社索饗之典,與官司殷禮之稱,又非所以事諸先生也。惟先生亮其弗黷之誠,求諸合禮之敬,而以不祀爲祀焉,斯文幸甚。尚饗！

祭長妹盧孺人文

維嘉靖　年　月　日,家僮高華自永康來報吾長妹盧孺人之訃。仲兄松谿某,時叨官禮卿,居長安西邸,哭之不勝。明日爲位易服,奠而哭之,尤不勝。至十二月七日丙寅,華之歸也,乃寄俸以具剛鬣柔毛之奠,述哀辭而告於吾妹之靈曰：嗚呼,爲客天涯,每思骨肉,怡怡弟妹,如手如足,何堪聞吾妹之訃耶？傷哉,傷哉！比六月起程,取道訪妹,見顏色憔悴,予愀然不樂。臨別語甥,叮嚀再拜,惟療母是託,謂將日愈也,詎意乃弗起乎。本以相訪,而乃就訣。倚門相送,含情凄切,宛在目也。而今而後,可復得乎？傷哉,傷哉！然吾傷妹者二,而可以慰吾妹者三。天性警慧,四德咸修,福壽則未厭也；夫且登仕,子將顯名,榮祿則未逮也；溘焉長逝,云胡弗傷？而養姑送終,百里若期,人稱孝矣；子女成立,抱孫衍衍,人稱慈矣；吾有三妹,仲季咸夭,一且無息,妹獨躋五秩,百爾如願,天獨厚矣。持是固可以自慰乎？嗚呼,人皆有生,生或弗順；亦皆有沒,沒或弗寧。子既無慚於存沒,亦何忝於修齡。拭泪緘辭,馳情萬里。羞肴酌醴,含怡九京。嗚呼尚饗！

祭内兄潘壺南憲長文

嗚呼！郎舅之誼,常也；朋友之麗澤,常也；進士之同年,常也；有如郎舅而朋友,而同舉進士,升沉休戚,罔有弗同者,不亦鮮哉？況吾二人幸遭之,匪徒同迹,而實同心,道義莫逆之好,垂四十年如一日,乃世之所謂尤難也。吾兹方望壺南彈冠同朝,以共濟時艱,他日則同乞身歸老,以尋赤松雲臺之舊也,乃一旦棄我而長往耶? 嗚呼哀哉! 往聞吾壺南遘恙,氣上逆而足軟,吾怪而詢諸人,以吾外母太夫人之歸窆也,執紼奔走致焉。予謂以孝得疾,終無咎也。居一年而漸瘥,行且有日矣。近得手書,舊恙復發。予竊疑之,日語賢妹,惴惴焉,而乃竟以此不起乎? 嗚呼哀哉! 庚戌之夏,予以召秩宗北行,壺南斬焉在衰,先夕別予曰:"詰朝弗果送也。"相對黯黯,孰知永訣在斯時耶? 嗚呼哀哉! 自吾外父母逝,吾與賢妹悲嘆,謂猶幸有吾兄在也,而今亦不可復得矣! 潺潺雙溪,萃萃北山,悠哉悠哉,孰知我哀? 平生歷歷相與事,今皆若夢,弗可思矣。思則惻愴心傷,而淚下弗能已矣。獨怪夫以壺南金玉之資,孝友之德,純篤之行,而天猶靳於耆年也。然又竊怪疇昔,論心道臆,自揆生稟,歷追世數,而果符於今日也。嗚呼噫嘻,是果天之所爲,人不得而與耶? 而予則何以自釋乎? 雖然,生以善稱,没以孝終,壺南亦不忘矣。令子佳孫,振振繩武,壺南亦可自慰矣。而表行志幽,後死者之責也;敦好世誼,後死者之事也。庶幾圖此,以報公乎? 緘辭千里,寓奠一觴;南面稽首,有淚滂滂。嗚呼尚饗!

祭孫太夫人文

嗚呼,坤元氣漓,《内則》風微,寥寥千載,聖善誰歸? 姚江之楊,厥生淑女;來嬪于孫,天作之侶。柔順慈惠,莊敬端凝;德言功容,未罄厥稱。古人有言,觀相於夫:侃侃忠烈,位殊志孚,夫人聞變,憤激仇殲,使夫人而夫,殉國同然;人亦有言,徵賢於子:磊磊三英,夫人是似,夫人勿替,施及諸孫,義方率育,競爽一門。自忠烈成仁,茹荼甘毒,晨昏必拜,食飲必祝,三紀未亡,惟以代終,繋夫人之心,孰知其恫;迨諸郎峻發,益飭謙慎,家有主母,斬然正静,小大謵謵,日訓厥祖,繫夫人之心,孰知其苦?九十二年,天相康寧;一日微恙,趣具棺衾。顧謂諸子,吾事畢矣;今見汝父,死逾樂矣。蒲節方屆,訃音忽臨;自今寒食,更爲夫人。嗚呼哀哉!某也辱好令子,悲同母氏;感今懷昔,怵焉涕泗。昔者歲歲,必拜生辰;今日何在,凄其不任。肴核匪珍,鄉醪載獻;昔以爲壽,今以爲奠。嗚呼哀哉,尚饗!

舟過新安祭柳將神祠

嘉靖乙卯　月　日,某舟過新安,感激河道復舊,謹具剛鬣之奠,祇謁於新廟柳將尊神,稽首而昭告曰:嗚呼,稽古祀典,以死勤事則祀,禦災捍患則祀。此蓋生爲人臣,澤被當時,没世不忘,而祠之祀之,以報其功焉者也,然已不得而多見矣。乃若前代之臣,且非其桑梓,而神遊他鄉,不忍地方墊溺,遂託靈見夢,以施其仁功,俾炭炭異常之水患,而一旦措之於平成,身後之靈,而猶急人國家之難,古今寧有是事哉?嗚呼異哉,神之爲烈乎!方嘉靖壬癸之歲,沛徐以南,河流入漕,決堤漫野,乾坤一窐。已而河陸互變,舟行柳上,廬浸水中,生民魚鱉,禍不忍言。殫西北之財力,莫能救其十一,咸謂未如之何已矣。詎意神鑒憫此下民,噓烈風,廻決河,迄四日夜,震掃蕩滌,變異靡常,遂使三年淤河積沙,一夕盡汰;河流田野,各復其常;丘阜畢露,城闉盡見。累歲人力,效其千萬而不足,太空一日震蕩而有餘,異哉,神之爲烈乎!然非有禱祈,曾無率吁;神自豁然,哀此民瘼,至仁哉,神之爲德乎!夫神於異代如此,在當時可知矣。某今日奉天子命南歸,舟行無恙,所過物色如常,皆神之賜也。食粟思稷,踐土思禹,今神功不在禹稷下,敢忘報乎?某因有感焉:神於我明,拯溺亨屯,樹大功矣。獨怪夫今之都尊官,饗厚禄而恝然民病者,皆神之罪人也。願神推惠民者殛若輩,毋使僥幸,久爲民毒。惟是神有顯應,將澤被天下,功在社稷,豈特兹土已哉?惟神鑒之,尚饗。

祭憲副雙泉羅公文

嗚呼,世遐道隱,慨矣風漓。曰若先生,誠愨維基。體嚴用和,色溫氣夷。甲科英雋,天庭羽儀。郎署郡臬,令聞交馳。一睊厥好,解組如遺。東山高臥,辟書固辭。曰若先生,進退具宜。維德浮位,邦人孔咨。鬱礴誕發,弗祉永綏。維我達夫,允睿允齊。帝擢冠士,攸資論思。薦紳曰嗟,報公在斯。人瞻杖履,世儷龜蓍。定命遄隆,遐不期頤。北風欻急,嚴霜隕威。訃聞驚悼,涕淚交垂。維壽歉德,邦人孔悲。矧予兩世,同袍事奇。昔予始丱,京口瞻依。一別二紀,尚憶容輝。客歲長安,達夫訂期。子道桐江,顧我庭闈。詎知今日,言踐事違。慶服更吊,錦堂易衰。撫茲增慟,如夢而非。嗚呼,達夫道明,先生之貽;達夫道行,先生之施。先生相之,不朽維茲。死生晝夜,又何歉歆。萬里停舟,蒲伏問岐。即筵矢誠,敬奠芳卮。

祭長嫂徐安人文

嗚呼哀哉,今日何日?吾嫂謝世,忽焉四七。屬纊幾何,倏將一月。地久天長,從此超忽。嗚呼哀哉!憶嫂尊翁,曰魯齋公,侃侃黃門,參藩廣東。魯公鍾愛,字必名門。年甫十七,來歸我兄。時吾翁母,致蜀憲歸。納采遂醮,己卯春時。人稱新婦,窈窕德容。載美德言,亦羨功從。遂主中饋,中饋吉貞。潔祭奉賓,鉅細咸飭,五飯酒漿,百爾精冪。料理心計,常婦靡及,井井條理,允有規則。古稱婦德,宜其家人。妯娌翕和,族姻咸稱。二子二女,表表過人;亦有五孫,蘭玉森森。二子入泮,科第之器;二女嬪賢,郎舅同氣。或謂吾嫂,宜享上壽。而胡止終於五十五年?固氣化之不齊,亦命數之舛焉,嗚呼哀哉。吾謂人逾五十,世咸稱壽;況嫂自少至今,一生順境,人所稱好。且田宅之豐,婚姻之美,世事已完,具足懷抱。即未登上壽,蓋生順沒寧,其視耄期之縈心拂意者又不足道矣。況二子諸孫,將來登科躋仕，立身行道，褒贈之榮，身後之福，又理所當然，勢所可必，吾嫂亦可以瞑目矣。嗚呼哀哉，時序忽凄其冬兮，俯仰若挹乎音容。薦肴羞之在豆兮，酌黃流之在鍾。維靈不昧，來格雍雍，嗚呼哀哉，尚饗。

補　遺

祭庶母夏氏文

維嘉靖庚寅二月壬戌朔，越二十有五日丙戌，嫡母男程文德，同妻潘氏，女章婉、章娩，男章甫、章袞等，謹以肴醴之奠，泣告於庶母夏氏之靈曰：嗚呼惟靈，聰慧柔慈，安分循理。善事大人，小大咸喜。令人遐壽，天道之常。胡四十年，遽爾云亡？天涯聞訃，涕泪傷殞。雖云伊數，亦我之恨。嗚呼，人皆有終，有子不朽。幸遺訓弟，爾福亦厚。方將讀書，蚤發功名。焚黃有用，慰幽扃鐍。嗚呼信然，亦復何恨。其有來享我一奠。嗚呼哀哉，尚饗！

蒲　陽　哀　詞

天胡痛哉！天胡痛哉！何忍聞吾甥之訃邪？子之素行可嘉，事我甚恭而厚，方期駿登大用，而尊翁吾姊丈芝田先生顯揚，胡爲抱才未試，歷年未永，一病而遽稿？殯於旅中，遠骨肉數千里外，重行道之嗟咨。人生不幸有如此極耶？自聞吾子訃，驚悲慘愴，每不能置。今又在恙中，何忍爲今日之與吊耶？身未行而心已馳，言不盡而哀有餘。惟吾甥靈鑒焉。

禱　雨　文

安福知縣程文德，謹以剛鬣柔毛，祭告於武功山之神曰：自昔國

舉大事，禦大災，必禱諸名山大川，山川之靈亦罔弗應焉，幽明休戚，
通一無二也。某奉天子命，來令安福。安福之主，明有令，幽有神，民
之安危利病，神與令其曷辭？念兹徂暑，田野稻苗方含苞穗，其待雨
澤如渴如饑，朝弗得而夕即死矣！乃亢陽彌月，驕焰如焚，民皆號泣
控訴，謂予曰：高下田禾，死枯將相繼矣。某不忍坐視，夙夜皇皇，食
不安味，寢不安寐，明神其可若罔聞乎？祈雨以來，祗肅潔誠，靡神不
舉，能止此也，卒罔於應。明神呼吸可以生風雷，呵噓可以興雲雨也，
何忍弗一試乎？夫令不能而欲爲，神能爲而不爲，百姓將以神爲不愛
民，且轉徙而依他山矣。令固莫如之何，甘受天子黜罰，神將無愧乎？
吾觀神居，屓贔巍峨，周環千里，背負湖楚，面俯洪都，其可埒五嶽，鎮
寰中，宜乎澤翕張，異盤鬱。故嘗天宇空潔，四山清朗，而神之巔獨，
有雲氣靉然上覆，其能且滂沛雨龍，迥異他山也。爰用洗心瀝誠，遣
官吁告：惟神憫民待〔吾〕〔雨〕之苦，察令憂民之深，移山巔之雲，沛境
內之雨，回嘉禾於枯槁，出蒼生於焚溺。秋成之後，即當躬率四境旄
倪，奔走謁拜神庭，釃酒槌牛，以答鴻庥，紀豐績，庶令得藉以光榮，而
神亦有休徵矣。尚饗。

程文德集卷之十八

行　狀

西滸施君行狀

君姓施氏，諱冕，字明貴，别號西滸，一曰知庵。世爲蘇之吴縣人，家金閶南濠里。曾大父華孚、大父成方、父某號怡庵，俱潛德弗耀。

君少習舉子業，補邑庠生，懷利器，應試南畿，屢弗遇，識者詘之，君無愠色。正德戊辰，遇例遊南雍，應試終弗遇，識者戚之，君無愠色。卒業注選而歸，裕如也。君爲人慈祥和易，憫窮好施，許人以諾，終始弗渝。遇宗族姻黨朋友，情意懇至，尤篤於故舊，父祖之交，必世其好。性度和緩，人不見其疾言遽色，雖遇倉卒事變，不少動心，人服其量。最嗜古書畫，雅重賢士，有遺之文者，如獲拱璧；遺之詩者，輒操筆和答，工拙弗計。

君大節尤孝，怡庵公即世，慨其母陳氏孀居不樂，曲爲承順：出入必衣冠而告，寒暑困倦不廢；夜必置酒肴承歡，嘗建康慈閣以奉母；佳時令節，風晨月夕，必與母玩之，蓋有古斑萊之風焉。大夫士聞而歌詠之者甚衆。母陳樂君之養，優遊斯閣，年逾九十，累被聖朝優老之賜。巡撫都御史王公大書其門曰“應昭”。由是君之孝行彬彬然見重於人，匪直以其衆美之萃而已也，嗚呼賢矣。自是知君者日益衆。吴中苦水患，巡撫李公咨濬治之策，必於君焉；武廟實録纂修，難其人，必於君焉；郡大夫凡校文之任，必於君焉；一時縉紳先生莫不過其門，禮重之。母陳卒，哀毀逾禮，郡邑致祭；葬之日，送者數百人，衣冠駢集；孤卿里居者，蓋紫圍玉，相望於道，鄉人莫不異之，以爲君孝行之所致也，嗚呼榮矣。

君薄仕進心，今年冬來京師，謁選天曹，謂予曰："苟可以行吾志，當勉强爲之；不者，山林而已。脂韋渙渜，不能也。"命下，得陝西州判官。無何，而君以疾卒於旅館矣。嗚呼痛哉。抱賢行弗遇於時，授一秩未展厥施，而竟賫志，興櫬天涯，何其善人之寡佑也。

君生於天順辛巳十二月十六日，卒於嘉靖乙酉閏十二月初九日，享年六十有五。娶陳氏，繼許氏，生男二人。長一新，南寧伯教讀，幹蠱有聲，娶浦同知女。次一清，禮部篆文儒士，繼兄明重後，方積學待用，娶張氏。女二，長適同鄉盧窠。次適謝指揮男時雨。孫男女二人。

嗚呼，西澗已矣。走父子辱西澗骨肉之愛有年。是月初八日之夕，偶閱聶大年臨終旅邸所上王文端求銘詩，不覺悲歌數四，潸然出涕。乃君以次日歿矣。其事甚類，是固有相感者。然則狀君之行，非走其誰宜也？屬纊之日，惟君婿時雨及走，躬事殯斂，蕭條可悲。發柩寄僧舍，與君鄉友數人，執紼扶送，寒風慘凄，涕淚嗚咽。以君平生而所遇若此，是雖行道之人，莫不賫咨太息，而況其故舊耶？又況其鄉黨親戚耶？是故大人君子所宜哀而一銘之者也。因詢其婿與郭友子沾，述其行跡梗概如此，倘采而書之，西澗不朽矣。

贈奉直大夫兵部武選司員外郎梅軒羅公行狀

達夫羅子將行，以一牘示其友人某，曰："此先祖大夫梅軒府君行實也。吾祖歿且三十年矣，而墓未有誌，吾父子闕然大戚焉。以狀屬子，可乎？"某悚然曰："是奚敢辭？家君於子雙泉翁爲同年進士，今某於子復同通家世講，誼莫殷焉。而祖猶吾祖也，是奚可辭？"

公諱玉，字應玉，號梅軒。先爲廬陵人，十五世祖志大，徙吉水之谷平,遂定居焉。又五世爲善庵公慶同,六世爲衛經歷公良先。公實善庵公之長孫,經歷公之長子也。

公性孝敬慈信,幼讀書,即省事如成人。嘗客遊湖湘,履險獲全,遂不復遠遊,惟督家衆,課園畝,畢力罔懈。時大父母亦在堂,凡饋祀賓客之費,咸取給焉。事父母務得其心,或有怒時,必涕洟跪勸,怒釋然後起。大父母之喪也,經歷公方居胄監,殯葬之禮咸盡其誠。逮經歷公之喪,尤懇懇焉。君子曰:“可以觀孝矣。”公素靜默,喜飲酒,待叔父昆弟怡然。飲輒醉,冲然頹然,終身無忿,言無忤,有誚讓者,亦未嘗應。嘗有從叔使酒凌慢,公若不聞。明日往諷之,則叔已愧避矣。君子曰:“可以觀敬矣。”遇子弟及童僕,諄諄誨諭,不能者矜恕之,有咈逆者,言懲之而已。不得已而鞭笞之,亦不忍傷其膚也。君子曰:“可以觀慈矣。”宅心坦易,不忮不求。然至爲人謀事,必盡其心,卒未遂,若抱重負。事成而了無德色,是故人咸樂與之交,久而不忘。君子曰:“可以觀信矣。”

家故窘,無卒歲之儲,恬然安之。至延師教子,則傾貲不吝。仲子循登己未進士,公教以顯,其大致若此。其他微言懿行,要皆可以範俗而垂世者。嗚呼休哉。

公生於正統壬戌五月三日,卒於弘治辛酉十月二十五日,享年六十。卒之日,仲子守官南都,惟季子扶持左右。命之曰:“吾不及見汝兄也。歸之日,其戒無過哀,惟盡心報朝廷,吾目瞑矣。”言訖,倏然而逝。嗚呼,壯哉。配周氏,參議公紀之孫。惠淑儉勤,公之克振家聲者,人亦以爲婦順之助。生正統癸亥二月初一日,先公二十年卒,蓋成化辛丑正月二十五日也,享年僅三十有九。以弘治甲子十月,合葬於圳嶺大墓山祖塋之左。繼配劉氏、李氏,祔於別兆。

公歿之六年,爲正德丙寅,以子循貴,贈承直郎、工部都水司主事。後四年庚午,加贈奉直大夫,兵部武選司員外郎,皆如子官。配周氏,初贈安人,加贈宜人。又後七年丁丑,焚黃於墓。嗚呼,公真可以瞑目矣。男子三人，長復；仲循，即雙泉翁；季徵。循，歷官至山東按察司副使，素履剛介，未老恬退，論薦皆不就，人咸高之。女子二人某某，俱適名族。孫男九人，繙、紳、緮、綬、洪先、紈、綵、壽先、居先。洪先，循長子，嘉靖己丑，皇上親策進士，御筆擢第一，天下咸以得人爲慶，古稱"忠孝狀元"，實有望焉。嗚呼，賢子聞孫，振耀當世，積善之慶，可謂盛矣。如公者可爲善人勸矣。

某少獲侍雙泉翁，今辱好於達夫，固知公善之不誣，而喜其後之克肖也。因序次之，以俟君子采而銘焉。

榮禄大夫太子太保都察院左都御史東洲屠公行狀

公諱僑，字安卿，以居海東，別號東洲。其先汴人也，宋靖康間避狄淮陽，再徙常之無錫。宋末有諱季者，復徙居鄞。季生慶，慶生福。福若干世而生順，是爲公高祖，贈光禄大夫、柱國太子太傅、吏部尚書。尚書公生子良，贈榮禄大夫、太子太保、左都御史。左都公生葵軒公琛，贈榮禄大夫、太子太保、左都御史。葵軒公生石庵公湖，贈榮禄大夫、太子太保、左都御史，即公考也。

公幼穎異，端凝若成人。六歲時，石庵公授以《孝經》、小學，數過成誦無遺。稍長，師事慎齋史先生，暨北川吳先生。二先生亟稱之。學成，補府學生，以文鳴。弘治甲子舉鄉試，登正德辛未進士，試江西道監察御史。

明年秋七月，以内艱歸。服闋，授貴州道，按居庸等關。上下險峻，寒暑不憚。所至飭城堡，繕障隧，驗林木，有疏缺輒補之；實軍伍，簡戎器，考定將帥之賢否，主舉刺焉。時權宦更進，用事邊徼，崇債帥，武備方弛，而公綜理周覈，務爲整肅。臧巡撫舒兵備至，謂公過嚴好名。公曰："諸關，國之北門司鑰者，夙夜寅畏，猶懼有失，乃縱其懈弛乎？邊墻所以塞諸口，林木所以厚險固，日消月損，一旦有急，將何以扼虜？某非敢過嚴好名，或者公等過怠，無實心爲國耶？”臧舒語塞，拜手曰：“公真御史也。”時武宗命公擒生虎，使者日再至。公抗疏曰：“此惡獸也，欲生致之，必有攖其爪牙者。陛下忍不惜民命，以供一時之玩乎？且千金之子，坐不垂堂；今以人主而玩逸材之獸，縱自輕，如宗廟社稷何？”武皇乃罷。

時逆濠煽虐，賄結中外，朝野以目；聞公且按江右，嘔謂所親曰：“奈何令此强項御史來耶？”令鎮守畢真，以金器皿數十，逆公於杭。公毅然却之，將封事劾真。浙藩臬爲之請，公默計曰：“然乎，然乎。”乃置弗問去。入江右，與巡撫孫忠烈公議事宜興革，逆濠爲之稍戢。參政白某，僉事王某，黨逆害民，勢張甚。公曰：“此苞有二蘗也，且先圖之。”未發而石庵公訃聞。公大慟，歸鄞。

辛巳服闋，補福建道。值皇上入繼大統，駕至良鄉。公與迎，慶忭曰：“真聖天子也，一見決矣。”屢疏勸上日視朝，親賢人，更化善治，上録公巡按；時平浰頭甬岡等賊功，升俸二級，掌六道事。六道事迎刃以解，刷卷京畿，繙覈精詳，積弊剗革殆盡。掌院白巖喬公傾心任公，一時論列駁議多出公手。

時當道有忌公者，出公知保定。白巖公不能平，爭之强，夏文選曰：“保定，畿輔大郡，須得屠某治之。爾實挾仇排公也。”前知保定者以闒茸去，未究，竟案山積，公茬治月餘，悉理之，宿弊頓清，興學申教，士習爲之一變。大寧都司都指揮白璽，以稔惡聞，上命公究之。廉得其實，請斬璽。璽根據盤密，人不能堪，而無敢執其咎者，公毅然裁決，竟得如請，威名赫然。總兵陳瑾恣睢自尊，役屬郡縣。公曰：“國典具在，總兵與太守豈相統屬者耶？”不爲屈。瑾陰嗾軍士，哄詈辱公。

黨瑾者欲庇瑾，調公知延平府。公至延平，剗積弊如保定，七閩咸誦法焉。居二年，遷山西右參政，分守平陽。因俗制宜，治以清净，民用寧一。遷山東按察使，監臨秋試，防範肅然。癸巳，遷廣東右布政使。無何,轉福建左轄。入覲不持土宜一物,以身率屬,由是八閩計吏無敢取行貨者。丙申,遷光禄卿,尋轉大理卿。適册天大禮成,覃恩贈祖考通議大夫,祖妣陳氏、妣方氏皆淑人。以無子,疏請移蔭仲兄佑之子大心。戊戌,遷刑部右侍郎。明年六月,值雷火之變,自陳准致仕。内外交章薦公。壬寅四月,被召,至,轉左侍郎。乙巳,遷南京刑部尚書。以太廟工成,覃恩加贈祖考如其官,妣皆夫人。丁未,轉比部。不逾年,轉都察院左都御史。

國家設十三道御史,風紀之任而都御史實總之。歲遣御史出按方岳,則都御史疏舉二人,引對黼座,請命一人以往。御史銜命出,理幽枉,禁奸慝,擊貪暴,舉刺百職。事竣而還,則都御史察課其功能,始得還任。都御史非公清正直、練習憲度,爲諸道御史素信服者,缺失亦得論列。公端笏在廷,正己率下,有松柏堅貞之操;風采凝峻,衰枉屏戢,有藜藋不採之威;絜情恕物,有江海容受之量。自起家即爲御史,爲御史十有四年,敭歷郡守岳牧者十有三年,一長廷尉,四任司寇,皆能使廷無冤獄,國度以貞。用是領避車之秩,升專席之班者十年,而諸御史敬信悦服,於公無異詞者。師相嘗以宋趙概先正吳文恪公擬之,朝列具誦以爲名言云。

國朝以左右都御史掌院者,若陳僖敏公鎰、屠襄惠公鏞、彭文惠公澤、王恭靖公璟,至公,以左都御史書三考之績,晋秩太子太保,世稱克終允德者五人,公實兼之。公有僖敏之仁,文惠之正,恭靖之清;而於襄惠爲從子,議論典章得諸承傳,規矱蹈迪得諸漸被,用能樹立卓然,終始無玷云。

公生於成化庚子十一月三日,卒於嘉靖乙卯正月十二日,享年七十有六。初配董氏,未逾年而卒。繼取陳氏,淑德懿行,爲閨闈式,并累贈夫人,無所出。以倫次立襄惠公孫大來繼嗣。初公欲嗣大心,既而大心弟早世,公愴然曰:“吾兄亦止一子,可後我乎?”遂定大來。

公孝友天至,事石庵公、方夫人,人無間言。長兄保,涉江溺於潮，尸不可得，公晝夜號呼江滸，尸遂出，乃負殮而埋之。嫂寡無子，公養之如母，今年八十餘。兄佑、兄佺，年并逾七十，公分俸周養，咸得所。弟倬、儼、佶。倬登嘉靖癸未進士，官至按察副使；儼府學生；佶早世。公處之咸有恩。公所著章奏詩文有《東洲雜稿》、《南雄》等集若干卷。

乙卯元日，黎明重霧，已而水盡冰，史占主大臣災，而公以是日感疾，浹旬而逝。嗚呼，公真所謂大臣者歟？公之逝也，上札諭內閣哀悼之，恤典舉從厚，遣官某某護喪，歸葬於其里，賜謚。

公弟儼賫書公履歷，將乞銘若表若傳於鉅公，而屬某具狀。嗚呼，公之行事，豈某所能悉哉？

補　遺

少參青崖公行狀

嘉靖丙申正月二十四日，湖廣布政司右參議，東陽青崖盧公考終正寢，訃於親友四川按察司副使永康十峰程公。公唶焉驚涕，呼仲子文德而語之曰：是吾五十年莫逆友也，自計偕而筮仕，而宦游四方，而歸老，如一日也，今則已矣，爾其撰次其行實，以請銘於君子，以塞吾之責乎？文德感動歔欷，再拜受簡。

按公家錄，盧氏上世居范陽涿郡，至漢中郎將植，傳經，從祀文廟。歷魏、晉、隋、唐，若班、志諶、承慶、懷慎、若茂、藏用、照鄰、綸、全，或以將相顯，或以文學鳴，雖散處四方，皆以范陽爲宗。宋治平二年、有諱實者，仕爲院判，由臺郡徙居東陽。東陽之盧，自院判公始。其墓久失，嘉靖甲午，忽殘碑出畦隴中，始知其處。天於望族固有意云。八傳諱大振、大成，聯姻宋室。大振又四傳，諱原定，爲公高祖，以仲子睿貴,贈中議大夫、贊治尹、都察院右僉都御史。曾祖諱章,祖諱洙。父諱和,號易庵,以公貴,贈刑部員外郎。母俞氏,贈安人。

公諱煦,字子春,一字子元,青崖,別號也。生而敏慧沉默,幼習舉業,爲邑庠弟子即知名。成化癸卯年,弱冠遂舉於鄉。由是泛濫諸家,凡天文地理、陰陽醫卜,靡不研究,而卒會於六經。登正德戊辰進士,觀政工部。己巳,銜命營蜀王墳,事竣,勞金五十鎰,辭不受。識者韙之。

辛未,授長垣知縣,不以家自隨。甫下車,廉邑中豪右爲梗,即擒之。爲政先節用而愛人,屬流賊騷動,慨然飭城隍,增樓櫓,備器械,募壯勇,分城誓守,控弦待賊。賊聞之,不敢近。數月復至,將屠城,公告急許游擊,合兵擊之,賊大潰,斬首七十餘。公不懈,益勵,矢於眾曰:苞孽未殄,儻復烏合,惟有效死而已,眾皆翕然。既數月,果至,勢益驕熾,矢石如雨。公嬰城固守,督率撐拒竟日。賊勢忽駭散,大獲其輜重,盡以享士,且以代民輸,於是士民爭先,繪圖歌咏;督帥而下,交章論薦,公卒不以爲己功焉。縣北故有學堂岡,相傳夫子講道其上,祠宇久圮,公於武事之暇葺之,不日而成。揭曰:"素王遺迹。"復爲置田,以供祀事,奮武揆文,靡有遺力。縣故有稅錢,他令或自殖,公一無所私,率以備賑,修廢三年而政成,民歌之曰:"盧父母,民肺腑。一錢不受,百姓得所。"又歌曰:"盧公堂上坐,家家戶戶都好過。"

甲戌,徵爲刑部雲南司主事,去之日,民爭抱足脫履,志遺愛。去之數月,相率樹碑,祠名宦,志去思焉。居秋曹無何,有明允聲,遂簡慮囚蘇、松諸郡。會聞母俞訃,請守制不得,銜哀卒事始歸。在途復聞易庵公訃,悲毀倍常,喪葬如禮。戊寅,服闋之京,除本部四川司主事。辛巳,遷河南司員外郎,前後關決凡千餘事,析律詳明,持議矜恕,未始徇法,而法無敢玩。秩滿,署考上上,朝廷推恩及於尊親。

壬午,嘉靖紀元,擢四川按察司僉事,備兵叙、瀘。叙、瀘僻遠,民俗樸獷,假貸例責倍息,有司役民兵,媚豪勢,兵用通蕩。公悉爲厘正。芒部土官隴政、隴壽兄弟争立，仇殺爲患。川貴合兵不能討，時方議撫之，公執不可，謂撫處之計可捄目前，而久安之策，須拔禍本，莫若助夷攻夷，且區畫精詳，如指諸掌，聞者嘆服。

甲申，擢湖廣布政司右參議，奉敕提督太和山祠，兼撫鄖、襄，駐節均陽。均，當顯陵孔道，歲時遣祭，車徒結轍，冠蓋相望。咸取給於均，民不堪命。公議請借助於鄖，夫隸若干，騎乘若干，爲之節縮踐更，使資力相當，民力稱便，而當道者不悦，顧捃摭以爲公過，卒亦不能爲公累也。祠香入不貲，籍有常數，公一付之，内豎數倍於昔時，斥其羡。創橋梁，修路井，行旅大悦。公暇，進諸生講六籍，誨之本原，士欣師資，親藩敬禮，宗室無敢憑陵，民用受福。丁亥之歲，引年乞休，疏指懇切。士民争詣闕請留，而公則浩然東歸矣，大司成涇野吕公柟，聞而嘉嘆，題其卷曰："勇退全節。"人以爲稱情云。

公天性冲粹，賢愚樂親，然人莫敢干以私。處得失利害，渾然莫窺其際。數上春官下第，人多沮喪，公獨怡然。嘗謂吾翁曰："得失孰多，失意而多，奚獨厭苦，爲儕輩歡然一笑。"自奉素清約，易庵公遺産以畀二弟，事諸父猶父也，財無取償。嘗市從弟園，構屋其上，且二紀。一日求復，公愷然卸屋還之。其一求增值，公亦不之靳也。或以横逆相加，公憐而諭之，其人感泣。居官嘗遺書諸子曰："爾祖臨終拳拳敦睦之訓，爾曹當敬念之。"又曰："我爲法官，法外必不敢有所畜。"既歸之後，惟買田一區，以供祀先，以資周貧。命兒堯亮輯宗人生故，修譜以合族。院判公墓之得也，首爲封樹祀田之謀，孳孳尊祖睦族，人之大義。至如鄉舊，教諭杜君良貧而歸，贍之地；徭戍許道申阨於途，貲之俸，特公細行耳。歸之明年戊子，皇上覃恩，進階一級。人謂公舉進士且晚，而揚歷中外，卒被金紫完名。歸老復且十年，志適願酬，諸福畢備，又青年登仕者所不及，諒哉！諒哉！公之得於天者，何其厚乎？

公之歸一也，距生天順壬午十月二十八日，享年七十有五。配贈安人應氏，諱恂，吾程氏甥也。貞厚淑惠，人稱賢助。先公三十二年卒。時公與之訣曰："吾不再醮矣。"終不食言。子男三：長堯俞，應選貢上春官；次堯亮，國子生；次堯工，庶崔出。女二：長素，適義烏陳氏；次常，適義烏虞氏。孫男：仲文、仲武、仲璞、仲起，孫女：仲純、仲粹、仲畢、仲麗。將以嘉靖庚子十一月初九日，卜葬於興賢鄉馬鞍山祖塋之西。初，安人權葬於覆船山，涇陽呂公嘗表其墓，今將遷合焉。嗚呼！文德視公，姻戚雖忝行輩，公實吾父執也。顧忘年接引，誨愛諄至，今述公行，能無感傷？敬執節以復翁，翁讀之嘆曰："是吾青崖也，是吾青崖也。"當世名公，必有嘉慕而樂爲之銘者，庶幾其畢吾之志乎。是歲十月之朔，賜進士及第南京兵部職方司主事前翰林編修經筵官姻晚生程文德謹狀。

程文德集卷之十九

墓誌銘

封奉直大夫解州知府故上猶縣學
教諭静齋虞公墓誌銘

義烏虞子文詡之爲秋官郎也，一日手帙示予，戚然曰："此吾伯兄惟明中丞所次先大夫行實也，先大夫之墓木且拱矣，而未有銘，此不肖孤之罪也。子何以誼我乎？"某慨然曰："嘻，是吾責也。"吾嘗聞公於先君子矣，吾趙氏外祖母，公從姑也，是故先君子於公姻友也。嘗爲予道公事，德公之知，使先君子而在，斯銘固弗得辭也。今不幸而往矣，予何忍弗終斯志乎？

按狀，虞氏祖唐文懿公世南，然莫可考已。蓋自元吉始由東陽烏竹嶺遷居義烏之華溪。至於公凡十六世，則可知者焉。公諱鈗，字剛夫，別號静齋。高祖襯，洪武中以辟舉授静樂縣丞。曾祖文輔，祖湘，父瑰，皆隱德弗仕。公自弱冠入邑庠，爲諸生，每督學試，輒首列；然大比竟弗利。弘治戊午以歲貢，授廣東揭陽縣學訓導。正德丁卯，升南直隸沛學教諭。庚午姚方氏卒，守制。服除，補江西上猶。一日嘆曰："吾爲儒官二十餘年矣，猶仆仆，奈何？"遂乞休。提督軍務、中丞陽明王公聞之，慰留不得，褒以"端勤恬退"，尋命有司餽送加敬，一時榮之，蓋己卯歲也。公既歸華溪之上，日款親朋，撫兒孫，課耕讀而已。鄉里縉紳聞之，莫不嘆慕曰："完哉，公乎！"

公平生質樸易良，忠信詳慎，自少恥世俗浮薄態。論事動稽古訓，儕輩愛而敬之，至曰："聖人，聖人。"性尤孝友，父誤於醫，終身以爲憾，每誦曰："人子不可不知醫也。"宦揭陽，莫能將母，時歸俸供瀡瀡，或遺諸弟曰："吾祿止是爾，吾情則何極也。"凡與人交，讓夷讓利，一出于誠。歷官三學，端範崇義如一日。以故凡公門下士，感公恩義，至於今不衰。家庭教子必以義方，仲子文詡知吉、解二州時，寓書恒以守己愛民爲訓。性尤勤小物，敦儉素。居官衣或華美，既歸斥不復御，歲時家人或以請，曰："吾恥爲炫也。"其性度類如此。嘉靖乙未，今上元子誕生，覃恩海宇，詔封奉直大夫、解州知州，如子官。蓋徜徉林下十有七年矣，晚沐寵恩，光生晝錦，人復榮之。

是年冬十有一月十五日考終正寢，距生景泰 年 月日，蓋享年八十有四云。先配同邑洞門黃氏，繼配觀光里徐氏，贈宜人，皆先公卒。子男四人：長文謙；次文計；次即文詡，歷升刑部湖廣司郎中；次文誨，邑庠生，早卒。女一人：恭，適上湖呂燴。孫男十二人：志喬、志高、志崇、志通、志道、志民、志達、志遷、志點、志默、志伊、志程；女二人：順、璠。順適洋塘駱彥仁；璠適塘下金守元。曾孫男十六人、女四人，皆幼。以嘉靖丁酉冬十一月 日，附葬於蘭塢先塋之側。嗚呼，公有令德令名矣，亦既壽考矣，而復克昌厥後，人生若公，復何憾乎！是固宜銘。銘曰：

於華溪之虞，歷世千年，而國弗如。代有聞人，是翼是興。或畜而敷，或馥而需。於靜齋公，馥弗究於躬，其敷於後也，宜其腴腴。

恩授承事郎友蘭錢翁墓誌銘

嘗讀《宋史·世家》，至吳越武肅王歸國事，慨然嘆曰：一舉而三善備矣：事大，知矣；保民，仁矣；全宗，孝矣。是宜其子孫蕃衍，布濩於大江之南，日靈承顯，休而未艾也。乃今觀於海虞之錢，則尤盛焉。友蘭翁者，溯武肅二十一世矣。自九世祖邁守通州，隨宋南渡，始家奚浦之上，傳五世生友義；友義生寬；寬生頤，號晉齋，即翁父也，娶於吳文恪公從女，是爲翁母。翁諱椿年，字賓桂，自幼穎敏。晉齋君有子五人，獨鍾愛翁也。邑耆英沈君趣軒有女，亦憐愛，見翁遂許諾。寖長，益敦詩書。遭家再毀，徭賦繁苛，業日替，翁乃專服勞幹蠱，百用撙縮，門户稍振。至養二親，則不儉於禮，皆以耄耋終。伯兄某無子，爲之後；弟某早卒，育其孤。既家漸饒，首修先人祠墓，置祭田，立祭規。每月朔，肅儀謁廟。歲時烝嘗必豐潔，時食未薦，不敢先嘗。修家乘以合族，先代誥敕碑文，舊所遺者，咸搜輯，手録增入。每歲饑，設糜粥以食鄉人，或量加賑貸；制藥以療疾，斲棺以斂屍；造浮橋，浚淤河。凡濟人事，爲之悉裕，而自奉則泊如也，即敝衣刓器，不輕去。見人樂易，雖童稚悉悉然。有質平者，則侃侃諭之，靡不心服。平居手不釋卷，見奇書必厚直購之，雖殘編不遺。始，族人未有顯者，翁課子姓明經。正德丙子，長子學，以太學生領順天鄉薦。嘉靖辛卯，孫兌復繼美順天，自是科第相望，實翁之穀詒也。邑大夫榮之，爲樹綽楔二，曰"南沙奎秀"，曰"弈世傳芳"云。凡鄉飲酒，必延翁上賓。詔賜高年粟帛，必首及。翁自艾年至耄歲，海内名卿之爲詩歌若文而祝之者，幾至千首，有蘭堂介壽編《橋梓榮壽集》，此雖身爲名卿者莫能致焉，是可以觀翁已。翁晚年盡屏家事，植幽蘭數本於堂前，日惟吟咏其間，因自號曰"友蘭居士"。性嗜茶，謂其清心潤氣，不可一日缺。嘗集茶譜，以備陸羽之所未載。好事者聞之，而爲之評曰："夫椿桂蘭茶，四者卉木之靈秀也。翁以爲名，以爲字，以爲號，以爲嗜，翁何如人耶？宜其美方於桂，馨比於蘭，清並於茶，而年幾於椿也。"庶幾乎知翁者哉。

嘉靖丙午元旦，翁諭子若孫曰："吾欲續家乘暨諸賢近作，今不及矣，汝輩成之。"越明日，瞑目而逝。距生景泰丙子九月四日，享年九十有一。子男二：長即學，烏程令致仕；次庠，爲伯兄後。孫男七：
允，太學生；兑，今爲應天節推；充克家，皆學子。應奇、應瑞、應昌、應
隆，皆太學生，庠子。孫女五，長適延平守范來賢。曾孫男五，曾孫女
九。嗚呼，其皆武肅仁孝之遺乎？

　　烏程君卜以丁未十一月　日，啓太平鄉仁壽里母氏竁合藏焉。
哀翁行實，命京兆君乞銘於予。予嗟嘆曰："以翁斯德，微銘，其詎弗
傳乎？"銘曰：

　　噫吁嘻兮，謂天儉仁賢兮，何善之涼涼也，而翁獨好德而懋兼兮；
謂天靳永年兮，何丘之穰穰也，而翁獨耄期以全其天兮。噫吁嘻兮，
維德維年，允宜仁壽之藏也，將并下肅其弗諼兮。

敕封安人姜母陸氏墓誌銘

　　姜母陸安人，工部方竹公令配。予以長女妻其子宷，方竹考大理
東山公，與安人之父太常鶴山公震事楓山章文懿公友善，故安人歸於
姜。安人以是歲二月　日卒，逾兩月訃聞南雍。因傷吾女之失恃，悲
安人之不與方竹偕上壽，且念先大夫之與鶴山公同歌《鹿鳴》也，爲之
叙所聞於吾女者，以誌之。

　　安人名某字某，蘭溪人。陸故族，代有聞人，母徐氏，封恭人。安
人明敏果諒，不易喜怒，躬紡績庖役，父母愛之。目不知書，而大義入
耳，輒通曉不忘。年二十，適方竹。逮事舅姑，以孝敬稱。先大夫嘗
謂東山公重然諾，深器安人爲嘉婦。壬申癸酉，東山公偕太安人朱相
繼棄養。安人從方竹委曲將事，湯藥殯葬，求盡其誠，鬻盒稱貸弗惜
也。丁丑，方竹舉進士，安人不色喜，惟以舅姑不見爲恨。己卯偕方
竹官南刑曹。方竹職司繁劇，而不煩內顧。有巨賈以千金緣乳媪求
釋者，安人屬辭遣之，白方竹，戒臧獲，慎啓闥。聞於京師，太宰喬公
宇嘆曰："賢哉，妻也。"方竹與金公賁亨、黃公宗明六人稱君子者，講
經學無間於寒暑。安人有"雞鳴解佩"之譽。壬午方竹三載考績，封

安人。甲申方竹以疾乞養，候旨。安人先歸，分所有方竹長兄，從方竹命，念舅姑愛也；既罹危疾，脫簪珥，令侄爲方竹嗣室，方竹裁以義，而安人亦尋愈。戊子，方竹補南禮曹，用薦者改繕部。未幾，以綜核忤當路回籍。安人無愠色，歸惟督稼圃桑麻，課諸子業經史，以期勿墜。方竹閉門斂迹，義不苟取，罄懸逋負，安人處之恬然。鍼紉之勞，老而不廢，奴隸衣履，親爲補綴。平生自處甘淡薄，惟享祀烝嘗必躬致豐飭。恤窮親族，治橋梁道路，則不計有無。待人和而有禮，臨下嚴而有制。諸子若婦，朝夕循循畏敬。撫諸孫男女，雖眷愛煦煦，亦自莫敢有違者。相方竹四十年，窮達安守如一日。沒之日，笥無私蓄，無私好惡，惟訓諸子婦惇睦孝養，常善吾女之順，教同己女。故述於吾者，悉出吾女口。人知方竹持己剛方，居官清慎，孰知遂其節以完其名者，安人內助之力耶？

安人生於成化丙午二月　日，享年六十有一。子男四：守、寀、察、寏。女一，適義烏李寺丞長子敬。孫與四男皆黌序髫髦。孫男亦能讀乃祖書，莫測其止也。人咸憾安人壽不滿德，德浮於福。予惟安人以鶴山爲父，固無忝所生；于歸方竹，亦無愧所適；而子孫繩繩，垂裕後昆，安人雖死而生矣。銘曰：

安人之封，胡爲之榮；六十之壽，胡爲之厚。緬惟一德，足垂不朽。太史秉筆，銘母於幽，庶其克昌厥後。

誥封恭人張母章氏墓誌銘

羅田玉泉張公之舉進士也，與予同年，視予爲季弟。始一覯，遂莫逆，朝夕不能去離，忘爾汝，示肝膈，蓋古異形同氣交云。其謝事歸老也，適予茹母氏哀，不遠三千里，馳使隆問，慰曰："'讀禮'之暇，能爲一志諸幽乎？"予愀然，問其狀。隆曰："未之有也。吾夫子之歸老也，杜酬應，違筆研，葆和恬神，庶幾卒歲而已，蓋命隆述所知以告。"因跪言其主母情性溫惠，孝乃姑，相夫子，辛苦力學三十餘年；生三子,教讀耕,咸成立。不數語而婦順章焉。予嘆曰:"善狀哉,善狀哉,又何加焉?彼世之昵於衽席,有善而張詡,無美而誣飾者,視玉泉何如也?斯可以訓,可以銘矣。"

抑予聞之,觀婦於夫,吾因玉泉而知恭人之大焉。玉泉平生耿介剛毅,寡諧合;有合則敷心膂,可托死生。爲令爲守,視小民煦煦惟恐傷,至達官拂忤不顧,吳越之人咸有去思云。其爲憲臣,備兵於處也,又稟稟敕法。一日思黃州赤壁,飄然挂冠而去。歷官垂二十年,廉貧如秀才時,此非閨閫之間無纖毫顧慮,何以能直其道而行其志若此也?是不可以知恭人乎?又何狀焉?

恭人初封孺人,加封恭人。生成化甲午六月初五日,卒於嘉靖癸卯二月初五日,享年七十。子男三,長濬,貢太學;次溥,次瀾,咸克家。以　年　月　日葬於　山之原。銘曰:

鍾呂無聲兮,式蘊和平;名德無言兮,壺則森森。鬱茲丘以流光兮,於維恭人。

誥封太夫人潘母葉氏墓誌銘

嗚呼,昔我外舅大司馬竹澗公之卒於京師也,維時某獲侍同朝,實躬殯事。今十有八年,而我外母太夫人棄養,某復以憂居侍屬纊,儵焉今昔,已不勝其感且悲矣,而又何忍爲之銘耶?傷哉,傷哉!太夫人殯於寢之百日,其冡嗣徽自廣西參政奔還,哭而踊曰:"病弗及知,斂弗及視,天乎,天乎,胡使我至此極也!"聞者盡傷心。既數日,以狀授某,屬曰:"是莫能殫吾母也。子悉素履,且聞遺訓,銘其在子。"某受而泣曰:"嗟乎,嗟乎!忍弗實錄以沒太夫人?"

太夫人姓葉,諱某,和州守梅澗公睦季女也。梅澗公於竹澗公之考靜虛公也,實爲中表,又同舉進士。二公皆抗俗好修,性相得。乃復締婚姻,人至今侈其事云。太夫人幼貞慧,精女紅,通書史。梅澗公與章宜人素奇愛,年十七歸竹澗公,有宜家譽。弘治壬戌,公舉進

士，入翰林，奉姑姜淑人就養京邸。未幾，淑人以疾終，偕扶柩還。服
闋，再從公北上。正德改元丙寅，公授兵科給事中，遇恩詔，封孺人。
丁卯，公差湖貴，處置邊儲。逆瑾竊柄，誣致下詔獄，杖幾殆。太夫人
多方調劑獲全，除籍歸。庚午，公復官。丙子，擢南太僕少卿，考績加
封恭人。辛巳，公轉本寺卿。壬午，嘉靖改元，覃恩加封淑人。癸未，
公擢南太常寺卿，尋改北，偕行。甲申四月，詔命婦朝賀兩宮。八月
朝賀中宮。每入，必齋肅恭恪。或宮嬪交談，太夫人獨端默，一時以
爲知禮。蒙文綺之賜，皆珍襲以爲傳家之寶。自是公出督軍務，入總
河道，太夫人咸家居飭內政，而公無內顧焉。己丑，徽與某同舉進士。
徽官南刑部，某承乏翰林。太夫人喜而寓訓曰："郎舅濟美，盛矣。其
胥無忝世德焉。"壬辰，竹澗公以兵部左侍郎一息而化，太夫人聞訃，
殞絕復蘇，泣曰："誠知有此，豈忍一日暌離耶？"三年之間，悲哭不輟。
乙未，徽復除刑部。戊戌，擢江西僉事。恭遇大饗霈恩，誕及外臣父
母，乃加封太夫人，從公贈大司馬秩也。己亥，徽入賀聖壽，還便省。
偶太夫人寢疾，移文乞休。太夫人不悅，曰："爾世受國恩，未能圖報，
乃遽言私耶？"會當路亦勉留，且謂太夫人行則兩全矣。太夫人遂怡
然就道。適封誥至臬司，盛典奇逢，僚屬胥慶，以爲慈孝之感。自是，
徽歷升陝右、廣西，太夫人皆以遠道不能就養，惟戒弗陳乞以違志。
己酉九月五日，乃一疾弗興矣。距生成化戊戌十二月十六日，享年七
十有二，人猶以爲未滿於德焉。

　　太夫人聖善夙成，身無擇行，雅能謹言。事姑淑人，先意承志，深
得其歡心。相竹澗公敬順弗違。公未第時，文史之役一皆服習。處
妯娌惟謙，貴而愈下，尤有恩義。愛子能勞，課讀親爲佔數，百爾誘
掖，卒底於成。年未三十，慮嗣續未廣，爲公納妾數人，接以恩禮，歡
然無間。得庶子，撫若己出，縉紳中以爲美談，聞者感化。下至媵侍，
曲加憫惜，罵詈之言，曾不出口。平生無私愛私與，鍼紉不釋手，而自
奉甚簡約，至於周恤窮困，則無所吝。蓋詩人稱太姒"孝敬勤儉"，周

禮所貴"德言功容",太夫人悉有焉。天下大夫士咸聞而信之。制誥之詞有曰:"母儀婦德,今古罕倫。"匪溢美也。晚年以御制傳訓,及小學論語,古詩諸集,常置左右,暇輒爲諸孫講解,且勖以世德。凡竹澗公所作詩文及先後誥敕、諸士夫慶壽篇什,咸手録成帙,時諷誦。公逝,詩稿逸,下卷亦賴太夫人編録,存十之八。比八月臥病,猶取公中秋詩詠之。雖病革,喃喃不絕口,左右咸嗟嘆泣下。慨昔冢君開頤壽之堂,百爾供具,太夫人亦樂其養,晨夕怡愉,花木含芳,簽帙留潤。未既也,而几筵遺像溘然臨矣。《凱風》寒泉之悲,能自禁乎?然而太夫人之訣也,則曰:"吾徼天之佑,福禄名壽亦既備矣,吾復奚憾?"嗚呼,太夫人其又委順乎。

生子一,即徽,今升福建按察使。女一粹,適某,封恭人。庶子二,紹,太學生,章氏出;綏,葛氏出。孫男四:承祐,以公蔭爲太學生、承祥,府學生、承褆,俱徽子;承禋,府學生,紹子。孫女七。曾孫男七、女七。

先是竹澗公以嘉靖壬辰之冬,賜葬武義牛山之原,墓木且拱矣。至是疏於朝,將以庚戌之十有二月　日,開壙而合藏焉。銘曰:

婺宿流光,雙溪之湄。蔚鍾夫人,翟茀祁祁。宣此懿德,萬福攸殖。既贊司馬,亦開憲伯。麟趾振振,殖福攸同。以式永世,曷不肅雍。牛山之封,司馬玄堂。有詔啓竁,合璧是藏。吁嗟,天地其同長。

誥封奉政大夫山東按察司僉事晴江邵君暨配陳宜人墓誌銘

武林仁和之甘澤坊,邵氏居焉。其先世居宜興,有諱貴和者,始徙仁和,遂爲仁和人。貴和生廉。廉生琮,登天順庚辰進士,歷官四川按察司副使,別號慕庵,即封君父也。

封君諱昺,字以明,號晴江。以子楩貴,初封都察院經歷,晉封今秩云。成化癸巳四月一日，君生在武昌官邸，故幼名武昌。少穎敏，負奇氣。稍長，嬰危疾而蘇，遂不治舉子業，然於陰陽醫卜人相諸編，靡不通曉，以故解相人。人有宜顯而窮，已獨而竟多子者，卒如其言。嘗與一友同舟，其人有癩疾，腎囊如斗，偶失足，囊裂，出黑水數升，勢危急。君曰：“可治也。”取膏藥封之，遂不死，癩疾且愈，人以爲奇。性坦易，人樂與親；好賢士，急人危患。鄰姻災，悉家奔救。有友僕自舟遘疫來歸，即館穀調攝，愈而去，不以爲德。家故裕，中年以多男女婚嫁，殖日落，至不自給，然有宿逋者，知其貧，復不忍責償也。其慈仁類如此。或爲之憂，君曰：“斯有命焉。”處之裕如，而日寄興於弈。與伯兄同安令竹泉先生友愛篤至。從子楷、槐同居，終身無間言。平生未嘗遠遊。嘉靖戊戌，子梗舉進士，居京師，則慨然曰：“吾嘗有四方志，茲非其時耶？”遂携家北上，縱觀江河岱嶽之勝，宮闕都會之壯，油油然慰矣。明年，梗授南昌令，君教之曰：“國朝里甲之制，田出賦，丁出力，厥後以田配丁，於是田日賤，民日貧。爾令南昌，其先均里哉。”梗奉以周旋，南昌至今稱便，士人歸功於庭訓焉。辛亥之歲，君於是春秋七十有九矣，偶感淋疾。梗時爲山東僉事，當給由北上，聞之浩然南歸，左右就養。居三月，君蹙然曰：“吾尚無恙，爾以私廢公，奈何？”趣之行。既考最復任，方圖乞休侍養，而君以是年十一月十有八日不起矣。無親疏遠近，咸惜之。

配同邑陳氏，贈安人，再贈宜人，年十九于歸。性至柔順，孝姑嫜，敬妯娌，奠祀必豐洗，逮下有恩，有所予必均。工女紅，子女衆多，裳衣一不假手諸子女，咸溫和慎飭，人以爲式於母儀云。先封君卒者三十四年，正德庚辰十二月二十有二日也，年僅四十有六。男子六，長即梗，次椿、桂，宜人出；桐、張出；櫃、梓，黃出。梗娶趙氏，先卒，贈安人，再贈宜人；繼娶黃氏，封宜人。女子六，汝榮適詩人青門沈氏；汝華適徐相；汝貴適太學生柴臯；汝順適府庠生錢寶；汝□適縣學生劉鉞；汝□聘府庠生方□。孫男六：於詩、於禮、於樂、於道、於德、於

□;孫女二,曾孫男二、女二。

昔在成化間,慕庵公與金華潘静虚公同官蜀臬,二姓子孫遂爲世講。大司馬竹澗公於封君伯仲猶兄弟也,某於竹澗公爲館甥。正德己卯應舉至武林,因與諸潘同主君家,則於僉憲君輩又兄弟也。封君伯仲視予不啻骨肉,時家君憲副公亦自蜀歸,因緣篤世誼,幸而某與内兄,今按察使徽,暨僉憲君又皆相繼濟美同朝,通家益密。緬懷昔今,溢焉三紀,諸翁皆謝,而翁獨存,乃今亦長逝矣,傷哉,傷哉!僉憲將啓宜人壙,奉君合葬於南山錢糧司嶺祖塋,走狀,以志銘屬,某覽而出涕曰:"嗟乎,斯予事也,亦二翁之意也哉。"銘曰:

武林之邵自宜興,三世而顯何繩繩。於維封君壽而貞,媲德者誰宜人陳。考祥徵行合鑴銘,南山之藏山同盟。

嘉議大夫福建按察使壺南潘公墓誌銘

憲使潘公,予内子兄也,諱徽,字叔慎,號壺南。世爲金華著姓,始祖彦亨,洪武間以賢良聘使江右。高祖文華,贈文林郎、山東道監察御史。曾祖洪,廣西按察司僉事,累贈中大夫、南京太僕寺卿。祖璋,陝西按察司提學副使,累贈如僉憲。君考竹澗公希曾,位大司馬,即予外舅也,持身敦厚,謙默居官,清慎忠勤,歷仕三十年,竟卒於王事,自有傳。曾祖妣吳,祖妣姜,皆以竹澗公貴,累贈淑人。而妣葉,先封淑人,復以公貴加封太夫人。

公秉性敦樸凝静,剛方正直。初與予同登嘉靖己丑進士,任南京刑部廣東司主事。南京勳戚環峙,而是司專理留都刑獄。公剖決如流,庭無留訟。魏國與民爭蘆蕩,公辨其横,即奪還之。趙駙馬家逼殺貧軍,亦據法不貸。預典辛卯鄉試,所拔多偉士,刻經義爲程。以父憂去職,服闋,奉命理淮刑。淮,南北要衝,前理刑例責里甲供交際,而所轄武弁漕運之事,請託賄賂百出,防範稍疏,即爲所汙。而好作威福者,又每兼聽民訟,故是差最爲清途所畏,部僚多避之。公至,禁民訟之擾，除里甲之供，唯事關漕運者，乃爲聽斷。謝絕請賂，虛心廉察，由是片言多得獄情，而罹重刑者亦服其公廉明允。考最，陟江西提刑僉事，分巡湖西。湖西素稱訟藪，積猾老書善侵公賦爲私囊。小民困於征求，而官課之虧乏自若。公按部，即曰："錢糧之完逋，取驗於批廻。一稽批廻之銷否足矣。"果出侵漁若干萬。袁有剽掠之盜十餘，止獲其一。其子投牒訴冤。公曰："訴冤雖一人，其黨必有陰助之者。"果得同惡數人，一道畏之如神明。頃值三秦旱災，民多流徙失業，朝議添設藩司於全州，擢公參議，賜敕往撫之。公謂關南地瘠民貧，故罕存濟爾，遂立賤糴貴糶之制，穀賤則官爲增價而斂入倉；穀貴則官爲減價而散諸民。上不費財，下免饑色，一方賴濟。三年擢副陝之臬司。去之日，民無老稚，攀輿號泣，如赤子之挽慈母。嗣後副陝者幾三年，分守蒼梧幾二載。陝之法，每歲計公費若干，而令里甲輸錢於官。蒼梧則供應浩繁，里甲凋敝，有司責辦，漫無紀極。公謂輸錢者困於額外取盈，供應者恒慮轉死溝壑。陝地頗饒，則聽其供應；蒼梧疲劇，則限以輸錢。同事異制，蓋因地制宜也。歷官二十餘載，始擢福建按察使。命下而公已奔母太夫人之訃，守制歸家矣。

太夫人止生公與予內子，二弟皆側出。大司馬公歷仕南北，太夫人常獨劬家。公自幼侍養，不離左右。壯登仕籍，痛大司馬公之亡，念太夫人缺侍，即有終養之志，而迫於母命，不得已復出。歷官江廣關陝，屢屢陳情乞歸，又竟爲當道所阻，卒於病不及視，斂不及親。自聞喪，及抵家，每一念及，即哀號慟絕。扶柩葬武義，攀輿悲泣，親踐泥途，迫切苦情，酸感行路。雖竣葬事，而終以不及送死爲憾。獨居悲咽，愈慕愈傷，僅獲終制，而卒以毀不起矣。

大抵公忠孝出於天性，事親則一心愛慕，而無他好；事君則一心王事，而忘身圖。歸家俸資均之諸弟；在官餘稟付之公帑，同一清白也。居鄉而杜迹公門；居官而絕書政府，同一自樹也。雖厄於運數，不獲大究其功業，而即其存心處事，自治治人，誠有不愧屋漏者矣，將不爲天地之完人耶？蓋潘之家學淵源，忠孝奕葉，自賢良侍御公肇之，僉憲副憲公繼之，昌於外舅大司馬，而益衍於壺南矣。

娶戚氏，以公貴，封宜人，侍御雄之女也。男三，長承祐，襲祖蔭；次承祥，府庠廩生；次承褆。孫男七：元厦、元度、元廓，承祐子；元廓，承祥子；元庭、元府、元虞，承褆子。女二，長承祺適永康庠生王洪範；次承祇適本邑黃繒。鄉之大夫士私諡公爲"純孝先生"。所著有《祠堂議》《壺南集》若干卷，藏於家。

公卒之明年，令子承祐等乞予銘，以冀垂不朽。予惟先大夫十峰公與外舅竹澗公自幼有指腹之盟，使予得婿公妹，故予與公幼即同出入起居，同考德問業；壯而同登甲科，同奔走王事，雖宦轍屢違，而心一志同，真千里面談也。初公免喪，予時爲吏部左侍郎，方與公妹掃室以俟公至，而忽報公不起矣。公妹痛兄，絶而復蘇；予心憶公，久而彌篤。今日之銘，非予其誰乎？銘曰：

扶輿正直，蔚鍾我公。承家觀國，克孝克忠。孝而永慕，忠而忘躬。劬劬盡瘁，賁此志終。庶幾全歸，牛山之封。

永康侯愛葵徐公墓誌銘

按狀，公先世廬之合肥人，始祖忠，洪武初從征，授濟陽衛指揮，後以靖難功，進爵永康侯，贈蔡國公，諡"忠烈"。忠生安，襲侯，鎮守山東。安生昌，蚤世。昌生錡，襲侯，弘治間奉敕充總兵官，佩平蠻將軍印，鎮守湖廣，蠻果平，徐氏勳勩，厥惟舊矣。錡年逾壯，未有冢嗣。偕其母夫人張、配夫人許，吁天祝曰："維源混混而流沄沄，我承世業，願貽嗣人。"乃己未正月十四日生公。公果頭角奇偉，不類凡兒。父喜曰："世業有託矣。"因命名曰源。

公甫四歲，父卒，從例優給，事祖母、母如成人。正德甲戌，年十六，襲侯，乃魁梧丈夫，見者敬愛。讀書冑監，持節藩府，頻賜蟒服輕帶。今上即位,命管五軍大營操。癸未,管紅盔將軍。乙酉改鼓勇營。丙戌改奮武營。戊子改五軍中軍。公嘗謂國家戎政,内治爲本,督帥所部,申飭軍容,尤恤士卒,寬刑罰。一緡之細,苟非分所宜得,曰:"清白家聲,安用是爲?"於是茬諸營凡數年,士卒嘆服,罔不畏公之威,而德其愛。會銓曹校諸勛胄賢否,以廉介聞,改掌南京左府。庚寅改南京協同守備,仍掌府事。南京重地,守備重任,以典機務,以樹屏藩,率未嘗輕畀。公偕大司馬坐籌兵事,謀斷相資,時所推重。訓士督餉,葺垣深塹,靡不殫力。歲時校藝武學,其後學生往往登用樹勳。公本將才,又自京營往,所至有聲,時獲恩賚甚厚。當强年顧患痰疾,公嘆曰:"生際太平,無能效尺寸,惟不愧我世業,足矣。"屢疏求退。庚戌得請還京,帶俸右府。甲寅十二月初七日訃聞,上悼惻輟朝,遣官葬祭,恤典咸至,士類嗟嘆不置。方今當寧遴才,搜羅智勇,思用故將,乃公遘疾竟不起。然歷官南北,身膺重務,勤學三十餘年,功在國家,光增先世。卒之日,家無多畜,顧二子曰:"我無以遺汝逸,要不失吾儉,其務以聖恩祖功爲念。"言畢而逝。公之賢足多矣,庸詎世業有託已哉?

公年五十有六,字澄甫,别號愛葵。配周氏,戚畹指揮周君瑠女,封夫人,生子二,長喬松,應襲侯,娶錦衣指揮高君鳳女;次喬柏,未聘。女三,長適贈太傅兼太子太傅、謚"榮康"、成國朱公季子希祖;次適戚畹指揮邵君子曾尚;次未笄。孫男一尚幼。墓在房山縣太平里,葬卜三月初八日。

先是喬松持其姻邵君柏崖所爲狀來謁予。邵君亦予姻也。世傳公先世合肥,與予邑永康徐氏同宗,故爵號曰永康,戚黨鄉誼均有屬焉,矧公又賢侯耶。予乃志如石,而繫之銘。銘曰:

國重世臣,家稱世胄。偉哉永康,厥勳惟舊。振揚克承,光華益茂。清白聲傳,勤勞績奏。胡不遐年,斯理焉究?不盡之福,以貽爾後。惟帝念功,追報孔厚。斯藏孔安,斯銘孔久。

補　遺

石泉公墓誌銘

予少時從吾師皋翁業學舍，維時東白翁，皋翁友也，携乃弟石泉公共事焉。日講說堯舜周孔以相磨礱，而公於予相得甚歡，遂自結納。嘉靖丙午，予司南國子事，而公以訃聞，嗟悼不置。丁未余宅憂，舍弟生員文沼，公館甥也，以狀來請銘，余未遑也。乃今致政，始得序而銘之。

按狀，公姓應氏，諱球，字振夫，石泉其別號也。世居永康可投。九世祖仲實公，講明正學，爲東南倡。曾祖諱士珍，祖諱仟，父諱惇，皆有隱德。公明快英發，有大志，從乃兄業《尚書》，誦習顓勤，不以寒暑廢業。郡守歐陽公第其所試文上等。正德戊寅，督學五清劉公見而奇之，補邑庠弟子員，碩碩有聲譽。時甘泉湛公講道南都，公不遠千里從之，得其良知之學，名公士大夫皆折官位輩望願爲交。已而試有司，有司皆樂熟軟，媚耳目，不喜聞奇絕語，輒弗利；益力學，邃意經史。凡陰陽醫卜、山經地志、九流百家之書，以至浮屠、老子，靡不悉究。爲文踔厲風發。既而嘆曰：“大丈夫坐廟堂，佐天子，出號令以康兆民，不然，當遨遊萬里，歷名山大川，奈何服章縫鄉井耶！”遂絕江渡淮，溯河濟，過齊魯之墟，南還吳楚。登高舒嘯，吊古豪杰遺迹，發爲詩歌，皆磊落奇瑰，竟不得志於天下，可悲已！

生平事父母孝，事諸兄敬，處黨里嚴而有法，公明方正，人咸畏之。里有爭曲直者就質，皆得其平，鄉稱爲郭有道。憐貧恤老，明醫術，嘗施藥以活人，識者憾其弗獲大用。嘉靖丙午六月四日，考終正寢。揆其所生弘治壬子十月初一日，享年五十有五。配徐氏，掌科魯齋公沂佢女也，先公卒。生子一誥，後以病殤。女一適永昌知府洪洲沙泉俞公敬孫良猷，繼娶南京龍驤衛指揮王公瑞女。生二子，永選、永嘉，選弗壽，永嘉娶洪洲俞氏。女三：長適予弟，次適泗州州判芙道眉峰董公文鰲長子惟汴，三適侍郎麓泉王公崇從弟炤。以丁巳十月二十九日，葬武平鄉石塘山之原，徐氏附焉。銘曰：

　　唐有元賓，宋有惇夫。才而弗壽，中道崩殂。韓銘黃詩，哀以嗟吁。生也無官，歿而有譽。嗟彼石泉，文華以腴。彼造物者，曷榮曷枯。石塘之原，龍鳳盤紆。鍾奇閟秀，爰止爰居。我銘茲丘，萬世不渝。

　　賜進士及第正議大夫資治尹吏部左侍郎兼翰林院學士掌詹事府事經筵國史官前南京國子祭酒松谿程文德撰

明故處士公全呂君世綸墓誌銘

　　處士呂君，諱均，字公全，行孚十。享年六十歲，以疾終於正寢，既命龜以窆，得吉有期。其子鎡，介書幣於南雍，請銘者三，義不獲辭。蓋鎡與予同鄉壤，娶予從兄之女，得處士之行甚詳，因摭其事書之。按狀，處士之先，出於尚書好問公之裔，有諱洙，字魯川公者，遷於永康之青山，遂世家焉。自宋迄今，代有聞人。曾祖演、祖棕，擇地於西山之麓以居。厥考爐，俾君理家務。君克承先志，儉素無華。家本菲約，及綜理數十年，而儲蓄充裕，資產日拓，迹其猷爲，蓋有大過人者。又篤於義方之訓，俾子孫游業詩書之內，故其緒允競爽刻勵，嶄然頭角不群，其來蓋未艾也。晚年恣情園林，堅盟泉石，日與賓客銜觴雅歌，優游取適。里中人高其行誼，群推長者。至有爭鬥是非，紛紜莫決者，君徐以片言折其曲直，莫不心悅誠服，冰消霧釋，蓋其平居多嚴毅，重然諾，信行孚於人者如此，君其一時之良乎？厥配馬氏，子四，曰鈒、曰釗、曰鐮、曰鎡。女一，適在城徐文遂。孫八：文彝、文星、文華、文英、文奇、文明、文義、文章。君生於成化甲辰十一月廿六日辰時，卒嘉靖癸卯三月十八日辰時，厝於嘉靖甲辰正月十七日，墓

在縣東義和鄉邵大塘之原,附先塋之側而營壙焉。乃爲之銘。銘曰:

惟翁之才,邁迹自躬。詒謀燕翼,久而彌隆。積厚流光,孰云匪翁。兆此新岡,坎於其中。殉以堅銘,發揚潛踪。輝昭茲德,示於無窮。

賜進士及第前翰林院編修南京國子監祭酒眷生松谿程文德拜書

南岑吳仁谷翁墓誌銘

予年友三邱子從兄孟明者,諱杲,號仁谷翁,裔出宋康肅公,而有明都諫公澤之從曾孫,勛部公希純之諸孫,選部公昉之從子也。世居南岑。

翁性寬仁恭愛,積而能散。常謂世人朝夕拮据,爲豐藏以遺後,曾未瞥然,如露晞之於旭日,則何益矣!爰戒其二子恢、耿曰:“汝等當自力,吾必傾所有爲他日久大計,弗汝目前私也。”以是於堂構之外,多捐以周人,待以舉火者無虛日。有急難者,輒吐哺起而紓之,道殣遺骸爲之棺襚,未能襄事者即麥舟之付無難色。每歲寒,遠邇渡津,爲之杠梁。尤雅愛詩文,窮途之士過之,必厚賚以出疆。嘗往郡城,見群士坐困,乃慨然貸數十金資之歸,而鬻產以償。族有瞽而無告者收養終身,給以斂具。侍兒年長,則以禮善嫁之,不啻如息女。晚舍負郭黃駃壟地一區爲義冢,復捐己地數畝爲大宗祠址。其世祖德幹先蠱,誠屹然一亢宗也。郡邑諸長屢以鄉飲賓請之,固辭不赴。代巡傅公廉知其行,旌之曰:“行飭身端,不淆於俗;好施樂善,出於真心。”

卒嘉靖己酉七月十七日,距生天順甲申三月二十九日,享年八十有六。其始終大節若是,餘詳邑志《先民傳》。娶永康棠溪陳氏,與翁一德。凡翁之所施,皆安人贊成之也。生天順壬午正月二十一日,卒嘉靖丁酉五月初一日,享年七十有六。合厝仁壽鄉五十四都郭畈橋宅基之原。孫男五,皆烝烝有成。

嗚呼！君子之樂善好施，未嘗不爲其後也。翁乃先嗇之於子姓焉，豈以厚者顧而薄之耶？於是可以見翁之度越諸人矣！翁乃睠諸子姓之嶄然，既有以報疇昔之所施，爰乃大伸其手以培之。根深則末不期茂而自茂，奚必傾其所有爲恤哉？翁其可謂度越諸人矣。余忝爲世姻，嘗躬壽其八秩而具知其素重。以厥孫天德、天乙屬予銘其墓，謹贅之銘焉。銘曰：

緊犖俗之英，實貞固以爲幹。知厚其後以遠大，較勝夫厚其後以璀璨。是欲洽幽明，風高里閈。嗚呼！若翁汪矣奚畔？瞻厥夜臺，銘文以粲。

賜進士及第通議大夫掌詹事府吏部左侍郎兼翰林學士永康眷生松谿程文德撰

行庸五景朝公歸墓銘

明處士公諱匡，字景朝。嘉靖乙未冬，余歸省二親私第，孫君良夫來謁余，戚戚悲容可掬也。余拜以禮，問良夫，泣咽不能言。余又問曰："子何悲之甚耶？"良夫泣且告余曰："瑢嘗聞吾祖母若曰'我嫁而祖，苦一生矣。其在鄉間也，無詭行異俗，平心率物，一以恭恕誠確爲本。見人有善也，則宣之而不匿；見人不善也，則戒之而莫爲。貧者賙之，急者紓之。年五十乏嗣，螟從兄瑩幼子寶爲後，撥與大塘西後山一片，又割膳田七百秧與女夫謝富禮，靠其饔飱之具。越二年，纔產汝父與汝叔二人，又幾年，得劇病。枕時有佔其坑山者，聞之唯唯，旰睞而絕。歷幾閱月，葬上庄山。是時汝父尚幼，汝叔在襁褓。有謀吾孤寡者，發其冢而去，今存其虛墓矣。'瑢問耇成人，僉曰'噫，信哉！'不幸吾祖母亦逝矣。去祖墓北幾丈葬焉，兩冢相左右列。祖母雖沒，言猶在耳。願先生文墓石，以傳先人之行，瑢悲少慰也。"良夫言訖又泣下，余亦爲悲不自勝，辭謝不敏。時予待罪史氏，言事忤旨謫貶。陞知安福縣事，良又緘書遠來固請。

處士諱匡,字景朝,庸第五,永康厚莘人也。卒之歲成化十七年辛丑正月十六日,以生明永樂十四年丙申十二月廿五日巳時,享年六十六。配碓鼓應氏,謹守家閫,和穆妯娌,孝舅姑,有婦道之規。生明宣德七年壬子十一月初六日申時,終明弘治十五年壬戌正月十三辰時,享年七十有一。子男二人,曰汀,曰滄。女二人,長適厚睦謝富禮,次適青龍李世遠。孫男四人,曰瑢,即良夫也。次曰琜,次曰璋,次曰璽。孫女三人,長適葛塘下王二尹孫秉莊,次適楊冬,次適秉莊從姪王思聖。曾孫男三人,曰岳,曰岱,曰巒。玄孫男三人,大銓、大鍵、大釿。孫女二人,長適芝英應司訓鍾男文琛,次適麻車頭知縣陳泗孫懋德。處士曾大父宗明、大父克矩、父文興,並以爲善聞。母柯氏,有賢行。處士死已十紀矣,於行宜追銘。良夫讀書孝友,爲世碩儒,余不敢終辭。銘曰:

君子善人,孰曰勿似。兆域不隳,精靈猶庀。天錫之祉,多賢孫子。遺澤有徵,其將在此。

嘉靖十五年歲在丙申正月十六日穀旦,知安福縣事賜進士及第翰林院編修松溪程文德敬書。

東川公墓誌銘

嗚呼,余奚能銘翁?我翁以龍德而隱,歛華就實,無赫赫聲。於戲,予奚能不銘翁?我翁之孫仕鴻,哀思遺訓,踽踽不寧,抱狀乞言,情益懇至。於戲!翁之實行,非予銘而誰銘?按狀,翁黃姓,其先出自諫議公縈,著于金華。宋中葉,徙永康,沅陵縣令伯洪公,其高祖也。曾大父諱崇,字彥高。大父諱森,字世盛。父諱耑,字永穆,咸高尚不仕。母楊氏,生翁伯仲四:孟諱琪,季諱璁,諱琰;翁其仲子,諱璨,字思顯,別號東川。性沉毅重厚,善事厥考,兄弟怡怡如也。永穆公以子孫蕃衍,嘗有充拓舊第意。翁諭其旨,曰:“親志也,我當承之。”遂請得命,乃卜築前田焉。至于建神祠以祝釐,樹橋梁以利涉,罔不先意曲成之，而以孝友稱者，内外無間。及永穆公卒，翁居喪哀不踰禮，葬不踰制，弔者大悦。一日，族之人有欲以祖第鬻之者，子繼和聞其事於翁，翁曰：“先業也，汝其復之。”肆下命俾鼎新堂構而益恢大焉。他如賑貧周給，睦族宜家，處己和物，懿行種種，行道有口碑誦之不衰。有司之觀風者廉得其實，乃援國家優老旌善之典，特賜冠帶束帛以榮之。時翁年登七裹，益勵厥行，不以耄倦踰度。嘗諭其子若孫曰：“傳家以耕讀爲本，居身以忠孝爲先，處世以浮薄爲戒，汝等其識之。”越嘉靖甲辰，翁遘疾，繼和敬進湯藥，勿克瘳，翁曰：“吾殆不可作矣。”乃澡沐，乃着冠帶，乃遷正寢，乃顧命其子若孫毋忘平日之教言。臨終實二月十九日，距生於成化癸巳正月初三日，介壽七十有二。越　年　月　日，繼和乃卜地，得山宕之畔，維吉乃營宅兆如法，乃窆焉。配樓氏。生子男一，繼和。女一，適本里西麻車李顯。孫男三，仕鴻、仕源、仕泓。仕鴻遵遺訓業儒，補邑庠弟子員，尋奉明例入游太學。博學能文，屢應科試，向往事業未艾。仕源、仕泓輩尤嶄然露頭角，族將大而後之昌可必也。於是系之以銘。其銘曰：

於維黃翁，卓隱有德。處善循理，其儀不忒。於維黃翁，克昌厥後。以繩以繼，宜耕宜讀。瞻彼山宕，虎踞龍蟠。於維黃翁，於斯萬年！

仁六十九公墓銘

嗚呼！此先公執友荆溪陳君遺行也。君諱琇，字仲美，家永康之荆溪，因以爲號。厥祖戩、父鎭，克紹世德，竹帛流芳。君生而神清質秀。幼嘗習舉子業，以多病不竟。天性孝友，痛父早世，事母潘氏，委曲承順，務得歡心。昆弟五人，中弟夭。其婦守志，力相成之，撫二孤若己出，教之婚之。季弟全，補邑弟子員，助以貲田，令無内顧。全由例貢，任瀏陽主簿，課三子亦如之。妻弟李鴻，年十三而孤。爲延師授學，竟領鄉薦，今同守南昌郡。人以爲美談。陳氏族巨，君立家規，朔望會眾,獎善懲惡,治生理財,區畫咸至。嘗集八人,創一樓積谷,立斂散之法。鄉人德之。過厚仁溪,見病涉者,嘔造石步代徒杠,行旅稱便。其抱經濟,思利人,類如此。將建祠合族,會母氏寢疾,躬饘藥,竭勞瘁。既卒,哀毀亦弗起。"爲子死孝",昔聞其語,今見其人。聞者莫不傷嘆。方病革,諄諄惟以祠屬其子濠曰:"兒克成吾志,吾無恨矣。"濠感泣受命,竟成先志。昔周官教民六行,曰孝、友、睦、姻、任、邮,今世教衰久矣,凡君之行悉有契焉。謂不待文王而興者,非耶?

君生成化己丑閏二月十日,卒正德癸酉九月十七日,得年四十有五。壽不滿德,人以爲憾。於正德己卯季冬月丙申日,附葬石墩祖塋。娶厚仁李氏,贈順昌縣令樸齋女也。聰慧柔嘉,克盡相道。年逾四十,而君先逝,撫孤守志,勤儉治家,足爲閫範,爲鄉推重。夫何天不假年,一話而逝。嘉靖辛亥十月十九日,距生成化壬辰正月十九日,享年八十。合葬於君之北。子三:長濠;次潢,邑庠生;次溁。君嘗與先憲副十峰公同學又同庚,遂莫逆。既復締姻,先公舉進士,官南大理。君遠訪於鍾山之麓,下榻道舊甚歡,歸而贈以言,歷叙始終,情真辭樸,無一長語。至今觀者莫不慕前輩風流。君今厭世三十餘年,先公神游亦且八載,薤露晨星,方深感怀。一日諸郎搋翁遺行,求表諸墓,且以先公遺言爲質,奉讀未竟,泪下沾衣。於戲,其忍辭乎!是用揭諸隧首而爲之銘。銘曰:

孰不欲達,義則弗行。孰不貴名,善則弗稱。卓卓荊溪,履素守真。宗族興孝,鄉間浹仁。如其達,如其名。千載而下,論其世者,將以爲太邱之倫。

時嘉靖廿四年歲在乙巳二月十有五日,賜進士及第朝列大夫南京國子監祭酒前翰林院編修文林郎經筵官同邑姻生松溪程文德撰

行英景祥公墓誌銘 又行淳四

公諱福,字景祥,任常州府,姓孫氏,婺州永康桐琴人。儀狀豐

整,器識超凡。少好學,通經史,惇信義,有士行,使人敬慕。既而選入邑庠,日與賢俊講究,義理益明,聲猷益著,雄儕輩,期科第可拾芥爾。正統間,以歲貢登冑監。復試天曹,除授南直隸常州府判官。贊治郡政,同寅協恭,明習世故,分理紛錯,一以愛民爲本。其因革損益,咸中乎義理法律。嘗〔曰〕:"斷制不可以不獨,必博咨以盡羣策。"時以爲名言。公以天順壬午例膺述職,覲天顏,考上最,以返于常。後以疾作,告乞骸,幸於萬曆己酉三月廿七日午時卒①,距生年嘉靖癸未十月十四日巳時②,享年八十有六歲。配方氏,有賢行,和姒娣,孝舅姑,教子成業。生嘉靖壬子三月廿七日寅時,終於萬曆丙申十月三十日③,享壽四十有五歲。合葬前塘山之原孫姓殿側。其墓木已大拱矣,而墓石未有文,玄孫鐸慮無示其後,敬述公平昔行實,輒浼銘之。

嗚呼,公之學主於力行而克以涵養,信實嚴毅,沉静寡慾,志氣高邁。蒞政無苛刻,士民仰服,以廉謹見稱。其先浙之富陽吳主權之後,遷嚴衢。至紳公,宋初自嚴衢遷居永康之鳳凰潭前孫里。十一世還公者,復徙桐琴。公廼駙馬九成公十三世孫也。祖敬六,祖父普十五,父斌一,俱尚德不仕。妣方氏,内助謹守閨門,課子有方。生三子:豹、彪、虎。女二,長適項家畈,次適頓村。孫禄一四、禄十三。子三,玉七九、玉四十四、玉九六。孫女配上街趙乾,外甥趙鑾任四川順慶府知府。文珪子四,文瑯以弟文璽次子爲嗣。孫女適在城二尹徐,時贈蕃伯,封夫人。外甥文通,山東兵備道,文述,監生。繼子一:銶。文璽子三,孫共七人,曾孫十六人。公之德業,實宜名揚。銘曰:

學優才美,言正行純。心根忠亮,名時能臣。光昭前列,望重縉紳。勒名貞石,以示後人。

---

① "幸"下疑有缺文,似爲"蒙優詔許"。"萬曆"誤,似應爲弘治。
② "嘉靖"誤,似應爲永樂。
③ 生卒年之皇帝年號與干支似有誤。

時嘉靖癸丑年八月下浣之吉,賜進士及第翰林院編修松溪程文德拜撰。

明貴州都勻軍民府經歷問渠郭公壙志

公諱堯紀,字思唐,號問渠,世居婺之蘭邑,公之遠祖實爲有唐汾陽王。自宋季公之十世祖魯三提轄肇基於蘭,暨公之太祖樸庵公嗣先業,有聲於江左。及公生,穎異超於常兒,年七歲,作《顔子守簞瓢頌》以自警。太保唐文襄公驚曰:"兒奇才,姑即舉子業。"稍長,恣意爲文,司空東橋顧公尤器之,每讀其詞賦,輒嘆曰:"吾子今之元白也。"居無何,以生員補國子生,大司成常録其課績。太師桂洲夏公,我明之文祖也,章疏亦時與公參酌。自是,諸大臣表奏辭章,公間爲之呈稿矣。公之父諱欽,號蒲泉。公長而失愛,故旅居京邑者緖年除夕之詠,有曰:"夜移子亥分新歲,俗異妻孥説故鄉。"蒲泉聞而哀之。未幾授貴州都勻軍民府經歷,卒於道。

公家於蘭治之中和坊,族之男女計千有奇,富甲於蘭,而時或登仕籍。公娶於石門倪氏,生男女離抱而殁。公昆弟五人,曰堯綏,曰堯申,皆早世。公之叔父則爲江右名宦。

公生於正德丁丑六月三十日丑時,卒於嘉靖庚戌十月初四日巳時,葬於城東之南塘山。傳於世者有《金陵游藝録》,皆其童年所製也,餘中年之作,皆逸散不傳。

嗚呼! 古稱窮厄者,無如郊、島,郊尤登第而其文賴島并以傳。公之家田連阡陌而公獨淹淹,困於羈旅,客死道路,冤哉!

公之弟諱堯綏,字思章,娶龍丘祝氏處士靈源女,生於壬辰九月初二日丑時,卒於庚戌七月十有二日戌時,與公合葬,故并志之。

嘉靖三十三年歲次甲寅秋九月吉旦,賜進士及第資善大夫正治上卿吏部左侍郎兼翰林院學士掌詹事府事知經筵國史副總裁松溪程文德撰文并書丹。

封太安人應母樓氏墓誌銘

嗚呼,此應太安人之墓。安人樓氏,諱綉,邑清渭樓翁廷珪之女,實刑部主事澤之族孫女。歸芝英應,爲贈承德郎南京刑部主事曙之配,而吾友晉庵君、福建按察司僉事廷育之母也。賦性敏淑,又夙漸禮義之訓,以故立身制行,與道冥合,蔚有士行。樓翁自應出,與行素翁爲中表。乃安人歸其子主事公。先是行素翁嗜書,不屑屑事生產,家用不給。自安人于歸,躬勤紡績,又佐以節儉,遂漸饒裕。久之,業歲增焉。安人性好紡績,雖老不廢。或勸之高年宜佚,則曰:"女之紡績,男之誦讀,一也。非此何以消日力?"

行素翁性嚴重,安人敬事無違。翁或寢疾,飭家人慎咳唾,步履無使聞聲。又好款賓客,供具期倉卒備,不問有無。盈縮務承翁志,又弗令翁知其難也。姑謝年老,得瘖疾,凡所咨白,必附耳怡下致之,或頤付色受,而皆脃然弗逆。與主事公相敬如賓。無謔言,無忿容,怡怡聚首者垂四十年。

撫二子一女,愛而知勞。子未就家塾,輒口授《蒙求》及古文,爲解大義。迨就塾,歸必約無與衆遨,又使習治家事。謂讀書治事原無二道。

處姒娣和而有禮,羣居言必及義。人人以爲得姆師。或有競於室者,徐以一言解之,輒欣然釋。凡姻族節序慶弔,每篤於先,施然弗責報。姑姊適俞,蚤逝,取孤珣撫之如子,待後姑黄猶前姑也。且識見越人,揆理之是非,商事之利害,靡弗曲中。行素翁暨主事公每有大處分,必謀及安人,往往懸合。海寇逋逃犯境,連數邑皆轉徙,洶洶弗靖。安人獨寧居,曰:"寇必弗至。彼懼徙者,風櫛露沐,徒自苦耳!"已而果然。

晉庵君登第時,安人聞報不色喜。或問之,則曰:"吾兒同學凡七人,齒最後而先舉,惡得獨喜,示弗廣乎?"逮晉庵君官南京刑部,朝廷推恩,贈父承德郎,如子官,封母太安人,嘆曰:"吾今乃獲教子之報,第恨兒父弗少延數年，親被冠帶之榮耳。"乃望闕謝恩，褚其霞翟而檟之，不復再御焉，其澹於榮名如此。

平生康強鮮疾，或稍恙，亦不喜伏枕，耄年猶然。一日，顧肌肉漸削，謂二子曰："吾殆弗起矣。"既而伏枕者兩月，神氣清明，無異平時，忽悠然而逝，嘉靖乙卯七月五日也，距生成化癸巳九月十二日，享年八十有三。

子男二，長廷芝，次即廷育。嘉靖壬午聯捷，歷官福建按察司僉事，年甫踰強，輒引疾致仕，人推急流勇退云。女一，適庠生俞聞。孫男六：汝學、汝翼、汝承、汝言、汝弼、汝聽。翼、言、聽皆邑庠生。曾孫男八：齊賢、成賢，亦皆邑庠生；愈賢、繼賢、興賢、親賢、養賢、希賢。

晉庵君於予同庚、同學、同志好友也。將以嘉靖戊午十一月二十四日，奉安人之柩，合祔於大安山主事公墓次。先期屬以銘，惡得而辭？銘曰：

於太安人，女中之英。婦行雅醇，母道大成。世之常婦，劼家鮮能。於昭大母，幹蠱儉勤。自少至老，靡懈組紃。始家弗裕，既而漸殷。世之賢婦，教子未聞。於昭大母，善教卒成。文學政事，卓有令名。始子登薦，母弗色欣。既而受服，亦弗自榮。謙約韜晦，乃心斯寧。匪曰學習，自其性成。於昭大母，奚翅賢助。君子之識，丈夫之度。山木既拱，於焉合藏。銘以昭德，邱隴之光。

明故處士景山公墓誌銘

處士諱鎖，字伯杰，行明五，景山其別號也，縉雲碧溪人。曾大父友奇，贈刑部主事，大父天福，父文盛，俱隱德弗仕。母本里徐氏僉憲之嫡妹也，以賢淑稱。義母周氏，亦以孝慈聞。徐生三子二女：長即處士，鋰與鏐，其弟也。又弟曰鉉者，周所出也。處士幼自警悟。早歲喪母，即知哀切。十五喪父，痛憾非命。吁天訟冤事，經京省，至十餘年，務復其仇，長而規模宏遠，氣度豁如。喜讀書，不干仕進。事繼母克盡孝道，不異所生。撫諸弟友愛曲至，以次成其姻事。而姐與妹，咸以厚禮嫁之。處鄉曲，言而有信，與人交，久而彌篤。此處士之大致，而邑里稱其爲義人者，至今不衰也。其綜理家務，事無劇易，咸以身先之，而諸弟唯唯聽命焉。雖家資日饒，一無私殖，當以所居湫隘，與弟輩別築室數十楹於所居之南，經制悉自己出。及室告成，任諸弟擇取其新而自居其遺。古有薛包，處士其近之矣。

又念人道莫先於報本，而祀田者，祖宗所賴以血食者也，凡始祖及高祖以下祀田，必從而增擴之。故今碧溪子孫祀事克謹而歲時宴享不失者，咸自處士啓之也。

正統甲戌①，歲大祲，大父天福公出粟賑饑，邑里賴以全活，有司達其事於朝，命旌其廬。處士曰：“大丈夫蓄財當賑民，幸而獲濟時艱，亦分內事也，奚以旌獎爲哉！”力勸大父弗受。此亦存心之誠厚，不飾名釣譽者矣。

配本邑杜氏，性質賢明。子男三：江、潮、涎。女一，適徐。孫男八：榲、槲、柶、檬、拱、梗、柞、本。孫女二：長適周，次適永康李天錫，曾孫十三人。曾孫女六人。弘治甲戌②正月七日卒，宣德甲寅三月廿三日生，壽六十有九。附葬鳳山先塋之次。杜氏葬黃龍鋪後山。迄今五十餘載矣。冢孫榲等追念先德，肖象以濟，猶恨墓碣無文，無以闡幽光而垂之久遠也。乃謀諸弟庠生楠、楷，妹丈貢生李天錫叩予請銘。予固樂道人之善者，況天錫門生也，不辭而遂爲之銘焉。

銘曰：

猗歟處士，碧溪之良。鳳山埋玉，閱歷星霜。孝子純孫，追念惶惶。遺像有靈，仰瞻不忘。碑陰有刻，彌久彌光。

時嘉靖丙辰春月朔后十日，賜進士及第通議大左吏部左侍郎松溪程文德撰

① 應爲景泰甲戌。
② 疑應爲弘治甲子。

哲百六十五公墓銘

一峰陳公，余世契也。乃翁荆溪親家嘗與先君憲副十峰公同窗，意氣莫逆，遂締姻戚。公與余同窗、同志又同庚，益繩世好。既而余先登第，淹居北闕，顯晦參商。不意余友已謝世矣！及余骸骨歸，其子建中、建本索銘。義難容默，因舉其向之所知者，而誌諸墓，以垂不朽云。

嗚呼！此余友一峰陳公之墓志也，志公善也。公幼穎敏，神清氣粹，貌莊色和。幼從適齋朱公游，嗜學不厭，適翁奇之曰："此偉器也，他日必大就。"因授以書義，公悉得其精蘊焉。弱冠游泮宮，博極經史，以文學著名。累試棘闈，竟落於數。人爲公不滿，公笑曰："不遇者，士之常耳，吾何尤哉？"終其身，處之泰然。其於名利淡如也。

厥考荆溪翁病，公遍徵名醫，躬侍湯藥，不解衣者數月。荆溪翁病革，囑建宗祠以奉祀事。及卒，公哀麻殯祭悉協儀則，鄉黨以孝稱焉。承順母氏，愉色婉容。事伯兄季淵極慎，友恭彌篤。繼志立祠，復倡出腴田，時修祀事。祠間廡壁，仿義門鄭氏，家規書以范族，先人之志遂矣。幼弟季儀，公訓之義方，俾克成立，其孝友之孚如此。

公爲人溫良樂易。臨財廉，與朋友信，呐呐焉言若不出諸口，而行不越於準繩之外。宗族服其義，姻戚悦其和，縉紳、行誼之士，嘉其雅重。雖終身不遇，操履益固，可謂古之君子也已。嘉靖辛亥冬，母病卒。公哀慟成疾，尋終正寢。嗚呼！夫人有一行之善，且猶顯耀於時，以公之厚積篤行，不獲一遇，儻所謂天道，是耶非耶？豈天之報施善人不於其身後耶[①]？

公諱潢，字天源，一峰，其別號也。生弘治丁巳年庚戌月庚申日，卒於嘉靖辛亥年辛丑月庚申日，年五十有六，葬散坑龜山之陽。配五

---

① "不"字疑衍。

雲項川李氏。子四：長曰建中；次曰建成，公命之續伯兄後焉；次建本、建統。女一，適篁源章子恬。公之後繩繩蟄蟄，所以振家聲，陟顯仕以昌大。公之德業者固未涯也。公之善，其將與天壤相無窮乎！

銘曰：

秀挺混厖兮山之陽，天地孕靈兮雲樹蒼。正士幽居兮德愈芳，億萬斯年於此兮，炳其耿光。

時嘉靖戊午年冬，賜進士及第天官學士松溪程文德撰

程文德集卷之二十

墓　表

奉政大夫禮部精膳司郎中燕南王君墓表

嗚呼，吾同年舉進士者三百有二十人，自己丑迨辛丑，甫十三年爾，而厭世者遽五十餘人，豈衆萬之生皆速化若是耶？抑韓愈氏疑天之弗齊而恒不足於賢耶？是秋七月，某免喪來京師，會同年，念別且十祀，慨然倡曰："無徒燕樂已也，其互相勞問，休戚榮悴，各言所知。"於是每有道及物故者，則四座嗒焉失聲。是日皆聞所未聞，雖會弗樂。於是知季高王子亦不復可得見矣。嗚呼，是果天之故，而不足於賢耶？時都諫邢子某謂某曰："某於季高雅厚，其諸孤且礱石請表其墓於能言者，宜莫如子。子其無辭。"無何，其孤果匍匐涕泣，持其鄉先生布政徐公璉所述狀來謁，嗚呼，吾何忍辭？

君諱宗恒，季高字，燕南號也。世居京師，永樂初徙真定之武邑，遂爲武邑人。曾祖諱某，舉明經，署冀州學政。祖諱某。考諱璠，號確齋，以君貴，封文林郎某官。母安氏，封太孺人。季高夙好學，嘗冬夜讀書，四鼓不寐。確齋公止之，季高輒閉窗默誦，用是成舉子業。嘉靖戊子舉於鄉，明年己丑舉進士於廷。授陜西鳳翔府推官，釋褐衣錦，歸拜翁母。鄉人榮之，翁且戒之曰："推官，一郡之平也。寬則縱，峻則暴，其慎諸。"季高奉以周旋，濟之廉公，鳳翔無冤民焉。時屬縣

扶風簿，怙舅勢，黷貨以逞民。訴之觀風之使，下其狀，皆斂手避。以
屬季高，季高寘之法，不少貸，一郡肅然。壬辰關中歲饑，總制尚書唐
公龍奉朝命賑濟，一以委季高，全活十九。於是季高聲大起，關西當
路交相推薦。然宰臣以扶風故，抑不與臺諫。徵擢戶部主事，尋監稅
臨清。臨清財貨所委，威富歙法。僚友或難之，季高曰："吾自信，即
何難焉。"既至，剗蠹訖法，而務協人情，商民咸大稱便，人以是益賢季
高。代還，改禮部。丁酉碻齋翁謝世，守制歸，喪葬中禮。庚子除服
赴闕，遷祠祭員外郎。三日，遷精膳郎中。俄嬰疾，遂弗起。蓋是歲
六月十八之日也。距生弘治己未，年僅四十有二。嗚呼，果天之薄吾
季高，而賢者之不永年耶？

徐公又稱季高氣質冲粹，外和內剛，踐履堅確，論事根據。事親
務悦志，鄉閭稱孝。痛念伯兄宗岱學成蚤世，遺孤未娶，仲兄宗華輸
粟入胄監，咸斥俸助之，此其孝友大節，尤人所難能者。

厥配張氏封孺人。子男五人，長自修，少有文名，繩武可跂；次自
賁、自得、自知、自守。女一人，孫男一人。卜以冬十一月二十有二
日，藏於附郭解家莊之原。

嗚呼季高，今宅幽矣，弗表諸隧，曷徵焉？觀其大，與其政，是可
表已。銘曰：

節彼恒山，維燕之南。鍾而爲人，維君挺生。匪名號是似，恒德
無慚。是用剛方，是用直端。懿爾孝恭，克施於官。疆禦以磨，寒饑
以安。戶曹載樹，南宮三遷。人之抑之，覆用譽焉。真山嶽之德，靜
而彌宣。山有支隴，君有子孫。同原一脉，并秀象賢。吁嗟乎，季高
之封，并鞏乎恒山。

中順大夫廣東韶州府知府樓山陳公墓表

嗚呼樓山，詎止是耶？悲夫，悲夫。昔在嘉靖癸未，予遊太學，始
相識，一再相過，遂爲久要，蓋有古之道焉。後六年己丑，予舉進士；

又六年乙未，公舉進士，中間睽合不常，莫逆猶故也。今幾何時，而遽有存亡之隔，能不悲乎？予聞訃於南雍，方對客，不覺失聲。知公哭公，莫予若也。表公之墓，非予誰宜？

公姓陳氏，諱紹，字用光。所居對百樓山，因以自號。上世居台之銀城，唐建州守靖，徙饒。三世孫德徙德興，生尚書祠部郎慶。慶八世孫遠，宋進士。建炎扈蹕南渡，遂家越之上虞云。曾大父霈、大父頊，咸有令德。父述北莊翁，式篤前烈，以公貴，封御史。母嚴氏，封太孺人。

公自幼穎異，弱冠舉於鄉，壯年登進士，授廬州府推官，以明允稱。會守與倅不相能，撫按使廉其事，或以僚友爲嫌，公不避，竟直守。時論韙之，被召詣京師，將首擢諫署。適前倅謁銓，懷懟姜菲，或從臾詣選郎，公不可，曰：“媚人，吾弗能也。”於是拜南京河南道監察御史。嘉靖庚子，崇明海寇嘯亂，檄留都，當事束手，武臣失紀。公抗疏請徼屬，乃咸震讋，襄力獻功。辛丑巡上江，西接彭蠡，東抵青海，賊故出沒。置巡牌甲伍，上下譏察，江海廓清。復命疏江洋，便宜伍事，及文武庶僚臧否，聞者嘆服。壬寅之秋，北虜大侵，西人半爲屠僇。公慨然上疏曰：“宋時中國相司馬，遼人戒飭邊吏。今當誰咎哉？”廟堂肅然。然自此不能安其身矣。

癸卯考最將行，報擢韶州知府。公怡然赴任，至則與民更始，榜十餘事。其大者曰清本源，曰申聖諭，曰禁侈佚，曰稽積滯，曰輯盜賊，一郡咸屏息而聽矣。乃修張文獻墓，新余襄公祠，祀章九皋父子，以風之；乃簡七學弟子員於濂溪書院，若明經館，爲之師以訓迪之，士民渢渢乎動矣。已乃條葺而事釐之：俗故髫年納婦，爲之厲禁；徭役以人一丁配糧一石，貧民苦之，改議丁配糧五斗；曲江附郭，里甲煩費，爲之稽籍分日，縮十之七；郡堂就圮，發帑羨，捐罪贖葺之，逾月而成，民不知費；韶民貧而喜訟，得其情而捐其贖，訟者感化；英德有楊金者，殺吳福泰，賄吏嫁罪蔣效文，翁源池成鑒謀殺嫂侄，飾僞牘，冀幸免，公一訊皆伏辜，合郡以爲神明；詔西界連州、清遠，萬山瑤人蟠據，時出剽掠，公稽補瑤官，召諭賞賚，申明約束，於是諸瑤亦皆喁喁聽命令矣。

乙巳歲大饑，公發粟，躬爲校給，迄無冒得者，民大稱便。既而四月不雨，至於六月，公閔之，遍雩於山川百源，曰："某有罪，降罰予一人，罔以某一人眚而移災於百姓。"日勤禜禜，暑毒弗戒，忽感暍而暈。時雷雨震電，坐若假寐，已復蘇，言及郡事而卒，蓋是月二十二日也。嗚呼，雨至而公逝，公真以一身易百姓之命耶？聞者莫不流涕。距其生弘治辛酉十一月二十日，年僅四十有五。悲夫，悲夫，天道固若是乎？

公性孝友，善承北莊翁嚴訓，遇二弟維、綰尤篤。居常醇謹沉默，禀禀剛介，不可干以私，事有關繫，義形於色。居官廉慎，卒之日衣囊書篋外無長物。遇事審計，不輕舉，舉必有成。交不妄與，與者可死生。壬辰下第將歸，一友同舍偶病疫且殆，公曰："隨衆棄去，如此友何？"獨留治療，俟其愈乃行。其平生大致類如此。

配鍾氏，贈孺人。繼孫氏，封孺人。子男三：泰道、泰亨、泰治。泰道早殤。女二。

季弟綰聞而哭曰："忠哉吾兄，謂以死勤事者，非耶？"亟奔詔，載而歸，乞銘於南海泰泉黃子。黃子曰："然。昔舜勤民事而卒於野，公豈其苗裔耶？"嗚呼，予復何言？獨惜公壽不媲德，位不究才，將其偭偭不盡者，而大發之於其季若子，斯則天之終定，而予日祝焉繫之。銘曰：

有斐臺士，正色直衷。卬曰斥衮，江漢無凶。作牧於韶，韶野有墇。桑林雩禱，而皇恤其躬。既渥下土，精靈上通。挾風驅雷，永清蘊隆。神遊霄漢，質委盤龍。上下天地奚終窮。

贈徵仕郎吏科給事中故江寧縣簿李君墓表

嗚呼，夫世固有殖學厲行而弗顯於時，恢猷蘊奇而弗究其用，弗顯於時，弗究其用，而卒駿發於其嗣，若徵仕李君耶。君子用是諒於天人之際焉。

君諱冕，字文中，湖北桃源人也。辰陽膳部史君紳嘗狀之，江寧少參徐君珖嘗銘之悉矣，予復何能爲役？乃爲之述其大者而表諸隧首云。

君幼秉美質，器宇凝重；長通尚書簡，邑學弟子有文名。顧數奇弗遇，以歲貢入胄監，通籍銓曹，授江寧判簿，君裕如也。甫至，輒咨民間利病十餘事上王京兆，而酌處馬政一疏，尤切時敝，其略曰：南畿，祖宗根本重地，民困極矣，馬政蠹敝，尤不忍言。先年種馬有定額，孳馬有定駒，厥後用言者暫蘇民困，免駒徵價，而種馬仍不免，是重困也。謂宜用其一而緩一，庶弗以衛民者害民。時論韙之。至如釋死刑盜八人，正誣者之罪，尤快人意。蓋君才猷宏邁，戢大受其位也。詘於其能，方臥病，時張巡撫琼詢之吳尹，亟稱之曰："李簿，豪傑士也。"手製方藥示之。及聞其卒，憫惜不已，斯可徵君之平生矣。徐君又曰："君溫厚醇謹，與人無忤，御下未嘗有叱咤聲，蓋其質美而充之學，是固宜然；而其位之弗顯，用之弗究，則天也。"

君卒十有五年，而季子徵登進士，拜官司諫。今上推恩，贈徵仕郎史科給事中司諫。今爲吾浙大參，碩學宏才，象賢繼志，顯然公輔之望。其爲君究其用而顯於無疆者，方未艾也。蓋天至是而始定焉。故曰天人之際可諒也。

君生景泰丙子二月一日，卒於正德丁丑八月十有八日，享年六十有二。曾祖諱某，祖諱某，父諱某，母劉氏，咸有善行。配謝氏，贈孺人。側室周氏，封太孺人。皆與君合葬海螺山之先塋。生子四：長岳壽，官；次崖，謝出；次徵，次徽，訓術，周出。女四：長適魯縣丞子卿；次適劉瑢；次適庠生張冠；次適庠生王希唐。孫男六：相，辛卯舉人；樅，庠生；杜、采、杙、檉。曾孫男六：烜、炳、炯、煜、燦、煒。曾孫女四，皆君所承休而垂裕者。宜得表斯碣云。

墓碣

古齋盧處士墓碣

松溪程子居廬龍山，盧翁訪焉。翁，予先公執友也。春秋視先公蓋長，食飲言步猶若壯年。予見之，悲感特甚，殘宇湫隘，僅容膝。止宿同榻，因詢先公童時遺事，翁道之甚悉，燈前疾書，不覺累累滿幅。予復悲喜交集。翁因把酒屬予曰：“子先大夫嘗欲述吾平生，今無及矣，子能終之，是不忘先大夫也。吾實託子以不朽焉。”予泫然感激曰：“不肖孤思先公不可得見，見翁如見先公也，忍弗卒斯願乎？”

惟翁諱珍，字世用，別號古齋，世居永康之高堰。高祖某，曾祖某，祖某，代有隱德。至父尤有賢行，富甲於鄉。翁少日與先公憲伯十峰、司諫徐公沂、郡守俞公敬同習舉子業。成化庚子，有司薦以儒士應試。永嘉少宗伯王公瓚、樂清郡守朱公諫、處州侍御鄭公宣，實同事焉，遂爲莫逆友。諸公宦遊往來，道翁門，必止拜，道故舊，歡然猶昔，翁亦忘其爲布衣也。庚子後數年，以父罹仇禍，幾不測，奔走赴訴，凡六年，事始白，舉業遂廢。徜徉詩酒，上下名卿間，而行誼益顯。

性孝友忠信，與人真率和易，嘻嘻如嬰兒。鄉人無愚賢老稚，咸愛慕之，稱翁必曰儒。翁亦以儒自律，不汩没時流也。嘗建祠以追先，合譜以敦族，崇義而秉禮。尤喜周恤，暑施茶以濟渴，寒立木橋以濟涉，行旅賴焉。歲除，念獄囚無餔者，飲食之，率以爲常。有貧不能贖，淹繫者二年矣，嘔憐而贖之。陳氏負翁油錢，鬻其婦，或以告，翁惻然蠲之，且爲贖婚質焉。嘗遊黃塘，見醉人臥雪中，掖之歸，更衣浴之，得解批。詰旦，解者追及，俛首叩地，曰：“公即生我也。”後復遇醉者水田間，擁之如前，明辰飯而去，不問爲誰。平生憫人之貧，而急人之困，大率類此。居常吟飲，悠然自適，晚歲益任放。別業有溪心竹園、塘西梅圃、牛嶺松塢，（親）〔稱〕爲三益，日乘款段，從壺榼，遊詠其間，及暮而返。嗚呼，世之士，率矜軒冕，艷名位，以爲得志且樂。若翁者，全性命，適襟期，其所得而自樂者，不有出於名位之外乎？而謂翁不得志而貧賤者，豈達士之見哉？

翁年七十有七，尚鮮嗣子，或以爲翁慮。予曰：“寧有如翁而無嗣者乎？”未幾，果得佳兒，鄉閭稱賀。古稱仁者必有後，翁之食報而昌大休明於未艾者，其在斯郎乎？其在斯郎乎？予尚圖左右之不負翁也。後之欲知翁而論其世者，庶有考於予言。

補　遺

公藝趙君阡表

處士諱游，行崇五十七，榮二十一公子也。生癸未歲，時方擾攘，城市消耗，家室寂寥，生民之困未有甚於此時者也。公目擊其事，心中徬徨，曰：“當此時而復依依故栖，是燕雀處堂，子母呴呴也，悔無極矣。不如絕迹城市，躬耕南畝，猶可卒歲。”遂引其弟公鳴，築居於青口之坡，盼亭柯以終日，濯清泉以自潔，不奔趨於世途，不祈名於身後，醉卧蒼山，晚釣於水，遂以青口終焉。予於諸生時，猶得辱公履素衣也。公享年六十有八，安人陳氏，合葬於大山朋頭屋後之原。

其子操，以予與公有一日之契，請表於予，如公行實，特叙其概於阡云。

嘉靖十五年五月龍舟之神賜進士及第翰林編修永康程文德撰

程文德集卷之二十一

傳

大司馬竹澗潘公傳

公諱希曾，字仲魯，浙之金華人也。其先畢公，高子季孫者，食采於潘，子孫因以爲氏。宋南渡初，潘爲著姓。待制默成先生，以清節歷仕三朝，爲世偉人，里閈稱爲“清潘”；又節度使鄭王之後，尚主隨駕南渡，貴傾一時，居城西偏，人稱爲“貴潘”；其自括之竹溪來者，田宅甲一郡，至景憲父子始以科第顯，人稱爲“富潘”。“三潘”鼎居。更元之亂，世微譜散。公旅籍以儒稱，而竟莫辨其誰裔也。入國朝洪武間，有彥亨者，以賢良徵至朝堂，問治道，仍奉使江右，未拜官卒。彥亨生文華，贈文林郎、山東道監察御史。文華生洪，爲御史，論列無所避，升廣西按察司僉事，累贈中大夫、南京太僕寺卿。洪生璋，即公父也，登成化壬辰進士，歷官陝西按察司提學副使，累贈如僉事。君嘗爲水部，司榷荆湘，有令譽。爲僉事督學於蜀，推其所自得者爲教，士風文體，翕然丕變，蜀人士仰之若山斗，樂之如父兄。於是宿州知州萬本奏稱天下提學得人，若陳選、戴珊、潘璋數人云云。逮擢關中，教士如蜀，不逾年而卒。時諸生以大比集省下，咸奔走致奠，如喪所親。蜀士聞訃亦相率會奠三公祠下，哭之盡哀。後數十年，蜀士夫來浙，皆往吊於墓。蜀名宦、婺鄉賢，皆俎豆焉。祖母吴氏，母姜氏，俱有賢

241

行,累贈淑人。

公兄弟三人,長希奭,散官;次希顏,汝王教授;公最少,穎異,七年能詩文。十有四年喪憲副公於陝,奉淑人以喪歸,讀禮如成人。弱冠補郡弟子員,慨然慕鄉先哲何、王、金、許四君子之傳,砥行明經,迴出流輩,董學諸公咸器重焉。試輒首選。弘治辛酉舉於鄉,明年壬戌登進士,皆居上第。尋被選翰林庶吉士。秋,迎淑人就養京邸。未幾,淑人以疾終,公扶柩還葬。除服,授兵科給事中。

時閹豎初熾,公灼見其幾。有汪鈺者,故太監汪直義男也,乞升錦衣衛鎮撫,帶俸守塋。公即疏奪之,其略曰:“臣聞名不正則言不順,理既屈則辭必窮。彼稱汪直微勞,以欺陛下,獨不思憲廟用舍,與眾為公。向革汪鈺之職,豈無見而負人功乎?又稱孤墳可憫,以欺陛下,獨不思先帝賓天,言猶在耳,顧忍改於其道乎?況世祿以及子孫,鬼神不歆非類。內臣本無後,而強求世祿之恩;義男本異姓,而欲冒他鬼之蔭,物理人情甚是無謂。”疏上,中官切齒,而公之禍基矣。復因災異陳言,勸上隆大孝、勤聖學、節遊樂、遠佞倖、振因循、懲玩法、備虜寇、厲士節八事。其略曰:“事天之道,不外於事親;得親之心,斯可以得天。伏望陛下,勤詣靈几,躬禮宗廟,近思先帝教育之恩,遠念祖宗累積之德。又時朝於兩宮,曲盡母子之情,樂聞訓告之益,乃所以隆大孝也。至於講學一事,尤帝王圖治之本,從容便殿之中,講論片時之會,與視朝御膳等爾,於聖體未勞也。顧乃專事遊樂,不避炎日,陛下奈何舍有益而不為,作無益而不憚勞耶?伏望仍開經筵日講,使日新之功有加無已,乃所以勤聖學也。如射獵遊戲,往往使人心意荒惑,形神勞頓。千金之子,坐不垂堂,陛下以宗廟社稷之身,豈不自愛哉?此皆由左右前後不得正人,希寵導非,迷君誤國。伏望放鷹犬,絕玩戲,仍簡內臣端謹者以充侍從,務俾遊樂有節,而佞倖不得近。天下之患莫甚於因循,因循不振,則國政日弊。近該部奏准查革冗食濫費,足國裕民,莫急於此,而乃累旬浹月不即奉行,部寺猶然,諸司何責？京師如此，藩郡可知，伏乞降旨切責，斷在必行，庶幾人心知警，而因循可振也。朝廷之患莫大於玩法，玩法不懲，則主權下移。近該部奏准查看草場，以補國用，太監寧瑾乃敢無故奏沮，此其徇私罔上，情罪顯然，乞特敕法司究治，庶幾威權不失，而玩法可懲也。方今北虜窺視，南夷竊發，蘇松近地，海寇嘯聚；江西四川，時各有警。夫用力攻戰，固在將官；而運籌調度，多在憲職。往時巡撫起自升用者，率與邊境，及其頗積年勞，漸轉內地，此但爲人擇官，非爲地方任人也。今宜察其不堪邊寄者，取回別用。果有文武長才者，特加久任，秩滿則加其官，有功則録其嗣，僨事則治其罪，如此而虜寇不靖，臣弗信也。臣又聞國家必養廉恥之士，而後得忠義之臣。律例：文武官犯公罪并許收贖，守禦上直軍校犯笞杖罪俱令納鈔，婦人犯應決杖者非姦罪不去衣，此我祖宗仁至義盡也。且廷臣密邇，不啻軍校；賢者守身，不異貞女，小有過犯，多受刑辱，臣切傷之。乞敕法司鎮撫，凡常朝官員過犯非係贓惡，無得去衣加辱，庶幾全君臣之大體，興禮教於無窮，其於國家非小補也。"他疏語皆剴切，不便近倖，由是逆瑾遂謀中傷。正德丁卯差湖貴二省，計處邊儲，升吏科右給事中。時瑾虐焰方熾，凡差者必重賂蘄免禍；有司亦爲公備千金，公毅然却之，曰："我爲諫官，不能爲朝廷除惡，我之罪也；奈何復助之乎？"瑾又風公多參劾爲賄地，公復不從。瑾大怒，矯命械公下詔獄拷訊，欲置之死。既復杖於闕下，奄然而暈。瑾快曰："死矣！"左右負以出，久乃甦。

當時見瑾者，雖公卿必屈；即被謫譴，亦必辭以行。公既除籍爲民，獨不往。還鄉里，杜門不出，日惟課子弟讀書。宅後池旁，佳竹蔭可息，間招親友觴詠，悠然自得，因自號竹潤居士。時蘭溪章楓山先生懋，於人少許可，獨稱公清修苦節，且貽書曰："世上何人號最閑，司諫拂衣歸華山。執事此一歸，賢於二十四考中書矣。"

庚午瑾伏誅，明年詔起公刑科右給事中。壬申偕編修湛公若水奉使安南，錫麟袍玉帶服以行。尋升禮科左給事中。入其國，先諭威德,正禮儀,然後致命返。三辭其贐,皆作詩諭意,足以服裔夷,章王靈,非徒不辱而已。紀事觀風有《南封錄》焉。返命,升工科都給事中。時方營建乾清、坤寧二宮。內官監復請修蓋太素殿、天鵝房、船塢諸役,費累鉅萬。公抗疏爭之,其略曰:"天下之財力有限,二宮之營建方興,寬一分則得一分之濟,早一日則享一日之安。況邊陲之軍儲告匱,內外之冗食益繁。山東、河南近經兵燹,江西、四川未復瘡痍。大木采及於遠方,工料派遍於天下,若復別興土木,誠恐民不堪命。且古昔帝王非無臺池以供遊觀,然其作有時,其遊有節,故民樂其樂,天眷其德。考之月令,當夏毋起土工,毋發大衆。今時既不宜矣,況大內遊玩之處,頻年營建不少,必欲繼作,尤非撙節之道。"疏上不報。丙子遷南京太僕寺少卿。先是滁、和之民困於納馬,公爲奏更折色,民大稱便,而馬課視昔易完。每遇災沴,復請蠲貸,長淮南北之人咸德焉。

丁丑環滁大雪,時聞鑾輿北幸,乃作《感雪賦》,其辭曰:"彌余節於滁陽兮,歲聿暮不吾與。曰疆梧赤奮若兮,維律中乎太呂。顓頊嚴令兮,使玄冥驅其先。風伯憤噎兮,雲師乘以垂天。羌霏發兮逾栗烈。夜淅瀝而霰先集兮,晝忽繽紛而雨雪。駕玉虯兮驂白螭,騰踏銀漢兮濺冰屑。夫何累旬月止復作兮,紛委積而交加。折修竹以失聲兮,封枯楊而生花。歸官寺兮山之麓,接曠景兮平皋,阻寒風兮空谷。旦余適野之莽蒼兮,雪始霽而日煜。千門凍而友閉兮,萬竈淒其未烟。燦瓊枝兮林立,瑩冰柱兮檐懸。僵狐兔以屏迹兮,饑鷹隼而莫騫。晃六合以昭回兮,斂萬籟而寂然。吾方遊乎塵垢之外兮,幸昭質之未窳。步余馬於白水兮,按余轡於瑤圃。飲沆瀣兮飧玉英,懷琬琰兮珮琳琅。苟余心之皎潔兮,雖遠引其何傷。嗟滁之僻兮樂有餘,逖彼北裔兮僻不可居。層冰峨峨兮陰山萃矹,豺狼佷佷兮虎豹出沒。美人之遊兮轅不及攀,良辰感我兮(恒)〔怛〕肺肝。亂曰:寒既沍兮歲亦殫,幽獨處兮誰與歡。宣余力兮及時難,望朔雲兮天漫漫。鳳有岡兮龍有淵,思美人兮不敢言。"在滁六年不調。

今上御極,擢本寺卿。嘉靖癸未,遷南京太常寺卿。期月改北提督四夷館。時大禮未定,議者紛紛,公慮其聚訟而貽患也,作《大禮問》以解之。其略曰:"或問禮官之說,皇上以小宗後大宗,特重大宗,降其小宗,亦既合禮經矣,曷爲議者未已也。曰此宗子法也,非所以定天子之大禮也。其說何也? 曰宗法爲公子卿大夫設也,君不與族人爲宗也;爲人後爲繼大宗設也,君無爲人後之禮也。且古之後大宗者,必屬乎子道者也,故可以爲父子。仲嬰齊以弟後兄,非禮也;而公羊高曰:'爲人後者爲之子。'附會之過也。魯僖公以兄繼弟,非世及之常也;而胡安國曰'臣子一例,以僖嘗爲臣,夫謂臣猶子也則可,謂爲之子惡乎可?'近世人主禰其所後,則何如? 曰屬乎子道。嘗受命爲後擬諸宗法,庶乎其可也,非此類也,何可比而同宗法耶? 然則其稱號奈何? 曰天叙有典,人不可泪也。其廟次奈何? 曰生爲之臣,死不得躋於君也。昭穆奈何? 曰父昭子穆,未之有改也。或世次不相當,不以親親害尊尊,可也。仰惟我皇上即位,承武宗遺詔,遵祖訓'兄終弟及'之文,揆之《春秋》之義,克正其始矣。其繼武宗之統,以主宗廟之祀,非若宗法必爲之後而後得奉其祀者,故以倫則武宗兄也,孝宗伯考也;以位則皆君也。皇上以弟代兄,以臣道事先君,其爲繼武宗也,名正而言順矣。武宗而有繼也,則孝宗固未嘗絶也,何得舍武宗而不繼,何必考孝宗而後爲繼耶? 由此言之,興獻,帝聖考也;興國,太后聖母也,名正而言順矣。若夫尊崇之典則亦有可言者。宋英宗既後仁宗,程頤尚謂其父濮王當别立殊稱,矧我皇上聖父母乎? 如曰子無爵父之義,周不有追王之禮乎? 廟祀之典,則又有可言者。天子爲百神之主,尚當祭其國之無主後者,而顧不得祭其父乎? 别建寢廟,不敢干宗廟之紀,不亦可乎?"公言出而群議遂定。時議禮當上意,輒得不次擢,公嫌希附,卒不以聞,主議者求觀亦弗予。上計已決,期日下詔上册,宰臣猶執舊議,上甚怒,禍且不測。公往與言,遂草詔，大禮卒以定，而臣工陰受其福，公有調和之力焉。

乙酉，晉都察院右副都御史，提督南贛汀漳等處軍務，賜璽書斧鉞。至則明號令，修器械，時簡教，廉謀勇，信賞罰。先是壬癸之亂，招撫新民或詐殺之，由是各巢往往復連比爲患。公鑒斯弊，務馭以誠信；惟自相告訐者聽之，以離其黨。舊有功未賞者，有司或吝出納，公謂此何以勸，且示之不信，悉賞之。於是惠州黠寇賴貴聚衆肆虐，公發兵洗其巢穴，凱奏。上嘉悦，賜金幣慰勞。浰頭余黨曾蛇仔等七巢并興，大肆毒痡，遠近震恐。公發諸路兵夾剿，賊大懼，願撫，且襲通判董鳴鳳以要。公曰：“此賊故智耳，昔人常墮其計，庸復蹈乎！”乃下令曰：“通判自償事，不足恤；有能掜之出者，予弗死。”益督進兵力戰，賊大敗，渠魁生擒，俘馘千餘，牛馬器械獲甚衆，餘黨奔竄。於是犁其庭，籍其田，業貧民，審其脅從者分配内地，通判卒獲全。公制變決機奇中，折衝樽俎之間，而親臨戰陣者咸弗及也。至上功獻捷，初弗張皇，謂臣子效勞，期於成事而已，希賞非我志也。故紀述勞勣，多歸之人，其俘獲稍涉疑似，即不以報。會掾吏白：故事宜納賂，不者功雖高不賞，公曰：“我寧無功，爾奏上。”會召爲工部右侍郎，迨論功，竟弗及焉。

還朝，值河溢淤漕，任事者方興新河之役，費且數十萬，死者數千人，人心洶洶，歲運不繼。上憂之，廷議必得公代乃可，遂賜璽書，兼憲職，往蒞事。公還甫三月也，既受命，誓殫慮畢力以濟大事。夙夜思惟，考故詢謀，以沛漕之淤塞，因黃河之旁衝；黃河之旁衝，因上流之未疏。今宜疏支河以殺其勢，築長堤以防其衝，然後挑通沛漕，自無復淤之患，乃上疏。其略曰：“河流故道非一，其大而要者若孫家渡、趙皮寨，乃上流之支河；沛縣飛雲橋乃下流之支河。弘治以前，三支分流會於淮而入海，故徐沛不受其害。邇來上流二支俱就湮塞，全河東下，并歸飛雲橋一支，下束徐、吕二洪，上遏閘河，流水溢爲游波，茫無畔岸，於是決堤壅沙，大爲漕患。今日之計，固當挑濬舊漕以通

糧運，加築堤岸以防衝決，然非疏上流之支河，將來秋水復發，沙雖挑
而難保其不復淤，堤雖築而難保其不復決，探本之論固有在矣。"上嘉
納焉。至濟即達觀徐沛淤漕，閱新河險阻，沿黃河出豐單，以求決噛
奔衝之迹，洞悉利害，而得其要機。遂築長堤，起單至沛，凡百四十餘
里。時建議者欲別遣官相度，意在阻公。適有旨，下公計處。乃復上
疏，其略曰："漕渠廟道口下，忽淤數十里者，由決河西來，橫衝掣開，
河水入昭陽湖，以致閘水不復南流，而飛雲橋之水時復北漫，故沙停
而淤也。今宜加築東堤以遏入湖之路，更築西堤以防黃河之衝，俾其
自北而南，常由故道，則沙不復淤矣。臣愚且拙，不敢求新奇之功，不
敢爲苟且之計，惟欲因舊以爲功，從省以濟事，順水性以除患，故舍新
河而修舊漕者，圖其易也；沿黃河爲堤者，防其溢也；停檃派夫十數
萬，僅用河夫二萬餘者，恐民勞也；罷雇募而行犒助者，慮繼費也。"上
復納之。劉司空麟遺公書，言近日議者謂趙皮寨、孫家渡不足泄黃河
怒，漕渠或不免復淤，奈何？公復書云："黃河爲中原患非一日矣，智
者不與水爭地，惟順其勢而導之，後世或塞其決，或堤其卑，或疏其
派，皆隨時救患者也。國家漕渠爲南北咽喉，勢不得不與河爭地。弘
治初，河決荆隆口，又決黃陵岡，又決張秋。當時嘗濬孫家渡宿遷小
河，而後荆隆、黃陵、張秋可塞，此分泄河怒之驗也。況自河南歷直
隷，至山東之曹縣，恃長堤以禦河患，亦既有年，今單、豐、沛爲堤，獨
不可以捍禦乎？蓋事理可據，與人力可爲者如是而已，若欲別求遠
圖，則新河之役可爲殷鑒。"公遂毅然行之，役夫費銀不滿三萬，不期
年而功成。沛漕流通，歲運如故；每河漲堤下，水退沙廻，民多耕作
焉。其後河徙成化間故道，出徐州小浮橋，舍運河而飛雲橋道塞，無
復沙淤之患矣。

　己丑秋，境山河忽西徙三百步，亂石絶河，湍射下數仞，雖虛舟不
得上。有冒險而下者，十覆三四，遠近駭懼，舟戒弗行。公命穿故河，
廣十步以通水，稍截徙河，逼之東，兩涯下埽以漸相屬，及兩埽逼，河

流激蕩，乃決入故河，奔放冲滌，一夕河廣一倍，二三日盡復其舊。人謂禹之行水弗是過也。是役也，有諷公終新河之緒者，有謂當條新河之害以聞者，公一弗從。蓋公之忠，不欲徇人之非以債國之是，而其厚不欲揚人之短以彰己之功，故功卒成，而人弗病。於是御史傅君炯疏公費省而成速，上紓九重漕河之憂，下遺一方民田之利。工部尚書章公拯疏公區畫有方，督理有序，國之峻功，一旦告成，宜加升賞，以勵臣工。上乃詔加公尚書俸級，仍總理之任。然公積勞成疾，自此始矣。是年冬，疏乞骸。上温旨慰留，義不敢復辭，事詳《治河録》。

辛卯春，召改兵部右侍郎。莅任五日而部署災，時堂屬多被逮。公以一身疲衆務，收毀散之圖書，防夤緣之奸弊，罔有遺力。又奏罷各省鎮守太監。是年秋，升本部左侍郎。冬復奉敕督理仁壽宮役，力疾趨事。壬辰三月十九日戊辰，朝服侍上御殿，傳制賜進士。退朝同省集，迎主賓百餘，冠裳濟濟，宴會盡歡。比日昃歸，復接賓客罷，如卧内少休，有頃則氣微微逝矣。明日訃於朝，咸驚愕以爲異，徬徨赴吊。天子軫哀，特贈兵部尚書，賜祭葬。

公儀狀秀偉，言辭辨正，性孝友，質直簡默惇愨。平生言動未嘗少越法度，接人和夷而不喜諧謔。無亢無比，無賢愚大小，見必稱長者。使人弗逆億，惇然以情，尤篤於故舊。鄉里後進接引不遺，有德於人，終不自言。人有無禮，未嘗見其非，口不言人過，聞人有言者，則嘿然。凡職分當爲，無不學，而一無所炫，視之若愚。及臨大事，決大疑，若庖丁理牛，無不迎刃而解。雅知止足，不逐時進取。爲太僕八年，居卿貳且三考，朝列鮮有同者，而公裕如也。平生讀書，精思力究；發爲文章，雋腴古雅。詩尤清婉，卓然名家。所著有《竹澗集》若干卷；嘗慮族人久而易渙，乃仿古宗法，作《潘氏家乘》。僉事府君有舊廬，葺之以居族人；創家廟，立祭規，凡尊祖睦族之爲，罔弗至焉。

公生成化丙申，享年僅五十有七。葬武義縣牛山之原。娶葉氏，累封淑人，前壬辰進士知和州梅澗公睦第三女，性慈孝，事姑姜淑人，深得其歡心，尤能逮下，所在著聞。生子徽，與某同登己丑進士，任刑部主事。女粹適某，封孺人。庶子紹，邑庠生，章氏出；綬，葛氏出。孫男四人：長承祐，以公蔭爲太學生；次承祥、承禢、承禋。禮部侍郎甘泉湛公若水，爲之銘諸壙云。

史氏某曰：“夫公可謂不近名者矣。當瑾之橫也，公而少自爲，可以不褫其爵也；官滁陽則八年矣，猶曰休厥居也；總師而師捷矣，治河而河道矣，而亦既勞矣，而九歲弗遷焉，近名者至是乎？且當發言盈庭之日，一言而禮取衷焉，公孤可立致也，公著論寧獨秘焉，近名者能之乎？嗚呼，寧抑其位而信其德，不求知於人，而求知於天，若公者固三代之遺直也耶？後之論世者，庶有考於斯焉。”

憲副悝庵馮公傳

悝庵馮公者，姑蘇常熟人也，諱玘，字良玉。自幼穎敏嗜學，成化辛丑舉進士，令河南泌陽。泌陽宿多豪猾，釐治。至，誅其尤者，咸相戒弗犯境。臨藩王府訟田者，或籍獻以爲固，公必直之，無所屈。於是兩河饑，流民聞公仁，來就食者數千人，卒皆全活。丙午徵爲監察御史，嘗奉璽書廉荆州倉儲，刓蠹剔弊，軍民稱便。嘗巡視京城，霪雨壞民舍，上言時政干和，緣燮理者之無狀，時論壯之。

弘治壬子按貴州，會都勻獠叛，勦殺官軍。公毅然上疏，請討之，夷爲郡邑。有主事李文祥，以直言謫衞幕。公爲白其無罪，得召還。乙卯復按浙江，風裁益峻。時中貴出鎮者虐焰熾甚，公按其狐鼠，悉寘之法，中貴斂手避還。朝會有取胡僧領占竹事，力詆其妖，奏之，孝廟嘉納，事已。丙辰，遷福建按察司副使。周巡行，恤民隱，審興革，勤聽斷，罔或弗至。屬郡歲旱，有爭水嘯聚者，兼程往撫之，論首事者一人而衆以平。於是知公者交薦之，而忌公才名者弗相容矣。無何，遂謝政，怡然而歸。

公先世有行福二者，自常熟從戎鳳陽，居蓋四世矣。至是，公以貲産之在鳳陽者悉歸諸弟，獨還常熟，築室虞山尚湖之間，優游榆社，垂三十年。正德改元，嘗進階。嘉靖庚寅，以長子冠工部都水員外郎，與恩命封中憲大夫。

公性簡樸夷朗，恥干謁人而急貧困。履官慎自飭，雖宴遊弗或預。爲詩文率意，成一家言。享壽八十有一，家世具載《侍郎顧公銘志》，可考見云。

史氏曰：“前代仕者，往往家於官，而以不去其鄉爲賢。公先世徙居，迨公仕歸，卒還舊籍，丘隴族姓有餘思焉。其視彼稱賢者，抑又難矣。世道日漓，父子兄弟異籍私財，恬弗怪也。公悉不有，矧肯私之乎？執是二者可識公之大已，戀於官特其餘耳。嗚呼，今之人皆公，古道其復興乎！”

黃 節 婦 傳

黃節婦者，予長子章甫端伯妻也。甫生三四歲，即異凡兒，祖憲伯公奇之。稍長作對，往往驚人。十二屬文，遂擅一塾，皎然玉樹，見者莫不奇焉。成人，遂游庠校，金華太學生黃君源一見，喜曰：“吾有女淑慎，難其配，此子良其人也。”遂妻之。年二十，歸于甫，人擬之鸞鳳焉。居二年，爲嘉靖辛丑，偕侍予如京師。明年壬寅七月，而甫忽焉逝矣。黃慟哭，誓同死，遂斷髻繫夫手，祝曰：“先持此髮，待我同歸。”遂絕飲食，家人百勸不入。予憫之。偶見《鉛山志》載節婦某，以夫張珣夭没，欲自盡。人勸之，謂徒死不如立嗣。其事適同。因持志諭之。泣曰：“果有此事，願待二叔生子爲嗣。”許諾，乃強食。然但茹素，蓬首垢面，依夫像號泣。時隱隱聞語聲，人至即嘿，皆疑之。形漸枯瘠，見者酸鼻。逾年遂昏迷，對人亦隱語，或微笑，乃知對夫君也。既，其叔繼喪，初不省，久之始覺，大慟曰：“吾今已矣，吾今已矣。”適服期滿，人強之除服。於是焚香露拜，一俯一慟，一呼一號。日晡淚盡，繼以血，猶不止。人爲掖持而入，自此僵卧，復絕食以死。無遠近親疏,賢愚大小,莫不嘆異,咨嗟流涕。

嗚呼,古之共姜陶寡,何以加焉。初,黃在閨稱淑女。于歸,孝敬柔順,人終不見其慍色。德言功容,鮮或儷之。而慈悲施予,尤出天性。没之日,士友銘其旌,曰"節孝慈惠",黃姬殆無慚焉。

君子曰:昔人謂慷慨殺身,孰與從容就義。方節婦斷髮誓死,誠慷慨也,猶可能也。而抑情以待嗣,除服以正終,是真從容就義,其誰能之? 端伯不究其才,節婦不辱其名,君子始爲端伯惜,而終爲端伯慰焉。節婦不渝其志,端伯不失其偕,君子始爲節婦哀而終爲節婦慶焉。嗚呼,如節婦者,可謂生順而没寧哉! 其孰謂端伯之早世、節婦之同歸而非天之厚於其夫婦也哉!

補 遺

菊 軒 公 傳

可投菊軒公,卒於嘉靖己亥年六月初一日,令子棠卜吉靖心窆焉,來請予爲之傳。予與令子同師友,同學術,義不容辭,遂以公之彰彰口吻者濡之墨池。公姓胡,諱淵,字伯深,號菊軒遁叟。其先世多以進士發身。曾大父諱瓊,好施與,南都稱爲"活人父母"。父諱睦,爲郡邑偉人。公居仲,貌豐體肥,賦性清靜貞諒,飄飄然有浮雲富貴志;悦詩書,不貴難得之貨,常誦《運夷》篇"持而盈之,不如其已;揣而銳之,不可長保"語,喟然嘆曰:"真法言也。"遂守靜篤以孔其德,雖柔順謙恭而孝悌大節尤竭心銳志;其進若退,其夷若類,冥冥昭昭,昏昏赫赫,至於提綱肅紀,若挈裘領,詘五指而頓之順者,不可勝數也。令子棠,多穎質,遣從陽明先生學,以"合抱之木,生於毫末;九層之臺,起於累土"喻之。陽明先生聞其言,稱爲賢父;喜唐杜老,題"人生不再好,鬢髮白成絲"之句玩之,怡然自得,有"生陵安陵,長水安水"之意。至老不識公庭,縣行鄉飲禮,紛紛以富貴舉,應芝田曰:"必如胡菊軒公者,方爲無忝,若輩何爲?"其見重於人也如此。家居編籬築砌,多栽菊,以其操無累也。風晨月夕,飲醇閑咏,弦歌禽鳥,遇賓朋揖遜而已,人叩之,則曰:"吾以不出爲知,不窺爲見。"若公者,真一鄉之善士也。公之逝也,予不能致生芻之敬;又不文,不能悉公德,謹爲之論。論曰:

吾康俗稱好鬥,好訟,迄今莫之能改,惟公忠信以爲甲胄,與世無爭,奚鬥?禮義以爲干櫓,與世無釁,奚訟?永嘉陳氏曰:"習俗之移人,雖賢者不能免;公處流俗之中,而不爲習俗所移,是賢者不能免者而能挺然自免。永邑有公,其流沙中之良金,頑石中之美玉歟?"

賜進士及第吏部左侍郎掌詹事府事松谿程文德撰

得 耕 公 傳

得耕居士,姓程諱權,字可與。讀書,解吟詠,始居邑城,厭囂煩,卜築方岩之東,雅不樂仕,嘗建樓,匾"得耕",曰:"終身得耕壟畝,足矣!"人因稱"得耕居士"云。

居士之卒也,族中長老猶能道之,子孫有遺悲焉。始,國初爲官者,朝不保夕。居士以人才(役)〔徵〕,冀以篤疾免,乃斷一指。既而令下,凡斷指者咸坐戍,居士卒不免。將遣,嘆曰:"吾何愛一身以累子孫耶?"遂服毒。乃今世免於行伍焉。

嗚呼!昔人稱,善遺子孫者遺之以安,居士以一死易子孫之安,此其仁何如也?《詩》曰:"欲報之德,昊天罔極。"噫嘻,悲夫!

文德論曰:"'得耕'之意遠矣。禹稷躬稼,文王即田功,《詩》咏《豳風》,禮著耕籍,咸重耕者也。耕者生民之本,衣食之原也。得耕則以勤而興,不得耕則以逸而亡,家國天下,率由是道也,可畏也哉!故曰'得耕'之意遠矣。繼今程氏子孫農而服耕者,務爲良民,讀以代耕者,務爲良士,斯無慚'得耕'之意乎!"

百歲節婦傳

節婦,程氏婦也。姓呂,諱瑞,生永康北鄉之派溪。自幼貞靜,年及笄,歸於程。二十有五,而夫繒不幸以疾卒。時孤樑方在襁褓,呂忍死撫孤,蘗心冰操。或誚之再醮,遂憤恚欲自盡,自是人不敢言。辛苦支持,孤竟成立。生子讚,讚生子速。然三世皆單傳,既而子孫復相繼先沒。四世一孤,形影相吊,人復危之。至玄孫始得六人。於是呂自慰曰:"吾今可以見良人矣!"

嘉靖庚子,年及百歲,視聽聰明,步履輕健,問事往往前知。無遠近親疏貴賤老穉咸忻忻相告曰:"節婦百歲,俯仰上下,眼見七代,古今所未有也。"趨而賀者接踵盈庭,爭以爲人瑞。於是邑大夫聞而嘉嘆,上其事於郡;郡上於督學,於巡察,亟扁其門曰"貞節上壽",令長師生躬詣敬禮,遂以聞於天子,詔旌表樹風焉。旌表坊縣建於本都派溪東地名廟壇上,嘉靖二十九年也。

贊曰:天人之際微矣!夫節,人也;壽,天也。呂節百年而壽與俱,天人一也。所謂"永言配命",非邪?夫旌以樹聲,抑以勸也?以通顯,以孝廉,以節義,猶可勉也;節而百年,其可勉乎!是之謂天人一焉。嗚呼!異乎休哉!斯豈惟程氏之光,亦於我明有無疆之聞。

明廷馨公傳

公諱芳,字廷馨,宋浦江公之後,百歲翁之元子也。魁梧奇偉,長九尺六寸,大十圍,飲食兼數十人之饌。遊蘇州,飲食於肆,主人驚異之,以爲神,遇識者方知其爲公。合城男女宦民皆駭,共聚觀,呼爲大夫。然器宇不凡,處人無詭瀆,家居以孝友聞。自幼練達世事,或遇盤錯,眾論囂騰,公兀坐立爲解舒,與情允協;且理家有法,資產克廣,克纘先緒。生營壽壙於龍塘山，建庵宇，樹墓門，極石工藝巧。與親友遊飲其間，指曰：「吾但修身以俟而已。」他如修道路、創橋梁，凡利於物者，無不樂爲之。

娶盧氏，生四子：通、達、道、遠。延師迪以義方，克有成立，足承先志。孫曰鑒、鎌、球、玖、璇、璉、銓、鋏、鐸、珉。振振未艾，足繩厥武。百歲翁之流澤，將由此而無窮也已。

嘉靖三十七年戊午仲冬望日松谿程文德撰

樸庵樓公傳

公諱壇，字良杰。考早世，遺腹七月方產。母葉氏撫遺孤，日夜勤劬，惟冀其成立，以成考未終之志。及總角，能奔走任事，惟母命不敢違。母在媵，生平不敢遠游。娶葉氏，母之從姪女也。晨夕孝敬侍養，少遇產恙，衣不解帶，湯藥必親嘗。母終之日，哀痛幾絕，殯葬如禮。居室雍雍如賓，協力成家。未三十，而葉氏先逝。事長兄南山公，友順克盡，事無大小，必咨詢後行，未嘗以財產多寡計也。子諱迪，字天相者，余先大夫垂髫爲莫逆友。公素性質樸，不喜紛華，而衣服楚楚，如田野風致。雖居城市，不識官府。居族處鄉，恂恂無競。予因贈號「樸庵」，以概公之行也。令子好交游縉紳，公酬應不倦，扣其衷，黑白甚明。獨處一室，壁上書古先格言，守義終身，誓不再室。長孫俊余，亦託交庠序；次孫偉余，師朱大參適翁婿也，皆早世。二孫婦居媵，撫之周至。曾孫文林、文升，延師授經，次第補邑庠生。青年美質，將來有待也。予自南都歸，登公之堂，公已作古人矣。春秋九十，是亦樸實之徵也。因思世誼，哭拜公靈，九原不可復起。予太史氏也，爲之傳曰：珠藏澤媚，玉韞山輝，理固然也。是故渾樸可以施未盡之智，而爭奇炫巧未有不的然而日亡者。樸庵樓公，悃（夆）〔愊〕無華，禔身教家，雅有古意。先大夫獨交公，匪以其能表暴也，醇實之行，始終如一，故贈號「樸庵」。然無涯之福，留遺後裔，天意於公固有在焉，珠媚玉輝固自不可掩矣。

賜進士及第朝列大夫南京國子祭酒翰林院侍講兼國史經筵講官眷生松谿程文德撰

處士洪六公傳

公諱玻，字仲德，洪六某行也。爲人豐姿秀發，卓冠等倫。且秉性宏通，識大體。治家嚴整，閨門肅然，有古萬石君家風。豐財尚義，族中公務悉殫力以赴。弘治初丈量，公爲都長，抑志虛衷，敷陳夙弊，邑侯因之立爲定式。歲歉，民不聊生，公惻然，計窖廩所有，足供朝夕饘粥外，悉以給散鄉都，又於要路施粥以濟。嘗開義塾以勸學，延鄉進士雲崖李先生抗顔爲師，四方負笈來學者無慮十數輩。日給飲膳，夜資燈火，禮意殷殷，終始如一。今公曾孫森如、濟如，各以青衿抱奇須售，識者謂食公積德累行、延師開館之報云。予同公稱館甥於潘門，稔知公詳，故綜序遺行而爲之傳。

榜眼侍郎程文德撰

宋胡天民公傳

余嘗受學楓山章先生，授以"吾婺三重擔"，以爲庶幾克勝仔肩者，莫過永之石塘胡公。其先世多有顯者，致君澤民之獻，高出一時，天民公其最著也。余聞而慕之，比歸，因閱公家乘，見公以名進士出身蒞治黃州，政績事業，班班可考，燦然可觀。況黃州之地，不無民貧國劇之虞。撫之不至，則失養民之惠矣；訓之無方，則違教民之義矣。公則民雖貧，惠也豐，國雖劇，教也飭，豈非社稷之臣哉！然其壯而行者，皆幼而學者也。自公少時，慷慨有大志，嘗以希聖希賢自期，而懿行超出於流俗。然姿性穎異，五經四書，下逮諸子百家，無不博習，其經綸之有本，爲何如也。而且能近紹先君宣教郎俊公之業，遠繼鼻祖朝議大夫文質公之傳，下開名賢石塘公道學之脉，若公者寧易及哉？

爰不量而敬以傳之。公名棻,諱達可,行五八,號天民,宋乾道二年丙戌進士也。卜葬應龍山之崗,吊古者咸臨勝而瞻仰焉。(以上二句原在"號天民"句下。)

大明嘉靖壬子菊月中浣賜進士及第吏部左侍郎松谿程文德頓首

黃遯齋公傳

遯齋黃翁,華溪之衢川人也。翁諱煦,字永暄,予祖姑程氏實歸焉。翁曾大父伯洪任湖廣沅陵令。大父峴,父彬,皆隱德弗耀。翁幼孤失學,既有室,始折節讀書。通文辭,有才敏,曉達世事。父嬰暴疾而卒,終身痛恨,忌日輒涕泣,不御甘美。嘗業醫以濟人,而弗取其值,人咸德之。力勤稼穡,而家業益饒。建重樓以眺父墓,扁曰"望雲樓",誌永慕也。事母以能養稱。兄不幸早世,事嫂如母,撫其遺孤,恩同己出。翁貌凱偉,望之者無不敬憚。雖耄年,而康強如少壯。壽八旬,有司奉恩例,以冠服榮之。爲人耿介,不能藏人短,人有不善,立折之。鄉鄰有鬥,咸求平,人至擬之以陳太邱云。《傳》曰:"篤於爲善者,舜之徒",翁殆近之矣。古今稱避世之士如荷蕢、接輿輩,皆誕謾不經,殊戾聖人中道,以予觀翁操行馴謹,而且才足以有爲,其真超於世俗之表者歟!

處士屏山公傳

屏山公者,余康隱德也。諱漢,字一清,姓胡氏,可投人。其先龍山人。龍山自吾朝議大夫元素公開基,十二傳而承明公始遷可投,迄於公又十世矣。胡爲康望族,簪組雲仍,照耀後先。乃公高大父而下,并弗仕,然詩書世業,未嘗捐置。公生而穎敏沉毅,少從名博士學舉子業,輒能文章,善書翰。尊公以生產累公,學遂廢。然卒不以生產故,齟齬作庸俗人態。日手唐人詩諷詠,尋繹有所得,輒擁膝吟嘯,由由然忘其身世之在田里間也。而操履禔身,殊莊肅方嚴,不隨俗陁靡。華腴積錐刀，逞鸞慾，甚至攘臂利歧而不恤；公則遠利如膩，視斛奪如懵鮮。規豪猾多機，往往眰人目，袖人手，撟人口，以求（下缺）。

論曰：吾康俗稱好鬥好訟，迄今莫之能改。惟公忠信以爲甲胄，與世無争，奚鬥？禮義以爲干櫓，與世無釁，奚訟？永嘉陳氏曰："習俗之移人，雖賢者不能免。公處流俗之中而不爲習俗所移，是賢者不能免者而能挺然自免。永邑有公，其流沙中之良金，頑石中之美玉歟！"

賜進士及第史部左侍郎掌詹事府事松溪程文德撰。

程文德集卷之二十二

雜　著

嶺表書院諭學 上

夫學奚先？立志而已矣。人之有志，猶樹之有根也。學不立志，猶種樹而不植根也。樹不植根，吾未見其能生矣；學不立志，吾未見其能成矣。孔子自言十五志學，是志也，死生以之而不可奪者也。可奪非志也。學即所謂明德親民，止至善也。孔子惟志學也，故三十而立。立也者，立於道也，如人之立而不仆也。是故人而無志，則雖立而實仆也，則雖覺而實夢也，則雖生而實死也。是故人之無志，即樹之無根，又豈但無成也，寧不大可懼哉？

嗟乎，世之士有志於富貴者矣，有志於功名者矣，有志於道德者矣。志於富貴者，不可以言志也，孔子所謂鄙夫是也；志於功名者，而亦非其至也，豪傑之士也；志於道德者，斯其至也，聖賢是也。學者將爲聖賢乎？將爲豪傑乎？將爲鄙夫乎？夫人豈願爲鄙夫哉？談鄙夫之事，則睍然恥；或加諸鄙夫之名，則艴然怒，人之恒情爾。然趨向不審，而惟富貴之圖，患得患失，無所不至，則雖不欲爲鄙夫，不可得也。人不願爲鄙夫，而卒爲鄙夫，此志之不立誤之也，其亦可哀也已。

夫樹必有根，而後可以施培溉之方；人必有志，而後可與語學問之道。彼自暴自棄，而不可與共學者，皆其無此志也。此志既立，如

258

行者之定適也；格致誠正，戒懼慎獨，別其塗轍也。而學之問之，思之辨之，自弗容已也。苟不先定其志而茫然問學，是猶行者初無定適，而浪詢涂轍之東西也，亦徒勞而甚可笑矣。是故志既定，而後學可講矣。有必爲聖人之志，則必學以志乎聖人之道矣。

顔子曰：“有爲者亦若舜。”孟子曰：“人皆可以爲堯舜。”夫有爲者，志肯爲也；可爲者，皆可有爲也。苟可爲而不肯爲，吾亦未如之何矣。寧有肯爲堯舜而不堯舜者乎？於戲，堯舜，古今所共慕也，莫之禦也；鄙夫，古今所共惡也，莫之驅也。莫之禦而自違焉，莫之驅而自趨焉，謂之何哉？謂之何哉？爾多士其熟思之。

嶺表書院諭學 下

國朝以科目求士，士弗由斯選，則雖蘊天人之略，抱匡濟之猷者，道終無以自達。是故舉業孔孟，當不廢也。舉業之於心學，一也，而皆弗能外經訓也。學斯以治心，謂之心學；業斯以應舉，謂之舉業。固未有業舉而不本諸心者，亦未有治心而奪於舉業者，顧其自致何如耳。苟謂心學，舉業遂不相謀，則舉業者豈無此心哉？二之誠不可矣。或謂古者賓興之制，考其德行道藝，今之科目則惟藝而已。士不知學，尚何怪焉？吾謂不然。夫言者，心之聲也。國家建學造士，而求之言。謂其言根於心。雖言也，即德也，所謂篤其實而藝者也。以之莅政，以之治民，將行顧其言，而國家賴焉。則求之言，何過哉？苟爲士者不務養其心，而徒飾其言，心盜跖也，而言夷齊；心桀紂也，而言堯舜，剽竊口耳之末，徼倖一日之長。比其仕也，則蕩然而無所不至。嗟夫，科目求賢之意，寧願得若人哉？是則言者之過，而非求言者之過也。

程子嘗言“科舉不患妨功，惟患奪志”，正謂是爾。今業舉者誠能定其志，端其習，於讀書也，必反之身心焉，而非徒爲記誦也；於作文也，惟欲得其意焉，而不役志於詞華也；至於應試也，惟盡其所能焉，而不庸心於利鈍也。由是而登仕也，險夷得喪，隨所遭焉，而不變其所守也。其君用之，則安富尊榮也；其子弟從之，則孝弟忠信也。則舉業之外無心學，而國家造士之意庶幾其無負矣。爾多士其慎勖諸。

信宜拓建書院呈 代諸生作

呈爲增拓書院以丕作人材事。竊惟工不居肆，則功之苦良皆廢；士不群學，則業之勤惰罔稽。嶺表自秦漢以來，書院至今日始建。濟濟諸生，競不輟乎弦誦；蚩蚩苗酋，亦願與於章逢。事方偃武以修文，效遂移風而易俗。此蓋由宣惠純明之哲人復起，故《菁莪》、《棫樸》之教化大行。方二三千里之內，梯航有來，合數十百人之多，鼓篋就學。教者每先器識而後文藝，仰體主教之心。學者亦脱凡近以遊高明，上副作人之志。但本院之號舍有限，而諸生之興起無窮。若無以待其來，似猶未與其進。查得府學東畔，見有官地一方。爽塏閎夷，既專面山臨水之勝；衣冠揖讓，復近宮墻俎豆之區。誠得爰處爰居，非必美輪美奂。升堂入室，庶以容兩廣之依歸；近悦遠來，行且納四方之户牖。將鄒魯洙泗之風復振，而濂洛關閩之派弗湮。彼興學於蜀者，一時居循吏之首稱；而舍學於蘇者，至今頌名相之偉烈。苟通觀厥成於是舉，則其風斯下於將來。是惟嶺表無疆之休，實亦明公無前之績矣。諸生不勝懇切願望之至。

南雍寓書嶺南多士 六章

惟嶺南予舊游也。拜命以來，欣然就道，顧以連遭嗣子之變殊烈，感疾灰心，上章乞退；加之先塋弗妥，卜吉奉遷，日月逡巡，奄忽改歲；方啓行載途，而新命復臨矣。於時徬徨躑躅，進退猶豫，拊膺竊嘆，何其無緣於多士也？乃聞爾多士咸積誠相待，激昂自修，若荄萌之未敷，而亟需時雨之化也。故予初不自揆，亦欲酬徯志之誠，以求敦學之助。常謂督學相與，有法有情，任情則和而或褻，任法則嚴而或離，皆過也。予則欲於視學之日，一日考校，一日講習。考校以盡法,而文藝之優劣以明;講習以申情,而德行之隆污亦辨。參互既審,黜陟斯行,師弟不虛,恩義兼盡,斯則予之志焉,乃竟末由,遂使彼此之情徒鬱,敎學之績弗章,此予所爲拊膺而竊嘆也。復念予於爾多士,雖未有一日之雅,實已繫百年之情。世固有隔千里如面談,曠數世而相感者,予之耿耿,獨能限乎?校文已矣,所欲講者,猶可述也。使爾多士略難比之迹,信無間之心,則聞其語如見其人,耳之提若面之命,雖弗周行於嶺南,實亦左右乎多士矣,庶猶少慰乎?爰託緘書之傳,尚冀同心之習。

一 曰 自 愛

夫人有身,萬古一生,奚忍弗自愛也。自愛則必置其身於可嘉、可樂、可敬、可慕。其往也,猶可思令名無窮焉。不愛其身者反是。學者將奚擇焉?且人一生精神,不力於善,則力於不善;方其力於不善也,以遂其私也。其私,名與利也;名利所得幾何,而善與不善,自愛不自愛,相去遠矣,可不懼乎?是誠在人自擇焉耳矣。是故成曰自成,道曰自道,棄曰自棄,暴曰自暴,皆由己也,而由人乎哉?

二 曰 辨 志

自愛則必辨志。吾夫子曰"爲君子儒,毋爲小人儒",曰"君子喻義,小人喻利";曰"君子上達,小人下達"。君子小人之儒,義利之分而已矣。喻義則(曰)〔日〕上達,喻利則(曰)〔日〕下達矣,皆定於始之所趨也,可無辨乎?夫人之有志,猶樹之有根也。樹之不榮,其根必病;人之無成,其志不立,曾有有志而無成者乎?志於賢則賢矣,志於聖則聖矣。曾有人之所成而不視其志者乎?是故志辨而能立焉,終身之能事決矣。

三 曰 務 實

志定必先務實。子曰:"自古皆有死,民無信不立。"謂寧無食而死,不可無信而生,一何重也! 今之人率以詆語爲常,馴習之久,不知其非,遂至事皆無實,是故《曲禮》"幼子常視母詆",司馬溫公謂"誠自不妄語",始厥有由矣。夫天地,誠而已矣;聖,誠而已矣。君子舍誠無學矣。一話一言,一舉一動,莫不務實行之而不息焉,誠在是矣。吾獨怪夫世有慕講學之名,而不務其實者,遂使人詆爲欺世盜名,藉口以自解。夫慕其名,豈不以爲美也? 名之美孰與實之美乎? 吾務其實而使人無可議,久而亦將信之,不亦成己而成物乎? 不然,誠不免於盜名,而其罪殆浮於藉口者矣。故曰至誠而不動者未之有也,志學者可以自考矣。

四 曰 尚 行

務實則必尚行。昔成周造士,三年大比,考其德行道藝,而興賢者能者。至於春秋,孔門四科,亦首德行而殿文學。漢去古未遠,猶舉賢良方正及孝廉明經,本末輕重較然可睹。自隋始廢諸科,重明經進士,古意蕩然,而藝亦非古矣。沿習至今,勢莫能反,士人遂專意於明經,而不復留心於行誼,則古今人材之不同又奚怪焉? 今明經應舉可也,而空言無實,欲速干進不可也。是故不必易業,惟在易志。誦《詩》讀《書》,尚友古人,言寫乎心,藝篤其實,得失委命,仕學一道,則庶乎修辭立誠,行藝合一。由今之制,有古之道,斯爲務實,斯爲辨志,斯爲自愛爾。

五 曰 敦 本

實行莫先孝弟。有子以孝弟爲仁之本。"仁者,人也。"即爲人之本也。至哉言矣! 孩提之童,無不知愛其親及長,無不知敬其兄。百行未能,先能孝弟,非本而何? 既能孝弟,百行自充,親親而仁民,仁民而愛物,非枝葉而何? 是之謂本立而道生。但孩提既長,因物有遷,少慕父母,漸移而他慕矣。其本亂而末治者,否矣。惟大舜則終身慕父母,是不失其赤子之心者也,是必能仁民也,是必能愛物也,故堯禪以天下而不疑，故曰“堯舜之道，孝弟而已”矣。是故有志於學者，而不反其赤子之初，敦夫孝弟之行，終爲無本之學，吾未見其能有成也。是故君子之於孝弟也，没身而已矣。

六 曰 持 謙

居行尤貴持謙。謙與傲相反，傲則衆惡俱生，謙則衆善畢長，何也？傲必滿，滿則溢也；謙必虚，虚則容也。《易》稱：“天地鬼神咸示謙，故諸卦容有凶吝，惟謙六爻皆吉。”明君子之德，莫美於謙也。世之學者，動多客氣，勃然矜戾，不能下人，此最害事。不知雖周公之才美，驕吝猶不足觀，若輩視周公何如耶？試一思之，恍然悟，融然釋矣。近時學校新進年少，尤往往輕侮前輩，故出而仕，亦多不知長幼之節，士習浮薄，莫此爲甚。昔之占人者，每先器識，後文藝，一時矜名之士，而皆逆其不終，可不爲大戒乎？《易》曰：“謙亨，君子有終。”一謙持，而衆善恒矣。

右六言者，綴輯舊聞，稍揆己見，實亦學之而未能者，故欲其講習以相切磋爾。若其愛助之情，猶有未能攄也，爾多士能諒其意，無使託諸空言，庶教學萬一之助乎。各學師長，咸爲謄寫一通，揭諸明倫，以便衆覽，尤同寅協恭之望也。

南雍申明監規教條

照得我祖宗敕諭監規，三令五申，至矣盡矣，爲臣子者，但當服膺而已，夫復何言？但玩習久而怠心生，時勢殊而人情格，欲爲振德之助，可無申明之條？庸以質言，開示於後。

一 同 寅 恭

同行有師，教學相長，況堂屬乎？本職深惟師道難稱，夙夜祇懼，顧守成規，持公正，敦廉潔，崇信義，則力所可勉者不敢自諉也。《書》曰："爾身克正，罔敢弗正。"尚願吾屬諸君，同寅協恭，端慎模範，以率諸生，庶幾不言而信，不戒以孚矣。

一 肅威儀

人心纔檢束收斂，則貌自整齊嚴肅，故吾夫子論學必先威重，合內外之道也。今升堂，動欲整齊嚴肅，非以是耶？頃見諸生行立拜揖之間，尚有未盡然者，夫不能勉強於斯須，則終日可知矣。今後務各收其放心，莊敬靜一，時時而習，久之將恭而安也。如入門而左，必先右足；入門而右，必先左足；出門而左，則先左足；出門而右，則先右足，斯不背。上至於拜揖興俛，應對進退，務各從容中節。坐於堂，習伊川之靜；行於道，知安定之門，庶國學亦有光哉。有違者必痛懲之。

一 敦誠信

人無信不立，德非誠不崇，誠者人之命也，事之基也，不誠則無物矣。一言之誑，一行之偽，皆有心之惡，無物之道也。諸生務以誠實相與，出言必信，期約必踐。有違誤，勿矯飾以彌逢；受詆責，亦輸情而服罪。所謂君子之過，如日月之食，何光明磊落也。由是心也，然後可言立志，可與共學矣；不然，將巧言而令色，欺世以盜名，非所願於諸生也。慎之，慎之。凡有説謊作偽者，罰跪三日。

一 慎出入

簡出可以持心，制外所以安內。舊規坐堂積圈之法，意蓋如此。今會饌已廢，此法難行。諸生藏修號舍，猶坐堂也，其各安心習靜，學文觀書，均為有益。不得輕易出入，往來道路，聚飲博弈，荒廢光陰。間或飛簽不到者，一次定朴十下，罰曠十日；再則倍之；請囑者又倍之。

一 戒 躁 進

得失之際，可以觀人；遲速之小，可以喻大。本監得失久速，不過差與撥耳。於斯二者，而不免較計，他日處名位，將何如哉？今後遇差撥有缺，自當量資按序，秉公僉撥，決不許本生先告，啓爭競之端，乖遜讓之體。如有差錯，方許稟明。違者資序雖及，亦不之與。得之不得，或久或速，亦付之分。即此是學，他日又何往而不自得乎？如請求書帖者，定罰曠半年。

一 正 次 舍

禮，君命不敢違；律，官吏不住公廨，杖八十。今之號舍即君所命也，即官吏之公廨也。"曠安宅而弗居"，是何心哉？今後諸生初至者，并不許僦賃民房，失禮入刑。若原住民房，除有家小及臨撥者外，各限十日內遷移入號。即有不便，亦須勉強習禮，居無求安。違者日月作曠。

一 禁 宿 弊

積習之弊，均不可容；風化之區，尤所當禁。除本監堂屬，均以廉潔自勵外，照得吏典，原爲前程門皂，各有工食，自當守法，豈容貪墨？今後監生新到，復班撥差等項，并不許諸人索錢一文，以取罪戾。如或監生目爲常例，苟且徇情者，即係鑽刺媚竈之徒，他日可知，訪出一體懲治，重則送問。

南 雍 策 問

問：四代之學尚矣，曰庠，曰序，曰學，曰東膠、虞庠，而米廩、瞽宗、璧雍、頖宮，又各不同，果昉於何代乎？其名義可得而悉聞乎？或又謂五帝之學曰成均，先王之學有三雍，抑何所考乎？三老五更之設，六禮七教八政之修，左鄉右鄉郊遂之移，秀選俊造進士之升，教之取之之法,可謂詳矣。五帝三王果相沿乎?其節目可得而悉數乎?夫自齒學風微,而黌舍茂草;乞言意薄,而鴻都浮華;儒術既詘,王道弗振久矣。茲欲隆雅頌之聲,傳先王之業,以收朝廷養士之效,其本果安在也?夫入國必問禁,游鄉必緣俗。爾諸生來游太學,則考其名義,範其教令,正其道術,固諸生之所熟講也,其爲我究言之。

南 雍 講 章

> 孟子曰:"鷄鳴而起,孳孳爲善者,舜之徒也;鷄鳴而起,孳孳爲利者,跖之徒也。欲知舜與跖之分無他,利與善之間也。"

此孟子分別善利以決人趨向之言。所謂善者,天理之公也,無所爲而爲者也;所謂利者,人欲之私也,有所爲而爲者也。有爲而爲,雖善亦利也。孟子之意以爲,夫舜,古之大聖也,人孰不知慕也?夫跖,古之大盜也,人孰不知鄙也?然而爲之之始,則存乎其人焉。有人於此,鷄鳴而起,孳孳焉惟善是爲,是雖未即至於舜也,而亦可謂舜之徒矣;其或鷄鳴而起,孳孳焉惟利是爲,是雖未遽至於跖也,而亦可謂跖之徒矣。何也?舜,善之極者也,爲善則與舜同事矣;跖,利之極者也,爲利則與跖同事矣。然則舜也,跖也,要其終之所就,誠天淵之不侔矣。而原其始之所分,不在乎善利之間乎?何也?人心一也。發於公則善,發於私則利,公私之際,毫髮之間而已矣。若水之東西異趨,而此其分也;若途之南北異適,而此其岐也。是故一念向於公耶,則隨事而順理,而所爲者皆善也。善而不已,則升舜之堂而入舜之室,是舜而已矣。一念向於私耶,則適己以自便,而所爲者皆利也。利而不已,則升跖之堂而入跖之室,是跖而已矣。是故舜、跖之懸甚著也,夫人之所共知也。而利善之間甚微也,夫人之所易忽也。苟慕舜而鄙跖,夫亦謹於利善之間而已矣。是故欲究乎舜、跖之已成,則徒勞而無益;能審於利善之方動,則一決而有餘,學者胡可以不慎哉?

嗚呼,斯言也,即孔子"君子喻義,小人喻利"之旨而詳析之也。舜、
蹠,君子小人之極也,爲善爲利所由喻也。善利之間,其塗轍也。原
始要終,明白痛快,誦之者宜悚然感動,惕然懲創矣。苟復迷其塗轍,
倒其工夫,以流於盜、蹠之歸,真所謂下愚不移也,可懼哉,可懼哉!
吾常反復求之,夫人亦弗思耳矣。均是人也,或爲舜焉,或爲蹠焉;均
是心也,或爲善焉,或爲利焉;均是孳孳也,以爲善,則爲舜焉,以爲
利,則爲蹠焉。吾奈何而不爲善以爲舜乎? 吾慕舜而鄙蹠也,吾奈何
孳孳以違所慕而就所鄙乎? 是不亦失其本心耶? 鷄鳴而起,夜氣清
明,可以思矣,可以思矣。成湯之昧爽丕顯,周公之夜以繼日;詩人相
傲於鷄鳴,昔賢聞鷄而起舞,皆是意也。故曰思則得之,思則知耻,知
耻則必慎其獨矣。爾多士將爲舜焉,將爲蹠焉? 其思之哉,其思之哉!

"惟斆學半,念終始典於學,厥德修罔覺。"

此是傅説告高宗務學之言。斆者教也,斆學半者,言教居學之半
也。典,常也。念終始典于學者,一念終始常在於學也。説之意,蓋
謂遜志時敏,修斯來矣;允懷於兹,道斯積矣。是固王之自學矣,然猶
未也。明德者必新民,成己者必成物。自學固得學之半,既學且教,
斯合内外之道,兼體用之全矣。是始而自學,固王之學也;終而教人,
亦王之學也。王其一念終始,常在于學,無少間斷,遜志時敏以自學
不厭者,此也;以誨人不倦者,亦此也。終始不同,而務學則一也。夫
如是,以成己則爲仁,以成物則爲智。仁智合一,而聖人之事備,而帝
王之學全。其德之修也,日新而不已,日崇而不知,蓋真妙於罔覺而
不可言喻矣。豈但修之來,道之積而已乎? 是則吾王之所當務也,是
則學之一字,自説始發,而合教爲學,亦自説始昌,使聖賢大學之教成
己成物之旨,遂明于世,而爲千百世學問全功之祖,説其聖人矣哉。
今之太學,立師長以爲教也,而群弟子以爲學也。使斆有弗盡,即吾

學之未至也,諸生學有弗修,又何以庸其教也? 吾方以敦爲學,賴諸生以成其功,諸生宜勉學於教及師長而成其德。吾與諸生,固一體而同其功者也。其務各任其責,以無相負焉。斯爲不負朝廷,斯爲無愧于説矣。其敬念之哉。

南雍戒諸生華服

《語》稱禹惡衣服,由不耻縕袍,志乎大也。諸生况未釋褐,其以紈綺爲戒,不獨養晦,亦以安分。即舊所制,亦宜襲之,布素以存尚絅之心。子曰:"士志於道,而耻惡衣惡食者,未足與議也。"移其所耻于吾心,不亦大乎? 聽之。

南職方别趙方山留題署壁

松谿子之於方山子也,生同里,進同年,志同道,情同休戚,而其筮仕也,方山官南刑曹,予濫竽史職,邈乎其不相及也。無何,予以竄嶺表,薦補郎署,方山亦自刑曹移擢,乃同官職方,豈非天作之合耶? 予以丙申至日履任,相見而歡,猶若夢寐。既復同巷而居,入則聯鑣,出則并轡。輪直之夕,則往往對榻焉,由由然若同里閈相往來,而忘其爲仕也。人亦以予二人者爲兄弟然,而忘其爲僚友也。乃今長至載臨,而予遷車駕矣。蓋雖咫尺之離,即有不能如往日之同者,而感慨繫之矣。長至而來,長至而去,又豈非天耶? 雖然,離合,迹也;離而合,合而離者,心也。世固有合而離者矣。使予二人者,迹雖離,而心常合,則自此以往,宦轍四方,萬里相望,猶夫一堂也,何惡於離哉? 不然,雖日合亦何裨焉? 故予於去職方也,書其合之不偶以爲喜,而離之不惡以爲勖。且以告夫後之君子,不求離合於迹,而求離合於心焉,亦友道之一助也。

嘉靖丁酉夏四月,松谿子爲臺軒,前植柏、竹、梅,擬之"三益",用以自裨。後之居是軒者,庶其同心而勿毁乎。

龍岡書院輪直盟

教學相長，仲尼求助於回；取善同人，孟子亟稱乎舜。學弗時習，暫悟終迷；善非服膺，雖得必失。多識本以畜德，養性在於存心。吾道一以貫之，萬物皆備我矣。反身斯樂，願外徒憂，操則存，舍則亡，曷爲常？舍得有命，求有道，奈何必求？不聞富貴在天，將謂窮通自我。妄思求勝於天地，亦或徼福於鬼神，戚戚窮年，營營終日，豈知名教之真樂，不出安靜之良圖？素位而行，居易以俟，用則行，舍則藏，寧患得而患失？仰不愧，俯不怍，亦何懼而何憂？此何憚而不爲，彼胡樂而不改？居諸易邁，師友難逢；少壯無成，老大徒悔。《易》稱“麗澤”，在講習以相資；《禮》著“同方”，豈群居而燕僻？各洗心以滌慮，咸及時以課功。必有事勿忘，毋見小欲速；立志以植本，謹獨以研幾。修辭立誠，合內外之道；端中肅外，一心迹之觀。坦率易流疏慵，檢束日就規矩，九容必飭，終食無違。相勸相師，無矜無傲，周公才美，驕吝且不足觀；大禹聖神，滿假猶不敢作。況於吾輩，豈容苟安？真貿焉其可哀，宜惕然而深省。參天地而爲堯舜，本吾良知；陷禽獸而溺穿窬，豈天降性？念之毛髮俱竦，勉哉師弟同心。務嚴憚以切磋，復提撕而警覺。受盟共奮，輪直相規。苟庛前言，必攄忠告。知過而自訟，見賢而思齊，毋自棄焉，固所願也。如聞義而不服，即鳴鼓以相攻。

書安福張伯喬卷

伯喬張子，自復古書院來龍壁山房，曰：“請卒業焉。”且曰：“院中二三子思一言爲勖也。”予曰：“吾言亦既詳矣。誠惕然興起，其真心而循習焉，則一言可也，無言可也；苟真心之未至，則一言不足也，千萬言亦不足也。是故大學之道，無自欺而已矣。夫足乎己，無待於外；猶有待於外者，無亦己之有未足乎？是故爲仁由己而已矣。二三子亦可以默思矣。”伯喬曰：“諾。余歸矣，余歸矣！”明日戒行。是夕秋月澄霽，山光倍明，乃具尊酒，登超然亭爲別。

題 書 院 左 壁

世之可寶惜者，莫有過於光陰，度一日則吾生減一日也。而能寶惜者，莫有過於無累，無累一日是吾生得一日也。有累則憂，憂則不如無生。聲色財氣皆累也，富貴者爲有餘所累，貧賤者爲不足所累，富貴貧賤，迹不同而其爲累一也。至於好名亦然。慎之哉，慎之哉！

題 書 院 右 壁

今人率以登科第爲成立，此殊不然。科第，富貴也；成立，道德也。道德不足，雖位至三公，猶未成也，謂之富貴人，可也。充於道德，雖貧且賤，不可謂不成也，必曰道德之士也。道德既充，富貴自至，斯常理也。舉業，其階梯也，由之不害也。志則不可不辨也。肄斯院者，其勗之。

題 松 石 軒 壁

崇山峻嶺，茂林修竹，清流激湍，映帶左右，斯皆得而有之，誰謂非山陰蘭亭耶？況以誦書爲樂道之地，又非徒燕酣遊詠而已。《詩》曰："優哉遊哉，可以卒歲。"

論 交

凡人之情，不可强之使合也。强而合，固非其心之所樂也，是故厭生焉。夫吾今而後，乃知之矣。吾知盡吾情焉爾，人之合與不合，不計也。吾惟不計之，則不至於强之；不至於强之，則不至於取厭，而其情可久。雖然，固非吾心之所樂也。古人以澹爲君子之交，甘爲小人之交，是豈樂澹而惡甘哉？誠以始之甘者，終或不繼，而或至於絶，是不若澹者之爲愈，故寧舍彼而取此也。是故斯言也，爲情之不繼者言也。彼有傾蓋如舊，意氣性情、言論風旨翕然相契，恨相見之晚而願委心焉者，要其終可與共事功也，可與同患難也，可與託死生也，是雖出入相友，寢食同事，不過也。勤勤懇懇之情，要至於死而後已，亦人情爾，亦何害其爲甘？而夫人者必爲彼，不爲此耶？不然，情之不洽，踪迹之日疏，姑藉口於澹焉以自解，亦奚取於澹焉？噫嘻，白頭如新，何貴於澹；傾蓋若舊，何必於澹？芝蘭之契，斷金之好，吾不知古人之情之何如也。且人之交，當諒其心。凡人之心，有所利焉，非誠也；有所慕焉，非誠也，舍之可也。苟非有所利焉，非有所慕焉，是其心則可諒也，而概以世俗視之，甚矣。夫人之情，固有不必強之而自合者，亦有強之而後合者，乃若強之而不合，則亦終不合矣，又豈可強之耶？夫吾今而後，乃知之矣，知盡吾情焉爾矣。若因之而自處於薄，又君子所弗取也，吾嘆夫今之交之難也，作《論交》。

偶　　言

夫造化之窮通人也，必假手於人。是故人之窮通，當得而得者，則宗子家相，司造化之權也；其不當得而得者，則讒奴佞僕，竊造化之權也。故凡世之以榮辱黜陟之權，售其毀譽愛憎之私者，皆爲造化之奴僕，而不自知也。彼方揚眉攘臂以爲得計，而不知有道者視之，方執鞭進履，膝行肩脇，服役於人，而勞苦萬狀矣。或曰："然則今世之毀譽愛憎人者，聞子之言亦少衰乎？"曰："吾惡知乎？彼誠不樂奴於人也，則朝聞吾言而夕改慮也。如其樂也，若豕負途而適犬穴，溷而喜也。則雖夷齊之清，亦安能變犬彘之性耶？"或人乃嘆曰："奴乎，奴乎，其慎所擇哉。"又曰："子之言未能盡聞於人，請書之，廣其傳，庶以救天下之困辱者。"

勖馬氏二子

嘉靖壬辰冬，予出張灣，主於馬沖霄氏。後十二年，甲辰再至，而冲霄已化去，予悲而奠之。其子曰鑾，壯士也，亦隨翁化；曰鏊、曰鏊，突而弁矣。訊之，頗有伶卓風，家用弗振。予聞而閔之，進而與語，曰："若知人道乎？夫孝弟，身之所由立也；勤儉，家之所由起也。而嗜酒而身戕矣，身戕則親傷矣；而嗜酒則生業墮矣，業墮則家廢矣。如人道何？"二子瞿然避席，頓首曰："吾知過矣，吾知過矣。"明日，謝其徒，閉閤而思，豁然大悟，如垢斯瀚，如疴斯痊。趨而謝曰："公生我矣。"予詰曰："而能恒乎？"二子曰："請以死誓。"予喜曰："而能恒矣。"數日，而貌澤。又數日，而氣和，由由然朝夕侍於母而不忍舍也。於是鄰里見之而改容。其母郭亦趨而謝予曰："公福我矣！"予嘆世人之忘身而逆親者，不直酒也；而恥過遂非者，又二子之罪人也。故書此以嘉之，且以爲世人勸。

書春渚離鴻卷端

"春渚離鴻"四字，若別言，若四嗟四詠，爲念庵羅子別其弟邃夫氏而書也。春渚離鴻何？邃夫入冑監，念庵不忍其別，不遠數千里，將之金陵，依依鳳臺鷺渚間，託之乎鴻雁，感有餘已。別言何？欲邃夫保身擇術節用也。一慨三嘆，必以先大夫發之諄切懇惻，一字一淚，讀者感動，況邃夫乎？四嗟四詠何？將別而悲，既別而思，發乎性情，不能自已也。嗚呼，念庵友于之德，斯其至矣。夫自《常棣》風薄，《角弓》怨彰，交相爲瘠也久矣。中世以後，日偷日兢，如念庵者，求之古人即不可多得也，而況于今乎？然則，邃夫宜何如也？以古之弟自處，吾猶思其未稱厥兄也，而況乎今之弟也？今之弟不若古之弟，古之弟猶不若念庵之弟也。念庵之弟，惟念庵是聽，而不知其他，斯念庵之弟也，斯雙泉翁之子也，邃夫宜何如也？雙泉翁於先憲伯十峰翁同年也，吾於念庵又同年也，則念庵之弟猶吾弟也，休戚共焉。于其歸也，樂之，書此。

補　遺

程氏源流通考

文德嘗尚考《世本》、《世紀》，旁稽史傳，以及名賢叙述，嘆曰："厥初生民，實同本源。黃帝而上，弗可稽已；黃帝而下，五帝三王及其輔佐諸臣，皆出於黃帝也。蓋生民之道至黃帝始備，而乃有傳焉！三代以降，姓以人別，氏以世分，日衍日繁，其麗不億，論者謂雖山澤氓庶，無非帝王之裔，神明之胄也，良不誣哉！"

按《國語》曰：重黎氏世叙天地，其在周，程伯休父其後也。考之重黎，黃帝六世孫。黃帝次子曰昌意，昌意生顓頊，號高陽，高陽生伯益，伯益生卷章。一曰高陽生稱，稱生卷章，卷章生重黎。《書》曰："乃命重黎絕天地。"《通史》稱：高辛氏以重黎爲火正，有功，光融天下，命曰祝融。一曰：帝顓命南正重司天以屬神，北正黎司地以屬人，意者序天地、司神人，兼爲火正也。一曰：重黎之後爲羲和。又《鄭語》：祝融之後凡八姓，和仲、和叔與焉。則重黎、祝融、羲和，皆同官也。至其後休父，一曰喬伯，爲周宣王大司馬，平淮夷，封爲程伯。子孫遂以國爲氏。《詩》曰："王謂尹氏，命程伯休父。"漢應劭曰："休父封爲程伯。"孫愐亦曰："休父封程。"程國在長安西北三十五里。於漢爲安陵，隸古扶風。《帝王世紀》曰："文王居程，徙都豐。"後漢《郡國志》："河南有上程聚。"論者謂：關中有程地，故以此爲上程，至今程氏居之。故曰：程氏出於黃帝，祖於重黎，而得姓於休父云。

自周而後，著於《春秋》者曰嬰，保孤存趙，封忠誠君，祠祀不絕。迨宋元豐，封忠節誠信侯，建廟廣平之肥鄉縣程固里，號曰祚德，族屬蕃衍，望於三晉，故程氏之在北者皆望廣平焉。

至東晉元帝時，曰元譚者，由廣平太守假節爲新安太守，有德於民,民留之;詔賜第新安,遂家焉。傳十三世而爲靈洗,當侯景亂,以布衣起兵,保全鄉境,佐陳受禪,授鎮西將軍,開府儀同三司。卒謚忠壯,立廟崇祀,號曰"世忠"。生子二十二人。蕃盛通顯,冠於江南。故程氏在南者又望安定焉。

忠壯公後某,復北遷中山博野,至宋太平興國,曰羽者爲文明殿大學士,贈太子少師,賜第京師,始居河南。歐陽文忠撰《文簡公琳神道碑》曰:"河南之程來自中山,中山之程出自靈洗,琳,羽從曾孫也。"而伊川爲《明道行狀》亦曰:"先生五世而上,居中山之博野,高祖羽而下始居河南。"則其出於新安有足據云。

按此,程氏由廣平而新安,由新安而河南,端緒相承,灼然可考。顧今蔓延天下,在在皆有顯名,又不止三郡而已。

文德竊意,凡在北者要皆廣平之分,凡在南者要皆新安之分,其在中州者要皆河南之分。中間南北更互,或間有之,而其出於休父則一也。嗚呼! 休父之遺,厥惟休哉。

宅 里

《易》稱"厚下安宅",《詩》著"遷幽邑歧"。蓋辨方正位,體國經野,古聖人所重也。我先世自新安之武義,至公範公肇居永康邑城,既而遷方巖之麓,日繁以析,各居村谷。然皆陟顯降原,相度而宅,相距不數里也。

山川無窮,顯晦有數,靈秀所鍾,弗可泯也。但年世寖遠,亦或有如先公所懼者矣。是故識其都域,辨其方向,次其遠邇,以與子孫世守之,繼自今析居者遞續焉,而支派之分,真僞之辨,亦緣是可考焉矣。

程文德集卷之二十三

賦

思　家　賦

江風兮蕭索,江月兮朦朧。孤客兮此際,望家渺渺兮心冲冲。繫予家兮山之隈,亘吳岡之綿邈兮,溯越水以縈廻。骨肉兮正相望,泝風瞻月兮人何歸。髮斑斑兮堂上,情嘿嘿兮深闈。對銀缸之明滅,掩寶鏡之光輝。忽鴻雁之宵征,疑帛書之下垂。吁嗟,人羨兮榮名,名兮名兮重愁人。在家貧賤足樂兮,何必離家金繞身?

思德堂賦 爲翁東涯乃祖作

河源天漢兮山崑崙,人本祖德兮茹芳芬。東溟匯兮揭之陽,蔚嵯峨兮思德堂。肯其堂者翁氏郎,誰爲思兮義翁與母楊。翁明夷而艱貞兮,母取日其徬徨。逾中閫兮行四方,涉波濤兮履風霜。終大明之當空兮,貽燕謀其允臧。嗟翁楊兮,古哲後先,列如翱翔。翁楊樹德兒樹思,順繼順兮家彌昌。帝鑒兮聿發祥,乃徹仁夫氏之良,諸季復球琳兮爭昂藏。願言此思兮世不忘,思彌遠兮德彌光。翁氏千億兮綏爾嘗,匪獨翁氏兮,化及萬邦。遷客南征兮烟水茫茫,爲賦思德兮天滄浪。

超　然　賦

嘆人生之雖眇兮,貌實肖乎兩儀。目懸日月之離照,山川象夫衆

275

肢。靈萬物而贊化育，天地猶賴乎宰尸。匪心體之廣大兮，安能超萬物而不羈？

頌

靈雪頌

惟皇踐祚，奉天仁民，克自抑畏。乃四方水旱災沴，奏報迭至，皇心震惕，修省方殷。會是歲己丑，冬雪愆期，皇心益懼，乃諏吉躬禱。神明響答，靈雪隨降，四郊霑足，萬姓歡呼。於是四方之人咸鼓舞相賀，曰："我皇動天之速如此，水旱災沴不足憂也。"

臣惟天之視聽在民，民之好惡在君。以今觀之，則我皇上之所以順天應人者，將益有不遑暇逸者矣，此天下生人之福也。此臣不敢以得雪爲喜，而以皇上動天之速爲喜，而以天下之人永有恃賴爲喜，於此可以占君道焉，於此可以卜太平焉。頌聲之作庸可已乎？謹拜手稽首而獻頌曰：

於惟大君，天地宗子。事之維何？曰敬而已。相古哲王，祗肅罔違。以格以享，天亦諶斯。式教用休，奕葉彌光。宜民宜人，受禄永昌。我皇繼統，率祖攸行。宮居惕若，郊祀精誠。宵衣旰食，率履優優。惟敬惟一，惟天與謀。惟天仁愛，災沴無時。惟皇警動，曰予之疵。時維冬仲，雪愆其候。皇帝曰嗟，我農之疚。乃諏吉辰，乃告祖考。乃即齋宮，將以出禱。恭默以思，昔比殷湯。桑林之禱，其應異常。星言夙駕，以謀宰臣。宰臣請俟，東方之明。乃却大輅，乃乘板輿。有來肅肅，匪安匪舒。群工駿奔，百禮既洽。神之聽之，歡欣融

浹。神既歆止，乘輿載旋。同雲聿興，飛霰自天。淅淅雰雰，頃刻而
積。由由綏綏，沃彼原隰。至誠靈應，式符桑林。於湯有光，千聖一
心。凡厥臣民，相顧嘆異。昊天孔遹，敢不敬畏。歡呼踴躍，小大若
狂。豐年有徵，謳歌洋洋。螟螣攸驅，蝗無我毒。秬秠實堅，來牟率
育。以養以享，以報烝嘗。天子一念，施於四方。先天下憂，惟天子
明。惠而不費，惟天子仁。天子仁明，敬天益虔。純嘏有常，胤祚
萬年。

補　遺

永康總祠聯

咸平狀元，成化會元，嘉靖解元，鼎甲鼎魁；
五代王府，大宋相府，當今内府，冢君冢宰。

程氏大宗祠聯

始祖忠壯公，三朝元老，功德高標，東魯名門望族；
嗣孫繼遺志，千秋基業，勤勞智慧，槐塘程氏榮昌。

巖下街紹常祠堂聯

棟宇初成家有慶，
簪纓世顯國同庥。

李溪宗祠聯

黄甲聯綿，曾分吉夢之一墨；
鄉賢承繼，實貽世芳於全城。

四言古詩

靈 鵲 詩

　　夫鵲，詠於《詩》，紀於《傳》。巢必辨歲，鳴用占祥。鷇卵可窺，實維至治。獄樹爰止，乃昭措刑。鵲非眾鳥匹矣。若彼鳩燕侈示於前朝，雀烏表異於青史；越裳重譯以獻雉，東夷歸化而貢鷹，皆貴白也。而鵲之產白，則惟漢之元和、唐之貞元，我國朝永樂之辰，舍是無聞焉，乃再見於今日，尤希闊之瑞矣。臣竊以爲，孚佑降祥，天之愛也；體信達順，君之應也。故歌不忘儆古之訓也，頌不忘規臣之義也。昔者皋陶之賡歌也，而曰：“元首明哉，股肱良哉，庶事康哉。”蓋因載歌而責難於君也。假樂之祝頌也，而曰：“之綱之紀，燕及朋友。百辟卿士，媚於天子。不解於位，民之攸墍。”蓋因頌而獻規其上也，臣嘗慕焉。蓋頌以美盛德之容，而規以效陳善之敬，此古昔帝王之德，用以益盛而彌光也。今皇上之德，媲美帝王。臣雖至愚陋，敢不思效古昔臣工之萬一哉？乃著辭曰：

　　於維靈鵲，產彼中土。遹昭我皇，宅中誕撫。維皇神聖，天命祇若。建極叙倫，制禮興樂。肇卜四郊，殷祀聿成。天地合德，日月合明。靈鵲斯來，適應其期。徵祥啓瑞，先天弗違。皇用休嘉，匪禽之珍。天監在兹，敢不肅欽。廼薦九廟，廼獻兩宮。廼示群臣，協氣雍雍。小臣颺言，匪直志瑞。感激責難，祇承於帝。維鵲之質，輝輝皓潔。冰斯玉斯，如霜如雪。我皇顧諟，益用明德。齊戒洗心，斤斤靡忒。爲堯光宅，爲湯日新。爲文緝熙，爲武昭升。修之深宮，虛室生白。丕顯大庭，刑於百辟。維鵲之性，和擾異常。居而介介，飛則彊彊。我皇顧諟，端本善則。既睦於家，式和於國。推及天下，咸俾得所。宥罪釋羈，蠲徭減賦。

維鵲之知，謀吉匪凶。有開必先，鳴聲融融。我皇聽之，究心理亂。避凶趨吉，與民同患。民有饑寒，肆其拯之；民有寇攘，肆其靖之。維鵲之至，郊工甫畢。將謂民勞，汔可小息。我皇感思，制作大備。自今伊始，無爲而治。吁嗟靈鵲，皇用資理。龜書馬圖，後先相契。相彼式教，曾弗是思。龍鳳在庭，奚所用之。麟嘉紀元，天馬宣歌。神雀紛紛，如治理何。維昔周王，以騊駼進。文皇曰嗟，祥宜益慎。今兹靈鵲，臣工對揚。我皇固咈，勉答禎祥。瑞符事合，敬一同心。聖祖神孫，流譽無窮。臣惟兹鵲，將瑞於年。五穀豐登，人無饑寒。臣惟兹鵲，將瑞臣民。化中保極，革佞思貞。臣惟兹鵲，將瑞我皇。景福萬年，祚胤無疆。上安下順，是謂泰和。小臣颺言，敢效《卷阿》。

内訓詩 四首

勤

雞既鳴矣，無敢荒寧。蠶於北郊，以事神明。於維大姒，爲絺爲綌。越周之衰，休其蠶織。

儉

塗山相禹，克儉於家。帝乙歸妹，德音不瑕。慎乃儉德，惡衣菲食。猶之未遠，驕奢淫佚。

孝

有懷二人，就養無方。思齊大任，克媚周姜。下氣怡聲，問安視膳。永言孝思，監于成憲。

敬

有齊季女，被之僮僮。以承祭祀，神罔時恫。無非無儀，必敬必戒。明章婦順，正位乎内。

五言古詩

五峰對月

懸崖倚高閣，霽月流中霄。仰觀疑坐井，爛然天宇遥。拂石長松下，坐愛疏陰交。空中忽墮影，敗葉送驚飇。林聲遠近集，蕭蕭還策策。呼童叩山僧，沽酒慰岑寂。把酒問月明，此景那再得。起舞獨徘徊，撫劍露華濕。

歲暮與諸兄弟侍家大人遊山曉發
冒雨而歸盡一日興

侵曉入嶙峋，寒烟濕不起。曈曨村日微，晨饔尚未理。紫袍白肩輿，幽事良可紀。杖履雙雛鳳，左右相因倚。青山夾幽谿，潺潺流且止。鷄犬忽人家，柴門出松底。稚子走驚人，老農盡未洗。拄杖迎道旁，自言病失禮。殷勤具壺漿，列坐無筵几。野趣愜幽尋，羹銚飯土簋。返駕歸山徑，六曲^{嶺名}何屺屺。四顧迷松杉，恍惚雲蘿裏。稍稍入榛塢，凄風忽飛雨。芒屩各匆匆，不覺路如砥。藤刺苦鈎衣，亦或傷膚體。好事諒不辭，涉險翻自喜。下山衣袂濡，寒日歸濛汜。百年此勝遊，何日重追擬。

應氏覽翠樓

乾坤長納納，宇宙何悠悠。丈夫生兩間，役役豈自謀。不聞古賢達，笑傲恣夷猶。勳業在廊廟，興寄還林丘。肆爾應君賢，卓犖誰與侔。詩書自韋布，杖烏厭王侯。既躡千仞岡，尋登百尺樓。樓端渺空闊，俯視臨九州。春入燒痕碧，蒼蒼雲樹幽。薰風送蟬聲，陰陰夏木稠。秋雨足禾稼，鬱鬱含平疇。歲暮群芳歇，松柏終虯虯。四時有代謝,元氣常周流。美兹生意博,一覽悉窮搜。乃知名樓旨,豈直縱塵眸。古人庭草心,仁者育物儔。風晨明月夕,烟際夕陽秋。遠眺滄江浦,近觀白鷺洲。高朋時滿座,觴詠日相酬。起舞隨林鶴,忘機狎海鷗。百年真幻夢,萬里直浮漚。人生貴適意,碌碌空白頭。猥予頗不俗,聞此願相求。愧無登樓作,可以揚芳休。緬懷不能釋,長嘯賦新謳。

可　繼　堂

富人一金產,亦欲遺子孫。豈以詩書澤,而忍湮其源。賢哉一龍氏,肯堂此意敦。豈徒繼前修,庸以迪後昆。

玉　山　寺　採　菊

閑步碧江濆,偶來玉山寺。寺前寒菊華,斑斑正滿地。呼僮掇其英,日夕以爲餌。不緣憶靈均,氣味故相似。

渡　瓜　洲

旭日光微茫,宿霧開東澔。波恬風不驚,舟師歡相櫓。得此解離憂,倏忽渡南浦。

暮　秋

寒砧兼落葉,處處聞凄切。滿目更丹楓,關心時皓月。天風漸凄其,生意多衰歇。遥憐塞下兒,思家正愁絕。

訪　友

忽動剡溪興,來訪黃山客。虛堂一尊酒,相對不知夕。雪檐坐相映,稜稜劍光白。清夜殊未央,放歌從岸幘。

舟 行 快 風

風檣泝逆流，激疾如奔驪。撼波驚雷霆，泡沫紛揚沸。藉此空中力，恍乘千里驥。篙師袖手閑，纜夫追喪氣。憶昨牽挽時，勞逸何懸異。乃知人爲拙，所貴天作事。

望 雲 龍 山

悵望雲龍山，步屧不能往。山人放鶴亭，相見荒苔長。自從坡老遊，千年垂逸響。我茲空復情，欲去束塵網。岡頭朝雲飛，日夕歸巖廠。何時振層巾，與雲偕下上。

自太常徙居柏林寺

容臺足避暑，如何復東遷。況有同心子，蚤暮相周旋。旅懷方自慰，而爲人所牽。逐逐塵囂中，度日真如年。悵望高槐陰，高人坐盤桓。何當脫樊籠，共話尊酒前。

憶 錢 漕 湖

明月無南北，故人有昔今。促膝方歡娛，回首成孤吟。綣綣容臺酌，栖栖古木陰。懷哉不可攀，結袖理瑤琴。

憎　病

久客仍多病，栖栖抱禪榻。起看窗外花，偶見天邊月。花容自鮮好，月光故泠澈。奈此羈旅懷，見之增憂怛。帝城豈不佳，鄉國性所悅。何日棹扁舟，松谿歸舊業。

正 月 十 七 夜

寂寞對殘燈，留連惜光景。元宵忽復度，歡娛一夢醒。感嘆坐空堂,此意誰能領。

清 明

客裏清明節,無端愁轉新。豈無拜壠思,空望異鄉春。亦憶去年時,鳴櫓雙溪濱。爲客有遠近,念節同酸辛。堤柳綠垂垂,風陌揚輕塵。高堂渺何許,應念遠遊人。

春大雪適慈水蘇養廉遠訪感贈

銀光晨照檻,起視千山白。歷冬何寂寥,及春乃飄拂。瀰漫浩千里,乾坤同一色。寒威凛不禁,念子仍爲客。骨肉懷故鄉,對此倍凄惻。我亦湖海士,相逢重感激。促膝撥殘爐,無言意轉劇。明朝復分首,遺我長相憶。

遊南旺湖 有記

昔聞濟上湖,今泛湖中棹。偶爾成勝遊,此景誰能貌。泛泛菰蒲深,杳杳滄洲情。游魚時可數,孤鶩還一鳴。清漪接空碧,遠峰疑咫尺。香飄蕙蘭細,葉翻芰荷赤。返棹迷歸來,幽興轉悠哉。宇宙此浮生,心賞能幾回。所貴各適志,榮名真細事。坐令今日遊,芳聲垂千祀。

飲陳棟塘憩亭

客帆滯分水,偶煩水部招。清宴開芳園,烟格暗平橋。春色負鄉心,慰兹一以遨。感君多意氣,夙昔恍神交。坐坐變林景,凉雨來沉寥。蕭蕭響風竹,悠然隔塵囂。四座飛觥籌,竟日眷亭皐。明朝縈世務,回首棟塘坳。

月 夜 放 舟

明月懸秋空,蕭蕭光芒静。扁舟揚順流,水月交相映。坐盼愛空明,身世恍蓬境。持此不成眠,簾櫳横斗柄。

金華道中 懷奎山子

經年羈朔北，步月忽松谿。地名。小憩臨清流，烟水相因依。撫之增悲慨，踪迹等蓬飛。邈矣容臺客，晤言尚未期。

婺城歸道值雷雨

皇天號令乖，震雷冬虩虩。驟雨霽斯須，陰雲復四集。風伯挾滂沱，有蓋遮不得。草木盡披靡，人馬交辟易。倉皇僕復馳，歸路欲昏黑。矢歌行路難，歌竟還嘆息。

憫 農

《春秋》志憫雨，姬旦陳《豳風》。嗟哉此意衰，誰復悲人窮。山川已如滌，旱魃仍蟲蟲。爾農亦何辜，罹此荼毒凶。雖有七尺軀，如魚遊釜中。籲天不能訴，拊心惟自恫。願言君與相，憂危重省躬。天心良易感，一雨變年豐。

三窮圖爲周侍御題

昔讀《七哀》詩，今見《三窮圖》。七哀猶可忍，三窮慘欲呼。黃鵠晚失雛，鳴響落雲衢。青鸞照孤影，起舞將安徂。一蹶傷騤裹，空餘未產駒。盛衰固物理，胡茲坎坷殊。颶風電仍急，窮途徑轉紆。天心終有復，造化如轆轤。驥子登天厩，人間顯遺孤。阿母旌書來，大節垂休模。行且拜褒贈，祖父榮名俱。三世共無慚，千年聲聞都。回視煢煢日，感之良可吁。欲知盛衰理，請看《三窮圖》。

送陳良修太學歸

涼風動金臺，遊子思故鄉。駕言出都門，別語何慨慷。三載北雍遊，六翮圖高翔。命也仍濩落，壯志虛昂藏。挾策歸去來，相時復觀

光。我聞三嘆息，祖餞遠相將。丈夫貴者志，利鈍固其常。我家松谿
旁，谿上還草堂。恨不作明月，隨君過錢塘。臨風一尊酒，仰視天滄浪。

送斯世沾赴廣州幕

朔風吼長空，寒江凍欲矼。之子萬里行，別我初弦月。南州地自
佳，梅嶺花正發。適意即壯遊，無論涼與熱。

孝友卷爲張本潔題

堯舜道之至，孝友無餘事。夫人充是心，可以位天地。末世浮誕
滋，良心邈焉戾。張子以名堂，豈曰名之嗜。勉焉日修而，毋使綱常墜。

謝汝湖侍讀携壽圖索走筆

雲海生微波，琪樹發秋華。蓬島不逾丈，中藏謝母家。海波明於
鏡，琪花爛於霞。靜對阿母堂，千年日未斜。披圖真咫尺，吾欲泛星槎。

送羅念庵同年 二首

昔從念庵子，城隅送方洲。念庵今復別，蕭條重我愁。聚散無定
踪，雲共此生浮。執手忽墮淚，諒非兒女儔。感子真弟兄，夙夜恒相
求。乾坤勿自負，定我終身謀。愴兹一以別，三載懷離憂。拭目隨春
風，送子登河舟。去住各努力，青年不可留。

人心無停機，擾擾日恒動。方其一念萌，遂分醒與夢。是以慎獨
功，千古聖賢共。勉哉勿多言，割欲須忍痛。

感紙中蚊有作

爾本溝壑姿，何緣托斯紙。追想初墮時，或悲不幸死。及今歲月
遠，居然照青史。作勢尚如飛，秋毫見肢體。回視同飛侶，零落今何
委。因之感人生，死貴得其死。臨難或苟全，兹蚊胡可比。蚊乎爾誠

微,人乎或愧爾。藏以玩朝夕,庶用激吾恥。

送孔卜麓督學陝西

西河故多賢,山水鬱靈開。北有卜商宅,南有比干臺。悠悠二千載,玄風邈寡儕。乃今卜麓子,邁往登崔嵬。英年何闓毅,光瑩含琦瑰。及第豈不榮,羨爾氣壯哉。甲科昉隋唐,掄魁代有才。落落垂青史,紛紛竟塵埃。嗟哉弗自勖,甲第祇堪猜。子今憲關中,行當作人材。願言樹明德,昔賢終與偕。

夜宿質庵月明鶴唳有懷念庵

窗靜夜逾永,月明鶴共宿。夢去聞清唳,隱隱鈞天曲。起步撫長劍,露下風漱漱。緬懷同心人,孤嘯在林麓。

爲程惟光同年乃翁賦遺拙

結繩世已遠,抱瓮事亦荒。何期千載下,翁復返淳龐。智巧亦胡爲,擾擾徒自忙。不見機心伏,鷗鳥倏高翔。世人無鄙拙,拙者壽且康。世人皆翁拙,天下即虞唐。高風夙予慕,況乃系槐塘。思翁不可見,長嘯天滄浪。

送金崇郊同年知亳州

東括有佳士,文采通天章。蚤傳郢中歌,白雪聲琅琅。道高甘濩落,廿載茅溪堂。是年帝咨牧,除書下明光。掄才重畿甸,出守亳之陽。同袍二三子,相送登河梁。惜別復感時,離筵泛蒲觴。人生不自力,去住徒參商。慨慷賦《烝民》,吹袂薰風涼。

贈徐占山典學上蔡

我愛宣卿氏,蔚蔚茂文遒。明廷試上第,典教擢中州。上蔡文明

昔，謝子遺風流。汝水通伊洛，典刑尚可求。行哉範後進，履矣蹈前
修。寒日照離筵，送子帝城陬。天涯更遠別，回首風颼颼。

送周草窗知福寧

世人無遠韻，齷齪桃李場。風月自幽清，千年間草窗。東甌周汝
美，結廬滄海旁。衝機適真性，芳綠滿幽堂。起仕守福寧，連壤即故
鄉。汝美擴此意，蔀屋皆春陽。相送黃金臺，暑雲正高翔。秋風入閩
粵，慰我遙相望。

送 張 思 溪

有美思溪子，抗疏謁金門。南官宜母養，百拜微君恩。欣欣毛義
檄，此意古所敦。秋風揚桂楫，羨爾騫鵬鶤。

和楊方洲集宴張水南堂賞菊韻

秋深美風日，況當叢菊芳。小庭看不足，更上南軒堂。高情曠以
悅，款坐聞清觴。花影搖素屏，丹青未能方。清興轉綿邈，不知夜漏
長。起視明星爛，撫劍爭光芒。

送陳南愚知沂州

古道久弗見，乃今見南愚。吁嗟南愚子，世人安得如。樸方殊未
引，骯髒世為迂。持此遇今人，孤鳳鳴高梧。我思歲丙戌，共濟情魚
魚。三月坐春風，百年結駿圖。一別五六載，參商坐嘆吁。今年會長
安，把臂惜居諸。惜也萍逢迹，子復駕驪駒。手握專城符，往牧沂之
都。人言沂且難，我謂子有餘。草木回春陽，豚魚感中孚。勗哉敦吾
誠，沂人寧獨殊。人事無難易，天運亦乘除。子才久屯施，為政當亨
衢。況承襄陽翁，冠佩早庭趨。嘉爾捧檄心，歸省歡于于。送子城東
門，小阮共踟躕。道有芳菊叢，贈子輕璠璵。慷慨歌歲寒，凌厲青雲

紆。小阮謂乃姪克安也。

十三夜見月 壬辰十月，時楊方洲在獄

霜空月正明，懷人在羑里。咫尺不得見，見月人相似。但保貞心固，勿畏陰雲起。往哲諒如斯，榮名真敝屣。

十 五 夜

累歲憐茲夕，今年感獨深。明月挂宮樹，照影不照心。嗟彼高岡鳳，孤栖枳樹林。衆鳥澹無輝，結舌懷清音。梟鵂乃長號，白日還陰陰。純鈎豈不銛，雷霆空復臨。天閽不可叫，哀歌時自喑。

司寇獄同聚尹正郎元夫張進士梯張監事倧劉博士芳曹縣丞新樂丞陽曲人楊方洲暨予六七人眷若弟兄不忍爲別用陽明子在獄別友韻

良朋那可求，咫尺常阻絕。何期歲云暮，圉堂忽焉盍。我往爾亦來，朝談夕未輟。寧作楚囚悲，且方管鮑悦。自愧鳳孤鳴，敢憐驥駑蹶。行藏隨用舍，世態任寒熱。此夜各不忍，明發遽爲別。別離當奈何，努力追前哲。

臘月六日出京

倉皇出郭門，戀闕時返顧。四載侍玉墀，一朝下雲路。去國心所悲，況貽君父怒。微臣雖九死，何以償一忤。以兹重感愓，驅馬泪如雨。憶昔臨軒問，獻策荷殊遇。宸批誤獎擢，蘭臺膺記注。感激被恩私，心膽思盡吐。機會耿未逢，朋比先成牾。拊膺爲誰言，仰天徒自吁。一命豈嗟卑，萬里亦易赴。獨遠聖顏去，若抱慈親慕。舉手祝皇天，聖躬祈佑護。華渚早流祥，萬靈咸錫祜。孤臣雖遐荒，亦若侍輦輅。回首文華殿，閃閃生青霧。

十六夜集妻孥月下

歲晚月仍圓,夜寒霜復白。殷勤霜月光,爲照南遷客。回首大明宮,萬里嗟行役。豈無禁闥心,高堂日復迫。再拜謝清光,願照皇宮掖。再拜謝清光,願照松谿陌。但令君親安,遊子復奚惜。感激開清燕,妻孥欣促席。對酒還高歌,邀月坐屢易。誰家鼓吹發,爲我娛今夕。明年至高凉,清光應似昔。

用王摩詰送祖三韻寄念庵 二首

未會復當離,一見先成泣。自緣交誼感,匪爲窮愁入。雲暗重城遥,風吹五兩急。去住日已遠,共向月明立。

如何三載間,兩向三忠泣。安得似車輪,與子同出入。霜清月色苦,野曠風聲急。思君君豈知,被褐中宵立。

讀清風集偶見遂寧縣詩悵然懷方洲子

偶讀遂寧詩,忽憶瞿塘客。幕府一分首,道路無消息。子定漢江濱,我猶潞水側。漂泊各支離,歲晏霜雪積。顛沛見真性,詎能迷所適。幽蘭真可師,勿爲浮名迫。

自　　警

羲馭升西涯,檣影忽東岸。登舟復浹旬,草草歷昏旦。百年諒如斯,感兹抱冰炭。及時弗自力,耄老空長嘆。昔賢重蹇困,生全自憂患。勉斾萬里行,無然耽泮涣。

袁家口閘登岸至分水問津

阻舟南旺北,命駕問津事。昔忝玉堂客,今爲滄水使。春風已三月,尚負行遊志。偶然諧幽襟,遇景即暫憩。

阻泊望黃致齋

淹留萬里舟,狂風三日發。今朝復異泊,問公徒矼矼。自憐託交心,有如駏與蟨。咫尺已相思,何況隔閩粵。

過露筋祠指示兒女輩

在昔有處女,避寇湖中居。深夜水昏黑,茂草蚊若蜍。湖旁豈無舟,同伴亦且驅。從舟即從寇,寧爲蚊所屠。有身筋可露,偷生死不如。吁嗟烈女心,男兒空珮琚。人生不自愛,千年日月虛。至今瞻烈女,凜凜肅裙裾。

居素吟壽無錫尤翁

碩人韞至寶,文采光陸離。高視超塵宇,矙以含貞姿。考槃錫山麓,山水鬱清夷。澹然素心契,豈彼逃名爲。六十未云老,蒼玉雙龐眉。緣澗或隨鶴,探雲時採芝。雲谷多仙人,招邀輕期頤。平生經世心,有子天朝儀。翁也日笑傲,出處兩不疑。長吟爲翁壽,渺渺閶風吹。

過 常 山

遷客萬里遊,西過常山道。老親不忍別,相送淹昏蚤。舟車隨坐臥,寢食知溫飽。本爲惜別離,亦復欣懷抱。武夷聞咫尺,携持事幽討。幸遂板輿歡,況值清秋好。

至 贛 有 慨

滔滔章貢水,嶈嶈鬱孤臺。形勢豈不壯,忽然傷我懷。我舅昔開府,經綸許偉才。龍南烽火息,安遠流氓來。雄圖溘銷歇,壯志餘崔嵬。暗想經過地,淚下心如摧。

過　梅　嶺

梅嶺僻東南，我來良有數。驅車出霜曉，執殳夾廣路。嫦娥嶂前迎，金蓮山後顧。寒楓兀丹蓋，修林團青霧。遠望驚龍蜿，行人紛蟻度。乘風忽至巔，縱目何茫瞀。此關昔未闢，南北勞嗟呼。人言文獻功，直與天地互。古祠白雲封，遺靈鬼神護。

宿　修　仁　里

午發凌江灘，夕宿修仁渚。愛此里名勝，吾欲擇而處。擎衣欣往遊，廣場庾禾黍。富足固多賴，千門靜砧杵。歸舟坐新月，涼風來許許。因懷美二子，<small>刁主簿、黃經歷饌送。</small>道南酌清醑。猶恨不相從，共此溪上語。

新　村　道　中

舟過新村驛，忽喧打手迎。五里或六里，沿岸列屯營。蕭條葺蘆竹，依稀似堡城。岸有守埠號，船有哨江名。借問此何為，對岸瑤寇衡。山深樹籠蓯，巖壑隱戈兵。狠毒群豺虎，出沒便猙獰。吁嗟一江隔，乃有邊陲驚。舟楫循北麓，南滸不敢行。延亙二百里，都城始坦程。彈丸易傾壓，累代咸生成。念爾亦赤子，胡忍窮誅征。但願年歲豐，爾輩安耘耕。

開州王上舍琥同劉大行汝靜賫詔至梧聯舟旬日別時圖歲寒三友請贈

我本徂徠客，君家清渭濱。亦有羅浮子，偶同海角親。天風忽吹散，欲挽無其因。悠悠江月白，蒼蒼梧樹新。但保歲寒意，終當丘壑鄰。

補 遺

留 別 五 峰

寂寂寄山房，歲晏百感集。事業竟如何，流光任飄忽。憶我尋幽來，仲春只昨日。胡爲盼朝間，又見春陽逼。落水自蕭森，回巖空突兀。我來還我去，來去成今昔。固厚何雄蟠，覆我以廣室。瀑布從天來，珠璣滿地擲。西南有桃花，桃源迷咫尺。覆釜何時滿，我欲煮白石。鷄鳴去已久，空有丹書迹。我嘗往來之，點畫猶可即。五峰真奇異，豈徒夸崒崒。天台與雁蕩，今名遥相軋。浮生樂山水，況此庸遍歷。清風明月時，猿鳥似相識。冬窮不可留，感之徒太息。憑高對相望，無言意自適。書此別山靈，山靈應我惜。

挽趙廷彩公（題目爲編者所加）

嗟哉美丈夫，慷慨仗大節。百年謝丘壑，清隱尚高潔。歲月何渺茫，誼行不磨滅。鄰里感賑恤，饑者待哺啜。道路蹺確平，行者今喜悅。汲泉煮山茗，濟人解炎熱。好義爲拯冤，拯人出縲紲。盗寇掠鄉邑，人心皆惙惙。仗義秉旄旌，兵民誓鳩結。一鼓挫敵鋒，再鼓盡摧折。雖不王家食，退亦著忠烈。懿德誰爲傳，千秋照碑碣。

程文德集卷之二十四

五言古詩

初入嶺表書院示諸生

蒼梧襟百粵，元戎此開府。一怒清虜塵，_{平西山寇。}駕言遂偃武。
闢院肇修文，譽髦集章甫。禮樂何雍容，休風暢南土。朅來遷謫臣，
稚劣況迂腐。堂堂南川翁，念嘗侍袞黼。敦留翊振德，春風颺委羽。
眷惟麗澤懷，重義樂群聚。詎意今日償，忽若沉痾愈。長揖謝諸生，
百年盍自樹。青鬢倏華髮，澒落空嗟咻。實學戒還珠，空談陋飛塵。
賢聖真吾師，富貴何足數。不見朱門宰，滅名疾桴鼓。不見陋巷公，
簞瓢照千古。以茲感長嘆，吾黨復誰取。良心耿以微，傷哉摧斤斧。
願言慎萌蘖，坐見成梁柱。

遊金石洞天

我聞金石名，十旬不得往。一朝驂鶴駕。_{駕鶴簡子招。}灑然諧夙
想。紆迴緣澗入，步屧謝塵鞅。嶔崎壯或疲，石翁翻憪懁。飛瀑忽
潺潺，驚雉時兩兩。幽事已繽紛，翹然見巖廠。蒼藤擁谽谺，白日遊
罔象。磐石對洞門，坐憩聊俯仰。浮雲落酒杯，青天恣高朗。路轉
聞鳴泉，欣然坐泉上。流觴酌其波，一漱煩襟蕩。始憐静者適，世外
窮紛攘。日晏理歸策，欲去還惝怳。新泉解送客，山靈眷幽賞。_{涓涓}

293

新流適至,隨人出山。開宴石翁莊,江流豁漭沆。燈火夜歸城,清夢餘翛爽。

北橋小隱卷爲劉劍石尊翁題

忽展北橋卷,心馳東海陬。高堂俱白髮,遊子仍滄洲。感之三嘆息,匪爲羈旅愁。所幸翁能樂,五馬歸林丘。北築橋山麓,開園沮水頭。綠草共芳春,明月偕清秋。百年此亦足,奚必公與侯。阿郎仗忠信,投荒頗未憂。從君即順親,安往非悠悠。君心會當豫,親願亦終酬。歸奉板輿歡,應夢南濱遊。

贈李節推闕號野巖別號恒愚

犖犖野巖子,恒慕回如愚。慨然以自勖,而期反厥初。世人鑿真性,華眩而巧覦。遂令淳風頹,世道江河趨。尼父從先進,終日顏與俱。子如生是時,良亦聖人徒。柳州南服徼,野愚篋未胠。復賴子爲政,坐見躋唐虞。天涯偶傾蓋,契誼春融敷。暌違寫相憶,秋風起蒼梧。

龍泉書院用韻爲石東橋郡伯賦

精舍此山陽,深院披迴廊。教依安定受,書繼鄴侯藏。龍門遷客至,秋日高雲涼。既登萬卷樓,還憩會講堂。慨然古哲想,邈矣流風長。願偕蒼梧友,而同鸞鳳翔。我未嗟濩落,公能日相將。扁舟來不厭,神襟那可忘。宦況同蕭散,世情任否臧。公看天上雲,浮遊本無常。

送白堯山同年

昔別黃金臺,今會蒼梧縣。人生渺難期,世事浮雲變。貞心一以移,岐途良易眩。所以志士嗟,不爲貧與賤。

高州城改作南門郡伯玉溪石年兄邀同登度有作

嘉靖甲午臘月十二日,高州城改作南門,編竹爲橋,運土築臺。郡伯玉溪公邀同登度。時日已夕,忽見南山燒,甚奇。頃刻變態,平生未睹,諦觀不忍舍去。因坐橋上,呼酒共酌,顧影復見明月,慨然嘆曰:"此三絶也。"乃相與究白沙、陽明二子緒餘,高明超曠,心神欲飛。時漏下已三鼓矣。起步新堤上,風凄露潤,飛蓋相隨,俯仰嘯歌,遂成極樂。且曰:"百年之内,此景此會,可復得乎?"庸短賦以志之。

城南視新築,忽驚山燒奇。如霞復如電,爲矩仍爲規。又如龍蛇驚,變態極遊移。諦觀坐竹橋,呼酒固不辭。霜月已流景,光彩互相馳。顧嘆真三絶,百年寧復期。

遊東溪小瀛州 有記

暮出城南門,江渚繫蘭舟。悠然會我心,來登小瀛洲。凉風動茂樹,明月寫湍流。宇宙稱奇勝,兹島獨兼收。俯仰窮睇盼,況復臨中秋。寄言同調者,莫負登瀛遊。

高州道中即事

幾日行原野,彌望遍蒿萊。江南耕地盡,山鋤良可哀。塞溪卧當路,往往古木摧。江北薪草竭,烹飪糞滓煨。生理殊南北,盈縮異物材。安得驅貧民,百萬聚栽培。驅車入陸川,忽令心眼開。村村秋稼熟,刈穫黄雲堆。頗聞流移聚,畜牧還喧豗。鄰縣只咫尺,豐歉詎能猜。願言告司牧,時課農桑來。

迎養卷爲徐司訓題

節孝凌逴軌,雲仍嗣好音。寧以千里道,而違寸草心。綵衣動讚宮,白髮盈華簪。一顧慈母顏,永忘遊子吟。逐客滯高凉,感此思彌襟。

霞洞村度縣陪石郡公行紀述

凌晨出東郭,駕言霞洞尋。玄雲歲已晏,搖蕩如秋陰。郡侯導朱蓋,遷客隨青衿。匪也事盤遊,建邦古所欽。行邁遵新陸,睠矚意彌歆。路轉紆平原,寒田綠草深。村童時聚觀,未識官府臨。鳴騶指射牛,午餉歸豐林。池竹映蓬茅,忽感幽居心。前旌憩荒堡,更薦何生蕎。巍峰訝絕奇,云即霞山嶺。迤邐循其麓,倏然日西沉。窺帷見新月,欣然動微吟。入竹舍崔氏,月落星轉參。山靈若有相,天宇散霧霆。朝日蕩春和,周原復陟嶔。辨方爰正位,山川如帶襟。形勝肇開辟,城郭乃自今。岡頭久延佇,感嘆思不禁。願言始牧者,作則貽徽音。

送別石郡公 六首

有鳥辭閶風,孤飛惜羽翰。幸逢琪樹林,栖息清陰寒。天風忽震撼,移樹蓬萊端。咫尺不可託,川路浩漫漫。

漫漫何所極,颯颯增離憂。憶昔歌《鹿鳴》,蟾宮同宴遊。中間兩契闊,聚散秋雲浮。寧期瘴癘鄉,得復侍公遊。故情多感激,新歡更綢繆。以茲重別離,匪爲兒女愁。

綢繆豈歡昵,感嘆惜居諸。敦言同心好,同氣或弗如。每飯必推食,每暇必過予。至論啓蒙蔽,珍教重璠璵。永懷玉樹倚,況此漂泊餘。一旦成參商,胡能不嗟吁。

嗟吁忽惝怳,自昔重離群。軌範日以遠,箴規那得聞。中夜起徬徨,追隨電海濆。夜共三橋月,旦繞湖山雲。所過總興感,明發遽已分。願留白日光,庶以永夕曛。

白日自不息,我情亦與同。公如爲虎嘯,我願爲風從。人生諒有期,乾坤浩無窮。奈何同心親,聚散恒匆匆。一嘆三墮淚,躊躕立朔風。

躊躕復躊躕,驪駒已在門。頻頻抱愚衷,猶願獻一言。公負聖賢資,同志所欽尊。真知期勇踐,(《松谿文集》作"實踐")懲忿斯立根。再拜長路岐,此意古所敦。

心　　遠

心遠厭世紛,倦舉欸彌留。真想眷蓬島,逸迹超崑丘。梁木壞爲薪,黃河咽不流。藜燈炙校書,會逢天祿遊。

過興善寺有感

春陰晚忽開,夕陽明高樹。渠草漾餘輝,悠然與心遇。驅馬過禪林,宛如逢舊故。自予髫卯日,從師此講聚。童冠十四五,握手歡遊步。回首三十年,奄忽如夢寤。少宰今云徂,朋儕散飈霧。堂宇尚夙昔,躊躇不能去。老僧八十餘,仿佛記頭顱。百年憶興善,沂水春風路。

遊　靈　谷

薰風負遊陟,新凉出東郊。朝陽正熙昱,言過無名橋。岡坂隨下上,林莽欲蕭條。下馬拜神烈,陵樹鬱岧嶤。出郭行已遠,廬井仍煩歊。趣騎入靈谷,一望何蕭蕭。深林夾廣路,爽然神已超。層陰暑全失,卓午露未消。好鳥鳴相引,玄蟬聲轉嬌。荻沼忽當門,鐘磬落青霄。月泉空方丈,雲深不可招。脫屐登浮圖,超忽凌風飄。俯視鍾山松,絳氣相招邀。乘風過平麓,荒臺漫寂寥。名泉已汔汔,靈響尚嘹嘹。小仙畫頹壁,猶有龍光搖。坐憩無梁殿,冰壑消炎熇。齋蔬臥筍簜,此意誠囂囂。山外忽鳴雷,涼飈送歸鑣。夕陽澹高嶺,詠歸雜山樵。獨遊良自適,寄言謝諸僚。

遊　牛　首

經年望牛首,城南峙雙璧。忽枉京兆招,追隨瀛洲客。出郭已幽勝,籃輿在山脊。秋高萬木疏,天净流雲碧。原田復美稼,年豐稱遊適。峰回見秋嶺,路荒多虎迹。高閣嵌懸崖,層砌梯危石。天闢開佳會,閑雲護綺席。户竅窺塔影,倒懸共驚嘖。東峰舍身臺,西洞闢支宅。攣衣窮絶巘,俯視長江迫。松風清石關,草徑留巾舄。環坐各傾尊,良遊衆所惜。回首都城遥,淡烟日欲夕。涼風卷飛蓋,風塵静歸陌。咫尺孤獻花,更欲偕三益。

挽 譚 北 窗

昔予過螺川,拜公雙柏堂。公時適遭恙,傳命何慨慷。彌節金陵城,握手烏臺郎。爲公報平安,緘書手自將。睽違未十日,訃聞來倉皇。跨馬疾趨吊,驚怛慘中腸。懿德重鄉評,庭訓翊朝綱。封章已照耀,冠珮行輝煌。胡然不少待,騎鯨遊八荒。寒風颯郊原,層雲愁穹蒼。後來訪遺行,竹松閑北窗。

送周峴峰考績東歸

君家五峰北,我住方巖東。託居既不遠,營道寧無同。洙泗一脉微,濂洛遠相通。後儒多苦心,大道自昭融。要訣惟慎獨,衆言紛蜎蜂。孝弟培其根,窮困堅其鋒。邁往無停轍,參兩收全功。人生七尺軀,難保百年終。自立不蚤定,倏逝良可恫。風林希高翮,幽谷多芳叢。會須返故廬,侣子峰巖中。洞口坐蘿月,石上吟松風。萬態俯塵世,浮雲過太空。五峰復新祠,麗澤聚高朋。俛仰有真樂,爲謝石門公。

夏曹春日言集僚友采芳侑坐梅竹松柏匪資佩玩永要歲寒分韻見志予得柏

司馬本仙曹,遷史謬通籍。休衙集尊俎,招邀同心客。是時春氣温,于于衿佩適。鳴雨在檐楹,青燈照几席。會率意俱真,興到言無擇。緬懷興永嘆,豪吟起高格。流光易蹉跎,朝暾忽已夕。好修不及時,壯志空狼藉。恢湖真恢恢,拙齋敦而碩。方山耻爲員,予幸附三益。薄言擎孤芳,庶以明肝膈。諸君松竹梅,而我獨爲柏。用此歲寒心,匪託冰霜迹。天地肅枯槁,四子同敷澤。萬卉紛頹波,四子嶷孤石。嗟此草木資,挺挺厲貞白。胡爲人弗如,隨時和訏默。乾坤豈不廣,舉步甘踽踽。霄漢豈不高,槍榆徒下翻。慷慨激中腸,無爲達士惜。長嘯入青雲,舒眸隘紫陌。簪盍苦不常,相期在無斁。

登 屏 峰

偶過屏山麓,遂陟屏山巔。始疑山削立,一上若平田。千峰遶城郭,兩水夾後前。形勝宛卧象,鼻尾南北延。肩足抱吾居,體勢何周全。探脉自銅嶺,問名乃金尖。山川古融結,風氣今開先。皇父啓光裕,箕裘會聯綿。俛仰忽興感,人事欻變遷。匪下牛山淚,永懷《陟岵》篇。斜陽眩西望,平原亂暮烟。

偶行書院後遂登牛峰感懷

青青谷中麻,亭亭隴上松。時物各自得,吾親何獨窮。悠哉陟岵情,欷歔登牛峰。雲旌望不極,攬涕隨長風。

宿黄花澗眺遠樓

夜宿眺遠樓,怳然卧雲谷。清溪抱榻流,風雨聲相屬。百年此聞韶,鳴金而振玉。終當分半席,長日侍林麓。

拾 麥 嘆

流移何紛紛,提携日滿野。借問行道人,云是拾麥者。山中草已盡,榆柳葉亦寡。以兹就田間,遺穗或聊且。燕冀入齊魯,千里離鄉社。小車載家來,夫推婦前揹。老人拄杖隨,稚兒牽車鞅。車中何所有,盆瓮兼土苴。無車或負擔,敝物不忍舍。孩提僵筐籃,性命同犬馬。見此傷我心,蹙頞淚雙下。曾悲詩《苕華》,亦嘆城春赭。爾生何太似,我憂良莫寫。《春秋》書不雨,未有春歷夏。詎意今恒暘,十月未沾灑。爾本拾麥來,麥槁如燈炧。就令掇其根,終日不盈把。何以慰爾心,天乎實命也。憔悴氣欲喪,往往就檐舍。居民慎勿嗔,吾寧受渠罵。忍心至此極,而猶不相假。菜色猶可觀,柴瘦空兩踝。匍匐視瞠然,愁絕咸暗啞。豈無太倉粟,給發周升斝。正恐涸轍魚,西江不及瀉。仰天爲渠呼,生計還誰惹。少壯或苟延,老弱疇庇庥。死別還生離,鬻兒更賣姐。就食復遭此,痛心如剉剮。賦稅倘不蠲,歸來仍敲打。念此欲慟哭,人心將解瓦。本固斯邦寧,安民即純嘏。聖德冒海隅,此意即廣厦。我歌難重陳,君子視風雅。

鞏華城謁行殿 辛丑霜降上康陵

沙河昔蒼莽,行殿今崔嵬。煌煌四門闢,蕭蕭萬乘來。但令聖躬安,豈惜民力頹。春雨還秋露,庶勿生蒼苔。

出昌平北門

秋日麗春和,聯鑣出北郭。怪石紛鷗蹲,群山競龍躍。我皇敷孝思,七陵煥丹腰。陵門峻擎天,金章何灼爍。戒石止驅馬,神路恭趨越。松檜雨露深,十里垂翠幕。百獸儼護衛,文武列班爵。連岡疊青案,重橋垂玉蠑。蟠山東蜿蜒,虎岫西聯絡。萬峰若天馬,北崎爭噴薄。周遭似蕪城,南面同扃鑰。文皇儼中御,六宗侍兩廓。雖則同範圍,而各專丘壑。寶氏昔居此,五桂爭蕃若。王氣自古雄,靈閟乃今擴。嵯峨黃屋麗,掩映青山錯。壽陵更偉觀,達生陋采藥。日晡紫氣生,奇巒轉暉曜。此景非人間,丹青信寥落。暝色赴康陵,還上陵上閣。

送葛與川同年督學河南

璠璵豈不貴,弗以飾豆籩。董學豈不尊,良以畀才賢。峨峨與川子,省試群英先。再舉登明光,鵬翼附青天。質美學更充,儕輩儔與

肩。南宮司儀制,典禮何周旋。抑倖麾萬鎰,清聲振八埏。中州天地
會,王氣故廻遭。河嵩恢地紀,人文蔚以宣。皇皇多士宗,非子誰宜
前。吁嗟世教衰,鉛槧爭醜妍。本根日爰削,枝葉競翩翾。狂瀾正不
已,砥柱胡可偏。正人國元氣,彼哉徒喧闐。培養維子賴,校文亦戔
戔。二程雖已遠,邑里尚依然。流風一振作,此道詎無傳。金臺此爲
別,白雪照離筵。願保歲寒心,同光己丑年。

送劉汝靜遷廬州別駕

出處本無常,東西何定轍。昔我謫羊城,子適持龍節。相逢增慷
慨,清談皎冰雪。聯舟過七星,復鼓蒼梧枻。行止一何優,彌月不忍
別。十年再同朝,懷舊喜未輟。子今復謫居,感嘆何更迭。自塵離索
懷,不爲升沉惙。磊落男兒身,天地相參列。名位何區區,而以挂齒
舌。不見古達人,恥爲纓綏絏。性命苟自貴,外物皆蠛蠓。去去倅汝
寧,冲抱固所説。仕學如登山,回首陋丘垤。太守望湖子,吾黨推英
傑。節推棗山君,忠信而朗澈。皆子同袍彦,政學堪劇切。廬人知有
怙,一時萃賢哲。侃侃松石翁,憂國心如結。劍履卧東山,醜虜何時
滅。子歸奉壽觴,爲我稱耆耋。

晚坐丁香花下思兒甫

新月坐花陰,怛然傷我懷。我懷豈不適,甫逝誰與偕。香風忽被
面,音響何相諧。攬衣拭涕泗,强步遊前階。

謁大方伯馮形山寅叔因以爲壽

停舟古泊鎮,時維暮春初。興念先君友,節彼形山居。南指李道
灣,晡日疾馳驅。翕然見林樾,青雲覆其廬。公方儼在門,一見驚且
唶。登堂問先君,感激重欷歔。再問別幾時,忽忽三紀餘。歷數當年
友,一別竟暌疏。我公晚獨秀,凜凜持廉隅。大孝慕終身,松楸蔭庭

除。城府不見面，清風激塵裾。儲薪手種樹，給釀自耕畬。構楹祠董子，庸以迪後儒。墜馬終成福，公曾遭此。有孫還讀書。公門聯擬陶氏兒不讀書，故云。天運如循環，有卷必有舒。情深日已暝，秉燭言歸與。風恬夜解纜，結戀良躊躇。須臾忽報公，奔奔追鹿車。是時明星爛，蒼龍挂天衢。感此泫欲泣，高誼輕璠璵。此地楊家圈，丹青良可圖。公壽正七旬，願公南山如。百年交河路，一過一摳趨。

鸕鷀門別孔文谷督學

惜別釣臺渚，還過鸕鷀門。林木敷嘉蔭，人家静石垣。對此牽離緒，把袂竟無言。相逢便三日，依依憶寶山。甲辰送別寶山寺亦三日。

和朱芝山郡公韻題扇贈之

川原渺千里，芙蓉鬱以芳。驅車入秣陵，回首夢春塘。自昔休文翁，爲郡在東陽。山川入題品，遺踪紛莽蒼。乃今芝山子，登樓再舉觴。翰墨有冥契，了悟齊列莊。八詠留清風，一覽週遐荒。高士相後先，嘉迹同不忘。

行遠登高詩贈陳南江同年

南江陳子之以地官擢守建昌也，同年友松谿程子、羅江陳子、東泉林子相與餞於鷄鳴之山。慨暌離之數，感今昔之殊。談無長語，飲有餘情。羅江子遂以行遠登高命酌。僉曰："斯語也，事切而意博，可以勞焉，可以勗焉，可以祝焉，一舉而三得矣。"乃起，憑虛陟梵閣，延眸逾遠，光景益奇，林暝鳥栖，籠燈露坐，痛酌劇談，充然各足。忽漏下二鼓矣，南江子猶命酌，曰待月，於是復皆大笑，投罩拂衣，緩步迴廊，舉燭指點戴文進畫壁，嗟嘆下山而去。追惟往會，豈嘗有斯樂乎？乃以命酌，四字爲韵，人各賦之，志不忘也。

金陵秋色暮,翩翩雁南征。嗟予同袍客,亦復南國行。行行重行行,何以慰離情。同袍二十載,相契情何婉。所貴在同心,千里諒非遠。非遠亦復遠,對酒聊纏綣。憑虛一騁望,廣邈若招扨。峻嶒興未適,起向層樓登。登登復登登,此意古所矜。纏綣意未已,日暮仍周遨。展此青雲翮,扶搖詎云高。扶搖諒匪高,下上與鵬翱。

送林東泉同年守廣西府

嘉靖乙巳之夏至丙午夏,吾同袍仕留都者先後至,凡十一人皆遷客。尋相繼擢守郡者六,遠方居其五焉,是可以觀吾同袍矣。東泉林子得滇之廣西,年最少,行最後。維時餞之者則愚谷林子、松豀程子、羅江陳子、裕庵陳子也。惜離慨往,各徵於詩,無遲益堅,不謀而合。於戲,是又可以觀吾同袍矣。東泉子曰:"敢不敬共,以辱同聲。"遂抗手而別。

我來方一期,六送同袍客。餞筵未終竟,君還六詔適。六詔天之南,迢迢萬里餘。君年甫強仕,壯心何與與。男兒桑蓬志,宇内何夷險。吾道苟可行,誰論陋而遠。把酒爲君歌,溽暑薰風生。竹莊會相見,勞問還同情。時竹莊陳兄守雲南。

留都送太宰張西磐公考績北上將遂歸臨汾二首

嘉靖二十六年丁未秋七月,南京吏部尚書臨汾西磐張公考績,將還鄉。金陵士夫傾城餞送。公在諫垣,朝有拂士;爲巡撫,邊有巨防;入總内臺,百僚嚴憚。今起留宰,四海祇歡。公勳庸無俟某言,而某亦以疴自禁,不能復有言也。顧某辱公通家之後,聞公宅居石磐口,嘗構磐頤禪洞自適。中有青山白雲之亭,磐野清風之閣,孤雲野鶴之臺,登眺燕休,無不如意。或陟前山,觀野流硤、滴珠崖,漱齒濯纓,盡興而返。出處進退,無往不樂矣。某聞而慕之，爲賦小詩四首。公歸之日，時或展卷一視，則小子亦如侍公清風雲鶴間，一何幸也。明日舟發鷺渚，願執棹以送公。山雲亭、磐頤禪洞二首入七言絕句。

野　流　硤

終日對野流，心止流亦靜。空山復何有，流水見真性。出硤功斯溥，率土沾餘潤。

滴　珠　崖

崖前剛一滴，晝夜明珠落。時至靡疾徐，元氣自斟酌。於焉識盈虛，小智徒穿鑿。

夜坐費少石芍藥軒

主人明月姿，卿雲如有約。忽聽賣花聲，爲我置紅藥。四壁開爛熳，燈前感今昨。清興無如何，齋居聊一酌。

甲寅夏至齋居詹府有感

齋居仍舊署，僚屬又新官。萱花今日開，雷雨帶曉寒。少坐懷徐生，長房供茶盤。悠哉真撥悶，好鳥在檐端。

賦得秋菊有佳色

菊本東籬種，誰移白玉堂。華卉知物色，而況列冠裳。欣欣吐蕤馥，黃金間紫霜。差池列庭宇，高下皆文章。主人歲寒心，和露掇其芳。慨然思彭澤，寄適即柴桑。

郡憲郭東野見訪山中因海上警報即旋旆寄謝

鳴騶出郡堂，白駒賁空谷。對雪正開尊，誰報海波促。浩然不可留，三徑負松菊。明春尚可遊，十峰山水緑。

無　　題 二首

有始必有終，無聚亦無散。大塊終銷歇，萬形皆漫漶。灝氣遊太虛，元會猶昏旦。哲士雖達生，無生亦奚患。

誰含陟岵情，愴恨不能揮。自傷寸草心，其如三春暉。兒今列鼎食，母已重泉歸。此情烏鳥識，夜夜月中啼。

補　遺

送國子盧大中歸省

青青堤上柳，紆縷攖離情。游子何所思，駕言夙南征。憶昔入京國，仗劍雙瞳明。賢關辟爰止，道義熏乃成。曜靈倏輪轉，春芳歇旋榮。白雲渺天末，仿佛飄風驚。婉孌更沉怒，徘徊曳心旌。豈不眷桑梓，翱修促歸程。匪遺簪袍良，何以骨肉并。芬馨薦樽俎，皓髮輝青衿。行復陪南雍，祖訓垂光靈。願言崇令德，移孝酬平生。

程文德集卷之二十五

七言古詩

贈張石川

蹋車誰復辨驪黃，雙袖東風別帝鄉。未必文章憎命達，可應造物調人忙。滄江夕日仍帆影，清漢中宵自劍光。況是天涯同作客，離歌聲裏意偏長。天涯歲月今何許，滿地榆錢落風雨。漫漫況復柳飛花，顛狂撩亂傷情緒。柳飛榆落客未歸，更忍送君把酒卮。慷慨酣呼向君笑，知君與我本同調。

贈黃石龍

昔年公爲尋幽客，曾共壺尊掃白石。今日公爲觀國賓，幾追杖履揚芳塵。青燈夜雨憐今昨，越水燕山曠綿邈。回首忽驚近別離，拊膺嘿坐誰能知。我今歸路正漫漫，停軺方藉公指南。何哉公復金陵遊，秋風颯颯思悠悠。方今臭味誰相似，陽明甘泉南洲子。四公踪迹天西東，論議萬壑皆朝宗。海内名士爭摳衣，笑我落落猶頑痴。我願爲雲公爲龍，四方上下長相從。咄嗟人世等浮萍，高歌激烈天爲青。

金華道中

我昔出門木尚青，黃花未放秋未深。我今歸來木盡凋，黃花欲殺風蕭蕭。木青木落驚轉盼，花開花謝年年換。獨有遊人去復歸，頭顱依舊不曾變。生涯到了知如何，一周甲子半蹉跎。不須感慨傷懷抱，且復臨風一嘯歌。

送董文明

迢迢路指黃金臺，已共矢心酬旅食。一朝望雲思不禁，飄然又作南歸客。草堂幽寂坐橫經，山北山南隨所適。犖犖麒麟不受羈，風塵有夢相追迫。榮名於我何有哉，太虛仰視浮雲白。齷齪可嗤聲利徒，耀紫誇朱聲嘖嘖。君家伯仲好風流，身繫冕緌心泉石。五月歸帆不可留，薰風浩蕩催行色。一尊慷慨不勝情，離筵何處聞吹笛。

茅溪詞贈金崇郊

茅溪之水清可掬，茅溪之茅堅比竹。主人愛溪欲對溪，誅茅仍以茅覆屋。我聞溪有千仞淵，鰍鱔不生蛟龍潛。神物豈應終坎坷，風雲會合在辰年。

送項甌東同年之南都

美人辭我金陵去，楊柳欲折已空枝。長郊寒雲生馬首，離歌未斷先相思。憶昔同升歌《鹿鳴》，十年骯髒常相親。今年看花復并轡，應是平生交有神。京華旅食同朝暮，正期共探崑崙路。何哉聚散不可常，關河迢遞心先泝。同袍貴者此心同，哲人雖遠遺高踪。青年努力各自愛，莫教白首徒龍鍾。

送王希說

黃金臺上秋風起，雁影離離聲墮地。美人家住滄溟東，思歸一夜心千里。明月樓頭邀我登，起舞高歌長劍鳴。明朝回首烟波隔，清宵月出兩含情。

送 戴 錫 之

君家犖犖皆將材，寶刀欲向胡兒開。幾世分符環寶婺，此日承蔭辭金臺。潞河秋水平於席，一尊送子河之側。輕帆帶雁入南天，相思翹首秋雲碧。

送胡九峰擢南奉常

瑞雪初霽長安曉，美人車指金陵道。叩門辭我適病鄉，天涯離別成草草。客邸比鄰情獨親，知君古誼非世人。世人結交爭結面，丈夫契合元有神。我有雅操期君彈，君今去矣吾道南。長風萬里雙玄鶴，何因比翼青雲端。

送毛叙卿赴高州幕

長安一雨欲生秋，薰風撲面寒颼颼。有客騎馬過予別，南向高州萬里遊。主人留客共一醉，大笑忽然袪愁思。人生富貴真浮雲，天北天南在適志。

送蔡鶴田同年之南兵部

十年與子兩同袍，青天倚劍雙飛翱。一朝又作金陵客，薰風吹袂暑雨高。南官羨爾鍾山麓，東望天台雲錦矗。歸及霞翁慶壽時，願爲我致長生祝。

贈楊汝承知興國

大滌山前泉水丹，發源天柱碧而寒。萬頃瑩瑩涵返照，琥珀波浸青林巒。美人獨抱丹心立，濯纓此水仍彈冠。一麾遠作湖南守，肯嘆悠悠行路難。

贈王麓泉同年使寧夏

麓泉王子使關西，朔雲黯澹玄風凄。男兒策勳輕萬里，腰間寶劍塗鵾鷄。龍函敕賜奉天殿，鴻臚承旨大官宴。九重宵旰切邊陲，甘陳功罪早須辨。皇華古昔重咨諏，司馬山川豈漫遊。陽春遲爾觀風疏，賀蘭山北胡塵收。

楝塘爲李六峰乃翁賦

楝塘千頃夾岸清，楝樹百尺雙蓋擎。隱居築橋通流水，日止清蔭孤琴鳴。千峰環繞畫屏列，中有六峰更奇杰。峰光水色領不厭，世間富貴雲興滅。風塵那復枉頭顱，羨翁高潔黃綺徒。輞川已隨摩詰廢，誰爲我致楝塘圖。

挽 陸 大 使 母

陸母精英鍾神玥，東坤鷗峰争委發。鯉魚風起芙蓉歇，慈烏啼盡霜林月。吁嗟墓木今何如？芳名千祀龍皋俱。

送張希程同年歸省葬

衡嶽湘江思壯遊，黃州況有月波樓。樓高東望見石柱，石柱山下玉泉流。張子日飲玉泉水，直欲洗心非洗耳。崚嶒奇氣橫九州，揮霍文光照萬里。豸綉峨峨登霜臺，高歌同調青雲開。故山忽動松楸念，上疏金門歸去來。一日乘驄告予別，駕言南征在明發。我驚載酒亟叩門，坐共清宵落明月。玉泉玉泉爾今歸，明年遲爾芳草時。只今閶闔坐堯舜，肯使密勿虛皋夔。

贈賀覃溪典學五河

寒雲獵獵風蕭蕭，美人欲往餞之郊。郊原楊柳已搖落，猶堪折贈冰霜條。廣文先生有道者，覃溪賀子意囂囂。我曹但保冰霜志，坎止流行隨所遭。

送來子禹尹奉新

黃金臺上青雲客，暫飛雙鳧大江西。秋風相送都門道，道旁秋草碧萋萋。欲別贈爾龍泉劍，爾今海內文章彥。大匠豈徒飾輪轅，勳業先收循吏傳。

送蘇德明尹瀏陽

瀏陽水碧明清秋，雙鳧萬里來蘇侯。頗聞瀏人賦羹首，侯仁汲汲先隱憂。文靖清風自今古，復有張郎振芳矩。不妨乳哺病催科，請看歸鴻舊棟宇。宋楊龜山嘗令是邑，以催科殿獲罪，至今存歸鴻樓。

送徐世孚同年判鎮江

七月既望月自好，忽憶美人明發行。美人抗手不可即，碧霄月色還盈盈。長江西來抱鐵瓮，羨爾佐郡開名城。公暇登臨應不廢，簿書山水本同情。

謝張貢士淮松谿圖

張郎抱病蓬窗底，猶能贈我松谿圖。我一見之驚且嘆，恍惚乘風歸故廬。圖既有神詩復稱，昔人空擅籌筆書。雨泉雨泉張號。爾速起，與爾共詠滄江虛。

初　望　武　夷

崇安橋下上扁舟，忽驚天際開金碧。怪嘆絕奇問舟師，云即武夷靈勝迹。是時雨霽雲初收，千狀萬態無留匿。騁望已足償素心，何況一一窮攀陟。指點猶隔三十里，急湍飛舟只瞬息。青崖丹嶂忽在前，變幻詭怪翻怵惕。始知畫史只浪圖，乾坤久閟神仙宅。今宵艤舟一曲前，會須秉燭緣溪入。

吉安遊天華山

嶺南遷客情不惡，日晡短棹泊螺川。趙子飲我清風亭，_{趙子俊時爲別駕。}傅郎邀我天華巔。_{傅師正尹廬陵。}疏松夾路自幽絕，況復高閣凌青烟。大觀新亭趙子築，江山千里如席前。亭成初宴若我待，濩落尚結雲霄緣。故人高誼自磊磊，少槐傾蓋亦頹頹。_{吳節推號少槐。}酒酣發興各不淺，嘯歌天半驚飛泉。廬陵名郡夙所慕，風烈更羨文歐賢。日暮不歸坐感嘆，男兒忽漫凋朱顔。

過惜母鄉登岸草坐愜懷

芒鞋慣踏青沙路，兩月乘槎江上度。今日窺篷試一步，偶然趺坐成佳趣。欲挽舟師竟日駐，苦爲世網相縈互。吁嗟何日諧幽素。

甲午除夕與周張二廣文守歲座侑梅竹柏復集諸生十二人環酌高歌志十韻

百年除夕自可感，況乃飄零俱異鄉。逐臣自是高凉客，今宵翻醉蒼梧鱓。未來世事總幻夢，從前陳迹皆亡羊。且須傾倒忘爾我，何用慘愴悲遐荒。侑坐更憐梅竹柏，論心偶聚周程張。緬懷同姓貴同調，胡寧一參還一商。鼓吹喧闐聞督府，燈花爛漫搖空堂。須臾明發盡添歲，老大無聞徒自傷。諸弟環集坐感嘆，高歌激烈爭昂藏。此夕此會堪記取，萍踪一別永相望。

送張兩江還陵水

繫龍洲前送客歸，蒼梧岡上鳳凰飛。我亦同是天涯客，附鳳攀龍未可得。離情黯黯碧江干，君今此去南海南。海天空闊海風寒，九苞翩翩惜羽翰，遲爾同食金琅玕。

自梧至藤過七洲 褟 托 表 思化 思恩 長洲 繫龍

海上十洲渺何處，我今等閑過七洲。石龍萬丈穿地底，時翻碧水騰蛟虬。褟托聯表蟠上遊，思恩思化屹中流。更有長洲三十里，蒼茫遥接繫龍頭。

泊藤縣有懷期再建浮金亭

偶來蒼梧十月住，扁舟今泊古藤州。藤州昔賢多眷賞，我來四顧獨生愁。東山浮金空廢址，何處還存江月樓。表章自是關風化，留詩作記待重修。

江 上 漫 興

昔人放逐一何悲，我今放逐還獨喜。好山好水來無窮，卷簾盡入孤篷里。江風澹澹秋更清，沙鷗山鳥皆吾情。明日更尋勾漏去，洞中吹笛到天明。

梧岡寅兄督賦南行適寅陂功成喜而奉贈

王丞潯署舍郊坰，萬夫築陂不日成。老稚歡呼四十里，爭隨新水到南城。嘉禾萬畝回枯槁，藍田哦松安足道。金陵暫去民遮留，秋風願挂歸帆早。

喜重會師觀令母八旬因以為壽

昔年共對蒼梧月，今宵同聽青筠雨。虛堂明燭坐感嘆，酒酣呼劍欲起舞。羨爾歸來自武當，刻石峰頭壽阿母。南山長日在高堂，珠履紛紛何足數。

題趙白溪卷

白溪之水白泠泠，白溪之石白齒齒。披圖坐玩者何人，羽扇綸巾白溪子。烟月悠悠千里明，烟波泛泛一鷗輕。眼前總是白溪勝，一聲長嘯溪風生。

松谿口號

松出石間谿覆陰，谿流石下松澄影。松耶谿耶人不知，只合攜家住斯境。

松出石間谿覆緑，谿流石下松如沐。天然奇勝自山中，此是松谿真面目。

與李朝望話別

依依霜菊抱寒香，摘花泛酒與君嘗。明日萍踪又南北，對此如何不盡觴。月明後夜風淅淅，獨卧空階松影長。

壽兩河孫翁

七月七日秋氣清，雙星耿耿對河明。中有丈人長不老，夜深南極光相瑩。翁居兩河無乃是，上孕精靈下舒浹。不然何以誕佳期，鵲橋歲度天孫至。烏紗鶴髮顔如酡，千春還聽賓筵歌。歌獻《南山》賡《魚麗》，醉看桑田生碧波。

長短句

峰靈效夢

大人謝政凡六年矣，溪山之樂尚未有聞。十峰雖寓以號，而未嘗一訪。或者諸峰之靈不能無介也,得無夢以達主人耶? 因述其意如此,大人其有以慰答十峰者矣。

鬱鬱青松,潺潺幽谿。十峰環列,主人中栖。主人朱紱天朝客,未年五十先投歸。金紫照雲谷,谿山欣故知。無夢隨朝列,有兒著舊衣。主人或不樂,熒然在山閣。俗子煩應酬,虛贏費經度。十峰之靈,稔知主人。見此不滿,相率移文。移文恐涉北山嘲,夜深吹夢落層霄。主人十八遊庠校,二十舉明經,三十成進士,鳴珂揚帝庭。主人當時家未饒,自言須食大官庖。烏紗未酬弧矢志,自言須繫黃金腰。得此復何願,學道希王喬。主人素心今已酬,胡爲皇皇猶自勞。我輩被虛名,累歲不遊遨。風晨與月夕,默默勞相招。主人豈爲兒孫謀,兒孫之計不須憂。我聞時言亦不俗,兒孫自有兒孫福。勤儉得此已有餘,驕奢百倍猶未足。祖父當年計錙銖,兒孫未惜斗與斛。祖父當年惜糞土,兒孫未識金與玉。祖父衣綈袍,兒孫被錦縠。祖父飽蔬糲,兒孫厭粱肉。若教祖父還見之,應悔生前用不足。君不見,漢唐百戰之山河,獻宣不守終歸他。堂堂天子有興廢,安見人家長不磨。所以太白言,胡爲勞其生。但須終日醉,頹然臥前楹。我願主人驅塵慮,青鞋竹杖尋幽去。或登山,或臨谿。挾詩筒,把酒卮。開圃築亭延故誼,歌風嘯月無停時。人生不樂空自老,千秋萬古無還期。主人今已近耆年,百年只少四十三。四十三歲駒過隙,如此僕僕真徒然。從今勿問舍,從今勿求田。田舍子孫猶可置,百歲主人誰與添。生業勿復道,着意留朱顏。自積還自散,千金未足憐。山靈語畢皆羅拜,明日谿山遙相待。主人覺來東窗日正升,但見腦中潑潑幽興生。

松谿主人新構書院於谿之左爲講肄遊息之所甫
成而主人且遠行矣固知松谿之靈不能忘情也今
年見沮場屋買棹東還無乃谿靈假手斯人以當移
文耶然則主人亦可以自慰矣遂賦小詩以述其意

松谿草堂構初成，松谿主人忽遠行。燕臺直走四千里，奮身自許入承明。胡哉造物調人忙，康衢咫尺逢羊腸。無乃谿靈有深意，欲我未受榮名韁。堂成爾未居，池成爾未漁。誅茅新卜築，風月經年虛。就令通籍黃金閨，玉堂未必草堂如。登山臨水天地闊，鳴珂振珮機穽隨。不如抱璞且歸來，草堂對景尊常開。賓主相歡諧夙契，藏修更老經綸才。吁嗟，如此歸來真不惡，他日名成重訂約。

送胡奎山遊太學

切切風色寒，離離征斾促。遊子將何之？駕言千里轂。賢關闢四門，趨者如雲簇。男兒懷進修，豈得戀鄉谷。嗟我與君本同升，君胡我棄獨先行。野梅江路遙相憶，金陵片月與誰朋。願言努力樹明德，英雄磊磊豈但科甲流芳聲。

七月既望與兄步月門外景甚佳因憶東坡前赤壁之遊亦此夜兄命割鷄溫酒樂之喜而有作

甲申七月既望夜，偶憶東坡赤壁遊。赤壁當時亦此月，棹歌擊楫泝清流。我今山中對此景，望公不及空悠悠。吾兄好事便呼僕，割鷄沽酒相歡酬。爲言人生貴得意，何須勝概始延留。東坡去已久，赤壁亦荒丘，惟有清光至今千載浮。把酒臨風急傾倒，明年見月與誰儔？

內兄潘壺南生日

雙溪有佳士，好臭佩蘭芷。心宇湛空明，人稱冰壺子。冰壺行年三十秋,文章落筆凌蒼虹。未入明光時未遇,功名豈爲冰壺憂。蓬萊八月函絳氣,丹桂飄香滿天地。瑤池仙母獻長生,不餐蟠桃只餐桂。我聞月中桂樹八千春,華蕊飽收風露精。願君蚤折和砂制丹餌,服之歲歲延修齡。

十三夜苦月

昨夜月,弟兄握手相歡悦。今夜月,孤舟耿耿向誰説。此月元無今昨殊,何事人生有離別。人正別,月正圓,月光不管人離別,相思兩地俱茫然。

對　雪

旅宿呼童晨啓户,忽報户外雪已深。主人驚枕披衣出,但見璃空玉屑何紛紛。紛紛粒粒還片片,須臾萬物盡掩面。東家西家柳絮飛,千樹萬樹梅花遍。四顧悠悠接天白,恍惚乾坤同一色。野鳥田雀似愁饑,啾啾古樹枝頭立。是日富兒啓歌樓,烹羔煮酒樓上頭。金釵玉面歌且舞,寶爐獸炭春光浮。開窗駭矚助佳景,更掃屋檐歸茶鼎。不愁醉倒只愁醒,貂帽狐裘長酩酊。獨憐貧子慘不歡,家家茅屋竈無烟。不信人稱豐年瑞,豐年未見先饑寒。吁嗟對此情不齊,富者助樂貧助悲。安得均濟蒼生無貧富,處處三冬挾纊含哺嬉。

破鏡篇爲江叔通作

君家青銅鏡,傳是秦宮物。遭歷數千年,面背紫花蝕。一自歸西泉,護持如拱璧。夜藏玉匣中,曉置蘭妝側。兩手捧一照,纖塵輕拂拭。我亦好古者,見之三嘆息。一朝鬼不守,墮地轟以析。西泉主人驚欲呼,駭汗徬徨面無色。恰如貧女失玉釵,又如珠翁老蚌逸。我聞眉爲顰,倉皇問主人。主人不言但叩臆,如云傷鏡傷我心。我道西泉子,玉寶誠足惜。成敗無亦有數存,天地日月終幻迹。且如秦始皇,聚寶光咸陽。當時咸陽寶物皆煨燼，誰知此鏡今日尚留藏。先滅後滅良有數，得耶失耶誰主張。吁嗟此鏡今棄置，從來玩物亦喪志。殷彝周鼎安在哉，請君寓意勿留意。君不見，破甑之子遺青編，感此遺君《破鏡篇》。

戊子歲除惜月

今年天上月，惟有此廻圓。主人有月癖，開窗一見心茫然。恨無萬丈梯，平步可攀緣。又恨無兩翼，凌風直上雲漢邊。仰面不忍看，低頭空復嘆。如此清光照我復幾回，一回一賞千年萬年亦有限。千年萬年亦悠哉，但願對爾長銜杯。我欲道我意中事，愧無白也甫也跌宕之雄才。飛揚跋扈不自止，月乎月乎與爾同生死。試向中天發大叫，廣寒震動姮娥笑。

送俞雲窩尹德興

先生少日豪氣吞中州，文章落筆鸞鳳愁。中年骯髒命為仇，疾徐自古非人謀。不見老驥風骨殊，何必昂昂汗血駒。不見大鵬晚圖南，鷦鷯空復早棲安。宇宙浮生貴結局，眼底區區休自足。疾勿用喜徐勿悲，世事從來有翻覆。先生久臥雲窩深，鑿池種樹雲溪潯。今年強了浮名債，肯為儒冠負此心。憶昔客途偕去來，霜輪月棹相徘徊。十載悠悠成一夢，如今復遇黃金臺。所以今朝別，(賤)〔餞〕子思彌襟。恥折楊柳贈，願為慷慨吟。驪駒發清曉，去去德興道。堂上鳴琴有好懷，千里緘書須及早。長安乳燕正參差，薰風日長綠槐枝。別筵對此情無極，請君勿復辭金巵。

用韻贈周安山知達州

人稱周子拙，我道安山好。一官萬里自悠悠，雙鬢不緇從皓皓。吁嗟利鈍匪人謀，貧賤豈無厭機巧。願君此去堅初心，廊廟山林勿復道。

孫季泉太史以扇索詩題贈

季泉持扇索我題，平生未解工臨池。元方況有伯泉畫，聲名未許虎頭齊。春風搖碧草，怪石俯幽溪。一揮醒我風塵夢，何當贈我長相隨。

送 田 叔 禾

自別豫陽子，塵囂想薜蘿。天風吹度江，一見令人發浩歌。所嗟會面能幾何，鍾山有夢復凌波。日月苦不多，願子無蹉跎。

題 竹 泉 圖

應子竹泉何處尋，距我松谿只十里。清風明月時相通，高枕寒聲何太似。谿乎谿乎我將歸乎，幽懷正被風塵惱，奈何復見竹泉圖。

送丘集齋侍御督學南畿

長安春欲暮，餘寒勒雪飛。故人驄馬客，抗手綠楊堤。堤路紆且長，驄馬去還嘶。踟躕似解主人意，重感昔年傾蓋時。

送周華州之任

君不見，蓬萊宮，昔時荒草今雕龍。又不見，桃李枝，春天爛漫秋忽衰。榮枯剝復互相禪，西走華州何足嘆！爲子慷慨歌《薰風》，明年遲爾明光殿。

送薛中離歸揭陽

薛子倡道京師，士翕然宗之。間有未能信者，乃辛卯秋議建儲，下詔獄。有欲以中人誣薛子者，薛子濱死不屈，語益慷慨有章，心不少動。在廷之士咸嘆美，曰："真薛子也。"聞者莫不興起。於戲，斯舉也，無乃天假薛子以信吾學於天下耶？雖然，程子嘗謂，寧學聖人而未至，不欲以一善成名。吾懼人之以名處薛子也。薛子行矣，抗手緬邈，情如之何。庶幾此心無愧他日。

志士抱忠悃，獻疏明光開。豈知機阱伏，翻爲讒譖媒。雷霆興詔獄，蜂蠆生嫌猜。吁嗟聞者共憤激，妖彗光芒正陵歷。誰能直薛子，當以吾軀易。薛子白璧貞，煆煉濱九死。衆口雖鑠金，吾心惟一是。吁嗟見者咸感泣，從容就義如山立。白刃真可蹈，金石真可入。蒼天終監臨，白日還照耀。我皇洞至隱，忽下奉天詔。非非是是析秋毫，無辜有罪誰能逃。吁嗟聽者咸起舞，天王明聖超千古。薛子薛子今明農，南歸草堂南海東。秋高夜靜見明月，思爾獨坐清歌發。

送陳應和同年使海外

君不見，環海西極濛汜東，扶桑南窮赤水北。幽荒渺瀰漫湠天同際，十洲三島歷歷如錐铓。昔人往往思壯觀，驂虹駕鶴窮詭幻。我生亦有浮海心，蛟門獨坐窺昏旦。縱游遞騁未有期，蹉跎恐負乾坤奇。羨君忽奉琉球使，撾鼓樓船萬舸移。朝辭青瑣闥，夕問滄溟津。龍節朱干下絶域，麟袍玉帶驚天人。尋常漫説登瀛洲，如今真與仙人儔。芝草琪花紛可擷，桑田滄海迹堪求。君當此時試登樓，故鄉如在樓下頭。君當此時試一嘯，長風吹入故園秋。萬里共長天，無遠亦無近。達人恒大觀，何喜復何惛。傾朝相送此都亭，醉歌倚劍窺青冥。歸來爲我談奇事，燃藜細讀《山海經》。

辛卯六月六日登五鳳樓

六月六日天晶明，九重廣內暴千旟。金鎖朱扉開鳳閣，禁禦偶隨仙侶行。複道昭嶢登且止，俯視恍入青冥里。金鐘鼉鼓大十圍，震擊

319

元來聞百里。紫電清霜森武庫,高幢大纛紛無數。中有神祖手執戈,摩挲黯黯生雲霧。赤纓玉勒閑駝鞍,歲久神物何蹣跚。盡是文皇渡江日,萬斛載寶來長安。祖宗英謨耿不滅,輝煌重器遺宮闕。千秋萬代付神孫,張皇廟筭恢先烈。小臣感激願望長空杳,蓬萊鶗鵠何繚繞。仰觀日近碧雲端,俯窺鷺集青林杪。平生浪說騎鳳遊,我今真立鳳凰樓。疾須彤管紀勝事,天風吹骨寒於秋。

送李朝信節推重慶

青春送子黃金臺,西望梁山八千里。梁山劍立鬱嵯峨,宛似迎君度巴水。巴水深深梁山高,劍門古樹猿晝號。君今仗劍司民命,無以赤子同猿猱。吁嗟,無以赤子同猿猱。

癸巳元夕憶去年 _{壬辰與趙仲立、王仲德、趙鳴和飲予寓}

憶昔元宵對親友,酒散猶賡宛轉歌。燈光月色如在眼,回首寂寞空長河。長河之風何蕭蕭,長安之人不可招。仲立、仲德。亦有金陵客,南望還迢遙。鳴和。我今距南北,對酒空相憶。憶昔歌中言,曾有相思句。當時二三子,有酒不肯御。畢竟今如何,相思泪滂沱。滂沱復何益,慷慨還高歌。從今牢記相逢處,但對好景終宵住。

暘谷清風爲李方伯題

巖巖紫薇伯,維古虞廷牧。殷周代殊建,屏翰同藩服。先生布政粵南藩,三十郡縣仰煦育。仁已濡梧桂,清惟餐苣蕡。舉世皆濁還皆醉,嫉公紛紛流謗讟。公也掉臂不回頭,挂冠一笑歸暘谷。鸞鳳矯矯出青冥,肯與群鷗爭腐肉。暘谷不改舊時春,主人還似昔年貧。丈夫彈冠不受染,貞心始可追前聞。飲酒尊石上,濯纓好溪濱。公宅後有唐李陽冰汗尊石,門前溪名好溪。清風來其間,悠然成主賓。人世榮華皆泡影,惟有無憂是真境。谷口青松千尺强,歲長一尺公壽等。

夜泊臨江起步荒岸月明沙白愴然懷我致齋因憶少陵風物悲遊子登臨憶侍郎之句慨然三復遂演其辭寄意

風物悲遊子，游子方萬里。沙白月明江水寒，荒村斷岸孤舟艤。登臨憶侍郎，侍郎天一方。白雲黃葉已秋盡，遠水連山空雁翔。

讀王梅邊祭文山先生辭悲壯激烈毛骨寒竦於戲世固有若人耶其與文山易地則皆然矣中間載吉水張千載弘毅自燕山持文山髮與齒歸忽歔欷不自任爰復慷慨作歌唁之 梅邊字鼎翁，安福人

憶昔讀公《正氣歌》，髫年不禁淚滂沱。今日忽讀鼎翁辭，有心不能爲賷咨。公神遊何處，齒髮自燕歸。我有一斛泪，欲向清霄揮。嗟哉文山齒，一齒百煉剛。奸回見之驚且踣，尚愁欲嚙其肝腸。嗟哉文山髮，一髮千鈞繫。化爲徽纆縲讒夫，讒夫遁逃不敢睨。世人戴髮滿頭顱，頭顱有盡同乾枯。世人有齒甘食肉，未老亦落空斷餘。我昔薄遊真揚間，拜公祠像凜心顔。昨幸復謁螺川前，望公故里還潸然。問公之藏在富田，他時尚欲求遺骭。不知齒髮猶存否，嘯歌慷慨悲風旋。嗟嗟，古今百千萬人同泯没，不如先生一齒一莖髮。

慕椿怡萱爲翁廣文賦

靈椿忽焉萎，空復傳千春。遊子一悵望，天低南海濱。吁嗟爲爾傷靈椿。

萱花長自好，淑景藹芳華。遊子日與娛，愛日方未斜。嘻吁爲爾頌萱花。

別翁揮使鳳臺

陸川道逢翁將軍，高冠長劍照青雲。朝同尊俎夕同卧，萍水之誼

321

何殷勤。共探温泉奇,還過東山麓。三日別離猶不忍,驅車更共覃村宿。明月滿霜空,秋燈照茅屋。燈前月下兩徘徊,高歌慷慨酣醲醁。吁嗟,自古男兒磊落甘苦辛,不南走粵北走秦。君看黄鵠自高舉,誰能日與稻粱親。

甲 午 中 秋

逐客本無愁,亦被明月惱。山城秋月更孤清,夜夜對吟欲向曉。風流謝東山,日暮携酒過。是夕竹川東道。庭前待月月未至,雲光片片如秋波。王郎遁叟頗同調,幕賓陳郎亦雅妙。李大尹、王廣文、陳尉俱在座。五人對飲眼争明,驚見銀盤離海嶠。黔雲苦相迫,佳期天亦惜。屈指十年强半晴,去年蒼梧清更劇。酒闌感嘆拂衣起,散步偶過溪南氏。溪南雖病足,滿庭堆蘭芷。禽魚花石總清絶,地上忽散山陰雪。興來投杯復起去,閑隨烏鵲繞林樹。十字街前倒一壺,四人立飲。北郭樓頭還四顧。今年此夕此城中,明年何地何人同。縱有陰晴月常在,人生踪迹憐秋蓬。

西塘別張雲曇翁

未別已惻惻,今別將奈何? 西塘一杯酒,白髮映青莎。青莎年年生,白髮年年多。願翁百齡還我待,重登頤壽共高歌。予名翁堂曰"頤壽"。

太平驛道中望夫山

望夫山,望夫山,山頭千古在,夫去何當還。昔日此地多戈兵,今日此地稱太平。安得四海皆此驛,盡無怨婦山頭立。

送車散官鶴峰歸臨川

白鶴峰,高幾尋,峰頭鶴唳誰知音。車君出山還入山,欲仕不仕遨其間。君有華髮,鶴有華顛,羽衣同潔冠同鮮。回頭大笑緇塵客,海內空稱雙謫仙。

東　阿

當年阿大夫，祇以虛譽烹。惜不逢今時，虛譽即公卿。嗟嗟大夫，吾不願爾卿，不願爾烹，願爾直道而君明。

三歸臺 東阿城南道旁有碑臺迤西二里傍山下

三歸臺，臺何處。齊宮故址盡湮滅，爾臺安得猶表著。

黃　石　公　墓

秦失鹿，四海逐。公出緒餘教孺子，坐令漢勝楚爲僇。公不自爲，乃教人爲。今日群雄誰不滅，公猶儼嘿如當時。阿城東，黃石岡。祠荒荒，墓蒼蒼。公神自得我何傷，我與子房同不戀，穀城山下期相見。

奉懷石東橋公因以爲壽

昔我十年住蒼梧，千峰環抱滄江孤。惟有空翠潤城郭，更無塵埃點畫圖。管嶺者誰東橋丈，開堂見山如山上。興來策杖携我遊，出門無期隨所向。北登大雲山，千松萬松真雲間。東謁襄毅祠，遺像猶堪震百蠻。亦有冰井泉，一漱毛骨寒。東湖大老讀書處，門前秋草露溥溥。還過金石莊，使我意飛揚。十里龍洲忽對面，喚艇更上峰頭望。南渡浮橋驅閱武，江流左右宜開府。天造地設需英雄，建旗立鎮超今古。西過龍泉之書院，奎壁樓高藏萬卷。龍門日日向人開，藝苑人文誰獨擅。有時載酒共登舟，風吟月弄無停休。公自知有故鄉樂，我豈復有他鄉愁。我別蒼梧今八年，追思往事心茫然。一丘一壑有餘憶，我翁我翁其能諼。翁今春秋臨八旬，峨冠健步人驚神。中秋歲啓南山宴，千觥快飲瑤池春。惜我欲飛無羽翰，悵望風塵旦復旦。他年準擬覓舊遊,欲傾北海爲翁獻。寄謝蒼梧山水靈,爾山爾水緣翁名。但祝翁年與爾并,登臨上下爾亦增高清。

和兩頭纖纖志感

夫君何處一停梭,誰報胡兒又近河。俺答方出吉囊入,鐵騎夜遁朝還過。不見漢家霍驃姚,躍馬直看瀚海波。不見趙將雲中李,鞭撻犬羊如摧柯。爾生不逢兩將軍,一蟲百足空蹉跎。腰佩黃金印,手把白雪戈。忍見西人坑,更比長平多。千百蒼生易一虜,羽檄猶聞獻凱歌。我願郎死邊,身死名不磨。妾梭可擊妾亦往,兩頭纖纖當奈何。

補 遺

贈 任 達 州 詩

處世何如好,人生惟守道。一官萬里自悠悠,君子之風非在草。利鈍隨時豈可謀,吾儒所貴知歲早。願君此去堅此心,廊廟山林會穹昊。

歌 行 類

愛客歌寄謝俞一齋陽山

有客有客從東來,冲寒策馬興悠哉。欲訪雲窩不得往,牧童遥指山之隈。下馬叩門鳥雀驚,雲窩主人笑相迎。袯襫白貉裘,顛倒烏紗巾,相看執手慰平生。剪燭圍爐撥殘火,下榻還同信宿衾。薦以芳尊列嘉饌,況有明月當軒楹。楹前景物清可掬,砌植春蘭與秋菊。鑿地盈尺作小池,雲影天光時在目。我心樂此頓忘歸,主人愛客情更篤。陽山先生主人季,風流難兄復難弟。亦持一尊爲我開,高歌《鹿鳴》間《魚麗》。在座高歌倡之者陽山,而和之者宣之、宗之也。猥予小子何敢當,醇醪飲之徒自醉。蘭亭已矣梓澤墟,雲窩此會獨躊躇。人生聚散方漂梗,他年相憶竟何如?陽山空崒嵂,雲窩自嵯峨。美人不見渺烟波,悵望慚無瓊玖報。揮毫且贈《愛客歌》。

黃　山　歌

我聞黃山,神仙所都,丹壑窈窕,紫翠縈紆。神仙一去三千年,惟餘舊日朱砂泉。雙溪邂逅黃坡子,忽驚狀貌神仙似。風神耿耿冰玉清,雙碧方瞳垂兩耳。黃坡子,山不能樵,水不能漁,頭不能戴烏紗帽,足不能上蒲輪車,惟應餐霞飲瀣乘灝氣,周遊湖海晦迹稱陶朱。左右圖書三百卷,醉歌一曲舞長劍。興來拄杖尋崆峒,磨崖點筆題雙龍。日夕還就崖下宿,幽人聞此振屐奮袖欲相從。人生如此亦足樂,誰能苦被塵緣縛。君不見,張季鷹,又不見,李青蓮,秋風忽動蓴鱸興,錦袍夜唤金陵船。百年草草不適意,夢醒邯鄲空自憐。嗟予亦有滄洲趣,羽衣欲挂珊瑚樹。收得島中玉禾糧,共君買屋黃山住。

壬辰元宵宛轉歌 二首

夜未央,對酒情正長。遙空月自好,虛堂燈復光。歌宛轉,宛轉斷還續。願言此夕歡,百年恒不足。

歡難駐,惡客苦辭去。迢迢風送柝,泠泠月滿樹。歌宛轉,宛轉清且悲。寄語二三子,來歲空相思。留王仲德、趙仲立、趙鳴和三兄不住。

黃鵠歌爲括蒼吳鄉丈

故山苴蓿肥,天際繒繳多。繒繳多,烈士歌。黃鵠舉兮千里,嗟繒繳兮奈爾何。

丹鳳朝陽圖歌爲南川陶公

雲綃八尺挂高堂，朱鳳赫煥堂流光。畫圖四海尋常見，蒼梧一見無乃真鳳凰。日輪照耀天地晴，振翮延頸耆然鳴。恍惚鈞天開雅奏，散入草木祥風生。我聞鳳瑞匪羽毛，文章璀璨虛九苞。亂隱治見德自貴，虞周一過千年漫寂寥。荒荒南海涯，何意爾來儀？匪爲南翁協至德，千仞高翔肯下爲？公昔林居十七年，今皇踐祚始彈冠。侃侃出處真威鳳，百蠻快睹青雲端。眾鳥避喧啾，豺狼亦屏迹。粵南郊野盡清平，梧陰滿地竹多實。吁嗟公即鳳兮鳳即公，丹山禹穴遙相通。朝度南溟瓊玉島，夕宿東海蓬萊宮。禹穴蓬萊，公之鄉。只今黼宸登重瞳，龍飛鳳舞宜相從。即看彤墀紫閣隨我公，和鳴相應萬國皆時雍。

禪林秋雨歌

秋到禪林已自凉，蕭然一雨更空堂。簾櫳四面聲滄浪，花樹冥迷宛江鄉。簷溜滿地勢滂滂，恍疑泛艇入瀟湘。此時此景意難忘，我行我歌兒坐床。

賑饑行

去年天旱田無收，今年餓莩填荒丘。縣官聞此心憫惻，持牒訴省發倉積。大家小家爭奔走，半月不飯行跛側。持囊負擔肩相摩，緣岡紛如蟻出蟄。紛紛得粟皆歸來，粟雖在肩無喜色。數斗未充行糧資，妻兒盼盼那能給。亦有匍匐不能歸，倩人兜扶轉顛危。亦有奸胥漏開報，嗚嗚仰天雙淚垂。行人語余更堪傷，指點破褐遺道旁。來時饑餒復值凍，一蹶不起多道亡。嗟爾本期活旦夕，豈知出門死更亟。在家尚有兒女啼，死向道旁空暴骨。嘻吁，但願年歲豐，不願官府賑貧窮。自古移民與移粟，難救河東河內凶。

呂梁行贈陳主政

滄水君本希夷徒，纓冠侶俗心出俗。一麾來作呂梁主，公餘往往坐修竹。今年二月聚萬夫，斸石一朝成坦陸。仿佛赤松能化羊，何用五丁驅金犢。從此怒濤變安流，千艘萬艘人尸祝。華山一笑我何有，天心詎肯容番覆。

二　禽　詞

結駟山雨盛，揚帆江霧黑。日短畏途長，哥哥行不得。

紅粉傅夭桃，綠絲繅媚柳。放晴歷山館，提壺沽美酒。

程文德集卷之二十六

五言律詩

送外父出鎮贛州 二首

一麾從此去，出餞玉墀空。節鉞四藩重，威名萬里同。時平閑將略，臥鎮薄奇功。共喜頭全黑，從容到上公。

遭逢吾浙盛，一時都憲七人。簡在帝恩偏。綸綍承天表，旌麾出殿前。風霜開幕府，鉦鼓沸樓船。秋色贛南好，應煩湘雁傳。

步家大人韻

小院開三徑，高朋共盍簪。谿山十里色，松竹百年心。卷幔青排闥，坐花香滿襟。却憐塵土客，誰羨白雲深。

遊石鼓山次黃石龍韻

策馬寒山外，追隨杖屨中。雲巒今朗照，烟雨夜溟濛。初八日欲遊阻雨，明日晴再往。清興窮幽壑，驚心隨晚楓。昔賢不可作，千載仰流風。

五峰倚樓

翠碧丹楓外，飛霞自往來。飄零悲歲晚，突兀喜山開。絕頂雲松見，凌空鳥洞廻。倚樓看不足，欲上最高臺。

328

贈吳朝旌

歲月真無賴，西賓又一年。教承安定後，道究羲皇前。讀《易》故云。絳帳寒風急，錦轡歸興牽。不堪回首處，落日照離筵。

再贈用前韻

論心猶昨歲，撫景忽殘年。野徑幽坡外，清流曲澗前。興來時共往，醉去夢相牽。欲別留無計，梅花攪餞筵。

出　邑

慘淡天垂暮，微茫月正中。寒聲千樹起，暝色萬山同。宿鳥歸飛急，征人去路窮。今宵何處客，回首故園東。

出　武　林

孤城廻落日，高樹集昏鴉。行色忙於箭，離愁亂似麻。家山何處是，江國去程賖。北海鵬風近，歸期況未涯。

寄謝施明貴用來韻

故人在西浒，眷我何多情。未盡蘭舟餞，仍邀竹院行。一登灞陵道，長望閶闔城。日暮碧雲合，相思情正傾。

醉翁亭識壁

昔讀醉翁記，今上醉翁亭。山川都舊迹，草木尚餘馨。地冷雲常暗，庭空葉自零。不勝懷古意，誰爲續新銘。

再　雪

同雲低接樹，侵曉望漫漫。舊雪添新雪，新寒帶舊寒。客懷杯酒裏,春信野梅端。兩度呈豐瑞,應深蔀屋歡。

秋 夜 有 感

旅食俄驚歲,征衫愧敝裾。迂狂人共忌,臥病友多疏。白日還高枕,青燈久廢書。最憐秋入夜,落葉動林墟。

秋思和應仁卿 二首

風塵淹逆旅,時序又新秋。搖落非予感,飄蓬自客愁。未能祛疾病,誰爲抱衾(禍)〔褐〕。一榻空齋臥,栖栖撫敝裘。

北土情偏惡,西風夢復驚。星光流大火,月色泛深更。懶病從教臥,琴書未絕盟。家山何處是,漂泊任燕城。

生 日 二首

生辰今日是,遊子念劬勞。拜舞虛斑服,飄零愧旅袍。百年過四一,萬事未分毫。笑倚篷窗看,江空雁影高。

生日客中度,孤舟江上來。漸聞城郭近,何處酒尊開。未破愁千頃,應須醉一杯。經過偶此地,悵望獨徘徊。

九 日

客舟逢令節,鄉思重征袍。黃綻遙思菊,清吟遠愧陶。有錢難貰酒,起岸即登高。行樂平生志,年來空自勞。

九日過吳季子祠徐君墓

不識徐君墓,因過季子祠。松楸連古墓,苔蘚護殘碑。邂逅千年事,風流百世師。拜瞻增感慨,生恨不同時。

立秋次李潛崖先生韻

葭灰初入律,林葉又秋吟。三伏餘殘暑,重雲結亂陰。嵐昏日已夕，衣潤露從侵。何處悲秋客，相思託和音。

挽　鳳　山

白衣走空谷，忽報鳳山頹。恨別驚長逝，含情感獨哀。悲風號落木，寒雨暗蒼苔。華表空山夜，何時白鶴回。

別　虞　廷　會

百里無心約，重宵共榻眠。歸途仍并轡，臨別莫催鞭。碧樹醋霜晚，紅雲映日偏。憂時同有恨，挾策早彈冠。

懷　文　衡　山

不見文山久，新詩何處吟。金臺憐握手，明月幾論心。客鬢侵霜未，孤窗對雨深。無因寄雙鯉，獨坐試鳴琴。

贈程白坡遊北山

白坡真好事，探奇只獨行。氣抱元龍壯，神同夷甫清。山川詩價重，湖海客星明。我亦烟霞癖，何時共此情。

對雪和韻 四首

草堂朝映雪，書幌夜生明。遠岫連天白，寒溪結玉清。花飛初可數，檐積漸無聲。最愛山陰客，孤舟此夜情。

江山形忽改，天地夜還明。色訝欺梅白，聲聞瀉竹清。穿窗時自舞，點水亂無聲。頗恨陶彭澤，全無杯酒情。

勢結璚空暗，光搖銀海明。九逵玉笋滑，萬突茶烟清。共詫梅俱發，還驚月有聲。此時逢逈老，那得易爲情。

誰剪澄江練，遠浮瓊島明。吟詩梅與瘦，煮茗夢俱清。野徑狐千窟，寒溪鶴一聲。蕭然天地静，獨釣若爲情。

庚寅元旦捧表趨朝至奉天殿

御路重門迴，從容奉表行。趨蹌先萬國，禁直正三更。端履天王
始，陽開泰道平。書生從此日，龍虎際風雲。

送李雲崖尹順昌

庭槐初蔽日，江荇正牽風。別酒愁同客，浮生信轉蓬。一官勞撫
字，百里幸遭逢。五綺閭閻遍，歌聲處處同。

飲慶壽寺雨甚過念庵宿

霏微宮柳暮，鑾驂密雲仍。下馬叩門久，聯床舊約曾。矢心誰自
負，取善古難能。秉燭嗟何及，雞鳴更夙興。

遷　　居

卜居偶得此，朝市亦幽尋。宮樹分春色，層樓寄遠心。花香來別
院，蟬響送深林。自覺無拘礙，翛然發浩吟。

送虞大夫石溪知吉州

清時官盡好，君復刺名州。祖餞凌晨出，驪駒背雁投。晚山疏木
葉，新月上簾鉤。勿負窮經志，勳名循吏收。

送 黄 州 守

自昔黄州勝，君今赤壁遊。城開朝日麗，堂俯大江流。五馬隨甘
雨，三星照隱憂。政成看最召，重侍鳳池頭。

瑞　　雪

躬禱初旋駕，天宇忽彤雲。淅瀝宵還急，光輝曉未分。至誠神感

應,佳瑞正繽紛。四海鈞霈施,康衢頌聖君。

南洲爲錢寵夫題

山水稱吳地,奇絶更南洲。復近錢郎宅,真堪客子遊。帶烟晨放鶴,棹月夜還舟。亦有滄江興,何當共爾酬。

送林方齋先生南司成

白下門墻舊,金臺館閣親。遭逢一時盛,道義百年論。南國春風待,離亭秋草新。聖明崇教化,清望重成均。

贈張司諭之湘潭

張君鳴鐸舊,又向長沙行。山有陶公勝,潭留帝子名。衣冠濡聖化,芹藻漾春晴。世澤南軒遠,風流起後生。

辛卯中元同楊方洲上茂陵泰陵

三出昌平道,同游今昔殊。西江懷仲素,白下憶橫渠。物色關秋思,烟光動遠墟。獨憐中立在,聯彎各歡如。初同羅念庵,次同張桂濱,今同楊方洲。

中　　秋

客裏中秋月,今宵何太明。暫篩宮樹暗,忽上庾樓清。永夜浮雲净,空庭湑露輕。故園應共好,對酒獨含情。

家大人生日感懷

吾翁初度日,四載客中過。綵服還虛我,朱顔近若何。瞻雲隨雁遠,把酒共兒歌。願與春無盡,桑田遲海波。

對　　雪

一冬無好興,今日雪紛飛。自喜時侵鬢,寧嫌亂點衣。清宜收茗鼎,光不礙書幃。正想松谿上,霙霙滿釣磯。

送周天吉侍御按滇南

天子重南服,觀風簡侍臣。獅峰真柱史,鳳詔拜楓宸。秋色金臺晚,霜華銅柱新。悠悠驄馬去,行部静邊塵。

送黃子濬歸金華

同發金華棹,五見帝城春。君今還故里,我復滯風塵。往事俱堪憶,離筵忽漫新。相期天路遠,忽負百年身。

送周子克果尹禹城

禹城傳禹迹,名地屬名賢。爲政即師禹,牧民猶濬川。萬室秋懸磬,孤城夜試弦。漢庭循吏在,遲爾續遺編。

送高肅卿大行使琉球

絳節丹霄下,仙槎滄海遊。自憐酬壯志,那復有離愁。雲氣開蓬島,天文近斗牛。簡書須自愛,慈母倚高樓。

送黨汝錫尹光山伯兄通政仲兄縣令

伯氏銀臺舊,仲郎墨綬新。子今復作宰,孝已極榮親。報國占經濟,收名擬鳳麟。鳴琴坐清晝,幽谷遍陽春。

送徐令之彭澤

千年彭澤縣,四海陶公名。況值重陽節,還聞新令行。柴桑祠廟近,栗里菊花迎。風流看爾繼,雙舄映江明。

送張四山節推金華

秋色動高樹,雲光揺帝城。凉初仙棹愜,霜近雁聲驚。彩服河陽便，滄洲潋水平。婺人遥仁望，霖雨四山晴。

送潘仲美分教候官

浮雲澹星漢，塞鴻驚早秋。送君行萬里，携酒登高樓。山入閩中勝，江從天際流。倚欄一長嘯，四座銷離憂。

和致齋夜坐韻

尊酒虛堂話，寒燈幾夜深。明良千載遇，道義百年心。玉匣鳴長劍，天風吹短襟。行藏何不可，鷗鷺任浮沉。

致齋約看潞河舟

高情憐暇日，枉駕速良遊。冰穩人全度，雪消渚半留。舟楫三年夢，炎荒萬里投。相看渾自得，尊酒興悠悠。

用前韻答致齋 二首

昔年供奉客，曾作夜郎遊。異代還相憶，高名謾獨留。乾坤元不隘，魑魅故堪投。山谷時青眼，相携興轉悠。

早歲負奇好，常思跨海遊。蓬萊今咫尺，冰雪此淹留。出晝情猶戀，臨湘志豈投。清朝終有遇，歲月敢悠悠。

壬 辰 除 夕

守歲歲爲客，窮愁愁更新。無階謁明主，有夢對慈親。尊酒三更夕，關河萬里身。故人定相憶，累歲侍楓宸。元旦年年侍班殿上。

對雪次念庵韻

春寒紛雨雪，忽憶同心人。爾作招提客，吾仍逆旅身。吟懷應共敞，酒盎得無貧。地爐茶鼎熟，欲寄一瓢春。

續舊句并寄念庵

長安初見雪，正是遠行人。舊句。逐逐如相戀，飄飄似此身。論心多道故，逆旅未憂貧。但會尊前意，乾坤處處春。

上元日諸丈過約遊碧霞宮

十里郊南路，新春試曉晴。輕塵馬足軟，生意物華明。地覽新宮勝，尊開別院清。放舟還咫尺，繫纜得無情。

張灣發舟

初程發潞水，春雪送行舟。二月寒猶劇，孤雲遠共浮。江湖遷客念，廊廟故人憂。感激思長嘯，欲登千仞樓。

南村爲周醫士題

南村何處是，北望閶闔城。老桂堂前并，秋江門外清。杏園芳蔭接，橘井暗泉生。阿母方瞳碧，長看孫子榮。

阻風野泊次致齋韻簡諸公

野泊依頹岸，蒼茫水氣昏。葉垂春柳密，林鬧暮鴉屯。慰謝群公念，支離獨客魂。一燈耿不滅，隱几共誰言。

上巳日值清明

此日臨雙節，舟行重感時。臨流皆可祓，上巳。拜隴獨成思。清明。壯志還杯酒，春光信柳絲。莫怪停橈久，江湖隨所之。

沛縣道中會胡九峰登茶城

一上茶城望，遺踪何渺茫。臺荒空麥秀，河曲倒看檣。今日同尊酒，千年此夕陽。坐移回巨石，暝色未能妨。

張繕郎問之鄭地官子尚載酒相邀

蘇臺逢二妙，開宴棹蘭舟。簾卷薰風細，窗含碧樹稠。荒祠移席晚，_{登周文襄祠。}秉燭射壺幽。別袂牽清興，溶溶冰月浮。

過　釣　臺

風雨桐江暮，孤舟傍釣臺。山高亭倚漢，世遠石空苔。秉燭今宵得，卜居何日來。百年應早計，莫遣鬢毛催。

九日龍遊舟中 大人送

九日龍游道，扁舟萬里行。江深千頃碧，風順一帆輕。萸酒嚴親燕，斑衣遊子情。別離應不遠，宵夢已分明。

精舍十二區

精舍名仁智，隱求足品題。朋從仍止宿，歲暮共寒栖。晚對石門迥，風含鐵笛低。釣磯隔茶竈，魚艇渡江西。

過　彭　蠡

十月過彭蠡，渺漫空有思。荻洲通細港，烟樹矗平坻。帆影東西見，漁床高下垂。匡廬聞不遠，尚負鹿堂期。

李六峰侍御招遊洪都北壇環列嘉竹數萬
得大觀焉紀興四首 時歐約庵少參同往

偶赴北壇約，那知萬竹開。入門秋氣蕭，滿座綠陰廻。簌簌凌霄漢，娟娟落酒杯。興睽須秉燭，何日更追陪。

昔聞淇澳勝，今見章江奇。細數應窮日，幽尋總費詩。寒生烟雨徑,雲壓鳳凰枝。坐覺塵心洗,悠然聽晚颸。

碧玉參差繞,靈壇掩映深。夏來暑全失,日轉晝常陰。南浦波相映,西山雨欲侵。滕王閣復近,驄馬日招尋。

平鋪黃綺簟,高幂翠雲帷。風葉輕歸饌,天光細入巵。攬衣穿玉簪,導從掠蛛絲。_{行游實事。}幽賞平生未,它年應有思。

遠　客

碧水灣灣似,寒山叠叠新。孤帆風自送,遠客僕常親。歲又丹楓落,歸憐候雁頻。飄零吾道在,敢負百年身。

吉水訪南嶺周文規同年邂近胡東園廣文

南嶺經過地,東園邂近時。對床論夜雨,并駕度晨曦。安定逢何暮,文江別有思。鸜鵬終遠志,振翮在天池。

九牛道中喜晴

江含十日雨,天放九牛晴。水鳥鳴相逐,岸花寒自榮。棹扉開欲遍,山色望全明。頗識遠遊意,那知逐客情。

臘十六夜月憶去年兼感

明月浮雲裏,孤臣瘴海邊。虛堂聊引酌,深夜竟忘眠。漂泊驚殘歲,羈栖憶去年。更堪懷婉女,涕淚落尊前。_{去年兒女相聚,今仲女亡矣。}

寄送屠東洲方伯遷閩左轄

粵東初弭節,閩南復候旌。臬藩新載譽,繡斧舊知名。桂棹春相送,薇堂花正明。獨憐萍迹繫,悵望若爲情。

送張立峰憲伯二首

正擬龍洲興,俄聞鳳闕行。新舟空自蕩,羈客若爲情。_{約蕩舟至龍洲}

不果。山叠春陰重，江深水氣生。_{蒼梧春景。}離筵莫惜醉，明發渺孤征。

　　共是江南客，同爲海嶠遊。飛騰公自適，漂泊我何憂。高誼雲霄迴，清尊風雨求。忽然成遠別，愁送水西頭。

小寒食得程雪崖參戎詩和韻

　　雪崖真念我，月寄數行書。傾蓋憐同姓，逢人問謫居。江郊新綠軟，春事亂紅除。忽漫同寒食，欣然起病予。_{雪崖隨至書院。}

汪弘齋同年招遊東園

　　偶入烟霞塢，脩然塵思清。幽亭浮樹色，纖曲度蟬聲。座擁青松蓋，尊開白石枰。淹留佳興夕，花徑一燈明。

慶林寺和舊韻

　　臥病負春遊，偶過山寺幽。携壺緣客至，得句爲僧留。江静風初定，山空雲自浮。詠歌還竟日，可是瘴鄉否。

蒼 梧 立 秋

　　偶淹朱鳥地，又見蒼梧秋。一葉真堪落，餘炎苦未收。感時仍萬里，橫海自孤舟。坐愛空庭月，蕭蕭凉氣浮。

別 陳 紫 雲

　　碧澗新橋路，清秋逐客行。更隨江樹遠，不盡紫雲情。萍水憐鄉國，交承即弟兄。悵然此分袂，宵夢遶容城。

春 在 亭 餞 別

　　歲晚春猶在，亭虛客自來。故人非戀別，尊酒若爲開。世事霜中樹，貞心雪後梅。相看各自愛，末路易興哀。

初 至 石 屋

剛入花封境，先來石屋遊。山川相國里，雲樹洞仙丘。彩旆迎青烏，丹霄敞畫樓。坐餘清入骨，時復鳥聲幽。

石屋爲別用前韻

此日來何意，諸公惜別遊。恍然思舊約，竟爾負名丘。冒險窺丹洞，窮扳出巇樓。重來還有分，願借石床幽。

乙未元旦

五更瞻帝闕，平旦肅諸祠。淑氣催春早，祥雲閣日移。歸鴻催舊侶，巢鵲占新枝。我亦東南去，樊籠不可羈。

元日登臺陪石郡公酌

元日登臺飲，他鄉閱歲情。萍踪今共遠，桂籍舊聯名。霞爛驚桃放，春陰喜荔清。地偏風景異，嘆惜酒頻傾。

信宜迎春宴琴堂

一辭天北闕，再見嶺南春。彩會奔村郭，是日觀春特盛。蠻歌踏鬼神。俗稱鬼童踏歌。山城誰苦僻，風俗自相親。尊酒須同醉，明年何處身。

人日石郡公招飲

郡齋無俗事，人日戒春觴。佳客來非速，李遁叟、陳羅江適至。名醪澹自香。劇談思往哲，幽興在滄浪。追論往哲，浩然思歸。台婺聯雲表，春鴻擬共翔。

乙未七夕寓高凉方對雨公署思約縣尹馮象坡張友竹衛使張一齋過叙適諸生吳世重潘廷言彦深汝道曹廷渙林子素携酒相過賓主十人遂成雅會感往思來慨然有述

七夕空庭雨,蕭然山郡秋。幽窗通樹色,凉月照人愁。往事都成夢,勞生未泊舟。慨然發商詠,不爲客淹留。

用前韻答馮象坡

今夕復何夕,高凉萬里秋。故應天上會,底作客邊愁。烏鵲虛驚雨,銀河暗度舟。相逢須盡意,明發恐難留。

用前韻答張友竹

天上女牛夕,人間嶺海秋。遭逢原有數,離索未應愁。脉脉三更雨,遙遙萬里舟。總憐經歲別,聊爲片時留。

洞 陽 書 屋

何處子雲宅,誅茅竹構堂。薜蘿迷洞口,松桂隱山陽。心湛泉俱寂,玄成月避光。平生懷謝朓,今日挹元方。

東溪乘月泛舟紀興

乙未八月十三夜,諸生麥英、周驎、王宗湯、李若魯、何漢臣、陳朝貢、王瞻之、梁維芳載酒官舫,請遊東溪。謝令竹川、陳尉爾治俱在。溪淺灘急,牽挽甚勞。予輩頻登岸助之,期至白梅村乃止。過一洲甚佳,携酒登酌。時月晦復明,遂名洲曰"明月"。山深夜静,風露冷冷,登臨上下,侵莎穿竹,極一時之興,信東溪未始有也。至荔枝村,灘愈急,舟子告勞,不能復往矣,乃觖然而返。

暝色開南浦，灘聲過北門。暫依明月渚，擬到白梅村。綠蟻添新興，銀蟾破晚昏。登臨頻上下，芒屩濕沙痕。

新會遊圭峰謁全節大忠二祠

停橈出北郭，拄杖登高峰。巖畔千松見，山椒一徑通。祠開忠節并，光照日星同。忽灑西風淚，崖門入望中。

謁白沙先生廬

海月新懸照，江門望不迷。百年東魯夢，今日白沙堤。高閣存嘉會，空梁尚舊題。嘉會樓及先生居壁手書猶存。羹墻無限意，門外草萋萋。

哭挽大行莊肅皇后

正憶龍旗遠，還驚鳳馭升。怨銷宮草積，愁斷玉闌憑。懿號神靈附，徽音信史稱。孤臣違執紼，慟哭望康陵。

送王清渠博士還桂林

卓矣清渠子，風標達者流。投簪惟一笑，肱篋更無憂。月白梧江夜，天高桂嶺秋。奉親歸萬里，真樂在園丘。

送姚經歷綬謝事歸

嶺南萬里道，林下一人歸。但得辭炎瘴，何須較是非。行路花猶好，到家鱸正肥。知君本曠達，日日醉魚磯。

別　高　州

遷客辭高日，去年稅駕時。去年九月二十四日入高，今適以是日行。不嫌居地僻，應有去鄉悲。朋舊渾相戀，山川似惜離。出郊頻返顧，驅馬任遲遲。

安福道中晚泊曲帶寺前

纖月江逾静，鳴蛙晚正稠。張燈尋野寺，步屧過林丘。露氣衣猶潤，花香夜更幽。閉關僧不起，乘興自還舟。

移 神 禱 雨

日肅南壇拜，移神更洞淵。精誠慚未邑，雨澤應猶偏。丹窟靈蛟卧，_{洞淵閣下傳有蛟龍。}青霄寶閣連。風雲堪際會，八蠟慶豐年。

登 金 山

振屐金山寺，留雲近太清。乾坤開大觀，烟樹更怡情。雲鳥尊前落，風帆天際明。倚闌歸未得，吞海思縱橫。

謁康陵過土關

三謁七陵路，十年還復來。土關聊駐馬，野寺欲登臺。九月郊原肅，繁霜物色摧。因之憶戎馬，感嘆有餘哀。

至 報 國 寺

報國何年寺，入門松影叢。丹青金闕外，樓閣碧雲中。客至無元亮，僧栖有遠公。舊遊今下榻，卧月任西東。

嘉靖甲辰仲冬朔與孔文谷督學同過
寶山寺論學契懷遂成十律

方 丈

喬木山門古，疏鐘晚閣初。文轅此同憩，客興欲全舒。酒共燈花落，詩還貝葉書。百年吾道在，谿谷_{松谿夕谷}任盈虛。

投館山齋夕，依歸願不違。歲寒原有約，吾道本無機。漏永蒲團

343

静,窗虚霜葉飛。劇談真不寐,耿耿待明暉。

毗 盧 閣

高閣欣鳴鳥,清尊對落楓。雲開朝雨後,日散午烟中。坐久地逾寂,心虛山更空。菊殘猶見爾,歲暮與君同。

維 摩 室

偶坐維摩室,真看色相空。悠然忘爾我,何用到鴻濛。夜靜一燈燦,鐘鳴萬籟通。冥心都了了,珍重此時同。

對 雨

梵閣垂珠箔,虛堂坐玉壺。霏微寒總至,岑寂興難孤。楓濕丹新染,苔沉綠重鋪。相將意無限,誰繪寶山圖。

酬 菊

木落歲當晏,感兹孤樹芳。桃李豈不美,松竹故難忘。雲室托高潔,霜林失紫黄。一枝欣采采,泛酒對君嘗。

聽 雨

禪房晤語罷,風雨一宵繁。山氣直侵榻,葉聲兼到門。廻峰看豹澤,深洞想龍蹲。反側添幽思,明朝石上論。

環 翠 樓

樓上一憑望,溪山正鬱紆。喬林丹翠合,流水管弦俱。暝色還佳興,新歡異舊娛。不緣三日雨,幾失此蓬壺。

登臨興不盡,倚徙更高歌。瑟瑟清風發,詵詵爽籟多。窗含新霽景,座看遠溪波。無限空林意,風塵竟若何。

惜　別

寶山三日晤，萍水百年緣。聽鳥危欄外，看雲古木邊。晨談及秉燭，宵坐待明烟。道誼真兄弟，相思未別前。

怡齋翁自怡也憲伯冲庵迎養出而奉輿入而爲壽人又喜其能怡翁也於是聞者莫不怡然羨慕是怡也可以風矣故樂爲之賦

鳴鐸春風里，投簪白髮前。大中歸洛日，永叔奉祠年。晋錫還衣象，承歡有子賢。百年如意事，聞者亦怡然。

送　賈　司　訓

閩南自佳勝，况入考亭鄉。宮墻猶道範，山水盡文章。振鐸人應重，傳經意久荒。相期敦實踐，六籍有輝光。

送國學吳石溪擢壽府長史

太學推賢日，宗藩卜相時。昔振儒生教，今爲王者師。漢廷賈傅詔，楚國穆生卮。珍重細旃侍，無慚補袞司。

金陵彌月不雨民以爲憂京兆横溪歐公禱輒應予方臥病喜而有作

誰送先秋雨，次日立秋。泠然病忽醒。乍聞疑出户，急灑喜當櫺。池泛新萍綠，田回舊槁青。共歸京兆尹，豐樂續歐亭。

奉枉李古冲太宰王三渠宗伯葛與川少宰會宣武門外姚大尹園亭

名園喜近郭，載酒攀高賢。地似深林谷，山開小洞天。斜日映微雨，輕雲隨細泉。偶爾成奇會，詎云叨盛筵。

程 文 德 集

無 題 四 首

逸老耽雲壑,塘開棟葉深。素弦流水意,清酌紫芝吟。地迥風塵隔,天空日月臨。惟餘乘槎子,瑤草晝相尋。

風流徐孺子,忽泛剡溪舟。夜對陳蕃榻,曉登王粲樓。離尊看乳燕,歸棹狎沙鷗。他日東還便,尋君淮上頭。

南宮退食地,萬柳禁城東。高閣詩書富,幽亭花草空。危言當世罕,卓識古人同。刪述先王化,支離正國風。

蒙岡今握手,閬苑昔同游。不作飛鳧客,空懷起鳳丘。薰風吹鷁舫,旭日在龍樓。佇聽職方疏,埏埃照隱幽。

補 遺

壽楊華峰先生表兄五旬 (原遺墨今珍藏永康堂慈村)

元宵本令節,伯起復生辰。時會人增喜,弧懸燈共新。業儒身不誤,垂帳俗還淳。閑靜應難老,長怡梿閣春。樓邊有四梿木,甚古,因云。

嘉靖己巳正月上元日賜進士及第翰林編修車駕郎奉敕督廣東學副使表弟程文德

送周達夫知和曲州

萬里滇南道,百年湖海心。專城權既重,錫命責尤深。曉月催行色,春風送好音。一麾從此去,夷俗被棠陰。

346

程文德集卷之二十七

七言律詩

松谿橋成

四山侵曉烟如練，小澗新流夜雨多。初日蒼茫離瀚海，長虹倏忽臥清波。基憑巨石真天造，柱列危欄有鬼呵。願與乾坤同永永，高車駟馬日相過。

應氏覽翠樓

秋去還登覽翠樓，環樓景物更宜秋。金風乍送繁華净，玉露初零曉樹幽。宇宙烟光隨處好，乾坤清氣望中收。輞川遺迹千年事，此日尋常續勝遊。

贈邑侯李公

五鳳銜恩辭北闕，雙鳧振羽入南天。薰風細草都門道，旭日離歌祖帳筵。百里桑麻待甘雨，千年事業屬青編。君侯素有瘳民劑，會見華溪即潁川。

贈曹令

山行五日泝廻溪，花滿溪原水滿畦。緑野耕閑從犢臥，青林雨霽任鶯啼。一枝暫寄橫秋鶚，六月應求辟暑犀。他日名刊《循吏傳》，榮分桂籍舊同題。

贈徐復齋表兄

昔時白面棘臺子，今日青衫司馬郎。愧我頭顱已老大，羨君意氣猶昂藏。一尊復別鍾山雪，孤棹還歸潄水堂。東井西溪亦自好，高年終日臥榆桑。

濟寧登太白樓和楊同年韻

此日天涯汗漫游，一尊獨上謫仙樓。知心誰似鑒湖叟，浪迹真成滄海鷗。逸興飄飄秋夜月，風神炯炯碧江流。試觀牢落功名者，一笑何曾與醉謀。

張莊橋遺徐氏叟

寒風落日望迢迢，匹馬橫嘶野渡橋。倒履忽來高士迓，傾尊頓覺旅愁消。挑燈細話憐萍梗，携手行吟認斗杓。回首江湖雲樹隔，相逢何日似今宵。

寄趙子仁表弟

元宵兩度巧相逢，燈火笙歌興不窮。且喜論心方款款，無端離思又匆匆。十年莫逆誰能似，千里相思夢忽通。不盡龍溪揮手別，清宵獨立看飛鴻。

贈 黃 時 簡

都亭出餞酒頻傾，却憶金陵十載盟。故誼如君應有幾，離情於我未能輕。江帆帶雁還千里，秋夢懷人到五更。爲語季方仍遠別，暮雲春樹不勝情。

贈 黃 汝 行

邂逅黃生情正傾，別來何地更尋盟。燕關曉日岐亭餞，閩海秋風一棹輕。宇宙合離驚幻夢，江湖踪迹故紛更。相看把袂增惆悵，明日瞻雲空復情。

贈周楚府 一本作"贈石峰周君"

朝家自重天潢誼，封建殊恩軼漢唐。荆楚宗藩稱禮讓，長沙太傅屬賢良。清風千里浮雲夢，明月層樓上岳陽。滄海壯遊君獨得一本作"斯亦足"，不妨吟鬢點一本作"着"秋霜。

覽 鏡

平生心事尚悠悠，對影俄驚兩鬢秋。却憶少年猶昨日，從知百歲亦如流。青銅有識應須恨，白日無情不可留。未必此生終孟浪，只應窮達付虛舟。

潞河舟中書懷

燕歌慷慨出都城，萬事悠悠一舸輕。江上青春也自好，閑中白日有誰爭。得魚覓酒坡仙興，畫紙敲針杜老情。百歲光陰真一瞬，此生何必爲浮名。

虎 丘 用 韻

參差碧柳隱仙房，吊古重來此共觴。劍氣已隨前代没，泉香猶似昔賢嘗。一尊酒對江山緑，千頃雲連海樹蒼。閣有"千頃雲"扁。不盡登臨多感慨，坐看暝色下禪床。

和趙廣文述懷 趙，應天人。予六七齡在南都時，趙館於鄰衙張氏，蓋廿年故人也

故人一别自髫年，旅館重逢話不眠。廿載飄逢驚昨夢，一尊剪燭

慶新緣。黃虀澹泊身俱客，烏帽逍遙迹自仙。吾道塵心元似洗，不妨
橫榻暫同禪。

柬吳純叔次韻

白下髫年已識君，相思獨立幾斜曛。絕塵丰度三秋月，驚世文章
五色雲。虎氣尚潛荆野劍，香風仍挹壁雍芹。燕臺此日論心處，對燭
何妨到夜分。

贈 洪 江 寧

十里都亭草樹秋，一尊此別意悠悠。風塵已了琴書債，雲路元非
富貴謀。京兆列衙階獨異，河陽美政譽先流。牽裾忽自增惆悵，鍾阜
龍江憶舊遊。

端　　午

燕臺忽漫逢佳節，畫槳龍舟信渺茫。殿上侍臣新試扇，天涯遊子
倍思鄉。流風處處斟蒲醑，鬭巧人人佩綵囊。明日可憐成往事，細看
雙燕語雕梁。

次林見素先生歸田二韻

柱石朝家四十年，共瞻威鳳碧梧顛。愛君勉赴汾陽召，直道仍浮
范蠡船。陛輟鵷行空劍佩，堂開綠野重山川。書生獨抱憂時志，慷慨
燕歌夜不眠。

雲莊何處着新亭，萬里風塵一夢醒。燕水長爲今日別，閩山可似
舊時青。百年勳業疑天授，一代文章識地靈。祖帳都門車幾輛，燕然
何必漫鐫銘。

登 第 述 懷

大廷親策幸遭逢，甲第先登與菲葑。蠹簡十年酬壯志，蓬萊今日

睹天容。丹心自許摘文豹，肉食誰能作豢龍。況是聖明千載會，願同
吾相協寅恭。

贈 毛 大 邑

海內一官何不可，南河浪迹復西川。當年捧檄已無愧，此日飛梟
更獨賢。錦水一江迎去棹，清秋萬里嘯長天。丈夫意氣乾坤外，肯嘆
支離向別筵。

送 錢 叔 晦

九月燕城菊正華，碧天秋氣四無涯。都亭送子一尊酒，客夢驚心
千里槎。白日青天須不愧，周球齊瓿本無瑕。一官況值升平際，鷹隼
高飛日未斜。

贈 崔 敬 甫

春曹歷事偶相逢，上苑看花喜更同。百里爲郎君復別，一尊出祖
思無窮。蒼生久已望安石，棠樹今還歌召公。願取芳名照青史，區區
何必志乘驄。

庚寅人日慶成宴

常年人日憐春色，今日欣逢御宴開。袞職獨先丹陛立，龍輿遙識
聖顏來。是日駕自外入。仙韶并奏初傳坐，尚膳平分數舉杯。須記太平
全盛事，君臣相說在蓬萊。

送 程 有 齋

紫塞歸鴻那更忙，金臺遊子倍思鄉。君呼別酒攜星劍，我亦歸心
到草堂。筵笛況聞催折柳，江篷何處度鳴榔。清宵應費池塘夢，千里
悠悠烟樹蒼。

送謝汝湖歸省

黃金臺上白雲飛，高漢流光射客衣。極目總關遊子念，殊恩特賜講臣歸。潞公齒德三朝重，謝傅風流百代希。到日江南春正好，懸知樂事滿庭幃。

虞東崖請遊通惠河陪諸館長盡日之樂和王中川韻

出郭薰風催短騎，大通橋畔柳新晴。綉衣亭子開金谷，太史詩篇重馬卿。興入扁舟分野色，觴流曲水帶寒聲。放歌日暮不歸去，嘉會何時續舊盟。

三鳳呈祥卷爲陳虞山題

萬里潮陽接大荒，春隨逐客到遐方。丹心肯爲一官易，鱣舍俄呈三鳳祥。荀氏古來夸獨盛，秦公老去見聯芳。遙憐風骨爭奇秀，合浦明珠生夜光。陳堯叟三兄弟貴顯，秦公尚無恙。

壽徐直庵七十

南州孺子知名舊，節孝先生獨行高。人世春秋已七十，仙家甲子看周遭。上方酒熟傳青鳥，二月花明映彩袍。萬里蓬萊何處是，直庵聞説有蟠桃。

翰苑陪乾沙方洲二兄觀蓮用杜子美韻

冒雨觀蓮興亦奇，花神故遣放花遲。佳期十日還誰負，勝賞百年能幾時。彩瓣凌波疑畫舫，綠盤當座瀉銀絲。憑欄自喜身沾濕，醉劇還成雨後詩。

送胡汝愚侍御乃舅

芳草長淮二月春，金臺有客問行津。十年誤落風塵夢，萬里今投

雲水身。花發鶯啼如有待，青山碧樹可爲鄰。都亭此去還誰續，對酒
商歌感慨新。

小堂雨霽盆荷生色奉邀水南先生 方洲年兄共玩座間倡和二首

興來邀客晚颸凉，爲愛芙蕖映小堂。味美應含千丈雪，中通不似
九廻腸。濂溪玉井風神并，貞菊幽蘭先後芳。滿酌高歌忽夜半，金蓮
遥想禁池旁。

小院初分宮樹凉，仙人騎鶴過茅堂。共憐荷發抽新葉，太似吾生
無别腸。賴有高情揮麗藻，何須對酒惜芬芳。時已無花。興狂便欲隨風
去，太華峰頭玉井旁。

送 張 東 沙

東沙早已擅文章，麗澤還看入大方。北闕正憐來作伴，南宫仍惜
去爲郎。長天遠望歸鴻疾，高閣臨風夕照凉。不盡青松尊酒興，可能
回首憶明光。

送胡雙洲守大名二首

平生每憶金陵舊，此日還看别恨新。正喜一春常作伴，無端五馬
故催人。瑰奇海内雙洲望，珍重漢廷三輔臣。況復名賢多政迹，風流
端擬接芳塵。

少年共學鍾山麓，兩載同趨紫極宫。世講弟兄能有幾，芳名父子
更誰同。上林暖射葵榴日，霄漢高颭燕雀風。送爾都門情不極，功名
無忝舊乘驄。

西苑和韻二首

西苑耕壇卜築初，和風遲日暮春餘。侍臣鳳閣欣聞詔，天子龍舟

許曳裾。春水真成天上坐，波光未必鏡中如。登臨敢謂宸遊樂，開創
猶瞻文祖居。

禁園晴散黄金柳，御沼風生碧玉波。亭榭隔林開釣檻，烟花映日
裊松蘿。詞臣賦擬陽春麗，聖主恩同雨露多。躬稼從來關帝業，乘輿
端爲勸農過。

和夏桂洲學士謝賜犀帶詩

九重自貴通天錫，萬里誰夸辟暑珍。青瑣金章春共麗，玉堂犀帶
古無人。寶函高捧君恩重，鳳札初傳御墨新。異數頻仍何以報，中興
禮樂待經綸。

送穆玄庵學士改南尚寶

玉堂學士金陵去，雙袖翩翩下五雲。符寶新承君寵渥，講筵猶帶
御香芬。千年醴酒還誰設，此日銀魚肯自焚。白鷺洲前芳草緑，商歌
應不爲離群。

和江文秀同年來韻

忽報江淹千里至，雪中乘興亦悠哉。不緣散地儒官謗，安得名封
吏隱來。千尺龍蛇東海字，百年跌宕少陵才。金臺歲晏相看日，正想
六橋烟際梅。

蔡鶴江先生生日

鶴江先生初度日，正是伯玉知非年。扶桑日轉臨長至，金鼎丹成
薦九還。講幄舊承天表近，龍章新捧玉墀前。蓬萊濟濟群仙會，何必
蟠桃獻壽筵。

送外父櫬至雙橋還悲挽

曉看朝衣趨紫陛，夕關天象墮文星。可憐京國懷歸日，竟負鄉園

待隱亭。淚深執紼雙橋送，望斷銘旌隔樹停。翁婿百年今日別，天涯何以慰伶俜。

壽毛儀曹乃翁閣老

世上何人希羽翰，山中宰相即神仙。功成早已歸疏傅，地靜時還侶偓佺。秋半極星明袞綺，天空鶴馭到華筵。諸郎況是燕山桂，始信人間福有偏。

雨中承黃姻丈簡以佳句喜而奉答時
無爲州之命適下遂兼奉贈

長安秋雨太無賴，忽喜新詩到草堂。山谷暮年吟獨壯，少陵驅馬興還長。青衫皂蓋江湖適，白日紅塵朝市忙。我住君行各自愛，同歸何日醉茅岡。君有茅栗山莊。

壽張亭溪乃堂

金臺遙獻長生祝，錦里宏開設帨堂。月滿中秋纔七日，菊開玄圃近重陽。彩衣人羨宮詹舞，壽酒尊分内法香。仙姥八旬還黑髮，正看旭日上扶桑。

壬　辰　中　秋

長安歲歲中秋好，不似今年光彩新。抱月重輪還五色，飛空萬里絶纖塵。占祥正喜前星耀，覆物行看霖雨均。忽憶五秋還作客，不禁此夜倍思親。

送黃梓谷使秦便道省蜀 尚書簡肅公之子

清秋送客長安道，西望悠悠雲樹蒼。秦塞千重連朔漠，蜀江萬里下瞿塘。星軺暫遠明光殿，彩服俄登晝錦堂。簡肅勛名看爾繼，未憐此去有輝光。

和周貞庵年伯韻

兩度看花四十春，如今惟有眼前人。青年憶別心俱壯，白首重逢意更親。人世悲歡中夜夢，乾坤牢落百年身。羨公報主心猶健，慚愧疏庸近紫宸。

西 園 十 景

誰闢西園千畝勝，擷芳一徑入棲雲。集香亭外花如織，萃勝樓前景似雯。坐聽泉聲心共遠，静觀山色翠能分。唤魚款鶴同幽意，誰復適閑如隱君。

詠 雪 次 韻

漠漠彤雲垂四野，蕭蕭風色灑寒姿。檐疏巧向吟壇落，風細頻看舞袖遲。壓竹有時還自瀉，開花無數不堪持。金臺歲暮傷離索，誰寄嶺南春一枝。亦謫嶺南識也。

不 寐 二首 錦衣獄中作

白月初上林鴉驚，朔風時送歸鴻征。犴獄通宵不成寐，鶡冠坐聆雲外聲。朋友情深危事共，廟堂計重此身輕。無弦爲寫拘幽操，臣罪當誅待聖明。

獨 坐

羈床獨坐渾無事，十月朝昏何太長。縲絏自成公冶罪，途窮却笑阮生狂。玄風唳雁青天闊，古樹歸鴉夕日黃。搔首倚門聊一嘯，已於吾道卜行藏。

聞柝且感鶴瑞 二首 司寇獄中作

纔離東衛復西曹，時向南窗讀楚騷。與爾連床話不寐，始得與方洲同。中宵聞柝氣還豪。爭憐嘉瑞鶴先降，先日有鶴飛止獄庭遂不去。不羨祥刑鵲有巢。爲愛羽毛真皜皜，舊聞清唳出烟臯。

感　　事

纔看太白中天現，又見巴西白兔來。感召適當憂變日，羽毛亦是濟時才。宋宗鴟尾天書降，漢帝龍駒渥水開。聖主英明超異代，願聞李沆獨陳災。

致齋鳳溪二丈約遊廣福寺

地僻幽棲忘盥櫛，高懷折簡及霜晨。欣然試覓鄰人騎，漫去同看野寺春。廣福元知非薦福，忙身今始作閑身。清尊不厭談玄坐，更欲相携訪隱淪。訂密雲訪赤肚子。

鳳溪約重遊叠前韻

曾約招提同勝賞，已從信宿待今晨。共憐叔度移時至，黃資穆後至。深愧伯淳滿座春。歲晚峥嵘水上棹，天涯留滯夢中身。居諸此日真堪惜，莫遣悠悠空自淪。

歲　　晚

南遷瘴癘阻冰雪，歲晚栖栖對潞河。敢謂出門即有礙，自憐之死亦無他。高凉地盡滄溟迥，鴂鵲春回淑氣多。天北天南一萬里，登樓騁望欲如何。

壬辰除日讀杜子美至日呈省院故人詩愴然感懷用韻

四年講幄簉仙班，喜氣朝朝識聖顏。金馬門前趨宴去，文華殿上說書還。風雲自遠遭逢會，日月何私臨照間。敢道長沙疏賈誼，漢文恩意重丘山。

上元日諸丈過約遊碧霞宮

上元佳節春光好，二老相携覽勝來。野曠遥看天不極，風和已覺凍全開。碧霞新構仙妃宅，白日同升羽客臺。漂泊餘閑多勝賞，一尊乘興未能回。

水南先生以詩見寄立和奉答 二首

潞渚羈栖情未傷，金臺二月雪風涼。碧山幽夢已親舍，白馬青袍信帝鄉。鳴鋏迢遥瞻庾嶺，秋風蕭瑟度清湘。季鷹未許蓴鱸憶，聖主應憐十載郎。

橫渠先生真有道，能遣長鬚訪夜郎。自倚金蘭憑夙好，敢將漂泊怨殊方。客帆渺渺碧雲暮，江路萋萋春草芳。回首燕臺真萬里，五雲宮闕自蒼蒼。

留別馬冲霄居士

十年潞水四經過，此日栖遲感慨多。送臘迎春還隔歲，瞻雲望日獨高歌。朱崖咫尺新司戶，青眼相看舊伏波。贈爾慚無雙白璧，匆匆短詠意如何。

發潞河風大作自寅至申方定

驚颷撼舟舟忽欹，舟人膽落命如絲。自憐竄逐已顛沛，詎測波濤

更險巇。正叔漢江能主敬，子方淮浦謾吟詩。斜陽幸免膏魚腹，永矢餘生答帝私。<small>禱於天乃定。</small>

飲張處士堂分魚字

潞水冰開欲上魚，青春白晝此間居。幸逢地主時相約，蹔泊天涯亦自如。良會百年冠蓋接，彤雲千里雪花初。<small>時正飄雪。</small>季膺堂上真堪醉，好客時來興不虛。

和致齋小寒食用杜韻

三月東風仍作寒，未堪頭戴看花冠。清明時節客中過，芳草池塘夢里看。人世百年皆幻迹，仕途隨地有驚湍。衣冠何日渾抛却，松下谿前坐亦安。

盧書庵主政招遊勝果寺

偶共盧郎尋勝果，山風吹雨欲沾衣。漸看巒勢開青壁，忽聽鐘聲下翠微。古屋歸雲梯石磴，幽亭留月住巖扉。<small>歸雲堂、留月巖。</small>更憐晚霽江如練，林外輕烟片片飛。

過大安驛用致齋望夫石韻

別來每憶忘年誼，一□真懷經歲憂。故國已逾千里外，美人猶在萬峰頭。自憐孤雁飄寒影，誰共三山縱遠眸。嶺海相思雲樹杳，只憑尺牘慰離愁。

鵝湖書院和韻

四子風流百世欽，荒祠漠漠舊論心。殷勤麗澤來千里，遠近諸山見一岑。學不求名斯實踐，心纔有累即浮沉。摳衣再拜增慚惕，任道原來無古今。

精 舍 十 二 區

紫陽精舍枕寒流，仁智堂高任隱求。止宿寮虛堪晚對，寒栖館迴稱晨遊。石門觀善天機活，鐵笛漁航景象幽。風月釣磯誰管領，九溪茶竈鶴烟浮。

青原山次韻 傅廬陵同遊

萬里澄江照客顏，更驅幽興問名山。扁舟繫纜依鷗渚，雙屐穿雲入祖關。五祖地，其門名祖關。高閣參差梯石磴，廻廊宛轉憶仙班。回廊高峻，恍內殿供奉時。青原繚繞疑盤谷，明日相思滄海間。

快閣用黃山谷韻 陳泰和邀

北風吹雨暗江城，快閣登臨欲晚晴。水落魚龍雙渚闊，雲開文武遠山明。魚龍二洲、文筆武母二山閣上見。漁舟亂逐輕烟放，霜樹時驚返照橫。納納乾坤皆快閣，未應偏與白鷗盟。

峰山小溪驛舍聞陽明先生有詩特往觀焉讀畢泫然淚下蓋逾年而先生歿矣輒次韻見懷

峰山四面繞新城，讀罷公詩涕淚橫。是歲仲冬猶駐節，明年戊子忽銘旌。西江勳業山河在，兩廣忠誠蠻貊行。我服遺編空有恨，衣冠夢寐屢相迎。

南 安 遊 東 山

南安太守東山約，北客欣然驅馬來。遙望翠微松閣隱，忽披幽徑石林開。緣溪靜愛千家郭，把酒高臨百尺臺。暝色鴉團如伴客，燈前觴詠轉悠哉。

遊 龍 泉 庵

昨遊未了東山興，今日還過橫浦橋。痴客貪奇先主到，老僧好事出雲招。龍湫迸石晴飛雨，仙侶浮觴坐聽韶。松外催人忽暝色，簪纓何似老漁樵。

小金山次屠尚書韻

南海爛熳金芙蓉，誰憐東海又三峰。滄波萬頃滿孤柱，雲霧中天起蟄龍。人影倒空僧倚閣，鼉聲帶浪寺鳴鐘。扁舟我欲長來往，不是巫山雲雨踪。金山距廣城六十里。

鎮南村逢長至

海南爲客逢長至，回首君親總繫思。三殿深嚴垂拱地，四年供奉走趨時。亦知白髮難禁念，何事斑衣更遠離。天地一陽今喜復，坐看海宇盡熙熙。

程雪崖邀遊七星巖

滄江信宿迷寒雨，天爲良遊放曉晴。忽訝數峰何突兀，細看七宿轉分明。縈紆碧水浮刳棹，窈窕丹梯上石楹。窮日坐憐雙洞絕，歸來燈火亂崢嶸。

同張立峰遊韓祠冰井

蒼梧十日瘴雲橫，忽喜今辰天宇清。更枉南軒携酒過，同來東郭看山晴。韓祠高肅元勳像，冰井常留漫叟名。寂寂松陰閑白晝，今來古往一關情。

內東園甚佳未始遊偶承茶山少參
雪崖參戎見携喜而賦此

名園咫尺慚初到，水榭山亭總勝遊。遷客不緣逢二妙，瘴鄉何以慰離愁。蕭騷莫訝蓮池涸，掩映還憐竹樹幽。更喜元城能載酒，_{劉石橋}大參携酒至。行厨未共夕陽收。

陳忠節祠爲茶山少參作 _{忠節少參祖}

忠節祠堂何處開，毗陵城下水縈洄。當年遺恨沉師地，千載猶傳躍馬臺。耿耿貞心懸日月，堂堂遺像蕭風雷。文山廟食長江北，咫尺英魂共往來。

答潘笠江督學

前年惜別燕山暮，此日相逢桂水春。督學爾真優教化，謫居吾敢嘆沉淪。公餘數喜清尊共，詩至頻驚藻思新。明日愁看雙櫓發，只應目送北流濱。有約同往北流遊勾漏，不果。

元 夕 書 懷

偶滯蒼梧驚改歲，匆匆除夕又元宵。百年身世催時序，萬里炎荒坐寂寥。燈剪銀絲空自巧，杯傾綠醑可誰招。高堂垂白遙相憶，又負松谿明月橋。

會麓泉子於蒼梧因誦前元宵二作愴然言和

炎荒今夕看燈絲，兄弟相逢感舊時。青瑣爾嘗分尚膳，玉堂吾亦醉金巵。元宵有宴賞。明良自喜賡歌會，獻納深慚補衮詩。回首馳驅各萬里，悠悠心事可陳誰。

憶昔紫閣聯青瑣，同近蓬萊尺五天。千峰萬峰此何地，得意失意來其前。聚散只須看往日，窮通何必問明年。憂時却抱賈生痛，關山西北正狼烟。

訪長洲常劉二君子

籃輿春曉度浮梁，松檜林深隱戰場。小艇忽臨山盡處，美人真在水中央。疏籬曲徑紆村巷，翠柳夭桃映竹堂。流寓江山元有分，翛然安土即吾鄉。

和倫右溪侍御見懷韻

昔別三江月滿船，思君常對暮雲前。春風碧草嗟誰賦，白日蒼梧静自憐。逸駕久棄雲共卧，幽姿肯與世爭妍。道人亦有烟霞癖，故結仙郎海上緣。

和倫穗石見懷二韻

季方清譽載南州，青鬢重逢歲月流。兄弟情應百世講，冰霜路憶十年遊。昔年會試同行。飛槎忽漫浮雲海，舊夢分明犯斗牛。有夢兆。愛爾溫溫真似玉，相期學道繼前修。

誰言桂嶺獨宜人，我愛梧山二月春。花氣襲衣清不斷，鶯聲繞座意偏親。身隨孤劍倚南極，夜向中台候北辰。疏逖敢期宣室召，只應早問故鄉津。

小寒食得程雪崖詩和韻

小窗風雨坐孤寂，雙鯉忽來江上頭。遠謫憐予仍抱病，多情賴爾爲袪憂。百年時序堪舒嘯，千古賢愚共廢丘。明日瀧洲應載酒，烟波未解使人愁。

又 和 雪 崖 作

參軍江上横舟日，正值春風欲暮時。楊柳相將飄雪盡，刺桐蕭索受風欺。蘷瀼東西懷杜甫,輞川烟雨憶王維。衝泥載酒慚予病,奏凱歸來應未遲。雪崖約遊不果,未幾有事七山,因以期之。

石屏省丈載酒渡江約弘齋憲伯桂山地
卿松谿遷客同遊即席紀興

花縣郎登青瑣舟,草堂移席暑雲收。山腰僧寺松門古,水面人家竹屋浮。石洞未容餘興賞,萍踪應爲異鄉留。欲探石鼓不果,共期明日。抱琴載酒明朝共,一曲薰風蘿薜幽。

送梧守翁子節推熊子赴桂林場屋

畫舫秋江自可憐,況逢雷雨洗山川。先日大雨。蘆花荇葉涼風細,斜日暝雲新月懸。梧岫今看雙鳳翥,桂林已兆五奎纏。願言得士諧忠孝,早慰羈臣滄海邊。將至高州待報。

容 縣 遊 南 山

容城偶泊綉江棹,忽見南山似武夷。雲際嶙峋開面面,天中紫翠鬱累累。秋風吹我來都嶠,山名。古洞無人只舊碑。八叠路迷還悵望,八叠,八峰中最高,上有葛洪迹。登臨全盛憶唐時。唐時九寺十八觀,今皆廢,道不通矣。

田廣文座上誦文公九日詩因用韻

今辰偶憶離家日,萬里經年尚未歸。鄉國幾人懷令節,天涯此地共斜暉。登高有興還乘月,久客無家未授衣。酒醒露寒人欲別,山城燈火望依微。

蒼梧鄉士夫追送次張東窗韻留別

欲去依依宿晝三,雲山回首隔松楠。故人戀戀別未別,逐客飄飄南更南。碧梧翠竹江洲晚，_{泊長洲。}流水高山離思含。湖海重逢定何日，留詩記取會時談。

初 至 高 州

高凉山水初相識，自笑平生有舊緣。辛苦舟車真萬里，飄零寒暑忽經年。青衫遊子今無恙，白髮高堂謾自憐。露冷天高鴻雁杳，詩成矯首暮雲前。

春日遊鳳凰山

鳳凰山下竇江廻，乘興悠然冒雨來。汀草野花齊爛漫，鳥聲松韻共徘徊。高朋滿座春風醉，晚霽千峰宿霧開。墟墓瀟瀟自今古，不須惆悵夕陽臺。

小　　至

七年長至總爲客，此日邊城還獨驚。鼓吹何心喧竟日，衣冠待漏憶三更。岸柳未凋梅已放，嶺雲長暗雁無聲。感時自重君親念，坐待微陽夜半生。

至日石郡公邀登南樓

太守最能邀逐客，天涯至日共登樓。百年時序真流浪，萬里乾坤此壯遊。蒼樹白雲廻嶺色，碧沙翠竹俯江流。憑欄忽有仲宣思，遣興原非杜甫愁。

高 凉 除 日

遷客天涯仍歲暮，百年心迹任凄清。荒臺落葉無人掃，獨坐吟詩有鳥廣。改歲自添遊子恨，看雲不獨故園情。燕山越水總天北，欲問平安試爆聲。

謝曾如齋侍御

竭來西粵乘驄客，能念高凉賜玦臣。珍重一緘憑遠使，殷勤三復宛相親。觀風夜過梧江月，振斧天回桂嶺春。朝野只今豺虎噬，疏歸未許達楓宸。聞在告故云。

元夕前日過雲曇宅觀燈

新年數過雲曇宅，今日還看袁郡燈。自折桃花供細玩，滿傾竹葉愧無能。座中況對陶彭澤，老去渾憐張季鷹。我亦何時同二老，蓴鱸松菊聚親朋。

泛 月 瀘 江

此夜幸開瀘水燕，多朋還并李膺舟。賞心不爲留連樂，乘興何妨上下流。草坐沙行皆自得，山鳴谷應思同幽。鳳林他日傳佳會，未數當年赤壁遊。

初 至 石 屋

石屋山前迎客旆，佳林江上艤行舟。花明似入河陽界，洞敞疑登單父樓。田野久思無長吏，風流端欲繼前修。巖局暫借閑雲宿，勸課時應到上頭。

挽太淑人陶母

三朝元老少司馬，百歲慈親太淑人。南海共瞻申國壽，北堂俄報翟冠塵。夢魂長繞稽山月，環珮應歸鑒水春。千載徽音貽內則，堂封惆悵勒銘新。

高 凉 別 諸 生

凉初正喜南樓會，秋静忽驚西陌分。萬里萍蓬真浪迹，百年道義重離群。携琴夜過湖山月，走馬朝隨電海雲。知爾情深三日淚，相期莫負昔時聞。

度嶺自慶

褰帷何事頻舒嘯，遷客今從瘴海還。坡老夢遊瓊島路，班超生入玉門關。峰頭高樹喧歸鳥，天末飛雲指故山。萬里親幃今咫尺，梅花光照綵衣斑。

贛縣道中

萬里親庭歸壽忙，虔州燈火照行裝。山空夜度梅林月，野宿晨侵茅店霜。隴日含風吹劍珮，溪雲送雨灑衣裳。迢迢行色總堪憶，且對丹楓憩石岡。

歸自高涼未久道逢南江馮子謫雷陽俯思舊遊慨然增感

江風貼貼送孤航，江路萋萋春草芳。雲間白髮憐慈母，天外金雞放夜郎。慷慨離歌雙劍舞，蕭騷落日一尊狂。此別重逢定何處，沙頭分手思茫茫。

送馮南江

滕王閣下相逢日，文相祠前惜別時。天北羈臣昔垂死，嶺南舊客今何悲。蠻荒海嶠皆王土，春雨秋霜總帝私。路出高涼應暫駐，故人問訊道相思。

題郭松崖侍御金門待漏圖

金鎖重門夜色幽，玉河流水霽烟浮。即看豸史趨仙仗，正是雞人報曉籌。聖主宵衣嘗後樂，小臣封事合先憂。長沙暫去終前席，洛下歸來幾上樓。

至日即山莊拜節兼懷往歲

三年嶺海天涯客，此日雲都道上歸。虎拜無緣趨禁闕，龍顏仿佛覲山扉。南岡繫纜人何在，高郡登樓興已違。時序不殊踪迹異，碧雲回首思依依。

豐城道中即景

孤篷三月劍江道，尊酒坐深花雨凉。連叠沙洲迷浦溆，參差雲樹見帆檣。長風乍斂江聲細，薄霧遥含野氣光。世路無心皆自得，閑看乳燕掠舟忙。

過 常 山

四年兩過常山道，萬里猶懸禁闈心。謾道淮陽同補袞，終慚牙父有知音。香風薄幰山花麗，幽意傳弦谷鳥吟。自是暮春行樂候，不妨車馬日相尋。

程文德集卷之二十八

七言律詩

至 日 入 留 都

昔年曾作金陵夢，此日真爲白下遊。出處浮生良已定，升沉隨遇復何求。謁陵遥望松楸古，分署還憐冰玉幽。_{堂扁"冰玉"。}況值一陽初復候，願將泰道答皇休。

對 雪

廿年不見鍾山雪，今日重看帝里春。宮闕九天輝鳳翮，市衢萬屋合魚鱗。燕臺嶺嶠關心異，畫省冰堂發興新。對爾年年頭欲似，何時丘壑返吾真。

再 雪

莫爲金陵傷歲暮，真看白雪占陽春。千家樓閣藏秋月，萬樹虬龍簇素鱗。山勢遥添鍾阜壯，川光近挹御溝新。尋常林樹皆堪賞，不似松谿三徑真。

初 至 職 方

履任正逢長至日，天時人事喜相將。金門久下蓬萊殿，畫省猶分

冰玉堂。世外紅塵誰了了,亭前松柏自蒼蒼。同僚況是同心客,時鳴和
趙年兄同官。便合爲官老職方。

丁酉二月章介庵輩請家大人遊神樂觀復登大祀殿

天觀喜陪僚友集,板輿還奉老親遊。春風遲日郊原麗,花圃茅亭
竹樹幽。紫微窈窕蒼林合,朱殿尊嚴瑞氣浮。忽憶逍遙供奉地,玉欄
西畔一遲留。

次韻寄謝潘壺南淮上理刑

佐餉多君還息訟,淮陰暇日想垂綸。子真遠患幾先燭,潘閬吟詩
興總新。晝省何心栖逐客,板輿聊喜奉嚴親。江湖咫尺音書隔,芳草
依依入夢頻。

春日會同年於東園

五年不與同年會,今日叨陪竟日歡。北闕瞻依憐往事,南都清暇
喜同官。相看共惜流年邁,自信何妨世路難。白馬青袍春又晚,東園
尊酒各憑欄。

送徐元春上舍次韻

帝里王孫汗漫遊,豪吟占盡碧山幽。青雲萬里驊騮健,白鶴一聲
天地流。倚劍歌冲寒斗外,鳴榔潮涌大江頭。相逢徐孺仍相送,岸芷
汀蘭總喚愁。

送 石 渚 馬 公

十年共玩容臺月,六載重逢金馬門。忽漫飄零嗟往事,還同嶺海
慰遙村。春風又并金陵轡,祖餞仍開綠樹尊。明日孤帆渺何許,汀洲
回首更重論。

和趙丹山過承歡圃

不用洛陽金谷遊，承歡日日坐池頭。草堂翠幄薔薇夏，玉露金莖菡萏秋。畫省郎官曾萬里，玉麟仙客本三洲。相看不厭常相過，正好吳歌對越謳。

送幼弟文訓

千里關山又入秋，兩都佳麗爾同遊。金臺夜月明書幌，白下春雲照劍鈎。天路終看舒驥足，家承原自占鰲頭。嚴翁遠憶還兄弟，莫負同登花萼樓。

馮丹山年伯高興獨遊忽至金陵報以一詩驚喜欲狂即座和答

何處高人來遠遊，玉麟仙客本滄洲。忽思白下十年舊，重眺江干萬里樓。小艇悠悠惟酒債，名山處處入詩籌。乍聞喜極猶疑夢，先和陽春報使郵。

和 前 韻

長風萬里任天遊，小憩金陵白鷺洲。海闊幾年空有夢，月明今夕共登樓。退心我亦懷三島，浪迹君今先一籌。明日相思雲樹杳，祇應霄漢覓鴻郵。

清渭龍山協卜

龍山蜿蜿來千里，渭水清清帶一泓。天地鍾靈元有待，招提據勝豈無情。百年涕淚堂封在，千古松楸墓碣嶸。雅志遺言今始遂，卿雲從此護佳城。

上巳建龍山書院喜晴

龍山龍頭地自美，三月三日天更嘉。小院正當新卜築，積陰忽破散晴霞。久雨，是日特晴。東臨石壁奎相應，南望雲峰斗并華。邑學向白雲峰最高。形勝高明兼静邃，慕親終擬此爲家。

書 院 新 宅

龍山精舍近龍川，棟宇初成思豁然。故址昔傳僧八百，新堂今聚友三千。乾坤興廢元無意，山水遭逢似有緣。衿佩雍容弦誦日，文明有象已開先。

諸弟初集喜雨

新堂正喜諸賢集，久旱忽逢甘雨來。四野歡聲真動地，千峰雲氣更聞雷。天時人事巧相會，勝地良朋久已催。自是迂疏慚化雨，故知桃李盡栽培。

中 秋 嘉 會

龍山今夜屬中秋，萬里浮雲忽盡收。嘉會百年能幾得，高岡千仞自誰遊。濂溪洛水風流在，禹穴江門聲迹留。座談周、程、陽明、白沙往迹。宇宙悠悠同此月，後人應上渭川樓。

焦范溪侍御邀遊西閣

九曲池邊野水流，摘星樓外碧烟浮。山含宿霧迷荒冢，堤繞垂楊拂御溝。杳杳亭臺斜日晚，離離禾黍故宮秋。千年歌舞應銷歇，江草汀花滿目愁。

淮上遇唐荆川同年回橈共宿

昔年君返故城棹，今日予回淮浦舟。總不爲官憐寂寞，却緣何事

坐遲留。納忠無術空悲憤,去國多情敢怨尤。短棹離歌頻擊節,江南
冀北共登樓。

呂梁洪飲張碧山水部聚益亭

滄水公餘無俗轍,碧山清興屬幽亭。客來不剪蓬蒿徑,地僻從教
草樹馨。好鳥高枝還嚦嚦,涸池新水欲泠泠。旋汲水灌蓮池。一尊對此
真三益,劇論還令塵夢醒。

望城闕 辛丑起復至京

一別京師又十年,遙瞻城闕思凄然。去時潞水冰初合,此日蘆橋
柳正眠。風景物華還似舊,人情世態恐非前。從來朝市多更變,極目
應成感慨篇。

朝見有感 二首

曉月猶懸宮樹林,聞雞促馬傍城陰。十年去國情何限,此日趨朝
感自深。禁路逶迤驚舊舄,年華衰晚愧南金。天顏咫尺還疏逖,痌瘝
誰憐犬馬心。

午門朝見隔楓宸,冠珮猶疑夢里身。鐘鼓樓頭烏似舊,鳳凰池上
客俱新。長沙莫怪歸來晚,世路難爲別後親。畢竟升沉都幻迹,玉橋
流水自千春。

送昭聖皇太后梓宮奉藏

仁知殿前發引日,泰陵山下奉安時。百官衰絰如將母,萬姓哀號
總是兒。太姒徽音誰復嗣,敬皇遺澤自堪思。土城一哭千秋恨,涕淚
空隨霜霰垂。

六月十五夜報國寺登毗盧閣

今夜先秋月正團,十六日立秋。何緣此地共僧看。一尊更上千尋

閣，上界方知六月寒。何處人聲歌隱隱，中宵樹色露溥溥。百年對景須珍重，明日微陰興又闌。

十六夜行前殿用登閣韻

新秋今夜月仍團，清興翻飛只獨看。三殿昭嶢朱戶闃，千林掩映梵光寒。玉臺低拂松如蓋，芒屨微濡露正溥。況復涼風初入候，一杯倚徙遍危欄。

荷葉爲碧筒飲常也予偶得花以花瓣爲杯碧筒吸之清香倍加飲態復雅座客欣然呼紫霞杯席上口占四韻

雨過燕臺六月涼，碧筒新吸紫霞觴。金莖玉露分仙掌，明月清簾映草堂。壯志稜稜方直節，詩脾冉冉（泌）〔沁〕清香。分明太華峰頭會，看取蟠桃幾度嘗。

壽 夏 桂 洲 公

上相六旬初集慶，先秋一日正生申。彩雲遙映貴溪水，甘雨先清怡日塵。公新開怡日軒。函奉瓊瑤來帝錫，觴稱朱紫盡朝紳。百年榮壽傾華夏，一代如公有幾人。

送張伯才同年河南少參

看花曾共醉瀛洲，漂泊還同江海遊。正喜聯鑣歸畫省，忽看金紫送清秋。旬宣久繫蒼生望，屏翰先舒西顧憂。更向嵩陽辟伊洛，光風霽月在林頭。

送陸水部司榷荆州

海上才名陸水部，一麾清譽滿江東。官聯畫省朝常并，居托芳鄰夜屢同。簡命誰堪經國計，君材自是濟川功。燕臺餞送還歌郢，真在陽春白雪中。時二月望，大雪。

初夏鄭秋泉邀遊城南別業

一春總負風雩興，今日真從鄭谷來。競雪洞中無客到，飄香山上有亭開。綠槐匝地供吟幕，金雀留春送酒杯。返照忽明疏雨後，轉添清興欲登臺。

登　中　峰

遙憐絕壑標銀柱，直上中峰倚玉欄。陟礏攀蘿來鳥外，鳴鐘飛響出雲端。北辰未信中霄迴，諸塔翻從下界看。欲去遲迴還獨立，長風蕭颯鬢毛寒。

癸卯端陽後三日水部東皋張子
邀遊通惠河亭偕地官仲山王子

出郭塵心已灑然，復來橋上聽潺湲。柳邊路入津衙靜，山上亭開樹杪連。霽色浮尊頻聽鳥，午陰移席更登船。逍遙未盡前村興，風雨留人一夜眠。是日欲至慶豐閘，阻風雨，歸宿亭館。

次　日　再　登　舟

雨霽澄江五月涼，青簾畫舫已晨張。良遊復侶仲山子，夙願今酬滄水郎。載酒忘魷聊取適，網魚盈缶豈貪嘗。慶豐小坐迎津吏，恰遇南渠喜欲狂。起坐慶豐閘，適張南渠年兄至，因棹還翠雲亭。

會王在庵同年河西道中

分手長安十二年，聯舟何意此江邊。感時不覺論深夜，把酒還驚對別筵。風靜篷窗燈炯炯，烟浮野岸月娟娟。相看各抱無窮思，潑水柯山欲訂緣。

和呂充山見寄韻

曾捧賢書謁建章，即看倅郡苤名方。偶嬰軒冕原無意，得謝風塵蚤出疆。樓館新開郊野綠，溪山未許鬢毛蒼。結廬咫尺時相望，莫負前川花柳芳。

會孔文谷喜述

暮春偶共富春泊，江上真同沂上看。尊酒相逢無宿約，風雩佳興有青鸞。驛亭移席嵐光暝，村屋藏林燈影寒。最是他年堪憶處，孤城月出倚欄干。

贈陳竹莊同年守滇南

竹莊陳子之以地官擢守雲南也，去留都蓋六千餘里，或億竹莊子有遐心焉。同年友松谿程子念曰："夫往，暫也；居，恒也。滇雖遐而洵美也。使居而陋也，孰與往而遐乎？"竹莊子曰："獲我心矣。"於是南江陳子曰："然。無遐則氣不懾，氣不懾則於政也果矣。"羅江陳子曰："然。無遐則志不局，志不局則於政也達矣。"東泉林子曰："然。無遐則居安，居安則政專且久矣。"松谿子曰："夫政果焉，達焉，專且久焉，則政成矣。滇之人其不有怙乎，其不有怙乎？"是時同餞於中山王裔之西園。園，古鳳凰臺也。陳子斯行也，翹翹若鳳舉矣。遂相與即屏間韻，對月賦詩爲贈。嘉靖乙巳八月望前二日也。

西園月色近中秋，自昔高臺有鳳遊。把酒漫論滇海外，看花共憶曲江頭。朱輪五馬遙乘傳，清徹孤城獨上樓。自是壯心輕萬里，循良還踵漢風流。

送大廷尉魏淺齋同年考績 二首

五月仙舟鷺渚開，法星光采映三臺。貫城林靜鵲巢集，漢尉門高
駟馬來。南郡猶稱直指使，中州曾仗濟川才。勳名到處堪彝鼎，霖雨
還堪遍草萊。

回首鹿鳴三十年，相逢白下轉相憐。已驚雙鬢非前日，猶喜同心
有夙緣。龍虎山中春共眺，鳳凰臺上月同騫。明朝無奈江門別，獨倚
高樓望遠天。

題南監宅東王廣文居因以爲壽

鷄鳴臺殿接欽天，山名。虎觀宮墻共蔚然。謝脁宅開青嶂近，鄭虔
門對璧雍偏。詩書澤衍雲中裔，禮樂風流江左年。人傑地靈應更壽，
稀年黑髮已夸仙。

九日同客遊燕子磯

俯江亭上一憑欄，九日登臨江未寒。松下黄花香半吐，門前霜樹
葉初丹。笛聲細和濤聲壯，帆影雙隨鳥影單。天地燕磯千古勝，清秋
與爾共奇觀。

趙 西 津 生 日

前朝玉牒雲孫裔，當代金鑾尚主家。門向翠華草獨渥，宅連鍾阜
地偏嘉。童年一別今垂老，壽日重逢榴正花。感慨高歌驚四座，相期
學道訪丹砂。

奉頌唐太夫人九旬令子太宰漁石公七十同壽二首

寶婺流光燭上臺，即看佳宴啓蓬萊。太君高擁雲中座，元宰頻稱
膝下杯。詩獻南山歌并奏，籌添東海報雙來。滿堂珠履慚無分，遥憶

薰風起綠槐。

九十高堂世所稀,七旬令子復相輝。鳳冠霞帔行猶健,玉帶麟袍養不違。申國令儀開澣服,周家相業起漁磯。母賢子孝關廊廟,榮壽還看晝錦歸。

和樸庵章尚書見寄韻二首

謝傅東山猶不起,晋公海外尚傳聞。粵南總被周文化,河北猶思神禹勳。去國當年寧自潔,回天今日竟誰云。蘭江山上富春近,開卷絲綸覓釣群。

楓山公後樸庵老,風采乾坤共想聞。不獨芳名聯八婺,更看家學紹前勳。周公制禮吾何議,文靖先生□後云。出處自關天下事,風流不慕二□□。

賀曾石塘同年山東嘉績兼爲西人慶二首

遼陽驄馬昔觀風,反側坐安談笑中。湖海幾人憂社稷,國家多事識英雄。建城曲帶清源外,控險潛消胡騎東。不獨州人今有怙,中原翼蔽賴豐功。

國家肘腋東西陲,誰堪鎖鑰繫安危。一麾共羨綏齊魯,三塞今看靖虜夷。自昔晋陽先保障,頻年當寧念瘡痍。濟時報主忠良願,不爲勳名麟閣垂。

清凉寺和白巖韻 待石川丈不至

五嶽仙人三日期,林間高閣望猶遲。帆檣繚繞江全近,時候清凉山更宜。陰覆石欄叢竹潤,綠深苔逕野藤蕤。素襟此日堪舒嘯,不爲登高强賦詩。

清明日訪念庵於靜海寺

清淮一別薰風日,靜海重逢寒食時。兄弟百年能幾會,江湖千里更何之。山臨獅子還同眺，臺近鳳凰空有詩。只恐明朝雲樹隔，高歌《伐木》慰相思。

春日王仲山龍或齋李蟠峰三夏官見招城南諸寺

經年未出長干里，選勝先來高座遊。隔寺幽亭藏木末，環城白練見江流。翠移不覺嵐光夕，丹映還驚海月浮。是夜既望，山月初升，光景特異。歸路星毬簇霄漢，報恩塔燈。舞雩清興更遲留。

金臺別藍玉立用昔年偕登鷄山韻

子仍壯志來燕地，我已無心在鳳樓。八年虎觀誰常侍，千里鷄山憶舊遊。相看自是藍田種，欲別其如上苑秋。關河渺渺還霜露，株馬猶應爲我留。

送唐小漁太史承恩南歸

鄉里誰齊韋杜肩，章唐瀍水世稱賢。傳家衣鉢文襄後，開國科名婺郡先。日下卿雲真五色，殿前芝草已千年。乞歸知動天顏喜，海宇爭題忠孝篇。

送古愚太史還桂林

金臺玉署承歡地，椿樹萱花并茂時。鼎食方怡天官養，秋風忽動故園思。鷺袍舊服榮新命，畫舫仙郎獻壽巵。獨惜尊前萬里別，瀛洲亭上更題詩。是日餞於瀛洲亭上，因賦是詩。

送馮改溪之廣州

改溪歷工兵二署，資深望隆，不當復領郡矣。而太宰古冲公欲爲官擇人，特借屈焉。改溪以親老違養爲戚，爰賦此以廣其意云。

聖時文獻數金華，眼底簪纓幾世家。粉署含香霄漢近，青春試郡粵城賒。北堂影逐天邊檄，南斗星懸海上槎。五馬行春多意氣，莫將懷抱比長沙。

無　題

朱門曾約共觀梅，却怪子雲猶未來。好事何人恰贈爾，携琴有客更憐才。陽春白雪真相對，東閣西湖豈浪猜。病足深居翻適興，不知懷抱向誰開。

補　遺

孝　梅　行

朱公静齋植紅梅一本於臨清軒側，每歲花時玩弄不能輟去。去年公歿，花竟不開，如能執主人之喪者。異哉！

紅梅歲歲臘先春，此日春過花未因。辜負風流謝幽實，殷勤顏色向何人。悲傳夜半啼鵑切，淚綴枝頭細雨新。慚愧城東桃李樹，更兗車馬送黃塵。

烏　牛　山

化工鑄就大江陲，暑炙寒凌不計時。山木夜隨春雨長，牧童晚逐野雲歸。桃林千載留陳迹，秦嶺當年送落暉。曾得起耕桑柘日，向隅無復泣寒飢。

白　羊　塢

山塢烔霞隔水村，溪翁放牧坐雲根。煙梅滿地青留迹，露草成蹊

緑破痕。蘇子老歸名尚在，王生叱化語空存。下來日夕休吟笛，于役
人家恐斷魂。

盧　溪

松竹鄰居隔翠屏，烟聯髦譽識時英。南都莞爾延清論，白下依然
憶舊情。費邑子羔今少宰，武城言偃已先聲。永新此去無難治，月色
深秋水自明。

五言排律

上　巳

春光又上巳，感此一尋芳。山花明錦綺，鳥語奏笙簧。俯仰足行
樂，況此年富强。晉逸蘭亭會，唐賢曲水觴。千載有遺響，令人追
慕長。

送蔡鶴田之南兵部

十載鹿鳴友，還同杏苑遊。又作金陵客，愁看潞水舟。離心忽千
里，壯志還九州。司馬君恩重，烽狼國士憂。蚤已趨庭訓，終當贊廟
謀。薰風便歸省，羨子思悠悠。

得信宜尉命 　壬辰十一月二十一日

謬忝金閨籍，每慚彤管司。一朝籌友疏，萬死負君知。嚴譴恩仍
重，遐方我信宜。北望潮陽廟，西瞻雷水祠。亦有惠州客，載遷瓊海
涯。三子夙景慕，百世今追隨。嶺嶠居何陋，滄溟觀更奇。侃侃龍場
子，吾願以爲師。

初夏自龍山渡渭川之郡城

梅雨初晴後，渭川方漲時。肩輿欹渡水，朋輩立驚危。曲徑田間過，新橋官道馳。崚嶒寧谷樹，_{寧谷寺。}節孝坦塘碑。_{胡節婦、應孝子墓在坦塘側。}恭讓當年揖，風流百世師。紆廻登別塚，嵌莽出荒岐。林缺鐘樓見，_{縣延真觀。}人喧市屋比。免喪初謁廟，入縣豈由墀。迎送紛冠蓋，趨承駿吏斯。婺城原有約，剡棹遂乘宜。新港興初動，_{學前溪流新改。}思翁意忽悲。壬申青岸別，丁亥白溪隨。尚憶分離泪，猶存倡和詩。山川原不改，語笑竟何之。人世真空幻，乾坤有合離。牛山還入望，泰岳更先隳。系艇思瞻拜，摳衣感涕洟。同朝猶昨日，宿草已連期。司馬門長式，蟠蟜碣不移。靈泉何觱沸，竹澗共漣漪。日暮催歸楫，情深忘去期。鄰僧具雞黍，邑令邀山遶。_{道遇武義許令。}相送垂楊底，忽過急水湄。焦巖近林滸，柘塢遠連祠。三墓鼎形立，千年潘氏思。

送潘壺南僉憲江右

雲孫新擢憲，文祖舊傳芳。桂嶺風霜肅，天西化雨長。僕臣青瑣望，司馬綉衣香。四世同冠豸，八朝代縮章。象賢應濟美，燕翼本貽昌。海宇夸全盛，箕裘喜未央。聯珂思北闕，倚玉愧東床。韋杜家聲舊，陳雷世閥光。居廬違遠餞，結馴想高翔。江净滕王閣，湖清高士堂。觀風延賦詠，攬轡静豺狼。更有匡時策，還看上廟廊。

雪 中 遊 靈 谷

冒雪尋靈谷，凌風出禁園。濤聲驚萬壑，寒色隱千村。鹿引松楸迥，僧迎薜荔門。青山還古殿，畫壁擁頹垣。功德泉空冽，琵琶路尚存。嵐光開晚照，塔影動芳尊。地勝情俱逸，林深景易昏。詠歸携手處，餘興欲飛翻。

挽白鴻臚

天上司儀客,江南秉禮家。教成康敏懿,服世錦衣華。滇粵榮君命,琴書光使槎。溫恭人有則,磊落行無瑕。鳳族方丹穴,龍駒又渥窪。同朝世所罕,累葉慶尤賒。張翰方思鱠,東陵擬種瓜。如何歸未及,竟使顧長嗟。司馬龍門泪,采菱溪上笳。銘旌還故里,哀些半天涯。

挽王方渠大夫

方石人爭羨,吾獨愛方渠。直行誰能似,攻文世不如。三槐初植院,五桂蚤凌虛。封錫天官貴,堂開晝錦餘。一朝霜露肅,三徑蕙蘭疏。聞此增惆悵,詩成灑淚書。

嘉靖癸丑春天下藩臬守令述職制應考課予獲與其事暇中有述

九天開正歲,萬國覲昌辰。拜舞趨□□,謳歌下紫宸。星羅天署徧,鱗次雪階新。正旦雪三日。明試遵堯典,寅恭協舜臣。數符五人。寸銜歸品藻,百辟盡陶甄。饑溺思猶已,貪殘忍誤人。矢心臨白日,披籍鑒明神。太宰三朝望,中丞四海身。同袍皆雋譽,顧我肯沉淪。一月襟裾接,百年肝膽真。忘形忽爾汝,殫力浹昏晨。尊酒迭賓主,勸酬消苦辛。追隨良有數,道義倍相親。他日風烟隔,應懷癸丑春。太宰治齋萬公、少宰與川葛兄暨予、左丞東洲屠公、僉丞南亭倪兄五人同事。

七言排律

壽少保大司馬張公七十

司馬家居瀛海東,壽筵開近大明宮。庭花猶對重陽菊,宮樹長瞻萬歲叢。萬歲,山名。籌記千春纔七十,班聯九棘本三公。豐儀玉立光生陛,睿獎金書世訓忠。麟閣勳名安世後,天山威望紫巖同。多男再顯燕山桂,全盛誰夸萬石翁。某也叨陪珠履會,願歌《申甫》祝元功。

名 園 雅 集

帝城三月春初麗,朋會他鄉意更親。一徑幽深松作巷,環墻綠縟草如茵。風塵忽喜山林入,尊俎何嫌野蕨陳。遂有清風生爽籟,即看霽宇似秋旻。紅芳乍識丁香細,翠幄還憐柏葉勻。橋梓通家欣雅集,東西分座見層巾。彩雲籠月光猶隱,碧樹懸燈事可珍。桃李夜園唐勝迹,冠童沂水魯嘉賓。蒼梧萬里曾同粵,青瑣十年憶使秦。燕汴何期天作合,江湖應有夢通神。當歡莫漫辭杯斝,往迹憑誰辨贋真。吾已迂疏思放鶴,子將勳業畫圖麟。箕裘世許兒孫講,梁棟終看廊廟掄。自有此圖無此會,不知何日更何人。

程文德集卷之二十九

五言絶句

出巖下即事二首

郊原初過雨，草樹罷新沐。歲月桐花老，山田麰麥熟。
匝地桑陰密，連阡麥穗含。倚鋤農午餉，掇筥婦春蠶。

偶　　出

流光驚短夢，寰宇又秋風。獨立桐陰底，微吟聽草蟲。

送道敷兄

曉烟籠樹暗，初日映江明。送別多惆悵，陽關自古情。

愛月獨坐

秋月中天好，澄江一練明。篷窗過夜半，何處曉鷄鳴。

瓜洲步月

踪迹此淹滯，追思又幾年。重來添寂寞，明月在霜天。

濟寧步月

太白去已久，風流孰與儔。明月招提上，空瞻太白樓。

過 呂 梁 洪

長河下呂梁,奔浪驚風雨。安舟異瞿塘,千年憶神禹。

題 扇 二 首

古木藤蘿月,青山澗壑風。江湖雙短鬢,身世一飛蓬。
江水悠悠静,江雲漠漠飛。道旁誰氏叟,欲別兩依依。

柬 商 茹 松

冒雨訪商山,雲深只閉關。定應採藥去,獨馭春風還。

送 春

過雨榆錢落,隨風柳絮顛。客帆春又度,鄉夢夜凄然。

金 華 道 中

夜静風疏木,月明露潤衣。爲報山靈道,萬里主人歸。

經沙河柳堤懷念庵 辛卯中元上陵

沙河楊柳岸,秋草碧萋萋。重經休息地,心泝大江西。

送 張 東 沙

情猶憐夕日,酒已醉春風。自愛青松下,何須高閣中。

送 金 白 湖

銀屋風生浪,蜃樓雨過烟。雪華平帶野,月色渺連天。

盧師陳少參五景

丹 霞

石壁爛雲彩,疑與赤城連。仙子不知處,時吹丹竈烟。

白　雲

山深雲自生，無心任往還。幽人來結屋，時賦白雲篇。

芳　桂

因君芳桂塢，懷予雙桂堂。秋風賦招隱，清夢到江鄉。

飛　泉

幽泉出樹杪，寒響墮山巔。不厭終朝對，能空萬慮緣。

修　竹

兹山本奇勝，況繞修竹叢。娟娟深夜月，瑟瑟四時風。

鉛山道中過溪口橋未成

石梁猶未就，野渡尚須招。記取青溪口，明年歸度橋。

過龍門山 <small>山下渾相傳有龍卧</small>

鳳闕經年別，龍門此日過。蛟虬方穩卧，霖雨竟如何。

家大人同憩坎石鋪

山塢郵亭静，松深日影寒。侍翁時暫憩，行路有餘歡。

題沈溪村副郎扇

倚棹蒼梧灣，悵望金臺客，一水不得往，孤飛春雲碧。

種竹嶺表書院

蒼梧梧自多，我來還種竹。仁看竹實蕃，長教梧鳳宿。

荔下作

荔樹一杯酒，天涯萬里情。古塘今夜月，寂寞爲誰明。

賦劉光禄四景

環溪榕蔭

野水環亭碧，高榕落蔭凉。槎根開石凳，茗碗送荷香。

璧沼屏洲

寒泉水似璧，孤島石如屏。獨抱滄浪興，悠然歌獨醒。

擎月聽潮

神斧何年斲，冰輪玉作臺。夜深臺上聽，鳳吹是潮來。

巢雲臥石 <small>巢雲亭</small>

幽亭圍石壁，朝暮白雲多。安石終高臥，蒼生奈爾何。

道中雜詠二首

茆居多傍竹，村童動成群。野水常分路，連山半出雲。

山行渾不厭，夜色更依依。帶月歸霞洞，隨烟入竹扉。

雙花別王溪南及馮張二令

此日雙花道，當年萬里橋。自關離別恨，不爲海山遥。

麻思道間二石名大象試劍

巨石原如象，賭牛何浪云。<small>舊名賭牛。</small>小石中分破，莫是許旌君。

過　溫　泉

試酌溫泉酒，時吳生取酒燠之泉中，同飲者十五人。尋登浴沂石。有石題曰
"浴沂"。暮秋偕童冠，此樂今猶昔。

舟　　中

昔出北門道，今登西郭舟。已識山溪勝，更憐江路幽。

繫纜牛灣席間偶成

鳴榔初過雨，依浦對傳觴。古樹藏山麓，秋江半夕陽。

送　高　筠　莊

此日津橋別，微涼草樹秋。十年無限意，把酒問東流。

戊戌除夕嘆惋

居諸長自惜，今夕復如何。玄髮愁中變，青年夢里過。

書松谿書院二首

幽軒那更幽，松陰日當午。玄蟬隔竹鳴，風葉當窗舞。
常擬構一床，夜深臥松月。久客更南遷，居然愧林樾。

縉雲道中二首

淒清秋色暮，歸自縉雲縣。寒雨不出山，入谷始侵面。
山行憩白石，日午坐桐陰。振葉涼風至，感時秋復深。

顏　母　山

夜宿魯原村，曉尋顏母宅。驅馬破烟霧，涼風吹巾幘。

東 平 憲 王 墓

夙慕東平善，今逢隧首碑。九原應亦樂，千古共襟期。

冉 子 祠

德冠群賢選，才堪南面居。東平祠墓在，瞻拜意何如。

謁康陵過土關

俺答方離塞，吉囊尋寇邊。血流天未厭，人盡邑空懸。

駕部相葵軒植竹

愛爾抽新籜，迎風已拂墙。凌寒慎自保，莫負遠相望。

寫東渚竹贈相士吳立

風雨雞山麓，蕭蕭五月秋。誰將東渚竹，又送瀟湘遊。

無 題

丹崖何處是，空翠接羅浮。此地誰堪宅，元龍百尺樓。

補 遺

贈峴溪吳公竹軒隱趣

林靜含幽景，亭皋入遠青。晝閑神思逸，兀坐對遺經。

壽柏静兄六十初度 （題目爲編者所加）

嘉靖三十一年壬子，五月廿七之日，伯静兄六旬初度也。

時來京師，對酒爲歡，指蓬闕爲壽。歸之日，復請書數句，謾
走筆。

草閣開橙麓，衡門對壽山。高歌花下酒，輸爾百年間。

程文德集卷之三十

七言絶句

步家大人韻五首

白雲深處共誰論，日日茅堂自掃塵。午夢覺來扶杖出，忽驚雨過十峰新。

睡烟歌月度餘年，酒熟呼尊辨聖賢。何用別尋方外樂，十峰廻合是壺天。

枯樹寒溪漱石根，翛翛老衲伴青猿。吾儒自得潛心法，不用栖栖學梵門。

主人十載臥丘園，謝却浮名隔市喧。白日紅塵渾似夢，欲隨桃李笑無言。

結廬遥傍白雲隈，對景時傳碧藕杯。自是幽人耽野趣，榮名屢脱日邊回。

答施明貴二首

劍氣空餘土一丘，古今此地是名遊。起思兩度追陪處，尊酒松房竟日留。

尊酒松房竟日留，風流不減謝公遊。百年盡是忙中過，到得清閑合少休。

寄趙伯蓁

已羨才華射斗芒,更聞卜静厭糟糠。<small>因來書云避静甘貧於東峴峰。</small>校書絕頂燃藜處,雲谷高風繼紫陽。

桐江舟中

澄江霽月晚風涼,露坐篷窗話正長。沙際窅然漁唱起,却疑身世在瀟湘。

清明後一日出遊即事

春日閑遊試薄羅,清明時節又蹉跎。山頭謝豹紅於血,縱有春光知幾多。

贈陳克紹

傾蓋逢君即故人,可憐白首尚如新。元龍豪氣真無似,百尺樓前願卜鄰。

贈樊惟岳

皎皎臨風玉樹長,清標原不數潘郎。廣寒應有嫦娥約,桂子秋來滿袖香。

三月十六夜步月

螻蟈聲中穄麥秋,月明乘興過溪頭。却懷春色渾無幾,明日芒鞋到處遊。

釣臺

一領羊裘一釣鈎,子陵風節幾春秋。江亭遺像千年肅,送盡行人名利舟。

會閩中舊友徐仁卿黄宗獻二首

前年旅食同辛苦,此日重逢意更親。歲晚蕭蕭江上路,與君俱是倦遊人。

塵世功名何日了,天涯論舊更相親。況今各有龍泉劍,淬礪應須敵萬人。

太僕官署一柏堂用韻

虬枝含露曉蒼蒼,培植何年向此堂。最是晚來堪愛處,蕭疏清影月廻廊。

正 月 十 七 夜

一番風雨送元宵,望斷殘燈對寂寥。却怪佳期偏易度,賞心無地憶明朝。

題　　竹

誰寫湘江數葉秋,亭亭欄曲思幽幽。夢廻影落虛窗月,千載丰神挹子猷。

牧　牛　圖

牛背誰夸四足舡,倒騎橫坐不須鞭。一聲鐵笛幽村過,芳草萋萋雨後天。

驚　　秋

夏去秋來又一年,綠陰處處亂鳴蟬。眼前風景真如夢,獨坐幽窗對遠天。

晚 翠 亭

松竹陰陰遶四楹,晚風瑟瑟度秋聲。坐來不是習池會,飛塵高談思轉清。

秋 思

鳴琴隱隱寒流澗,舞袖翩翩霜葉風。萬點雲峰疑曉黛,幾行征雁唳秋空。

上 巳

相將春色又言歸,桃李成陰柳絮飛。忽報被除臨上巳,便隨童冠着春衣。

散 步

幾年兀兀利名關,贏得浮生此日閑。日暮溪橋春草綠,踏歌相伴牧童還。

送 春 二 首

九十春光惟此日,凄凄無奈客愁何。再來又是經年別,相送溪頭發浩歌。

特地出門送春去,黃鳥聲聲似喚愁。不信東君才命駕,薰風又到隔溪頭。

正月十二日北上二首

入春又作長安客,纔試鄉關第一程。自笑十年雙健脚,東西南北爲浮名。

遊子已傷萬里道,嬌兒更忍別雙親。妹亦北行。人生只爲塵緣迫,到處飄飄是比鄰。

過 丹 陽

七年三過雲陽館，兩值寒風一值春。不知短棹江頭路，百歲辛甜還幾巡。

揚 州 馬 上

烟花二月廣陵遊，一騎東風跨紫騮。城北城南踪迹遍，恍然騎鶴上揚州。

三月望南旺看月二首

春月團團只今夜，傷春無奈更思家。松谿春色知何許，開遍山前桃杏花。

平生性癖耽明月，每逢月夜便相親。鉤簾席地橫書臥，清影涓涓故傍人。

送 春

東風三月又云暮，載酒看花事竟違。天意似知人有恨，凄凄風雨送春歸。

寄錢漕湖二首

急流勇退，此風久衰。先生一揚，斯文復振。吁嘻，古人不可作矣，不謂今日復見二疏也。自恨東歸不獲與餞，以觀都門祖帳之盛，每爲欠事。因用見寄二韻，聊旌向慕之私。

山上浮雲出岫空，山花到處發春紅。雲歸花歇原無意，獨立江天數過鴻。

羨子功成歸去來，春風湖上釣船開。人生莫負尋歡債，試看吳王歌舞臺。

趙子玉詩見寄次韻

平生不學西昆體，可笑當初楊大年。説着紫陽心印事，憑誰努力泝真傳。

贈　術　者

一筇到處山增價，七十歸來眼更青。天上人間遊已遍，更從何地着羅經。

題　　畫

雲深地僻草堂開，門巷經旬長綠苔。何處故人驚午夢，溪橋拄杖帶琴來。

和古漁隱三首

江雲拖雨暮山蒼，蓼白蘋紅菰黍黃。鱸鱖正肥堪作鱠，舵頭更喜釀初香。

柳陰磯上朝垂釣，蘆荻灘頭夜泊船。自去自來渾自得，月明吹笛向江天。

浮家泛宅夜忘歸，雨雨風風只釣磯。宿酒微醒初月上，掠篷何處野鷗飛。

茭道驛贈甘巡檢

帝城邂逅同羈旅，山館重逢即故人。坐對松風堪共笑，一尊爲爾倒情真。

馬上口占贈盧豸山

春晴佳客動歸鞭，處處寒梅破曉烟。十日相歡又相別，臨岐把袂
更留連。

用前韻寄豸山二首

十里送君畏策鞭，歸來竹樹已昏烟。<small>是日夷猶，晚始歸。</small>夢中未會相
思苦，夜半猶驚一榻連。

豸山草堂何處是，幾回相望隔雲烟。小窗風雨迷朝夕，愁見空床
依舊連。<small>獨吟至此，良亦苦矣。</small>

己丑四月十四日初赴内閣閱就教舉人試卷有感

參差乳燕拂宮墙，縹緲輕雲覆玉堂。朝罷校文堪一笑，等閑人世
有滄桑。<small>昔日與諸君同會試故云。</small>

送胡奎山二首

旅食無端三月暮，清溪綠樹倍鄉思。不堪又送南歸客，心折江邊
楊柳枝。

客里清明正無賴，愁向尊前又送君。却憶十年幾聚散，深慚沙上
白鷗群。

送 張 東 沙

翛然一騎出風塵，潞水燕山春色新。尊酒謾辭今夕醉，明朝堪憶
座中人。

庚寅冬故人遺予一鶴畜之七月栖栖庭宇間
予憐其性之不適也送之院中口號四絶

憐爾青冥萬里心，栖栖獨立此庭陰。題詩送爾瀛洲去，時向清宵

寄好音。

憐爾鷄群不得意，時將清唳入雲霄。廣庭安得爾千百，濟濟和鳴似舜韶。

憐爾病足身逾瘦，只緣戀我不歸飛。從今穩向瑤臺住，相見時應舞雪衣。

憐爾常共月窗宿，中宵驚露夢還清。欲拂瑤琴彈別操，薰風細雨不勝情。

端午感興二首

蒲觴與爾經年別，此日重逢興有餘。却憶西江羅大弟，參商猶復滯音書。

冀北江南風土隔，天涯空復憶龍舟。汨羅千載如含恨，歲歲今辰咽不流。

贈 方 棠 陵

謫仙已去一千載，今見棠陵是後身。月白風清秋雨净，願從仙舸渡江津。

謁長陵景陵歸途口占

三更祭罷七陵來，百里青袍作隊回。避暑槐陰時下馬，尋僧古寺欲登臺。

輞川圖四時景爲楊方洲題

輞川春意滿芳洲，飛瀑繞山山似浮。惜我與君生不值，虛舟江上一同遊。

輞川長夏有寒山，避暑幽居雪滿灣。落日魚罾烟浦外，水聲無處不潺湲。

程 文 德 集

輞川秋色净堪憐，丹壁澄江思渺然。野老送人歸路夕，聲聲雞犬白雲邊。

輞川歲暮冰雪多，萬壑寒聲起薜蘿。雪徑斜通幽士宅，隔林時聽白雲歌。

贈王惟允省丈謫官湖南兼寄薛同年二首

衡陽南去三千里，湘水悠悠照爾心。更上岳陽樓上望，漫愁天際有輕陰。

漫嗟遷客支離久，寄語同袍薛應登。黃鶴樓中吹玉笛，名賢此地古來曾。

送李司訓之青陽

聞君門對九華山，山色蒼蒼入座間。李白暫遊君却住，滿城桃李變春顏。

送程德潤歸金華

紫塞歸鴻那更忙，金臺遊子倍思鄉。君呼別酒携星劍，我亦歸心到草堂。

初械

常日雞鳴促馬朝，今晨虎旅撼床邀。青鞋布襪長安道，月色朦朧在九霄。

初入獄黃霾大作

聖明詔獄無非罪，侍從微臣自積愆。共訝黃霾昏白日，敢言精意動皇天。

答楊子

百年及第共承恩，四海交情真弟昆。主使何人吾道是，尚能張膽叩天閽。

寝　　地

空堂慘慘晝長鼝，席地荒荒壁四敧。謾道畫牢期不入，夜深猶聽
唱歡詞。

二三子遊椿樹下

雙雙椿樹對圜堂，雪幹霜枝晚更蒼。但保此心亦此樹，何妨留滯
日相將。

仲 冬 頒 朔

九重頒朔來天上，此日驚看自獄中。三十六番新歲月，慚將一笑
付春風。

獄卒求四時詩一笑答之

垂楊如綫草如茵，到處東風物色新。忽聽枝頭啼杜宇，不禁回首
復傷春。

梨花開遍雪香殘，乳燕初飛滿畫欄。何處薰風動高樹，亭亭翠蓋
午陰寒。

人憐時序春偏好，我愛秋光晚更妍。黃葉千山疏雨後，丹楓萬樹
夕陽前。

千林蕭颯寒風起，一夜江山凍雨深。正憶西湖烟艇外，逋仙得得
伴梅吟。自《初械》至此，皆錦衣獄中作。

歲除前日聞外父以是日歸兆

千里傳書報今日，薤露凄凄入武鄉。獨恨飄蓬違執紼，朔風瞻灑
立斜陽。

潞河風定月明喜而對酒口占二首

孤篷今夜傍沙洲，竟日狂飈忽復收。明月似憐予脫險，高懸河漢照檣頭。

孤篷今夜傍沙洲，隔水時看漁火幽。問訊前程徒咫尺，何緣飛並李膺舟。原與李石岡同行。

寒食荊門道中二首

荊門驛路逢寒食，騁望忽然傷客情。柳色依依還似舊，騎鯨人去寂無聲。懷竹澗翁同來。

十年曾過徐君墓，遺像還瞻季子同。今日推篷祠忽遠，更逢寒食意忡忡。

重過分水官亭書感二首 徐都水嶼墩

十年曾共棟塘遊，風景真消北客愁。亭子依然名號易，清尊今爲嶼墩留。如水亭舊名憩亭，陳棟塘主之，故有感。

池水周遭真水亭，夭桃碧柳映疏櫺。忽看鳥影清波里，俯仰悠然萬慮醒。

三月十九日渡清河有感二首 竹澗翁忌日

清河森森今辰渡，忽漫傷心憶去年。匍伏入門已無語，匆匆永訣在賓筵。

聞說歲除歸吉兆，春風墓草已青青。大通何處神先到，腸斷篷窗幾夢醒。

草池書屋爲年家余副郎題二首

一鑒清泠照心膽，春深況復草萋萋。遙知清夜燃藜處，萬丈龍光燭斗西。

湖海通家傾蓋日，廣陵驛下繫舟時。君家兄弟真麟鳳，春草池塘入夢思。

登 焦 山 三 首

芳洲蜿蜿抱山根，雲樹蒼蒼隱石門。伐木不禁春興杳，更聞風外鳥聲喧。

吸江亭下白雲浮，島嶼分明海上洲。日暖風晴無限思，遠帆片片下中流。

江外山峰接檻平，江天春色送新晴。停雲歌詠酒杯數，高閣相陪無限情。

題 東 川 扇

東川何處錫山東，愛爾臨流此築宮。試問川原渺何許，金山一掬遠相通。

崇德答許士誠同年

四月春風吹曉霧，仙郎載酒問同袍。浯溪流水清如許，他日重來棠樹高。

見 家 山 橙 峰

六年不踏鄉關路，忽見家山似故人。何況入門依膝下，定應喜極淚沾巾。

步 松 谿 書 院

六年夢遶松谿曲，今日還疑是夢中。坐看長松鳴雨歇，晴雲片片度長空。

久 雨

久客歸來逢暑雨,空山轉覺白雲深。溪頭着屐看新漲,猶見飛流下遠岑。

新 晴 至 書 院

小院幽深山作郭,地靈草木盡含芳。薰風獨坐松陰午,細細時聞菡萏香。

補 遺

斟酒酌盧古齋丈人

春日松谿堤上柳,丈人肩輿來握手。殷勤對雨開離筵,安得與公常酌酒。

別伯静兄詩 二首

一

客中送客客不忍,萬里那堪別弟兄。風雨聯床先有夢,扁舟依舊伴兄行。弟文德拜書,書成三復而情益苦。兄真別弟耶?

二

後十二年爲丙午,伯静兄復訪予於南雍。回視京師、嶺南之游,憮然有感。臘月六日爲別,復次前韻。

金陵歲暮鄉心動,璧水何堪又別兄。冀北嶺南踪迹遍,依依猶憶舊同行。時弟新敷同還。

程文德集卷之三十一

七言絕句

龍游亭步驛會故人柯令二首

廿年幾共長安月，今日還同亭步看。喜劇夜深猶痛飲，不知風露送餘寒。

玉笛春深梅尚落，纖歌夜静雁猶飛。莫怪驛亭成久坐，暫時相對復相違。

玉山詹給事陪遊東嶽

玉虹千丈跨冰溪，蓬島雲深路欲迷。乘興偶緣青瑣客，歸興并度夕林西。

尋白龍洞

尋山何必主人在，乘興自隨田父來。白雲已去不復返，千年寂寞洞門開。

望白鶴山

車盤行盡西江道，忽見雲中白鶴山。面面奇峰如卓筆，八閩從此入天關。

武夷和紫陽先生九曲棹歌

天公爲我訂山靈，宿雨初收山更清。棹入寒流歌未試，羽衣先導步虛聲。

扶翁剛上武夷船，十里潺潺瀉碧川。雲卷幽林初日散，丹峰無數點清烟。一曲。

玉女誰名千仞峰，昂藏自是丈夫容。金莖玉露丹霄迥，欲借雲梯一萬重。二曲。

大藏峰前一住船，道人指點説當年。仙踪杳渺何須問，世事而今盡可憐。三曲。

不見金鷄空碧巖，巖花巖草綠毿毿。停橈更上題詩石，雲影悠悠千尺潭。四曲。

碧澗縈紆路轉深，白雲丹洞閟青林。紫陽精舍屏山下，千載應同仰止心。五曲。

漫問蒼屏第幾彎，且登仙掌扣雲關。萬峰寺上群囂静，心與浮雲一樣閑。六曲。

小艇鳴榔溯急灘，每逢絶勝得遲看。玉蟾丹竈三峰裏，白露英英九月寒。七曲。

路入天壺山漸開，谽谺洞轉碧溪廻。興賒只恐溪源盡，更艤遊船入洞來。八曲。

千載桃源路窅然，武夷亦是避秦川。窮源未了探奇興，更問靈巖一綫天。九曲。

宿天遊庵二首

一徑山椒通鳥道，登臨忽訝萬峰低。試看九曲來時路，烟靄微茫一綫溪。

天遊忽上憑虛閣，洞宿仍分絶頂雲。夜静千峰凉月白，吹笙疑是武夷君。

過峽江喜會念庵二首

玉峽清流搖畫槳,蘭舟真在鏡中行。青山兩岸多飛瀑,況有幽禽時一鳴。

峽口揚帆坐超忽,同江今夜見懷人。一春懷抱三年夢,相對澄空月色新。

贛 州 道 中

亂石滿山三百里,江流何但十八灘。挽舟疑向銀河去,回首雲中看萬安。

過 梅 嶺 四 首

千仞梅關疑劍閣,南通百粵北燕幽。不緣明主寬斧鉞,安得青衫此壯遊。

儼山祭酒能相憶,解道人生度嶺奇。今日素心真自慰,結桴浮海更前期。

梅嶺空聞不見梅,長松夾路鬱樓臺。停驂試問何年樹,道是唐朝宰相栽。

雲封閣外山如織,不見梅花入洞尋。年家許半山陪探梅花洞。雕刻分明瓊玉殿,探奇還過白猿陰。又過白猿洞。

書南雄公館壁

雙松寂寂照行臺,獨客悠悠何處來。夜倚天南望天北,猶疑直宿傍三臺。

過 招 隱 巖

幽栖不見盧生迹,巖石猶餘招隱名。遷客悠悠良獨愧,白雲丹樹自縱橫。

發曲江遊南華 陳五山年兄鄭汝誠同遊

韶山入望都奇絕，見說南華更不群。快覓籃輿乘興往，且拋簪紱
臥烟雲。

探　涌　泉

忽聞決決瀉幽澗，問道空山有涌泉。叢棘自披窮石竇，滄溟萬里
此涓涓。

濛裏別陳五山

同遊已厭南華勝，惜別還登濛裏舟。水碧沙明江月白，不堪分袂
兩悠悠。

三水別倫右溪

飛來寺下相逢處，故人驚我亦飛來。翠碧滄江寒月白，擎衣同上
最高臺。

答劉汝靜二首 自五羊聯舟至蒼梧

平生剩有烟霞想，濩落年來興亦奇。海上蓬瀛不易到，何緣更與
故人期。

星槎迢遞來天上，遷客追隨事益奇。此去蒼梧一千里，好憑雲藪
盡襟期。

過瀟湘峽簡劉汝靜

崧臺本是蒼梧路，此峽誰傳瀟湘名。因念瀟湘人近別，淒然如對
九疑清。

初至蒼梧二首

萬里蒼梧雲水深,瘴烟籠日晝常陰。江南有客何緣到,自是當年弧矢心。

蒼梧自合栖丹鳳,凡鳥何緣亦此來。回首五雲天正北,校書曾上鳳凰臺。

酬屠東洲方伯

夢里蒼梧今忽到,天涯鴻迹更堪憐。清宵莫惜尊前醉,明日相思隔瘴烟。

張立峰憲伯邀遊城東諸勝五首

放 生 池

放生池畔雙亭子,賓日坪東先月西。閑倚太平橋上望,野花芳草似春堤。

吕 仙 祠

畫圖曾識春風面,祠宇今傳碧玉神。道人自是天遊者,肯托枯株滯此身。像爲樟樹,相傳吕仙感夢爲之。

飛 翠 亭

勝遊自愛冰泉寺,移興還登飛翠亭。古樹曲根容過客,亭邊樹根如門,甚奇。憑誰更勒怪槎銘。寺故有漫泉銘。

拱 日 亭

一尊更上孤亭酌,萬里同懸拱日心。莫道浮雲能久蔽,從來天際有輕陰。

池 南 四 亭

一見茅亭心自喜，池南況復四亭開。不妨日夕還遊衍，幽賞人生能幾回。

留常徐川劉劍石二君夜酌

憐君七載南寧客，忽漫相逢梧月清。莫向尊前嗟白髮，徐川鷗鷺待新盟。

癸 巳 除 日

往歲携家憐作客，今年堪笑更無家。南雲北闕心俱遠，獨坐空庭白日斜。

送舒亞嚚之金陵二首

金陵仙子發蒼梧，出餞逶巡愧病夫。歲晚相逢春又別，生憎江岸綠蘼蕪。

舒侯臨發傾城送，還繫瀼江三日舟。明發一麾雙楫遠，思公携手上龍洲。

病起送客出郊有感

抱病經旬晝掩門，偶因送客出郊村。鶯啼樹暗驚春老，空負松谿花滿園。

江 上 送 客

十日不來江上頭，江花江草亂汀洲。賞心未了還傷別，歸路凄清月滿舟。

寒 食 偶 書

今辰本是凄凉節，況復飄零海上遊。一望鄉關四千里，七年孤負拜三丘。祖墓有三,蓋自戊子年出遊矣。

見　　螢

蒼梧二月已螢飛,江北江南見總稀。爾亦何心自明滅,杜陵遠客
正思歸。

内 東 園 橋 上

經旬不踏東園路,忽見平池長緑波。水檻初憑疑泛棹,御橋如夢
憶鳴珂。

答林國望 二首

萬里乘槎入海天,相逢如子更無前。幽齋安得常相對,盡日論心
夜不眠。

露華風色晚涼天,獨對芙蕖小瓮前。夜静林空吟蟋蟀,滿庭明月
未應眠。

清　　明

嶺南二月苦炎蒸,喜值清明灑寒雨。風候依稀似故鄉,更聞杜宇
啼烟樹。

六 月 六 日 雨

蒼梧六月雨如秋,何處炎風不少休。寄語紛紛暴日者,有時霜雪
却蒙頭。

走筆謝彭二守蕉亭

草堂花雨泪痕深,何處黄鸝送好音。悵望蕉亭三百里,欲隨鷗鳥
到江心。

過吳東圃

萬里春風欲暮天，偶來東圃醉花前。烹魚煮蕨渾清事，更借梅陰一榻眠。

先　天

莫問羲文先後天，此心元是羲文前。不緣色相離虛寂，止亦行兮坐亦眠。

佛子岡別陳羅江同年

臨皋道上停驂處，佛子岡頭話別時。萬里弟兄雙涕淚，悠悠他日此堪思。

宿樂安驛聞前三日驛旁土瑤屯軍爭田讐殺甚慘矗頒傷心爲住半日平之

瑤戍相仇事可驚，猶餘殺氣繞空營。方今天子隆周德，虞芮重看願質成。

小缸荷開二首

大瓮昔從燕北種，小缸今向嶺南栽。祇應造化無南北，浥露含風一樣開。

小院閑庭已自嘉，清秋況復對荷花。幽香馥馥凉風過，疑是錢塘湖上家。

讀蕭望之不就獄傳悲簡別駕汝諧

昔觀絕筆憐君事，今讀《漢書》悲爾心。千載望之猶犖犖，顯恭未死已嗚喑。

藤縣別諸生

梧州已成三日別,藤縣還爲信宿留。不爲山川此濡滯,只緣諸弟重離愁。

別王北山

談經夜對梧山月,送別秋隨藤峽風。明日風清月自好,翛然吟弄與誰同。

雙競驛以上江流甚曲

山勢已窮江欲盡,江流忽轉山還同。盡日孤舟隨屈曲,篷窗不辨日西東。

泊四把村

圍宿旋栽沙上樹,鳴金忽動谷中聲。呼尊坐對真圖畫,此地堪留閬苑名。

雨中泊自良驛與霍梅泉易吉夫夜酌

寂寞秋江此夜情,篷窗聽雨欲三更。不妨對酒頻添燭,爲有梅泉與易生。

田廣文邀遊列宿峰

洞門古樹蕭疏映,石屋飛雲縹緲來。莫怪遊人坐終日,分明此地列三台。

冰玉樓

冰玉樓頭風雨過,不禁清絶更淒寒。玉山冰澗自今古,紅樹紛紛不耐看。

飲冰玉樓歸城口占

行客欲行猶未行，高樓餞罷復歸城。溪山似有重來約，依舊虹橋坐月明。

送李半溪

未踏主人半溪雲，先識半溪主人面。何年鼓枻下雲間，溪風溪月還遊遍。

十五夜見月有懷 每年此夕關心十五年矣

十五年來關此夕，東西南北總飄蓬。今年又對高凉月，一嘯荒臺夜半風。

題菊寄石東橋

霜落梧岡野草斑，丹華獨似主人顏。淵明去後空三徑，誰復如翁相對閑。

賦霍梅泉先塋

金鷄山勢遠金城，城下縈廻繡水清。千載堂封傳霍氏，松陰滿地白雲生。

天門關

曾聞往代多豪傑，此地經過總斷魂。今日我來還獨喜，鬼門今已是天門。

尋關石見舊刻喜而用韻 天門關三字久迷，今日始尋出，同遊皆喜，況得舊題

南行萬里度天關，獨立蒼茫見海山。剪棘摩崖尋舊刻，欣然真擬

北流還。

贈 彭 琢 翁

振鐸歸來七十秋，茅齋映竹傍池幽。欣然乘月夜相訪，何日還從杖屨遊。

題 瑞 泉 石

平生未見瑞泉奇，清香更似中泠美。恨不移家住鬱林，朝朝來飲瑞泉水。

過 大 洞 橋

大洞橋頭一倚欄，沙明水淺竹陰寒。匆匆行色還呼酒，恨不逍遙石上看。水中有石可坐。

同 春 亭 對 雨

深院空亭雨更幽，滴池鳴葉響悠悠。坐來渾似松谿上，花雨溟濛瀉碧流。

生日在信宜辱諸君子過祝適北山鳴鳳臺成因憶去年在容縣南山遂有思親之意二首

南山有臺今北山，臺成昨日試躋攀。今辰恰遇南山祝，何日重從臺上還。

去年容縣對南山，登洞時從綠樹攀。今日竇江瞻北嶺，思親欲駕彩雲還。

送 春 用 東 坡 韻

秋去冬來春復盡，蕭然踪迹滯高凉。更無好鳥催歸興，時有幽花送晚香。

建新學喜晴

鳥鳴似答弦歌響，風暖欲浮芹藻香。江外驚看龍虎踞，雲間快睹鳳鸞翔。

信宜陪玉溪丈歸棹

順流新漲歸篷駛，細雨微風五月秋。兩岸修林花氣馥，真疑并入武陵遊。

再憶去年元日與潘笠江遊韓祠冰井二首

韓山冰井蒼梧勝，曾共潘郎元日遊。一別春風還此日，遥瞻桂樹思悠悠。

美人贈我陽春曲，何以盛之白玉函。開緘如對美人面，千峰秋月映寒潭。

秋日陪郡博遊登高山三首

出城喜赴登高約，何事登來却惘然。遊子不歸秋欲暮，黃雲白浪滿村田。是日見禾稿有感，“白浪”言稻花。

高岡晚眺千山外，落日輕陰莫浪愁。天上浮雲應盡掃，人間明日是中秋。時王子因雲陰恐妨中秋，故云。

千山廻合如屏障，二水透迤似帶圍。誰道信宜非壯縣，萬家烟火亂斜暉。

信宜乘桴二首

舍棹登桴自勝遊，忽看新月映江流。鳳凰山外龍塘浦，踪迹猶傳古竇州。

晝坐似遊雲母殿，夜眠如在水晶宮。清山兩岸隨流水，四顧還疑在畫中。

江上雜詠三首

倚棹林陰看不厭，秋江空洞接槎牙。雙藤自解纏如緪，孤樹誰看密著花。

江行自適遨遊意，睡起扣舷歌獨醒。汀花岸草堪怡翫，水曲山坳盡日停。

美人已作金陵客，鑒水空遺蘭桂舟。棹入山城秋雨霽，櫓聲月色思悠悠。官舫乃郡守石公所作，松谿所乘。石公轉遷安慶，故曰"作金陵客"。

聞玉溪丈遇盜三首

公爲高州，不盜民，盜乃盜公，非報施之宜，逆彰癉之故。高人聞之，無不憤懣，徬徨相告欲泣，某與雲曇張翁獨相對流涕。蓋是時聞公亦被困辱，他固弗恤也。又數日，乃聞盜未嘗敢犯公，而舟則如罄矣，復爲公喜。非爲公喜也，爲世道喜也。何也？始公之廉也，民知之，今則盜亦知之矣。夫民之知不足以勸人，而盜知之乃足以爲人勸。何也？向使公盜民而富，則今日亦不免，是徒爲盜積也。今貪漁之吏，能保其免於盜耶？不能免於盜，而終日營營以務盜，民是將悔其病狂喪心之不暇，而民生有瘳矣。故曰爲世道喜也。作詩三首賀公，且以警世云。

見說橫槎逢惡少，蒼蒼施報竟如何。但令骨肉無顛沛，滿載清風亦自多。

已知孝蕭無餘物，何事袁安亦倒囊。貪跖應嫌窮太守，從今不用上官航。

昔日空囊元自喜，今日無囊定不愁。汙吏營營爲盜積，請看掉臂石高州。

月 夜 散 步

山城夜月近中秋，皓皓清光冰雪浮。此地何緣來坐對，攬衣亦向市衢遊。

臨武場簡謝王紹勳

少年磊磊王將軍，彎弓滿月掃風雲。當今總戎多武悍，願爾力學能兼文。

送劉廣文樂軒歸

仗劍携琴自束書，謫居人復羨休居。楚山千里迎歸棹，松竹陰陰護舊廬。

鄔子驛阻風

鄔子驛前風景好，青林赤岸近湖天。他年還憶西江事，風雨通宵此繫船。

重 過 湖 港

昔年秋水已盡落，今日春波猶未生。兩岸青青蘆荻細，却疑舟在曲江行。

登豐城曲江亭

關內曲江還嶺外，豐江何事亦斯名。維舟獨上江天望，南北風烟總繫情。

出 郭 西

一月何心學閉關，今辰出郭喜看山。竹里人家花外犢，一溪流水白雲閑。

午日碧梧軒對雨書懷

千里故園佳節同，十年踪迹任飄蓬。小軒獨坐梧桐雨，欲寄遐心雲外鴻。

懷 鄒 東 廓

昔自南滇瞻北斗，今看東郭在西鄰。如何復爲簿書累，尊酒空酬蒲艾辰。

贈 克 庵 年 伯

某髫齔時，曾過克庵年伯，今三十餘年矣。何期某量移斯邑，而公尚儼然如壯。登堂再拜，喜極感生。人世匆匆，兹豈偶得。八月四日，復幸從珠履後，宜不能已於言也。

昔聞潞國稱元老，今見安成有達尊。齒德三朝同鄭重，冠袍九十尚翩翩。

送 陳 南 江

十八年中凡四會，迎薰閣上復離筵。更爲聚首知何地，且莫辭杯未別前。

程文德集卷之三十二

七言絕句

丙申閏十二月十二夜雪月甚奇
携兒甫裒立杏亭前偶識

明月在天雪在地，光輝相映一何奇。金陵此夜真堪記，獨樹空庭疏影遲。

丁　酉　元　旦

元日春雲夾雨飛，南宮望闕思依依。展陵還出朝陽郭，沾濕不妨驅馬歸。

春日郊遊登大祀殿

松柏森森紫氣深，瑤壇寶殿晝常陰。雄圖傑構垂千祀，應識當年皇祖心。

過俞道士園亭

大觀已盡天居勝，小憩仍過羽客亭。臨水傍花還對竹，開尊盡日思全醒。

章介庵請家大人遊神樂觀復登大祀殿

一春遊興渾孤負，今日城南又送春。鶯老花殘空復度，滿林蒼竹
籜枝新。

送 客 有 懷

一尊送客臨流水，幾夜思歸夢碧山。好趁春風無限興，鳳臺牛首
覓餘閑。

楊 柳 嘆

纔憐春日窺青眼，又見薰風滾雪毬。莫作輕盈無限態，從來弱質
不禁秋。

贈吳石鏡啓信太學歸

鍾山玉立雪初晴，剡棹東歸趁月行。何日相携看石鏡，金陵雪月
定同清。

送 白 堯 山

三年相送梧江棹，尊酒重逢白下亭。明發京師一萬里，對床風雨
眼全醒。

椿 萱 榮 壽

共喜高堂俱耄耋，還看封誥并絲綸。仙郎綵服南歸便，正值梅開
嶺海春。

立秋先日集僚友冰鑒亭觀蓮

衣冠坐比金蓮會，冰鑒池浮太乙舟。吸盡碧筒猶未醉，凉風今日

報先秋。

再集用前韻

翠蓋冰花靜不麗，行歌遙憶采蓮舟。憑欄半醉微風過，疑是西湖六月秋。

園亭雜詠二首

蓮池漸涸方憂旱，一雨瀰漫忽上階。坐使小亭如水閣，蛙聲無數入幽懷。

七月既望歸夜半，還來小圃挹清輝。方池默對成趺坐，惟見女墻螢火飛。

十月十五夜翫月

粉署霜空月倍明，百年此夜獨關情。何人爲倚玉樓賦，似聽天風環珮聲。

簡丁仲升三首

與仲升別二十五年矣，重會金陵。予忝司職方，適當直宿，邀仲升同焉。時冰雪滿地，風景蕭然，俯仰今昔，慨然增感。

二十餘年丁仲升，相攜今夜踏層冰。露臺佇立看松雪，此夜泠然各拊膺。

蕭蕭殘雪滿林端，寂寂空堂增夜寒。雲際月明窺竹院，天階疏影墮琅玕。

燈火官衙夜月清，況看冰雪在檐楹。故人相對還佳興，煮粥烹茶欲四更。

贈陶新岑

江穩舟輕人去日，月明風静雁還天。相歡不厭春醪醉，共宿時驚宵夢連。

偕魏秋溪遊縣西曉發 是日白露節

殘月中天白露凄，凉風襲袂曙烟低。竹兜喜共青囊客，問水尋山出縣西。

謁潘尚書林樞密二墓

橫山再拜尚書墓，西縣還登樞密墳。滿地荆榛頹石獸，林墓。一丘蒼莽覆松雲。潘并石獸不存。

宿西不二寺僧言先君嘗三宿於此潸然有感

不二還同落日來，入門何事忽心摧。我翁三宿空床在，老僧指點翁遺榻。終夜蕭蕭蛩自哀。

冬日散步逾銅嶺廟口柘嶺高田諸路三首

檉山迤邐接銅山，嶺路無人鳥亦閑。忽見幽居環水竹，溪橋佇立聽潺潺。

柘嶺未登雲鳥道，林扉先上野人樓。賞心翻墮思親淚，石逕遺踪不可求。

百年薪木高田路，今日芒鞋拄杖過。上下村原相望處，傷心世事日蹉跎。

龍蟠對月有感

六年三見龍蟠月，坐對清光感自深。指授宮墻遺榻在，風林霜澗亦哀吟。

過清塘王氏墓庵先公少日讀書處也棟宇依然先公不可作矣諦視泫然有述

青衿少日藏修地，金紫歸來感舊時。棟宇依然人事改，躊躇瞻望不勝悲。

吊胡奎山三首

西風獵獵不禁秋，歸老相期負黑頭。踪迹平生空舊路，青山紅葉照人愁。

青山紅葉自生愁，更上新塘十二樓。素旐丹旌人不見，夜深明月自悠悠。

奎山舊宅幾相過，五木嶺頭別意多。嘗送別嶺上，因訪俞雲窩。今日自來還自去，更堪將淚到雲窩。

吊俞雲窩二首 過五木嶺甚愴然

纔哭奎山過五嶺，又經石室吊雲窩。傷心故友如霜樹，葉葉隨風奈若何。

昔年共醉金堂月，乘興還登石室雲。風景依然人不見，洞門秋草挂斜曛。

俞丘歸冒雨宿石鼓莊二首

石鼓山南此構堂，燕謀今日已堪傷。小樓孤榻秋燈夜，風雨凄凄欲斷腸。

山莊自喜傍名山，風雨柴門却晝關。賦就無衣還獨臥，野溪終日聽潺潺。

歸自龍山登孤平絶頂

廿年悵望孤平路，今日緣廻碧澗來。山麓泠然清骨髓，人間何處
更天台。

庚子孟秋朔遙拜几筵風聲颯然感愴不任

不見音容三十月，常如白下斷腸時。龍岡今日秋風至，鶴馭翩翩
何所之。

三弟禹敷派溪呂氏婿也偕至其家適值元宵喜述

二十年來復值辛，元宵燈火更憐人。百年長擬逢辛到，風月依然
滿座春。

趙白溪建夾溪橋成

驅石人嘆梁海空，乘輿亦愧濟川功。何如野渡長虹起，行旅千年
憶趙公。

焦范溪侍御邀遊西閣

九曲池荒蔓草深，摘星樓廢野雲陰。不須感慨重懷古，明日重來
即古今。

新淦會沈南溪同年八載重逢下邳有感二首

客懷曾對金川驛，尊酒重逢圯上橋。俯仰八年渾一夢，相看秉燭
坐深宵。

昔爲遷客君憐我，今爲遷客我憐君。世路只堪成一笑，知心惟有
隴頭雲。

辛丑五月至京書懷

十年京闕夢重來，逐客原從海上回。莫訝風塵雙鬢改，上林桃李幾番栽。

中秋風雨十六夜蝕十七光輝倍清時宿駕部獨行堂階忽思金陵有感

中秋風雨昨還蝕，今夜清光自耐看。回首金陵翻有恨，庭階躂遍倚欄干。

霜降謁康陵有感

獨留歸騎康陵夜，共説先朝思轉傷。萬籟無聲山月上，滿天霜露濕衣裳。

遊西山九首

過永禧寺

五塔入雲空矯首，無橋不得度。雙松夾路一開尊。何人已榜松蘿院，我欲先題薜荔門。院門薜藤遍護，可愛。

隨堤行

逢人都説西山好，未到西山已自嘉。廿里長堤交柳蔭，一溪流水漾荷花。

宿孫氏莊

烟霞未到香山寺，霹靂先過環翠堂。霹靂，澗名。此地經游真不倦，永思樓上更聯床。主人欲建樓後園，名永思，蓋望其先塋云。

香山小坐來青亭前

樓閣千重丹碧眩，何如小榻坐來青。滿山霜樹真丹碧，此是香山第一亭。

碧　雲

入門不見碧雲起，滿地縱橫空碧泉。可是流泉出山外，化作碧雲飛上天。

妙應臺對月

湖上青山野寺開，黃昏燈火出樓臺。與君更上毗廬閣，月色泉聲共酒杯。

度　榆　河

謁陵乘間度榆河，荒館全無車馬過。爲道今年關報靜，後來羽檄復如何。

過一畝泉

一畝泉來雙塔西，青波滾滾自成溪。東流應與沙河合，萬里滄溟知不迷。

灰　嶺　樓

灰嶺樓高試一登，百年豪興共崚嶒。隨雲更過門家峪，分水岡頭望七陵。

登　中　峰

萬仞中峰天與齊，層層紅樹倚丹梯。半空雨過苔初滑，回首雲深路欲迷。

仲冬望月明獨行司馬堂偶詠

今宵月滿明如晝,星宿全無天更高。寒光向我照肝膽,不獨林栖見羽毛。

復 至 報 國 寺

一去塵寰五日來,禪林轉覺净無埃。入門冉冉幽香細,八寶雙花滿樹開。

散 步

閣上猶窮千里目,步來消却一天雲。須臾白氣如雙練,直亘青霄巧似文。

卧 陰

興來獨上千尋閣,卧去還栖八寶陰。滿地璃瑶拾不得,一天秋色夜凉深。

雨中長鼻蝶吸八寶花心露忙而巧中可笑

花名八寶今初見,枝上分明八寶妝。莫怪雨中長鼻蝶,市朝人更比渠忙。

智 化 寺 聞 蟬

蟬聲自好更禪林,歲歲初聞驚客心。吾亦栖栖無定在,明年何處更相尋。

長 安 偶 成

一夜西風戒曉寒,又看冰雪滿長安。三年歲月尋常度,還過葵軒理竹闌。

飲施氏和楊白二兄韻二首

風送驊騮過碧泉,斯堂何幸集群仙。酒闌争欲題新壁,爲爾同居六世賢。

皇都春滿萬人家,之子新堂盡綺紗。莫惜尊前同一醉,雲霄回首雁分斜。

與王椒園同年夜坐

宮樹比鄰思往歲,城南霽月坐今宵。人生動作十年別,相對黯然魂欲銷。

送鄭次山二首

十五年前握大郡,如今還向桂林遊。交南息馬論功日,猶喜紛紛不拜侯。交南納款,公實經略。公論未白,聊爾寄嘆。

閩中少谷詩名後,醖藉風流今次山。此去更酬山水願,星巖風洞聽潺湲。

八月十一夜月

碧天秋月自憐人,翠殿蒼屏更出塵。獨坐清陰疑絶壑,不知風露滿衣巾。

十四夜用前韻

夜深翫月是何人,不受人間半點塵。明日中秋還獨坐,蒼松高挂白綸巾。

陪張雙溪李朝望口占

中秋前夕坐空明,天上冰輪如有聲。坐對高凉五雲客,十年回首不勝情。

十八夜月更佳

小院毵毵松柏深,不知何處更山林。月明露下天如洗,獨有秋聲伴苦吟。

送劉沙村任思恩丞

金臺歲暮惜離群,日日送行還送君。雁住衡陽君不住,思恩更度桂山雲。

賦石橋書屋寄劉方伯

曾向天台訪石橋,何年飛挂海門潮。橋東書屋自劉向,夜夜藜光燭九霄。

壽劉一松金吾二首

年年此日壽筵開,只少斑衣學老萊。我願麟兒天上降,爲翁常獻紫霞杯。

十載潞河曾對酒,重來京國幾論心。紅塵白髮元無礙,長坐亭前松樹陰。

二 月 看 梅

探梅已是隔年約,牢落春寒今始開。偃蹇一枝風格在,看來終是百花魁。

清明感思二首

龍山終歲望悠悠,此日遙思轉更愁。三度清明空柳眼,一盂寒食負墳頭。

新阡宿草思無限，淒斷況逢寒食時。一陌紙錢燒不化，願隨風去挂荆枝。

餞 李 北 岡

翠屏新月照離筵，共憶當年思惘然。興極酒深人不醉，碧桃花下一燈懸。

出 南 郊 偶 述

乍見郊南似故鄉，坡原高下鬱蒼蒼。物華已屬清和候，猶聽鶯啼燕語忙。

駕部相葵軒前有小榆樹壬寅五月嘗携兒甫坐其下彈琴客有見之者笑曰綠樹陰中橋梓樂予顧甫亦欣然今榆猶昔也甫何歸乎獨坐其下不覺大感遂成一絕歌以招之甫必有知也

庭榆依舊綠成陰，獨坐西風淚自深。玉樹凋零秋又晚，空餘明月照孤琴。

癸卯十月之望飲姚江嚴允齋散步長安談往昔

二十四年今夜月，一年一度對清光。今年喜握嚴君手，酒後行歌意更長。

雪綴柏屏將行復得對此喜述

玉堂粉署慚無分，白雪蒼屏尚有緣。坐愛寒光侵几席，宦情如此亦悠然。

滯 風

十日潞河風色深，移橈還復傍洲潯。金臺縹緲猶堪望，應解當年戀闕心。

春　雪 <small>二月初九晚雪,廿一夜河西雪</small>

登舟兩見雪花飛,春暮餘寒尚作威。遙憶九重方獻賦,誰憐下土正無衣。

對 雪 憶 去 歲

去年粉署當今日,<small>時以內禱,百官齋居,正今日也。</small>正愛瑤階相對明。經歲篷窗還照眼,轉憐江畔有餘清。

天 津 會 友 二 首

一

十年麗澤懷文會,今日天津續舊盟。高誼殷勤移畫舫,一尊深夜不勝情。

二

介川何處開精舍,我欲相攜共此生。要使篤行儀後學,紛紛簧鼓自無聲。

題　江　亭

賞月秦淮花雨霽,忽來江上倚孤亭。隔江山色青於染,盡入亭中眼更醒。

方巖和黃石龍韻

廿年長結飛雲夢,今日乘雲到上頭。壁上舊題人不見,天台秋色望悠悠。

兩峰賈君有約相過久矣今年閏正十八日
忽來顧時宿雨新霽夜月倍佳徘徊精舍谿
橋之上頃之雲彩可愛因曰松谿月爲兩峰
華乎把酒相看不勝喜也口占二絕

經年有約過山家，今日花間駐小車。入夜峰頭雲五色，松谿月爲
兩峰華。

山橋兀兀水潺潺，把酒同遊亦舊緣。望後清輝渾不減，松谿月爲
兩峰圓。

龍游道中漫興二首

春雨絲絲春鳥鳴，野田處處菜花明。行人亦有風雩興，濕盡征衣
還復行。

雨後流泉處處鳴，桃花映柳更分明。山農軋軋驅黃犢，不管閑人
路上行。

上航驛亭會楊止所舊寅喜述二首

舊僚一自都門別，三十人中君獨逢。細數升沉還一慨，高陽有客
已隨風。

往事盡如流水去，清尊今向上航開。燈前夜雨猶堪記，還擬柯山
盡酒杯。

衢 州 登 舟

上航驛前真上航，三衢春景更郎當。花明柳暗尋常事，萬畝千原
盧橘蒼。

清明止所季泉放舟送至浮石

別筵偶爾逢寒食，分袂真成折柳條。急瀨放舟忽數里，却愁浮石

便回橈。

釣臺用宋張紫巖韻

蒼崖碧樹俯江空，千尺雙臺雲霧中。無以磻溪論出處，貞風只許潁箕同。

蘇 門 書 感

棹入蘇門淚不禁，胥江千尺恨同深。昔年只怪浮鷗事，今日真傷舐犢心。

遊惠山雜詠四首 四月六日安膠峰茹東川王石沙偕盧汝望

放棹城西野水陰，惠山佳興已侵尋。梁谿十里明於染，且上危橋一振襟。登西定橋縱觀甚勝。

西定橋西野更幽，滸溪恰受木蘭舟。篷窗隱隱穿林樹，時礙殘花墮酒甌。溪僅容舟，堤樹上冪礙窗，幽絕。

棹倚滄浪亭名。過錫山，通幽一逕入禪關。靈泉已醒人間夢，猶讓中泠第一班。泉甚甘美，品僅居二。

咫尺川原千里分，太湖遙望空氤氳。夕陽猶逗秔生屐，他日還披秀嶺雲。秀嶺，惠山絕頂也，期再至。

挽 金 桐 川

生前逸行儀桐里，身後遺文照潤州。旅殯蕭蕭原有數，百年正氣大江流。

登鷄鳴山示諸生四首

鷄鳴山上會如何，聖學分明不在佗。善利原頭分舜蹠，此中對景莫蹉跎。

雞鳴山下辟雍開，黼座時聞聖祖來。建學名山應有意，要從昧旦日栽培。

雞鳴六館惺惺念，試問常惺能幾人。旦晝牿亡猶醉夢，男兒莫負百年身。

雞鳴而起盡孳孳，只是工夫錯用之。利有盡時蹠亦死，舜何人也是吾師。

賦太宰張西磐北上將遂歸臨汾二首 有引見五言古詩

山 雲 亭

百年已滿蒼生望，今日歸來共石盟。兀坐亭中無一事，青山長看白雲生。

磐 頤 禪 洞

結屋招僧爲別業，孤雲野鶴共生涯。客來何以供清話，數滴珠泉自煮茶。

餞張惟貞於辟雍君子亭

萬竹青青覆短亭，一泓辟水照人醒。倚欄坐對清尊暮，明日舷歌何處聽。

宴趙西津宅

夏日冰盤宴主家，滿天風雨倒銀車。凉生几簟斜陽霽，更踏青苔去看花。

謝趙錦衣送瓜并詩

西津遺我東陵種，瑤翰仍將白雪篇。未忍孤吟還獨剖，須君更看小池蓮。

送梅平野判長沙

梟山世業五車書，虎觀春風三載居。賈傅長沙君別駕，才名千古一相如。

送方竹城判荆州

漢帝崇儒開虎觀，談經羨爾獨能文。一麾又作荆州倅，吏事遥知更出群。

送馮中隱判韶州

韶峰六六張余里，曲水雙雙滇武流。十載舊遊今爾倅，風流端爲繼前修。前守鹿溪鄭公，嘗修明經館，作多士。今聞豹谷年兄嗣葺焉，中隱亦同志者，故云。

送太學典饌王克明赴汾州幕

辟雍典饌亦清流，爾更經綸似鄭侯。聖代掄材方廣類，定求書記向汾州。

病起步講院蓮亭

十日不來四美亭，一池菡萏空伶俜。坐來却聽黃鸝叫，似訴花殘酒易醒。

送徐子惟謨謁選

芳草秦淮正三月，鵓鳩催雨半晴陰。相逢徐孺還相送，江水東流情共深。

周在山同年守衢見訪喜述

雞閣看虹分手處，松谿聽雨對床時。夜深感嘆不成寐，明日停雲先有思。

送曹蘭北司諭二首

一澗依微傍碧山，共君石上聽潺湲。莫言世外多忙客，到此忙心亦自閑。

高軒三過百年情，五月溪深暑雨晴。小餞華峰須盡醉，不知何地更論評。

問　桃　柳

昔年嘉會爾何在，今日空庭君始芳。可是爲予傷寂寞，故移春色護門墻。

桃　柳　答

乍無乍有君休訝，非種非移自結根。聚散榮枯皆偶爾，千年踪迹更誰存。

登　超　然　臺

超然臺上一登覽，正是花明柳暗時。春色無端翻濺泪，舊題石是望思碑。

種　　竹

十年曾有此君約，誰爲龍岡借一枝。今日春風償夙願，渭川烟雨更相宜。

書龍山享堂壁

溪聲入夜兼風急，山色迎秋帶雨寒。獨坐虛堂心似水，閑看烏桕欲成丹。

聞王伯賢順天秋薦

龍山諸子藏修地,虎榜今憐爾最先。一倡從來多眾和,功名須不負青編。

無 題 三 首

西水驛前三卯白,宣公祠下一燈青。欲將歸夢隨飛雁,月落沙寒不過汀。

雲母堂前月欲低,玉人還坐畫屏西。銀河水闊人歸晚,敲斷金釵聽曙雞。

苕溪萬頃兩洲孤,洲上分明是畫圖。中有神龍抱霖雨,將施六合試寧都。

補 遺

後 杜 山 居

嘉靖甲辰仲冬廿六日,雪中訪後杜應宅,見其棟宇傳自先朝,喜之。用譜中朱晦翁題山居韻勉其子弟。

買宅曾聞先買鄰,異鄉得見故鄉人。山中盡有烟霞趣,豈是桃源好避秦。

詠 思 庵 詩

水溢長虹遠二親,火雲時感狄公心。漆燈光現潭湖月,恨對瓊花淚滿襟。

賀應母陳安人貞節當道褒旌

一自停砧賦玉樓，吳江楓冷不勝秋。百年惟有瑤池月，夜夜清光照白頭。

烏　牛　山

山月松風夜喘，野雪草露春耕。高臥平原不起，似忘天下蒼生。

白　羊　塢

幻化虛傳叱石，追亡却爲多歧。吾道牧羊雲谷，自然出入惟時。

東　瓜　園

荷鋤載傍桑陰，抱甕灌當日午。漫言種自青門，願學尼丘老圃。

西　葉　湖

烟景晴輝秋月，波光冷浸霜楓。載酒誰乘浩興，扁舟帶鶴溪翁。

孫伯泰七旬壽

浙江舊家，五雲望族，算來多少豪宗。江東帝胄，三國擅英雄。繼以起家，甲第蟬窟開，雙桂齊隆。矧君克靈承先德，光覆奕世高風。　眉齡今七十，年固日躋，德亦彌崇。乃仁之壽，海內人龍。賀客三千，稱慶蟠桃會，勝似仙蓬。竚見諸福從天祐，壽與南山同。

程文恭公遺稿題識

　　先大父生平著述甚富，不幸先父蚤世，裕又髫年，是以稿多散失，存者十無二三。捐館後，蒙代巡惺庵龐公、郡侯陶山李公云有裨世教，不可使泯而無傳，梓於郡署，曰《松溪文集》。然觀者每以不見全文爲嘆，裕恒疚心焉。自就職以來，每遇通家故舊，輒求大父遺墨，積之十有餘年，今稍加編輯而并鐫之，雖未得爲全集，然亦倍於原刻矣，俟有得者當再續云。

孫男光裕謹識

附録一

松谿文集序

松谿程公嘗受學于石泉李先生，先生固楓山先生之門人也。公於余爲同門，同青衿膠序，舉進士同牓，同侍從聖上。公少余一歲，每兄余，余即不敢少公。然公自弱冠時績學砥行，鄉人士輒公輔器公，實並余艾者公也。迨廷對，聖上特善公，廷對登之上第，官史館，抽筆清近，以故天下之人士共知公，輒亦公輔艾者公也。天不慭遺，自宮詹晉少宰即世，是時天下相與傒其成，顧未見其止，才高曾不究其施，官尊猶不滿其望，惜哉！行部使侍御龐公嘉其遺文，謀梓惠不朽，乃分憲李公、郡守葉公以其集付二教諭金華鄭子、武義鎦子相校正，屬崇序諸簡首。鄭子因謂余曰："集頗次第，人恨其少耳。"余曰："古人一表三策，至今流飫穹壤，初無惡於少矣。故使天下之知松谿者以文章也，更蒐羅其遺逸可也。苟無以也，則天下之所以知松谿者固在也，又焉求夫集之多哉？集吾猶不足，是過求公以枝葉也。夫士君子致足於天下者，足其身也；身足而天下斯足之，言抑末耳。梓之者何鳳毛麟甲，見可珍而珍之，無亦以麟藪堯，鳳儀舜。故觀物者必珍之，珍其能文，明乎其治朝也。若一毛一甲之以也，則天下之珍鳳麟者，不其末哉？"鄭子曰："然。"帙成以告憲使毛公，轉聞于今部使侍御王公，胥嘉樂焉，遂梓。

隆慶元年歲在丁卯仲春月朔前兵部左侍郎永康王崇書。

四庫全書存目提要

松谿集十卷　　　　兩淮鹽政採進本
程文恭遺稿三十二卷　浙江巡撫採進本

明程文德撰。文德字舜敷，永康人。嘉靖己丑進士。官至吏部左侍郎，掌詹事府，調南京工部（右）〔左〕侍郎。疏辭忤旨，除名歸。萬曆中追贈禮部尚書，諡文恭。事績具《明史・儒林傳》。是集第一卷爲對策講章，二卷爲頌及古體詩，三卷爲今體詩，四卷爲奏疏表，五卷爲書，六卷爲序，七卷爲記跋，八卷爲祭文，九卷爲傳誌銘，十卷爲雜著。詩非所長。奏疏内如《賑濟疏》所修陳便宜諸事，頗切明季時政之弊。又所奏郊壇事例，皆《明史》各志及《明會典》、王圻《續通考》所未載。考文德自述，謂私淑王子，蓋亦講良知之學者。如《寄諸生書》稱今古聖賢之道，不違其心。《復王畿書》謂全真返初，以求放心。《跋陽明文錄》謂明德新民、無外無内之疑於禪者非是，皆不免於回護。至其論學云，學問之道，必先立志。志既立，則行有定適，格致誠正，戒懼慎獨，別其塗轍，學問思辨，自不容已。是尚知以躬行實踐爲歸。史稱文德初從章懋游，後乃從王守仁，故與王畿輩之涉於禪悦者，差少異耳。

《程文恭遺稿》三十二卷，明程文德撰。此集二十二卷以前皆文，二十（一）〔三〕卷以後皆詩，較《松谿集》爲賅備，然體格則一也。

附録二

松谿程先生年譜

門人丹陽姜寶編次

叙

寶讀書中秘時，荷先生誘掖獎許，不後於諸同館；而先恭人金氏捐養京邸，蒙先生弔且奠，哭之哀，寶感於心未能報。先生罷官，歸舟過我，寶迎之雲陽驛，送之毗陵。時則荆川先師同相送，同遊白氏園乃別。此後時懷仰。比先生去世時，感傷而未能一致其追慕之私，殊以爲憾。今年寶叨起南少司寇，而先生孫順孫爲南臺幕僚，適先在，談及身後家世事，相與泫然久之。順孫以像贊爲請，而寶問及年譜，順孫因出所自爲稿草見示。寶受而增損成編，既而又爲一贊，以貽順孫。寶爲先生門人，愧無能仰酬師恩，而所爲編次僅若此。然非順孫先以稿草見示，則亦何從而爲之編次若此乎？於乎，若順孫其可謂能世先生之家矣。

萬曆甲申秋九月朔旦賜進士出身嘉議大夫南京刑部右侍郎前南京太常卿國子監祭酒門人丹陽姜寶頓首拜書

像　　贊

惟先生章美之内含也，英華之吐露，以和順之積充；其著述可得而稱者，蓋發言由性命，而亦焕乎其能工，曾不尚小技於雕蟲。惟先生敬德之中存也，本之爲寅畏，斯出之爲和衷。其周旋可得而象者，蓋中禮以自然,而又穆乎其若沖。曾不事飾貌與修容,儀形餘廿載其永違,追思欲一見而無從。茲遇郎君授像,得於縑素相逢,宛然在玉堂之上,瀛洲亭之中,就卿雲而被祥風。於乎,斯其所以爲"文恭"。雖亡猶存,可傳於千百世而無窮者歟?

　　萬曆甲申秋八月既望賜進士出身嘉議大夫南京刑部右侍郎前南京太常卿國子祭酒門人丹陽姜寶頓首拜題

年　　譜

　　先生諱文德,字舜敷。其先新安之槐塘人,宋丞相元鳳之後。元末,湖東廉訪使鍇避罪金華石倉巖下,更名楷,始徙居永康,是爲永康始祖。四傳至萬里,爲先生高祖,世居方岩下。曾祖永延,徙獨松。祖世剛,號松崖,以子鈺貴,封文林郎,南大理右評事。前祖母楊、祖母方,贈封并孺人。而鈺號"十峰",舉弘治己未進士,初任南評事,歷升四川按察司僉事副使者,先生父也。十峰公在四川備兵威茂、建昌,剿平流賊有功,得晉秩加俸。年未艾,方向用,然竟謝事歸。元配封孺人趙氏者,生子三:長文思;叔文謨;季文訓,側出。先生其仲也,初號"益齋",後號"質庵",後又改號"松谿",學者因共稱"松谿先生"云。

　　孝宗皇帝弘治十年,歲丁巳九月初三日未時,先生生於獨松里舍。

　　十一年戊午,先生二歲。議婚於兵部侍郎金華竹澗潘公希曾。先是,潘與十峰公有指腹之約,至是以其女字先生,即後誥封淑人者也。

　　十二年己未,先生三歲。十峰公挈先生如南京。

　　是年,公成進士,授南大理評事。因之任,先生從行焉。

　　十三年庚申,先生四歲。祖松崖公口授壽文,輒成誦。

　　十四年辛酉,先生五歲。就外傅。讀小學、四書,目數過輒又成誦云。

十五年壬戌，先生六歲。

十六年癸亥，先生七歲。受業於舉人胡公璉。璉號南津，淮安人，後爲少司寇，時卒業太學，有名，故十峰公命先生及其門受業焉。

十七年甲子，先生八歲。仍從胡公學。

十八年乙丑，先生九歲。受業於舉人林公文俊。文俊號方齋，莆田人，後爲南少宰，時卒業太學，亦有名，十峰公命先生從之遊，肄業於城北隅之興善寺。吳門有周侍御名愚者，見而奇之，贈以詩。

武宗皇帝正德元年丙寅，先生十歲。仍從林公學於興善寺。

二年丁卯，先生十一歲。是年，胡公璉以取乙丑進士，受官南刑部主事。先生仍及其門卒業焉。

三年戊辰，先生十二歲。是年，從胡公，悉受經書大義，旁及《近思録》《太極圖説》《西銘》諸書，皆能領略其大旨。

四年己巳，先生十三歲。時安福鄒公守益亦從父於宦邸，年相若，同學於胡公之門；并穎異；志趣不凡，其爲文，能切理命意。胡公并加器賞，曰："他日者，皆國士也。"同時士大夫聞之，蓋莫不嘆羨焉。

五年庚午，先生十四歲。歸永康，受業於適齋朱公方。朱舉業精，尤篤於踐履。先生居其門，相與切磋發明，心契而行合。同門之士且隱然有師法先生者矣。

六年辛未，先生十五歲。入邑庠，爲諸生。適齋朱公日與先生講明經學。自本經《尚書》外，尤深於《易》。十峰公取《十三經注疏》，批點《史記》《漢書》及《通鑒綱目》，令先生博習焉，并令讀左氏與韓柳歐蘇諸名家。蓋公望先生頗遠大，欲其早成就；先生亦鋭然能遵庭訓，不欲自同尋常矣。

是年冬，十峰公轉四川僉憲，先生留於家。

七年壬申，先生十六歲。受業於石泉李公滄。李，楓山章先生門人也，嘗官水部，有冰檗聲，章先生嘗稱爲"不負吾門"者。先生之績學勵行,蓋又興起於李爲多。

八年癸酉,先生十七歲。赴省城應鄉試,不第。仍就石泉公學,不專事舉業詞章也。每夜分且寢矣,思有得,每起而燃燭書焉,曰:"張橫渠吾師也。"適齋、石泉兩公每談及,輒嘆曰:"楓山先生之學,在吾黨有傳矣。"

九年甲戌,先生十八歲。如金華,就婚於竹澗潘公家。

是年夏,如蘭溪,及楓山先生門受學焉。楓山先生察先生能立志究心於理學,於是授以"真實心地,刻苦工夫"之説。先生毅然起,以聖賢之學爲學焉。楓山喜謂先生曰:"吾婺東萊之鄉,今得子,何、王、金、許之正脉,其有託乎?"先生後來作《婺集同聲詩序》,推楓山以道自任,爲婺山川靈秀所間出,爲世所宗。又述其語同志之言曰:"吾婺有三重擔:曰道德,曰文章,曰勛業。是在我後之人。"斯言也,既有開於前修,忍自隳於後進?修己俟時,本至簡而至易;存誠慎獨,可希聖而希天。仕則尊主庇民,處則正家範俗。人以爲真修實踐如先生,真得楓山法門矣。

正德十年乙亥,先生十九歲。如金華,與内兄潘公徽號壺南者,同進學於其邑之赤松宮。

是年,長女章婉生。後適金華姜郎中子寀,庠生也。

十一年丙子,先生二十歲。與壺南公同進學於潘村。

十二年丁丑,先生二十一歲。仍與壺南公同進學於潘村。

十三年戊寅,先生二十二歲。先與壺南公同進學於王氏别業,後送之之任南刑部,有序文以贈。序略云:壺南,予内兄,實莫逆友也。同意氣,盡規勸,暇則遊息笑談而止乎禮義,其可謂久而能敬,有實益以相成矣。蓋道其相與之實如此。

十四年己卯,先生二十三歲。赴浙省鄉試,中式第八名。

是年次女章婉生。後適徐文玉,庠生也。

冬,偕計如京師。

　　十五年庚辰，先生二十四歳。下第歸。距家數里許，有壽山，洞内爲五峰書院，乃朱晦庵、吕東萊、陳龍川諸公講學之所。先生聚同志友肄業於其中。

　　十六年辛巳，先生二十五歳。仍肄業於五峰書院。先生以人之有小才而自負、汲汲於徇名者爲深恥，謂其常以不己若者與己比，故然；若比之古之人，不知其相去當幾倍，惕然愧不暇，況敢自炫乎哉？因書痛懲條目十款，謂之《益齋砭劑》，納諸袖，時出以覽，自警焉。其從事舉業時已能務真修，每如此。其條目云："余頗有志修省，昔年嘗隨處示戒，以爲提撕警覺之具。恨立志不篤，屢奮屢廢，於今碌碌，猶涂人也。竊思明道自十三四歳時，便要做聖人事業，竟成大儒；余今二十有五年矣，倍之則爲五十，由此去五十，只瞬息耳，人生寧有幾時邪？今尚未有長進，則五十年來又安知其遠過於今日邪？又安知他日之視今日，不如今日之視往日耶？中夜以思，惕然悚厲；一旦不祥，遂與草木同朽腐，不竟爲天地一罪人乎？爲念及此，毛髮俱竦，展轉反側，計無所出。師友寥寂，只與心謀，因洗心滌慮，改弦易轍，爰揭日用致力大端十條，書之袖中，出入必觀，以爲白圭之復、弦韋之佩，而又有銘之肺腑者。自今伊始，日省吾身，有則改之，無則加勉，盟諸天地，質諸神明，有一戾此，願底滅亡。尚賴我天地祖宗，宥其既往之愆，迪其方來之善，庶幾不終自棄於神明，無忝於聖賢，則於天地祖宗亦有光也，惟陰騭而玉成之。一曰'景行'。嘗謁吾鄉章楓山，見示曰：'後生須立得脚跟定，方好做人，賢輩正在此時立脚。'夫古之大聖大賢，吾不得而見之矣，若不可得而由之也。今之楓山何人也，而海内咸推之，可不求其所以至楓山者乎？由楓山而上之，亦豈不可至乎？須蚤夜思之，念之。二曰'孝弟'。孝弟，人道之大本。家庭之間不知務此，則其本失矣，何以爲人？此非一端可悉，須隨事謹思力行。他日事君事長，胥從此出。三曰'謙厚'。爲人須溫恭謙抑，存心更欲忠厚，不得露圭角，使性氣，爲暴戾，爲傲慢，爲刻薄。與人言論，尤不可以賢知先人，逞其聰明。孔子何人，尚恂恂如不能言，況下於孔子萬萬者乎？深戒，深戒！四曰'德器'。人必有德器，然後可大受。浮躁淺露，幹得甚事？昔人稱寵辱不驚，終日無疾言遽色。之二公者，真可爲法，言語必從容，動履必安詳。五曰'威重'。孔子曰：'君子不重，則不威，學則不固。'爲學之道，以威重爲質，乃如此。然飛揚佻儇，則體裁輕薄，非徒廢學，抑非享壽之器也。慎之，慎之！六曰'謹戲'。戲言，戲動，日用深戒，雖同胞至密，亦須謹飭。至於袵席之間，則當居敬持志，寡欲養心，樂而不淫，和而有節。先儒有曰：'自檢束，則日就規矩；終放肆，則日就曠蕩。'孟子曰：'夫人必自侮，然後人侮之。'七曰'訥言'。爲人不得多言。昔溫公以鐘鼓喻人言，最可深省。夫人時而後言，猶鐘鼓叩之而後鳴也。使鐘鼓不叩而自鳴，豈不大可異邪？鐘鼓無故自鳴，即爲異物；人之無故譊譊者，不將爲異人邪？可念可懼！八曰'毋誑'。言語不得誑誑，雖尋常閑談，亦須從實。又毋得爲駭人聞見之論，蓋將欲欺人，即先自欺其心矣。欺人之罪小，欺心之罪大。欺心乎？欺人乎？溫公曰：'誠自不妄語'入不妄，不誑也。九曰'隱惡'。終身不得談人過惡，説人是非。古人所謂聞人之失如聞父母之名，耳可得聞，口不可得言也。當日頌斯言，非徒自修，亦可寡尤。十曰'習靜'。吾性本動，更人事擾擾，無時休息，若不隨處加收心定志、鞭辟近裏之功，則心與學不相入，非惟無心得，將并其舊聞而忘之矣。可懼可懼！程子教人爲學且須靜坐，予當日佩斯言。韓子曰：'人患不知其過，知而不能改，是無勇也。'司馬溫公曰：'吾無大過人者，但平生所爲未有不可對人言者耳。'趙清獻公曰：'吾晝之所爲，夜必焚香告于天。不可告者，則不敢爲也。'余於前之十事而能無愧，於後之三言則可以建天地，質神明矣。正德辛巳仲冬十日，益齋程子焚香拜誓書於五峰書院。"

是年長子章甫生。後娶同鄉縣丞黃源女。甫學行并優，爲邑庠諸生，年逾弱冠卒，先生痛悼之特甚。黃以悲傷絶食而逝。妻死于夫,人咸謂先生修齊之化如此。後有司以全節死聞于朝,旌表焉。

世宗皇帝嘉靖元年壬午,先生二十六歲。構松谿書院於所居之傍近,聚朋友同志者,以昕夕講肄乎其中。見有攻舉子業而急於進取,因忽略於躬行者,手書所常言於東西壁以相勉。東壁之略,以人生可惜者惟光陰,光陰虛度一日,則吾生遂減却一日矣;人生可寶者惟無累,聲色財氣皆累也,至於富貴貧賤皆有累,惟好名亦然。西壁之略曰,今人以登取科第爲成立,此殊不然。人所能成立也,在道德。道德有於身,雖貧且賤,不可謂之不成立;若徒富貴而已者,即位至三公,謂之富貴人可也,謂之能成立不可也。雖然,道德既充,富貴亦自至,舉業其階梯,由之不害也,而志則不可以不辨。一時同肄業者咸佩服爲確論云。

是年次子章袞生。後娶進士徐昭女。袞爲弟子員,有聲,後喪於閶門舟次。先生哭之哀。生一女,適王給舍楷子庠生宗然。歿後六月,得遺腹子光裕。以蔭爲南京前府都事。娶東陽趙編修祖鵬女,繼東陽盧舉人堯詢女。

十二月又偕計如京師。

二年癸未,先生二十七歲。下第歸,肄業於松谿書院。

三年甲申,先生二十八歲。造陽明先生之門受學焉。先生聞陽明先生教人以學爲聖賢,於是往受業,以所聞於胡公璉、李公滄、朱公方,及所受於楓山先生者互相印證。陽明大悅之,相與講明致良知之說,逾數月而後歸。其後先生跋《陽明文錄》,略曰:先生之可傳者存乎言,其不可傳者存乎意。聖學久湮,良知不泯,支離蔽撤,易簡功成,是先生之意也;明德親民,無外無内,皇皇乎與人爲善,而忘其毀譽者,是先生之意也;世未平治,以爲己辜,將以此學上沃聖明,而登之熙皞焉,是先生之意也;故曰:"讀斯錄者在通其意而已矣。"

四年乙酉,先生二十九歲。正月如京師。抵都門,寓于柏林寺,聚諸同志者,辨證其學術,間相與從事舉子業,然終不以此妨講學功。

蓋先生志自有在，不專爲博一第，而先期以往也。

是年秋，又次女章懿生。後適東陽盧仲岳，庠生也。

五年丙戌，先生三十歲。中峰董公玘，典禮闈分校，以親故引嫌，不與試而歸。有詩自述，略云："松谿草堂構初成，松谿主人忽遠行。燕臺直走四千里，奮身自許窺承明。胡哉造物忌翱翔，康衢咫尺逢羊腸。就令通籍黃金閨，玉堂未必草堂如。不如抱璞且歸來，草堂對景尊常開。賓主相歡諧夙契，藏修更老經綸才。"

六年丁亥，先生三十一歲。編《策學類聚》成。

先是聚同志於靈岩寺，旁邑名士多有從游者。先生相與嘆曰："口耳之末，非所以學爲聖賢也。士不通天地人，何以稱博雅，名名儒？"於是取古今載籍可通於經濟時務者，分類條析，名曰《策學類聚》。既又編二十八題，曰《策略》，皆手自繕寫，暇則時披覽。迄今鄉里生業舉子業者，蓋無不誦習焉。

七年戊子，先生三十二歲。從竹澗公北上。時公由南贛督撫轉工部侍郎，故先生從之行，以便次年春試也。

八年己丑，先生三十三歲。中會試第十名。其本經座主禮部侍郎蔡鶴江公昂也。廷試一甲第二名，賜進士及第，授翰林編修，侍經筵。試題以"知人安民"爲問，先生對稱旨，肅皇親校閱，御批"探本之論"。蓋受上深知如此。

是年冬，上以久不雪，蠲吉躬禱，俄而應。先生同衆詞臣獻《靈雪頌》。其進頌之疏有曰："遇災知懼者，戒於已著；遇祥益慎者，防於未萌。已著之戒，其致力也猶易；未萌之防，其操存也甚難。臣願皇上自今伊始，恒存是心而已。"蓋頌以敬美者，衆皆然；而頌不忘規，則惟先生爲能然也。

時先生與同年念庵羅公、方州楊公、荊川唐公意氣相得，銳志理學，相與砥礪切磋，終身如一日。後念庵公以請告歸，先生有詩送之。詩略云："執手忽墮泪，諒非兒女儔。感子真弟兄，夙夜恒相求。乾坤勿自負,定我終身謀。愴泫一以別,三載懷離憂。拭目隨春風,送子登河舟。去住各努力,青年不可留。"又云:"人心無停機,擾擾日恒動。方其一念萌,遂分醒與夢。是以慎獨功,千古聖賢共。勉哉勿多言,割欲須忍痛。"

九年庚寅,先生三十四歲。獻《靈鵲詩》。時以四郊禮成,適鄭藩有白鵲之獻。詞臣例亦有詩,而先生進詩,序則曰:"歌不忘儆古之訓,頌不忘規臣之義也。蓋頌以美盛德之形容,而規以效陳善之敬。臣雖至愚極陋,敢不效古昔臣工之萬一乎?"

奉詔議郊祀。議略云:臣伏讀聖諭之意,在稽古法祖而已。稽之古禮,天地分祭;圜丘方澤,經有明文。至於分祭者,聖祖之初制,而畢竟主於合祭者,則其更定之典也。夫法祖者率成憲之謂,以初之分,而今欲復之,則謂之率成憲亦可也。以先王之典,而斷於陛下之淵衷,其誰曰不宜? 禮成,卒如先生議。上《親蠶行》《内訓講章》《孝敬勤儉》四詩。

十年辛卯,先生三十五歲。奉旨纂修祀議成典。是年冬,以郊祀禮成,進階文林郎,加封十峰公中憲大夫,母趙氏爲恭人,元配潘氏爲孺人。

十一年壬辰,先生三十六歲。同考會試所取後來名士,有郭公希顏、吕公光洵、王公瑛等二十餘人。

時選庶吉士二十二人,上以彌封不謹,欲再考。更數日,輒報罷。先生上疏請覆試,以成盛典,卒亦如先生言。

上宴近臣於無逸殿,先生與焉。上《無逸殿講章》。

同年,四川楊公名上疏,乞理性情,以公用人行政,言甚直。有旨責實,楊抗疏,極詆汪冢宰鋐、郭武定勳、邵真人元節等不法事,宜罷斥。上大怒,杖於廷,下詔獄而責承主者。楊前後疏詞,先生實皆預,而楊固未承也。先生心惻楊被慘禍,以所聞繫獄者故事,密書于片紙,投諸楊,爲守者所獲,聞之上,遂下錦衣,誤逮御史陳九德。先生聞而出，毅然自承主者，就繫，被拷掠，無一語。西曹奏上，奉旨楊謫戍，而先生降雜職邊方，用其補信宜添注也。《逮繫》（即本集七絕《初械》）詩：“常日雞鳴促早朝，今晨虎旅撼床邀。青鞋布襪長安道，月色朦朧在九宵。”《入錦衣黃霾大作》（即本集七絕《初入獄黃霾大作》）詩：“聖明詔獄無非罪，侍從微臣自積愆。共訝黃霾昏白日，敢言精意動皇天。”《答楊實卿》（即本集七絕《答楊子》）詩：“百年及第共承恩，四海交情真弟昆。主使何人吾道是，尚祈張膽叩天閽。”《不寐》詩：“皓月初上林鴉驚，朔風時送歸鴻征。犴獄通宵不成寐，鶡冠坐聆雲外聲。朋友情深危事共，廟堂計重吾身輕。無弦爲寫拘幽操，臣罪當誅待聖明。”《得信宜命》詩：“謬忝金閨籍，時慚彤管司。一朝籌友疏，萬死負君知。嚴譴恩仍重，邊方我信宜。北望朝陽廟，西瞻雷水祠。亦有惠州客，載遷瓊海涯。三君夙景慕，百代今追隨。嶺嶠居何陋，滄溟觀更奇。侃侃龍場翁，吾願以爲師。”《出京》詩：“倉皇出郭門，戀闕時返顧。四載侍玉墀，一朝失雲路。去國心所悲，況貽君父怒。微臣雖九死，何以償一忤。以玆重感傷，驅馬淚如注。憶昔臨軒問，獻策荷殊遇。宸擬誤叨獎，玉堂膺異數。感激被恩私，心膽思吐露。幾會耿未逢，朋比先成牾。拊膺爲誰言，仰天難自訴。一命豈嗟卑，萬里亦易赴。獨違天顏去，若抱慈親慕。舉手祝皇天，聖躬祈保護。華渚早流祥，萬靈盡歸附。孤踪在遐荒，亦若侍輦輅。回首黃金臺，何忍遂縱步。”此外尚有《寢地》、《獨坐》、《次陽明子在獄別友韻》及赴司寇獄諸詩，見集中。

十二月初六日，下潞河，阻冰未即發。

十二年癸巳，先生三十七歲。二月十二日，自潞河發舟，取道歸省。五月二十四日抵家，九月初八日啓行赴貶所，十二月十九日至梧州，謁總督軍門陶莊敏公諧，公留以主嶺表書院教。兩廣諸名士翕然從先生游，先生舉何、王、金、許之學訓迪之。初入院作有詩，略云：“實學戒還珠，空談陋飛塵。賢聖真吾師，富貴何足數。不見炎炎者，冷落疾桴鼓。不見陋巷公，簞瓢照千古。以玆感長嘆，吾黨將誰取。”

見蒼梧門人李獻忠所編梓《嶺表遺教録》中。著《書院喻學》上、下篇，上篇略曰："夫學，莫先立志而已矣。孔子自言十五志學，是志也，死生以之，而不可奪者也，可奪非志也。學即明德親民，止至善之謂也。世之士有志於富貴者矣，有志於功名者矣，有志於道德者矣。夫志於富貴者，不可以言志，孔子所謂鄙夫是也；志於功名者，志矣，而亦非其至也，豪杰之士也；志於道德者，斯其至也，聖賢是也。夫人豈願爲鄙夫哉？趨向不審而惟富貴之圖，則雖欲不爲鄙夫，不可得也。人不欲爲鄙夫而卒爲之，志之不立誤之爾。人必能立志，然後可以語學問之道，格致誠正，戒懼謹獨，則其涂轍焉。而學問之思之辨之自弗容已也。有必爲聖人之志，則必學以至乎聖人之道矣。於乎，堯舜，古今所共慕也，莫之禦也；鄙夫，古今所共惡也，莫之驅也。莫之禦而自違焉，莫之驅而自趨焉，謂之何哉？"下篇略曰："舉業之於心學，一爾，以皆不能外經訓也。學斯以治心，謂之心學；業斯以應舉，謂之舉業。未有舉業而不本諸心者，亦未有治心而奪於舉業者，顧自致何如爾。夫言者，心之聲也。國家建學造士，而求之於言，謂言本於心，雖言亦德也。所謂篤其實而藝焉者也。以之莅政，以之治民，將行顧其言，而國家利賴焉，則求之言何過哉？程子嘗言，舉業不患妨工，惟患奪志，正謂是爾。今業舉業者，誠能定其志，端其習，于讀書也，必反之身心焉，而非徒爲記誦也；於作文也，惟欲得其意，斯得言焉，而不役志於詞華也。至於應試，惟自盡其所能焉，而不庸心於利鈍也。由是而登仕，險夷得喪隨所遭而不變其所守也，則舉業之外，無心學矣。"《序嶺表書院誌》其略曰："天地之間，舍學無事矣。近賴一二先生倡明之，而曰致良知焉，曰體認天理焉，不有異乎？曰無以異也。良知即天理也，致之體之，其功一也，然其本則在乎立志而已，孔子所謂志學是也。"先生立書院後，其門人李生輩編《遺教録》，著先生所以教士之大凡，而梧州學諭丘雲霄序之，其略曰："自心學晦而詞藝競，世之言師弟子者，其授受一於言語、文字之末，誠不足以相感，義不足以相維，

師道之不刑也久矣。《傳》曰'中心悦而誠服'，如七十子之服孔子，其
至也。今李生輩去先生十有六年，而不能忘。於此不忘，則終身之不
忘可知矣，所謂心悦而誠服者，非耶?"

十三年甲午，先生三十八歲。九月二十九日辭嶺表書院至信宜。

時高州郡守玉溪石公，簡延先生主高明書院，教掄一州五縣諸生
之可進者，聚於書院中。先生迪以躬行之教，每舉何、王、金、許之學，
朝夕與之講明，學者多感悟而興起焉。是年冬，倡議遷信宜縣學於縣
之右，以舊學舍文廟雖僅存而門廡皆墟圯，學官生徒咸寓外舍，不成
之爲學，據堪輿家言，亦非所宜居也。於是議捐助，凡職斯土者暨學
諸生，翕然樂而從，得百金，鬻故學地所得亦百金，不數月而廊廡堂齋
焕然一新矣。又鼎建麗澤書院於學之後，先生作記，并遷學亦有記。
《遷學記》略云：夫學也者，遷善於地，尤當遷善於心。今學之遷廣大
高明，可謂得其地矣。使諸生之心猶夫故也，地亦不得而爲之也。是
故遷地學易，遷心學難。湯之"日新"，文王之"緝熙"，仲尼之"徙義"，
子路之"喜聞過"，皆遷善於心也。《書院記》略云：《易》曰："麗澤兑，
君子以朋友講習"。蓋兩澤相滋，則有朋友之象。是故君子有取焉。
請終"麗澤"之義：夫水，至下也，至虛也。下則順，虛則受。順且受，
故相比而相滋。不相下則忌能，不虛心則拒善，是安能遂志於講習
也? 先生去信宜後，信宜門人梁維芳、王杰、王瞻之及知縣事永豐鍾
鈕，編《寶江集》以志去思。瞻之爲集序，其略云："松谿子以醇正之
學，接孔孟之傳，由誠敬入門，本静虛凝道，以知行爲合一，六經子史，
貫然講授，凡侍其側者，皆汎汎乎興起焉。故其所揭示之言，皆標爲
學之準；所制撰之文，皆發道德之蘊；所吟咏之詩，皆舒性情之和，無
非嘉惠斯地，而皆所以陶鑄諸生也。"

十四年乙未，先生三十九歲。升江西吉安府安福縣知縣。

九月十二日，辭信宜文廟，行經白沙先生之廬，爲文以祭之。其
略云：先生之學，皇猷帝略；先生之識，領要根極；先生之心，包古(擴)

〔廓〕今；先生之文，流水行雲。而飲水飯蔬，超然自得見。先生雖往，而此道猶存。洋洋甘泉，溯流同源；崒崒陽明，一脉并尊。而某蚤受文成之教，晚及湛翁之門，是於先生，義惟祖孫。兹承謫遷，過先生廬，百年緬想，欣然摳趨。九月二十四日，離高州，行至江西贛州府，接家報，知十峰公患風癱疾，遂由陸路兼程，于十二月初五日抵家，欲留侍養。緣外官無請告例，因陳情乞休。致疏略云：臣于嘉靖十一年十月一日，迹與心違，自取罪戾，過蒙皇上寬斧鉞之誅，開自新之路，降廣東高州府信宜縣，添注典史。臣驚喜過望，以至感泣，即時就道赴任。迄今四年，寤寐天顏，常如一日，犬馬微忱，天日臨鑒。嘉靖十四年八月二十五日，接得吏部文憑一道，升臣江西吉安府安福縣知縣。臣又仰見陛下量同天地，不念舊惡；明并日月，委照覆盆，益深感激，誓圖報稱。起程赴任，行至江西贛州府，接得家書，報臣父原任四川按察司副使臣鉎急患風疾，手足癱瘓，生死未期，一時方寸迷亂，涕淚交流，思與臣父一見。遂由陸路到家，見臣父在床，口不能言。臣感觸叫號，五内崩裂，恨不即以身代。苟復忍心赴任，是不孝之子也，又豈能爲效忠之臣哉？陛下亦安用之？伏乞陛下念侍從之舊臣，憐父子之至愛，特容臣休致，庶得調理父病，少申子情。臣非不知聖主難逢，特恩未報，且以强壯之年，非乞休之日；但係外官，雖戀闕有情，而給假無例。犬馬惓惓之私，蓋萬不得已也。奉旨不允。

十五年丙申，先生四十歲。赴安福縣任。

立鄉約，均里役，蠲逋負。豪右有强發人冢爲葬地者，他有司置不問，先生至，窮治不少貸，獄成，申報諸司。諸司率依違先生，竟抵如律正罪焉。建書院，額以"復古"，以庠生六百有奇，號舍無所，故於南廊外謀建此，集諸生講習乎其中。蓋與東廓鄒公謀而爲此，父老士民皆歡然應。逾旬日而集事，乃作記略曰："真心一也，不真於善，則真於惡。真於善則爲君子，其究也爲聖賢；真於惡則爲小人，其究也爲盜跖。聖跖之分，考之真心而已矣。夫負耒耜而入于肆，則爲狂農;操斧斤而遊于野,則爲病工,所業非所趨也。是故登斯堂,而或忘真心之儆,滋徇名之弊,是猶藝于野而耕于肆也,則人孰不以爲病狂之士耶?爲士而能念兹,則不虛復古之意矣。"

八月,升南兵部職方司主事。九月離安福,十月抵家,十一月長至日至南京。奉十峰公於宦邸,闢"愛日"、"承歡"二圃,爲制轉輪椅,左右遊覽,以適公之志。先生離安福後,士民思先生不置,既配享陽明先生於書院,後特建生祠,後又從祀名宦云。

十六年丁酉,先生四十一歲。轉車駕司員外郎。是年十二月二十七日,十峰公捐養於宦邸。

十七年戊戌,先生四十二歲。正月扶櫬歸,二月至金華。

途次聞報,升南禮部精膳司郎中。自金陵至金華,始由陸,距家幾二百里,衰絰草履,攀(軬)〔轝〕號哭以行,野宿露餐,失聲槁容,遠近莫不嘆息感動。抵家後,傷痛幾絕者數四。與伯叔氏卜葬公於龍山之原。山去所居四十里,而近廬於墓之側。越旬日,策驢一省覲趙太恭人,晚仍宿於墓焉。

十八年己亥,先生四十三歲。居廬於龍山。

凡知向學者,無論遠近,造廬相從,接踵至,有自構室以居者。久之,環廬側皆生徒學舍也,因號曰"龍岡書院"。先生訓以立志篤學,每舉舊所嘗講明於寶江復古之教,切劘不倦。聽者皆感動而興起。書院有《輪直盟》曰:"教學相長,仲尼求助於回;取善同人,孟子亟稱乎舜。學弗時習,暫悟終迷;善非服膺,雖得必失。多識本以畜德,養性在於存心,吾道一以貫之,萬物皆備我矣。反身斯樂,顧外徒憂,操則存,舍則亡,曷爲常舍?得有命,求有道,奈何必求?不聞富貴在天,將謂窮通自我,妄思求勝於天地,亦或徼福於鬼神,戚戚窮年,營營終日,豈知名教之真樂?不出安静之良圖,素位而行,居易以俟,用則行,舍則藏,寧患得而患失?仰不愧,俯不怍,亦何懼而何憂?此何憚而不爲?彼胡樂而不改?居諸易邁,師友難逢;少壯無成,老大徒悔。《易》稱'麗澤',在講習以相資;《禮》著'同方',豈群居而燕僻?各洗心以滌慮,咸及時以課功。必有事勿忘,毋見小欲速;立志以植本,謹獨以研幾。修辭立誠,合內外之道;端中肅外,一心迹之觀。坦率易流疏慵,檢束日就規矩,九容必飭,終食無違。相勸相師,無矜無傲。周公才美,驕吝且不足觀;大禹聖神,滿假猶不敢作,況於吾輩,豈容苟安?真貿焉其可哀,宜惕然而深省。參天地而爲堯舜,本吾良知;陷禽獸而溺穿窬,豈天降性?念之毛髮俱疎,勉哉師弟同心。務嚴憚以切磋,復提撕而警覺。受盟共奮,輪直相規。苟戾前言,必攄忠告,知過而自訟,見賢而思齊,毋自棄焉,固所願也。如聞義而不服,即鳴鼓以相攻。"又歲時,以安福所行鄉約,酌其時宜,舉以率乎里中人,里中人即相戒入約中。先生自丁艱以來,謝却一切酬應,訊不及遠,禮不及賓,不御酒肉,不入內室者,三年如一日。自縉紳及氓隸,莫不以真道學稱先生云。

十九年庚子,先生四十四歲。服闋。先生至是始抑情,稍稍與賓友相交接,然猶盤旋龍山中不忍去。從學者亦盤旋不忍離先生左右云。

二十年辛丑,先生四十五歲。三月,辭墓北上,五月至京師,補車駕司郎中。先生意實猶未欲行,以太恭人命再三,故不得已而行也。

二十一年壬寅,先生四十六歲。以北虜猖獗,條陳《禦邊四事》,既而又上《滅虜六事》。

四事:一曰"銳志",二曰"用人",三曰"理財",四曰"定議"。六事:一曰"聲虜罪以激人心",二曰"隆殊禮以延名將",三曰"權兵食以濟時艱",四曰"明賞罰以作士氣",五曰"招脅從以携賊黨",六曰"乘危懼以防未然"。上多採納焉。

二十二年癸卯,先生四十七歲。上《車戰事宜疏》。其略曰:邇者集議邊務,凡兵食諸策皆詳盡,獨捍衛一事未及也。蓋虜將接戰,必先馳騎以衝,動則進,不動則復退。其勁悍慓疾之狀,人見之而辟易;

腥膻臊羯之氣，馬聞之而噴縮。我之不利，常由不能當虜之衝爾。臣於去年正月，嘗疏請用車爲捍，聯以鈎環，其上置器械，車馬皆擁車後，則虜不敢衝，衝亦可恃以無恐。而銃炮槍弩且各惟意可施，左右夾攻，亦可相機而動。萬一不利而馳歸也，亦有營宅可依。夜則旋繞於外，守在是，戰在是，營亦在是，一器而三利焉，不易之制也。雖蒙看議，未竟施行，使古今百試百驗之法，當邊防如焚如溺之時而不得一試，以坐觀其敝，是以臣拊膺激切，不忍不言。然無徵不信，恐復無益，敢歷稽古今成法，以明車必可用，虜必可禦，誠不忍坐視車之受誣，而終以虜爲難制也。疏上，命議行。

　　二十三年甲辰，先生四十八歲。正月升廣東按察司副使，提督學校。八月抵家省太恭人，乃治行。

　　二十四年乙巳，先生四十九歲。二月赴廣任，行次衢州，得報升南國子祭酒，於是復還家。

　　先生雖不獲終任學職，猶寓書六章於嶺南諸生，一曰"自愛"，二曰"辨志"，三曰"務實"，四曰"尚行"，五曰"敦本"，六曰"持謙"。又綴之以寓書之意，其略曰：嶺南，予舊遊地，拜命以來，欣然就道。顧以連遭嗣子之變，感疾灰心，上章求退，而新命且復臨矣。拊膺竊嘆，何其無緣於多士也。雖未有一日之雅，實已繫百年之情。世固有隔千里如面談，曠數世而相感者，予之耿耿，獨能已乎？然則，所欲講者猶可述也。使爾多士，略難比之迹，信無間之心，則聞其語如見其人，耳之提若面之命。雖弗周行於嶺南，實亦左右乎多士矣。於是嶺南各學咸爲謄寫，揭諸明倫堂，以相遵守云。

　　四月十四日履南雍任。慨然以敦本篤行爲六館倡，申明監規，曰同寅恭，曰肅威儀，曰敦誠信，曰慎出入，曰戒躁進，曰正次舍，曰禁夙弊。又爲興射圃，葺號房。監生有死喪不能舉者，即破例哀恤之，俾有所歸。先是，館職學行之優者，得與臺諫選，例久廢格，先生疏請復其制。嘗爲六館生講孟子《雞鳴而起》章，發明其義。其略曰："人心一也,發於公則善,發於私則利,公私之際,毫髮之間而已矣。是故舜跖之懸甚著,夫人之所知;而利善之間甚微,則夫人之所未知也。苟慕舜而鄙跖,無亦謹於利善之間而已矣。是故欲究乎舜跖之已成,則徒勞而無益;能審於利善之方動,則一決而有餘,學者可不慎哉?"

二十五年丙午,先生五十歲。與司業巾石呂公懷,有《鷄鳴倡和詩》四章傳誦於諸生。時六館生感發興起,詩傳誦,無不佩服而賡和者,俱載於王生文禄、嚴生泰《鷄鳴嘉會録》中。是年秋,諸生當鄉試應天,先生校取金壇生於未第一,曹大章第二。既而大章取癸丑省元,賜及第。未中順天府乙卯科鄉試第十三名,而南宮屢黜,額限於壽。今其子若孫明照、文熙、孔兼、玉立,相繼取科第,皆未之家教致之,人皆謂先生真法眼,能得士如此。

二十六年丁未,先生五十一歲。冬十月三十日,趙太恭人卒於家,十一月初七日訃音至,先生奔喪歸。二十五日抵几筵。先生以生不及養,殮不及視,朝夕衰絰中,悼痛而哀毁,視喪十峰公倚廬時,尤爲苦切焉。

二十七年戊申,先生五十二歲。殯太恭人於塔塘山莊。先是,甫、衮二子相繼夭殁,堪輿家往往歸咎於龍山非吉壤所致。乃謀諸伯叔氏,起十峰公柩同太恭人殯置焉。遂廬於其側,以朝夕不忘卜宅兆云。

二十八年己酉,先生五十三歲。居塔塘,卜二親葬地於龍蟠山之原。

先生居塔塘,既廢吟咏著述,乃修輯家譜,以聯屬其族人。冬,禪制終矣,猶不離塔塘殯所。壽山距塔塘咫尺,先生舊藏修地也。至是復集同志者,講學乎其中。學者無遠近,并以及門爲幸。先生勉以立志,勉以知耻,以師聖賢,學者無不興起焉。

二十九年庚戌,先生五十四歲。服闋。補國子祭酒,未赴,尋升禮部右侍郎。

初，先生居壽山，以四方從遊者衆，若無意於出矣。既而再承恩命，義不可以辭，於是赴任。八月虜騎薄都城，京師戒嚴。上命部院諸大臣巡視九門，爲防守計，先生得宣武。畿民扶老携幼，欲奔入避寇難，而各門守者難其納，先生獨深憫焉。乃登望，先至外門詰察而入之，則閉外門，而後啓内門，如是以爲常。畫夜不輟，於是得入而全生者數萬人，他門不能然也。都人迄今頌不置。先是，正旦夜，先生夢有貽以十字詩者，"天地日流血，朝廷誰請纓。"心憂之，後果有是。人謂先生憂國之誠所感云。虜既退，又疏陳恤凋殘、慎擒捕、紓民兵三事，及奉旨制造戰車弩弓。先生所上，皆深考古制，動中機宜，可爲後世法者。

三十年辛亥，先生五十五歲。轉本部左，奉命詣金山，相擇睦妃何氏墳。疏陳度地宜，妥神靈并防守，其説有一舉而三便者，詔是其議焉。秋，里中無穫，冬大饑。先生貽書於伯兄文思，出數年所積之租穀以賑宗族，次及於里人，計口授粟，全活者甚衆云。

是年第四女章壁生，側室南京李氏出。後適知府金華馮熊子都生，國子生也。

三十一年壬子，先生五十六歲。改吏部左侍郎。

三十二年癸丑，先生五十七歲。歲當計吏治。先生與有黜幽之力焉。

先，於署中題詠，有"饑溺思由己，貪殘忍誤人。矢心臨白日，披籍鑒明神"之句。至是，務評騭賢否，秉公持衡，以裨太宰萬公鏜銓政。上殿最，即親昵，亦一無所私云。

二月，會試天下士，命充知貢舉官。以吏侍膺是命，蓋前所未有異數也。是科得中試士四百人，省元爲曹大章，而寶幸與焉。

三月，加兼翰林院學士，掌詹事府事，教庶吉士。是年取庶吉士二十八人。第一人今首揆張公四維，而寶亦幸與焉。吉士之選，本兼德行文藝，以儲才爲他日用，故事第課書，業詩文而已。先生則務身先篤行,雖日程以藝,而篤實之教恒先責成焉。每於瀛洲亭令諸吉士自言志,自舉其平生病痛之所在。予寶每以客氣未除爲言,先生曰:"客氣甚害事,不可有,速去之。"其善誘人,能不倦,每如此。

是歲兩直隸、河南、山東大饑,先生疏請從便益以廣賑濟。疏略曰:救荒莫便乎近其人,莫不便乎拘以常格,亦惟隨地制財,因時設法而已。臣愚,欲於直隸二省遣行人賷詔,敕令各州縣宣布德意,自爲賑給,聽其便益處置。凡官帑公廩,贖納勸借,苟可以濟民者,一不爲之限制。又,近日戶部申明開納事例,暫許本地上納,依期而止。若富民所有粟麥黍菽之積,可救饑者,皆得輸官計直,視其例之相應,官請部札授之,彼必樂從者衆,是非獨救荒,兼亦可藉以弭盜也。臣以爲從便宜便。詔如其議,四省之民賴以全活者衆焉。

七月考三品,三年滿,進階通議大夫。贈祖世剛、父銈皆如先生官,祖母楊與方俱淑人,母趙,元配潘自恭人贈封皆淑人,蔭嫡孫光裕入國子監讀書。光裕即章袞遺腹子也。賜帝社稷胙,表稱謝。

三十三年甲寅,先生五十八歲。二月十五日,潘淑人卒於京邸,六月櫬還。

是年,第三子章都生。側室董氏出。後娶學正金華張科女。

七月,奉簡命入直西苑。撰玄文以供祈禱,非先生心所樂也。時上禱祀苑中,侍臣撰玄文,皆爭綴奇巧以徼福澤。先生之詞多寓規諷意,上銜之。適禮部尚書缺,次當推舉先生。首相之子邀先生半賂乃可得。先生以此官爲奉玄專職,本不欲,而又因邀賂故,謝以力不能。首相密以聞於上,謂先生不樂贊玄也。上不悅。時西苑之帝田產瑞穀一百五十本。鄭藩又進瑞穀八十本,獻祖廟,禮成,先生隨衆表賀焉。

三十四年乙卯,先生五十九歲。春二月,奉旨調南京工侍左,既而罷爲民。先是南冢宰缺,會推屬先生,而以禮書王公崇慶陪,竟點陪者。內閣接到御劄云:"歲例大祈,似不可無,但文撰之臣有暗欺者,程文德之作可見。昨推南冢宰未可也。或彼欲脱不經之奉,可調南工左侍。"旨下,衆愕然,爲先生危,乃先生則意氣自若焉。蓋衆方以官之升沉,身之利害爲先生慮,而不經之奉,正先生所欲求脱。先生以此去,自心謂幸矣幸矣。瀕行,上疏陛辭,中有云:"臣受恩深重,無以爲報,今當遠離,惟願九重長享安静和平之福,以慰天下臣民仰戴之心。"奉聖旨:"這本猶懷訕上,着革職爲民。"先生南歸,先馳書報伯兄:"某數年情事,今始得遂,乃祖宗之靈,吾兄之庇也。"又書杜少陵"白首放歌,青春作伴"作聯對於舟中。每遇佳勝地,故舊有相約遊覽者,未嘗不赴。過錫山,以倭警,僦居逾月。過吳門,亦然。七月至武林,舟過富春。先是北上謁子陵祠於龍中,仰止清風,悠然有江湖之懷,戀戀不忍舍。出囊中金,爲屋三楹於祠之側,書額曰"龍中待隱",至是始遂前志,遊憩者逾信宿乃能去。八月初七日抵家,角巾布袍,超然於人世外。時適齋朱公由進士仕至大參,方退隱,居開黃花澗草堂以自娛。先生舊出其門,時往從澗中,相與道舊爲樂。又時常往來於壽山舊所聚講。士若雲合而響應,後生有志者争趨造請業焉。

三十五年丙辰,先生六十歲。六月,第五女章璘生,側室蘇州李氏出。後適東陽趙祖望。

十二月,六女章瑗生,側室南京李氏出。後適東陽李有鸞。

是年,先生構草堂於牛峰之麓,以東向屏峰也,扁曰"象屏軒",延經師於其中,授光裕業,而朝夕相對以爲樂。食不兼味,談不及外事,恂恂然如書生。人皆笑先生,先生則自以爲能遂所好云。

三十六年丁巳,先生六十一歲。是年,學使阮公鶚欲爲先生築松谿書院於邑中,度地聚材,業有成命矣。先生固辭之,乃止。

三十七年戊午,先生六十二歲。第四子章尚生,側室蘇州李氏出。今爲邑庠生。娶東陽吳氏。

九月,先生患中風疾。

三十八年己未,冬十一月二十有八日,先生終,時年六十三歲。

彌留之際，無一言及家事。光裕輩以爲請，第頷之，云："君子居易以俟命，吾順受其正而已。"言訖而逝。是時遺笥蕭然。鬻產以辦棺衾，七日始克殯殮。識與不識，靡不悼痛。行道聞之，有歔欷泣下者。

四十二年癸亥，十月二十八日，先生始克葬。先生貧無所遺，光裕等卜葬地不能得。憲長胡柏泉公松，以道義交深，檄郡邑爲求之，久亦不能得也。總督胡梅林公宗憲，知而遂移文以助。文云："本公百年間氣，一代名儒，功業文章，海內師表，夫何身歿家貧，喪久未舉？相應處助，以資殯葬。"於是府賻百金。光裕輩乃以是年奉先生柩，偕潘淑人合祔於龍蟠山十峰公墓側。先生易簀時，一兄二弟俱在。比葬，兄存爾。先生生平，事兄極盡禮，人以先生事兄如事父云。

穆宗皇帝隆慶元年丁卯，奉旨復先生原職，贈禮部尚書，賜葬祭。

禮科都給事中辛公自修、河南道御史王公好問等，奉先帝遺詔，會題"程文德率行古道，雅負時名。早任史垣，力救忠良，而甘與同罪；晚居卿貳，不安供奉，而遂致落官。學術無忝於儒臣，行誼足稱乎君子"。吏、禮二部覆題："程文德學問淵邃，操履端方，一麾作令，均田勸學，安福之口碑猶存；三仕爲郎，掄將談兵，車駕之心迹尚在。古道古心，正言正色"。先生之復職贈官而賜葬祭以此。

隆慶三年己巳，本縣學奉先生主入祀鄉賢祠。邑諸生應兼等具先生履歷，請於督學林公大春，呈詞略云：程文德性資夷粹，學問淵源，以積累爲工夫，以真實爲心地。對大廷而敷陳王道，官史局而潤色帝猷。三居翰林，八陳忠悃。謫幕信宜，倡嶺南之正學；擢宰安福，稱江右之循良。兵曹兩歷，屢論奏而忠抒於外攘內安；學檄一宣，咸寫揭而化行於神交默感。在國學，六館沐光霽月之休；贊銓衡，四海仰玉潔冰清之行。教吉士，本行誼爲訓；憫饑民，條賑濟之宜。解組來歸，欲脫不經之奉；杜門不出，堅持可守之貞。甚而易簀之時，至於貧不成禮，鬻產買棺，質錢起墓。古稱斯文元氣，先民法程，如先生者，其真可以無愧矣。爰稽祭法，理合尊崇。蒙林公詳允，遂得於鄉賢奉祀云。

今上皇帝萬曆三年,賜先生謚曰"文恭"。以撫臺謝公鵬舉、按院蕭公(廩)〔禀〕疏請也。疏略云:程文德持心允操篤行,而善政善教,所至輒樹聲猷;協主獨運苦心,而一動一言,所發類依忠懇。居鄉所師事者章懋,而行履之完潔頗稱頡頏;立朝所信者鄒守益、羅洪先,而造詣之深醇,實相伯仲。於是得賜謚如所請云。

今萬曆十一年六月,始梓行先生文集。先是郡守李公一元求先生遺稿,金華馮公熊蒐輯垂成,適巡按御史龐公尚鵬移文本府云:"某公道德文章,流芳宇宙。本院兩巡兹土,未及一式其廬。今讀所爲文,有裨世教,擬合刊行焉。"由是得就梓。然稿多缺落,未得爲全集也。光裕入仕以來,辦虔遍求大父遺墨於通家故舊,十餘年間,稍增益而并刻之。今爲卷共三十有二,詩居文三之一。先生嘗曰:"此末技爾,予豈以此取名哉?"故所作不甚求工,惟取達意。然率由理由心而言,雖不求工,卒亦未嘗不工也。

　　　　萬曆十三年歲次乙酉秋八月孫男光裕寓金陵敬梓

附録三

廣東督學按察司副使程文德敕諭

皇帝敕諭廣東按察司副使程文德:

朕惟自古帝王治天下者,率以興學育材爲首務。而學校之興廢、人材之盛衰、治道之隆替繫焉,此蓋已然之明驗也。

今特命爾往廣東巡視提督各府州縣儒學,爾其欽哉!夫總理一方之學政,是即一方之表率也。然率人以正,必先正己。爾其務端軌範,嚴條約,公勸懲,俾爲師爲子弟者,一崇正學,迪正道,革浮靡之習,振篤實之風,庶幾儲養有素,而待用不乏,斯足以稱簡任之意。如或因循歲月,績效弗彰,朕將爾責焉,爾其勖哉!所有合行事宜,申明條示於後,其慎行之毋忽,故諭:

一、學者讀書貴乎知而能行,先將聖賢經書熟讀背誦,牢記不忘却;從師友講解明白,俾將聖賢言語體而行之;敦尚孝弟忠信禮義廉恥之行,不許徒務口耳之學,將來朝廷庶得真才任用。

一、爲學工夫,必收其放心,主敬窮理,毋得鹵莽間斷。其於修己治人之方,義利公私之辨,須要體認精切,庶幾趣向不差。他日出仕,方能顧惜名節,事業可觀。

一、習學舉業,亦窮理之事,果能精通《四書》本經,便會行文。有等生徒,不肯實下工夫,惟記誦舊文,意圖僥倖出身,今宜痛革此弊。其所作《四書》經義、策論等文,務要典實平順,說理詳明,不許浮夸怪誕。至於習字,亦須端楷,庶不乖教養之意。

一、學校無成,皆由師道不立。今之教官賢否不齊,先須察其德行,考其文學。果所行所學皆善,須禮待之;若一次考驗,學問疏淺及怠於訓誨者,姑誠勵之,令其進學改過;若再考無進不改,送吏部別用;其貪淫不肖,實迹彰聞者,不必考其文學,即拿送按察司問理。吏部別選有學行者,往補其缺。

一、師生每日坐齋讀書,又日逐會饌,有司僉與饍夫、齋夫:府學膳夫四名,齋夫八名;州學膳夫三名,齋夫六名;縣學膳夫二名,齋夫四名,不許違誤缺役。

一、生員考試不諳文理者,廩饍十年以上,發附近去處充吏;六年以上,發本處充吏;增廣十年以上,發本處充吏;六年以上,罷黜爲民,廩膳增廣未及六者,量加決罰,勉勵進學。

一、生員之家并依洪武年間定例。除本身外,户内優免二丁差役。有司務要遵行,不許故違。

一、凡巡視學校,水路乘驛舟,陸路乘官馬。仍帶本司書吏一名隨行。陸路與官驢俱支廩給。

一、府州縣提調官員,宜嚴戒生徒,不許出外遊蕩爲非。凡學内殿堂、齋房等屋損壞,即辦料量工修理。若恃有提督憲職,將學校中一切合行之事推故不行用心整理者,量加決罰懲戒。

一、所過之處遇有軍民利病,及不才官吏貪酷害人事干奏請者,從實奏聞。

一、本職專督學校,不理刑名。如有軍民人等,訴告冤枉等事,許受詞狀。輕則發下所在官司問理,重則送按察司提問。

一、科舉本古者鄉舉里選之法,今南北所取舉人名數已有定制。近來奔競之徒利他處學者寡少,往往赴彼投,充增廣生員,詐冒鄉貫,隱蔽過惡,一概應試,所在教官僥倖以爲己功,其弊滋甚,今後不許。違者聽本職及提調科舉官監試官拿問。

一、布政司按察司官及巡按御史不許侵越提督者職事。若以公務至府州縣,亦當勉勵師生勤力學業,不許推托不理。若提督官員行止不端,許巡按御史指實奏聞。

一、所轄境內遇有衛所學校,一體提調整理。武職子弟悉令其習讀《武經七書》《百將傳》及操習武藝。其中有能習舉業者,亦聽就科舉。

一、各處歲貢生員照例將食糧年深者嚴加考試,不必會官。如果年深者不堪充貢,就便照例黜罷,却將以次者考充,務要通曉文理,方許起送赴部。

一、廩饍增廣生員已有定額。廩饍有缺,於增廣內考選學問優等者幫補;增廣有缺,於本處官員軍民之家選擇資質聰敏、人物俊秀子弟充補,不許聽信有司及學官徇私作弊。若有額外之數,須嚴加考選。通曉文義者存留待缺,不許將不堪者一概存留,躲避差徭。

一、古者鄉閭里巷莫不有學,即今社學是也。爾凡提督去處,即令有司每鄉每里俱設社學。擇立師範,明設教條,以教人子弟。年一考較,責取勤效。仍免爲師之人差徭。

一、師生於學校一切事務,并要遵依洪武年間卧碑,不許故違。

敕諭

嘉靖二十三年正月二十日

之寶

送太史松谿程公安福政成內召序

〔明〕王鳴鳳

天下無難處之事,亦無不可化之人。端本澄源之功不可缺,施爲措置之序不容亂。上焉握其機,下焉成其勢。宣而流之,時而出之,使民宜之,由是而之焉,以至於理也,無難耳。

安福爲吉安劇縣,然其土俗見於舊志者,謂其庶民嚚豪,習俗詭浮而尚氣概。蓋其地阻重山,故民性多悍僻。至於重財利而輕骨肉,尚攻(氣)〔訐〕而騖訟頑,拂其私憤,逆謗及守長,甚而牽連奏訐,以紊臺執者,每歲不下五六七,每株及動至百十人。誕僞雜情,漫難辨析,今之與劇邑難治者,必安福詞焉。曩歲予承乏是邑,署事將二載,雖無才德之稱,然民若少安,無如向之謗且訐者。予不敢謂治之能,意其民俗升降消息,有得於澆淳之會耶?

既而我松谿公出守是邑,歷視諸艱,慨然有更化之志。先是,民苦水利未興,田多磽确,予修寅陂將成,而水未入圳。公舍己從人,親督其役,齊版幹,程土物,以足其工。水繞南城,灌溉四十里,土用作乂,民無負逋之糧矣。民苦里甲未均,一身而有二役。公按其情,省其費,以一甲充里長,而以當糧長。定科則,薄稅斂,一年而畢一身之差,民無重役之費矣。民苦豪橫投獻,公按其實者二三,置之於法,自是假威搖尾、伺隙射利、擠綿力而食其有、鼓蚩愚而陷之法者捕治之,無當道之豺狼矣。安福素稱文獻,近者風俗澆薄,科第稍減於□□,□□□□,心學不明,多肆華藻。公於缺暇,親與講學,首申忠孝之義,明理誠身之文。一時人心翕然,而士習丕變矣。昔孔子爲司寇,三月而誅少正卯,魯政告成。公爲縣令,三月而鋤豪橫,剔蠹刮弊,良民帖席,同一機也。凡此之類,皆作於上者有一定之規,吾人惟承是法而行耳,故得以安。而撫此人民也,省此重役也,興此水利也,變此風俗也,更無强大跳梁者之撓此法也。

《傳》有之:"苦匏不材,於人共濟。"鳳也何能哉?吾方慶其爲政之得所依也,奈何内廷之召再下,司馬之命弗留,僚采人民何不幸耶?所幸者公議交起,行將入侍廟堂,典司政本,措天下於泰山之安;不幸者,寅僚之失依歸,黔黎之去父母也。復作而嘆曰:"山川土田,閭閻井邑,安福之人民固猶昔也。然昔難而今若易者,信亦存乎其人焉耳。蓋上焉者之善握其機,而下焉者之得以順承其勢也。或者不探其本,而概一咎諸其民,不亦厚誣矣乎?"徐而推其所以,則又曰:"是非徒然也,蓋有序焉。夫民貧則道喪,道喪則恩輕而利重,利重則刀圭必較,爭奪之所由興,獄訟之所由熾也。然蠹不去,弊不除,民何由而不貧？故其嗷嗷而争，獰獰而噬者，雖禁之不可止也。"公之興水利，講良知，鋤强梗，均徭役，息民財，皆先去其害與弊，以安乎民者也。然後驅而之善，故民之從之也輕，而應之也速矣。豈曰拔薤繫强，專治其外而已哉？故曰"有序"焉。

公爲浙之永康人，由進士及第，修撰翰林，操履純正，剛介不阿，其端本澄源之功，蓋有素矣。因論事，遭萋菲之禍，終逮獄縲。左遷茂名幕，轉安福令，隨遷□□□□□□□□□□，天下之民將大被其福澤也。鳳侍教，方日領教物□□舉業期待吾人，孳孳不倦。示書常曰："學問當於辛苦中驗。"囊因督賦南都，不獲拜送，敢述其政之善，功之成，學之正，欲竊以私淑其身，以無忘其所自也，敢謂文乎哉。

翰林院編修程文德并妻孺人敕命

奉天承運皇帝敕曰：

國家簡文學之士，列職翰林，而編修實唯史官，所以備紀載之公，而傳信於天下後世也。兹維殊選，不輕畀人。爾翰林編修程文德，以高才廷對，有協朕心，賜之及第，受授斯職。顧其進修益懋，文譽日昭，且校纂二典，精詳慎密，胥有勞焉。

兹以郊祀之恩，錫爾褒命，以示嘉勸，特進爾階文林郎。

於戲，古之論良史者，謂明足以周萬事之理，道足以備天下之用，智足以通難知之意，文足以發難顯之情，然後其任可得而稱。尚其皆懋，光我訓詞。欽哉！

敕曰：士夫名行，恒資於內助之良，故朝廷推恩，必及其配焉，宜也。爾翰林編修程文德妻潘氏，毓秀宦門，配德名士，克修婦道，允宜厥家。夫既顯榮，爾宜并貴，特封爾爲孺人，服此渥恩，益敦儆戒。

敕命

嘉靖十年正月十九日

之寶

吏部左侍郎兼翰林院學士并妻恭人誥命

奉天承運皇帝制曰：

國家設儲貳之官而總之詹事府，所以備元良豫養之具，而端天下之本也。故嘗慎延儒宗宿碩，以爲之長，蓋以輔儲德，以作聖功，其表則不可以不正也。必其足以爲當世之範者，斯克稱焉。

爰得其人，用告有位。茲爾詹事府掌府事、吏部左侍郎兼翰林院學士程文德，性蘊沉毅，行誼粹醇，本自廷魁，茂擢國史。當其以直道被謫，播遷中外，閱歷歲年，投之險艱，而初志彌定；及其以名德復徵，晉在司成，洊列少宰，陟之樞要，而晚節益堅。朕以其踐更既宏，望實踰茂，於是有詹府之命。

顧惟東朝方暇，適當中秘掄才，俾以師資試之多士，而爾動應經則，道合準繩，淵源之所溯者深，造詣之所得者實，士類視爲模楷，廟堂樹之羽儀，表裏無瑕，始終全德，卓乎大匠之範已。茲有司奏列爾績，朕甚嘉悅，特進爾階通議大夫，錫之誥命。

昔在成周之世，周、召以元宰上公之尊，而實司世子之職。故入則左右乎君，出則輔道乎儲貳，其職異而事同也。國家儒臣，擢在儲僚者，且序次而進宰輔矣。朕其慕周召之事，爾其夙夜存以庶幾之無斁。

制曰：朕聞古之賢臣，正身以事其上，而古之賢婦，敦德以承其夫。此其交相戀而相成也。故詩人《南國》之詠，於婦職獨詳焉，況乎大臣之配，可無褒嘉，以媲《南國》之風哉？

爾詹事府掌府事、吏部左侍郎兼翰林院學士程文德妻封恭人。潘氏乃兵部左侍郎贈本部尚書潘希曾之女，夙聞家教，備飾壼儀；內無閑言，外著令範，用匡我明哲道、始室家，其德固可徵也。茲加封淑人。洊錫華綸，茂光象服。

制誥
嘉靖三十二年八月初一日
之寶

寄壽少宰松谿先生六旬

解組歸來又歲餘,朱顏六十尚如初。肯貪君寵留參直,仍守官常數尚書。逢客每憐同學侶,逐家惟掩舊時廬。故人遙住雲山久,採藥空嗟病未除。君齒相先七歲強,春花曾共少年場。愛談夜語忘更漏,聯趨朝班觸珮玱。別去升沉成老大,近來學問喜歸藏。傳家定有伊川易,暮雪緣何到草堂。

嘉靖三十五年八月望日賜進士及第翰林院修撰經筵講官吉水世講弟羅洪先

祭贈禮部尚書程文德文

維隆慶二年,歲次戊辰,三月辛亥朔,越二日壬子,皇帝遣浙江等處承宣布政使司分守金衢道右參政張憲臣,諭祭原任南京工部左侍郎,今贈禮部尚書程文德,曰:惟爾學問淵邃,操履端方,早掇巍科,初官史局。一麾作縣,教養之澤弘敷;三仕爲郎,兵將之謨可採。振文風於東粵,正師範于南雍。聲績既彰,要華荐陟。正言正色,學術無忝於儒臣;古道古心,行誼足稱乎君子。特遵遺詔,爰霈恤恩,祭葬并加,寵綸兼茂。爾靈不昧,尚克歆承。

明通議大夫掌詹事府事吏部左侍郎兼翰林院學士調南京工部左侍郎松谿程公暨配封淑人潘氏合葬墓誌銘 時未蒙贈諡

嘉靖己丑賜進士,今上臨軒下問,覽公所對,能探本,賜御批擢一甲第二人,官翰林編修。去正德己卯鄉試才十年,而年且三十有三。予始見闕下,問其家,知在世講,而兩姓外氏族有連,蓋通家者三世皆具慶,一時公卿以爲奇。

予少七歲,兄事之,自非大故,未嘗一日不相見。無小大難易,必咨請。冬十月，迎家至，又知潘淑人之賢，潘竹澗公女也。明年春，予在告，相與泣別。至濟寧，竹澗公以兵部侍郎治河，而是時妻父三符曾公在太僕，實同年，前所謂有連者也。壬辰起告，公已坐同官楊實卿封事下詔獄，謫信宜典史。前後翰林三年餘，所獻《郊祀議》、《選庶吉士疏》、《靈雪頌》、《靈鵲詩》各一，《親蠶行》，進《內訓講章》及四詩。上嘗開無逸殿宴近臣，公得與，上《無逸講章》。信宜之行，蓋實違其獻納之心矣。

乙未，量移安福知縣，往來必過余家，信宿乃去。丙申，召為南京兵部職方主事，轉員外郎，迎養歲餘，丁外艱。辛丑起復，補兵部車駕郎中。北上，會予除名，遇於淮。是後屢上禦虜疏。甲辰，擢廣東按察副使，提督學校，未上，擢南京國子祭酒。丙午，會靜海。丁未，丁內艱。庚戌，擢禮部右侍郎。以外警，奉旨提調監督宣武門，并相睦妃墳。壬子，轉吏部左侍郎。癸丑會試，知貢舉畢，兼翰林院學士，掌詹事府事，教庶吉士。例賜帝社稷胙二。甲寅，奉撰御文，上《瑞穀長至表》。乙卯，將擢南京吏部尚書，忤旨，改南京工部左侍郎。辭謝有言，褫職罷歸。

公幼聰敏，嘗師山陽胡司寇璉。為人博厚坦夷，不設町畦。縉紳間言敦樸方嚴，善執持，少機械者必歸焉。蓋寧失之迂，無寧或以智巧聞。即受人欺，絕不能它易也。

同予祭長陵，中道偶談孝宗皇帝事，相對涕下，悲不勝。見實卿封事，調停削名甚眾，比拷掠，無一語。在廣中，舉何、王、金、許之學誨諸生。遷信宜學，建麗澤書院。至安福，行鄉約，處里役，摧強節用，下士愛民。建復古書院，至今垂三十年，邑之誦德一日也。兵曹嘗言車戰法，多見采行。臨南雍，以體諸生者為言，用情尚質，而謹服習。蓋有力踐而能發揮，鼓舞以聳群聽者矣，未有微涉逾溢，不能自澟者也。吏部當考察京朝官，留意賢否，嘿有助益。詹事故事，養尊望而遠外嫌。公聞兩直隸、河南、山東大饑，朝議開納，而澤不速下。為計粟麥黍菽可助食者，稱其數，請早入，以期有濟，上從之。南京冢宰之擬,君苦親喪未舉,而顧調南工左侍,蓋上心知公欲脱不經之奉也,旋以得罪。

既歸,囊無餘金。嘗有所遺,不復問。或詰之,答曰:"得者一人,疑及多人,吾所不忍。"諸凡所不能平者,公一處之裕如,類以淑人之賢爲之也。

淑人知書史,通理道。當公之謫,常悒悒。一日,公有他恚,淑人曰:"昔之悒悒,以公也。公知道,乃亦以小事恚乎?"平居善事姑,姑無間言;視乳母與其遺嫗如其姑。衣飾鮮矣,姑妹妯娌不先服,不敢服。箠楚怒詈不聞室外。隨宦無長物矣,家庭以逋負繫獄來訴,立毀所惜首飾代之。婢嘗竊食,亟掩覆,不令敗露,曰:"口腹者,人所同也。"有婢在途相忤,發於家,不令隸人見之。所生二子,章甫、章袞,爲弟子員,并以能文稱,而相繼殀於天年。女三人,章婉、章娩、章懿,適姜郎中子寀、徐文玉、盧仲岳,又皆弟子員有聲。而仲女又早夭。淑人賢明柔順,遭酷禍竟鬱鬱不能堪。嘉靖甲寅二月十五日,卒京師。距其生弘治丁巳六月八日,享年五十有八。

甫娶黃縣丞女,全節死。聞于朝,得旌表。袞娶徐進士女。一女適王給事中子宗然。没之六月,得遺腹子光裕,以蔭爲國子生,娶趙編修女。

淑人既卒,公連舉子女五人。章都今十歲,聘張學正女,出側室董氏。章尚今七歲,未聘。女章璧,適金華馮知府子都生,國子生。章璘、章瑗尚幼,俱出側室李氏。

公生丁巳九月三日,年六十三。病經年卒,是爲嘉靖〔乙〕〔己〕未十一月二十八日。予同年友胡憲使松謀,治窆未得卜。後六年,光裕等以癸亥十月〔二〕十八日奉柩同淑人合祔龍蟠之原。

憶初見公,氣壯而質重,以爲貴且壽無疑也。而所獲乃似稍抑,豈天之道在樹立,不在享據耶?間與評國朝登第名世人,公慨然有懷,乃今樹立若此。無論遭際幸與不幸,隨其所至,務以倡明理學爲己任。而一念愛君愛國之誠，始終不渝，蓋不忘其平生所自期待，實無負其鄉陽明、楓山二先生相望于先後者。予在朋友中稱厚善，不知竟何以相報也。

程本新安槐塘人，宋丞相元鳳之後。元湖東廉訪使鍇避罪金華石倉巖下，易名楷。三徙方岩，今家十峰。高祖萬里；曾祖永延；祖世剛，封南京大理寺右評事；父銈，同先大夫登弘治己未進士，四川按察副使。號"十峰"者，本所居也。母趙淑人。按察公後以公貴，封中憲大夫，加贈通議大夫、吏部左侍郎兼翰林院學士、掌詹事府事，如其官。公臨文，肆筆立就，不藏草，尚未梓。兄文思，弟文謨、文訓，嘗共哭公，比葬，獨兄存。銘曰：

惟史有職，實道所基。公奮而前，無間險夷。命之不諧，一合一離；爲尉爲令，亦遠厥遺。詰戎造士，國論有禆；少宗少宰，帝簡在茲。不以贊襄，而閟其施。雖以身退，於志匪移。在昔自計，迨其近而。抑孰多休，淑媛相之。百年忽焉，吾寧不悲。人生奈何，逝矣奚知？

嘉靖四十二年癸亥朔旦賜進士及第前左春坊左贊善兼翰林院修撰經筵講官吉水世講弟羅洪先撰

贈官誥命

奉天承運皇帝制曰：國家於文學之臣，生或未盡其用，則殁而有褒贈之加焉，所以勸士也。爾故原任南京工部左侍郎程文德，性資坦平，文學贍博。信口論事，縉紳共諒其無他；抵掌談兵，朝野咸推其有志。業已躋于大用，身乃阨於長終。爰遵遺詔之恩，用弘新政之澤。茲贈爾禮部尚書，錫之誥命。於乎！改官虞部，用雖未究於立朝之時；晉秩儀曹，光則允增于易世之後。爾靈不昧，焕渥欽承。

制誥

隆慶元年十月十六日

之寶

賜 謚 誥 命

奉天承運皇帝制曰：國家優禮文儒，崇獎忠直，或未究其用于生前，必特隆其報于身後，匪獨酬夫往德，亦以勸于將來也。爾故原任南京工部左侍郎，贈禮部尚書程文德，心事光明，學術正大，擢在上第，列之禁林。性資素秉公忠，議論多稱慷慨。始蹉跌而復起，終齟齬而莫投。人咸冀其召環，天胡忍於燼玉。雖已蒙乎贈秩，猶久缺于易名，爰採群情，載申彝典，茲特謚爾曰"文恭"，錫之誥命。於戲！事雖抑而愈揚，實行協衆人之譽；論每久而後定，榮名重奕世之光。靈爽有知，庶其歆服。

制誥

萬曆三年五月十三日

之寶

程 文 恭 公 傳

〔明〕趙志皋

公諱文德，字舜敷，別號松谿。係出宋丞相元鳳，居新安之槐塘。至元末，有湖東廉訪使楷者，徙于婺之永康。數世皆有潛德，至公父十峰公始用儒顯。爲四川威茂備兵副使。是生公。

公端穎有異質，五歲能日誦數千言，稍長博習群書。大司馬潘竹澗公一見奇之，屬以女。十峰公以廷尉評任南京，時公年甫十三，從司寇山陽胡公璉遊。十五，補邑弟子員，從楓山先生遊，授以誠篤自治之學，慨然志于聖賢。正德己卯，鄉薦第八人，上春官不第，益憤發于學。從陽明先生遊，授良知訣，反求于心性。

嘉靖己丑，會試第十人。天子臨軒，策問安民知人術，公披對根極要領，賜進士第二人，授翰林院編修，侍經筵。上《郊祀議》、《選庶吉士疏》、《靈雪頌》、《靈鵲詩》、《親蠶行》、《內訓講章》、《孝敬勤儉》四詩。上宴近臣於無逸殿,上《無逸殿講章》。奉敕纂修祀典成,進階。三年凡八獻忠悃。

同年第三人四川楊公名者,上言理性情,以公用人行政,奉旨責實。疏因極詆汪冢宰鋐、郭武定勳、邵真人元節等五人不法事,宜罷斥。上大怒,廷杖,下詔獄,而責主使者。公述所聞繫獄故事,以片紙密投楊公,為守者所持,聞于上。下錦衣衛急逮捕。捕者誤繫御史陳九德。公聞之,毅然任主使,就繫,而出御史。比拷掠,無一語。楊擬戍,公坐朋比,黜為信宜典史。然楊公之疏,公實參之。有工部侍郎黃公宗明者,因上責主使不已,引罪自誣,削名去。時兩難之。

公至信宜,總督陶公諧禮延主蒼梧書院。檄兩廣貞士,從講理學。公倬然以斯文自任,舉何王金許之學導之。遷信宜學,創麗澤書院,以高州守石君請,再主高明書院。其教專主立志,謂聖人必可學,科舉自不能妨,開示切要之語,多士向風。三年改安福令。為立鄉約,均里役,治豪右之不輯者。建復古書院以聚諸生,八月而政成。升南京兵部職方司主事,尋升禮部精膳司郎中。

無何,十峰公以疾卒,公哀慟幾絕,縱縱扶櫬以還。至則卜兆襄事,廬於墓,三年不入內室。服除,補車駕司。

時北虜猖獗,公疏備邊禦虜數事及造戰車法,多見采行。三年升廣東提學副使,未行,轉南京國子監祭酒。與六館士約,敦本實,抑浮靡,務造真才。又為葺號舍,興射圃,疏復館職,以學行擢御史舊典,皆鼓舞振作意也。二年丁母憂,歸居喪,哀敬當禮。

服除,補國子監,未任,升禮部右侍郎。庚戌,虜騎薄我都城,上敕諸大臣嚴督九門。郊民扶携來奔命者,號擁關外不得入。公督宣武門,嚴詰察,盡入之,免殺戮者以萬計。為疏恤凋殘、慎擒捕、舒民兵三事。二年,轉吏部左。癸丑,當考課吏,專評鷙賢不肖,以裨銓政計,上稱平。會試充知貢舉官。事竣,加翰林院學士,掌詹事府事,教庶吉士。國家重清妙之選,以儲相才,兼德行文藝。舉之後,寢寢藝焉爾。公益敦復其本,皆以身先之。兩直隸、河南、山東歲大侵,詔開納銀例,以充賑。後用公疏,聽民輸粟給散,四省稱便。

上禱祀西苑,命侍臣撰鼇詞。詞別出一家語,爭綴奇巧以進,獨公詞多諷意,上不悅。會南京吏部尚書缺,廷推公,上出御劄,指公撰詞有暗欺語,欲南京以脫不經之奉,因改南京工部左侍郎。已,疏辭,指訕上,褫職歸。古稱"獨行君子",非耶?夫館閣詞臣,蓄學養望,不關時政。公中外閱歷久,遇事輒有建白,執直忠懇,靡所隱忌,豈養望需次者哉?

公歸,築室壽山,即東萊、晦庵、龍川三先生會講舊址,角巾布袍,聚徒講學,杜足不入城市。三年,以疾卒。遠近悼之。

公性孝友,事二親盡志,善處其伯兄,嘗以禮義訓其族人。與人不設城府,遇非禮亦不報。恒居己於人之後,處功名澹然無競心。平生樂道人之善,而諱其過。嚴取予,雖一介不苟,清苦若寒素然。產守十峰公之舊,僅自給。又分賑交遊之貧賤者,當歲歉則煮糜以食饑人。至于卒之日不能葬。總督胡公以百金賻之,乃舉。嗚呼,此又不可以知公哉?邑之人士仰止公,請于督學,鄉祀之。隆慶萬曆間,以臺省撫按臣先後請,贈禮部尚書,賜葬祭,易名謚"文恭",蓋殊典也。

余進也晚,未及公門,嘗私淑公之教。公親承楓山、陽明之傳,友東郭、念庵諸名公,所學中正,其契悟奧義,不可謂諸公無長,而慎微守著有法度,皆所當揖讓也。爲文取達意,不近名。有集數卷行於世,足關世教云。公行誼暨念庵公志中未有傳。公孫南京前府都事君光裕以爲請,因詳之。

史皋曰:余婺自東萊衍中原文獻之傳,何、王、金、許相繼一脉如縷,稱"小鄒魯"。中絕百餘年,而得楓山。又中絕數十年,而得公。公與楓山,居鄉操履同;立朝風節同;官阻卿佐,而不及相以大用同,世豈乏顯庸取盛位者哉?可以履盛位,而不曲學以鈎取,所難也。論者謂婺山川風氣完厚,多產鉅人,有開於先,有承於後。噫嘻,吾懼今之爲公後者。

清正名臣侍郎程公

〔明〕李　贄

　　程公文德，字舜敷，嘉靖己丑進士。方上臨軒策士，覽公對，嘉之，賜御批。擢第一甲第二人，官翰林編修，已坐同官楊實卿封事，下詔獄，謫信宜典史。前後翰林三年餘，所獻《郊祀議》、《選庶吉士疏》、《靈雪頌》、《靈鵲詩》各一，《親蠶行》，再進《內訓講章》及《四詩》。上嘗開無逸殿宴近臣，公得與，上《無逸講章》。乙未，量移安福知縣。丙申，召爲南京兵部車駕主事，轉員外郎，迎養歲餘，丁外艱。辛丑，起復補兵部車駕郎中。屢上禦虜疏。甲辰，擢廣東按察副使，提督學校，未上。擢南京國子監祭酒。庚戌，擢禮部右侍郎，以外警奉旨提調監督宣武門，并相陸妃墳。壬子，轉吏部左侍郎。癸丑，會試知貢舉，畢事，兼翰林院學士掌詹事府事，教庶吉士，例賜帝社稷胙二。乙卯，將擢南京吏部尚書，忤旨，改南京工部左侍郎。辭謝有言，褫職罷歸。

　　公爲人博厚坦夷，不設町畦。聞甘泉湛冢宰若水明道術，走其門，未有得。其後激於人言，卓立檢飭，斷斷必爲君子，不忍以世俗終其身，幡然變故態，視舊所爲如兩人。嘗祭長陵，中道偶談孝宗皇帝事，爲涕下，悲不自勝。見實卿封事，調停削名甚衆，（批）〔比〕拷掠，無一語。在廣中，舉何、王、金、許之學誨諸生。遷信宜學，建麗澤書院。至安福，行鄉約，處里役，擢强節用，下士愛民，建復古書院。兵曹嘗言車戰法，多見采行。臨南雍，以體諸身者爲言，用情尚質而謹服習。吏部當考察京朝官，留意賢否，嘿有助益。詹事故事，養尊望而遠外嫌。公聞兩直隸、河南、山東大饑，朝議開納，而澤不速下，爲計粟麥黍菽可助食者稱其數，請早入，以期有濟，上從之。南京冢宰之擬，公苦親喪未舉也，顧以得罪。既歸，囊無餘金。

重修郡城文恭公祠志

〔清〕程宜棟

大凡廢興之故，雖曰天命，豈非人事哉！吾族郡城之有特祠也，前明從祖文恭公遺像在焉。萬曆丁酉，撫臺王公諱汝訓。肖像建立，學道洪公諱啓睿。詳允春秋舉祀者也，特遣儒學詣祠行禮，每祭，本縣給銀三兩。閱其址，考其圖，堂構兩楹，依然森列。公祠繫有四座棟堂，宗譜誌其匾額甚詳。自明迄今，閱數百載矣，無如年湮世遠，繼守乏人，途隔路遥，僅留一綫。或借典、或侵占，僅留中廳四間。

蓋物之成敗何常，一傳而易者有之；再傳而易者有之。是祠之幸不盡亡者，不猶見我之貽澤孔長乎？裔孫因常貯微薄，修理缺需，爰助出大宗，修葺後轉撥文會承之，遂爲闔族生童考試之寓所焉。

棟自應童試時，喜其閎閌，欲爲分構，商議久之，無有起而任其任者以工程浩大，不敢承任。用是托諸空言，有志未逮。邇因傾頹益甚，梁木將摧折矣。深慮文恭公之神像無以奠，亦即吾輩之責任莫能慰也。

癸未春，會課之期，鳳栖等議及是役，而族人俱有志重修。即從地房開捐，各房咸慷慨樂輸，斂金數百。裔孫儀士筮期而更張之，規模由舊，而廟貌神像焕然一新。洎戊子歲，復擴祠前之基址。自歲至科，采芹者十餘人，皆稱後裔之賢，而不知先人樹德之所留貽者遠矣。

夫公爲一代名臣，氣節震乾坤，聲名垂竹帛，生而爲英，没而爲靈，所以肯構肯堂，而不忍坐視其傾圯者，誠以莫爲之前，雖美勿彰；莫爲之後，雖盛勿傳。是舉也，鳳栖倡之於始，遂與昌五赴郡，鳩工庀材，又有文會常經管九晼、霖士、尚迥、聲蓮。以及冲之、崇積成之於終。所謂廢而復修，墜而復舉者，此也。兹因告竣，克償衆願，故述之以誌其巓末。

修天官坊記

〔清〕程德漢

國家建立坊表以鼓勵群倫，凡天下之孝子女貞及高年上壽俱蒙恩寵，至若士子以科甲選者，春官具上人數，司空發水衡錢，許於本籍建坊，以垂不朽。蓋其制始自成周之表厥宅里，自歷代以迄本朝，莫之易也。

從祖松谿文恭公，道德文章冠冕一時，爲王文成、章楓山高弟，登明己丑進士及第，歷官卿貳，晋秩少宰。奉旨建天官坊於縣治之南，規模宏壯，高扶星漢，匪一時之光，實百世之榮也。第自鼎建以迄今茲，年幾三百，風霜剥蝕，東西牙檐半墜於地。且字榜石梁中斷不支，使任其傾頹，將與岐陽石鼓敲火礪角，同其委頓。

乾隆甲辰冬十月，公裔孫名政、名彬等以親支力綿，延請族長繩武、雲久、元文、鳴岐諸君輩議，輸貲費以興大工。諸君忻然許諾，以忠常文會舉首，而各派常資，及族向義者咸資助焉。乙巳八月十三日始事，至九月十五日上梁，越旬，厥功以成。計費三百兩有畸，舉凡攻石攻木諸工及麻枲酒食雜物，俱取給於是。

客有詣余者曰：“坊之廢壞有矣，而修復一新，爲費不貲，無乃選事乎？”余應之曰：“凡舉事必視其人。今之經理者勤矣，謹矣！約己節用，往來道路，不憚其煩，此其所以費省而功倍也。且昔之人睹河雒而思明德，望銅柱而念勳勞，修廢舉墜，固孝子慈孫之志也。”問者唯而退。

夫我祖宗積德垂芳，世膺天寵。坊表之建，十有二座，有未壞者，有將壞者，有已壞者。已壞者難於措手，而將壞者固不忍使之竟壞也。果能如茲之黽勉從事，則其餘何難次第休復乎？

是役也，余適有西河之痛，任事皆弟侄之功，不可使後之無傳也，因詮次其事，著之宗譜，而以經理之人、樂輸之家附焉，後之覽者可以考矣。